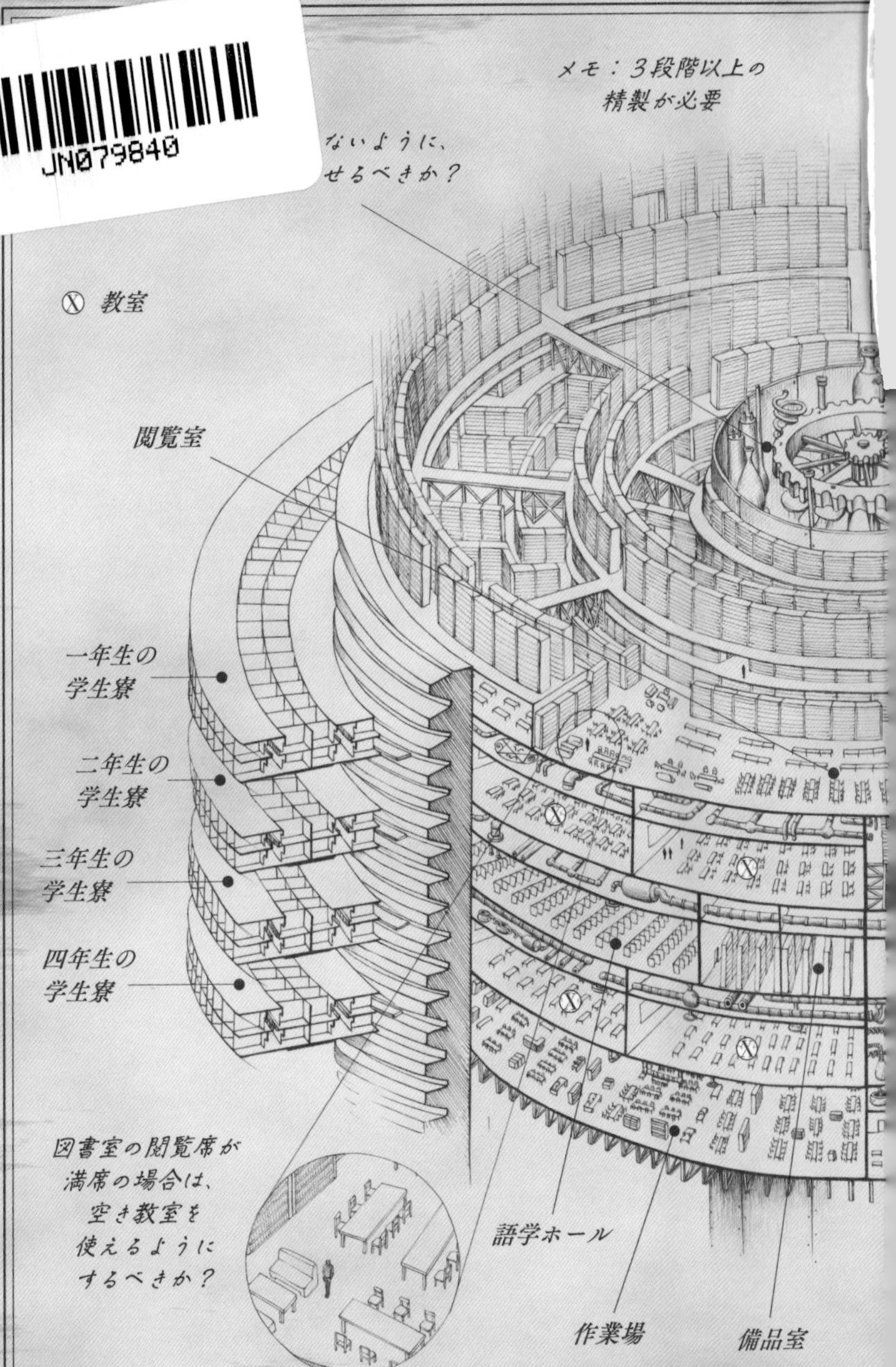
メモ：３段階以上の
精製が必要
ないように、
せるべきか？
Ⓧ 教室
閲覧室
一年生の
学生寮
二年生の
学生寮
三年生の
学生寮
四年生の
学生寮
図書室の閲覧席が
満席の場合は、
空き教室を
使えるように
するべきか？
語学ホール
作業場
備品室

ナオミ・ノヴィク 井上里 訳

闇の礎

死のエデュケーション Lesson 3

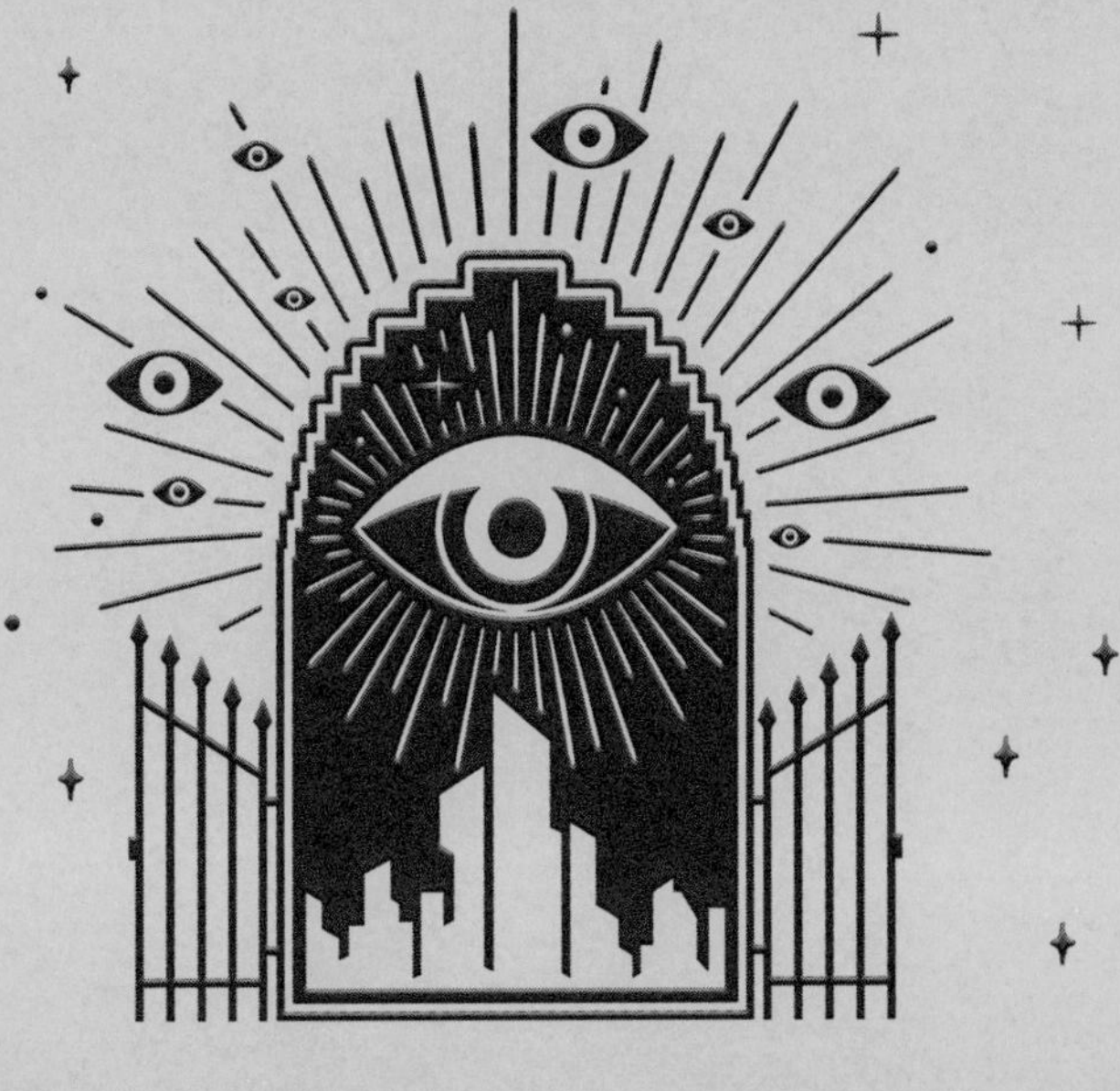

THE GOLDEN ENCLAVES

NAOMI NOVIK

静山社

闇の礎

死のエデュケーション

Lesson 3

第1章 ユルト

オリオンこと筋金入りの大バカ野郎《やろう》は、最後にこう言った。**エル、ほんとに愛してる。**

それから、あいつはわたしをスコロマンスのゲートのむこうへ押《お》しだし、わたしは天国に尻《しり》もちをついた。天国。そう、やわらかい草のしげるウェールズの原っぱに。最後にここへ来たのは四年前だ。トネリコの木々は青々と葉をしげらせ、太陽が木漏《こも》れ日を落としていた。そして、母さんがいた。すぐそこに、わたしをむかえに来た母さんがいた。両腕《りょううで》いっぱいに花をかかえて。休息をあらわすポピー。克服《こくふく》をあらわすアネモネ。忘却《ぼうきゃく》をあらわすハナワラビ。夜明けをあらわすアサガオ。散々な目にあったわたしを癒《い》やすための、おかえりなさいの花束。心に巣食った恐《きょう》怖《ふ》を追いだし、回復と安息を招き入れるための。母さんがわたしを助け起こそうとかがんだのと同時に、わたしは「オリオン!」と叫《さけ》びながら夢中で立ちあがった。おどろいた母さんが花束を取りおとし、色とりどりの花があたり一面に飛びちった。

数ヶ月前——いまでは数十億年も前に思えるけれど——、狂乱《きょうらん》の障害物競走で猛特訓《もうとっくん》をしていたころ、ミラノ魔法《まほう》自治領の同級生がラテン語の転移魔法《まほう》をくれた。ふつうの魔法《まほう》とちがって、これなら自分にかけても体がばらばらに弾《はじ》け飛ぶことはない。その魔法《まほう》を使えば、卒業ホールのあっちからこっちへ自由に飛びまわることができた。自治領のセレブ連中を助けるには好都合だし、ミラノのそいつだって、助けてもらいたいからマナ四年分くらいの価値がある魔法《まほう》をただでくれたのだ。長距離《ちょうきょり》移動にはむかない呪文《じゅもん》だけど、移動距離《きょり》と移動時間はほぼ等価だし、わたしがスコロマンスから脱出《だっしゅつ》したのはほんの十秒前のことだ。卒業ホールのなかの様子なら設計図レベルでくわしく覚えているし、〝忍耐《にんたい》〟のおぞましい巨体《きょたい》も、そのうしろにひしめいていた怪物《かいぶつ》の大群も、忘れようと思っても忘れられない。わたしはゲートの真ん前に立った。オリオンに押《お》しだされた場所に。

だけど、魔法《まほう》はうまくいかなかった。道路に立ったでかい標識に通せんぼうをされているような感じがした。この先で道路が崩落《ほうらく》しています、通れません、と。わたしは大量のマナを注ぎこみ、力ずくで魔法《まほう》の抵抗《ていこう》を打ちやぶろうとした。と、その瞬間《しゅんかん》、跳《は》ね返ってきた魔法《まほう》が顔に直撃《ちょくげき》して、わたしは地面に倒《たお》れこんだ。猛《もう》ダッシュでコンクリートの壁《かべ》にぶち当たったみたいな衝撃《しょうげき》だった。無我夢中で立ちあがり、同じ呪文《じゅもん》をもう一度かけ、またしても倒《たお》れこむ。

頭がガンガンする。ふらつきながら立ちあがると、母さんが体を支えてくれた。わたしを押《お》しとどめ、なにか叫《さけ》んでいる。落ち着きなさい、みたいなことを。わたしはどなり返した。「オリオンが〝忍耐《にんたい》〟に襲《おそ》われてるんだよ！」とたんに母さんの手から力が抜《ぬ》けた。青ざめ、後ずさる。ゲートから押《お》しだされて、すでに二分がたっていた。卒業ホールにいたときの二分は、怪物《かいぶつ》たちでぎゅう詰《づ》めになる前でさえ永遠みたいに長かった。だけど、母さんにどなり返したことで、わたしは一瞬《いっしゅん》われに返った。魔《ま》法《ほう》をかけてはぶっ倒《たお》れるということを繰《く》りかえしても意味がない。転移魔《ま》法《ほう》のかわりに召喚魔《しょうかんま》法《ほう》を使ってオリオンを助けだせばいい。

ふつうの魔《ま》法《ほう》使《つか》いが召喚《しょうかん》できるのは、もつれた髪《かみ》の結び目より小さいものか、髪《かみ》の結び目より意志が弱いものに限られる。だけど、スコロマンスが勝手にわたしによこした召喚魔《しょうかんま》法《ほう》は、泣き叫《さけ》びながら抵抗《ていこう》する犠《ぎ》牲《せい》者《しゃ》を力ずくで呼び寄せるためのものばかりだった。拷問《ごうもん》部屋に放りこむためのに。そんな部屋、わたしはうっかり作り忘れてたけど。そういうわけで、わたしはよりどりみどりの召喚魔《しょうかんま》法《ほう》を知っている。そのうちのひとつは、なんでもいいから反射面を見つけて、そこから犠《ぎ》牲《せい》者《しゃ》を引きずりだす、というものだった。

でかい魔《ま》法《ほう》の鏡でもあれば、この召喚魔《しょうかんま》法《ほう》は簡単に成功する。残念ながら、わたしが作った魔《ま》法《ほう》の鏡は寮《りょう》の部屋に置いてきた。わたしは原っぱを駆《か》けずりまわり、とうとう、二本の木の根のあいだに小さな水たまりを見つけた。ふつうは水たまりなんかじゃ召喚魔法《しょうかんまほう》はかけられないけど、卒業ホールからはいまだに洪水《こうずい》のようなマナがわたしの中に流れこんでくる。大量のマナをこめて念じると、茶色い水たまりの水面はガラスのようになめらかになっていった。わたしは水たまりをにらみ、大声で叫《さけ》んだ。「オリオン！　オリオン・レイク！　おまえを――」一瞬《いっしゅん》言葉を切り、いまが何時なのか確かめようと空を見上げた。四年間憧《あこが》れつづけた本物の空だというのに、夜明けとも正午とも真夜中ともつかない空模様を見ると、怒《いか》りと苛立《いらだ》ちしか感じなかった。何時なのかさっぱりわからない。「――明るみのなかへ呼び寄せる。暗いホールを抜《ぬ》けだし、ただわたしの言葉のみに従え！」呪文《じゅもん》にあるとおり、この魔法《まほう》で呼び寄せられれば、オリオンはわたしの命令を聞かなくちゃいけなくなる。だけど、そんなことはあとで考えればいい。オリオンがホールを脱出《だっしゅつ》したあとに。

魔法《まほう》は跳《は》ね返ってこなかった。水たまりがごぼごぼと泡立《あわだ》ち、銀色がかった黒い水煙《みずけむり》のようなものがゆらりとあらわれたかと思うと、すこしずつ幽霊《ゆうれい》のような影《かげ》に変わっていった。オリオンのうしろ姿だろうか。暗闇《くらやみ》に人影《ひとかげ》がぼんやり浮《う》かんでいるような感じで、はっきりとはわからない。わたしは水たまりに夢中で片手を突《つ》っこみ、オリオンらしき影《かげ》をつかもうとした。そのとき、たしかにオリオンをつかんだ手応えがあった。間違《まちが》いない。緊張《きんちょう》の糸が切れそうになる。よかった。これでもうだいじょうぶ――と、つぎの瞬間《しゅんかん》、わたしは金切り声をあげた。指が〈目玉さらい〉の体に触《ふ》れ、ずぶりとしずんだのだ。飢《う》えた怪物《かいぶつ》が、じわじわとわたしの手をのみこんでいく。

体中の神経が、いますぐ逃《に》げろと叫《さけ》んでいた。最低最悪なこの状況《じょうきょう》で、わたしはさらに最悪なことに気付いた。〈目玉さらい〉は一匹《ぴき》じゃない。二匹《ひき》だ。両側からわたしの手と腕をはさみこんでいる。〃忍耐《にんたい》〃は〃不屈《ふくつ》〃を消化しきれていなかったのだ。一世紀分の生徒をのみこんだ〃不屈《ふくつ》〃を消化するなら、さぞかし長い時間がかかるだろう。そして〃不屈《ふくつ》〃は、自分自身が消化されているそのあいだにさえ、空腹をしずめようと獲物《えもの》をあさりつづけている。

卒業ホールにいたときは、恐怖《きょうふ》の集合体のような〃忍耐《にんたい》〃を倒《たお》すなんてどう考えても無理だと思っていた。四千人分のマナがあってもそんなことはあり得ない、と。打つ手があるとすればただひとつ。スコロマンスと同じ運命をたどらせる。虚空《こくう》に落とし、消滅《しょうめつ》しますようにと祈《いの》るだけ。だけど、オリオンにはべつの考えがあったらしい。だから、〃忍耐《にんたい》〃と戦おうと、たったひとりで残った。スコロマンスはいまにも世界のふちから落っこちそうになっているのに。

あいつはたぶん、〃忍耐《にんたい》〃が外界へ逃《に》げ出すんじゃないかと思ったんだろう。そして、完全に戦闘《せんとう》モードになった頭で、自分ならそれを食い止められると思いこんだ。学校の英雄《えいゆう》としてホールに残らなくちゃいけない、押《お》しよせる怪物《かいぶつ》の波にたったひとりで立ち向かわなきゃいけない、と。わたしに思いつける説明はそれくらいだ。それだけでも十分どうかしてるけれど、あいつは

わたしを外界へ押《お》しだした。〈目玉さらい〉を倒《たお》したことがあるのは、あいつじゃなくてわたしのほうなのに。オリオンは大バカだ。だから、助け出す。**ここに**引っ張り出す。気がすむまでどなりつけ、自分がどれだけバカなことをしたのか思い知らせてやる。

その怒《いか》りに、わたしはしがみついた。怒《おこ》っていればあきらめずにすむ。〈目玉さらい〉の腐《くさ》った体が、波打ちながらわたしの手をのみこもうとしている。盾魔法《たてまほう》に吸いつき、破ろうとしている。飴《あめ》の硬い糖衣をやぶって、甘《あま》い中身を吸い出そうとしている子どもみたいに。〃忍耐《にんたい》〃はわたしをのみくだし、うつろな目玉と絶叫する口がたゆたう海に引きずりこもうとしている。

怒《いか》りと恐怖《きょうふ》でどうにかなりそうだった。〃忍耐《にんたい》〃は、いままさにオリオンをのみこもうとしているのだ。卒業ホールで、たったひとり、あの化け物と向き合っているオリオンを。だから、わたしは〃忍耐《にんたい》〃を振《ふ》りはらわなかった。水たまりをにらみ、おぼろげに見えるオリオンらしき影《かげ》を避《さ》けながら、〃忍耐《にんたい》〃に死の魔法《まほう》をぶつけた。最強かつ最短の死の呪文《じゅもん》を無我夢中でかけまくった。魔法《まほう》をかけるたび、両腕にまとわりつく腐敗《ふはい》の海がぼろぼろとはがれ落ちていく。息をするたびこみあげてくる吐《は》き気《け》を、そのたびに力ずくで飲みくだす。「破滅《ア・ラ・モール》！」の文句が繰《く》りかえし舌先からこぼれ落ちるうち、ついには息の音までが〃忍耐《にんたい》〃の死を願う呪《のろ》いの呪文《じゅもん》になった。魔法《まほう》をかけながら、わたしは影《かげ》のようなオリオンをつかもうと手をのばしつづけた。オリオンと一緒《いっしょ》に〃忍耐《にんたい》〃を引きずりだしてしまっても、それでかまわない。飢餓《きが》と恐怖《きょうふ》のでかい集合体を、このウェールズの涼《すず》しい森に呼びだしてしまってもかまわない。四年間憧《あこが》れつづけた安らぎの場所に。引きずりだして、それから殺せばいい。

五分前のわたしなら、ウェールズの森で〝忍耐《にんたい》〟を殺すなんて夢にも思わなかっただろう。あり得なすぎて笑ってしまっただろう。だけど、いまはそれくらいどうってことない。最凶《さいきょう》の怪物《かいぶつ》にオリオンがのみこまれてしまうことにくらべれば。わたしは殺すのがうまい。わたしならどうにかできる。〝不屈《ふくつ》〟と〝忍耐《にんたい》〟を仕留める戦略だってある。スコロマンスに入った四年前から、わたしの頭の中には、つねに戦略を巡《めぐ》らせている場所がある。どんなに追いつめられようと、その場所が消えることはない。そう、オリオンと一緒《いっしょ》に〝忍耐《にんたい》〟を倒《たお》せばいいのだ。わたしが死の呪文《じゅもん》をかけ、オリオンがマナを吸いだしてわたしに送りこみ、そうして、途切《とぎ》れることのない殺しの輪を作ればいい。そうすれば、〝忍耐《にんたい》〟も最後には倒《たお》れる。きっとうまくいく。これでうまくいく。わたしは確信していた。わたしはあきらめない。

そう、わたしはあきらめなかった。だけど、押《お》しもどされた。またしても。

やったのはオリオンだ。間違《まちが》いない。〝忍耐《にんたい》〟はわたしの手を離《はな》そうとする気配もない。召喚呪文《しょうかんじゅもん》に使っているマナは、途切《とぎ》れることなくスコロマンスからわたしの中へと流れこんでくる。四千人の卒業生がわたしにマナを送ってくれているみたいだけど、そんなことはあり得ない。卒業生は全員ぶじに家にもどった。スコロマンスを脱出《だっしゅつ》し、いまごろ両親と抱《だ》きあったり、なにがあったのか報告したり、すすり泣いたり、傷の手当をしてもらったり、友だちに電話をかけたりしているだろう。マナを送りこんでくるわけがない。それは計画とちがう。わたしたちの最大の目標は、スコロマンスとのつながりを完全に断ちきることだった。校内を世界中の怪物《かいぶつ》でいっぱいにし、学校そのものを世界から押《お》しだして、永遠に虚空《こくう》を漂《ただよ》わせる。うごめく怪物《かいぶつ》たちでぱんぱんの、おぞましい風船みたいに。やがてスコロマンスは、創立当初からそびえてきた闇《やみ》のかなたに消えるだろう。わたしとオリオンがゲートにむかって走ったとき、学校はまさに虚空《こくう》に落下する寸前だった。

たぶん、この世界にスコロマンスをつなぎとめている最後の碇《いかり》は、わたしだ。わたしだけが、スコロマンスから流れてくるマナにしがみついている。そして、そのマナを送りこんでいるのは、スコロマンスにただひとり残ったオリオンだ。あいつには仕留めた怪物《かいぶつ》からマナを吸いとる能力がある。ということは、少なくともオリオンはまだ生きていて、戦いつづけている。いまのところ〝忍耐《にんたい》〟にのみこまれてはいない。オリオンは、わたしが自分を脱出《だっしゅつ》させようとしていることに気付いているはずだ。それなのに、召喚魔法《しょうかんまほう》におとなしく従うどころか、召喚《しょうかん》を拒《こば》んでわたしから離《はな》れようとしている。ふいに、両腕にしぶとくまとわりついていたへどろが、一気にずるりとはがれ落ちた。オリオンは、たぶん、わたしの父さんが十八年前にしたのと同じことをしようとしている。父さんは〈目玉さらい〉の触手《しょくしゅ》をつかんで母さんから引きはがし、みずから犠牲《ぎせい》になった。愛した女の子を救うために。

だけど、オリオンが愛した女の子は、心優しい治療師《ちりょうし》なんかじゃなくて荒廃魔法《こうはいまほう》が得意な未来の黒魔術師《くろまじゅつし》だし、〈目玉さらい〉を倒《たお》したこともすでに二回ある。あのマヌケは、わたしが〝忍耐《にんたい》〟を倒《たお》すのを待っていてもよかったのだ。だけど、そうはしないで召喚魔法《しょうかんまほう》を拒《こば》んだ。それでもわたしが力ずくであいつを引っ張りだそうとしていると、突然《とつぜん》、あんなにも豊かだったマナの流れがふつりと途絶《とだ》えた。マナでいっぱいのバスタブの栓《せん》が突然抜《とつぜんぬ》かれたみたいだった。

手首につけたマナ・シェアの光がふっと消え、一瞬《いっしゅん》にして冷たく重くなる。召喚魔法《しょうかんまほう》が、ガス欠を起こした車みたいに勢いを失っていく。オリオンの影《かげ》がゆらりと揺《ゆ》れ、水たまりに浮《う》いた油みたいに、わたしの手の中から漂《ただよ》い消えていった。ぼんやりとした輪郭《りんかく》が闇《やみ》の中にまぎれていく。わたしは必死で手をのばした。そのあいだも、オリオンらしき影《かげ》は薄《うす》れていく。母さんは、となりにひざまずいて一部始終を見守っていた。恐怖《きょうふ》と不安で青ざめた顔をして。ふいに、母さんはわれに返ったようにわたしの両肩《りょうかた》をつかみ、渾身《こんしん》の力をこめて水たまりから引きはなそうとした。水たまりに手首をちょん切られるとでも思っているみたいだった。魔法《まほう》が解けていくにつれて、底なし井戸のようだった暗闇《くらやみ》も消えていき、あとには水深一センチのありふれた水たまりが残った。

わたしは地面を転げるようにして母さんを振《ふ》りはらい、すばやく膝《ひざ》立ちになった。考えるより先に体が動いたのは何ヶ月も卒業ホールで訓練を重ねたたまものだ。水たまりのそばに身を投げだし、水底の泥《どろ》を夢中でつかむ。母さんはわたしを抱《だ》きしめ、お願いだからもうやめて、と叫《さけ》びつづけた。突然《とつぜん》、手が止まった。母さんにすがりつかれたからじゃない。打つ手はないと気付いたからだ。マナは一滴《てき》も残っていない。肩《かた》をつかまれたのを感じて振《ふ》りかえり、母さんが首にかけたマナの水晶《すいしょう》をつかむ。そして、息も切れ切れに言った。「お願い。**お願い**」もう、母さんの顔は蒼白《そうはく》だ。葛藤《かっとう》が手に取るようにわかる。母さんは一瞬《いっしゅん》目をつぶり、震《ふる》える手で水晶《すいしょう》のネックレスを外して差しだした。マナは水晶《すいしょう》にたったの半分。死人を起こすにも街を崩壊《ほうかい》させるにも足りないけれど、メッセージ魔法《まほう》を送ってオリオンをどなりつけるだけなら十分だ。マナを送れ、あんたを助けだすじゃまをするんじゃない、と。だけど、その魔法《まほう》も水たまりに跳《は》ねかえされた。

オリオンの名前を叫《さけ》びながら、何度も何度もメッセージ魔法《まほう》を繰《く》りかえす。とうとう水晶《すいしょう》のマナは尽《つ》き、わたしの声も出なくなった。オリオンに届かないなら虚空《こくう》にむかって叫《さけ》んでいるのと変わらない。その虚空《こくう》にはスコロマンスが漂《ただよ》っている。なぜなら、わたしたちが熟考に熟考を重ねてそうなるように計画したから。

メッセージ魔法《まほう》をかけるマナがなくなると、わたしは、わずかに残ったなけなしのマナで心音魔法《まほう》をかけた。オリオンが生きているかどうかだけでも確かめたかった。この魔法《まほう》はマナをほとんど使わない。バカみたいにむずかしい魔法《まほう》で、かけるのに十分もかかるから、そのあいだに必要なマナが生成されるのだ。わたしは、ぬかるみに膝《ひざ》をついたまま、心音魔法《まほう》を立てつづけに七回かけた。一心に耳をすますと、木立を吹き抜《ふぬ》けていく風の音や、鳥たちのさえずりや、ヒツジたちのおしゃべりや、どこか遠くで流れる小川のせせらぎが聞こえた。心臓が鳴る音はただの一度も聞こえなかった。

とうとう心音魔法《まほう》をかけるマナさえなくなると、わたしは母さんに促《うなが》されるままユルトへ行き、六歳《さい》にもどったみたいにベッドに寝《ね》かしつけられた。

真夜中に目が覚めると、夢の中にいるような気がした。夢じゃないと気付くと最低な気分になった。わたしはウェールズのユルトに帰ってきた。入り口は開いていて、冷たい夜の空気が流れこんでくる。ユルトの外から、母さんの歌声がかすかに漂《ただよ》ってきた。スコロマンスにいるときは、こんな光景をよく夢に見た。夢と現実の落差はあまりにも残酷《ざんこく》で、そのたびに、あと一分でいいから夢の世界にいられますようにと願った。だけど、いまはちがう。最悪だけど、これが夢ならいいのにと願ってしまう。わたしは寝返《ねがえ》りを打ち、頭から毛布をかぶった。

これ以上は眠《ねむ》れそうにないとわかると、あおむけになってユルトの波打つ天井をぼんやりとながめた。なにか打つ手があるなら、そもそもこんなところでじっとしていない。もう、怒《いか》りもわかなかった。怒《いか》りの矛先《ほこさき》をむけるべき相手はオリオンだけど、怒《おこ》ろうと思っても怒《おこ》れないのだ。ためしにもう一度やってみる。あいつに言ってやりたい辛辣《しんらつ》すぎる嫌味《いやみ》をひとつひとつ考える。だけど、想像のなかのオリオンに『なに考えてたわけ？』と言った瞬間《しゅんかん》、声が震《ふる》えた。ただの想像だっていうのに。感じるのは痛みだけだった。

　わたしにはあいつの死を悼《いた》むこともできない。なぜなら、オリオンは**死んではいない**から。死んだのではなくて、絶叫《ぜっきょう》しながら〈目玉さらい〉に食われつづけているから。父さんと同じように。残された人たちは、〈目玉さらい〉の犠牲者《ぎせいしゃ》は死ぬんだと思いたがる。そう思いこまないと耐《た》えられないのだ。〈目玉さらい〉に食われれば最後、打つ手はない。だから、愛するだれかが犠牲者《ぎせいしゃ》になったら、その人は死んだのだということにして思い出のすべてを弔《とむら》えばいい。だけど、わたしは真実を知ってしまった。ゆるぎない真実を。〈目玉さらい〉に食われた犠牲者《ぎせいしゃ》が死ぬことはない。その〈目玉さらい〉が殺されでもしない限り、永遠に食われつづける。だけど、真実なんてなんの助けにもならない。なすすべがないことに変わりはない。スコロマンスは**消えてしまった**のだから。

　しばらくして母さんがもどってきたときも、わたしはあおむけになったまま微動《びどう》だにしなかった。母さんは、なにか小さなものをカラカラとお碗《わん》に落とし、スイートハニーに小さな声で「はい、どうぞ」と言った。スイートハニーは甲高《かんだか》い鳴き声でお礼を言った。種を割っては食べる、パリパリという音が聞こえる。スイートハニーのことを完全に忘れていた。小さな使い魔《ま》がお腹を空かせていたことを思いだしても、いまはなんの感情もわかなかった。スイートハニーを果てしなく遠く感じるのは、わたしがこの世のどん底に沈《しず》んでいるから。母さんが近づいてきて、わたしの簡易ベッドにすわり、額に手をあてた。温かくて優しい手だ。母さんはなにも言わなかった。

わたしは首をかすかに振《ふ》って、母さんの手を払《はら》いのけようとした。わたしには慰《なぐさ》めてもらう権利なんかない。立ちなおってふつうの世界にもどるなんて、そんなことはしたくない。世界はなにがあっても終わらないのだと気付いてしまうなんていやだ。だけど、母さんのぬくもりを感じながら、言いようのない穏《おだ》やかさに包まれて横たわっていると、そんなふうに考えた自分がバカみたいに思えた。わたしがなにをどう考えようと、世界はこれからも回っていくのだ。とうとうわたしは体を起こし、母さんが差しだしたお手製の素焼きのコップを受けとって水を飲んだ。母さんがとなりにすわり、わたしを抱《だ》きしめて髪《かみ》をなでる。母さんはとても**小さく**見えた。ユルトだって、こんなに小さかっただろうか。ベッドにすわっていても、垂れ下がった布の天井に頭が触《ふ》れる。ジャンプひとつで外へ出られそうだ。もちろん、暗がりになにが潜《ひそ》んでるかわからないんだから、そんなマヌケなまねはしない。

といっても、暗がりに飛びだしていくのも前ほど危険なことじゃない。ここはスコロマンスじゃないんだから。それに、わたしたちはスコロマンスの全校生徒を外界に脱出《だっしゅつ》させ、かわりに世界中の怪物《かいぶつ》たちを中におびき寄せて、学校を世界のふちから虚空《こくう》に落っことした。スコロマンスに閉じこめられた腹ぺこの怪物《かいぶつ》たちは、永遠に共食いをつづけるだろう。いまならなにも気にせず二十時間眠《ねむ》ったっていいし、弾《はず》む心でユルトを飛びだしたっていいし、なんでもしたいことをして、どこでも行きたいところへ行っていい。ほかのみんなだってそうしていいのだ。わたしが助けだしたみんなも、あんなことをしなくても自力で脱出《だっしゅつ》できただろう自治領の連中も。

だけど、オリオンはちがう。オリオンは暗闇《くらやみ》にのみこまれた。

マナがすこしでも残っていれば、こうすれば助けられるかもしれないと頭をひねって、もうすこしいろいろ試してみたと思う。だけど、マナの持ち合わせはゼロだったから、思いつけたのはだれかに助けを求めることくらいだった。たとえば、オリオンの母親。そう、たとえば、ニューヨーク魔法《まほう》自治領総督《そうとく》候補の母親にすがってマナをもらう。だけど、わたしの想像力はそこまでが限界だった。オリオンの母親の顔を見て、愛する息子の帰還《きかん》を待っていた実の母親にマナをくれと頼《たの》むのだ。あきらかにむだでしかない計画を実行に移すために。どうせにべもなく断られ、マヌケな計画を信じそうな別のだれかを探すことになる。だから、わたしは唯一《ゆいいつ》できることをした。両手に顔をうずめ、声をあげて泣いた。

母さんは、わたしが泣いているあいだ、となりにすわっていた。わたしと**共に**いてくれた。理解できる振《ふ》りなんかしないでわたしを気遣《きづか》い、そして、母さん自身が感じている大きな喜びはかくそうとしていた。娘《むすめ》が生きてぶじに帰ってきた喜び。母さんの幸福な気持ちはだまっていても感じられるくらい強かった。だけど母さんは、生還《せいかん》を喜ぶようわたしに強制したりしなかったし、わたしの悲しみを無理に押《お》しこめさせようともしなかった。わたしが深く傷ついていることを理解して心から同情し、わたしの望みはなんだって叶《かな》えようとしてくれていた。こういったことを、べつに母さんは言葉にしたわけじゃない。ふしぎだけど、自然にそうだと伝わるのだ。そんな芸当、わたしにはとてもできないけれど。

わたしが泣きやむと、母さんはベッドから立ちあがってお茶を淹《い》れはじめた。物がぎっしり並んだ棚《たな》から七つの瓶《びん》を取り、茶葉を調合する。それから、魔法《まほう》でお湯をわかした。いつもはお湯をわかすくらいで魔法《まほう》を使ったりしないけれど、いまはユルトの外に出てわたしをひとりにしたくないのだろう。ティーポットにお湯を注ぐと、ユルトいっぱいに甘《あま》いにおいが広がった。母さんはわたしにお茶のマグカップをわたし、またとなりに腰《こし》かけた。お茶を持っていないほうの手を両手で包みこむ。母さんはなにも聞かなかったし、どんな時もわたしの意思を尊重してくれる。それでも、穏《おだ》やかに沈黙《ちんもく》している母さんが、わたしが話しはじめるのを静かに待っていることはわかっていた。終わってしまったことをふたりで悼《いた》むために。だけど、わたしはその準備がまだできていなかった。

だから、わたしはお茶をひと口飲むと、マグカップを置いて口を開いた。「なんで、オリオンに近づくなって警告したの?」かすれたひどい声だった。喉《のど》を紙やすりで何回かこすったみたいだ。「あれはどういう意味? なにか見て——」

母さんは針で刺《さ》されたみたいにびくっと身をすくめた。目に見えてわかるくらい体が震《ふる》えている。一瞬《いっしゅん》ぎゅっと目をつぶり、大きく息を吸ってわたしに向きなおった。まっすぐにわたしを見つめる。母さんが言うところの『ちゃんと人と向きあう』表情で。だれかと真剣《しんけん》に話をするとき、母さんはいつもこんな顔になる。目じりからはじまるうすいしわに沿って、母さんの顔がゆっくりとしわくちゃになっていく。「ぶじに帰ったのね」消え入りそうな声で言ってわたしの手に目を落とし、そっとなでた。涙《なみだ》が頰《ほお》を伝っている。「ぶじに帰った。わたしの大事な娘《むすめ》。ぶじに帰ったのね」そう言うなり、大きくしゃくりあげた。母さんはいま、四年ぶんの涙《なみだ》を流しているのだ。

母さんは、泣いたことを申し訳ないと思っているみたいにわたしから顔をそむけた。本当は、わたしだって母さんに飛びつき、きつく抱《だ》きしめてもらいたい。ぶじに生きてもどったことを実感したい。だけど、できない。母さんは喜びと愛を感じて泣いている。わたしだってそうしたい。わたしはぶじに家に帰ってきた。スコロマンスと永遠におさらばできた。自分の手でより良い場所にしたこの世界で、わたしはこうして生きている。安全になったこの世界では、危険すぎる学校に子どもたちがいちかばちかで飛びこんでいく必要もない。祝ったってバチは当たらないだろう。だけど、わたしは祝えない。〝危険すぎる学校〟はいまも虚空《こくう》のかなたにあるのだし、そこにはオリオンがいるのだ。

わたしは、母さんになでられている手を無言で引っこめた。母さんもムリに手を握《にぎ》ろうとはしなかった。何度か深呼吸をして涙《なみだ》をぬぐい、わたしの悲しみに寄りそおうと、自分の喜びを胸の奥《おく》にしまいこむ。もう一度こっちに向きなおり、手をのばしてわたしの頬《ほお》に触《ふ》れた。「エル、かわいそうに」

母さんはわたしの質問に答えなかった。なぜなのかはすぐにわかった。母さんは、嘘《うそ》をつくとも、わたしを傷つけることもしたくないのだ。わたしがオリオンを愛していたことも、愛した人を失ったことも、自分がかつて経験した悲劇を娘《むすめ》が繰《く》りかえしたことも、母さんはすべてわかっている。そして、母さんにとって重要なのは、わたしが悲しんでいるということだけなのだ。警告した理由を話すことも、自分が正しかったとわたしを納得させることも、いまの母さんにはどうだっていい。

だけど、わたしにはどうだってよくない。「教えて」わたしはしぼり出すような声で言った。「お願い、教えて。母さんはカーディフに行って、新入生にわたし宛《あ》ての手紙を託《たく》したよね――」

母さんの顔が悲しげにゆがんだ。わたしはいま、娘《むすめ》を傷つけてくれと母さんに頼《たの》んでいる。母さんが知っていて、わたしが知らないほうがいいことを教えてくれ、と。だけど、とうとう母さんは折れた。うつむき、静かな声で言った。「毎晩、夢であなたと会おうとしていたの。できないことはわかっていたけど、そうせずにはいられなくて。何度か、あなたも会おうとしてくれている気がしたこともあった。あなたの気配をすぐそばに感じたこともあった……でも、だとしても、そういう瞬間《しゅんかん》はやっぱりただの夢だった」

わたしはごくっと喉《のど》を鳴らした。その夢のことなら覚えている。母さんと触《ふ》れあえそうな気がしたことが何度かある。母さんの愛を間近に感じたことが。スコロマンスには魔法《まほう》を弾《はじ》くために頑丈《がんじょう》な結界が張られていて、およそ考えられる限りすべての侵入《しんにゅう》経路が塞《ふさ》がれている。そうでもしないと、幻覚《げんかく》科の怪物《かいぶつ》が入りこんでくるからだ。

「でも、去年――たしかにあなたが見えたの。夜に亜麻布《あまぬの》のパッチを使ったことがあるでしょう?」母さんは静かな声で言った。わたしは思わず身をすくめた。瞬時《しゅんじ》にあの夜の記憶《きおく》がよみがえってくる。母さんの目を通してあの日の自分が見えた。ちっぽけな寮《りょう》の部屋。血溜《ちだ》まりの中に倒《たお》れているわたし。お腹に開いたギザギザの穴は、とびきりすてきな同級生にナイフでぐっさりやられた跡《あと》。なんとか生きのびたのは、母さんの治癒魔法《ちゆまほう》が染みこんだパッチのおかげだ。母さんが愛と魔法《まほう》をたっぷりこめて亜麻《あま》を育て、糸を紡《つむ》ぎ、亜麻布《あまぬの》を織ってあのパッチを作ってくれたからだ。

「オリオンが助けてくれたんだよ。パッチを貼《は》ってくれた」わたしはそこまで言って、ふと口をつぐんだ。母さんが顔をゆがめ、震《ふる》えながら大きく息を吸ったのだ。血まみれの娘《むすめ》の姿よりも恐《おそ》ろしいなにかにおびえているように見えた。

「そうね、母さんもその子がパッチに触《ふ》れるのを感じた」震《ふる》える声でつづける。すでにわたしは、あんな質問をしたことを後悔《こうかい》していた。「いいえ、見えた。あなたのすぐそばにいて、あなたの体に触《ふ》れていた。はっきりと見えた。その子の姿も、その子の**飢え**《う》も――」母さんはいまにも吐《は》きそうだった。生きたまま娘《むすめ》を食らう怪物《かいぶつ》の姿を思いだしているみたいに見えた。ひざまずいて娘《むすめ》の手当てをしているオリオンの姿ではなく。

「オリオンは**友だち**だったんだよ」わたしは叫《さけ》んだ。母さんの話をさえぎりたかった。勢いにまかせて立ちあがったとたん、ユルトの横木に頭をしたたかに打ちつけ、両手で頭をおさえてすわりこんだ。うめき声がもれ、痛みで涙《なみだ》がにじむ。抱《だ》きしめてこようとした母さんの腕を、身をよじって振《ふ》りほどいた。腹が立って泣けてくる。わたしはまたベッドから立ちあがった。

「オリオンはわたしの命を助けてくれたんだよ」泣きながら声をしぼり出す。「十三回も助けてくれた」こうして言葉にするのもつらかった。借りを返す日は二度と来ない。

母さんはなにも言わなかったし、わたしと言い争おうともしなかった。目を閉じて自分の体に両腕《りょううで》を回し、震《ふる》えながら大きく息を吸う。そして、か細い声でこう言った。「ダーリン、ごめんなさい」母さんは心の底からそう思っている。オリオンの真の姿らしきものを見てしまったことも、それを告げてわたしを傷つけたことも、心から申し訳ないと思っている。だからこそ、わたしは叫《さけ》びだしたかった。

叫《さけ》ぶかわりにわたしは笑った。冷ややかで意地の悪い笑い声で、自分でもぞっとするくらいだった。「いいっていいって。どうせあいつは永遠にもどってこないんだし」吐《は》き捨てるようにつづける。「わたしの最高な計画が大成功しちゃったから」そのままわたしはユルトを飛びだした。

わたしはコミューンを抜《ぬ》け、どのユルトからも離《はな》れた木立のなかを歩きまわった。頭が痛い。泣いたせいだし、横木に頭をぶつけたせいだし、大量のマナを使ったせいだし、四年間の監獄《かんごく》生活で疲《つか》れているせい。涙《なみだ》をふこうにもハンカチなんか持ってない。それどころか、薄汚《うすよご》れて汗《あせ》くさいレギンスとTシャツさえ着替えていない。オリオンがくれた、ニューヨークの絵がついたTシャツだ。四つも穴が開いてぼろぼろだけど、着られそうなTシャツはこれしかなかった。襟《えり》ぐりを引っ張りあげて鼻水をふく。

母さんのところにもどりたかったけれど、足がユルトに向かない。なぜなら、母さんに一ヶ月くらい抱《だ》きしめていてほしいから。それでいて、母さんはオリオンのことをなにも知らないくせにとわめきたいから。ちがう。それよりもなによりも、あんな質問をする前にもどりたい。あんなことを知ってしまうなんて、母さんがすべてを予知していたという結末よりも最悪だ。母さんはすべてを知っていて、わたしがあの警告を聞き入れさえしていればオリオンも全校生徒を助けるだなんて壮大《そうだい》な計画に巻きこまれることはなく、ぶじにニューヨークに帰っていた。そんな結末のほうがまだマシだ。

母さんが見たものの正体は、なんとなく想像がつく。怪物《かいぶつ》からマナを吸いだせる能力。それに、オリオンの内にある底なし井戸のような欠乏感《けつぼうかん》。オリオンはマナを吸いとっては使いつくしてしまうのだから。並外れた能力を持って生まれたせいで、オリオンはいつのまにか大胆《だいたん》不敵《ふてき》かつ単《たん》細胞《さいぼう》な英雄《えいゆう》に仕立て上げられた。怪物《かいぶつ》の大群にたったひとりで挑《いど》む英雄《えいゆう》になるしかなかった。なぜなら、その能力を人助けに役立てない限り、みんなに化け物あつかいされたから。

たしかにオリオンはスコロマンス一の人気者だったけど、友だちだったのはわたしだけだ。ほかの連中にオリオンの本当の姿は見えていなかった。あいつらに見えていたのは、オリオンの能力だけ。みんなはオリオンを気高き英雄《えいゆう》として崇《あが》めている振《ふ》りをした。それはオリオン本人が周囲の期待に応えて英雄《えいゆう》の振《ふ》りをしていたからだし、みんなとしてもそれで好都合だった。そうすれば、オリオンの能力は自分たちのものになるから。役にたつものになるから。わたしの本当の姿だって、あいつらには見えていない。あいつらはわたしのヤバい能力を感じとり、勝手に化け物あつかいした。なぜなら、**わたしは**周囲の期待なんかに応えてやらなかったから。オリオンが愛された理由とわたしがうとまれた理由。結局、そのふたつは同じだ。わたしたちは、ふたりとも人間あつかいされなかった。オリオンはみんなの役にたち、わたしは役にたつことを拒《こば》んだ。

だけど、まさか、よりによって**母さん**がオリオンとあいつの能力を見て化け物あつかいするなんて。世界中がよってたかって娘《むすめ》を化け物あつかいするなか、母さんだけは、あなたは化け物なんかじゃないとわたしに伝えつづけてきたのに。母さんはオリオンがただの人間だということに気付かなかった。あなたは人間だとわたしに伝えつづけてきたけれど、それも結局は嘘《うそ》だったんだろうか。

ユルトにもどって母さんにわめきちらし、夢で娘《むすめ》に会えたのはオリオンのおかげなんだよ、と言ってやりたかった。わたしが生きのびたのはオリオンがわたしを殺しに来た黒魔術師《くろまじゅつし》を倒《たお》してくれたおかげだし、ついでに、血のにおいにつられて部屋に殺到《さっとう》した怪物《かいぶつ》どもを夜通し命がけで殺しまくってくれたおかげだ。だけど、本当はべつの形で母さんがまちがっていることを証明してやりたかった。あいつが約束したみたいに、オリオンにうちのユルトに来てほしかった。そうすれば、オリオンは、夢で垣間見《かいまみ》たような化け物でもなければ、みんなが望んだ光り輝《かがや》く英雄《えいゆう》でもないことが母さんにもわかる。あいつがただの人間だってことがわかる。ふつうの人間だってことが。

ちがう、あいつはただの人間**だった**。自分以外の全員を救うことが使命だと思いこみ、スコロマンスの卒業ゲートでみずから犠牲《ぎせい》になるまでは。

そのまま永遠に歩いていたかった。疲《つか》れているとか、汗《あせ》くさいとか、お腹が空いているとか、そんな些細《ささい》なことは感じたくなかった。だけど、永遠に感じずにいることはムリだった。世界が終わる気配はないし、いまのわたしには世界を終わらせるマナもない。ユルトの近くまでもどると、わたしを探しに来たスイートハニーの姿が見えた。下生えをくぐり抜《ぬ》け、足に飛びついてくる。すくい上げようとすると、くるっとうしろを向き、ユルトへ向かってだっと走りだした。ふと止まってうしろ足で立ち、こっちを振《ふ》りむいてなじるようにするどく鳴く。ふわふわの白い体は発光していて、コミューンをうろついている犬やネコにいつ襲《おそ》われてもおかしくない。使い魔《ま》としての訓練を受けていようと、ネズミはネズミなのだ。

だから、わたしはスイートハニーを見守りながらユルトにもどり、母さんにわたされた野菜スープのお椀《わん》をおとなしく受けとった。スープは本物の野菜の味がした。そう聞けば顔をしかめる人だっているかもしれないけれど、わたしはスコロマンスにいたのだ。わたしは我慢《がまん》できずに四回おかわりをした。悲しみと怒《いか》りと一緒《いっしょ》に野菜スープを貪《むさぼ》り、バターを塗《ぬ》ったパンもほぼ一斤《きん》分たいらげた。食事がすむと、母さんに手を引かれるまま浴場へ行き、たっぷり一時間もシャワーを浴びた。コミューンの規則にはもちろん違反《いはん》している。シャワーの心地よさを貪《むさぼ》るように味わいながら、できることならそのままお湯に溶《と》けてしまいたかった。アンフィスバエナのことは一秒も考えなかった。

アンフィスバエナはいなかったけれど、クレア・ブラウンならいた。目を閉じてシャワーに打たれていると、突然《とつぜん》、はっとするほど聞き慣れた声がした。「へえ、グウェンのとこの娘《むすめ》、帰ってたんだ」低いけど、ほかの人たちにも聞こえるくらい大きな声だ。

不思議なことに腹は立たなかった。われながら気味が悪い。怒《いか》りの持ち合わせがなくなることなんか、いままで一度もなかった。わたしはシャワーを止め、怒《いか》りが湧《わ》いてきますようにと祈《いの》りながら個室を出た。あいかわらずなにも感じない。シャワー室のとなりには円形の更衣室《こういしつ》がある。ここもコミューンを離《はな》れているあいだに縮んでしまったように見えた。更衣室《こういしつ》が作られたのはわたしが五歳《さい》のときだ。足の裏は床《ゆか》のあちこちにある凹凸《おうとつ》のすべてを覚えている。だから、ベンチがひとつしかないこの更衣室《こういしつ》は、記憶《きおく》にある更衣室《こういしつ》とたしかに同じものだ。それでも信じられないくらい狭苦《せまくる》しく感じる。ベンチにはクレアとルース・マースターズ、そしてフィリパ・ワックスがすわり、タオルを体に巻きつけた恰好《かっこう》のままなにかを待っていた。あんたのせいでシャワーを待たされたとでも言いたげな顔つきだけど、個室は全部で三つある。

三人はよそ者を見るような目でわたしを見た。同じ目つきで三人を見てやることだってできた。

おまえだけど、三人の表情はあまりにも馴染《なじ》み深かった。何度こんなふうに冷ややかな視線で、おまえは聖女のような母親の重荷なんだと思い知らされたことだろう。このコミューンに住んでいる人たちはいろんな事情を抱《かか》えている。ここには、ふつうの世界からやむにやまれず逃《に》げてきた人たちが暮らしている。母さんがここを選んだのは、自分は禁欲的に暮らすべきだと思いつめたからだ。だけど、クレアとかフィリパとか、いや、住民のほとんどはそうだけど、連中がコミューンを選んだのは、人のためにいいことをしたいからじゃない。だれかが自分のためにいいことをしてくれないか、空頼《からだの》みを抱《いだ》いているから。そいつらの目に映るわたしは健康で若くて、不思議な力を持つ母親に惜《お》しみない愛と思いやりとエネルギーを注がれている。そして、人気者の母さんをひとり占《じ》めしているわたしに嫉妬《しっと》し、自分だったらその恩恵《おんけい》をどれだけ有効活用できるだろうかと妄想《もうそう》をたくましくする。おまけに、成長した娘《むすめ》ときたら不機嫌《ふきげん》で恩知らずで、母親から与《あた》えられるものを台無しにしてばかりなのだ。

だからって、根暗で友だちもいない子どもにキツくあたっていいわけじゃないし、意地悪の理由がわかったからって、あいつらを許す気はこれっぽっちもない。だから、この瞬間《しゅんかん》を楽しんでもよかったのだろう。軽蔑《けいべつ》をこめてこう言ってやってもよかった。『そうだよ、学校からもどったけど？　見てのとおり成長したしね。で、あんたたちはこの四年間でなんかなしとげた？　ゲスなうわさばなしに花を咲《さ》かせてただけ？』　わたしのこんな捨て台詞《ぜりふ》を聞けば母さんはため息をついただろうけど、べつにかまわない。ひねくれた達成感でほくほくしつつ、弾《はず》む足取りで浴場を出ていったと思う。

だけど、わたしはだまっていた。オリオンに怒《おこ》ることができなくなったいま、怒《いか》りの在庫はゼロになったらしい。

わたしはなにも言わなかったし、クレアたちもなにも言わなかった。三人でこそこそ話すことさえしなかった。わたしはベンチに背を向け、黙《だま》りこんでいる三人の気配を感じながら服を着た。着替《きが》えは個室の横のフックに母さんが掛《か》けておいてくれた。包みから出したばかりらしい新しい綿の下着と、首のうしろでストラップを結ぶタイプの綿のワンピース。ゆったりしていて長くて、背の高いわたしにはぴったりだ。コミューンの住民のなかには、中世の村を再現するつもりなのか、こんなワンピースを手作りしている人たちがいる。それから、おなじく近所の人が作ったサンダルが一足。平らな木製の靴底《くつぞこ》と革紐《かわひも》でできている。こんなに清潔なものを身につけるのは、オリオンにもらったTシャツをのぞけば四年ぶりだ。最後に不承不承衣類を買ったのは三年生のときで、卒業生から何度か使っただけの下着を二枚買った。自分の下着は生地がほとんど残っていないくらいぼろぼろで、修繕魔法《しゅうぜんまほう》を使うことさえできなくなっていた。スコロマンスで新品の下着を買おうとすると目の玉が飛びでるほど高くつく。一度も使っていないパンツが一枚あれば、万能の解毒剤《げどくざい》とだって交換《こうかん》できる。だから、こうして新品の下着をつけたいま、大富豪《ふごう》の気分になったってよかったはずだ。
だけど、わたしはクレアたちに皮肉を吐《は》くこともできなければ、新しい下着を手にして浮《う》かれ気分になることもできなかった。それでも、わたしはきれいな下着と服を着た。それさえ拒《こば》むなんて意味がない。着替《きが》えてみるとたしかに気分はよくなった。さっぱりした気分になった。だけど、ぼろぼろになったオリオンのＴシャツから目が離《はな》せない。ゴミ箱がお似合いのぼろきれだ。そう考えた瞬間《しゅんかん》、最悪な気分に拍車《はくしゃ》がかかった。ほかの汚《よご》れ物と一緒《いっしょ》にゴミ箱に放りこもうとして、結局手が止まる。わたしはＴシャツをたたんでポケットに押《お》しこんだ。すり切れ、生地の半分以上は魔法《まほう》でごまかしているだけだったから、たたむとハンカチサイズの小ささになる。それから、新しい歯ブラシと封《ふう》を開けたばかりのミントの歯磨《はみが》き粉で歯を磨《みが》き、浴場をあとにした。外はもう暗くて、ユルトの外には焚《た》き火がおこしてあった。わたしは焚《た》き火のそばの丸太に腰《こし》かけ、しばらくぼんやりしたあとすこし泣いた。だけど、その涙《なみだ》は一度目に流した涙《なみだ》とはちがっていた。母さんが出てきてわたしを抱《だ》きしめ、スイートハニーが膝《ひざ》によじのぼってきた。

つぎの日もゆうべと同じ丸太にすわり、一日中焚《た》き火の跡《あと》をぼんやりながめて過ごした。体は清潔で、きちんとした食事をして、空には太陽がかがやき、短いにわか雨のあとにはまた陽射しがもどってきた。わたしは動かなかった。母さんはだまってわたしを見守り、食べ物やお茶を渡《わた》して立ちさった。わたしが心静かに悲しみを癒《い》やせるように。だけど、わたしは悲しみを癒《い》やしたくなんかなかった。オリオンが絶叫《ぜっきょう》しながら虚空《こくう》を漂《ただよ》っているというおぞましい事実がある限り、癒《い》やしなんか全力で抵抗《ていこう》したかった。あまりにも同じことを考えつづけていたせいか、オリオンの声が聞こえてきそうな気さえした。**エル、エル、助けてくれ。エル、お願いだ。**

　わたしははっとして顔をあげた。ちがう。いま、たしかに声がした。見ると、となりの丸太に見たこともない小鳥がとまっている。紫《むらさき》がかった黒い羽。オレンジのくちばし。頭をぐるりと囲む明るい黄色の斑点《はんてん》。鳥は小首をかしげ、つぶらな黒い目でわたしを見つめて、また繰《く》りかえした。「エル?・」わたしはまじまじと小鳥を見つめた。小鳥は首をのばして人間みたいな咳《せき》をし、胸を突《つ》きだしてまた言った。「エル? エル、だいじょうぶ?・」それはリューの声だった。まったく同じ声ではないけれど、アクセントや発音の仕方がそっくりだ。うしろから声がしていれば、リューが来たのかと思っただろう。

「ううん、ムリ」わたしは正直に答えた。鳥はまた小首をかしげ、またくちばしを開いた。「ニーハオ」そして、「エル?・」それから、今度はわたしの声になって繰《く》りかえした。「ムリ、ムリ、ムリ」小鳥はだしぬけにつばさを広げ、森のほうへ飛んでいった。

　アアディヤとリューと三人で決めていたことがある。スコロマンスから脱出《だっしゅつ》して家にもどったら、すぐに携帯《けいたい》電話を手に入れてふたりにメッセージを送ること。ふたりは自分たちの電話番号をわたしに暗記させた。だけど、それも結局は**計画**のうちだったし、わたしはもう計画なんかうんざりだった。

たしかにあれは完ぺきな計画だった。『黄金石の経典』だって、ぶじ守りぬくことができた。卒業式に備えてぼろぼろになった毛布でやわらかい袋《ふくろ》をつくり、それで経典やメモ書きや翻訳《ほんやく》を一緒《いっしょ》に包み、苦労して作ったあの木箱に収めて、さらにはシャワー室へ行くときに使っていた防水バッグに入れた。そして、卒業式当日に学生寮《りょう》が下降をはじめると、なにをするより先に防水バッグを斜《なな》めにかけた。スコロマンスから持ちだしたものはそれだけだ。わたしの戦利品。あの地獄《じごく》から持ち帰った唯一《ゆいいつ》すばらしいもの。神さまかなにかに、経典と引きかえにオリオンを助けてやると言われたら、もちろんわたしは経典を差しだす。だけど、たぶん、心臓の鼓動《こどう》二回分——一回ではなくて——くらいはためらうだろう。

すべてが計画どおりにいっていれば、ユルトに帰ってきたわたしは母さんを五十万回抱《だ》きしめ、本物の草のうえでしばらく転げまわり、もう一度母さんを何回か抱《だ》きしめ、それから経典を持って一路カーディフへ向かったはずだ。スタジアムのそばに、まあまあの規模の魔法使《まほうつか》い共同体がある。自治領を作るほどの力や財力はないけれど、みんなでその目標を叶《かな》えようとしている人たちだ。わたしはその人たちにこんな提案をするつもりだった。これまでためたマナを使って、街のはずれにこぢんまりとした〈黄金石の自治領〉を作ってはどうか、と。大規模な自治領じゃなくていい。子どもたちが安心してねむれるだけの広さがあれば十分だ。そうすれば、怪物《かいぶつ》の生き残りに襲《おそ》われることもない。

べつに、オリオンとそんな計画を立てていたわけじゃない。もちろん、カーディフにいれば、わたしを探しに来たオリオンとばったり会うかもしれないとは考えた。だけど、オリオンだって、スコロマンスを脱出《だっしゅつ》していれば両親に抱《だ》きしめられ、ニューヨーク魔法《まほう》自治領をゆるがすほどの大歓声《かんせい》にむかえられていただろう。ニューヨークのやつらは、感傷だの友情だのを総動員させて、必死でオリオンを引きとめようとしただろう。だから、オリオンが本当に会いに来ると本気で信じていたわけじゃない。わたしは筋金入りの悲観主義者だし。それに、オリオンが来なくたって、なにか困るわけでもなかった。ひとりで計画を実現する準備ならできていた。

スコロマンスを脱出《だっしゅつ》するのだって、わたしひとりでなんとかなったんじゃないかと思う。そもそも、どう考えても正気の沙汰《さた》じゃない脱出《だっしゅつ》計画がはじまるまで、自分は絶対に途中《とちゅう》で死ぬだろうと思っていた。仮に生きのびたとしても、大切に思っていた人たちの半分は死ぬだろうと覚悟《かくご》を決めていた。〝死ぬかもリスト〟のトップはオリオンだった。もしも計画が失敗していれば、もしも怪物《かいぶつ》たちがハニーポット魔法《まほう》の幻想《げんそう》から目覚めて襲《おそ》いかかってきていたら、全校生徒が命がけでゲートに殺到《さっとう》しただろうし、いつだって他人を優先するオリオンは絶対に逃《に》げきれなかっただろう。そうなれば、わたしは悲鳴をあげ、オリオンの死を悼《いた》みながらゲートに向かって走りつづけただろう。

だけど、実際の結末はもっと耐《た》えがたいものだった。みんなを逃《のが》したあげく、オリオン**ひとり**が死んでしまった。**わたしを**逃《のが》して、あいつだけが死んでしまった。たしかに、〝忍耐《にんたい》〟と戦うことを決めたのはオリオンだ。わたしをゲートのむこうに押《お》しやったのもオリオンだ。だけど、英雄《えいゆう》として育てられたあいつは、あの土壇場《どたんば》にあってさえ、なにか役にたつことをしなきゃいけないと思いこんだ。オリオンがそんな最期をむかえたことが、わたしには耐《た》えられなかった。

だから、わたしは全然だいじょうぶなんかじゃなかった。携帯電話《けいたい》なんか買いに行けなかったし、アアディヤにもリューにも連絡《れんらく》しなかった。カーディフにも行かなかった。ただ、そのへんにすわっていた。ユルトにこもっていることもあれば、外にいることもあった。そして、オリオンの運命を変えるにはどうすればよかったのか永遠に考えつづけた。起こったことをはじめからなぞりつづけた。自分の取るべきだった行動がわかったって、いまさらオリオンを助けだせるわけでもないのに。

いままでの経験から言って、これは人がたくさんいる食堂やシャワー室でこてんぱんに言い負かされたときの感じに似ていた。その場でうまい返しを思いつけず、悔《くや》しさのあまり、その後何日も、相手をするどい皮肉でぎゃふんと言わせる妄想《もうそう》を繰《く》りかえす。子どものころ、母さんはそんなわたしを見かねて何度も言った。ダーリン、そんなことしたって、自分から悔《くや》しい気持ちを味わいにいっているようなものだし、むこうはなんのダメージも受けてないのよ。母さんの言うとおりだったし、子どものときもそれくらいわかっていた。だけど、わかっていてもやめられないこともある。いまだってそうだ。わたしは陰鬱《いんうつ》な妄想《もうそう》を何度も繰《く》りかえし、起こってしまった悲劇の結末を変えようと、むなしい努力をつづけた。

　脳内の歴史を書き換《か》えようと何日か奮闘《ふんとう》したあと、わたしは最高かつ完全オリジナルの案を思いついた。これなら自力で世界を変えられる。ユルトの中にもどり、母さんが箱に保管している小学校時代のノートをあさった。空白のページが残っているノートが見つかると、思いついた数行を急いで書きつけた。後の祭り《レスプリ・デ・レスカリエ》とかなんとかいう呪文《じゅもん》だ。わたしお得意の優雅《ゆうが》な大量虐殺《ぎゃくさつ》魔法《まほう》と同じで、この創作呪文《じゅもん》にもフランス語がぴったりなような気がした。説明は必要ないと思うけど、だから最高に幸先がいいということ。

　自分がどんな呪文《じゅもん》を創作しようとしているのか、わたしにもわからなかった。とにかく、現実を根本からひっくり返してしまうような呪文《じゅもん》。そういう種類の魔法《まほう》は、どんなに強大な魔力《まりょく》を持つ者がかけても永遠にはつづかない。現実はいつだって魔法《まほう》より強力だから、いつかは魔法《まほう》をはね返し、ついでに魔法《まほう》をかけた当の本人もバラバラに分解する。とはいえ、そうなるまでには多少の余裕《よゆう》があるし、そのあいだだけはねじ曲げられた世界の中で生きていることができる。だけど、嘘《うそ》の世界が長くつづけばつづくほど、魔法使《まほうつか》いの力が強ければ強いほど、最後に訪れる破滅《はめつ》の時は派手で残酷《ざんこく》なものになる。創作の手を一瞬《いっしゅん》でも止めていれば、最終的に降りかかってくる大災厄《さいやく》のことに意識がいったと思う。結局はなんの役にもたたないことにも、世界そのものに大ダメージを与《あた》えてしまうことにも気付いたはずだ。だけど、わたしは一瞬《いっしゅん》も手を止めなかった。ただ、この苦痛から抜《ぬ》け出す方法が知りたかった。オリオンと一緒《いっしょ》に〈目玉さらい〉の体内にいるみたいに、そこから無我夢中で逃《に》げ出そうとしていた。

母さんが異変に気付いたのは、わたしがつぎの一行を探していたときだ。呪文《じゅもん》はあとすこしで完成しそうだった。わたしは創作呪文《じゅもん》が大の苦手だけど、それが荒廃《こうはい》と恐怖《きょうふ》をもたらすようなものになるとがぜん本領を発揮する。母さんはそれまで悲しみと向き合うわたしを静かに見守ってきたけれど、娘《むすめ》が地球を破壊《はかい》して、ついでに自分自身も消滅《しょうめつ》させようとしていることに気付くと、さすがに黙《だま》っていられなくなったらしい。わたしの呪文《じゅもん》を一瞥《いちべつ》するなりノートを奪《うば》い取り、ユルトの外の焚《た》き火に放りこんだ。そして、ひざまずいてわたしの両手をしっかりと握《にぎ》り、自分の胸元に押《お》し当てた。「ダーリン、わたしの大事な娘《むすめ》」片方の手をわたしの額に当て、手のひらの付け根で眉間《みけん》のあいだをぐっと押《お》す。「息を吸って。言葉を手放しなさい。誤りを手放しなさい。そっと、そっと、そっと。悪い言葉が消えていく。つぎの呼吸で消えていく。息を吸って。わたしと共に息をして」

わたしは母さんに従った。従うしかなかった。母さんは基本的にわたしには魔法《まほう》をかけない。子どものころのわたしは、ほぼ毎日のように嵐《あらし》のような癇癪《かんしゃく》を起こして暴れまわっていたけれど、そのときでさえ母さんは魔法《まほう》をつかわなかった。ふつうの魔法使《まほうつか》いだったら、一日おきに鎮静魔《ちんせいま》法《ほう》を使っていたと思う。子どものほうも、十歳《さい》になるころには親の魔法《まほう》をかわせるようになってくる。だけど、四歳《さい》のわたしが寝《ね》たくないと金切り声でわめいていたときも、母さんは魔法《まほう》をかけるかわりに子守唄《うた》を三時間うたいつづけた。呪文《じゅもん》をひとつ唱えれば、簡単に寝《ね》かしつけることができたのに。七歳《さい》のころ手がつけられないほどの大癇癪《だいかんしゃく》を起こしたときも、母さんはひたすらわたしに寄り添《そ》い、適度に放っておき、癇癪《かんしゃく》が治まるのを辛抱《しんぼう》強く待ちつづけた。いっそのこと、本気で言い合ったり、魔法薬《まほうやく》をたっぷりひとさじ飲ませたりしてくれればよかったのに。母さんの育児方針にはいろいろ言いたいことがあるけれど――いまになって思うと、時どきは鎮静魔法《ちんせいまほう》をかけてくれたほうが楽だった気がする――、ともかく、わたしは母さんの魔法《まほう》をかわすのに慣れていないのだ。少なくとも反射的にかわすことはできないし、そして魔法《まほう》をかわすときには反射神経がものを言う。

母さんの魔法《まほう》がかかると、たちまちわたしは気分がよくなった。母さんは相手を幸せにする魔《ま》法《ほう》しかかけないんだから当然だ。魔法《まほう》に誘《いざな》われるがままに、わたしは穏《おだ》やかな気持ちに身をあずけた。ようやく母さんの手を払《はら》いのけたころには、呪文《じゅもん》の出だしは忘れてしまっていたし、信じがたいほどバカなまねをしかけていたことにも気付いていた。

だからって母さんに感謝したわけじゃない。母さんが正しかったんだとわかって、気分はいっそう落ちこんだ。心はあいかわらず不本意なほど穏《おだ》やかで、降りしきる雨の中に飛びだしていく気にもなれなかった。かといって、気持ちを洗いざらい話すとか、破滅《はめつ》へと突《つ》き進んでいくのを止めてくれてありがとうと伝えるとか、そういう気色の悪いこともしたくなかった。母さんが止めてくれなかったら、わたしはコミューンもろとも爆発《ばくはつ》していただろうし、最悪の場合ウェールズの半分を荒廃《こうはい》させていただろうけど。なんにせよ、この苦痛から逃《に》げ出すべつの道を探す必要があった。そこで、わたしは例の木箱を取ってきて経典を開いた。

母さんはユルトのむこうにいて、こっちに背を向けて鍋《なべ》を洗っていた。いまはわたしをひとりにしたほうがいいと思ったのだろう。だけど、すこしすると肩《かた》ごしにちらっとこっちを見て、わたしがなにか読んでいるのに気付くと、不機嫌《ふきげん》な子どもをなだめるような声でたずねた。「ダーリン、なにを読んでるの？」わたしが大好きで大嫌《だいきら》いな優しい声だった。

わたしは経典を見せびらかしたい気持ちをぐっとこらえ、ぼそっとつぶやくような声で答えた。「『黄金石の経典』。スコロマンスで見つけたやつ」ところが、最後まで言い終わる前に、母さんがうめき声をあげた。だれかにナイフでめった刺《ざ》しにされているような声だった。洗っていた鍋が落ちて、ごとっと鈍《にぶ》い音がした。わたしはぽかんとして母さんを見た。母さんもわたしを見つめていた。目を見開き、恐怖《きょうふ》でこわばった顔だった。つぎの瞬間《しゅんかん》、母さんは膝《ひざ》から崩《くず》れ落ち、両手で顔をおおうと、文字どおり手負いの動物みたいな声で叫《さけ》んだ。

わたしは完全に恐慌《きょうこう》をきたした。母さんは、三十分前のわたしなみのパニックを起こしていた。さっきは母さんがなだめてくれたんだから、今度はわたしが母さんをなだめるべきだ。だけど、肝心のそのわたしは、相手が怪物《かいぶつ》の大群にでもおそわれていない限り、基本的にだれかを助けるということができない。頭のなかが真っ白だった。ユルトをぐるぐる二周走り、血走った目でなにか役にたちそうなものを探し、ようやく水を一杯《いっぱい》持っていくことを思いついた。お願いだから水を飲んでと繰《く》りかえし、なにかひどいことをしてしまったなら教えてほしいと頼《たの》みこんだ。だけど、母さんは声をあげて泣きつづけた。そこでわたしは、もしかしたら母さんは食器用洗剤《せんざい》を飲みこんでしまったのかもしれないと思いつき、母さんが有害物質にやられていないか調べる魔《ま》法《ほう》をかけ、結局異常は見つからなかったので今度は万能薬魔法《まほう》をかけようと思いつき、けれどマナがないことに気付いてしまったので、マナをためるためにユルトの中でスクワットをはじめた。泣きつづける母さんのそばで。完全にヤバい光景だった。

母さんは自力で気持ちを落ち着けるしかなかった。何度かしゃくりあげ、しぼり出すように言った。「ちがう、ちがうのよ」

わたしはスクワットをやめ、荒《あら》い息をつきながら母さんの正面で両膝《ひざ》をついた。母さんの肩《かた》をつかんで言う。「ねえ、ほんとに教えて。わたし、どうすればいい？　ごめんね。ごめんなさい」わたしは母さんを許した。オリオンを好きにならなかったことも、あいつに近づくなと警告を送ってきたことも、わたしに気持ちを穏《おだ》やかにする魔法《まほう》なんかかけたことも。発作でも起こしたみたいに取り乱した母さんの前では、そんなのはすべて些細《ささい》なことだった。母さんがパニックを起こすなんて、世界が足元から崩《くず》れはじめたような気がする。これも未完成に終わった不吉《ふきつ》な創作呪文《じゅもん》のせいなんだろうか。

母さんはうめき声をもらしながらゆっくりと息を吐《は》き、そして言った。「ダーリン、ちがうの。謝らないで。謝らなくちゃいけないのはわたし。わたしなのよ」目を閉じ、わたしの肩《かた》をつかむ。気にしないで、みたいな無意味な慰《なぐさ》めの言葉をかけようとしたそのとき、母さんがまた口を開いた。「ちゃんと話すから。約束する。でも、まずは森に行きたいの。ごめんね、ダーリン。許してちょうだい」母さんは、急に年老いてしまったみたいにゆっくりと立ちあがり、そのまましのつく雨のなかへ歩いていった。

わたしはベッドに腰《こし》かけ、ぬいぐるみかなにかみたいに経典を抱《だ》きしめた。動揺《どうよう》してはいたけれど、さっきよりはマシだった。とはいえ、マシになったのは母さんが森に行ったからで、なにかが解決したわけじゃない。母さんはなにかというと森へ行くし、もどってくるといつにもまして穏《おだ》やかで、みんなに癒《い》やしと思いやりを惜《お》しげもなく分け与《あた》える。だから、わたしはわずかな望みに賭《か》けようとした。母さんは、今回も落ち着きを取りもどして帰ってくるかもしれない。だとしても母さんがパニックを起こすなんて前代未聞だ。そして、わたしの人生で起こる災難は、絶対にわたしに原因がある。一時間後に母さんが約束通りもどってくると、わたしはほっとして叫《さけ》びそうになった。全身びしょぬれで、ワンピースは濡《ぬ》れたティッシュみたいに脚《あし》に張りつき、体の前の部分と顔が泥《どろ》だらけだ。ぬかるみの中でうつ伏《ぶ》せにでもなっていたんだろうか。それでも、母さんがもどってきてくれただけで十分で、わたしは抱《だ》きしめようと近づいた。

だけど、母さんは棒立ちのままこう言った。「あなたに話さなくてはいけないことがあるの」低い、どこか遠くから漂《ただよ》ってくるような声だった。大規模魔法《まほう》をはじめるとき、母さんはよくこんな話し方をする。時どき、死の呪《のろ》いとか魔法《まほう》病とか、とんでもなく深刻な悩《なや》みを解決したくて母さんを訪ねてくる魔法使《まほうつか》いがいる。すると母さんは、この不思議に重々しい声で、これからするべきことを相手に宣言するのだ。だけど、いま、母さんが宣言したのは自分自身に対してだった。わたしの両手をきゅっと握《にぎ》り、別れを告げるみたいにして額にキスする。とうとう母さんは娘《むすめ》に見ていた幻想《げんそう》から覚めて、わたしを追い出すことにしたんだろうか。わたしは、予言どおり死と崩壊《ほうかい》をもたらす黒魔術師《くろまじゅつし》になるしかないんだろうか。曾祖母のあの予言が頭から離《はな》れたことはない。とうとう、わたしは母さんに縁《えん》を切られるんだろうか。

そのとき、母さんが言った。「あなたのお父さんの一族は〈黄金石の自治領〉の出身なの」

「それって、この経典で作った自治領ってこと？」かすれた声でたずねたけれど、それは質問じゃなかった。かつてシャルマー一族はインド北部にマナ原理主義の自治領を築き、その自治領は二世紀前のイギリスの植民地時代に滅《ほろ》んだ。そのことならわたしも知っている。『黄金石の経典』はサンスクリット語で書かれた古い呪文《じゅもん》だし、はるかむかしのインドでは〈黄金石の自治領〉がそれこそ大量に作られていた。だから、たしかにちょっとした偶然《ぐうぜん》ではあるけれど、父さんの一族が〈黄金石の自治領〉に住んでいたとしても大騒《おおさわ》ぎすることじゃない。わたしは身構えた。本題はきっとここからだ。

「自治領はマリアでできているの。厳密な仕組みはわからないけど、自治領に行けばきっとあなたもそのことを感じる。だけど、〈黄金石の自治領〉だけはちがう。あなたのお父さんが教えてくれたのよ」

「じゃあ、それっていいことでしょ？」わたしは夢中でさけんだ。経典を捧《ささ》げものみたいに差しだす。「ここにはマリアを使うなんて書いてなかったよ。全部読んだんだから。まだこの魔法《まほう》をかけることはできないけど、がんばれば――」わたしは最後まで言えなかった。美しい本を前にした母さんが顔をゆがめる。震《ふる》える手をのばし、表紙の上でさまよわせた。触《さわ》ってはいけないもののみたいに。表紙に触《ふ》れることさえせずに、母さんはその手を宙できゅっとにぎった。

「わたしとアージュンは、〈黄金石の自治領〉を建設しようと計画を立てていたの。みんなにより良い暮らしを――」そう言いかけて、母さんは口をつぐんだ。母さんには信条がある。許しを乞《こ》う立場なら言い訳をしてはいけない、許されてはじめて説明をするべきだ、と。「そう、わたしたちはふたりで〈黄金石の自治領〉を建設したかった。経典を手に入れたかった」たぶん、この時点でわたしには真実がわかっていたと思う。だけど、頭がうまく働かなかった。雑音でいっぱいだった。「わたしたち、経典はきっとスコロマンスにあるはずだと思ったの。あの図書室に。ダーリン、本当に、本当にごめんなさい。母さんと父さんは召喚呪文《しょうかんじゅもん》をかけてしまったの。あの経典を呼び寄せる呪文《じゅもん》をかけた。なのに、借りをそのままにしてしまった」

第2章 ロンドンの庭園

「まさか呪文《じゅもん》がうまくいったとは思わなかったの。結局経典は見つからなかったから、なくなったか消えてしまったかしたんだろうと思いこんだのよ」

わたしはいつのまにかベッドにすわっていた。経典を胸に抱《だ》きしめたまま。たぶん、こんなものは火にくべてしまうべきなんだろう。だけど、この世界ですがれるものは経典しかないような気がした。

どっちがマシなんだろう。いま告げられたこと？　それとも、やっぱり母さんがまちがっていた、あなたは闇落《やみお》ちするしかない運命なのよと告げられること？　ふたつ目のほうなら、物心がついたころから、いつかそうなるだろうと覚悟《かくご》をしてきた。母さんに追放されれば絶望しただろうけど、その心構えはできていた。だけど、これはちがう。まさか母さんと父さんが——ふたりがなにをしたと言うべきなのかもわからない。

召喚魔法《しょうかんまほう》は、基本的には修繕魔法《しゅうぜんまほう》と似ている。どの言語にも召喚魔法《しょうかんまほう》の基本形があって、召喚《しょうかん》したいものと借りを返すために手放すものに応じて、魔法《まほう》の細部に手を加える。この世に存在するものなら、どんなものでも召喚《しょうかん》できる。泣き叫《さけ》ぶ生贄《いけにえ》だって手に入る。だけど、その借りはかならず返さなくちゃいけないし、ふつうは高すぎる代償《だいしょう》を払《はら》うことになる。召喚魔法《しょうかんまほう》をかけるときに、マナをケチるとか十分な犠牲《ぎせい》を払《はら》わないとかして対価をごまかそうとすると、差しだしたものを失ううえに魔法《まほう》も失敗する。

だけど、召喚魔法《しょうかんまほう》にはひとつ抜《ぬ》け道がある。マナも犠牲《ぎせい》も一切払《はら》わずにおくのだ。対価をまったく払《はら》わずにこの魔法《まほう》をかけると、持てるすべてを捧《ささ》げたとみなされる。本人の命でさえも。母さんと父さんの場合、片方は〈目玉さらい〉の腹の中で永遠に絶叫《ぜっきょう》するという悲運に見舞《みま》われ、もう片方は、なげき悲しみながらゲートを抜《ぬ》け、たったひとりで子どもを産み育てることになった。

負債《ふさい》は子どもにも引き継《つ》がれる。子は親の細胞《さいぼう》の一部からできているわけだから、親はそれと気付かないうちに、わが子を代償《だいしょう》として差しだしてしまうのだ。母さんは娘《むすめ》を——曾祖母《そうそぼ》だか曾《そう》祖母《そうそぼ》だかのかっこいい表現を借りるなら——「悩《なや》める霊《たましい》」として産み、知らずしらずのうちに抵当《ていとう》に入れてしまった。こうして子どもは大量虐殺《ぎゃくさつ》の才能にめぐまれ、世界に死と荒廃《こうはい》をもたらす最低の運命を担うことになった。両親の純粋《じゅんすい》な理想主義と釣《つ》り合いを取るために。一家全員で協力して負債《ふさい》を支払《しはら》いつづけ、ある日、娘《むすめ》はチャンスを手にする。ほんの一瞬《いっしゅん》のチャンス。両親が探し求めていた経典をつかむチャンス。こうして娘《むすめ》は学校の図書室で経典を首尾よく手にし、父親と母親が夢見た平等で自由な世界を作ろうと心に決めた。

わたしはまだ経典を抱《だ》きしめていた。革表紙の浮《う》き彫《ぼ》り模様を無意識に指でなぞる。ずっと、払《はら》った犠牲《ぎせい》には見合わない幸運だと思っていた。だけど、経典を手放そうとはしないで、考えることから逃《に》げてきた。いまようやくわかった。わたしは、生まれてきたその瞬間《しゅんかん》から、同意したわけでもない犠牲《ぎせい》を払《はら》ってきたのだ。経典をつかんだ直後に通路の奥《おく》で〈目玉さらい〉に出くわしたのだって、ただの偶然《ぐうぜん》なんかじゃなかった。両親の負債《ふさい》を完済するために、わたしはあいつと戦ったのだ。

もちろん、選択肢《せんたくし》はあった。あの〈目玉さらい〉と戦うことを強制されたわけじゃない。見なかった振《ふ》りをして、数十人くらいの新入生をかわりに犠牲《ぎせい》にしたってよかった。高潔な両親が作った負債《ふさい》を、この世の地獄《じごく》へ下級生を突《つ》き落とすなんていう卑劣《ひれつ》なまねで返済し、釣《つ》り合いの原理を守ったってよかった。だけど、わたしは自分で地獄《じごく》を経験するほうを選んだ。あんな記憶《きおく》、本当は頭から抹消《まっしょう》したい。だけど、できない。あのときのことを思い出すだけで吐《は》き気《け》がこみあげて体が震《ふる》え、じっとりといやな汗《あせ》がにじんでくる。わたしの一部は、いまもあの〈目玉さらい〉の体内で叫《さけ》びつづけている。死ぬまでずっとそうなんだろう。

だからわたしは、〝忍耐《にんたい》〟と戦うなんて無茶だとオリオンに言った。アレと戦うなんて、考えることを脳が拒否《きょひ》した。だから——たぶん、だから、オリオンはわたしをゲートのむこうへ押《お》しやった。〝忍耐《にんたい》〟とは戦えないと言ったから。**わたしは**戦えないと言ったから。だからオリオンは、わたしを〝忍耐《にんたい》〟から、耐《た》えがたい恐怖《きょうふ》から逃《のが》したのだ。オリオンを失ったことも、わたしが払《はら》うべき代償《だいしょう》だったんだろうか。

わたしは支払《しはら》いの済んだ経典に目を落とした。あんなに大事にして、これに人生を賭《か》けようとさえ思ってきた。だけど、いまではその熱意さえも——いろいろな計画も、〈黄金石の自治領〉を建てようという目標も——自分で考えたのではなく、両親から受け継《つ》いだもののように思えてくる。わたしは怒《おこ》りたかった。怒《おこ》る権利があると思った。

母さんも同じように思ってるみたいだった。判決を待つ被告《ひこく》人みたいな顔でわたしの前に立っている。母さんはいつも言っていた。だれかを傷つけてしまったら、わざとかどうかは関係ないのよ。許してもらいたいなら、相手の痛みと怒《いか》りを全力で受け止めなくちゃいけないの。だけど、母さんに対する怒《いか》りなんか、これっぽっちも感じなかった。父さんと母さんにはわが子を生贄《いけにえ》として捧《ささ》げるつもりなんてなかったのだし、そもそもふたりだってわたしとは比べものにならないくらいキツい代償《だいしょう》を払《はら》ったのだ。

だけど、怒《おこ》れないならなにをすればいいのだろう。だいたい、自分が両親の過ちの代償《だいしょう》を払《はら》っていただなんて、にわかには信じられない。母さんが嘘《うそ》をついていると思ったわけじゃない。ただ、母さんがわたしにそんな仕打ちをしたということが、どうしても信じられない。母さんだって、わたしを泣かせたりムカつかせたりしたことなら何度もある。小さいころは、どうして自治領に入れてくれないんだと駄々《だだ》をこねまくったけれど、その頼《たの》みを母さんは頑《がん》として聞き入れなかった。わたしの命がかかっていたとしても、母さんには曲げられない信条があったから。もちろん、わたしが襲《おそ》われれば命がけで守ってくれただろうけど。だけど、**これ**はちがう。わたしの同意なしに召喚呪文《しょうかんじゅもん》の生贄《いけにえ》にするなんて、そんなことを母さんがするはずない。そんな仕打ちをするくらいなら、母さんは自分の心臓をえぐり出して差しだしたはずだ。

そして、**これ**はやっぱり真実だった。だけど、納得できないものはできない。運転手に罪がなくても、ブレーキがイカれれば大型トラックは事故を起こす。今回の場合は、トラック事故というより、どこかの星が物理の法則を無視して爆発《ばくはつ》し、地球をまるごと破壊《はかい》したみたいな衝撃《しょうげき》があった。

「ちょっと、考えたい」わたしは言った。言葉どおりの意味だった。考えようとしても頭が回らないのだ。思考が追いつかなくて、話すことはおろか、なにかを感じることさえできない。スイートハニーがわたしの枕《まくら》もとに作った小さな寝床《ねどこ》から這《は》いだしてきて、肩《かた》の上にちょこんと乗った。温かな重みを感じはしたけれど、やっぱり頭は真っ白なままだった。わたしに必要なのは慰《なぐさ》めじゃなかった。悲しいわけじゃなかった。コンパスも持たずに険しい山のなかをさまよっているみたいな気分だった。

母さんはわたしの言葉を聞くと、ひとりにしてほしいという合図だと思ったみたいだ。「シャワーを浴びてくるわね」そう言うと、すぐに出口へ向かった。自分がひとりになりたいのかもわからなかったから、わたしはだまっていた。母さんは出ていき、わたしはユルトにひとり残された。

まだ雨が降っていた。ユルトの屋根には縫《ぬ》い目がゆるんでいるところがあって、そこから雨漏《あまも》りがしている。母さんはユルトや家具のお手入れを欠かさない人だけど、この四年間はひとり娘《むすめ》の安否で頭がいっぱいで、それどころじゃなかったんだろう。涙《なみだ》の粒がゆっくりとふくらみ、ぽろぽろと頬《ほお》を伝い落ちていった。物心ついてからざっと十年くらいのあいだ、瞑想《めいそう》のやり方だとか、心の平安を見つける方法だとかを母さんに教わりつづけてきた。うまくいったことはほとんどない。わたしはいま、かれこれ三十分くらい、瞑想《めいそう》のときみたいに頭をからっぽにして雨漏《あまも》りを眺《なが》めつづけている。だけど、心の平安なんて見つからなかった。頭のなかは雑音でいっぱいで、静寂《せいじゃく》は一瞬《いっしゅん》も訪れなかった。

そのまま無気力の沼《ぬま》に沈《しず》んでしまえば、一ヶ月くらいぼんやりベッドにすわって感情が動くのを待ちつづけていたかもしれない。だけど、そうはならなかった。「へえ。ほんとに荒野《こうや》のど真ん中に住んでるんだ。あの人がこっちだって言い張るから来てみたけど」人の声がしたのだと気付くまでに一秒くらいかかった。ユルトまで来てわたしと話そうとするやつなんか、これまでひとりもいなかった。ユルトをのぞいてわたししかいないとわかると、なにも言わずに帰っていく。母さんに緊急《きんきゅう》の頼《たの》みごとがある人が話しかけてくることはあるけれど、そんなときはあからさまに無視してやった。話しかけられているのは自分で、さらに声の主はリーゼルだと気付くまでにも一秒かかった。うつろな目をリーゼルのほうへ向けるのにも、また一秒かかった。

リーゼルがユルトの入り口に立ってこっちをのぞきこんでいる。最後に見たのはスコロマンスの卒業ゲートから飛びだしていく姿で、あれからだいたい一週間がたった。あのときは、ほかのみんなと同じように、小さすぎるボロに体を押《お》しこんでいたはずだ。だけどいま、リーゼルはぴったりした膝丈《ひざたけ》のワンピースを着て、パーティーにでも行くのかと見紛《みまが》うような出で立ちだ。ワンピースの前身頃《みごろ》の片側には、虹色《にじいろ》に輝《かがや》く丸い形の異素材が何枚かあしらわれている。魚のうろこに見えるけれど、たぶんあれはアンフィスバエナのうろこだ。わたしは、ぼんやりとそんなことを考えた。オリオンの補講課題を肩代《かたが》わりしたお礼に手に入れたやつだろう。すべてのうろこが銀色と青緑色のビーズに縁取《ふちど》られているのは、たぶん防衛用の魔工品《まこうひん》だから。肩《かた》にかかるブロンドの髪《かみ》は磨《みが》き上げた金属みたいにつやつやで、不自然なほど完ぺきにウェーブさせてある。髪《かみ》だけ見ると一九四〇年代の女優みたいだ。リーゼルは卒業生総代という最強のカードを使ってロンドン魔法《まほう》自治領に入った。見たところ、ぜいたくな装備を整えられるくらいの報酬《ほうしゅう》を得ているらしい。

リーゼルは、顔をしかめつつ真っ白な靴《くつ》にこびりついた泥《どろ》をこすり落とし、入り口をくぐってきた。半信半疑といった顔でユルトのなかを見回し、屋根の雨漏《あまも》りに気付くと、あからさまに非難がましい表情になった。「こんなところに住んでるわけ?」問い詰《つ》めるような言い方だ。

「で、なんの用?」わたしは質問を無視して問い返した。悲しみと混沌《こんとん》の底に沈《しず》んでいたこの一週間のあいだでさえ、ユルトの暮らしが大嫌《だいきら》いだった理由を猛《もう》スピードで思いだしていた。だけど、そんな胸の内をリーゼルに打ち明けるつもりはない。べつにリーゼルのことが嫌《きら》いなわけじゃない。ダンプカーを嫌《きら》いにはなれないのと同じだ。ダンプカーもといリーゼルは、各種さまざまな場面でものすごく頼《たよ》りになる。とりわけ、五千人もの卒業生を、五千匹《びき》を優に超《こ》える怪物《かいぶつ》たちから逃《の》がす時なんかには。あの卒業式がぶじ完遂《かんすい》されたのは、リーゼルが完ぺきに采配《さいはい》を振《ふ》るったからだ。そして、ふつうはダンプカーと心温まる交流を持とうだなんて思わない。へたに近づけば轢《ひ》き殺されるかもしれないんだから。

「なんの用だと思う?」リーゼルは苛立《いらだ》たしげに問い返した。「ロンドンがヤバい。手を貸して」だまっていたけれど、思っていることは全部顔に出ていたと思う。さっさと失せな、とか。だけど、なぜロンドンがヤバいのか、なぜわたしの手を借りたいのか、気にならなかったといえば嘘《うそ》になる。たしかにわたしの魔力《まりょく》は強いけど、世界屈指《くっし》の勢力を誇《ほこ》るロンドン魔法《まほう》自治領にくらべればどうってことはない。そもそも、わたしはロンドンの情勢なんかどうでもいい。

リーゼルは一瞬《いっしゅん》あきれ顔になり、それから恐《おそ》れ多くも解説をお与《あた》えくださった。「バンコクを滅《ほろ》ぼしたのがだれかはわからないけど、そいつらがまた動いたんだよ。アルゼンチンのサルタ自治領とロンドン自治領が標的になった。しかも、卒業式当日に。卒業生が脱出《だっしゅつ》してた真っ最中にやられたんだ。サルタは完全に壊滅《かいめつ》して、死亡者も二百人。ロンドンも半分が機能してない。なのに、あんたはボロいテントでただすわってる」リーゼルは、軽蔑《けいべつ》しきった声で吐《は》き捨てた。

リーゼルの説明は効果てきめんだった。急に自分がこっけいに思えてきたのだ。片田舎のユルトでぼんやり暮らし、世界が大変なことになっていたというのに、なにも知らずにいた。国際ニュースにも気付かなかったのだろうかと心配しているなら言っておくけど、非魔法界《まほうかい》のバンコクとサルタは滅《ほろ》んでなんかいない。テレビをつけてもロンドンが攻撃《こうげき》されたというニュースが流れることはない。魔法《まほう》自治領の盛衰《せいすい》が非魔法界《まほうかい》にもれることはないのだ。自治領の中にいる限り、魔法界《まほうかい》と非魔法界《まほうかい》は完全に分断される。虚空《こくう》に居心地のいい隠《かく》れ家《が》を作ってしまえば、非魔法界《まほうかい》のよしなしごとに邪魔《じゃま》をされることなく、アンフィスバエナのうろこつきワンピースをこしらえたり、わが子を怪物《かいぶつ》から守ったりできるようになるのだ。

とはいえ、リーゼルがあきれ顔になったのもムリはない。自治領に対する攻撃《こうげき》は、わたしみたいな魔法使《まほうつか》いにとっても深刻なニュースだ。自治領というシステムに対しては言いたいことが山のようにあるし、保証付き招待ものきなみはねつけてきた。だけど、だからって、頭のおかしい黒魔術師《くろまじゅつし》かなにかが世界中の自治領を滅亡《めつぼう》させ、罪もない魔法使《まほうつか》いたちを虐殺《ぎゃくさつ》していいとは思わない。

だけど、なんらかの行動に出るかどうかはまたべつの話だ。騒動《そうどう》に巻きこまれるくらいなら、森のなかの静かなユルトで雨漏《あまも》りに耐《た》えているほうが断然いい。「悪いけど、それはロンドンの問題だから」

「へえ。じゃ、あんたはここでテントと一緒《いっしょ》に朽《く》ちていくんだ」リーゼルは言った。「あんたの居場所はここじゃない」

「だいたい、なんでここがわかったわけ?」

「リューから連絡《れんらく》があったから」リーゼルはあっさり答え、バカな質問をあらかじめ封《ふう》じるみたいにして片手を振《ふ》った。「ほかになにかあるとでも? みんな、あんたもレイクと一緒《いっしょ》に死んだと思ってたんだけど」

わたしは裏切られたような気持ちになって、無言でリーゼルを見つめた。とはいえリューを責める気にもなれない。わたしをどん底から引きずりだすことが目的だったなら、リーゼルに託《たく》すのが一番だ。「ロンドンに連れてくってのは、リューじゃなくてあんたの案でしょ」

「そりゃそうでしょ。リューに聞いたのは、あんたが生きてて、電気も上下水道もないコミューンでぼーっとしてるってことだけ。まあ、それだけ聞けば十分でしょ」

「あんたってこれが通常運転なの？　ふつう、頼《たの》みごとをする相手をバカにする？」そう言ったわたしの声は、怒《おこ》ってやり返したというよりも単純な疑問を口にしたように響《ひび》いた。リーゼルにとってはラッキーだったと思う。いまだに怒《おこ》ろうとしてもうまく怒《おこ》れなくて、遠慮《えんりょ》のかけらもないリーゼルの態度にむしろ感心してしまう。そもそも、リーゼルはわたしになにをさせようとしているのだろう。大量破壊《はかい》が好きな者同士で対戦させるつもりだろうか。

「〝頼《たの》みごと〟なんて生ぬるい話じゃないから」リーゼルは言った。「今朝、〈目玉さらい〉がロンドン自治領の結界を破って侵入《しんにゅう》してきた。かなり大きい。中枢《ちゅうすう》の評議室には近づけないように食い止めてるけど、そろそろ限界が近い。評議室がのっとられたら、ロンドン自治領はおしまいだよ。いろんな自治領に援軍《えんぐん》を頼《たの》んだけど、全部断られた。そりゃ怖《こわ》いよね。はい、説明はこれで十分でしょ？」リーゼルは挑《いど》むように言った。胃がひっくり返ってぎゅっと縮む。小さく丸められたパン種みたいに。

自治領に対する個人的な感情はさておき、それは最悪の事態だった。ニューヨークと並ぶ規模と力を誇《ほこ》るロンドン自治領が、尽《つ》きせぬ豊かなマナと共に〈目玉さらい〉の体内へ消えてしまおうとしている。そうなれば、そいつは〝忍耐《にんたい》〟にも負けない最凶《さいきょう》の敵になるだろう。さらには、ロンドンの結界をずたずたにした黒魔術師《くろまじゅつし》もまだ捕《つか》まっていない。たぶん、つぎの標的を目指して動きだしているはずだ。〈目玉さらい〉に黒魔術師《くろまじゅつし》。最強のタッグだ。このぶんでいけば、死と崩壊《ほうかい》を世界にもたらすなんて曾祖母《そうそぼ》の予言は、わたしじゃなくてそいつらが実現するだろう。

もちろん、だからってロンドン行きに心が動いたわけじゃない。〈目玉さらい〉と戦うなんてごめんこうむりたい。オリオンを救うためならもう一度腹をくくったと思うけど、だからって週一で〈目玉さらい〉を倒《たお》したいわけじゃない。〈目玉さらい〉がヤバいことは周知の事実だけど、わたしはあいつらのヤバさを骨身に染みて知ってしまっている。あの怪物を相手取って生きのびた魔法使《まほうつか》いは、知っている限りわたしでふたり目だ。ひとり目は上海《シャンハイ》自治領の現総督《そうとく》らしい。

とにかく、生きのびたのはわたしで、死んだのは〈目玉さらい〉のほうだった。そして、たったひとりであの怪物《かいぶつ》を倒《たお》した魔法使《まほうつか》いは、わたしを置いてほかにいない。事実のはずがないと言われているクラクフ事件のときでさえ、〈目玉さらい〉には七人で立ち向かったとされている。上海《シャンハイ》自治領に侵入《しんにゅう》した〈目玉さらい〉を倒《たお》したときは、四十人以上もの魔法使《まほうつか》いが総出で必要なマナをためたという。というか、わたしはひとりで**二度**〈目玉さらい〉を倒《たお》した。二匹《ひき》目は卒業式の最中にハニーポット呪文《じゅもん》につられて迷いこんできたチビで、わたしはそいつをリーゼルの目の前で倒《たお》した。だから、いま、リーゼルはこうしてわたしに助けを求めにきた。

リーゼルは人の心を動かしたりしない。リーゼルは人の心を引っぱたく。引っぱたいて、わたしみたいにぬかるみにはまりこんだやつを小突《こづ》き回す。「へえ。最高」わたしはそれでも、抗《あらが》おうと試みた。「そうそう、ちょうどそんな気分だったんだよ。ロンドン魔法《まほう》自治領のために命がけで〈目玉さらい〉と戦いたいなって。評議会は、なんでわたしが乗り気になると思ったわけ？」

「評議会の意見なんか聞いてない。話し合う暇《ひま》なんかあったと思う？　わたしたちの独断で来たんだよ」

「**わたしたち？**」

「アルフィーとセアラがむこうにいる。待ってるように言ったから」リーゼルは、そんなことはどうでもいいと言いたげに適当な方角を指差した。「だからなに？　署名済みの契約書《けいやくしょ》かなんかがほしいわけ？　前はただでやったくせに。レイクが死んだからって、ここに引きこもって余生を過ごすつもり？　ガキなの？　だれかが世界中の自治領を破壊《はかい》してまわって、〈目玉さらい〉がロンドンをまるごとのみこもうとしてるんだよ。すわってべそかいてる場合じゃない。**オリオンだったら**どうした？」

わたしはカッとなって立ちあがった。今度はユルトの横木をすれすれのところでかわした。

リーゼルはというと、腕《うで》を組んでわたしをにらみつけたまま微動《びどう》だにしない。例によって、触《ふ》れれば切れそうなくらいに鋭《するど》い。わたしはひと言も反論できなかった。オリオンなら一も二もなく助けに飛んでいっただろう。生きてさえいれば。そして、オリオンは生きのびたはずだった。わたしが勇気を出してさえいれば。〝忍耐《にんたい》〟を目の前にしたあのとき、パニックを起こさず、オリオンをやみくもに逃《に》がそうとする以外になにか思いついてさえいれば。

わたしはだまっていた。リーゼルは正しい。一発平手打ちでもしてやれば、気分が爽快《そうかい》になっただろう。なんにせよ、リーゼルは自分が勝ったことに気付いたらしい。そっけなくうなずいて踵《きびす》を返し、わたしの準備が終わるのを待つためにユルトを出ていった。

わたしは、不規則に滴《したた》る雨漏《あまも》りの音を聞きながら、ユルトの中でひとり立っていた。ベッドに置いた経典を振《ふ》りかえる。弱い明かりに照らされて、なめらかな表紙がかがやいている。かがんで経典を拾いあげ、専用の木箱に収めてしばらくそのまま両手に持っていた。この経典は、わたしに運ばれてはるばるこのコミューンへ来た。本来の召喚者《しょうかんしゃ》のもとへもどるために。だけど、母さんがこの経典を使うことはないだろう。ここに載《の》っているのは治癒《ちゆ》呪文《じゅもん》じゃない。そして、経典の最終呪文《じゅもん》にかかる莫大《ばくだい》な量のマナを扱《あつか》うことができるのは、いま知っている限りではわたしひとりだ。

じゃあ、**わたしは**この経典を使うんだろうか。それはまだわからないけれど、ひとつ確かなのは、ロンドンでの戦闘《せんとう》にこの経典を巻きこんではいけないということだった。たぶん、だからわたしはロンドン行きを決めた。そうすれば、経典を使うかどうかという選択肢《せんたくし》からしばらくは逃《のが》れることができる。

「あんたのことは母さんに託《たく》していくよ」わたしは、いつもどおり経典に話しかけた。「母さんなら、わたしがもどるまであんたを大事にしてくれる」

ふつうなら、もっといろいろ話しかけていたと思う。本当は片時もそばを離《はな》れたくないんだよと伝え、これからの計画のことをくどくどと話して聞かせ、経典がいなくなってしまわないように必死になったはずだ。だけど、いまはそうする気持ちになれなかった。もし経典が消えてしまえば、わたしはこれからのことを悩《なや》まずにすむ。もちろん、経典を失いたくはないけれど、かといってロンドンへ行くのをやめようとも思わなかった。もう一度表紙に触《ふ》れ、それから木箱のふたを閉めてテーブルの上に置いた。雨漏《あまも》りからは慎重《しんちょう》に離しておいた。

それから、紙切れに母さんへの伝言を残した。『ロンドン自治領がヤバいらしいから手伝いに行ってくる』それで終わりにしようとも思った。『オリオン・レイクに近づいてはだめ』の仕返しをしてやろうかと、意地悪い心が動いたのだ。惜《お》しまれることなく消えたオリオンのことを思うと、ナイフで刺《さ》されたみたいに胸が痛かった。オリオンの力ではなくオリオン本人を惜《お》しんでいるのはわたしひとりなんだろうか。本当は、中学生なみに感情的な長文をしたためて母さんを責めたかった。自分だってひどいことをしたんだから、母さんにオリオンを化け物あつかいする権利はない。怒《いか》りと悲しみを、整理もせずに紙の上にぶちまけたかった。

だけど、たとえオリオンをかばうためでも、母さんにそんな仕打ちはできなかった。やり場のない怒《いか》りにしばらくもだえたあと、仕返しは妄想《もうそう》のままで終わらせておくことにして、わたしはメモの最後にこう書き加えた。『すぐ帰る。ごめん。エルより』

出発しようと振《ふ》りかえると、スイートハニーが出口のど真ん中に陣取《じんど》っていた。どんよりくもった空を背にして白く発光し、置いていったら承知しないと言いたげにわたしをにらんでいる。

「**あんたこそ**、戦闘《せんとう》に巻きこむ意味がないんだけど?」そう言ったわたしを無視して、スイートハニーは一直線に走り寄ってきた。わたしの脚《あし》を伝ってワンピースのすそに飛びつき、ちょこちょことよじ登ってポケットにもぐりこむ。引っ張り出そうとポケットに手を入れてはみたものの、スイートハニーは温かな体をぎゅっと丸めるだけだった。「もう、わかったってば」わたしはつぶやいた。こんなスイートハニーを無理やり置いていく気にはなれなかった。

リーゼルは、待ちくたびれたという顔でぬかるんだ小道に立っていた。傘《かさ》をさしているように見えるけれど、それは非魔法族《まほうぞく》対策のためで、実際は雨よけの魔工品《まこうひん》が頭上に浮《う》いている。わたしが近づくと、魔工品《まこうひん》はふたりのあいだにふわふわと移動した。小道を歩いていくあいだ、雨粒《あまつぶ》は一滴《てき》もかからなかった。

アルフィーとセアラは、ユルトやトレーラーハウスが密集したあたりにいて、住民たちにせいいっぱい愛想をふりまいていた。外界でふたりに会うのは妙《みょう》な気分だった。あり得ないほど上質な服に身をつつみ、ぬかるみを歩いてきたとは思えないほど全身がぴかぴかだ。立ち居振《ふ》る舞《ま》いもどことなくおかしい気がする。こわばった笑みを顔にはりつけ、不自然なほど姿勢がいい。はじめは、非魔法族《まほうぞく》に気に入られようとして空回りしているのかと思った。アルフィーとセアラは、生まれてからいままで自治領の外に出たことがほとんどない。非魔法族《まほうぞく》がそばにいれば、呪文《じゅもん》をかけるのも魔工品《まこうひん》を使うのもなにかとやりにくい。自治領の連中にしてみれば、そんな暮らしは耐《た》えがたいはずだ。あいつらはマナがありあまっていて、傘《かさ》という便利グッズを使えばいいときでさえ、わざわざ魔工品《まこうひん》を使うのだから。

だけど、わたしたちの姿が視界に入ったとたん、アルフィーはとんでもない勢いでこっちを振《ふ》りかえり、その瞬間《しゅんかん》わたしは悟《さと》った。アルフィーもセアラも、不安で押《お》しつぶされそうな自分を必死で保とうとしているだけなのだ。「エル、久しぶり。会えてよかった」アルフィーの口調は、うれしそうに響《ひび》くように一応取り繕《つくろ》ってはあった。だけど、前からこいつを知っているわたしにはわかる。声がでかすぎるし、震《ふる》えているし、どう見てもヒステリーを起こす寸前だ。「事情はリーゼルから聞いたよな?」そう言うと、今度はにっこり笑ってフィリパに声をかけた。「エルを借りていっちゃってすみません」フィリパにもコミューンのほかのやつらにも、アルフィーの愛想という名の魔法《まほう》は効果てきめんだった。スコロマンスの負け組テーブルからロンドンのテーブルにさらわれていくみたいな感じがした。アルフィーが首尾《しゅび》よくわたしを自分のテーブルに連れていったことはないけれど、自治領の連中なら、ふつうは愛想さえふりまいておけばすべてうまくいく。アルフィーもむかしの習慣が抜《ぬ》けないのだろう。

そして、フィリパはというと、大喜びで力になろうとしていた。どことなくうさんくさそうにこっちを一瞥《いちべつ》して――こんな金持ちのぼっちゃんが、**エルなんかに**なんの用だろう？――、アルフィーに言う。「いえいえ、あたしたちはちっとも」アルフィーの趣味《しゅみ》の悪さをさげすんでいるような言い方だった。用が済んで返却《へんきゃく》されたらおぼっちゃんのかわりに溝《みぞ》にでも放りこんでおきますから、とでも言いたげだ。

アルフィーはその返事で十分なようだった。そして、わたしがフィリパのそばを離《はな》れたがっていることにも気付いたらしい。わたしに向きなおり、出発しようと合図する。怒《いか》りをこめてにらんではみたものの、ここまで来れば抗《あらが》うすべはない。わたしは自分の足で小道を歩いてきた。行く気もないなら、ユルトを出なければよかったのだ。だから、わたしは出発した。

移動手段はコミューンの駐車場《ちゅうしゃじょう》にとまっていて、持ち主たちに負けず劣《おと》らず違和感《いわかん》たっぷりだった。コミューンによく来る気取り屋の非魔法族《まほうぞく》たちは、ランドローバーとかでかいキャンピングカーとかに乗ってきて、たいていはノンウォッシュデニムと新品のスニーカーをはいている。

だけど、アルフィーたちはそれっぽい感じをねらいすぎたのか、そこには、エドワード朝時代のレーシングカーと一九三〇年代アメリカのギャングが乗ってそうな車を足して二で割ったようなしろものが待っていた。ボンネットは異様に長く、それでいて、ゆったりと快適そうなシートは運転席のひとり分しかない。

ところが、扉《とびら》が開いて中に入ってみると、そこには四人分の空間が広がっていた。べつに、ナルニアの衣装だんすとか、『ドクター・フー』のターディス《ＴＡＲＤＩＳ》とか、ああいう不思議な空間があったわけじゃない。マナがどれだけあっても本物の空間を作り出すことはできない。それに、もしなんらかの方法で虚空《こくう》を――解明されている限りでは、果てしなく広がっているという空間を――利用したのだとしても、あそこは居心地がそんなによくないから、ふつうの人間は正気を保っていられない。一般的《いっぱん》に、自治領が空間を拡張するときは、近隣《きんりん》のでかくて豪華《ごうか》なマンションを買い占《し》めて、その内部の空間だけを自治領内に移動させて利用する。マンションが自治領から離《はな》れていれば、それだけ空間の移動にマナを消費することになる。いくらロンドン自治領とはいえ、長距離《ちょうきょり》移動をする車の中にべつの空間を移動させることはできない。膨大《ぼうだい》なマナを浪費《ろうひ》することになるからだ。

だから、車内がゆったりして見えたのは、偽物《にせもの》のボンネットから移動させたすこしばかりの空間と、心理的錯覚《さっかく》とでもいうべきもののおかげだった。中に乗りこむと、ごくふつうの車に乗っている感じがした。磨《みが》きこまれた真鍮《しんちゅう》の部品だの、シミひとつない真っ白な革張りのシートだのがそろっていて豪華《ごうか》ではあるけれど、ふつうの車だ。だけど、シートの背にもたれてみると、ゆったりすわっているのは自分ひとりで、ほかの三人はぎゅう詰《づ》めになっているんじゃないかという感じがする。たぶん、四人とも実際は**ぎゅう詰《づ》めに**なっていて、そのことに気付いた瞬間《しゅんかん》だけ、順番に広めの空間を割り当てられているんだろう。

最後に乗りこんだアルフィーが扉《とびら》を閉めると、何台ものジェット機がいっせいに飛び立つときみたいな轟音《ごうおん》と共に車が発進した。はりぼての車が、非魔法族《まほうぞく》たちに疑われないように、『ほら聞け、**ほんとに**エンジンがかかるぞ！　**本物の**エンジンで動いてるんだぞ！』という嘘《うそ》をがなり立てているのだ。車が森の中に入ってコミューンから見えなくなると、たちまちエンジン音は静かになった。そのまま車は音もなく走りつづけ、視界のはしをぼやけた景色が流れていった。一度だけ、窓から外をのぞいた。すると、出発してから一分もたっていないというのに、車はすでに見たこともない道路を走っていた。あきらかにこの車は、世界のいろいろな法則を無視してあり得ないスピードで爆走《ばくそう》している。たぶん、そのためにわざわざ古めかしいデザインにしたのだろう。窓が小さすぎて、外を見るのも中をのぞくのも一苦労なのだ。

「それで、なにが起こってるかわたしに説明する時間もないわけ？」わたしは、車にかかった魔《ま》法《ほう》に干渉《かんしょう》しないように、意識的に車内に目をもどした。

「説明って、だれに**できる**の?」セアラがつぶやいた。セアラも、スコロマンス時代とは比べものにならないくらい、きらびやかな姿をしていた。髪《かみ》は金色の鎖《くさり》と一緒《いっしょ》に編みこみにしてひとつにまとめてある。たっぷりした緑のシフォンドレスにはあちこちに金色の編み紐《ひも》が結ばれ、ルーン文字のような模様が金糸で刺繡《ししゅう》されている。刺繡《ししゅう》には魔法《まほう》がかけてあるらしい。セアラが華麗《かれい》な足さばきで歩けるのも、ドレスに泥水《どろみず》が一滴《てき》もはねていないのも、そのおかげだ。セアラはアルフィーに負けず劣《おと》らず緊張《きんちょう》していた。だけど、どこかこれが現実だとは信じられないような顔をしている。なにしろ、かんかんに熱された鍋《なべ》みたいに危険なスコロマンスを脱出《だっしゅつ》したと思ったら、今度は炎《ほのお》そのものに飛びこんでしまったのだから。

だけど、アルフィーははっとしたような顔になり、わたしが忌《い》み嫌《きら》いつつ愛せずにはいられないアレを取りだした。マナ・シェアのメダルだ。しかも、これまで見てきたどんなメダルよりも明らかに上等だった。バンド部分は絹糸の編み紐《ひも》で、数ミリおきにプラチナの細いリングが固定されている。リングは虹色《にじいろ》に光る魔法《まほう》物質に覆《おお》われ、ひとつひとつにオパールの原石が埋《う》めこまれていた。マナ・シェアのメダルは、非魔法族《まほうぞく》が見れば腕《うで》時計にしか見えないようにデザインされている。アルフィーが差しだしたこのメダルは黒い液晶《えきしょう》画面に見えるように細工されていた。アンティーク調にリメイクしたスマートウォッチといった感じだ。アップル社も、魔法《まほう》自治領の虚空《こくう》とコネクトできるスマートウォッチはまだ開発できていない。このマナ・シェアのメダルにはそれができる。スコロマンスを出た現実世界でもつねに虚空《こくう》とつながっているなんて、どんな気持ちがするんだろう。ぼんやりそんなことを考えながら、わたしはアルフィーからマナ・シェアのメダルを受けとった。仕方なく受けとったという小芝居《しばい》をしてはみたけれど、本心はバレバレだったと思う。液晶画面《えきしょうがめん》みたいなメダルを手のひらにのせられたとたん、反射的に五本の指に力がこもった。ロンドン自治領が大むかしから蓄積《ちくせき》してきた、あまりにも豊かな力。その気になれば、その莫大《ばくだい》な量のマナを無制限に引き出すことができるのだ。

「卒業式の再現ってわけ？」わたしは冷静な振《ふ》りをしてそう言いながら、メダルのバンドを手首にはめた。ニューヨークの連中にスコロマンスのマナ貯蔵庫を借りたときは海みたいだと驚《おどろ》いたけれど、あれだってロンドン自治領の貯蔵庫にくらべると水たまりサイズだ。

アルフィーは、わたしの手首のメダルを見つめていた。「父さんがくれたんだ」低く張り詰《つ》めた声だった。ふつう、スコロマンスの卒業生たちは、家にもどるととりあえず腹ペコの馬みたいに食べ物をがっつく。だけど、見たところアルフィーにその余裕《よゆう》はなかったらしい。頬骨《ほおぼね》が浮《う》き出るくらいやつれている。「先祖代々受け継《つ》がれてきたもので……」そこまで言いかけて、すがるような目でわたしを見た。「〈目玉さらい〉が侵入《しんにゅう》してきたって、リーゼルに聞いただろ？」

「よくわからないんだけど、なんで評議会が自分たちでどうにかしないわけ？」わたしは言った。「これまでだって魔法使《まほうつか》いが〈目玉さらい〉を討伐《とうばつ》したことはあった。じゃ、ロンドン自治領がやってできないことじゃないよね」もちろん、現代魔法史《まほうし》に残っているのは上海《シャンハイ》自治領の一例だけだし、そのときだって魔法使《まほうつか》いたちが何人も死んだ。だけど、〈目玉さらい〉がもたらす甚大《じんだい》すぎる被害《ひがい》を思えば、やってみる価値はある。

「評議会だって戦ってるの！　あたしたちがバカだとでも？」セアラがとがった声で言った。こんなときに『怪物学《かいぶつがく》ジャーナル』を読めばわかることを言わないでくれない？」

セアラはケンカがしたいみたいだったし、わたしも売られたケンカは喜んで買うつもりだった。だけど、言い返そうとしたまさにそのとき、リーゼルが説明をまくしたてはじめた。「あの〈目玉さらい〉はべつに降って湧《わ》いたわけじゃない。怪物が、フル装備の魔法使《まほうつか》いでいっぱいの大規模自治領をわざわざ狙《ねら》う？　もっと狙《ねら》いやすい獲物《えもの》がほかにいっぱいいるのに？　さっきも言ったけど、その前にロンドン自治領はべつの何者かに攻撃《こうげき》された。ロンドンみたいに歴史あるでかい自治領じゃなかったら、サルタとかバンコクみたいにまるごと吹《ふ》っ飛んでたよ。サルタは結界が破られただけじゃすまなかった。自治領そのものが崩壊《ほうかい》したの。ロンドンはサルタよりでかいから滅亡《めつぼう》は免《まぬが》れたけど、状況《じょうきょう》はかなりヤバい。マナを循環《じゅんかん》させる魔法《まほう》経路が完全に破壊《はかい》された。あんたにも、そうなればどうなるかくらいわかるよね？」

あいにく、わたしにはどうなるのかわからなかった。アルフィーとセアラの表情を見る限り、ふたりにもいまいちよくわかっていないらしい。わたしたちの理解力がとぼしいわけじゃない。

スコロマンスの総代までいくような天才は、わたしたちとは頭の作りがちがうのだ。〝マナを循《じゅん》環《かん》させる魔法《まほう》経路〟とやらを完全に破壊《はかい》する魔法《まほう》なら、たぶんわたしも十個以上知っているけど、そういう種類の魔法《まほう》のことは普段《ふだん》からなるべく考えないようにしている。「まあ、ヤバそうではあるね」わたしはとりあえずそう言った。「もうちょっと具体的に話してくれない？」

「ムリ。必要ない」リーゼルは言った。「ロンドンに行けばわかることだから。ていうか、それで感じない？」そう言って、わたしの手首のマナ・シェアのメダルを指さす。わたしが感じているのは暴力的なまでに魅力《みりょく》的な無限大の力だけだったけれど、ともかく黒光りするメダルに指先を当てて目をつぶり、マナをほんのすこしだけ引きだした。その瞬間《しゅんかん》、感じた。ロンドンに果てしない海のように膨大《ぼうだい》なマナがあることは間違《まちが》いない。だけど、その海は荒《あ》れてあちこちに大渦《おおうず》をつくり、三十メートルはあろうかというほどの大波が立っては砕《くだ》けている。

「わかった？」わたしが目を開けると、リーゼルが言った。「実際に見て確かめたわけじゃないけど、たぶん、自治領の礎《いしずえ》が崩《くず》れかけてる。犯人の黒魔術師《くろまじゅつし》がどうにかして礎《いしずえ》に入りこんだんだと思う。自治領のマナ貯蔵庫を手に入れるために」

リーゼルの推測は完ぺきに筋が通っていた。どれだけあくどい黒魔術師《くろまじゅつし》だろうと、理由もなしに自治領を破壊《はかい》して回るなんてことはしない。だけど、自治領の貯蔵庫からマナを引き出す方法を見つけたのだとすれば――ロンドンを狙《ねら》うのも当然だ。貯蔵庫は大きければ大きいほどいい。

「おそらく犯人は礎《いしずえ》を直接攻撃《こうげき》した。虚空《こくう》にある自治領の基礎《きそ》部分を。そんなところを攻撃《こうげき》されたから、自治領全体が揺《ゆ》れて、住民も魔工品《まこうひん》も結界も振《ふ》り落とされたんだと思う」リーゼルは両手に持ったバケツの水をばらまくみたいにして、両腕《りょううで》を前後に振《ふ》ってみせた。「で、マナ貯蔵庫を襲撃《しゅうげき》して、自治領が壊滅《かいめつ》していくのを横目に好きなだけマナを盗《ぬす》むわけ。でも、ロンドンはそれくらいじゃ崩壊《ほうかい》しない。あれだけ歴史があってでかい自治領なんだから、礎《いしずえ》もひとつじゃない。でも、壊《こわ》れた基礎《きそ》を修復するには何ヶ月もかかる。そうこうしてるうちに――」

「〈目玉さらい〉が侵入《しんにゅう》してきた」わたしは続きを言った。

リーゼルが話しているあいだにすこし落ち着いたのか、セアラが話しはじめた。「もう、三人の魔法使《まほうつか》いが〈目玉さらい〉と戦ったの。順番にひとりずつ。そのたびに、大勢の魔法使《まほうつか》いたちがマナを送りこんだ。たぶん、十人以上の上級魔法《まほう》使いが支援《しえん》部隊としてついていたはず」

「たぶん？」

「正式な評議会が開かれてないから、ぼくたちにもわからないんだよ！」アルフィーが横から言った。「確かなのは、最初の三人は失敗したということと――それから、時間的にチャンスはあと一度しかないということ」声が震《ふる》えた。「それが今夜。三つの支援《しえん》部隊が補強し合いながらマナを送ることになってる。討伐《とうばつ》がはじまる前に、あらかじめ体内に取りこめるだけのマナを吸いだしておく計画らしい。犯人に貯蔵庫のマナをさらわれたらロンドンはおしまいだろ。だけど……リーゼルは……」

「そんなのうまくいくわけないから」リーゼルはにべもなかった。「当たり前でしょ？　三人が乗りこんでいって、毎回一日も持たずにのみこまれた。上海《シャンハイ》のときは〈目玉さらい〉の核《かく》に達するまで何週間もかかったんだよ？　一度でも下手を打てばそこでおしまい。四人目の盾魔法《たてまほう》がすこしでもゆるめば〈目玉さらい〉にのみこまれる。そうなれば支援《しえん》部隊のひとつはマナを一気に吸い取られて、のこりふたつも同じ末路。援軍《えんぐん》が三倍になるんだから、すこしは長く持ちこたえるだろうけど、四人目も核《かく》にはたどりつけないよ」

アルフィーはごくっと喉《のど》を鳴らし、うつむいたまま言った。「四人目は——ぼくの父さんなんだ。父さんが今夜行くことになってる。自分で志願した」

「ほんと、人材のむだ遣《づか》い」リーゼルが言った。

「わたしはむだ遣《づか》いしていいってわけか」わたしは仏頂面で言った。アルフィー親子に同情する気にはなれない。

リーゼルが鼻を鳴らす。「卒業式のときはものの五分で〈目玉さらい〉を倒《たお》したくせに。怯《おび》えてぷるぷる震《ふる》えてる同級生からマナを吸いだして」

「あいつがポニーサイズだったからだよ。え？　わたしの勘違《かんちが》い？　ロンドンの上級魔法《まほう》使いを十人以上も殺した〈目玉さらい〉って、もうちょっと大きいんじゃないっけ？」

「だから？」リーゼルはせせら笑った。「それでも、あんたが勝つ可能性はあるんだから。まさかやらないつもり？」

わたしはありったけの怒《いか》りをこめてリーゼルをにらんだ。ここまで来ればやるしかない。だけど、わたしの表情に気付いたアルフィーはもちろん勘違《かんちが》いした。両手でわたしの手をつかみ、泣きだしそうな顔ですがりつくように言った。「エル、きみがなにを望んでいるのかはわからないし、ぼくにそれが叶《かな》えられるのかも、ほかのだれかに叶《かな》えられるのかもわからない。でも、どんな望みでも、なんとかして叶《かな》える。なんでもいい。評議会に叶《かな》えられないようなことなら、ぼくが自力でなんとかする。ぼくのマナにかけて誓《ちか》う」

ありふれた言い回しだと思うかもしれないけれど、これがそうでもないのだ。**〝マナにかけて誓《ちか》う〟**という文句は立派な呪文《じゅもん》だし、本心をこめて正確に口にすればまさにそのとおりのことが起きる。借りを返さずにかけてしまった召喚呪文《しょうかんじゅもん》と同じで、望みのものを手に入れるかわりに、持てるすべてを差しだす危険を冒すのだ。今回の場合、アルフィーが望んだのはわたしの力で、その代価として、〈目玉さらい〉を殺すという難事業に見合うなにかを差しださなきゃいけなくなった。

わたしはうんざりしてアルフィーをにらんだ。ロンドン自治領がわたしに正当な対価を払《はら》えるとは思えない。なぜなら、こんなにでかい自治領からもらえるものなんて、わたしにはひとつも思いつけないのだ。手に入らない望みならある。オリオンを生き返らせてほしい。だけど、その望みはだれにも叶《かな》えられない。ということは、借りを返そうとするアルフィーに死ぬまでつきまとわれる可能性が濃厚《のうこう》になってきた。黒魔術師《くろまじゅつし》候補に**なんでもする**と約束するなんて、絶対にやめておいたほうがいいのに。実際、そんなふうにして手に入れた奴隷《どれい》を何人も付き従えている黒《くろ》魔術師《まじゅつし》もいる。ロンドン自治領のおぼっちゃまがわたしの腰《こし》ぎんちゃくになるなんて、なかなかの見ものだろうとは思う。それを望むかどうかはさておいて。

「バカなまねはやめな」わたしは低い声で言った。「〈目玉さらい〉を実際に見てみるしかないから。そろそろ着くんでしょ？」腕《うで》を組んで、どさっとシートの背にもたれる。アルフィーとのやり取りを強制終了《しゅうりょう》したかった。

「あとすこしで――」セアラが言いかけたけれど、わたしの意志が魔法《まほう》に大きく干渉《かんしょう》したらしい。その瞬間《しゅんかん》、車が急停止した。窓から外をのぞくと、車が停まっているのは円形の私道で、そばには化け物なみにでかい、くずれかけた屋敷《やしき》が立っていた。わたしたちは車を降りた。屋敷《やしき》は巨大《きょだい》な上に趣味《しゅみ》が悪く、建設中に自分はパルテノン神殿《しんでん》を再建しているんだと勘違《かんちが》いした作業員がギリシャ風の玄関《げんかん》をこしらえたせいか、郊外《こうがい》のでかすぎるモールなみに悪目立ちしている。

どうやら、作業員同士で十分な打ち合わせをしていなかったらしい。べつの作業員たちはここにはすてきなお屋敷《やしき》が建つんだと勘違《かんちが》いして、敷地《しきち》のぐるりにどっしりした塀《へい》を作っていた。塀《へい》の一面に釘が打ちこまれ、上には有刺鉄線が張られている。防犯カメラまでついていた。庭には水の出ていない噴水《ふんすい》があり、私道はコケや雑草だらけで、割れた瓶《びん》やくしゃくしゃのビニール袋《ぶくろ》が散乱している。あたりには尿《にょう》と腐敗《ふはい》のにおいが立ちこめていた。ネズミの大群が棲《す》み着いているのかもしれない。

ただし、自治領基準で言えば、ここは最高の場所だった。ロンドン自治領は、こんな廃墟《はいきょ》をこの地区だけでも六つか七つくらい所有している。市内全体では大型のマンションを数百棟《とう》持っているだろうし、それどころか、ロンドン市内で危険判定を受けた建物や倉庫すべてが自治領のものかもしれない。大量の書類やお役所仕事のかげには、そんな建物がたくさん埋《う》もれている。こんな廃墟《はいきょ》にはだれも近づかないし、犯罪まがいのことを企《たくら》んで勝手に入ってくるやつらがいれば、近所の非魔法族《まほうぞく》たちが警察に通報するだろう。

要するに、ロンドン自治領は廃墟《はいきょ》内の空間をまるごと**好きに**できる。空っぽの部屋も、打ち捨てられた庭も。そうして集めた空間は自治領内部に移行され、どんなものでものみこむ虚空《こくう》の中で自由に再構成される。ちょうど、ある日の午後にマンションの部屋のなかを見回《みまわ》して、夕食をつくるあいだだけリビングの空間を三十平米分キッチンへ移そうかな、と考えるような感じだ。

非魔法族《まほうぞく》が廃墟《はいきょ》のどれかを調べてみようという気を起こすと、そこにいる間だけは違和感《いわかん》を抱《いだ》かない程度の空間を与《あた》えられる。中には、もっと妙《みょう》な気を起こして長居をはじめる非魔法族《まほうぞく》もいる。そんなとき、朽《く》ちかけた廃墟《はいきょ》のなかは、床《ゆか》がきしむような音や人の泣き声のような音、風が吹《ふ》き抜《ぬ》けるような音でいっぱいになるけれど、どれも自治領と現実世界のあいだを空間が行き来している音だ。真夜中の魔法《まほう》の時間が訪れれば、自治領のはずれを空きっ腹でさまよっていた怪《かい》物《ぶつ》たちが廃墟《はいきょ》の非魔法族《まほうぞく》を餌食《えじき》にすることもある。魔法《まほう》が使えなくても闇《やみ》の中では魔法《まほう》の存在をうっかり信じてしまうものだから。

アルフィーはわたしたちを連れて屋敷《やしき》の裏庭に回りこみ、六角形の踏石《ふみいし》がならぶ小道を歩いていった。その時間はなかったけれど、踏石《ふみいし》を間近で見ればルーン文字みたいなものが刻まれていたはずだ。裏庭の隅《すみ》の薄暗《うすくら》がりには、ひとり用の霊廟《れいびょう》に似た小ぶりな石の建物が立っていた。建物に近づいていくと、足元の敷石《しきいし》がわずかにへこんだ。敷石《しきいし》に隠《かく》れた地面が急にやわらかくなったみたいに。ロンドン自治領の荒海《あらうみ》みたいなシェア・マナと同じで、ここも不穏《ふおん》な感じがする。なにかがおかしい。アルフィーも同じことを感じたのか、一瞬《いっしゅん》足を止めた。それから、なにも言わずにまた歩きはじめた。

石の建物には扉《とびら》がなく、あとに残った蝶番《ちょうつがい》だけが揺《ゆ》れていた。むき出しになったせまい空間には割れた窓がひとつあり、粉々になったガラス瓶《びん》の破片が床《ゆか》一面に散乱している。近づけば足がずたずたになるぞと脅《おど》してるみたいだ。「魔法《まほう》をかけるから、あっちを向いて」アルフィーが言って、わたしたちは目をそらした。もう一度建物に目をやると、なかったはずの扉《とびら》が現れていた。あちこちに染みがついた古びた厚板でできていて、鼻に輪っかを通したイノシシの顔をかたどったドアノッカーと、ごついドアノブがついている。どちらも青銅製だ。

古い扉《とびら》は細かい傷やなにかの線におおわれているけれど、そのあいまにルーン文字のようなものが見え隠《かく》れしていた。よく見ると、結界を張るための古英語の呪文《じゅもん》だ。古英語ならスコロマンスで三年間みっちり勉強した。役にたつ魔法《まほう》はひとつも手に入れられなかったけれど、**なんの役にもたたない**この呪文《じゅもん》なら知っている。二年生のときに押《お》しつけられた課題だから。なぜ役にたたないかというと、海で嵐《あらし》にあったときに結界を張るための魔法《まほう》なのだ。たぶん、この扉《とびら》は大むかしに使われていた魔法船《まほうせん》の木材を再利用して作られたのだろう。魔工品《まこうひん》もふつうの物と同じで、時間とともに古びていく。だけど、よく手入れされた状態のいい魔工品《まこうひん》なら、気合を入れて修復したうえに似たような分野の新しい魔法《まほう》を重ねてかけることができる。うまくいけば、二重に強力になった魔工品《まこうひん》を作ることができる。だから、自治領の害になる侵入者は、ほぼ間違《まちが》いなくこの扉《とびら》がはじき返す。

アルフィーが触《ふ》れた瞬間《しゅんかん》、鍵《かぎ》が開くカチッという音がした。だけど、扉《とびら》はなかなか開かない。アルフィーが肩《かた》を当てて全体重をかけて押《お》すと、突然扉《とつぜんとびら》がぱっと開いた。自治領の側からもなんらかの力が働いたような開き方だった。その瞬間《しゅんかん》、よろめくアルフィーの頭ごしに、リーゼルが手軽な裁断魔法《まほう》を放った。魔法《まほう》は扉《とびら》のむこうに潜《ひそ》んでいた〝グロム〟に命中し、怪物《かいぶつ》の体を上下ふたつにすっぱりと切断した。

「自治領の結界、かなり脆《もろ》くなってるね」わたしはグロムの切断面を観察しながら言った。怪物《かいぶつ》はすでに狩《か》りを終えていて、体内には、あいにく原型をばっちりとどめた餌食《えじき》の残骸《ざんがい》が、消化途《と》中《ちゅう》のまま残っている。爪《つめ》のある指も何本か見えた。セアラのえずく音がする。わたしが平気なのはスコロマンスで鍛《きた》えられたからだと言いたいけれど、実際は生まれつきだ。標準レベルの死と虐殺《ぎゃくさつ》なら、元から動じないようにできている。

わたしは、ぴくぴく痙攣《けいれん》しているグロムの死骸《しがい》から目をあげた。グロム騒《さわ》ぎで気が散っていたうちに、扉《とびら》にかけられた魔法《まほう》は、わたしたちを自治領内部へ送りこむという任務を完了《かんりょう》させていた。前置きもなければ一歩踏《ふ》み出すことさえせずに、突然《とつぜん》わたしはロンドン魔法《まほう》自治領の中にいた。そして、目の前に広がった光景には動じないわけにいかなかった。

ロンドン自治領のことなら本で読んで知っていたはずだった。スコロマンスの図書室で写真を何枚か見たこともある。だけど、それは木の写真を見るのと似たような感じだ。たとえば、木の写真を見て、その木に実際に登ってみるとする。枝が四方八方に広がって、葉がこすれあう音がして、木のにおいを感じて、樹皮のざらつく感触《かんしょく》がして、吹《ふ》き抜《ぬ》ける風を感じる。まわりに生えた無数の木はただの風景でしかないし、登っている木も、やっぱりただの木でしかない。完ぺきな木は写真の中にしかない。きれいで理想的であつかいやすい写真の木。そして、写真と現実はあまりにもちがう。

わたしたち――とグロムの残骸《ざんがい》――は、崖《がけ》の中腹からベランダみたいに張りだした岩の上にいた。眼下には、巨大《きょだい》な庭園が起伏《きふく》しながらどこまでも広がっている。わたしたちがいるのはだだっ広い温室のような建物のなかだった。温室といっても骨組みだけで、ガラスは使われていない。庭園と温室という言葉を使ってはみたけれど、この場所はそのどちらでもないような気がした。古い童話の挿絵《さしえ》の中に迷いこんだような感じだ。花やつる植物や木が自然の法則を華麗《かれい》に無視して集まり、最高にきれいな瞬間《しゅんかん》を永遠に迎《むか》えつづけている。

小さな滝《たき》がそばの岩肌《いわはだ》を伝い落ち、わたしたちが立っている岩の下をくぐって、木の枝や花のあいまに垣間見《かいまみ》える大きめの岩へ向かって流れていた。下の岩棚にはテーブルが置かれている。テーブルには、銀のカラフェと細長いグラス、それにドーム型の覆《おお》いがついたお盆《ぼん》がのっていた。あのテーブルにつけば、なんでもほしいものを食べたり飲んだりできるのだ。この庭園に来る者は、ひとりで静かに過ごしたっていいし、仲間と共に派手なパーティーをしたっていい。水音のあいまに音楽が聞こえてくるような気さえする。

わたしたちを囲む温室もどきは、白い鉄の骨組みがレースのように組まれ、そこに黄色い花をつけたつる植物がからみついていた。四隅《よすみ》を支える支柱には、蓄音機《ちくおんき》のような形をしたステンドグラス製のランプがいくつもついている。岩場からは階段がふたつ、それぞれ別の方向へ延びていた。ひとつは角のすり減った石灰石の細い階段で、大きなふたつの巨石《きょせき》のあいだを通って下へ向かっている。もうひとつは鉄のらせん階段で、岩場の真ん中から延びていた。どちらも、階段の先には曲りくねる小道が続いていた。あの小道をたどっていけば、ここからは見えないべつの場所へ行くことができるのだ。ヤナギやつる植物や丘《おか》に隠《かく》れたべつの場所へ。上を見上げると、緑の生い茂《しげ》る崖《がけ》が大きくせり出しているのが見えた。崖《がけ》の上には温室があって、木々のあいまにのぞいているでかい屋根を見る限り、これを設計した人はキューガーデンへ行ったことがあって、そして**これじゃ小さすぎる**と思ったらしい。細い鉄の骨組みに何百万という三角形のステンドグラスがはめこまれている。ガラスにはうっすらと霜《しも》が降りていて、ここにも空があるのだという幻想《げんそう》をつくりだしていた。

現実世界は真昼だったはずなのに、自治領の空はもう夜みたいだ。これだけの植物が育っているんだからでかい太陽灯がいくつもあるはずなのに、そのほとんどがろくに機能していないか完全に消えている。こっちの岩場では、わたしたちがいるからだろうけど、蓄音機《ちくおん》みたいな形のランプがふたつだけ点いている。だけど、それさえも薄暗《うすぐら》くていまにも消えそうだ。終わりの気配がした。一日の終わりではなく、自治領そのものが終わる気配が。ここにいる時間が長くなればなるほど、不安は増していく。自治領全体がいまにも崩《くず》れ落ちそうな気がしてならない。リーゼルは正しかった。ここへ来れば説明はいらない。自治領の礎《いしずえ》の深部で、なにかヤバいことが起こっている。自治領を虚空《こくう》につなぎとめているものがなんであれ、それはもう外界の汚《きたな》らしい廃《はい》墟《きょ》みたいにボロボロで、崩壊《ほうかい》するのは時間の問題だ。

わたしはこの自治領を救いたかった。理屈《りくつ》じゃない。もちろん、果てしなく広がる絶景をひと目見た瞬間《しゅんかん》に、母さんが正しかったことには気付いていた。母さんが言ったとおり、自治領はどれもマリアで成り立っている。とはいえ、マリアの存在をはっきりと感じたわけじゃない。崩壊《ほうかい》の気配はほかのすべてを打ち消してしまうほど強かったから。だけど、感じる必要さえない。わたしは『黄金石の経典』を持っているし、経典を使って安全な居場所を作るための計画もいくつか立ててきた。だけど、こんな自治領はあり得ない。意志の強い魔法使《まほうつか》いたちが結束すれば、魔《ま》法使《ほうつか》いひとりでは不可能な素晴らしい自治領も建設できるだろう。だけど、それでも、虚空《こくう》におとぎの国を作るなんてことはできない。大規模遊園地みたいな自治領を建設してそこに新しい太陽を昇《のぼ》らせるなんて、ふつうじゃあり得ないのだ。ロンドン自治領の人口は数千人だけど、これほどの自治領を建てるにはその十倍の魔法使《まほうつか》いがいる。もちろん、連中はマリアを使ったのだ。

それればかりか、自治領の維持《いじ》にもマリアが使われている。この自治領へ出稼《でかせ》ぎに来ている独立系の魔法使《まほうつか》いたちは、ほとんどがゲートから一時間以上離《はな》れたところに住んでいる。ゲート近くに、ありあまるマナのおこぼれを狙《ねら》う怪物《かいぶつ》たちがうろついているせいだ。外部の魔法使《まほうつか》いたちは、時間と労力を自治領の美と繁栄《はんえい》のために注ぎこみ、仕事が終わると遠い家へ帰っていく。見返りは、非魔法族《まほうぞく》の通貨で支払《しはら》われる乏《とぼ》しい賃金と魔法材《まほうざい》、そして希望だけ。鼻先にちらつく思わせぶりな希望。いつかは自分たちだって自治領の内部で暮らせるようになる、と。自分たちは無理でも、子どもたちならきっと。連中のマリアは、残虐《ざんぎゃく》な方法で奪《うば》われるマリアとはちがう。だれかになにかを強制するわけでもない。そして、だからこそ奪われた側は反撃《はんげき》することもできない。連中はただ、穏便《おんびん》に他人を搾取《さくしゅ》する。スコロマンスでも同じことが起きていた。勝ち組は負け組の労力や時間を利用して、自分たちだけぶじに生還《せいかん》した。

不安そうなアルフィーの顔面にパンチをお見舞《みま》いしてやりたかった。こいつだってその仕組みに加担している。セアラも、そしてリーゼルも。リーゼルも一度は負け組のひとりだったのに、素知らぬ顔で勝ち組の側についた。勝ち組の仕打ちにはなんの問題もないという振《ふ》りをして。なぜなら、**リーゼルには**、自治領の住民になれるだけの能力があったから。

だけど、それでもわたしは、この魔法《まほう》の庭園を一ヶ月くらいかけて散策したかった。いや、一年だってここにいたい。小道のすべてを歩いて、あちこちに凝《こ》らされた美しい趣向《しゅこう》をひとつひとつ見てみたかった。銀のカラフェに入っているなにかを飲んでみたかった。きっと、言葉にできないほどすばらしい味がするだろう。せり出した崖《がけ》のてっぺんに登り、隠《かく》されたこの世界を細い滝《たき》の流れに沿って隅々《すみずみ》まで歩いてみたかった。

スコロマンスの体育館とはなにもかもがちがっていた。あの体育館はウソだ。帰りたくても帰れない、二度と帰ることのないかもしれない現実世界の模倣《もほう》だった。でも、これはちがう。この庭園は物語だ。おとぎ話だ。現実世界のはりぼてなんかじゃない。こんな世界は後にも先にも現実ではあり得ない。もし、この場所が海の底に沈《しず》んでしまうようなことがあったら、わたしは自治領の連中に負けないくらい泣くと思う。きっと、この場所を完ぺきに記憶《きおく》することはできないだろう。ぼやけた風景だけが永遠に記憶《きおく》の隅《すみ》に残り、思い出そうとしては失敗するのだろう。

この場所を作るために連中がしてきたことは許せない。だけど、崩壊《ほうかい》していくのを黙《だま》って見ていることもできなかった。ロンドン自治領が崩壊《ほうかい》したからって、搾取《さくしゅ》されてきた人たちが救われるわけでもない。崩壊《ほうかい》はさらなる被害《ひがい》を生むだけ。それとも、わたしはロンドン自治領を救うための言い訳を探しているだけなんだろうか。本当は、自分がこの庭園を守りたいだけなくせに。自治領を守り抜《ぬ》けば、ロンドンの連中も庭園を見に来るわたしを拒《こば》むことはしないだろう。というか、拒《こば》む勇気はないだろう。

アルフィーとセアラとリーゼルがじっとわたしを見ている。たぶん、期待をこめて。この場所に魅了《みりょう》されたことを見透《みす》かされたみたいだった。仕事の勧誘《かんゆう》をするなら、この庭園ほどうってつけの場所もない。まんまと策略にはまった自分が腹立たしかった。「で、どっち？」わたしは低い声で言った。

「〈目玉さらい〉は評議会室にいる」アルフィーが言った。

第3章 古い壁《かべ》

アルフィーは、でかい岩にはさまれたせまい階段を下りていった。階段の先の小道を行くと、小部屋のような空間があった。見上げるように大きな巨石《きょせき》が空間をぐるりと囲んでいる。一番奥《おく》には大理石の壁《かべ》があり、そこに、古代ローマの神殿《しんでん》のような入り口がぽっかりと空いていた。入り口の上には三角形の破風がついていて、頭巾《ずきん》をかぶった二体の石像が、その破風《はふ》を支えるようにして立っている。どちらの像も顔を隠《かく》すようにして下を向いている。男の像のほうは開いた本を持ち、女の像のほうは脚《あし》付きの盃《さかずき》を持っていた。これも、廃墟《はいきょ》の奥《おく》にあった扉《とびら》と同じく、結界を張るための魔工品《まこうひん》だ。像のあいだを通りぬけようとした瞬間《しゅんかん》、男の像のほうが本から顔をあげてこちらを見たような気がした。それでも、アルフィーについてわたしもぶじ入り口をぐった。その先には薄暗《うすぐら》くがらんとした吹き抜《ふぬ》けの空間があった。

壮麗《そうれい》かつ豪華《ごうか》な空間を目にしても、予想どおりという感じがした。床《ゆか》にはモザイク模様のタイルが張られ、中央には長方形の巨大《きょだい》な水盤《すいばん》があって、両側に石像がずらりと並んでいる。水盤《すいばん》の一番むこうの端《はし》には噴水《ふんすい》があり、天井には天窓があった。こうなる前は、天窓のむこうに空があるように見える魔法《まほう》がかかっていたのだろう。水盤《すいばん》に光が反射すれば、さぞかしそれっぽく見えたはずだ。だけど、いまでは天窓のむこうに見えるのは黒い虚空《こくう》だけだったし、水盤《すいばん》はタールをたたえたように真っ黒だ。噴水《ふんすい》からは不規則に水が滴《しただ》り、こわれた蛇口《じゃぐち》みたいだった。ぴちょん、ぴちょん、という音が、不愉快《ふゆかい》なほど大きくこだまする。ここはロンドン自治領の中でも特に歴史のある場所なのだろう。自治領の黎明《れいめい》期に作られただろうこの場所は、古代ローマに似せて造られたような感じがあった。だけど、いまでは噴火《ふんか》で滅亡《めつぼう》する直前のポンペイみたいにしか見えない。火山灰がうっすらと降りつもり、大噴火《ふんか》の気配が色濃《こ》く漂《ただよ》っている。

部屋の一番奥《おく》は一段高くなっていて、前面には裁判官がつくようなテーブルがひとつあり、そのうしろにはベンチがいくつか置かれている。そこだけ法廷《ほうてい》のように見えた。きっと、そこにはお偉《えら》方がずらりと並び、謁見《えっけん》に来ただれかを見下ろすのだろう。わずかな希望にすがってここへ来た入領希望者は、ここで面接をされるのだ。わたしはテーブルとベンチをにらんだ。助けに来たからって、自治領に対する怒《いか》りが消えたわけじゃない。あの庭園がおとぎ話なら、自治領の中《ちゅう》枢《すう》にはまた別の物語がある。おとぎ話とは真逆の不吉《ふきつ》な物語が。

吹き抜《ふぬ》けの空間には出口がいくつもあり、どれも暗がりに続いていた。暗がりのむこうになにがあるのかもわからない。アルフィーはためらうように一瞬《いっしゅん》足を止め、それから、ごくっと喉《のど》を鳴らして左の出口へ向かった。やけになっているようにも見えたけど、自信満々に歩きはじめたということにしておこう。わたしは収まらない怒《いか》りを抱《かか》えたまま、アルフィーについて列柱のある廊下《ろうか》を歩いていった。廊下《ろうか》のあちこちから、暗い通路がいくつも延びていた。ちっぽけな部屋の前を通りすぎることもあった。そんなにささやかな部屋でも、むかしなら贅沢《ぜいたく》品だ。部屋といっても、スコロマンスの寮《りょう》の個室よりもせまい。この二百年で、〝贅沢《ぜいたく》〟の基準が変わったのだ。

アルフィーがどこへ向かっているのかもわからなかった。壁《かべ》には燭台《しょくだい》が取り付けられているけれど、廊下《ろうか》は真っ暗闇《くらやみ》に近い。時どき、ちびたロウソクの頼《たよ》りない炎《ほのお》がぼんやりと廊下《ろうか》を照らした。といっても、足元の床《ゆか》が見える程度の明るさしかなかったし、壁《かべ》に落ちたわたしたちの影《かげ》が不吉《ふきつ》なほど激しく揺《ゆ》れた。廊下《ろうか》はあり得ないほどいつまでも続いた。この建物がラグビーのグラウンドなみにでかいとしてもあり得ない。わたしたちが動揺《どうよう》すればするほど、廊下《ろうか》も長くなるのだ。通路のどこかから、人の声のようなものが漂《ただよ》い流れてきた。なにを話しているかまでは聞き取れないけれど、不安と恐怖《きょうふ》だけははっきりと伝わってくる。足の下ではマナの大海が大荒《おおあ》れに荒《あ》れていて、船酔《ふなよ》いでも起こしたみたいに気分が悪かった。怒《いか》りがすこしずつ消えていき、あとには重苦しく冷たい恐怖《きょうふ》だけが残った。

怪物《かいぶつ》の存在を感知するための勘《かん》なら、スコロマンス時代に鍛《きた》え抜《ぬ》いてきた。暗い通路のすべてに怪物《かいぶつ》たちがうごめいている気配がする。廊下《ろうか》を進めば進むほど、その気配は強くなった。だけど、飛びかかってくる怪物《かいぶつ》は一匹《ぴき》もいない。それが意味することはひとつだ。この先に、もっとヤバいやつがいる。ほかの怪物《かいぶつ》を食い漁る怪物《かいぶつ》がいる。ここがスコロマンスなら、すべての授業をサボって図書室へいくべきだ。しかも、これは勘《かん》ではなくて事実だ。ゆくてになにがいるのか、わたしははっきりと知っている。この先には最凶中《さいきょうちゅう》の最凶《さいきょう》の怪物《かいぶつ》がいて、わたしはそいつに向かって刻々と近づいているのだ。アルフィーたちも同じことを考えているみたいだった。せまい廊下《ろうか》に、みんなの浅い呼吸の音が響《ひび》いている。そのとき、わたしはぞっとした。聞こえているのは、わたしたちの息の音だけじゃない。

一瞬《いっしゅん》遅《おく》れてほかの三人もそのことに気付いたらしい。アルフィーがぴたりと足を止めた。無数の通路から漏《も》れていたざわめきが、突然《とつぜん》、ひとつひとつ鮮明《せんめい》になったような感じがした。荒《あら》い息の音。すすり泣く声。むせび泣く声。女の人の悲鳴が聞こえた。「助けて。お願いだから助けて」悲鳴そのものは短かった。耳をふさぎたくなるような、かすれた叫《さけ》び声。すこし先から聞こえてきたその悲鳴は、せまい廊下《ろうか》の中で容赦《ようしゃ》なくこだました。声をあげられるということは、〈目玉さらい〉に食われたばかりなのだろう。セアラはその声に聞き覚えがあったらしい。わたしの背後で首を絞《し》められたような音を立てて息をのんだ。振《ふ》りかえると、手の甲《こう》を口元に押《お》し当てている。涙《なみだ》があふれて、黒い瞳《ひとみ》に薄《うす》い氷の膜《まく》が張っているみたいに見えた。

セアラはわたしを見つめた。「卒業式のとき、〈目玉さらい〉にのまれた男子を助けだしてあげたよね？」すがりつくような弱々しい声だ。敵意を向けられるほうがずっとマシだった。

「完全にはのまれてなかったからだよ」

「でも――」

「今回は無理」わたしは淡々《たんたん》と言った。それでも、セアラはわたしを見つめつづけた。口元がぶるぶる震《ふる》えている。わたしの気持ちが変わるのを待ちかまえているみたいに。「精肉店で売ってる牛肉を生きた牛にもどすことはできないよね。それと同じだよ」

セアラはぱっとわたしから顔をそむけた。そんなことは聞きたくなかったと言わんばかりに。はじめからそんな質問をしなければよかったのに。「行こう」わたしはアルフィーに声をかけた。アルフィーはいまにも吐《は》きそうな顔をしていたけれど、腹をくくったように背すじを伸《の》ばし、急に大またになって歩きはじめた。

悲鳴や泣き声はますます大きくなっていった。わたしはちょっとペースを落としてもいいんじゃないかと思いはじめていたけれど、アルフィーはいっこうに歩みをゆるめない。今回の〈目玉さらい〉は卒業式のヤツより大きいんじゃないかという推測は正しかった。だからって、うれしくもなんともない。図書室で出くわした一匹《ぴき》よりもでかいかもしれない。いまもあの音を鮮明《せんめい》に覚えている。薄暗《うすぐら》い書架《しょか》のあいだで聞こえた、深く静かな息の音。通気孔《こう》をくぐって図書室まで上がってきたのだから、あの〈目玉さらい〉は小さいほうだった。なのに、あの怪物《かいぶつ》は、耐《た》えがたいほど、吐《は》き気《け》がするほど大きかった。

あの〈目玉さらい〉の体内にいた時間は、そこまで長くなかったはずだ。マナの水晶《すいしょう》を九つ使い切るまでの短い時間。水晶《すいしょう》九つ分もマナを使うなんて、わたしにしてみればとてつもない散財だった。だけど、アルフィーがわたしの水晶《すいしょう》ボックスを見たら、礼儀《れいぎ》正しくほほえんで当たり障りのないほめ言葉を口にしただろう。「エル、すごいね。自力でマナをためたの？」セアラなら、マナで満タンの水晶《すいしょう》なんか、安物のアクセサリーくらいにしか思わない。あのときは無我夢中だったから、水晶ひとつを空にするのに一分くらいしかかからなかったはずだ。あれがたった九分の出来事だったなんて思えない。どれくらいの時間がかかったのかさえわからない。あのとき、時間は存在しなかった。〈目玉さらい〉の体内にいるのだという恐怖《きょうふ》だけがあって、そこから抜《ぬ》け出すには、殺して殺して殺しまくらなくちゃいけなかった。あいつがのみこんだ命を、猛《もう》スピードでひとつずつ殺さなくちゃいけなかった。あれを生きのびることができたのは、わたしがものすごい速さですべての命を殺し切ったからだ。

突然《とつぜん》、廊下《ろうか》が終わった。突《つ》き当たりには階段があった。広い階段が二股《ふたまた》に分かれ、それぞれがからみあって二重のらせん階段になっている。どちらも下へ向かっていた。階段の下から、〈目玉さらい〉の犠牲者《ぎせいしゃ》たちの声が漂《ただよ》ってくる。入り口と同じように、階段の下り口にも頭巾《ずきん》をかぶった石像が二体立っていた。アルフィーが盃《さかずき》を持った石像に近づき、自分の服のポケットからピンを取りだして指を突《つ》き、盃《さかずき》の中に血を数滴《てき》垂らした。もう一体の石像に向き直り、流血した指先を開いた本の上ですべらせる。暗いせいで血の染みが黒っぽく見える。と、思ったつぎの瞬間《しゅんかん》、血の染みは石のページに吸いこまれるようにして消えた。アルフィーは、魔法《まほう》がかかりやすくなるように石像から目をそらした。わたしたちもそれにならう。なにも起こらない。アルフィーは、うろたえたような顔でこっちを振《ふ》りかえった。ところが、盃《さかずき》を持った女性の像に目をもどしてみると、石像はいつのまにか階段の下り口からわきへ移動し、わたしたちに道を開けていた。

アルフィーは大きく息を吸い、先頭に立って階段を下りはじめた。さっきとちがって、今度は足音を立てないように、急ならせん階段をゆっくりと下りていく。突然《とつぜん》、広々としたプールのような空間が目に飛びこんできた。大型トラックが走り回れそうなくらい広く、満々と水をたたえている。プールの中心には石の通路が延びていて、突《つ》き当たりには大きな扉《とびら》があった。階段の下り口と同じように、そこも二体の石像に守られていた。どっしりした赤い扉《とびら》の両わきに、マナのランプを持って立っている。

だけど、その扉は〈目玉さらい〉の体内に丸ごとのみこまれていた。二体の石像もろとも。この部屋の明かりは、石像がかかげているふたつのランプしかない。ランプは怪物《かいぶつ》の体の中で水に沈《しず》んでいるみたいにぼんやりと光り、おぞましい内部を照らしだしている。液体ともゼリーともつかない体の中で、ばらばらに分解された人体がゆれている。

〈目玉さらい〉は触手《しょくしゅ》を四方八方にのばして、赤い扉《とびら》をこじ開けようとしていた。中に入れてくれと鳴く子猫《こねこ》みたいに。怪物《かいぶつ》のうめき声や不満げな鳴き声が、体内に浮《う》かんだ無数の口がもらす泣き声とまざりあっている。〈目玉さらい〉は、どうにかしてなかへもぐりこもうと、扉《とびら》のすき間に触手《しょくしゅ》を這《は》わせ、石像の頭巾《ずきん》をしきりにつついた。おいしいおやつにありつこうと、結界のわずかな緩《ゆる》みを探しているのだ。図書室で見つけたべつの一匹《ぴき》が**わたしの**結界をこじ開けようとしたみたいに。

わたしたちはせまい階段で凍《こお》りついていた。〈目玉さらい〉が気配に気付き、体表に浮《う》かぶ眼球を五、六個滑《すべ》らせてこっちを見た。食われたばかりなのか、まだ涙《なみだ》を流している目もあれば、知り合いを見つけたように大きく見開いた目もあった。のみこんだばかりで新鮮《しんせん》なうちなら、この怪物《かいぶつ》は犠牲者《ぎせいしゃ》の眼球で物を見ることができる。わたしは吐《は》きそうだった。叫《さけ》んで逃《に》げだしたかった。うしろから、セアラがつく荒《あら》い息の音が聞こえた。アルフィーは、震《ふる》えをこらえようとするみたいに全身に力を入れている。

「ここで突《つ》っ立ってても意味ないよ」リーゼルは、声をひそめることもしないでぞんざいに言った。「で？　どうする？」

これ以上ないほど適切な質問だけど、もちろん、その答えはだれにもわからない。というか、リーゼルはこう言っているのだ。**エル、さっさと始めなよ。**いつもなら怒《いか》りの導火線に火をつけられたことをひそかに感謝していただろうけど、いまは骨の髄《ずい》まで怯《おび》えきっていてそれどころじゃない。とはいえ、リーゼルが列の一番うしろにいるおかげで、わたしは逃《に》げだしたい衝動《しょうどう》をかろうじてこらえていた。

「ぼくたちで盾魔法《たてまほう》をかけてエルを守ろう。魔法《まほう》をできるだけ長引かせる」アルフィーが前を向いたまま言った。わたしを振《ふ》りかえれば、〈目玉さらい〉から目を離《はな》すことになる。「リーゼル、呪文《じゅもん》は覚えてるよな」まだふつうの卒業式をむかえる予定だったころ、アルフィーとリーゼルは卒業チームを組んでいた。このふたりなら盾魔法《たてまほう》の完成度を限界まで高めたはずだ。アルフィーお得意の盾魔法《たてまほう》は発現魔法《まほう》のひとつで、好ましくないものならなんでもはね返すことができる。

そして、もちろん、〈目玉さらい〉は好ましくない。

アルフィーにゆずってもらったから、わたしもあの発現魔法《まほう》ならかけられる。だけど、あれはふつうの盾魔法《たてまほう》とはちがってべつの魔法《まほう》と同時進行で使うことができないから、殺戮魔法《さつりくまほう》で敵を殺しまくるつもりなら発現魔法《まほう》はあきらめなくちゃいけない。かといって、アルフィーたちが発現魔法《まほう》でわたしを守ろうとすれば、防衛にすこしでも緩《ゆる》みができた瞬間《しゅんかん》、〈目玉さらい〉は発現魔法《まほう》によってできたつながりをたどって、アルフィーたちのマナを一気に吸い取ってしまう。危険に気付いた瞬間《しゅんかん》に魔法《まほう》を解いても、怪物《かいぶつ》とのつながりを瞬時《しゅんじ》に切断することはできない。そうなれば、アルフィーたちを救うすべはない。『怪物学《かいぶつがく》ジャーナル』によれば、上海《シャンハイ》の〈目玉さらい〉討伐《とうばつ》ではそれで三人の犠牲者《ぎせいしゃ》が出た。たぶん、今回の討伐《とうばつ》がことごとく失敗に終わったのも似たような経緯《けいい》だろう。そしていま、上級魔法《まほう》使いでも歯が立たなかった討伐《とうばつ》に、スコロマンスを卒業したばかりのわたしたちが挑《いど》もうとしている。

だから、アルフィーたちは決死の覚悟《かくご》で協力を申し出ているのだ。わたしに強制されたわけでもないのに。わたしの知ってる自治領のやつらはそんな気高いまねはしない。セアラはいまにも過呼吸を起こしそうで、アルフィーの提案に心から賛成というふうには見えない。そのセアラでさえ、断ろうとはしなかった。リーゼルはためらいも見せずにこう言った。「当たり前でしょ。円陣《えんじん》を支える役はわたしがやる。呪文《じゅもん》はあんたが唱えて」

ありがたいとは思ったけれど、発現魔法《まほう》がかかればいよいよあの怪物《かいぶつ》との戦いがはじまってしまう。それでも例によってリーゼルは正しかった。ここで突《つ》っ立っていたって勝率があがるわけじゃないし、最悪の事態が起こる可能性だってある。〈目玉さらい〉が扉《とびら》を突破《とっぱ》してロンドン自治領のマナ貯蔵庫にたどりついてしまうとか、何十人もの上級魔法使《まほう》いをのみこんでしまうとか。

「じゃ、はじめよう」わたしはそっけなく言うと、深呼吸をひとつした。アルフィーを押《お》しのけて前へ出る。わたしが中央の石の通路に片足をのせた瞬間《しゅんかん》、〈目玉さらい〉が――こっちへ突進《とっしん》してきた。

〈目玉さらい〉が動くところは前にも見たことがある。通常、この怪物《かいぶつ》は走らない。お気に入りの狩場《かりば》に陣取《じんど》り、めったにそこから動かない。だけど、その気になればぎょっとするほど高速で動くことができる。〈目玉さらい〉は赤い扉《とびら》からすべての触手《しょくしゅ》を引きはがし、わたしたちのほうへ猛《もう》スピードで転がってきた。おぞましい死骸《しがい》の波が近づいてくるにつれ、絶叫《ぜっきょう》や泣き声がますます高まっていく。体を分解される苦痛をもう一度味わっているみたいに。バラバラになった人間をもう一度苦しめるなんてことが可能なんだろうか。体表に浮《う》いた目は大きく見開かれ、口は苦痛に歪《ゆが》んでいる。セアラが悲鳴をあげ、アルフィーも後ずさった。だけど、わたしたちはスコロマンスの卒業生だ。なにがあろうと、体は自動的に魔法《まほう》をかける姿勢を取る。

アルフィーが発現魔法《まほう》をかけた〇・五秒後、〈目玉さらい〉が、わたしたちを守るドームに思い切りぶつかってきた。肉片まじりのへどろが透明《とうめい》なドームを完全に包みこみ、人間の内臓や唇《くちびる》や眼球が数センチ先を漂《ただよ》い流れていく。わたしは耐《た》えきれず大声で叫《さけ》んだ。吐《は》き気《け》がこみあげてくる。だけど、頭のなかはやけに冷静だった。これまでのデータが勝手に戦略を立てていく。

円陣《えんじん》を組む余裕《よゆう》はなかった。発現魔法《まほう》はアルフィーひとりでかけている。ひとりなら、持って四十九秒。こうしている間にも貴重な時間が失われていく。かといって、わたしが自分自身に発現魔法《まほう》をかければ、殺戮魔法《さつりくまほう》をかけることはできなくなる。そうなれば、遅《おそ》かれ早かれこの怪物《かいぶつ》は評議会室に突入《とつにゅう》する。

選択肢《せんたくし》は三つだった。アルフィーとリーゼルとセアラを犠牲《ぎせい》にする。あるいは、わたしたち全員が犠牲《ぎせい》になる。どっちもいやなら、このでかすぎる最凶怪物《さいきょうかいぶつ》をいますぐどうにかして殺す。アルフィーの持ち時間が尽《つ》きてしまう前に。短すぎる持ち時間が。だけど、そんなことはどうでもいい。アルフィーたちを犠牲《ぎせい》にするつもりはないし、そのためにはこいつをあり得ない速さで殺さなきゃいけないなら、あり得ない速さで殺す。それだけだ。頭の中でそこまで整理すると、簡潔明瞭《めいりょう》なあの呪文《じゅもん》に殺意を込《こ》めるべく息を吸った——瞬間《しゅんかん》、〈目玉さらい〉がわたしたちの上を転がりすぎていった。死骸《しがい》のかたまりが、悲鳴や泣き声を響《ひび》かせながらせまい階段を猛《もう》スピードで這《は》いあがっていく。ここにいる四人の獲物《えもの》はひとかじりもしなかった。

わたしは戦闘《せんとう》態勢を解くこともできず、ただ呆然《ぼうぜん》と立ちつくしていた。発現魔法《まほう》のドームがはじけ、魔法《まほう》の名残がきらきらと降ってくる。アルフィーが震《ふる》える声で言った。「なんで——あいつ、なんで——」弱々しい声はそこで途切《とぎ》れた。その瞬間《しゅんかん》、わたしたち全員が気付いたのだ。あの〈目玉さらい〉は**逃げた**《に》のだ。**わたし**から。

「最悪」わたしは簡潔に感想を述べ、逃《に》げた怪物《かいぶつ》を追って走りはじめた。

〈目玉さらい〉は命がけで逃《に》げているらしい。らせん階段を上りきったころには、長い廊下《ろうか》のどこにもその姿はなかった。廊下《ろうか》の端《はし》が闇《やみ》にまぎれて見えないせいで、無限の空間がぽっかりと現れたような感じがする。どこまでも並ぶ列柱は、だれかが廊下《ろうか》の真ん中に合わせ鏡を置いたみたいだ。わたしは、肩《かた》で息をしながら立ちつくした。アルフィーたちが追いかけてくる気配はないし、わたしもそれを責めるつもりはない。わたしはなにをしてるんだろう。ふと我に返りかけたのと同時に、突然〈目玉さらい〉の犠牲者《ぎせいしゃ》の絶叫《ぜっきょう》が響《ひび》きわたった。ガラスが割れたみたいにするどい悲鳴だった。あの〈目玉さらい〉の中には、いまも犠牲者《ぎせいしゃ》たちが閉じこめられているのだ。父さんみたいに。オリオンみたいに。そんなことは許せない。わたしは悲鳴を追って走りはじめた。

体内からひっきりなしに叫《さけ》び声が聞こえる以上、〈目玉さらい〉は絶対にわたしから逃《に》げられない。とはいえ、犠牲者《ぎせいしゃ》たちの悲鳴は迷路みたいに入り組んだ通路の中でこだまして、どこから聞こえてくるのかいまいちわからない。そうこうしているあいだにも、悲鳴はだんだん遠ざかっていく。耳をつんざくような絶叫《ぜっきょう》は、次第にしゃがれたうめき声へと変わっていった。なぜかはわからないけれど、うめき声のほうが聞いていて何倍もつらかった。苦しげなしゃがれ声が、〈目玉さらい〉みたいにわたしを四方から取り囲む。絶望した犠牲者《ぎせいしゃ》たちの声が漂《ただよ》い流れてきて、石壁《いしかべ》のあいだでこだまする。

　わたしはやみくもに通路に飛びこんではもどり、別の通路に飛びこんでは同じことを繰《く》りかえした。どの通路も行き止まりで終わっていた。たぶん、〈目玉さらい〉と戦うという事実をわたしが直視できていないせいだ。それにくらべれば、〈目玉さらい〉のほうがまだ自分のやっていることをわかっている。腹の中にロンドン自治領の魔法使《まほうつか》いをたっぷり詰《つ》めこんでいるんだから、道順だってよく知っているだろう。ひょっとすると、この壁《かべ》のすぐむこうにいるのかもしれない。追跡《ついせき》を中断してアルフィーに助太刀《すけだち》を頼《たの》みにいくわけにもいかなかった。一瞬《いっしゅん》でも中断すれば、自分のやろうとしていることを直視してしまう。だからわたしはアルフィーを呼びにいくかわりに、ひたすら通路を行ってはもどった。何度も何度も。

　唯一頼《ゆいいつたよ》りになったのは、見えない相手を探しつづけるうちによみがえった最悪な記憶《きおく》だけだった。子どものころに交ぜてもらった悲惨《ひさん》なかくれんぼのことを思いだしたのだ。コミューンにはわたしと遊びたがる子どもなんかいなかったけれど、母さんを敬愛して会いにくる親たちはわが子をほぼ強制的にわたしと遊ばせようとした。すると子どもたちは、かくれんぼをする振《ふ》りをして、〝エルをハブにするゲーム〟をはじめる。わたし以外の全員が、ひそひそ声で話しながら、数人ずつで固まって隠《かく》れてしまう。わたしは、だれでもいいから遊んでくれる子どもを探そうと、あっちからこっちへ必死で駆《か》けまわった。みんなに意地悪をされていることはわかっていたけれど、気付いていない振《ふ》りをして、そんな遊びでもどうにかしてつづけようとした。そうでもしないと、だれとも遊べなかったのだ。鬼《おに》の役目をやめて隠《かく》れてみたって、だれも探しにこなかっただろう。みんなはわたしのことなんか放っておいて、べつの遊びをはじめただろう。

これは、あのかくれんぼによく似ていた。〈目玉さらい〉の体内から聞こえるささやきや小声や荒《あら》い息までそっくりだ。聞こえたはしから消えていくささやき声は、頭のなかをいやな感じにくすぐり、そしてわたしをめちゃくちゃに怒《おこ》らせた。廊下《ろうか》を歩けば歩くほど、怒《いか》りがかき立てられていく。みじめな苛立《いらだ》ちと恨《うら》みが降り積もっていく。あのときと同じように。〝かくれんぼ〟がはじまってしばらくすると、決まって母さんはコミューンを覆《おお》いつくすような激しい怒《いか》りを感じ取り、急いでわたしを迎《むか》えにきた。だけど、ここに母さんはいない。ここにはだれもいない。ここには、闇《やみ》に沈《しず》んだ果てしない廊下《ろうか》を逃《に》げていく卑怯者《ひきょうもの》と、それを狩《か》るわたししかいない。廊下《ろうか》は〈目玉さらい〉の味方をするみたいにどこまでも入り組んで、わたしをあの怪物《かいぶつ》から遠ざけようとする。廊下《ろうか》のくすくす笑いまで聞こえてきそうだ。延々と探し回るわたしをあざ笑い、意地の悪いゲームを楽しんでいる。

つぎの角を曲がった瞬間《しゅんかん》、突然《とつぜん》ゲームが終わった。〈目玉さらい〉がそこにいたのだ。でっぷりと肥えた体で廊下《ろうか》の行き止まりに陣取《じんど》り、犠牲者《ぎせいしゃ》たちの残骸《ざんがい》を揺《ゆ》らしながらうめいている。ほんの一瞬《いっしゅん》、わたしは〈目玉さらい〉が見つかったことを**喜んだ**。

そして、まさにその瞬間《しゅんかん》、追いつめられた〈目玉さらい〉がやけを起こして突進《とっしん》してきた。かくれんぼでわたしをハブにした子たちは、絶対にそんなまねはしなかった。なぜなら、あの子たちはわかっていたから。わたしに反撃《はんげき》の理由を与《あた》えたが最後、人の道にもとるほどこてんぱんにやり返されることを。わたしには自分たちとはちがうなにかがあって、その〃なにか〃は直視してはならないことを。だけど、この〈目玉さらい〉はわたしに反撃《はんげき》の理由を与《あた》えた。ここまでくれば理由もへったくれもないから。そして、心臓が一度脈打つほどの短いその瞬間《しゅんかん》、息を吸って吐《は》くほどのその瞬間《しゅんかん》、怖《こわ》がる余裕《よゆう》もないほど激しい怒《いか》りに駆《か》られて、わたしは声を限りに叫《さけ》んだ。

「ほら、かかってこい！　相手になってやる！　あんたは死んでるんだよ。あんたはもう死んでるんだ！」バーにいる酔《よ》っ払《ぱら》いみたいに、わたしは怪物《かいぶつ》を煽《あお》り立てた。死骸《しがい》で膨《ふく》れあがったこの化け物をずたずたにしてやりたかった――。

と、その瞬間《しゅんかん》、〈目玉さらい〉が弾《はじ》け飛んだ。マナは一滴《てき》たりとも使わなかった。わたしに触《ふ》れることさえせず、突然《とつぜん》バラバラになったのだ。ちょうど、ボロいTシャツを二年ものあいだ修《しゅう》繕魔法《ぜんまほう》でつくろいつづけ、穴が広がりすぎて突然《とつぜん》消失してしまったときみたいだった。目玉や唇《くちびる》や手足や内臓があふれ出し、おぞましい川となって床《ゆか》を流れ、わたしの足元に**打ち寄せた**。混じりけなしの恐怖《きょうふ》に打たれて、わたしは金切り声で叫《さけ》んだ。消化途中《とちゅう》のグロい死体が、胎児《たいじ》みたいに丸まった恰好《かっこう》でへどろの表面に浮《う》かびあがってきた。図書室で出くわした〈目玉さらい〉

を倒《たお》したときも、これと似た光景を見た気がする。死骸《しがい》はひとりでに分解され、どろどろの波の間に沈《しず》んでいった。

そのとき、血走った目玉と唇《くちびる》が漂《ただよ》ってきた。目玉と唇《くちびる》は薄皮《うすかわ》一枚でつながっていて、変わり果てた姿になる前の面影《おもかげ》がかすかに残っていた。目玉と唇《くちびる》はわたしの膝下《ひざもと》まで流れてくると、すがりつくようにして同じ言葉を繰《く》りかえした。「お願い、お願い、ここから出して、お願い」逃《に》げ出すチャンスが舞《ま》いこんできたら、だれだって必死にもなるだろう。牢獄《ろうごく》のすぐ外に鍵《かぎ》を持った看守がいて、頼《たの》めば出してくれるかもしれないのだ。この地獄《じごく》から抜《ぬ》け出す方法があるかもしれないのだ。

わたしは両手で顔をおおい、こらえきれず泣きだした。吐《は》き気《け》をこらえ、しゃくりあげながらあの言葉を繰《く》りかえす。「あんたは死んでるんだよ。もう死んでるの」唇《くちびる》が驚《おどろ》いたようにＯの字に開き、だらりと力が抜《ぬ》けて半開きになった。目玉が暗くうつろになっていく。唇《くちびる》と目玉はわたしから離《はな》れてへどろの川を流れていった。わたしが言ったとおり、死んだのだ。ちがう、すでに死んでいたのだ。あれはただの言葉じゃない。激しい怒《いか》りとともに吐《は》かれたあの言葉は、強力な呪文《じゅもん》になった。あの言葉は、死の呪文《じゅもん》としてこれからもわたしと共にあるだろう。簡潔明瞭《めいりょう》な殺しの魔法《まほう》。おしゃれで優雅《ゆうが》な〈死神の手〉《ラ・マン・デ・ラ・モール》なんかより、わたしにはこっちのほうがお似合いだ。きっと、〈死神の手〉みたいな魔法《まほう》は、どこかのこじゃれた黒魔術師《くろまじゅつし》が考えたのだ。黒い口ひげをきれいに整え、銀糸で刺繡《ししゅう》した黒いビロードのチョッキを着て、敵を冷ややかに見下ろしながらおちょぼ口でフランス語の呪文《じゅもん》を唱えるようなやつが。そいつは絶対に、廊下《ろうか》の行き止まりでバケツ何杯《ばい》分もの体液と内臓を浴びたこともなければ、生きのびたひと握《にぎ》りの犠牲者《ぎせいしゃ》たちに直接とどめを刺《さ》したこともない。

第4章 上層階

わたしは内臓やら体液やらにまみれた体のまま、えずきながら〈目玉さらい〉の残骸《ざんがい》をあとにした。おぞましいへどろのなかを歩きながら、三回吐《は》いた。スコロマンスにいるときは、廊下《ろうか》のわきを走る溝《みぞ》も、散水器も、清掃《せいそう》がはじまるときのおおげさなシューッという音も大きらいだった。怪物《かいぶつ》が生徒を食い散らかしたあとの片付けをする仕掛《しか》けだ。好きなわけがない。あれが恋《こい》しくなる日がくるなんて思ってもいなかった。〈目玉さらい〉の腐臭《ふしゅう》ただよう残骸《ざんがい》は、この冷え冷えとした廊下《ろうか》にいつまでも残りつづけるのだろう。ある程度広がってしまえば、あとは行き場がない。ねばつくへどろの小川は、通路から中央の廊下《ろうか》へ流れこんでいる。

わたしは、足元を流れる〈目玉さらい〉の残骸《ざんがい》を横目で見ながら廊下《ろうか》を歩きはじめた。頭も足も重い。スイートハニーはこの騒動《そうどう》のあいだポケットの中で震《ふる》えていたけれど、ふいに鼻先をのぞかせて鋭《するど》く鳴いた。そのとき、ようやくわれに返った。わたしはどこへ向かっているんだろう。アルフィーと歩いたときの二倍はかかっているのに、まだ廊下《ろうか》は終わらない。

わたしは冷静になろうと足を止めた。手首にはいまもマナ・シェアのメダルがついている。マナはひとしずくも使っていない。新しく作り出した殺戮魔法《さつりくまほう》は異常に強かった。あれさえあれば、たぶん〈目玉さらい〉が何匹《びき》いたって倒《たお》せる。なのに、簡単な脱出魔法《だっしゅつまほう》はさっぱり思いだせない。覚えているのは、五歳《さい》のとき母さんが教えてくれた子ども向けの魔法《まほう》だけ。「ほら穴から出といで、木から下りといで。森から出たらごはんの時間」というやつだ。この繊細《せんさい》かつ難解な詩は、夕食までにわが子をユルトに呼びもどしたいときにはばっちり役にたった。だけど、廊下《ろうか》の迷宮から抜《ぬ》け出そうとしているときには、残念ながらなんの役にもたたなかった。たぶん、ここにかけられた魔法《まほう》のせいで、脱出《だっしゅつ》する手立てを考えようとすると頭が働かなくなるのだろう。

ただし、わたしには忘れようのない事実があった——わたしは〈目玉さらい〉を殺したんだから、アルフィーはあの約束を守らなきゃいけない。

「アルフィー、迷ったんだけど。さっさとここから出してくれない？」あの誓《ちか》いが立てられたあとでは、声に出してこう言うだけで、アルフィーみずから自分にくくりつけた服従の手綱《たづな》を引くことになる。一分もたたずに、どこか先のほうからアルフィーの声が聞こえてきた。「エル？」

不安そうな声だ。すぐに、すこし先の暗がりからアルフィーが現れた。おそるおそるといった感じでへどろの小川をまたぎ、こっちへ向かって歩いてくる。となりにはリーゼルもいた。わたしの姿を見たとたん、ふたりは目を見開いた。アルフィーはおおげさに思えるほどうろたえている。自分ではどれだけひどい姿になっているのかわからなかったし、わかりたくもない。なんでもいいから、元にもどしてほしかった。いますぐ。さいわい、リーゼルは許可を取るなんてまどろっこしいことは省き、いきなりわたしに清めの魔法《まほう》をかけた。ドイツ語だから呪文《じゅもん》の意味はわからないけれど、たぶん**いいからしゃきっとしな**とか、そんな感じの命令だったと思う。魔法《まほう》はわたしをつかみ、頭からつま先まで手早くひと振《ふ》りした。ほこりをはたかれた絨毯《じゅうたん》にでもなった気分だったけれど、そんなことはどうでもいい。全身がきれいになったのがわかる。内側はともかく、外側はこれで元どおりだ。

「どうやって――」アルフィーは反射的にそう言いかけ、そんなことは知らないほうがいいと気付いたのか、途中《とちゅう》で質問を変更《へんこう》した。「それで――ほんとに――」

「死んだよ」わたしは簡潔に答えた。〈目玉さらい〉討伐《とうばつ》の詳細《しょうさい》なんてだれも聞きたくない。わたしだってそうだ。「廊下《ろうか》、すごいことになってるから片付けといて」

アルフィーはまじまじとわたしを見つめ、ひとつずつ理解していった。〈目玉さらい〉が死んだこと。自分はこれからもロンドン自治領で暮らしていけること。父親は〈目玉さらい〉の体内で永遠に苦しまなくてもよくなったこと。大きく息をのみ、片手で口をおおって目をそらす。声をあげて泣きたいのを必死で我慢《がまん》しているみたいだった。こらえきれずにあふれた涙《なみだ》が頬《ほお》を伝っていく。

リーゼルのほうは、メソメソするなとアルフィーをどなりつけたいのをどうにかこらえている。ふつうなら絶対に考えられない。だいたい、どうしてアルフィーはこんな暮らしに甘《あま》んじているのだろう。リーゼルはアルフィーのことを好みの形に整えやすい便利な金属みたいに扱《あつか》っているのに。リーゼルはリーゼルで、どうしてアルフィーと一緒《いっしょ》にいることにこだわっているのだろう。なんといっても、**卒業生総代**なのだ。アルフィーと付きあわなくたってロンドン自治領に入ることくらいできただろうし、もし卒業生総代じゃなかったら、アルフィーと付きあったってロンドン自治領に入ることはできなかった。ということは自分の意志でアルフィーを選んだのだ。リーゼルがわたしに言った。「行くよ。評議会が直接お礼を言いたいって」

要するに、わたしを評議会のお偉《えら》方たちに見せびらかし、〈目玉さらい〉討伐《とうばつ》成功を自分の手柄《てがら》にしたいのだ。さいわい、わたしには断る権利がある。「ありがと。でも、ムリ。こんなところ一秒だっていたくないから。さっさと出して」

わたしが要求を口にした瞬間《しゅんかん》、アルフィーは服従の手綱《たづな》を引っ張られてかすかに顔をしかめ、即座《そくざ》にうなずいた。「もちろんだよ、エル。じゃ、庭園に行こう。風にあたったほうがいいんじゃないかな」思いやりのある口調だったけど、もうすこししたら、わたしに全力でお返しをするなんて誓《ちか》いを立てたことを後悔《こうかい》するだろう。しかめっ面を見る限り、**リーゼルは**すでに後悔《こうかい》している。魚をつかまえた瞬間《しゅんかん》、でかいワシに横からかすめとられたタカみたいな気分なんだろう。ご愁傷《しゅうしょう》さまとしか言いようがない。同情なんかしないけど。わたしだって、勝手に服従してくるアルフィーがそのうちうっとうしくなるだろうけど、それはいまじゃない。

リーゼルは、気に食わないことがあっても大騒《おおさわ》ぎするタイプじゃない。とがった声で、それでも淡々《たんたん》とアルフィーに言った。「じゃ、連れてって。評議会にはわたしから報告しとく」報告をするという手柄《てがら》だけはあきらめないつもりだ。それから、くるっと踵《きびす》を返して大またで歩いていった。

アルフィーはわたしを連れて反対方向へ歩いていき、すぐそばの通路に入った。さいわい、〈目玉さらい〉を倒《たお》したあの通路は闇《やみ》のはるかむこうに沈《しず》んでいる。通路に入ると一角にあった扉《とびら》がすみやかに開き、むこうに広がる庭園が見えた。美しきベアトリーチェがダンテを天国へ連れていく場面みたいだ。ウェルギリウスは地獄《じごく》に放置して。

アルフィーは、急き立てられたことに苛立《いらだ》つ素振《そぶ》りをちらりとも見せなかった。連れて行かれたのは最初とは別の岩棚《いわだな》で、わきの岩壁《がんぺき》を滝《たき》が流れ落ちていた。滝《たき》の水は銀色の小川となって岩《いわ》棚《だな》のそばを流れていく。わたしは岩の上でひざまずくと、両手で小川の水をすくって顔に浴びせ、濡《ぬ》れた手を頬《ほお》や首のうしろに押《お》し当てた。すこしずつ吐《は》き気《け》が鎮《しず》まっていく。ポケットからスイートハニーを出して岩がへこんでできた水たまりのそばに置くと、澄《す》んだ水に飛びこんで転げ回った。できることなら、わたしもそうしたかった。

〈目玉さらい〉を倒《たお》したとはいえ、自治領が受けたダメージはそのまま残っている。足元からもマナ・シェアのメダルからも、荒《あ》れた海みたいなマナの動揺《どうよう》が伝わってくる。だけど、〈目玉さらい〉が消えたいま、あいつを追い払《はら》おうと全力をかたむけていた魔法使《まほうつか》いたちは、自治領を立て直すことに集中できるようになった。こうして立っているあいだにも、太陽灯が修復されていくのがわかる。曇《くも》り空と晴天が繰《く》りかえされ、電気をつけるときに調光スイッチを何度か回しているときみたいだ。足元の地面も安定してきた感じがする。庭園ごと荒波《あらなみ》にのみこまれそうな心もとなさはなくなっている。だけど、がたつくテーブルについているような居心地の悪さは残っていた。体重をかけたが最後、このテーブルはひっくり返ってしまう。不安定なテーブルを支えようと、いま、大勢の魔法使《まほうつか》いが超特急《ちょうとっきゅう》で修復作業を進めているのだ。

振《ふ》りかえると、アルフィーが銀のカラフェから細いグラスに飲み物を注いでいた。ここへ着いたばかりのときに見かけたカラフェによく似ている。カラフェにかかった魔法《まほう》も復元されたらしい。飲み物なんかほしくなかったけれど、グラスから漂《ただよ》うほんのり甘《あま》いにおいをかいだだけでも気分がマシになった。香りにさそわれて、おそるおそるひと口すする。そのとたん、喉《のど》の奥《おく》に残っていた吐《は》き気《け》がきれいに流され、わたしは新鮮《しんせん》な空気を深々と吸って吐《は》いた。深呼吸が必要だったなんて、いまこの瞬間《しゅんかん》まで気付かなかった。

わたしは、すこしずつ味わいながら飲み物を飲み、スイートハニーにも指先に何滴《てき》か垂らしてなめさせた。飲み終わるころには心の平穏《へいおん》みたいなものを感じていた。わたし自身が穏《おだ》やかになったわけじゃない。ただ、そんなふうに感じただけだ。すこし酔《よ》ったのかもしれなかった。だとしても、かまわない。この四年間、平穏《へいおん》とは無縁《むえん》の生活だったのだ。この飲み物にかけられた魔法《まほう》は母さんの治癒呪文《ちゆじゅもん》ともちがう。母さんなら、森でひと月暮せばそれくらい心が穏《おだ》やかになるわよ、と言うだろう。だけど、いまウェールズの森へ行くわけにはいかないし、〈目玉さらい〉を殺したばかりのわたしには、飲み物が与《あた》えてくれた安らぎがありがたかった。恐怖《きょうふ》がだんだん消えていく。

アルフィーとわたしは、ぴかぴかに磨《みが》きこまれた木のスツールにすわっていた。ただのスツールにしか見えないのに、なぜか肘掛《ひじか》け椅子《いす》よりもくつろげる。アルフィーは、面長の顔を心配そうにくもらせてわたしの様子をうかがっていた。どうせ、うっかり立ててしまった服従の誓《ちか》いのことが不安なのだろう。アルフィーは口を開き、低い声で話しはじめた。「エル――、ほんとにごめん。いろんなことが一気に起こって、なんていうか……いきなり放りこまれたもんだから……こういうことに」そう言いながら、片手をさっと振《ふ》る。わたしは皮肉な気分で続きを待った。あの誓《ちか》いはなかったことにしてくれ、と遠回しに頼《たの》むつもりだろう。だから、アルフィーがこう口にすると、わたしは完全に不意をつかれた。「オリオンのこと、いままで話さなくてごめん」

急に開いた扉《とびら》に顔からぶつかったような衝撃《しょうげき》だった。「ほら、きみたち仲が良かったから」わたしは、飲み物がくれた安らぎにしがみつこうと必死だった。そうでもしないと、手放しで泣き出すか、激しい怒《いか》りにまかせてわめき立てるかしてしまう。何様のつもりだろう。オリオンの死を悼《いた》もうとするなんて。何様のつもりで、オリオンを亡くしたわたしを気遣《きづか》ったりするんだろう。いまのいままで人並みにお悔《く》やみを言われることもなかったわたしを。「本当に惜《お》しいことをしたよ。オリオンが死ぬなんて、そんなことはあっちゃいけなかった。大勢の生徒を助けてくれたのに。オリオンも、エルも」

アルフィーは、なんのひねりもない当たり前のことを言っただけだった。そんなことを口にしたからって、現実は一ミリだって変わらない。だけど、わたしは反射的に短くうなずき、グラスを置いてアルフィーから顔をそむけた。泣きたくない。アルフィーに怒《おこ》っているのか感謝しているのかもわからなかった。お悔《く》やみなんてなんの意味もないはずなのに、アルフィーの言葉はわたしにとってものすごく意味があった。アルフィーが生前のオリオンを気にかけていたかというと、たぶんそうじゃない。お互《たが》い、ろくに知りもしなかったと思う。短いお悔《く》やみを口にするなんて、簡単なことだとも思う。だけど、大事なだれかを亡くした人にはお悔《く》やみを言うものだし、遺《のこ》された人のことは気遣《きづか》うものだ。アルフィーがしてくれたのは、そういうことだった。わたしとオリオンをふつうの人間としてあつかったのだ。特別でも近しくもないわたしたちを、それでもふつうの同情を寄せるべきふつうの人間としてあつかった。それに、アルフィーはペラペラ話しつづけることもしなかった。黙《だま》ってわたしと一緒《いっしょ》にすわっていた。穏《おだ》やかで美しい庭園の中で、せせらぎの音をききながら。

釣《つ》り鐘《がね》型のきれいな花が茎《くき》の上でゆっくりと開いていった。すこしすると、ぜんまい仕掛《じか》けのミツバチたちが花々のあいだを飛びまわるようになった。人の足音がいくつも聞こえ、それから長い時間がたって、ようやく音の主たちの姿が遠目に見えた。これも手のこんだ仕掛《しか》けなのだろう。自治領の上級魔法《まほう》使いたちなら、最短距離《きょり》で庭園の目当ての場所までたどり着ける。だから、待っているほうが不意をつかれないようになにかの魔法《まほう》がかけられていて、わたしたちは、お偉《えら》方たちより時間の流れをゆっくり感じるようになっているのだ。わたしはスイートハニーをすくいあげてポケットに入れた。岩棚《いわだな》は人数が増えることを見越《みこ》していつのまにか広くなり、スツールや椅子《いす》も気づかないうちに数が増えている。

アルフィーは、足音が近づいてくるにつれすこしずつ背すじを伸《の》ばし、むこうが岩棚《いわだな》に現れるのと同時にぱっと立ちあがった。教えてもらわなくても、アルフィーの父親はすぐにわかった。

びっくりするくらいよく似ている。父親のほうがもちろん年を取っているし、肌《はだ》の色もより暗く、落ち着いた風格がある。そして、なぜか見覚えがあった。むかしどこかで会ったことがあるんだろうか。ひょっとすると、わたしが小さいころコミューンに来たことがあるのかもしれない。自治領のやつらも時どき母さんを訪ねてくる。治癒《ちゆ》を求めてやってくる特権階級の連中を母さんは追い返したりはしないけど、連中の生き方については面と向かって容赦《ようしゃ》なく批判する。だから、あいつらもめったなことではやってこない。アルフィーの父親は見るからに上質そうなスーツを着ていた。クリーム色で、プレスの跡《あと》はナイフで線をつけたみたいにまっすぐだ。中には濃《こ》い緑色のシャツを着て、ネクタイピンにはコマドリの卵くらいありそうなでかいオパールがついている。きっと、死にそなえて正装したんだろう。

アルフィーの父親のとなりにはリーゼルがいる。そして、やたらとしゃれた恰好《かっこう》の人たちにまざって、ロンドン自治領の総督《そうとく》本人がいた。クリストファー・マーテルだ。白髪《はくはつ》の老人で、青銅製の杖《つえ》にもたれかかるみたいにして立っている。顔の左側は、目から頬《ほお》まで複雑な仕組みの魔工《まこう》品《ひん》におおわれていた。ぱっと見はでかい片眼鏡みたいだ。片眼鏡の奥《おく》の目は本物そっくりだけど、魔工品《まこうひん》か目があるように見える魔法《まほう》をかけているかのどっちかだ。本物の目は魔法《まほう》事故でなくしたか交渉《こうしょう》に使ったんだろう。魔法使《まほうつか》いは年を取るにつれて治癒《ちゆ》の力が失われていくけれど、どれだけ高齢《こうれい》になっても、魔法《まほう》を使えば悪性の癌《がん》や認知症《しょう》の進行を十年から二十年は遅《おく》らせることができる。ただし、そういう魔法《まほう》をかけるには目みたいに重要な体の一部を手放さなくちゃいけないし、大樽《おおだる》何杯《ばい》分もの大量のマナも使う。

総督《そうとく》は片方の足首から下も同じ理由で失ったらしい。なにしろ、クリストファー・マーテルはめちゃくちゃ高齢《こうれい》で、総督《そうとく》になって六十年はたつのだ。自治領の構造は民主主義とはほど遠い。雰囲気《ふんいき》こそいけ好かない国際企業《きぎょう》に似てるけど、そういう点では厄介《やっかい》な変人しかいない辺境の村みたいな一面もある。自治領の住民たちは、自分たちにとって不都合なことが起こらない限り、評議会がなにをしようと気にしない。そして、評議会選挙で多くの票を集めるのは、結局は評議会の面々だ。世間を驚《おどろ》かせるようなことをやって評議会にもぐりこんだ連中もいるけれど、大方は創設メンバーの子孫で占《し》められている。総督《そうとく》には基本的に任期がない。自分から退任するか死ぬまでその座に居つづける。ただし、自治領が滅亡《めつぼう》の危機にさらされると、たいていは新しい総《そう》督《とく》と交代する。

今回の〈目玉さらい〉事件は、まさにそういう危機のひとつだった。クリストファー・マーテルの任期もあとすこしで終わるだろう。次期総督《そうとく》は、まず間違《まちが》いなく、〈目玉さらい〉討伐《とうばつ》に名乗りを上げたアルフィーの父親だ。そういう自己犠牲《ぎせい》は大衆の支持を集めやすい。だけど、当の自治領がこんなに不安定な状態じゃ、新しい体制が整うのはもうすこし先になるだろう。それまでは総督《そうとく》交代のことがおおっぴらに話されることもない。アルフィーの父親は、あからさまに現総督《そうとく》を立てようとしているみたいに、一番大きい椅子《いす》をマーテルのために運んできてわたしの正面に置いた。自分は音もなくすべってきたべつのスツールに腰《こし》かけた。

マーテルはため息をつきながら腰《こし》を下ろし、どことなく悲しげな顔でわたしにほほえみかけた。老いた姿を恥《は》じているみたいにも見えた。総督《そうとく》に目配せされ、アルフィーは小さくお辞儀《じぎ》をして紹介《しょうかい》をはじめた。「総督《そうとく》、こちらがスコロマンス時代の学友のガラドリエル・ヒギンズです。エル、こちらはマーテル総督《そうとく》だ。それで……」アルフィーがちらっと目を向けると、父親はわたしにはわからないほどかすかな合図を——**ああ、紹介《しょうかい》してかまわない。いまのわたしにはその権利がある**——よこしたらしい。アルフィーは紹介《しょうかい》をつづけた。「それで、こちらがぼくの父のリチャード・クーパー・ブラウニング卿《きょう》だ」

「ミス・ガラドリエル、ロンドン魔法《まほう》自治領はきみに莫大《ばくだい》な借りができた」総督《そうとく》の愛情深い叔父《おじ》みたいな話し方は気に食わなかったけれど、わたしはそれ以上にアルフィーにイラついていた。スコロマンスのだれもかれもが、アルフィーのことを頑《かたく》なに下の名前でしか呼ばないことにはなんとなく気付いていた。仲良くなれば名字で呼び合うことだってあるのに、アルフィーのことは、小さい子どもみたいに**アルフィー**としか呼ばない。事情を知る生徒たちにアルフィーがあらかじめ根回ししていたんだろう。アルフィーの父親に見覚えがあるのも当然だった。リチャード卿《きょう》とそっくりなアルフレッド・クーパー・ブラウニング卿《きょう》の写真は、スコロマンス創立について書かれた記事のすべてに添《そ》えられているし、創立の記事はスコロマンスのいたるところに張ってある。だからって、そのことでアルフィーを責めるつもりはない。いずれはそうなる運命だとしても、アルフレッド・クーパー・ブラウニング卿《きょう》の焼き直しみたいに扱《あつか》われるのはまっぴらだったんだろう。わたしだって、あの手この手を使って、偉大《いだい》な治療師《ちりょうし》の娘《むすめ》だということを同級生たちに隠《かく》してきた。わたしがイラついているのは、アルフィーがあんなバカみたいな誓《ちか》いを立てたからだ。スコロマンスを文字どおりぶち壊《こわ》したわたしが創設者の子孫を奴隷《どれい》みたいに引きずり回せば、世間の反感を最高に買うにちがいない。ブラウニング一族には、自治領を守るためにド派手で危険なまねをする癖《くせ》でもあるんだろうか。

「どういたしまして」わたしはかすかに敵意をこめて言った。アルフィーの出自を知って衝撃《しょうげき》を受けたとはいえ、やっぱり総督《そうとく》の愛情深い叔父《おじ》みたいな話し方はいけ好かない。

「わざわざ言葉にするまでもないだろうが、念のため伝えておこうか。もし、この自治領を新たな住まいとして選んでくれるなら、喜んできみを迎《むか》え入れたいと思っている」マーテルは言った。瑠璃《るり》色の偽物《にせもの》の目が食い入るようにわたしを見つめている。わたしの内面をのぞきこみ、本当の望みを探ろうとでもしているみたいに。べつに、好きなだけのぞいてもらってかまわない。〈目玉さらい〉も倒《たお》してしまったし、自分がこれからどうしたいのかもわからない。ただし、したくないことだけははっきりしている。ロンドン自治領で暮らすなんて絶対にいやだ。

「それはどうも。でも、だいじょうぶです」わたしが答えると、マーテルのうしろに控《ひか》えていた魔法使《まほうつか》いたちが、面食らったような顔でちらっと視線を交わした。わたしがなんのために〈目玉さらい〉討伐《とうばつ》を引き受けたのか訝《いぶか》しんでいるのだ。

「アルフレッドからも、きみの卓越《たくえつ》した独立心については聞いている」リチャード卿《きょう》が言った。「それでは、べつの方法で謝礼を支払《しはら》わせてもらいたい」要するに、自分が息子の借りを肩代《かたが》わりするからそれで勘弁《かんべん》してやってくれ、と言っているのだ。アルフィーは運がいい。わたしはどっちでもよかったし、ほしいものならもう思いついていた。これが叶《かな》うなら割に合う。

「じゃあ」わたしは口を開いた。「この庭園を」リチャード卿《きょう》がかすかに眉《まゆ》をひそめた。ほかの大人たちも、戸惑《とまど》ったように顔を見合わせている。庭園を丸ごとおみやげにして持ってかえりたいと言われたみたいに。「庭園を一般《いっぱん》開放してくれる？　外部の魔法使《まほうつか》いたちが自由に出入りしてここで過ごせるように。あと、図書館も」ついでに頼《たの》んでおかない手はない。どっちにしろ、〈目玉さらい〉が生きていたら庭も図書館も壊滅《かいめつ》状態になっていたはずだ。「みんなが暮らしてる部分はそのままでいいよ。マナの貯蔵庫とか評議会室とか、そのへんは開放しなくていい」わたしはそう言いながら、息が詰《つ》まりそうだった地下のほうを指さした。「でも、庭と図書館は――共有して。謝礼を払《はら》いたいっていうなら、それがわたしの望み」

魔法使《まほうつか》いたちは複雑な表情を浮《う》かべていた。リーゼルだけはわかりやすくイラついている。単《たん》細胞《さいぼう》のガラドリエルから妙《みょう》な要求が飛びだしたことが腹立たしいんだろう。アルフィーもどことなく不安そうな顔だ。もっと喜んでもいいのに、とわたしは思った。もうすぐ総督《そうとく》になる父親ならこんな要求だって叶《かな》えられるだろうし、服従の誓《ちか》いもちゃらになるのだ。ほかの魔法使《まほうつか》いたちは、戸惑《とまど》いながらも考えこむような顔だ。突拍子《とっぴょうし》もない依頼《いらい》の真の目的を探ろうと、必死で頭を回転させている。答えを突《つ》き止めた仲間がいないか、互《たが》いに表情をうかがっている。

マーテル総督《そうとく》はといえば、つかみどころのない柔和《にゅうわ》な顔にあいかわらず微笑《びしょう》を張りつけていた。「それは……なかなかの大仕事になりそうだ」慎重《しんちょう》に言葉を選んではいるけれど、要は、意味がわからないからちゃんと説明してくれと言いたいのだ。

「非魔法族《まほうぞく》のボランティア団体だって、似たようなことしてますよ」わたしは言った。「滝《たき》におしっこするようなバカがいたら、遠慮《えんりょ》なく追いだしてもらって結構です」

突然《とつぜん》、女の人のけたたましい笑い声が聞こえた。ガチョウの鳴き声さながらのでかい声に、全員がぎょっとして飛びあがる。いまのいままで、そこに女の人がいることさえ気付いていなかった。一団からすこしはなれたところで、岩棚《いわだな》の柵《さく》にもたれて立っている。だけど、気付かなかったのはそのせいじゃない。着ているコートのせいだ。色も素材もバラバラなはぎれを縫《ぬ》い合わせてあって、ほつれた布切れがあちこちで風にゆれている。はぎれのすべてに、その一枚一枚がとびぬけて美しく見える簡単な魔法《まほう》がかけてある。マナもほとんど使わないし、おしゃれをするときによく使われる魔法《まほう》だ。だけど、大量のボロいはぎれの一枚一枚にそんな魔法《まほう》をかけ、すべてを一枚のコートとして仕立て上げると、矛盾《むじゅん》の集積によって盛大な勘違《かんちが》いが生まれる。コートも、それを羽織った人も見えなくなるのだ。でかい笑い声はたしかに聞こえてくるのに、よく目をこらしていないと、笑い声の主の姿はすぐにわからなくなる。

女の人は柵《さく》をはなれて近づいてきた。「エルったら、大きくなって。あたしのこと、覚えてる？覚えちゃいないか。最後に会ったときは、グウェンにおんぶされて泣きわめいてたもんね。あたしに強制魔法《まほう》をかけようとしたから、母さんに力ずくで連れてかれたんだよ。あんた、言ってたよ。あたしがいっつもふらついてるから、自分が魔法《まほう》でシャキッとさせるんだって。たしか、四歳《さい》だったかな」

その女の人のことはまったく覚えていなかった。だけど、いかにもありそうな話だ。オリジナルの強制魔法《まほう》を考えだしたのも、ちょうど四歳《さい》ぐらいのときだった。母さんは、すきあらば人に魔法《まほう》をかけようとするわたしを、何年もかけてやめるよう説きふせた。

そのとき、ふいにその人のことを思いだした。たしか、ヤンシーという名前を使っていたはずだ。困り果てて母さんに会いにくる魔法使《まほうつか》いたちは、よく、ヤンシーにここを教えてもらったんです、と言った。どうしてなのか、一度聞いてみたことがある。すると母さんは、ヤンシーの想像力に巣食っていた重い病気を治すお手伝いをしたのよ、と言った。母さんの説明が腑《ふ》に落ちない人は、現実からはみ出した空間にもぐりこむとか、魔法《まほう》で生成したものばかり食べるとか、そういう不健康な生活を控《ひか》えておけばいい。そうすれば、想像力が病に侵《おか》されるなんてことは起こらないから。

なぜ、あのヤンシーが**ロンドン自治領**なんかにいるのだろう。ヤンシーはロンドン自治領の住民じゃない。そんなことは絶対にあり得ない。ロンドン魔法《まほう》自治領には、ドイツ軍による電撃戦《ブリッツ》を耐《た》え抜《ぬ》いた過去がある。ロンドン市内のいたるところに門を作っておいたから、そのうちのひとつが爆撃《ばくげき》でやられても、自治領全体が吹《ふ》っ飛ぶという事態にはならなかった。戦争が終わると門のほとんどが閉鎖《へいさ》された。ところが、ヤンシーみたいな独立系魔法使《まほうつか》いたちは、門を探しだしてほんのすこしこじ開け、できたすき間から、自治領の壁《かべ》と内部の膜《まく》のあいだにある空間にもぐりこむようになった。数ヶ月、時には数年にわたってそこでキャンプをし、怪物《かいぶつ》から襲《おそ》われることなく虚空《こくう》を自由に使って過ごすのだ。しばらくすると自治領の正規の住民に見つかって追い出されるけれど、またべつの門をこじ開けてもぐりこめばいい。

そんなふうにして暮らしているわけだから、ヤンシーもロンドン自治領が〈目玉さらい〉のせいで崩壊《ほうかい》すれば困るだろう。だけど、ロンドン自治領のお偉《えら》方はなにが目的でヤンシーを呼んだのだろう。連中がヤンシーに助けを求めたことは間違《まちが》いないらしい。なぜなら、ヤンシー本人がリチャード卿《きょう》を見てこう言ったのだ。「あたしたちのほうも、それで手を打つよ」わたしのほうを見て、ウキウキした声でつづける。「てことは、芝生《しばふ》でパーティーを開いてもいいんだよね?」わたしが答えるより先に、またしてもでかすぎる声で笑った。「じゃあね、**ガラドリエル・ヒギンズ**」わたしの名前をやたらと強調する。内輪のジョークかなにかだと思ってるんだろうか。

「またゆっくり話そうよ」そう言うと、ヤンシーは、ボロいコートをまとった体を軽くゆらした。ぱっと姿が消え、もう一度目をこらしたときには、ヤンシーはすでに小道のむこうを歩いていた。姿はいまいち見えないけれど、声だけはばっちり聞こえてくる。古いポップスの意味のない歌詞を、がなり立てるみたいにして繰《く》りかえし歌っている。ロマ、ロママ、ガガ、ウォウウォウ、ラ、ラ——。ヤンシーの歌声をかき消そうとするかのように、滝《たき》の音が急に大きくなった。

　ヤンシーが去ったあとには不穏《ふおん》な空気が立ちこめていた。みんな、しぶい顔でリチャード卿《きょう》をちらちら見ている。ヤンシーをなんらかの理由で内部に呼んだのはリチャード卿《きょう》なんだろう。当のリチャード卿《きょう》はみんなの視線を気にする感じもない。というか、ヤンシーのことなんて本気でどうでもいいのかもしれない。卿《きょう》はふっとため息をつき、わたしに向かって苦笑まじりに言った。

「きっと、開園時間くらいは設けさせてくれるんだろうね。朝の七時まで乱痴気騒《らんちきさわ》ぎをする連中がいないとも限らない」ほかの魔法使《まほうつか》いのほうは一瞥《いちべつ》もしないけれど、息子に向かって問いかけるような視線をちらっと向けた。息子の顔を見たリチャード卿《きょう》はまたたく間に悟《さと》ったらしい。ガラドリエルの要求に交渉《こうしょう》の余地はない。

マーテル総督《そうとく》のほうはリチャード卿《きょう》よりもショックが大きいみたいだ。ほほえみは消え、こわばった顔でわたしを見つめている。総督《そうとく》にどう思われようが、わたしはどうだってよかった。ロンドンのお偉方《えら》と膝突《ひざつ》き合わせて交渉《こうしょう》するつもりもない。というより、だまっていても、アルフィーの立てた服従の誓《ちか》いがかわりに要求を通してくれる。「望みを聞かれたから答えただけ」わたしはそっけなく言った。「どうするかはそっちで決めて」

わたしは手首からマナ・シェアのメダルを外してアルフィーに返した。もちろん、未練がなかったと言えば嘘《うそ》になる。アルフィーはメダルを受けとりながら、父親に目配せをした。どうせ、『ほらね、エルはロンドンのマナが目当てじゃないって言ったろ?』みたいなことを言いたかったんだろう。リチャード卿《きょう》は、面長の顔をかすかにくもらせている。たしか、リチャード卿《きょう》の祖父が、一八九〇年代にロンドン自治領評議会と交渉《こうしょう》をして、クーパー・ブラウニング一族はマンチェスター魔法《まほう》自治領からロンドン魔法《まほう》自治領に移領したはずだ。その交換《こうかん》条件となったのが、スコロマンス運営に関わる権利だった。たぶん、そのときに、クーパー・ブラウニング一族はロンドン自治領評議会の永久議席を獲得《かくとく》した。といっても、マンチェスター魔法《まほう》自治領はスコロマンス設立に超《ちょう》一流の能力と最大限の労力を注ぎこんだのだから、結局得をしたのはロンドン自治領のほうだと思う。

今回だって、ロンドン魔法《まほう》自治領は得をした。滅亡《めつぼう》の危機を免《まぬが》れたわけだし、底なしのマナだって、大しけの海みたいに荒《あ》れただけで結局はぶじだった。この秘密の花園だって、所有権を奪《うば》われたわけでもない。よそ者が庭園をうろつくのを我慢《がまん》しなきゃいけなくなったけど、それだって荒《あ》れ狂《くる》うマナの海を静めるのに役にたつ。たくさんの魔法使《まほうつか》いが庭園を訪れ、ここにあるすばらしい景色は全部現実のものなんだと信じれば、それだけ魔法《まほう》は強力になっていく。わたしは立ちあがった。「帰る前に庭を見て回るけど、いいよね？」

「もちろんだとも」総督《そうとく》が言った。張りつけたようなあの微笑《びしょう》を浮《う》かべているけれど、こころなしかその笑顔には元気がない。「どうかくつろいでいってほしい」

遠くには行かなかった。ただ、静かにひとりになれるところに行きたかった。そう願った瞬間《しゅんかん》、庭園にかけられた魔法《まほう》が奥《おく》まった場所へわたしを誘《さそ》い入れた。緑豊かな隠《かく》れ家《が》みたいな空間で、垂れ下がったつる植物に囲まれている。葉っぱに隠《かく》れた岩肌《いわはだ》を、小さな滝《たき》が流れ落ちていく。まさに望みどおりの場所だったのに、いざ中へ入ると最悪の気分になった。静かな隠《かく》れ家《が》の中ではなにもすることがない。考えるか、感じるか、ただ休んでいるか、できるのはそれだけ。したくないことばかりだった。疲《つか》れてもいないのに休めるわけがない。くたくたに疲《つか》れていてもおかしくないのに、これっぽっちも疲労《ひろう》を感じない。なぜなら、わたしは一瞬《いっしゅん》で〈目玉さらい〉を倒《たお》せるから。ロンドン自治領を滅亡《めつぼう》させるくらいでかい〈目玉さらい〉を、虫かなにかみたいに殺せるから。卒業式のあのときだって、そんなことはムリだと叫《さけ》ぶかわりに、ただ覚悟《かくご》を決めればよかったのだ。そうすれば、オリオンがひとりで〈目玉さらい〉に向かっていくこともなかった。

わたしは考えてはいけないことを考えはじめていた。こんなこと、わたしだって考えたくない。オリオンを救うかわりに守ったこの庭園で、ひとりでろくでもないことを延々と考えつづける。そんなこと本当はいますぐやめたいのに、考えるべきことがほかにはなにも見つからない。スイートハニーがポケットから這《は》いだして、鉄製の凝《こ》った柵《さく》や茂《しげ》みの枝の上をちょこちょこと走りはじめた。わたしは余計な考えごとをやめようとスイートハニーの動きに集中し、リラックスするための呼吸法を試した。息を吸って止め、長々と吐《は》く。だけど、気付けばやっぱり同じことを考えている。アルフィーがくれた飲み物の鎮静《ちんせい》効果は、評議会と話してムカついたりイラついたりしているうちにすっかり消えていた。それに、気持ちを静めようと集中すると、足の下でうねるマナの大波に意識がいく。それは、〈目玉さらい〉の内臓の海が足元に打ち寄せてくる感覚と、あまりにもよく似ていた。吐《は》きそうになり、わたしはリラックスしようとするのをあきらめた。

なにか**仕事**があれば、気分も変わったんだろう。だけど、いまのところやるべきことはないし、手頃《てごろ》な仕事があっても引き受けることさえできない。ロンドン自治領のメダルを返したいま、マナの持ち合わせはゼロだ。だから、わたしは椅子《いす》から立ちあがり、マナを作るために腕立《うでた》て伏《ふ》せをはじめた。体は人生で最高の状態に仕上がっている。命がかかっていると思いこんで卒業式にむけて五百メートルを毎日走りこんでいたから。それに加えて、この一週間というもの、ちゃんとした食事をして、きれいな水を飲んで、母さんの愛情を一心に受けてきた。体調が良くならないわけがない。わたしは、声に出して回数を数えながら、お手本みたいな腕立《うでた》て伏《ふ》せをつづけた。

庭園は、突然《とつぜん》はじまった筋トレに戸惑《とまど》ったのか、おそるおそるといった感じで隠《かく》れ家《が》のスペースを広げた。十七回目の腕立《うでた》て伏《ふ》せを終えるころには、しゃれたかごに入ったヨガマットが木陰《こかげ》に現れていた。ヨガならまだわかる、とでも思ったんだろうか。たしかに、ロンドンの魔法使《まほうつか》いなら、お高いウェアに身を包んで早朝に集まり、滝《たき》をながめながらすてきなヨガの時間を過ごしそうだ。マナをつくるためじゃなくて、ただ体を動かして楽しむためだろうけど。癒《いや》しを求めているなら、ウェールズで週末を過ごせばいいのに。わたしはヨガマットを無視して両手を固く握《にぎ》り、かたい岩の上にこぶしをついて腕立《うでた》て伏《ふ》せをつづけた。首から下げた水晶《すいしょう》に、すこしずつマナがたまっていく。三十を数えるころには、水晶《すいしょう》がかすかにかがやきはじめていた。

ふと見ると、リーゼルがすぐそこにいてこっちを見ている。腕《うで》を組み、怪訝《けげん》な顔だ。わたしは腕立《うでた》て伏《ふ》せが大嫌《だいきら》いだ。本当は、だれかが来てなにか仕事を振《ふ》ってくれないかと、心のどこかで期待していた。怒《いか》りの種をくれるだけでもいい。そうすれば猛然《もうぜん》と腕立《うでた》て伏《ふ》せができるから。リーゼルなら、きっと仕事か怒《いか》りかどちらかを与《あた》えてくれる。五十回まで数えると、わたしは腕《うで》立《た》て伏《ふ》せをやめて立ちあがった。あてつけがましいほど大量の汗《あせ》をかいている。プランターに植わった虹色《にじいろ》のグラジオラスに汗《あせ》がぽたぽたと落ちた。どうせリーゼルは、あんたバカじゃないの？　とか、そういうことを言うつもりだろう。正直、わたしだってバカみたいな気がする。ロンドン自治領で筋トレをしてマナをためるなんて、でかい湖のほとりに生えた花に水をやるために、わざわざ十五キロ先のぬかるんだ浅瀬《あさせ》から水をくんでくるみたいなことだから。

ところが、リーゼルは嫌味も言わずに眉《まゆ》をひそめてわたしを見つめつづけた。マジックミラーの鏡側にいるような気分だ。ミラーのむこうには時計じかけのでかい機械があって、三万個くらいの歯車をギイギイ言わせながら、無数のレンズでわたしの一挙手一投足を観察している。そんなの楽しいわけがない。「まだなにかあるわけ？」わたしはイラついて言った。「べつの〈目玉さらい〉を倒《たお》せって？」

リーゼルは小バカにしたように鼻を鳴らし、そして言った。「いい？　泣いたりしないでよ」嫌《いや》な予感がして、深呼吸をしつつリーゼルをにらむ。つぎの瞬間《しゅんかん》、予感は当たった。「全部、計画どおりに進んでたよね。なのに、あんたとレイクだけが逃げ遅《おく》れた。なにがあったわけ？」

泣きたいとは思わなかった。どちらかというと、リーゼルを殴《なぐ》ってやりたかった。「なんでそんなこと聞くわけ？　わたしの答えを記録しといて、つぎにまた世界中の怪物《かいぶつ》を罠《わな》にかけるときの参考にする？」

「レイクは、**死んだ**の？」リーゼルは、小さい子どもにするみたいに、簡単な言葉で聞きなおした。実際、相手が子どもだろうと、こいつなら平気でこんな残酷《ざんこく》な質問をするだろう。

「だといいけどね」わたしは感情をまじえずに短く言った。解釈《かいしゃく》はリーゼルにまかせる。わたしがオリオンを殺したと思われたってかまわない。ガラドリエルならやりかねない。卒業ホールの床《ゆか》に転がったオリオンの亡骸《なきがら》を尻目《しりめ》に、スキップでゲートをくぐったのだろう、と。

だけど、相手はリーゼルだ。そんな勘違《かんちが》いはしなかった。「〈目玉さらい〉がいたわけね」質問さえしないで断定する。物心ついたころから、ただ仲良くしたいとか、ハンマーかペンを手に入れるために交渉《こうしょう》をしたいとか、そう思ってだれかに近づくたびに相手は怯えた顔をした。わたしの人生は噛《か》み合わないことばかりなんだから、わざとこわがらせようとすれば無反応の憂《う》き目にあうのも当然なんだろう。

そして、リーゼルは無反応のうえに無慈悲《むじひ》だ。わたしは降参した。言い争う気力も、質問を受け流す気力もない。なにをしても、リーゼルは鋭利《えいり》な質問でわたしの胸をえぐりつづけるだろう。

「〝忍耐《にんたい》〟がいた」わたしは説明をはじめた。「〝不屈《ふくつ》〟をのみこんで、スコロマンスのどこかに隠《かく》れてたらしい。スコロマンスが崩壊《ほうかい》する直前に、卒業ゲートのところでわたしたちに追いついた。先に言っとくけど」わたしは噛《か》みつかんばかりの勢いでリーゼルを制した。「**わたしは**さっさとゲートをくぐるつもりだったよ。でも、オリオンはちがった。わたしをゲートのむこうに逃《のが》して、自分ひとりで残って、それで〃忍耐《にんたい》〃に食われた。助け出そうとしたけどそれも拒《こば》まれた。おしまい。これで満足？　じゃ、わたしはもう帰るから」

リーゼルは呆《あき》れ顔でおおげさに両腕《りょううで》を広げた。「帰る？　どこに？　あのボロいテント？　で、雨漏《あまも》りに打たれるって？」

「もっといいアイデアでもあるわけ？」

「ある」リーゼルは言った。「夕食、食べに行くよ」

悔《くや》しかったけれど、自治領を飛びだしてロンドン市街をさまようよりは、夕食をとりに行くほうが何倍も賢《かしこ》い。帰り方もわからないし、ポケットに入ってるのはネズミだけ。母さんなら、絶対にそんなことで困ったりしない。行きたいところがあるなら親指を立ててヒッチハイクをすればいい。お腹が空けば、宇宙になにか分けてほしいと頼《たの》めばいい。そうすれば、通りかかっただれかが母さんに気付いて、食べ物を分けてくれるか夕食に招いてくれる。わたしはといえば、対価をきっちり前払いしない限りなにも得られないし、そうしてようやくバスに乗れたりケチな食事にありついたりする。おまけに、そんなふうに不遇《ふぐう》な目にあう原因が、不機嫌《ふきげん》そうに顔をしかめたわたし自身にあるのか、他人のほうにあるのかもわからない。あいつらはただ、ブロンドとバラ色ほっぺのにこやかな母さんのことは優遇して、わたしみたいな肌《はだ》の黒い子どもは雑に扱っていいと思ってるだけなんだろうか。どっちなのかわからないからこそ、わたしはいっそう不機《ふき》嫌《げん》なしかめっつらになる。

とはいえ、わたしは自治領を飛びだしていく気満々だった。リーゼルと自分自身に対するあてつけみたいなものだ。だけど、リーゼルはお見通しといった感じでつけ加えた。「バカなまねしないで。夕食がすんだらアルフィーがあんたを送ってくから」そして、木陰《こかげ》にいつのまにか現れていたらせん階段を指さした。階段ははるか上のテラスのような場所につづいていて、そっちのほうから言葉にできないくらいおいしそうなにおいが漂《ただよ》ってくる。わたしの乏《とぼ》しい表現力じゃライスプディングみたいなにおいとしか説明できないけれど、実際はライスプディングとは似ても似つかないにおいだった。ライスプディングなんか全然好きじゃないけれど、スコロマンスの食堂で見つけたときは絶対に食べることにしていた。メニューの中では一番マシな味がしたのだ。この先の人生でライスプディングを二度と食べられないとしても全然かまわないけど、テラスからいいにおいを漂《ただよ》わせているなにかが**もしも**ライスプディングだったとしても、わたしはぜひとも食べてみたかった。

そういうわけで、わたしはしぶしぶリーゼルについて階段を上りはじめた。階段は、鍛《きた》えているはずのわたしの脚《あし》がつかれるくらい長かった。階段を上りきった先には小さなテラスがあって、その先はホビットの家みたいにこぢんまりした小部屋に続いている。小部屋は自治領をぐるりと囲む塀《へい》をくり抜《ぬ》くようにして作ってあって、庭園にくらべると全体的にちゃちな感じがする。小部屋とテラスのあいだには扉《とびら》があってもいいのに、カーテンがかけてあるだけ。カーテンのあいだからのぞく部屋自体も、ベッドに占領《せんりょう》されて見えるほどせまい。ベッド以外の家具といえば、壁《かべ》に造りつけられた半月型の棚《たな》くらいだ。その棚《たな》も、寝るときに水のコップひとつ置くのがやっとなくらい小さい。ランプさえなかった。テラスの天井には頼《たよ》りない明かりのランプが吊《つ》り下げられている。ランプの下には、小さなテーブルが一台と、椅子《いす》が二脚《きゃく》置いてあった。小川や滝《たき》ははるか下にあるらしい。テラスにめぐらせてある低い鉄の手すりのむこうから、水音がほんのかすかに聞こえてくる。天井はめちゃくちゃ低くて、太陽灯の光の粒子《りゅうし》が漂《ただよ》っているのがくもりガラス越《ご》しに見えるくらいだ。

わたしの雨漏《あまも》りユルトをバカにしたくせに、リーゼルの住まいもそこそこオンボロだ。しゃれた身なりにはそぐわない。といっても、卒業生総代になって――スコロマンスの優等生大会なんかがあれば、そこで一等賞を取るようなものだ――保証付き招待を手に入れたとしても、卒業してしまえばそのへんの若造と変わらない。自治領では新参者なわけだし、リーゼルが命を救ってやった元同級生たちも、助けられたという気まずい事実は忘れた振《ふ》りをする。要するに、リーゼルは自治領内のヒエラルキーでは最底辺にいるのだ。

これまで、大勢の卒業生総代が失望を味わってきたんだろう。四年ものあいだ死にものぐるいでがんばって、ようやく一枚きりの貴重なチケットを手にしたと思ったら、安い立ち見席をあてがわれるのだ。自分がご機嫌《きげん》を取りつづけてきた自治領の子どもたちはボックス席にゆったりすわる。あるいは、ステージでスポットライトを浴びる。卒業生総代が燃え尽《つ》き症候群《しょうこうぐん》になってしまうこともめずらしい話じゃない。それこそ、総代獲得《かくとく》のために命の火を使いきってしまったみたいに。そうして、長いらせん階段の上にあるちっぽけな部屋に引きこもり、その後は何者になることもない。

だけど、リーゼルはそんな運命にがぜん逆らうつもりらしい。日中の太陽灯の強い光をさえぎるためか、テラスの屋根には日よけをつけてある。ベッドの上には白っぽい木の枝で骨組みをつくり、そこにきらきらした透《す》ける布をゆったりとかけて天蓋《てんがい》にしている。庭園の植物を叱《しか》りつけでもしたのか、つる植物がテラスにまで伸《の》びてきて、足りない明かりを補うようにきらめく花を咲《さ》かせている。リーゼルは椅子《いす》のひとつを指さした。テーブルの上には、あの銀色のカラフェがひとつと、クスクスを盛ったお碗《わん》がひとつと、つやのある小ぶりな青いタジン鍋《なべ》がひとつ載《の》っている。リーゼルがタジン鍋《なべ》の蓋《ふた》を取ると、あのうっとりするようないいにおいがふわりと漂《ただよ》った。ありがたいことに、ライスプディングは見当たらない。

料理はひと口ひと口が完ぺきだった。スパイシーな味のつぎは甘《あま》い味がして、つぎは塩気を感じる。頬張《ほおば》るたびに、ほしいと思った味がするのだ。散りばめてあるドライフルーツは宝石のようにきらめき、アーモンドの歯ごたえが心地いい。何種類もの野菜は味が濃《こ》く、火のとおり具合も完ぺきだ。柔《やわ》らかいけど柔《やわ》らかすぎなくて、ひとつずつ細心の注意をはらって蒸し上げたんじゃないかと思うほどだった。それでいて、すべてがひとつの料理として調和している。揺《ゆ》れるマナのせいでまだ気分が悪かったけれど、わたしは二回おかわりして、ジャグに入っている謎《なぞ》の飲み物も二杯《はい》飲んだ。リーゼルも旺盛《おうせい》な食欲を見せた。食事がすむと、汚《よご》れた食器はひとりでに消えた。あとは洗浄魔法《せんじょうまほう》が引き受けてくれる。

ちょうどそのころ、下の庭園がなにやら騒《さわ》がしくなった。見ると、曲がりくねった細い小道がゆったりと広い散歩道に作り変えられていき、それに沿って、明るいランプや休憩《きゅうけい》場所がいくつも現れている。リチャード卿《きょう》は、息子が立てた服従の誓《ちか》いを取り消すべく、すみやかに動いたらしい。もう夕暮れだというのに、庭園に人影《ひとかげ》がみえる。どことなくくたびれた感じの魔法使《まほうつか》いが五、六人。このテラスからでも、自治領の魔法使《まほうつか》いとはちがうことがはっきりわかる。なぜかというと、めちゃくちゃ非魔法族《まほうぞく》っぽいのだ。仕立てのいいスーツを着ていても、ワンピース姿でも、ジーンズをはいていても、すぐにそうとわかる。あれは〝通勤組〟だ。遠目にも、上腕《じょうわん》に巻かれた灰色の通行証バンドが見える。この庭園が一般《いっぱん》開放されるまで、あのバンドで入ることができるのは通用口だけだった。通勤組はそこから作業場や実験室へ行き、いつかは神聖な内部へ行ける日が来ますようにと祈《いの》りながら、自治領のためにあくせく働くのだ。庭園の魔法使《まほうつか》いたちは滝《たき》を見上げ、太陽灯の夕陽を浴びてまぶしそうに顔をしかめた。わたしがしたことは、本当にんだろうか。

独立系魔法使《まほうつか》いたちのためになったんだろうか。それとも、憧《あこが》れをいたずらにかき立てただけな

「それで、ちょっとは頭を使う気になった？」リーゼルが出し抜《ぬ》けに言った。

「そういうあんたは賢《かしこ》いつもり？」ジャグの中身がなんだったにしても、効き目はワインそっく

りだ。「この部屋を手に入れるために人生を差しだしたわけ？　自分が奪《うば》われたものを取り返す

ために、ほかの魔法使《まほうつか》いたちを利子付きで搾取《さくしゅ》するって？」

「頭を使う気はないってわけか」リーゼルは言った。「そう、わたしは自治領に入れた。そのこ

とに罪悪感なんかない。わたしはバカじゃないから。ママは自治領の連中に死ぬまで媚《こび》を売らな

きゃいけなかった。娘を守るために」

「へえ。アルフィーに媚《こ》びてるのはだれだっけ？」そうは言ってみたものの、自分でも若干見当

違《ちが》いだと思った。リーゼルはアルフィーにこれっぽっちも媚《こび》なんか売っていない。「あんたがア

ルフィーを好きになるわけない」

「好きだよ。アルフィーは一角《ひとかど》の人物になろうとしてるから。重要な人物に」

「で、あんたはアルフィーを利用して一角《ひとかど》の人物になろうって？　そういう魂胆《こんたん》なんでしょ？」

リーゼルは、だから？　と言いたげな顔で肩《かた》をすくめた。図星だったわけだ。「わたしたちは

持ちつ持たれつの関係ってやつなんだよ。じゃ、わたしがなんのメリットもない相手と付きあえ

ば満足するわけ？」

「じゃなくて、役にたつかどうかで選ばないで本当に付きあいたい相手と付きあえば、って言ってんの」

リーゼルはあっさり首を横に振《ふ》った。「人って、だいたいはバカか退屈《たいくつ》か能なしでしょ？　なんでそんなやつと付きあわなきゃいけないわけ？　そんなの、イライラするだけ。でも、アルフィーならイライラすることもない。付きあう価値のある相手だから」わたしはそれを聞いて口をへの字にした。リーゼルの言い分は母さんの口癖《くちぐせ》とすこし似ているところがある。母さんはいつも、自分にとって最善の選択《せんたく》をしなさい、と言う。他人にとやかく言われても迷っちゃだめ、と。「アルフィーは役立たずじゃない。仮に役立たずだとしても得をするのはわたしのほう。アルフィーはすべてを持ってる。わたしにはなにもない」

「ママがいるんじゃないの？」わたしは言った。

リーゼルは一瞬黙《いっしゅんだま》り、かすかにこわばった顔で言った。「死んだよ。わたしが入学したときに」

ということは、ただの偶然《ぐうぜん》じゃない。リーゼルの母親の死はあらかじめ入学式の日に予定されていたんだろう。だれもがマーテル総督《そうとく》みたいに便利な取引ができるわけじゃない。寿命《じゅみょう》を十年だか二十年だか延ばすことができるのは、マナを好きに使えるセレブだけ。だけど、もうひとつ、どんな魔法使《まほうつか》いにも使える奥《おく》の手がある。わが子の入学式まで生きのびられる可能性が五分五分だとしたら、タブーすれすれの取引をしている治療師《ちりょうし》のところへ行って、生存可能性を死亡可能性に換《か》えてもらえばいい。そうすれば、少なくとも死ぬ日ははっきりする。

わたしは怪訝《けげん》に思って聞いた。「で、パパのほうも死んだって？」無神経な物言いをしたのはほろ酔《よ》いになっていたせいかもしれないし、リーゼルとの会話では神経なんか使っても意味がないと悟《さと》ったせいかもしれない。言い訳をしておくと、魔法使《まほうつか》いの両親がふたりとも死ぬというのは、ちょっとあり得ないくらいの不運なのだ。その観点から言うと、わたしはまあまあ運が悪い。子どもをもうけるまで生きのびたということは、基本的には、人としても魔法使《まほうつか》いとしても成熟した年齢《ねんれい》に達していたということだ。成熟した魔法使《まほうつか》いは、めったなことでは死んだりしない。それなのに、わたしもリーゼルも親を亡くしている。まだ十代の娘《むすめ》がいたのに死んでしまったなんて、リーゼルの母親も相当運が悪かった。魔法《まほう》が暴発したとか、だれかの呪《のろ》いが命中したとか、そんなところだと思う。だけど、両親をふたりとも亡くすというのはあり得ない。

だけど、わたしの予想はまちがっていた。リーゼルはさっきよりも淡々《たんたん》とした口調で言った。

「父はミュンヘン魔法《まほう》自治領の評議員だよ」

「は？」わたしは目を見開いた。「なんで――」

「くわしく説明しないとわからない？」リーゼルは冷ややかに言った。「父の正妻はミュンヘン総督《そうとく》の娘《むすめ》。結婚《けっこん》して評議員の座に収まったってわけ。で、あいつはママに、娘《むすめ》をスコロマンスに入れたいなら、自分と関係があったことは口外するな、二度と連絡《れんらく》してくるなって言ったわけ。あいつとは会ったこともない。時どきお金を送ってくるだけ」リーゼルが最後のひと言を吐《は》き捨てるように言ったのはムリもない。自治領の連中にしてみれば、お金なんてなんの価値もないのだ。独立系の魔法使《まほうつか》いだって、五十ポンド紙幣《しへい》を魔法《まほう》で出すことくらい簡単にやってのける。あまりにも大量のお金を作れば、力関係が逆転することを恐《おそ》れた地元の自治領から警告される。といっても、自治領なんて基本的には無限の資源があるんだから、そういうこともめったに起こらない。

わたしは顔をしかめた。リーゼルに同情するなんて嫌《いや》だ。だけど、怪物《かいぶつ》がうようよする外部にわが子をほっぽりだしといて、自分だけ自治領で快適な暮らしを送るなんて。リーゼルをミュンヘン自治領に迎《むか》えたって、なにも死ぬわけじゃないのだ。浮気《うわき》をしていたことがバレたって、自治領から追い出されるようなことにはならない。総督《そうとく》本人が望んだってムリだ。そんな処罰《しょばつ》を与《あた》えれば、反対に総督《そうとく》自身が職を追われる。自治領の連中というのは——言うまでもなく——基本的にことなかれ主義なわけだし、だからこそ、一見問題がなさそうなやり方でマリアを搾取《さくしゅ》しつづけることができるのだ。自分たちの自治領に影響《えいきょう》が及《およ》ばない限り。そう、問題になるのは、自治領に影響《えいきょう》があるかどうかという一点だけ。それさえなければ、どんな不正もうやむやにされる。だけど、リーゼルの父親は、評議員の座を絶対に失いたくなかったんだろう。子どもの命よりも地位のほうが重要だった。「だからミュンヘンに行かなかったわけか」わたしは言った。「でも、ドイツの自治領ならほかにもいろいろあるのに」

「それ、わたしにメリットある？　ドイツで一番の自治領はミュンヘン。わたしはミュンヘン自治領**よりも**強い自治領がいいわけ。格落ちの自治領なんか行くわけないでしょ」

「なんのために？」思わずたずねたけれど、答えが知りたいのかどうか自分でもよくわからなかった。

「見てればそのうちわかる」リーゼルはうるさそうに言った。「とにかく、わたしはあいつの妻**より**上の地位を手に入れる。あの女を後悔《こうかい》させてやる」

「後悔《こうかい》って、なにを――」

「ママを殺したことを。あれは**事故**なんかじゃなかった」

リーゼルは鈍《にぶ》いわたしにイラついていたけど、それもムリはない。そのひと言で、わたしにもことの全容がわかった。リーゼルの父親はやましい秘密を隠《かく》そうとしたけれど、妻はどうにかして夫の不貞《ふてい》をかぎつけたんだろう。たぶん、夫が元愛人の娘《むすめ》をスコロマンスへ入れる準備をしぶしぶながら進めていたときに。そして、甲斐性《かいしょう》なしの夫を捨てるかわりに、夫の元不倫《ふりん》相手を突《つ》き止め、そして**命を奪《うば》う**ための工作をした。こうして、リーゼルの母親は、やむにやまれず生存可能性を売り払《はら》って死亡可能性を手に入れたのだ。娘《むすめ》がぶじスコロマンスに入学するのを見届けるために。

腑《ふ》に落としたいのかどうかはさておき、これでリーゼルのもろもろの行動はすべて腑《ふ》に落ちた。だけど、ただの嫌《いや》なやつだと思えたらどんなによかっただろう。いままでみたいに、リーゼルは安全と権力をほしいままにするために、手段を選ばず自治領にもぐりこんだのだと思っていたかった。だけど、ちがった。リーゼルは理論立てて考えて、正確極まりない結論を導きだしたのだ。ミュンヘン自治領の総督《そうとく》の娘《むすめ》に一瞬《いっしゅん》でも後悔《こうかい》を味わわせるには、より規模の大きい自治領の総督《そうとく》になるしかない。総督《そうとく》、あるいはそれに準じる大物に。まともな神経の持ち主なら、導き出された結論を見て正気に返り、せいいっぱいよく生きることがなによりの復讐《ふくしゅう》になる、みたいな代替案《だいたいあん》に落ち着いたと思う。だけど、リーゼルは三十年計画を立て、ひとつ目の目標はすでに叶《かな》えた。スコロマンスの卒業生総代になるという目標だ。そして、いまも計画遂行《すいこう》に向けて突《つ》き進んでいる。

ふたつ目の目標がアルフィー獲得《かくとく》だったとすれば、それもすでに叶《かな》えている。スコロマンスにいるときは、リーゼルが**卒業生総代になったあとも**大規模自治領の彼氏《かれし》をつくろうとしているのが不可解だった。だけど、いまならわかる。ただ自治領に入るだけじゃ足りないのだ。よそ者として自治領に入れば一番安い立ち見席からはじめるしかないことが、リーゼルにはわかっていた。だから、**内部で**高い地位にある相手をつかまえようとしていたのだ。いま考えてみれば完全に理にかなっているし、賢《かしこ》い。

「大変だったんだ」わたしはしぶしぶそう言った。これが母さんだったら、何ヶ月も対話を試みて復讐《ふくしゅう》をやめさせようとするだろう。だけど、個人的にはリーゼルを責める気になれない。わたしだって、一年生のときに廊下《ろうか》で突《つ》き飛ばしてきたバカにどう復讐《ふくしゅう》してやろうか、いまだに念の入った計画を練ることがある。だけど、これまではリーゼルのことが嫌《きら》いだったし、これからも嫌《きら》いなままでいたかった。嫌《きら》いじゃなくなったら、なんとなくヤバい気がした。

　リーゼルは肩《かた》をすくめた。「あっちには力があって、ママにはなかった。物事は力のある連中が決めていく」冷静そのものの口調だった。「だから、力はあったほうがいいし、力を得られるチャンスをむだにするのはただのバカ。あんたはロンドン自治領を救ったのに、見返りを求めようとしない。たいした聖人っぷりだよね。べつのどこかに〈目玉さらい〉が現れたらどうするわけ？　自治領の外部で、マナを自力で調達しなくちゃいけないとしたら？」

「〈目玉さらい〉討伐《とうばつ》を仕事にするつもりはないんだけど」

「へえ。ちがうんだ」リーゼルはせせら笑った。「じゃ、なにするつもり？」

　その問いの答えは、一年間くらい森の中で泣きつづけないと見つからないような気がした。だけど、この状況《じょうきょう》下ではとりあえず答えるしかない。さもないとリーゼルにこてんぱんに言い負かされるだろうし、それだけはまっぴらだ。だから、わたしは答えた。「自治領を**作る**んだよ」決

定事項《じこう》みたいに淡々《たんたん》と言った。「〈黄金石の自治領〉をつくる。おとぎ話みたいなお城も高層ビル

もいらない。子どもたちが眠《ねむ》れる寮《りょう》と作業場がいくつかあればいい。マリアもしないし、何世代もかけて計画を立てる必要もない」

たぶんリーゼルには感謝するべきなんだろう。口に出した瞬間《しゅんかん》、答えがわかったのだ。ひとりだったら、長い時間をかけて探り当てることになったと思う。そう。これがわたしのやりたいことだ。自治領建設は、いまも変わらずわたしの夢だった。むかしは母さんと父さんの夢だったとしても。声に出した瞬間《しゅんかん》、そのことがすっきりと腑《ふ》に落ちた。追いかける価値のある夢。一生を賭《か》けるに値する夢。

「で、」とリーゼルは言った。「〈黄金石の自治領〉を作るのに必要なマナは何年かければたまるわけ？　マナがたまるまでのあいだに、何人の子どもが怪物《かいぶつ》に食われると思う？　ロンドン自治領に十年分のマナを請求《せいきゅう》して、余裕《よゆう》のない家庭の子どもたちのために自治領を十個作れば？」

さいわい、怒《いか》れる幼年時代、わたしも似たような質問を数え切れないくらい母さんにわめきつづけた。だから、これなら答えを知っている。「それをはじめたら、わたしがしてることは自治領建設じゃなくて下請《したう》けだから。ロンドンだかニューヨークだか、マナを一番多く出資した自治領の雇《やと》われ人になってしまうから。絶対、いいように使われる。母さんだって、もう何年もそのへんの自治領から専属治療師《ちりょうし》にならないかって勧誘《かんゆう》されてるんだよ」

「そうかな。あんたのママはそうかもしれないけど、それとこれとは話が別。自治領があんたに依頼《いらい》するなんて、これから何回あると思う？　なんのために？　だいたい、怪物《かいぶつ》に子どももろとも自治領を食われそうだから助けてくれって言われたら、あんたはどっちにしろ助けにいくんでしょ。わたしたちを助けに来たんだから。でも、あんたは正義感から報酬《ほうしゅう》を拒《こば》んでるわけじゃない。自治領の人間を見下してるから、見返りを受けとろうとしないんだよね。恥《はじ》をかかせたいから。でも、つまらない意地を張るくらいなら、もらった謝礼で大勢の魔法使《まほうつか》いを救えばいい」

　思わず納得しかけた自分が憎《にく》い。わたしはリーゼルをにらんだ。「そういうあんたは、下々の者を助けようとはしないんだ？　ていうか、なんでロンドンからマナを脅《おど》し取れってけしかけるわけ？　気付いてないかもしれないけど、あんたはロンドン自治領の一員なんだよ。で、あんたがアルフィーに一声かければ、あいつは総督《そうとく》のとこにすっ飛んでいってマナを請求《せいきゅう》するよね。まさか、あんた、わたしのことが好きなの？」

　リーゼルはわたしをにらみ返した。「あんたは無能じゃない。その気になればのし上がれる。でも、そうやって意地を張ってたらムリだろうね。なんていうか、すこしでも妥協《だきょう》したらその瞬《しゅん》間《かん》に恐《おそ》ろしいことが起こるとでも思ってる？」

　不意打ちだった。相手はリーゼルなんだから、これは最大限の褒《ほ》め言葉だ。ということは、どうやらリーゼルは**本当に**わたしが好きらしい。そういえば、とわたしは遅《おく》ればせながら気付いた。

そういえば、わたしを夕食に誘《さそ》ったとき、リーゼルは髪《かみ》と服を整えていたし、テラスと部屋を仕切るカーテンはわきに寄せられてベッドの存在が妙《みょう》に強調されている。リーゼルのやることリストの中には、〝ガラドリエルを計画に引きずりこむこと〟という項目《こうもく》があったらしい。そこには〝たぶん脈アリ〟みたいな走り書きも添《そ》えられているはずだ。スコロマンス時代、わたしがリーゼルを意識していたことをむこうも意識していたんだろう。リーゼルはいま、そっちがその気なら自治領の彼氏《かれし》を捨ててあんたに乗り換《か》えてもいいけど、とほのめかしているのだ。

いや、ちがう。**乗り換《か》える**必要なんかない。うまくいくなら、リーゼルはふたりともキープするつもりだ。リーゼルとアルフィーとわたし。この三人で世界を征服《せいふく》する。ミュンヘン自治領の憎《にく》いやつらは、世界征服《せいふく》ついでに叩《たた》きつぶせばいい。リーゼルがその案を口にしていないことのほうが不思議なくらいだった。たぶん、めちゃくちゃ努力して気を利かせているのだ。オリオンが死んだばかりなんだし、エルはしばらくめそめそして時間をむだにする必要があるだろうから、と思いやりを見せている。内心では、世界征服《せいふく》を入念に計画するというすばらしい心理療法《りょうほう》をとっとと始めるべきなのに、とじりじりしながら。

わたしの嫌《いや》な予感は当たった。リーゼルを好きになるのは危険だ。なぜなら、デザートよろしくその案がテーブルにのせられた瞬間《しゅんかん》、アルフィーがリーゼルを選んだ理由がわかったから。仮に、**すべてを**手にして、**権力**もあって、それを使いたいと願っていたとする。自分を客観的に見る分別もあって、自分は本当に大きな仕事をやり遂《と》げたいのだろうかという迷いがあり、そして、たぶんすこし慎重《しんちょう》になりすぎているとする。そこへきてリーゼルからそんな提案があったら、一も二もなく乗るんじゃないだろうか。ピカイチの頭脳と行動力の持ち主が、なにをすればいいか、それを達成するにはどうすればいいかをはっきりと教え、景気付けに背中を思い切り押《お》してくれるのだ。

リーゼルはアルフィーを利用してのし上がるだろうし、アルフィーのほうも、持って生まれた特権をせいいっぱい利用したいと願っている。スコロマンス時代だって、どの自治領の同級生よりも気合を入れて全員脱出《だっしゅつ》計画に取り組んでいた。アルフィーは、スコロマンスと同じように、学校が与えられたあの無意味な使命を信じていた。**この学び舎の目的は、世界中の賢《かしこ》い子どもたちに庇護《ひご》と安寧《あんねい》を与《あた》えることである。**いまなら、その理由もわかる。スコロマンス建設は、クーパー・ブラウニング一族が収めた大きな勝利だったんだから。アルフィーの胸の中には、いまもあの使命があるんだろう。その情熱をバカにしようとは思わない。だけど、アルフィーが一族の異端児《いたんじ》なのは間違《まちが》いない。クーパー・ブラウニング一族がスコロマンスを建設した第一の目的は、マンチェスター自治領の地盤《じばん》固めだったはずだ。

リーゼルはいま、わたしの望みが〈黄金石の自治領〉をできるだけたくさん建設することだとするなら、自分もその計画に一枚嚙《か》んで、知恵《ちえ》も行動力も鋼の意志もすべて提供する、と言っている。もちろん、わたしの計画も利用するつもりだ。十年もあれば、リーゼルは世界中の自治領と交渉《こうしょう》して、定期的にマナを寄付するように持っていくだろう。保険かなにかみたいに無理のない範囲《はんい》でマナをカンパしてもらい、見返りとして、自治領に〈目玉さらい〉だのアルゴネットだのが現れたら、ガラドリエルが参上して危機を救う。それとも、自治領のそばに衛星都市よろしく衛星自治領を持つ利点を売りこむだろうか。通勤組の魔法使《まほうつか》いたちをそこに住まわせれば便利ですよ、と言って。リーゼルが考えそうなことなら簡単に思いつくけれど、わたしには百年かかってもそんな大仕事は達成できない。計画が完了《かんりょう》すれば、世界中の子どもたちが安全に眠《ねむ》ることができるだろう。世界中の魔法使《まほうつか》いたちを訪ねていくより、そっちのほうがはるかに効率がいい。それなら、わたしはなんの犠牲《ぎせい》も払《はら》わずにすむ。

これは罠《わな》なんかじゃない。魅力《みりょく》的すぎる提案だというだけ。それに、リーゼルは嘘《うそ》つきでもない。できもしないことを約束したりしないし、計画に伴《ともな》う犠牲《ぎせい》を隠《かく》すこともしない。それどころか、かかるコストをはっきりと提示した。コストは妥協《だきょう》することだ、と。笑いたくもないときにお偉《えら》方に笑顔を見せ、パーティーに参加する。そんなふうにして、こっちのほしいものをむこうが気持ちよく与《あた》えられるように、ほんのすこし努力する。それくらいのこと、やってできないわけがない。望みが叶《かな》うんだし、そして、わたしの望みは世のためになる。

わたしだって、それには賛成だ。リーゼルの言っていることは正しい。ふつうに考えれば。だけど、わたしはふつうじゃないし、そのことは、高名な予言者の曾祖母《そうそぼ》に凶運《きょううん》を告げられた五歳《さい》のときから知っている。そう、ゆくゆくわたしは、世界中の魔法《まほう》自治領に死と荒廃《こうはい》を雨のように降らせ、魔法使《まほうつか》いたちを千人単位で虐殺《ぎゃくさつ》する。もうひとつ、わたしは知っている。曾祖母《そうそぼ》が予言した地獄《じごく》への道には、善意が敷《し》き詰《つ》められている。

それでも、魅力《みりょく》を感じたのは本当だ。リーゼルは、いまの立場で可能な限りフェアな提案をした。ここはスコロマンスではないけれど、リーゼルは自分とチームを組まないかとわたしを誘《さそ》っているのだ。条件を提示して、こっちは乗り気だけど、と言っている。そして、**リーゼルこそ**無能じゃない。だから、妥協《だきょう》しろと言うリーゼルに本当はムカついてやりたかったけれど、怒《いか》りは湧かなかった。感じたのは、他人が持っているものがほしくなったときみたいな、ほろ苦い気分だけ。お菓子《かし》屋さんの窓に顔を押《お》しつけて、自分には買えないケーキをにらんでいるときみたいに、なんとも言えない気持ちだった。アルフィーは恋人の提案に一秒でうなずいたんだろうけど、わたしには無理だ。

とはいえ悪いのはリーゼルじゃない。わたしはグラスをテーブルに置いた。ワインを飲んだようなほろ酔《よ》い気分は完全にさめている。「べつに、妥協《だきょう》したら恐《おそ》ろしいことが起こるって思ってるわけじゃない」冷静に、でもきっぱりとそう答えた。「でも、しばらくしたら、なにか恐《おそ》ろしいことが起こるかもしれない。それを待ってるわけにはいかないってこと。いまはそう思わないだろうけど、わたしが計画に乗ったらあんたはきっと後悔《こうかい》する。いざ戦いがはじまれば、わたしの戦略は大量虐殺《ぎゃくさつ》一択《たく》。だから、最終的にはその未来が待ってる。自分の復讐《ふくしゅう》は自分でやったほうがいい」

リーゼルも、わたしが意地を張って提案を拒《こば》んだわけじゃないことには気付いたらしい。説得こそしてこないけど、目をすがめて無言でわたしを見つめた。それから、ちょっとイラついた感じで肩《かた》をすくめ、気持ちを静めようとしたのか、グラスにもう一杯《いっぱい》飲み物をついだ。それから、眉間《みけん》にしわを寄せて、なにか考えごとをはじめた。太陽灯は夜に向けてだんだん暗くなっていく。エネルギー切れで光が弱くなっている感じではなく、ちゃんと夜らしい雰囲気《ふんいき》を演出している。小道に沿って温かい雰囲気《ふんいき》の明かりがともり、手すりにからみついたつる植物には、鐘《かね》のような形のほのかに発光する花が咲《さ》いた。滝《たき》の中では、緑がかった青い光がホタルのようにきらめいている。庭園を訪れる人たちはますます増えていた。低い話し声はわたしたちのところまで漂《ただよ》ってくるけれど、なにを言っているかまでは聞き取れない。ざわめきが、流れ落ちる滝《たき》の音とまざり合う。いきなり、どこかでにぎやかな音楽がはじまり、金切り声みたいな笑い声があがった。せっかくの静けさが台無しだ。賭《か》けてもいいけど、騒《さわ》いでいるのは絶対にヤンシーとそのお仲間だ。規則ができるまで、このどんちゃん騒《さわ》ぎは連日つづくだろう。

そろそろ帰ったほうがいいかもしれない。なのに、帰りたいと思えない。脚《あし》は鉛《なまり》みたいに重くなり、お腹にでかいおもりでも入っているみたいに動けない。眠《ねむ》くて頭が働かない。だいたい、わたしには行きたい場所なんかないのだ。急いで帰る理由もない。この椅子《いす》ですこしうたた寝《ね》をしたってていいし、あそこのベッドに横になって朝まで寝《ね》たっていい。一週間ぶっつづけで寝《ね》たってかまわない。そう思った瞬間《しゅんかん》、スイートハニーがポケットからひょこっと顔を出し、わたしの親指に噛《か》みついた。血が出る寸前まで牙《きば》を立てられ、わたしははっと我に返った。いまの妙《みょう》な気分は強制魔法《まほう》だ。立ちあがり、何度も目をしばたたく。息苦しいし、心臓もどくどく鳴っている。わたしは銀のカラフェをちらっと見て、リーゼルをにらんだ。だけど、リーゼルは微動《びどう》だにしていない。ふつうは、自分がかけていた魔法《まほう》を乱暴に解かれればなんらかの衝撃《しょうげき》を受ける。リーゼルは怪訝《けげん》な顔でしばらくわたしを見つめ、ふいに深刻な顔になった。強制魔法《まほう》をかけた犯人に心当たりがあるのだ。

リーゼルが立ちあがった。わたしを捕《つか》まえるつもりだろうか。リーゼルが罠《わな》を仕掛《しか》けたわけじゃないことはわかっている。だけど、だとすれば強制魔法《まほう》の犯人はロンドン評議会なわけで、リーゼルは、お偉《えら》方に取り入るためにわたしをしょっ引いていくかもしれない。そのとき、アルフィーがらせん階段を一段とばしで駆《か》けあがってきた。片方の手には小さいカラフェを持っている。カラフェは直前まで冷やされていたのか表面が結露《けつろ》して水滴が滴《したた》っている。テラスに上がってくると、肩《かた》で息をしながら足を止めた。立ちつくすわたしをちらっと見て、乱れていないベッ

ドもちらっと見て――少なくとも、これで疑問は解決した。アルフィーは二股《ふたまた》をかけられること
に合意済みらしい――、最後にリーゼルを見た。「きみが強制魔法《まほう》を解いたのか？」

「わたしじゃない！　エルが自力で解いたんだよ。第三等級実体を魔法《まほう》でどうこうしようだなんて、どこのバカが考えたわけ？　あんたのお父さん？」リーゼルはアルフィーに食ってかかった。

「第三……なんて言った？」わたしは横から言った。

「父じゃない」アルフィーは荒《あら》い息をつきながら言った。「総督《そうとく》だ。ほかにも何人か――」

「ギルバート？　シドニーもじゃない？　マーテルを総督《そうとく》にしとけば、自分たちにもチャンスが回ってくるからね」リーゼルはうなずいた。

「わたし、**実体**じゃなくて人間なんだけど！」わたしはでかい声で重要そうな会話に割って入った。リーゼルが、厚かましくも苛立《いらだ》たしげな顔になる。

「あんたが標準値なわけないでしょ！」当たり前のことを言っているような口調だ。「あんたは少なくとも二等級は上。もっと上かもね。で、ここから脱出《だっしゅつ》したいの？　それとも、このまま魔《ま》法《ほう》専門用語の話をつづけたい？　評議会のバカに余計なまねをする隙《すき》を与《あた》えて、結果的にハエみたいに殺しちゃってもいいわけ？　もう、だれかが脳内出血くらい起こしてるかもね」

このまま魔法《まほう》専門用語の話をつづけてどうにかなるなら、ぜひともそうしたい。すると、アルフィーが口をはさんだ。「リーゼル――エルを逃《に》がすのは難しい。庭園のゲートは、どれも大勢

の魔法使《まほうつか》いでふさがってる。父の部下が、ゲートの前から立ち退くように要請《ようせい》を続けてる。けど、ギルバートはほかのゲートに**自分の**部下を配置すると言って聞かないし――」

「あんたのお父さんは、それでなんかの役にたってるつもり？」リーゼルは噛《か》みついた。

「打てる手が少なすぎるんだ。庭園の一般《いっぱん》開放についてデマが広がってる。外部の魔法使《まほうつか》いたちは、ロンドン自治領が入寮《にゅうりょう》希望者を募《つの》ってるって思いこんでる。この一週間で死者が何人も出たから空きができたんだろうって。わざわざフランスから面接に来た魔法使《まほうつか》いまでいるんだ。庭園が一般開放されたあとだから、もう大混雑だよ。全部のゲートの外に魔法使《まほうつか》いが行列を作ってる。これじゃ、非魔法族《まほうぞく》が気付くのも時間の問題だ。もしそんなことになったら――」

わたしは下の庭園に目をこらした。ヤンシーたちのバカ騒《さわ》ぎはあいかわらず続いているけど、ほかの魔法使《まほうつか》いたちのざわめきも気付かないうちに相当大きくなっていた。つる植物や木々は混雑を隠《かく》して静けさを演出しようとがんばっているけれど、庭園はどこを見ても人、人、人だ。薄《うす》暗《ぐら》く細い小道でさえ、魔法使《まほうつか》いで混み合っている。庭園は押《お》しよせる魔法使《まほうつか》いたちを迎《むか》え入れようと奮闘《ふんとう》しているけれど、そろそろ限界が近い。

それに、非魔法族《まほうぞく》が、うら寂《さび》しい場所の廃墟《はいきょ》に行列ができていることに気付いたら、おもしろそうだと思って列に並んでしまう。そして、自治領への入り口を見つけたが最後、物理の法則になんの疑いも持たない非魔法族《まほうぞく》は、ただでさえ不安定になったゲートを――安っぽく飾《かざ》り立てられた地下室のダンスパーティーとか、素人芸人の手品とかを期待して——力まかせに開けてしまうだろう。そうなれば、ゲートはもう完全に用をなさなくなる。

「だろうね。あんたの父さんには、わたしの要求に答える義務があるから。あのさ、大げさな誓《ちか》いを立てたくなっても、つぎからはマジで我慢《がまん》して」

アルフィーは赤くなった。「あの誓《ちか》いは、ひとり目の独立系魔法《まほう》使いが庭園に入った瞬間《しゅんかん》に無効になったんだよ」

ということは、アルフィーは単純にわたしを助けようとして駆《か》けつけたわけだ。「へえ」わたしは素っ気なく返した。

「なるほどね。それがマーテル側の狙《ねら》いってわけか」リーゼルは言った。「誓《ちか》いの強制力が解けたのは、アルフィーのお父さんがエルの要求を満たそうと動きはじめたから。でも、エルが望んだのは庭園の永久開放。庭園のゲートを閉めれば、また誓《ちか》いの義務は復活する。そのあいだにマーテルたちがエルを捕まえて人質にすれば、アルフィーのお父さんは、息子が立てた誓《ちか》いを解いてくれとマーテルたちに交渉《こうしょう》しなくちゃいけなくなる。デマを流したのは総督《そうとく》本人だろうね。総督《そうとく》から発表があれば、そりゃみんな信じるよ」

リーゼルは感心しているような声で言った。たしかに、賢《かしこ》い。完ぺきに理にかなってる。ただし、アルフィーは実の父を攻撃《こうげき》することになり、わたしは作戦のコマとしていいように使われることになる。マーテルたちは、自治領の支配権を取りもどすためにそんな策を立てたのだ。ロンドン自治領が滅亡《めつぼう》せずにすんだのは、わたしが〈目玉さらい〉を倒《たお》して、アルフィーが自分を犠牲《ぎせい》にする覚悟《かくご》を決めたからなのに。「あんた、そんな連中に取り入るようにわたしをけしかけたわけ？」わたしはリーゼルに嫌味《いやみ》を言ってから、アルフィーにたずねた。「ヤンシーたちがどこで騒《さわ》いでるかわかる？」

アルフィーはしばらく庭園を見回し、やがて言った。「ああ、あそこの迷惑《めいわく》な人たち？　騒《さわ》いでるのはメモリアルアルガーデンだね」

第5章 思い出の場所

アルフィーは、曲がりくねった階段をきしませながら上がっては下り、庭園を抜《ぬ》けていった。やがて、修復中の荒《あ》れた小道に入った。観光客が詰《つ》めかけていない通り道はそこくらいしかなかったのだ。小道を抜《ぬ》けると、大混雑にハマらないように一度地下の居住区域にもぐった。妙《みょう》なエリアで、重要文化財に指定された町と、十三歳《さい》の子どもが適当に作ったチューダー様の町のジオラマを足して二で割ったような感じだった。

そのエリアには、舗装《ほそう》された通りが一本だけあった。狭《せま》くて、三人が横並びに歩くのもギリギリだ。通りの両わきには木骨造《もっこつぞう》の建物が並んでいて、どの建物も玄関《げんかん》とほぼ同じくらいの横幅《よこはば》しかない。四階建てで、すべての階に鉛《なまり》の枠《わく》の窓がひとつずつついている。一番上には屋根窓があった。通りの上には木枠《きわく》が組んであって、そこに帆布《はんぷ》みたいな布がゆったりとかけてある。布のむこうには太陽灯が見えた。庭園の太陽灯に比べるとちゃちだけど、建物の中に入れば、日の光が射しこんでくるような感じがするんだろう。だけど、通りは薄暗《うすぐら》いし、奇妙《きみょう》に細長い建物がいまにも倒《たお》れてきそうで落ち着かない。通りの出口へ向かって急いでいると、やがて、むこうに緑の草原が見えた。

広々とした草原に出ると、わたしはさっそく深々と息を吸った。その瞬間《しゅんかん》、強烈《きょうれつ》な尿《にょう》のにおいが鼻をついた。幻影《げんえい》スチームでハイになっただれかのしわざだ。見ると、蛍光《けいこう》ブルーのボロいガウンを着た男が立ったままおしっこをしている。おまけに、すこしはなれたわたしたちのところまで、幻影《げんえい》スチームのにおいが漂《ただよ》ってくる。ひとつひとつはまだ耐《た》えられるにおいだとしても、このふたつが混ざりあうと、猫《ねこ》のおしっこに安物の香水を振《ふ》りかけたみたいな悪臭《あくしゅう》になるのだ。

アルフィーは短く息をのんだ。「ふざけるなよ」そうつぶやくなり、すばやく撥水魔法《はっすいまほう》をかけた。酸性の毒を吐《は》く怪物《かいぶつ》はどこにでもいるから、そいつらがどこにいても撃退《げきたい》できるように、練習を重ねてきたんだろう。撥水魔法《はっすいまほう》は、地面にたっぷり染みこんだ分も含めてすべての尿《にょう》を吸いあげ、スプレーみたいにガウン姿の男に噴《ふ》きかけた。男は怒《おこ》ってでかい声で叫《さけ》び、びしょぬれのガウンを引き裂《さ》くみたいにして脱《ぬ》いだ。なぜか、ガウンの下には昔の騎士が着てたみたいなうろこ状のよろいを着ている。

「クソガキ、ただじゃおかないからな！」男はどなりながら、手近な武器を探すみたいな仕草をした。これが現実だともわかっていないくらいハイになってるけど、魔法《まほう》で武器をたぐり寄せることくらいはしかねない。リーゼルはうっとうしそうにため息をつき、片手を振《ふ》って、男に清めの魔法《まほう》をかけた。汚れの具合《よご》は大違《おおちが》いだけど、たぶん、〈目玉さらい〉の内臓まみれだったわたしにかけたのと同じ魔法《まほう》だ。それから、祝日明けの車内販売員《はんばい》みたいに冷ややかな声で言った。「ほら、もう寝《ね》て。あんた、ベロベロだよ」片手をひと振《ふ》りして、強制魔法《まほう》をほんのすこしかける。男はふと真顔になり、自分がぷんぷん臭《にお》う尿《にょう》まみれじゃないことに気付くと、急に笑顔になった。「ああ、まかせとき」そう言うと、おぼつかない足取りで平らな草地へ行き、ごろんと横になった。

だけど、大騒《おおさわ》ぎしている一団に近づくにつれ、アルフィーはもう一度ケンカを吹《ふ》っかけてやると心に決めたらしい。正直、ヤンシーたちがロンドン魔法《まほう》自治領のお庭の妖精《ようせい》さんにいくら無礼を働こうが、好きにすればと思っていた。だけど、実際こうしてメモリアルガーデンを見たあとでは、その意見も変えるしかなかった。メモリアルガーデンといっても、ここは政治的なメッセージのこもった場所じゃない。ふんぞり返ったお偉《えら》方の銅像もないし、記念碑《ひ》もない。墓地でもない。スコロマンスで死んだ子どもたちの亡骸《なきがら》を運んでくるわけにはいかないんだから。そのかわりに、ロンドン自治領は庭園の外縁部《がいえんぶ》にあたるこの場所に広大な草原を作ったのだ。少なくとも百メートル四方はあるし、視界をさえぎるものは樹木一本ない。美しい草地の一角には、無数の石を並べて巨大《きょだい》な幾何学模様《きかがく》が作られている。石自体は手のひらにすっぽり収まりそうなほど小ぶりで、平らで丸く、半透明《はんとうめい》の石英《せきえい》といった感じだ。母さんの水晶《すいしょう》に似ている。といっても、わたしがいま首にかけているような、マナで輝《かがや》く澄《す》んだ水晶《すいしょう》じゃない。マナを一滴《てき》のこらず吸いつくされた水晶《すいしょう》のほうだ。スコロマンスで〈目玉さらい〉を倒《たお》したときも、ちょうどここに並んだ石みたいに、水晶《すいしょう》はくすんで輝《かがや》きを失っていた。

この石がなにを意味しているかはすぐにわかった。石に刻まれた名前を見るまでもなかった。どの名前も茶褐色《ちゃかっしょく》に染まっている。スコロマンスに入学すれば、外部との交流はほぼ完全に絶たれる。手紙をやり取りすることも、互《たが》いの夢枕《ゆめまくら》に立つこともできない。運のいい保護者なら、一年に一度だけ、子どもから手紙を受けとることができる。だけど、そのためには子どもたちが卒業生に手紙を託《たく》し、託《たく》された卒業生がぶじに生きてもどる必要がある。だから、ロンドン自治領はこんな策を考えた。

アルフィーも、この石のひとつに自分の名前を刻み、自力で作ったマナをこめたんだろう。指先をすこし切り、刻まれた名前が赤く染まるよう血を垂らした。子どもがスコロマンスに入学すると、親たちはその石を手元に置いて、朝な夕な気にするようになる。ある日、石は急に輝《かがや》きを失う。親たちは光の加減でそう見えるんだろうと自分たちに言い聞かせる。一週間もするころには、石を暗がりに持っていって、ほら、まだすこし光ってるからだいじょうぶだ、と互《たが》いに言い合う。二週間、三週間とたつうちに、友人たちは腫《は》れ物に触《さわ》るように彼《かれ》らと接するようになる。そして、とうとうある日、親たちは灰色にくすんだ石を持って、このメモリアルガーデンに来るのだ。空いたスペースを探して——それは一苦労だし、石が二列になっているところもあちこちある——、わが子のささやかな一部を置く。自分たちは悲惨《ひさん》な場所で死ぬためにあの子を送りだしたのだろうか、と思いながら。

広々とした草原は、手のこんだ場所より高くつく。自治領内部では、空間だけが唯一《ゆいいつ》限られた資源なのだ。庭園が凝《こ》った造りになっているのは、景観のためだけじゃない。入り組んだ造りにしておけば、ちょっとした空間を消去したり増やしたりという調整が簡単にできるからだ。同じことを見晴らしのいい広大な空間でするのはむずかしい。

ヤンシーは、草地の上で気持ちよさそうに寝《ね》そべっていた。ほかにも二十人くらいの魔法使《まほうつか》いがいる。十四歳《さい》くらいの若者もいれば、八十歳《さい》くらいのベテランもいた。お酒を飲んでいる魔法《まほう》使《つか》いもいるけれど、大半はでかい鉄鍋《てつなべ》を囲んですわっていた。小道のひとつで火をおこして、その上に鍋《なべ》をくべている。鍋《なべ》の蓋《ふた》からは煙突《えんとつ》みたいな筒《つつ》が二本突《つ》きだしていて、そこから時どき、虹色《にじいろ》の煙《けむり》がもくもくと吐《は》き出された。魔法使《まほうつか》いたちは角で作った杯《さかずき》で煙《けむり》をとらえると、そこへ顔を突《つ》っこむみたいにして煙《けむり》を吸いこんだ。やたら大きなスピーカーからはリズミカルな低音が流れ、そこに男の人がひとりすわってエレキバイオリンを弾《ひ》いている。コンセントは見当たらないけど、そんな些細《ささい》なことは気にならないらしい。踊《おど》っている人たちもいれば、追悼《ついとう》の石を平均台代わりにしてふざけている連中もいる。

「ガラドリエル・ヒギンズ！」わたしたちに気付くと、ヤンシーは上機嫌《じょうきげん》で叫《さけ》んで銀のスキットルを振《ふ》った。スキットルに彫《ほ》られたトカゲの模様がわたしをにらんでいる。トカゲの目はガラスでできていて、中身のギムレットが黄色く透《す》けていた。「時の英雄《えいゆう》！　怪物《かいぶつ》退治の天才！　自治領をわれらに開きし者！　ほらほら、こっちで一緒《いっしょ》に飲もう！」

「どうも。エルでいいんだけど」そう言って断りの文句を続けようとすると、アルフィーがずいっと一歩前に出た。両のこぶしを固く握《にぎ》りしめている。「素朴《そぼく》な疑問なんだけどさ、あんたたち、死んだ子どもたちの思い出を踏《ふ》みにじってることに気付いてるのか？　それとも、そんなことはどうでもいいって？」

正直わたしもいい気分はしなかったけど、もやもやしたのは、この場の光景がコミューンのパーティーとよく似ていたせいもあったと思う。といっても、パーティーがあることなんか、だれも教えてくれなかったけど。わたしが顔を出そうものなら、人数はどんどん減っていき、やがて、唐突《とうとつ》にこんなことを言われる。「火がちゃんと消えたか確認してから帰ってくれる？」そうして気付けばわたしは寒い夜のなかひとりで取り残され、燃え残りに大急ぎで土をかぶせることになった。ぐずぐずしていると、怪物《かいぶつ》が出てきて食われるからだ。

かと思えば、学校でドラッグの危険性について学ぶ時間があれば、なぜか教師たちはあからさまにわたしをにらんだ。コミューンに住んでる有色人種なら、ヨーグルトやらトウフやらをこしらえて、ついでにヘンリー八世を敬愛するような無法者だろうと決めつけるのだ。宿題があっという間に片付く程度の弱い薬ならいざ知らず、それ以上に強いドラッグなら、ただでもらったって絶対に使わない。しらふでも半径百キロ以内の怪物《かいぶつ》をかわしつつ暮らすのはむずかしいのに、ハイになるとふつうの怪物《かいぶつ》だってやけに強く思えてくるのだ。そういう思いこみは実際に怪物《かいぶつ》たちを強くする。

わたしだって、ハイになっても怪物《かいぶつ》退治ができるくらい成熟した魔法使《まほうつか》いが一緒なら、いい気分になれる魔法薬《まほうやく》をちょっと試してみたいし、そんなときなら、ダンスだってしたくもなるだろう。そんな機会はめったにないと思うけど。それでも、スコロマンスで死んだ子どもたちの思い出を踏みにじるようなまねは見過ごせない。わたし自身、いつかは自分も死んだ子どもたちの仲間入りをするんだろうと思って、四年間の大半を過ごしたのだ。母さんには、思い出のよすがにする石さえなかったけれど。

アルフィーのもっともな怒《いか》りに対して、魔法使《まほうつか》いたちはくすくす笑いで応じた。「あらあら」ヤンシーは動じた様子もない。「あんたも、もうじきその情熱を忘れて親父さんみたいになっちゃうんだろうねえ。ダーリン、そもそもこの自治領は、大勢の子どもたちの犠牲《ぎせい》のうえに成り立ってるんだよ。ほんの一部の子たちの思い出がここにあるからって、あたしたちを素敵な原っぱから追い出すのかい？　まあ、落ち着きなさいって。どうせ、来週あたりにはこういう場所が軒並《のきな》み立ち入り禁止区域になってるだろうから。年が明ける前にあたしたちは要注意人物リストに入るだろうね。だから、いまのうちに楽しんどかなきゃ。ほらほら、一緒《いっしょ》におすわり。死んだ子どもたちに乾杯《かんぱい》しよう。ゴードリー！　しんみりした曲をひとつ頼《たの》むよ」

エレキバイオリンを持った魔法使《まほうつか》いは、すぐさまサン＝サーンスの『死の舞踏《ぶとう》』を弾《ひ》きはじめ、踊《おど》っていた一団は示し合わせたようにガイコツダンスを踊《おど》りはじめた。筋肉なんか存在しないみたいに跳《は》ねまわり、関節が外れたみたいに手や脚《あし》をゆらす。アルフィーはもちろん完全に頭にきてたけれど、リーゼルが先手を打って言った。「争ってる時間はないよ」

ヤンシーが聞きとがめて言った。「どうかしたのかい？」

「評議会の連中はこんなにご機嫌《きげん》じゃないんだよ」わたしは言った。

「マーテルが、リチャード卿《きょう》に総督《そうとく》の座を渡《わた》すまいとしてるんだろう？」そんなことくらいとっくに知ってるよ、と言いたげな顔だ。「どっちが総督《そうとく》になろうが、あたしたちにはどうでもいいけどね。マーテルはとんだ食わせ者だけど、総督《そうとく》になって相当長いし、なにか大問題が起きたわけでもない。総督《そうとく》の首をすげ替《か》えたところで、似たような政治がつづくんだろうよ。人ってのは、偉《えら》くなるとどいつもこいつも似てくるからね」

「だれが総督《そうとく》になろうが、わたしもどうでもいい」わたしは言った。「でも、マーテルはわたしを政権争いの便利な歯車にするつもりらしい。で、世界中の魔法使《まほうつか》いをゲート前に集めちゃったわけ。もう帰りたいんだけど、手っ取り早い抜《ぬ》け道を知らない？」

「手っ取り早い抜《ぬ》け道？ ダーリン、悪いけど、そんなものはないね。あんたを脱出《だっしゅつ》させることはできるけど、手っ取り早くってのはムリだ。最短でも半日かかるし、ぶじ脱出《だっしゅつ》できたとしても、音楽が目に見える症状《しょうじょう》はしばらく治らない。あたしたちの秘密の出入り口は、虚空《こくう》をちょっと行ったところにあるんだ。手前の出入り口は、マナ貯蔵庫が爆破《ばくは》されたときに吹《ふ》っ飛んじまったんだよ。持ちこたえたやつもかなり不安定だし。覚悟《かくご》はあるかい？」

「やるしかないしね」わたしは低い声で言った。できればそんな帰り道は遠慮《えんりょ》したいところだけど、マーテルたちはだれがロンドン自治領の総督《そうとく》になるか**本気で**関心があって、しかもわたしが第三等級なんちゃらだということを知らない。ということは、わたしがその気になればロンドン自治領を滅亡《めつぼう》させて、自分たちをまとめて片付けてしまえることも知らないわけで、だからこそ全力でわたしを怒《おこ》らせにかかってくる。そんな連中と激しく言い争うことを思えば、多少の不快感は仕方がない。

ヤンシーは肩《かた》をすくめ、めんどくさそうに立ちあがった。スキットルに入ったなにかをたっぷりひと口飲み、無言でわたしにも差しだした。これも脱出《だっしゅつ》のためなんだろう。これから向かう非現実的な空間がどんなものにしても、現実から感覚をすこし切り離《はな》しておく必要があるのだ。わたしはおそるおそるスキットルを受けとった。飾《かざ》りだとばかり思ったトカゲが、ぱっと顔をあげてシューッとわたしを威嚇《いかく》する。てっきり彫刻のトカゲだと思っていたけど、本物だ。スイートハニーがポケットから顔をのぞかせ、負けじと鋭《するど》い声で鳴いた。体の大きさは四倍くらいあるというのに、トカゲは怖気《おじけ》付いたように目をそらし、フラスコの裏側に隠《かく》れてスイートハニーの様子をうかがった。「そこに隠《かく》れてな。払《はら》い落としたりしないから」わたしはトカゲに声をかけ、思い切ってスキットルの中身をひと口飲んだ。

とたんに、海みたいな緑色の味が口のなかいっぱいに広がった。そこへ、磨《みが》きこまれた真鍮《しんちゅう》と、舞《ま》い散る落ち葉の味がほのかに混ざる。あり得ない味だと思うだろうか。だとしたら、その感想にわたしの消化器官もきっと全力で同意する。ヤンシーがぬっと手を伸《の》ばしてきて、わたしの口をふさいだ。あと一瞬遅《いっしゅんおそ》かったら、胃の中が空っぽになるまで吐《は》いていたと思う。「もどしちゃだめだ。ほら、もう一回飲んで」わたしは、自分を奮い立たせてふた口目を飲みくだした。液体が胃の中に落ちるころには、自分たちを取りまく音の粒《つぶ》が見えるようになっていた。踊《おど》る魔法使《まほうつか》いたちのあいだを縫《ぬ》うように、音楽がうねっている。追悼《ついとう》の石は、宙を舞《ま》う布みたいな笑い声と草に隠《かく》れて見えなくなった。

「うわ、ムリ」わたしは思わずつぶやいた。すでに手遅《ておく》れだけど、パブのランチタイムでビールを一パイント引っかけるとかして、ハイになる練習をしておけばよかった。

「最悪なのはここからだよ」ヤンシーは元気よく言った。「三口目が一番キツいんだ。それが済んだら出発しよう」

「出発って、どこに？」知りたかったから聞いたというより、最後のひと口をできるだけ先延ばしにしたかった。

「だいたい百年前だね。ロンドン自治領が競馬場を消してこの原っぱを作ったのが、それくらいの頃《ころ》なんだ。まあ、実際に行ってから虚空《こくう》に飛びこめるか見てみよう」

わたしは何度か深呼吸をして、ようやく最後のひと口を飲んだ。胃の中でトランペットが爆発《ばくはつ》しているみたいな感じがする。

「じゃ、またね」アルフィーとリーゼルに言うと、口から流れだした声から青緑色の火花がパチパチ飛んだ。寒い日にめちゃくちゃ熱いものを飲んで、白い息を吐《は》いたときみたいな感じだ。

アルフィーはどことなく心配そうな顔でうなずき、声をひそめて言った。「ほんとに信用していいのか？　ヤンシーは自信満々だけど、さっき話してたやり方でどんどん人が消えてるんだ。ヤンシーのもとに集まった魔法使《まほうつか》いは二十年もするといなくなるって言われてる」

「ほかにいい案があるわけでもないし」リーゼルはうんざりした顔で言うと、いきなり手を伸《の》ばして、わたしがヤンシーに返そうとしていたスキットルを横から奪《うば》い取った。「わたしも一緒《いっしょ》に行く」

「は？」わたしは面食らって声をあげた。とうとう幻聴《げんちょう》まではじまったのかと思ったのだ。いまさら、なんの用があってわたしについてくるんだろう？

リーゼルは早くもスキットルの中身をぐいっと飲み――アルフィーもわたしに負けず劣《おと》らず戸《と》惑《まど》っている――、ぎゅっと目を閉じて消化器官の激しい反応をやり過ごすと、顔をゆがめつつ目を開けた。そのまま険しい顔で残りのふた口も飲みくだし、ヤンシーにスキットルを返しながらアルフィーに言った。「エルを安全に送り届けないとヤバいんだよ。マーテルたちはあきらめないから」

「ひとりでだいじょうぶなんだけど」そうは言ってみたものの、もちろん、リーゼルの決定は絶対だ。というより、金とオレンジの煙《けむり》みたいに口から流れだした声に思わず気を取られ、反論は尻《しり》すぼみになって消えていった。

「ここの酔《よ》っぱらいと争ったりしないでよ」リーゼルはあっさりわたしを無視して、アルフィーの説教に移っている。「ここでパーティーが開かれてるってことは、庭園の一般《いっぱん》開放が続いてるってこと。だから、あんたは父親の警備に向かったほうがいい。この計画が頓挫《とんざ》したら、マーテルはリチャード卿本人を狙《ねら》うはず」

「わかった」アルフィーは顔をくもらせた。「そっちも気をつけて。ヤンシーを信用するな」真《しん》剣《けん》な顔で声をひそめる。「あの連中は自治領の人間を憎《にく》んでる」

それを聞いてわたしは、ちょっとあんまりなんじゃないか、と思った。リチャード卿《きょう》は、ロンドン自治領を守るためにヤンシーたちの手を借りようとしていたはずだ。ヤンシーたちは不安定なマナのあつかいに慣れている。リチャード卿《きょう》はヤンシーたちを雇《やと》って、爆発《ばくはつ》寸前の貯蔵庫からマナを引き出そうとしたんだろう。

それに、アルフィーは話しながらまっすぐな目で何度もこっちを見てくるけれど、わたしはふたりのお仲間になるつもりはない。自治領が丸ごと崩壊《ほうかい》するのはいやだし、そこに住む大勢の人たちがひどい死に方をするのもいやだ。だけど、だからって、ロンドン自治領の名簿《めいぼ》に名前をのせたいわけじゃない。「ほんと、なんであんたたちを憎《にく》んだりするんだろうね？　べつに、定期的にヤンシーたちを自治領の周辺から強制退去させたりしてないのにね」鼻で笑うと、鼻息と一《いっ》緒《しょ》に吹《ふ》きだした深緑色の煙《けむり》が、渦《うず》を描《えが》きながら宙を漂《ただよ》った。リーゼルは星の飛ぶため息をついただけで、アルフィーに向かって言った。「じゃ、ちょっと行ってくるから」

「準備はいいかい」ヤンシーはスキットルの残りをあおって言った。わたしたちは、手招きするヤンシーについていき、追悼《ついとう》の石が作る幾何《きか》学《がく》模様の中へと足を踏《ふ》みいれた。ヤンシーは石蹴《いしけ》りをするみたいにして模様のなかを歩いていく。どこに足を置くかがものすごく重要なことみたいに。リーゼルは迷うことなくヤンシーのまねをはじめた。すこしして――いや、もっと後だったかもしれない。妙《みょう》な飲み物のせいで頭がぼうっとしていた――、わたしはようやく気付いた。どこに足を置くかは、実際ものすごく重要なのだ。地面に足を下ろすたびに、ぱっと小さな火花が散る。火花の色はどこを踏《ふ》むかによって変わった。ヤンシーは水色の火花が上がるところを注意深く選んで歩いていた。なにを目印にしているのかはさっぱりわからない。だから、わたしにできるのは、ヤンシーが踏《ふ》んだ場所をできるだけ正確に踏《ふ》むことだけだった。草地でそれをするのは簡単じゃない。リーゼルもわたしも、二回に一回は踏《ふ》む場所をまちがった。

ヤンシーでさえ、踏《ふ》んだ場所から濃《こ》い青や白い火花が散ることがあった。たぶん、足を置くべき場所は毎回すこしずつちがっているんだろう。石の迷路のなかを二度曲がったあたりから、自分たちはどこかに向かっているんだという感覚が次第に強くなった。と言っても、迷路の中心だとか、そういうわかりきった地点じゃない。中心点はとっくに過ぎて、わたしたちは、どこかまったくべつの場所へ向かっていた。スコロマンスで教室へ向かってひたすら歩きつづけていたときのことを思い出す。目的地につくまでどれくらいかかるのか、いつもいまいちわからなかった。ともかく、近づいていることだけはわかる。目当ての教室はつぎの角を曲がってすぐ右にある。それか、そのとなりに。ふいに、ヤンシーの声がした。「よし、到着《とうちゃく》。段差があるから気をつけな」言われるまでもなく気をつける。段差があるどころか、これからわたしたちは世界の外へ出るのだ。

わたしがこれまでいたのは、借用した空間を使って虚空《こくう》に作られた巨大《きょだい》なロンドン自治領のなかだ。そしてもちろん、ロンドンよりさらに巨大《きょだい》なスコロマンスで四年間もの時間を過ごしてきた。そんなわたしが非現実の空間は居心地が悪いと文句をつけたら、ちょっと神経質じゃないかと思うだろうか。だけど、実際そこは居心地の悪い場所だった。ヤンシーの事前の説明では、自治領は競馬場の跡地《あとち》にメモリアルガーデンを作ったということだった。広々とした草地を出たわたしたちは、気付けばその競馬場に下り立っていた。かつては美しい大型テントの中で、客たちが冷たいものを飲みながら、騎手《きしゅ》たちが誇《ほこ》らしげに乗りまわす魔法《まほう》のかかった馬たちを見物していたんだろうか。わたしたちの正面には競馬場がある。いや、競馬場の**名残**がある。虚空《こくう》そのものを見るときみたいな、空恐《そらおそ》ろしくなるようなむなしさは感じない。どちらかというと、透明《とうめい》なフィルムを通して虚空《こくう》を眺《なが》めているような感じだ。そのフィルムには、むかしの競馬場の白黒写真がうっすらと印刷されている。競馬場のむこうには、厩舎《きゅうしゃ》の輪郭《りんかく》だけがぼんやりと見える。舞《ぶ》台《たい》装置家が、スタッフへの作業指示として背景幕にうっすら鉛筆《えんぴつ》で下書きをした感じだ。

大型テントも存在していると言っていいのかも怪《あや》しかった。穴だらけの木の床《ゆか》は、たしかに見た目は木の床《ゆか》だけど、歩きはじめると足音が全然ちがう。鈍《にぶ》くくぐもっていて、カーペットの上を歩いているようにしか聞こえない。この食い違《ちが》いこそ、もうすぐこの空間は崩壊《ほうかい》する、だれであれそこにいる者は虚空《こくう》に落下するぞ、**いますぐ逃《に》げろ**という警告だ。嫌《いや》でもスコロマンスで体験したあの一件を思い出す。幻覚《げんかく》マムシを退治しようとしたあのとき、わたしはうっかりスコロマンスにまで『存在することをやめろ』と命令し、周囲の壁《かべ》はすみやかにそれにしたがって崩《くず》れはじめた。

だけど、ヤンシーは気にするふうもない。満足そうに周囲を見回し、愛情をこめて柵《さく》のひとつを軽く叩《たた》く。「いい感じで持ちこたえてるじゃないか。ええ？」ヤンシーは、競馬場に話しかけた。「自治領が崩壊《ほうかい》したって、ここだけはだいじょうぶだ。ただの廃墟《はいきょ》に見えるけど、どこよりも長持ちするんだから」それから、わたしたちを肩《かた》ごしに振《ふ》りかえって付け加えた。「エリザベス女王も来たことがあるんだよ」

「百年前に取り壊《こわ》されたって言わなかったっけ？」わたしは反射的に言い返した。

「ベス女王はいい人なんだ」ヤンシーは言った。競馬場があったかどうか以前に、エリザベス女王がここに来るわけがない。魔法使《まほうつか》いは絶対に非魔法族《まほうぞく》を自治領に招いたりしないのだ。魔法《まほう》を信じない連中が入ってきたが最後、自治領は持ちこたえられずに崩落《ほうらく》する。非魔法族《まほうぞく》は、森羅万《しんらばん》象《しょう》を説明できる科学がなくて魔女《まじょ》をどんどん火あぶりの刑《けい》にしていた時代でさえ、本心からは魔《ま》法《ほう》の存在を信じていなかった。本当に魔法《まほう》を信じていたなら、魔女《まじょ》を火あぶりの刑《けい》になんかしない。魔女《まじょ》を味方につければ、火の玉で敵をやっつけてもらうとか、便利なことがいろいろとあるんだから。だけど、非魔法族《まほうぞく》が魔法《まほう》を信じていないからこそ、たとえ本物の魔法使《まほうつか》いだとしても、野次馬たちの前で火あぶりの刑《けい》にされてしまえばそこから逃《に》げ出すのは至難の技だ。実際、捕《つか》まった魔女《まじょ》たちはそういう事情で命を落とした。

そんなことを考えはしたけれど、わたしは黙《だま》っていた。リーゼルに背中を強めに突《つつ》かれたからだし、ぼうっとした頭をせいいっぱい働かせた結果、いま絶対にしてはいけないことだけはわかったからだ。本当は存在していないということを、この場所に気付かせてはいけない。とはいえ、なぜこの競馬場が**存在していられる**のか、さっぱりわからなかった。

もちろん、その鍵《かぎ》はヤンシーとお仲間たちがにぎっている。ヤンシーたちは競馬場が持ちこたえられるようになだめすかしてきたんだろう。ここならロンドン市内を跋扈《ばっこ》する怪物《かいぶつ》たちから逃《のが》れる避難所《ひなんじょ》になる。ここへ来るたびに、あのドラッグまがいのキツい飲み物を一杯《いっぱい》引っかけなくちゃいけないとしても。あの飲み物で現実感をごまかしていなかったら、いまごろわたしは、どうにかしてここから逃《に》げ出そうと壁《かべ》を引っかきまくっていたと思う。わたしたちがいる大型テントも、ほかの部分と遜色《そんしょく》ないくらいにはしっかりしていた――要するに、ヤバそうだということだ。かつてここにいた人々のささやき声や、風鈴《ふうりん》の音が見えた。実際の風鈴《ふうりん》が見えたわけじゃない。それならなんの問題もないけれど、わたしに見えたのは風鈴《ふうりん》の**音**だった。お願いだから、描《びょう》写《しゃ》してくれなんて言わないでほしい。口のなかはなにか重要なことをずっと忘れているような味がしたし、そこらじゅうにさまざまな色が水たまりを作っていて、見ているだけで皮ふがぞわっとした。

陽射しが耳の中で雄叫《おたけ》びをあげているような感じが常にしたし、この競馬場にはその錯覚《さっかく》と似たりよったりの現実味しかなかった。きっと、全部あの妙《みょう》な飲み物のせいなのだ。アレの作用が落ち着けば、この場所だって、完ぺきにまともな、完ぺきにふつうの世界にもどるにちがいない。そう思いこむことで、わたしの脳は、ギリギリのところでこの強烈《きょうれつ》な違和感《いわかん》に耐《た》えていた。この場所が現実じゃないことはわかりすぎるくらいわかっているけど、スコロマンスを生きのびた者は、絶叫《ぜっきょう》しそうなほどの恐怖《きょうふ》に耐《た》える術《すべ》を心得ている。

最悪の場所ではあるけれど、ヤンシーたちがここを住処《すみか》に定めた気持ちはわからないでもなかった。魔法使《まほうつか》いが自治領の暮らしを選ぶのは――そう、**選ぶ**のは、ひとつには子どもたちを怪《かい》物《ぶつ》から守るためだ。だけど、理由はほかにもある。自治領の内部にいれば、魔法《まほう》をかけるのが**楽**になるのだ。本質的に魔法《まほう》というのは、現実それ自体をだましてて自分のほしいものをかすめ取ることだ。現実がなにかに気を取られたり、べつのほうを向いたりしているうちに。虚空《こくう》に浮《う》かぶすてきな隠《かく》れ家《が》にもぐりこんでしまえば、現実をだますのはずっと簡単になる。とはいえ、虚空《こくう》で暮らすにはかならずしも自治領を建設する必要はない。一族が、まあ、ざっと十世代くらいつづけて同じ場所で暮らし、そこでできる限りたくさんの魔法《まほう》をかけつづければ、虚空《こくう》への入り口は自然と開く。もちろん、そういう例はめったにないけれど。

それがムリなら、膨大《ぼうだい》な労力と時間を費やして、自力で自治領を建設することになる。西安《シーアン》にいる友達のリューの一族みたいに。もっと現実的なのは、既存《きそん》の自治領にどうにかして入領すること。一度自治領に入ってしまえば、星の花をたった一輪しか咲《さ》かせられなかったマナと時間で、今度は庭園いっぱいの星の花を育てることができるようになる。巨大《きょだい》な太陽灯がそこかしこでさんさんと照っているんだから。その太陽灯だって、どこかの魔工家《まこうか》がほんのちょっとの労力で作ったものだ。プライバシー魔《ま》法《ほう》で人目を避《さ》けつつ小道を気ままに散策し、錬金術師《れんきんじゅつし》たちが繁殖《はんしょく》させた魔法《まほう》鳥の群れをながめることだってできる。美しい景色を堪能《たんのう》したあとは、盾魔法《たてまほう》で頑丈《がんじょう》に守られた寝室《しんしつ》でゆっくり眠《ねむ》ればいい。屋根裏だとか、ソファと同じ幅《はば》しかないチューダー様式の寝室《しんしつ》だとか、そういう粗末《そまつ》な部屋で我慢《がまん》しなきゃいけないとしても、少なくとも、眠《ねむ》っている間に食われるかもしれないと怯《おび》える必要はない。

だからこそ、魔法使《まほうつか》いならだれでも――どこかの桁外《けたはず》れのひねくれ者は別として――自治領に入りたいと望む。そして、生まれつきの住民でもなく、入領資格を勝ちとるほど優秀《ゆうしゅう》でもないのだとしたら、あとは通いの労働者として働くしかない。独立系の魔法使《まほうつか》いは、大半がそうして暮らしている。スコロマンスを卒業したら、採用してもらえそうな自治領を見つけて応募《おうぼ》し、合格すれば死ぬまでそこに通勤し、労働力の八十パーセントを渡《わた》しつづける。なぜなら、手元に残る二十パーセント分の収入だって、自治領外部で得られる収入よりはマシだから。

　いや、ちがう。この計算式はそんなに単純じゃない。自治領の周辺には、中に入ろうと集まってきた怪物《かいぶつ》たちがひしめいている。魔法《まほう》がかかりやすいのと同じ原理で自治領の内部では怪物《かいぶつ》たちもずっと楽に存在できるし、そもそも自治領はおいしそうなマナであふれている。そんなわけで、ある程度の規模がある自治領はつねに怪物《かいぶつ》たちに囲まれている。自治領の仕事はしたいけれど内部に**住む**権利はないというのなら、日々の通勤は、まあ、スコロマンスの卒業式ほどではないにしてもそれなりに過酷《かこく》なものになる。それに、卒業式とはちがって通勤は毎日のことだ。

　ロンドン自治領で働いている独立系の魔法使《まほうつか》いは、だいたい一時間くらいかけてロンドン市内にやってくる。通勤するときは、独立系の子どもが非魔法族《まほうぞく》の学校に通うのと同じ理由で、できる限り非魔法族《まほうぞく》から離《はな》れない。ひと月働いてためたマナで質のいい盾魔法《たてまほう》ホルダーが買えるし、それ以降は、報酬《ほうしゅう》のマナの半分を盾魔法《たてまほう》ホルダーにためておくことだってできる。だから、運がよければ外部で働くよりかは多少マシな暮らしが送れるし、運が悪ければ外部で働くよりもひどい暮らしになるし、めちゃくちゃ運が悪ければ、帰りのバスで居眠《いねむ》りをしているうちにほかの乗客が全員降りてしまい、バス停まであとすこしのところで怪物《かいぶつ》に食われる。

　それでも、独立系の魔法使《まほうつか》いたちは、鼻先ににんじんをぶら下げられているから、自治領での仕事にしがみつく。勤続年数がだいたい三十年になると、自治領内部で暮らす資格が与《あた》えられるのだ。新興自治領なら二十年でいいし、ニューヨークみたいなところなら四十年待つこともある。だけど、たいていは資格を得る前に疲《つか》れきってしまい、退職金を一括《いっかつ》で支払《しはら》ってもらって地方で暮らしはじめる。都会を離《はな》れれば、怪物《かいぶつ》もそう多くない。一番多いのは、どこかの村で少数の魔《ま》法使《ほうつか》いと共同生活をはじめ、ちょっとした円陣魔法《えんじんまほう》を使ったり、互《たが》いに防衛魔法《まほう》をかけたりしながら暮らすというパターンだ。それ以外のもうすこし実際的な魔法使《まほうつか》いたちは、引っ越《こ》すことさえしないで働きつづける。そのほうが、子どもたちを自治領の学校に入れたり、スコロマンスの入学資格を取得したりするのに都合がいいのだ。

そして、グロテスクな搾取《さくしゅ》の構造に反対する理想家たちは、自治領まわりにひしめく怪物《かいぶつ》たちから最大限離《はな》れるために、辺鄙《へんぴ》な片田舎で暮らすしかない。そうなると、自動的にほかの魔法使《まほうつか》いたちからも最大限離《はな》れることになり、だれの力も借りずに乏《とぼ》しいマナをため、夜はいまいち強度の足りない盾魔法《たてまほう》だけで眠《ねむ》ることになる。そういう魔法使《まほうつか》いたちは、だいたい、人里離《はな》れた場所に迷いこんできた凶暴《きょうぼう》な怪物《かいぶつ》に食われて死ぬ。身を守るだけのマナがないから。

だから、わたしには、ヤンシーたちがそんな競争社会に見切りをつけた気持ちもわかるのだ。変なドラッグを使って内部にもぐりこみ、二十年ものあいだ不法滞在《たいざい》をつづけ、ヤンシーたちはそんなふうにしてロンドン自治領に中指を立てている。シャンパンをあおって、テーブルをひっくり返して、開き直ってみせる。それのなにが悪いだろう？　自治領に楯突《たてつ》いたって勝ち目はないけれど、それを言うなら勝ち目なんてハナからなかったわけだし、それなら負けが決まる前にできるだけ楽しめばいい。ここなら幻覚剤《げんかくざい》みたいな魔法《まほう》もかけ放題だ。その種の魔法《まほう》は基本的にうまくいかないし、成功したとしても、生まれた幻覚《げんかく》はすぐに消える。それでも、魔法《まほう》がつづいている限り、幻《まぼろし》の世界はヤンシーたちのものだ。

わからないのは、ロンドン自治領が、なぜヤンシーたちの勝手な振《ふ》る舞《ま》いに目をつぶっているのかということだ。母さんは、ヤンシーたちは古いゲートを使って自治領に不法侵入《しんにゅう》しているのだと話していた。それ自体はべつにめずらしいことじゃない。だけど、わたしはてっきり、ヤンシーたちは使われていない部屋に隠《かく》れているとか、自治領の一部を——ロンドンの連中が現実世界から借用した空間を——切り取って占有《せんゆう》しているとか、そういうふうに暮らしているんだろうと思いこんでいた。そういう形の不法滞在《たいざい》には労力もマナも相当注ぎこむことになるから、ヤンシーたちにとってはいまの暮らしのほうが都合がいいだろう。だけど、ロンドン自治領にとってはそうじゃない。ロンドン自治領は競馬場を取り壊《こわ》して、そこに使用されていた空間を回収した。ということは、本来、いまわたしたちがいるこの空間は、すべて**内部のべつの場所に**使用されているはずなのだ。どうやら、自治領を維持《いじ》するための魔法《まほう》には、空間のつじつまを合わせるための面倒《めんどう》な計算がつねにつきまとうらしい。アルフィーの車でさえ、だれかがうしろを向いた隙《すき》にこっちの空間をあっちへ移し、気付かれそうになったら移した空間をまたもどす、というつじつま合わせを永遠に繰《く》りかえしていた。

そんな帳尻《ちょうじり》合わせには大量のマナを使う。アルフィーは、ヤンシーたちは自治領を憎《にく》んでいると言っていた。だけど、ヤンシーたちを憎《にく》みたくなるのは自治領のほうじゃないんだろうか。マーテルたちが不法滞在者《たいざいしゃ》の乱痴気騒《らんちきさわ》ぎにどれだけのマナがむだ遣《づか》いされているか知ったら、頭から湯気を立てるんじゃないだろうか。ロンドン自治領がこの場所を意図的に残し、外部からの侵入《しんにゅう》をあえて許しているとは考えにくい。ここの存在に気付けば、一ミリ四方も余すことなく虚《こ》空《くう》に押《お》しだして片付けるだろう。

わたしたちがスコロマンスにしたみたいに。

こういうこと全部を冷静に理論立てて考えたわけじゃない。実際は、使い物にならない頭をたっぷり十分間はひねって、ようやくそんな結論を導きだした。ヤンシーは、わたしたちをつれて競馬場の中心地点へ行った。バカでかいキラキラした布で囲われていて、半透明《はんとうめい》の世界をほぼ遮断《しゃだん》している。低いテーブルがいくつか置かれ、あいだではクッションが小山になっている。毛布ややわらかいラグもどっさりあった。どれも、摘《つ》みたてのイチゴの香りや、詩や、ほんのり金色がかった緑色を編んだものだ。詩人ぶって凝《こ》った表現をしているわけじゃない。あの液体でハイになっただれかが、五感を利用して魔工品《まこうひん》を作る方法を考えついたのだ。そんなふうにして作られた魔工品《まこうひん》を現実世界に持っていったらどうなるんだろう。たぶん、むこうでは存在できないんだろう。物理の法則が働いた瞬間《しゅんかん》、あるいはしらふのだれかの目に触《ふ》れた瞬間《しゅんかん》に、きっとこの毛布はばらばらになってしまう。

囲われた空間に入って、物理的には存在し得ないふかふかの小山に身をしずめてみる。すると、虚空《こくう》なんかないんだ、だからそこに落っこちてしまうこともないんだという小芝居《しばい》で自分をだます必要はなくなった。ヤンシーたちのやり方はかなり賢《かし》かった。まわりを囲む布は、外の世界を**完全には**隠《かく》していない。完全に視界がさえぎられてしまえば、かえって虚空《こくう》のことが気になって、むこうにはよほど悪いものが隠《かく》れているんだと妄想《もうそう》をたくましくしたと思う。だけど、布のすきまに虚空《こくう》が垣間《かいま》見《み》えている以上、時どきはそっちに目を向けないわけにもいかなかった。クッションやラグも物体としては虚構だとしても本物の魔工品《まこうひん》ではあるわけで、しかも、その目的は使う者を**快適に**することだ。雲に寝《ね》そべった感じを想像したことがある人なら、ここにあるクッションの使い心地もだいたいわかると思う。雲に寝《ね》そべるなんて子どもっぽい空想だとわかっていても、たいていの人は心の奥底《おくそこ》でそんなこともあるかもしれないと期待している。だから、そんな夢が実現すると、どんなにあり得ないことでもよろこんで身を任せてしまう。

大型テントの中でも、そのあたりは比較的しっかりしていた。クッションの下の床《ゆか》も、本物の木材が使われているような感じがする。天井も床《ゆか》も華《はな》やかな色に塗《ぬ》られ、金箔《きんぱく》や彫刻《ちょうこく》で飾《かざ》りたてられている。彫刻《ちょうこく》の中にはルーン文字も交ざっていた。この競馬場は、自治領の中でもとりわけ由緒《ゆいしょ》正しく、愛された場所だったんだろう。この場所で、当時の魔法使《まほうつか》いたちは、レーシングカーではなく馬に似せた魔工品《まこうひん》でレースをしたのだ。ヤンシーの話は言い伝えのようなものだったのかもしれない。たぶん、当時の自治領の大人たちは、ここには王侯《おうこう》貴族も遊びに来たんだよと子どもたちに話していたのだ。それにエリザベス女王ならアーサー王よりは信憑《しんぴょう》性がある。この場所には思い出や言い伝えがあふれていて、だからこそ、取り壊《こわ》されて虚空《こくう》のかなたへ消えたあともその影《かげ》が残りつづけているのかもしれない。

「どうやってここに入りこんだの？」わたしは、動かない頭を必死で動かして、どうしてもわからないことをたずねた。本当なら、ロンドン自治領は競馬場を虚空《こくう》に押《お》しだしたんでしょ？　どうやって修復したわけ？　くらいのことは聞きたい。だけど、ここでその件を掘り下げるのはあぶない。ここに入った手段を聞く程度なら危険もないだろう。

ヤンシーはクッションの上で大の字になっていたけれど、むくりと起きて銀のカラフェを手に取った。庭園にあったものとよく似たカラフェだ。むこうで飲んだあれは、たしかにお酒だった。ヤンシーがカラフェの中身を緑色の古風な美しいシャンパングラスに注ぐと、液体がぷつぷつと泡立《あわだ》ち、ピンク色のムースみたいになった。

「ダーリン、スプーンを取ってちょうだい」ヤンシーは、わたしの質問を無視してそう言った。手近なテーブルを見ると、古びた金縁《きんぶち》のティーカップがガラスの受け皿にのっている。砂糖壺《つぼ》みたいな入れ物には、くすんだ銀のスプーンがぎっしり入っていた。どれも小枝みたいな柄《え》がついている。スプーンを一本取ってヤンシーのほうへすべらせると、かわりにカラフェを差しだされた。

ティーカップにカラフェの中身を注ぐと、液体はたちまちクレームブリュレによく似たなにかに変わった。カラメルのような部分をスプーンで割ると、カスタードのかわりに青紫《あおむらさき》色の炎《ほのお》が立った。ブランデーを燃やしたときみたいだ。スプーンで炎《ほのお》をすくい、おそるおそる口にふくむ。つぎの瞬間《しゅんかん》、わたしはティーカップとスプーンをテーブルのうえに取り落した。両手で顔をおおう。息ができない。うめき声がもれる。

それは、シューシューと音を立てて降る、夏の雨の味だった。オリオンと一緒《いっしょ》に体育館にいたときの味だった。卒業式を翌日にひかえていたあの日の味。アンフィスバエナが降る音を聞きながら、我を忘れてオリオンとキスをしていたあの日の味。無我夢中のうちに考えていたことすべての味がした――死ぬかもしれないんだから、最後に一度だけオリオンがほしい。スコロマンスで得られる最後にして唯一《ゆいいつ》本物の喜びをみすみす逃《のが》したら、わたしはきっと後悔《こうかい》する。あのときは、死ぬのは自分のほうだとばかり思っていたのに。

あのときのことは、いまも後悔《こうかい》なんかしていない。だけど、飲みこんだ炎《ほのお》はわたしの胸の中であまりにも熱かった。あの日のことを、わたしは永遠に忘れない。あのとき、もし、オリオンがわたしをゲートのむこうに押《お》しだしていなかったら？　もしわたしが、オリオンが自分の命以上に守ろうとした約束を、オリオンの命と交換《こうかん》するようなことをしていなかったら？　もしわたしが、**ウェールズに来ればいい、わたしに会いに来ればいい**と言わなかったら？　わたしをウェールズに生きて帰さなくては果たせない約束を、もしもあのときしていなかったら？　だからこそ、オリオンは、ひとつの街ほどもある巨大《きょだい》な〈目玉さらい〉が襲《おそ》ってきたあのとき、怪物から逃げおおせるチャンスをむざむざ捨てたのだ。青紫色《あおむらさき》の炎《ほのお》は、その味がした。オリオンが〈目玉さらい〉に食われた味がした。本当はわたしが倒《たお》すことのできた、あの怪物《かいぶつ》に。

　ヤンシーは、苦痛にうめくわたしを眉《まゆ》ひとつ動かさずに見つめていた。ありふれた反応なのだ。ヤンシーのもとには、ひどい目にあった人たちが流れ着く。実の子どもをこんな場所で育てようとする親もいない。メモリアルガーデンで見かけたあの十代の若者は、なにかの事情で世界につまはじきにされ、その事情を抱《かか》えて自治領に不法侵入《しんにゅう》したんだろう。

　やがて、わたしは震《ふる》えながらもどうにか落ち着きを取りもどした。リーゼルは、面倒《めんどう》くさそうな顔で手元のマグカップを見下ろしている。大きな素焼きのマグカップだ。陶器《とうき》のタコがぐるりとカップを囲んでいて、足のひとつが持ち手になっている。オレンジ色の丸いガラスの目が、リーゼルの顔をのぞきこんでいた。リーゼルはカラフェをつかみ、カップのふちまでなみなみと液体を注いだ。できあがったアブサンみたいな緑のゼリーをスプーンですくって口に入れ、ぎゅっと目をつぶった。わたしとはちがって、うめき声ひとつもらさない。むしろ、リーゼルは微動《びどう》だにしなかった。口を真一文字に引き結び、背すじをまっすぐに伸《の》ばし、膝《ひざ》に置いたマグカップを両手でぎゅっと包みこむように持っている。湧《わ》いてきた感情を体の中に閉じこめようとしているみたいだ。やがて、リーゼルは目を開け、音を立ててカップをテーブルに置いた。タコがもぞもぞとカップの中にもぐりこみ、ゼリーの残りを貪《むさぼ》りはじめた。

ヤンシーは嘘《うそ》くさい笑顔を作り、シャンパングラスの中身をひと息で飲みほした。どこか無理をしているようにも見えた。たぶん、この儀式《ぎしき》は入場料みたいなものなんだろう。この場所を維《い》持《じ》するにはいまもマナが必要で、さらには存続させまいとするロンドン自治領からの介入《かいにゅう》にも耐《た》えなくてはいけないはずだ。競馬場に来た者は、こうしてマナを払《はら》うことになっているのかもしれない。

入場料が必要だというのは理解できるとしても、なぜこの場所が完全に虚空《こくう》に消えてしまわなかったのか、そもそもの部分がどうしても理解できない。だけど、ヤンシーは、込《こ》み入った話はごめんだと先手を打つかのように、どうでもいい他人とランチの時間にするみたいな世間話をはじめた。「じゃ、あんたが新しい入領者ってわけね。あんたも運が悪かったね。入ってくるのと同時に自治領が滅亡《めつぼう》しかけるなんて」

「自治領が本当に滅亡《めつぼう》してれば、まあ、運が悪かったって言えるかもね」リーゼルは、グループ発表の最中にメンバーの間違《まちが》いを訂正《ていせい》するみたいな口調で言った。まだ顔がこわばっていて、心ここにあらずという感じだ。なにより、自動音声かと思うほど声に感情がこもっていない。とはいえ、その声からは『そんな当たり前のことをなんでわざわざ話題にするわけ？』という苛立《いらだ》ちが鋼みたいな色の薄《うす》い煙《けむり》になって立ちのぼり、リーゼルの頭のまわりで輪っかを作った。グリム童話に出てくる、しゃべるたびに口からカエルや虫が飛びだす呪《のろ》いをかけられた女の子みたいだ。

「評議会に空きができたから、リチャード卿《きょう》は信頼《しんらい》できる派閥《はばつ》の者を選ぶことになる。アルフィーにいますぐそれなりの地位を与《あた》えるのはむずかしいだろうけど、わたしを秘書官にするくらいなら問題ない。こんな緊急《きんきゅう》事態でもなかったら、わたしだってあと五年は待つのがふつうだろうけど……」

悪くない計画だけど、リーゼルが話せば話すほど、ろくに聞いていないそうなヤンシーとの温度差が際立った。リーゼルは、さっきのゼリーでまだ動揺《どうよう》しているんだろうか。普段《ふだん》のリーゼルなら、自分のことをこんなふうにベラベラしゃべったりしない。それとも、これが通常モードなんだろうか。卒業生総代の座をつかみ取ったときに、これでもう安泰だとほっとして、有利な立場につくための社交術とは一切おさらばしたんだろうか。

ヤンシーはたったひと言返した。「ああ、そう」ペチコートが見えてるよと指摘《してき》するときだって、もうすこし熱意がこもっている。「エル、お母さんは元気？　どうせ、森でコケ集めばっかりしてるんだろ?」

まだ話をする気分じゃなかったし、正直言って、頭のなかはオリオンと〈目玉さらい〉のことでいっぱいだった。それでも、脳内の自動応答システムは勝手に作動した。「元気だよ」落ち着いた口調も嘘《うそ》っぱちなら、母さんが元気だというのも嘘《うそ》っぱちだ。いまごろ母さんは森のなかのぬかるんだ地面につっぷして、〈目玉さらい〉にのみこまれた父さんや、いつ帰ってくるかもわからないわたしのことを延々考えつづけている。「またなにか問題でも――」わたしは、そう言いかけて口をつぐんだ。いま、なにか言おうとしたはずだ。なのに、母さんがどうしてヤンシーに力を貸していたのかさっぱり思いだせない。

「いいや、なんにも」ヤンシーは上っ面の会話をつづけながら言った。「このところ、いいお天気が続いてるね」

ヤンシーの言葉は、唐突《とうとつ》にはじまった芝居《しばい》の台詞《せりふ》みたいに聞こえた。会話をしているというより、儀式《ぎしき》をしているみたいだ。こんな場所で交わされるだろう会話、この場所で**実際に交わされた**だろう会話を、何度も繰《く》りかえしなぞっているみたいだった。かつてここに集った自治領のセレブたちは、こんなふうに空疎《くうそ》な会話をしては上品にほほえみかわし、それでいて相手よりも有利な立場につこうと腹の中を探り合っていたんだろう。ヤンシーに返事をするべきだとはわかっていた。芝居《しばい》をつづけなくちゃいけない。なのに、言葉が出ない。ルールはもう把握《はあく》している。

絶叫《ぜっきょう》しそうなほどの苦痛を抱《かか》えたまま、上辺だけの会話をしなくてはいけないのだ。効率よくマナを作るために。だけど、わたしはでくのぼうみたいに、無言でただすわっていた。

だけど、リーゼルはちがった。「ほんと、いい天気」すると、ヤンシーは待ち受けたように言った。「散歩でもしようか」わたしは立ちあがり、ふたりのあとについて歩きはじめた。

ひとつだけよかったことがある。奇妙《きみょう》なジレンマに陥《おちい》ったおかげで、自分がまさに虚空《こくう》のど真ん中にいるという事実を完全に忘れることができたのだ。たぶん、だからヤンシーもわたしたちを連れて移動できるようになったんだろう。ヤンシーは天蓋《てんがい》の奥《おく》へ行き、たっぷりとした大きな布をめくった。あとについて布の下をくぐると、すぐ足元から、細長いコンクリートの階段が下へ向かって延びていた。階段はレンガ造りのトンネルに続いていた。

わたしたちは一列になってトンネルを歩いていった。天井には金属の格子に覆《おお》われた薄暗《うすぐら》いランプがついているけれど、真下に人がいるときしか点灯しない。いきおいわたしたちは、にぶい光の小島を渡《わた》り歩くようにして進むことになった。地面も壁《かべ》も、古い写真みたいなセピア色に染まる。質感までもが紙っぽい。闇《やみ》にしずんだ部分は、虚空《こくう》とほぼ見分けがつかない。だんだん、存在できるだけの空間を足元に取り寄せ、用が済んだら虚空《こくう》へ投げ返しているような気分になってくる。小論に必要な資料を虚空《こくう》から取り寄せ、課題が終われば投げ返していたスコロマンス時代を思い出す。だけど、いくら魔法《まほう》を使ったって、そんなふうに虚空《こくう》を進むことはあり得ない。

それは空中にはしごをかけて空を登っていくのと変わらない。足元からはしごを引っ張りあげて頭上に立てかけ、登り終えたら、またそのはしごを引っ張りあげて頭上に立てかける。みるみるうちに、地面は遠ざかっていく。だけど、そんなのはマンガみたいな絵空事で、現実ではあり得ない。だいたい、現実とは乖離《かいり》したこの場所を、ひとつの空間として認識することさえ不可能なのだ。普通《ふつう》の精神状態だったら、そのことについて必要以上に考えてしまい、虚空《こくう》に消えて二度と帰ってこなかった人たちの仲間入りをしていたと思う。

だけど、このトンネルがどんなふうに虚空《こくう》に存在しているのかも、ふとしたはずみで虚空《こくう》へ転がり落ちてしまうだろうことも、いまのわたしはまるっきり考えなかった。考えないように努力することさえしなかった。わたしが考えていたのはまるで逆のことだった。なぜ、このトンネルはこんなに本物らしく見えるのか。なぜ、こんなにも**しっかりと**存在しているのか。それから、ヤンシーの邪魔《じゃま》をしてはいけないということ。ヤンシーがすこしでも立ちどまれば、わたしはすぐさまその腕《うで》をつかみ、疑問の答えを得られるまで頑《がん》として離《はな》さないだろう。だけど、わたしは答えなんか知りたくないのだ。吐《は》き気《け》がするくらい知りたくない。知りたくないと念じれば念じるほど、廊下《ろうか》は長くなった。天井のランプがずっと先のほうまで次々と点いていき、水の滴《したた》る音も聞こえはじめた。カビ臭《くさ》い風が顔に吹《ふ》きつけてくる。

やがて、一枚のポスターが薄暗《うすくら》がりの中に浮《う》かびあがった。絵も文字も湿気《しっけ》でにじんでいる。

ヤンシーはいきなり壁《かべ》にむかい、わたしが気付いてもいなかった扉《とびら》を開けて、踊《おど》るような身のこなしでむこう側へ飛びだした。リーゼルとわたしがあとにつづくと、ヤンシーはすばやく扉《とびら》を閉めた。流れるような仕草でわたしたちの手をにぎり、真っ暗なトンネルのなかを全速力で走り抜《ぬ》け、三段きりの階段を駆《か》けあがる。たぶん、背後の扉《とびら》が——たぶん、トンネル自体も——本当は存在していないことをわたしたちに気付かれるとマズいのだ。どこに向かっているのかもわからないまま、わたしたちは、ヤンシーに引きずられるようにしてべつの空間に飛びこんだ。蛍光灯《けいこう》にこうこうと照らされ、まぶしくてまともに目を開けられない。広々とした縦長の空間で、天井は鉄製のワッフルみたいに凸凹《でこぼこ》だ。そこは地下の防空壕《ごう》だった。

ここが、電撃戦《ブリッツ》を耐《た》え抜《ぬ》くために使われたゲートのひとつなのだ。地下深い防空壕《ごう》を入り口にしたのは賢《かしこ》い。当局の目を盗《ぬす》んでこの抜《ぬ》け道をつくり、戦争が終わるとまたふさいだのだろう。ここにも、そこはかとなく**脆《もろ》い**感じがある。アルフィーに連れて行かれた屋敷《やしき》の廃墟《はいきょ》でも同じことを感じた。自治領は、管理の手間を省くためにゲートそのものは閉鎖《へいさ》した。だけど、まず間違いなく自治領はこの防空壕《ごう》を買いとるなり借りるなりして確保しておき、空間を自治領内部で利用している。ロンドン市内の一等地に残ったでかい廃墟《はいきょ》にくらべれば、こっちは断然安上がりだろう。

それでもこの防空壕《ごう》は現実世界のもので、そのことにわたしはたとえようもなくほっとした。

足元が震《ふる》える不愉快《ふゆかい》きわまりないあの感じが完全に消えてみると、それが絶え間なく続いていたことの異常さがよくわかった。防空壕《ごう》の中には、古い二段ベッドのフレームがいくつも並んでいて、そこに箱がいくつも積み上がっていた。手書きのラベルを見るに、中にはめちゃくちゃ退屈《たいくつ》なものしか入っていない。古いビデオテープだとか、一九八〇年代の下水設備調査書だとか、長い頭字語がついた分科委員会の議事録だとか、そういうものだ。わたしは手近なベッドに近づき、冷たくてべとつく金属のフレームに触《ふ》れた。頬《ほお》を押《お》しつけ、サビと白カビと青カビとほこりとタールと油と塗料《とりょう》と土のにおいを深々と吸いこんだ。地下の悪臭《あくしゅう》をカクテルにしたみたいなにおいを。どこかむこうを地下鉄が走りすぎていき、壁《かべ》と床《ゆか》が震《ふる》える。歯がかちかち鳴るほどの轟音《ごうおん》が、いまはめまいがするほど嬉《うれ》しかった。合理的で予測可能な知覚に脳細胞《さいぼう》が歓喜《かんき》している。この汚《きたな》らしいコンクリートの床《ゆか》に大の字になりたかったし、なんならなめたかった。

「ほら、あんたたちもどうぞ」ヤンシーの声がして、わたしは顔をあげた。リーゼルは反対側の壁《かべ》にもたれてすわり、目を閉じている。ヤンシーは、小さい正方形のウエハースが入った袋《ふくろ》を手に持っていた。自分でもつまんでサクサクと音を立てて食べ、袋《ふくろ》をわたしに差しだす。レモンとバニラの香りがした。

「これは?」わたしは、なんとなく警戒《けいかい》して言った。

「お菓子《かし》だよ」ヤンシーはふっと鼻で笑った。「ほら、食べときな。気分がマシになるから」

リーゼルはためらうことなく立ちあがってひとつつまんだ。このウエハースも本物だった。ごくふつうの砂糖と小麦粉と人工甘味料《かんみ》の味。人工的だからこそ、たとえようもなく自然な味がする。わたしとリーゼルは、あっという間に袋《ふくろ》を空にした。サビ臭《くさ》いベッドをなめるよりずっといい。

ヤンシーは、お菓子《かし》を貪《むさぼ》るわたしたちをじっと見ていた。そして、最後のひと口を飲みこもうとしていたわたしに、なにげない感じで言った。「それにしても、不思議だね。道順を知ってるあたしたちが出入りするときは、ここに来るまでだいたい一時間かかるんだ。なにか秘訣《ひけつ》があるなら教えてほしいよ」

舌の上には、粉っぽいウエハースの後味が残っていた。スコロマンスの卒業生なんだから、ウエハースになにかが混ぜてあることには気付いていたし、それが**死ぬほどの危険はない**こともすでに判定済みだった。切羽詰《せっぱつ》まって、死ぬほどじゃないレベルのヤバいものを食べたことなら何度もある。一ヶ所だけカビているトーストだとか、茶色く変色したリンゴだとか、平鍋《ひらなべ》の片隅《かたすみ》から〝ミアズミック・リグラー〟を避《さ》けつつすくったヌードルだとか。だから、わたしはウエハースを食べるのをやめなかった。なにかが混ぜられているとしても、本当にヤバい毒じゃない。せいぜい二、三分しかつづかない軽い強制魔法《まほう》みたいなもの。**ほら、ヤンシーの質問に答えてあげな、**みたいなプレッシャーをかすかに感じる。

魔法《まほう》をかけられたことに気付いたからって、かならずしもその魔法《まほう》を解けるわけじゃない。だけど、ヤンシーがそんな質問をしたのは間が悪かった。そうたずねられた瞬間《しゅんかん》、現実世界にもどってきたという圧倒《あっとう》的な安心感は消し飛び、自治領から脱出《だっしゅつ》できたことの強烈《きょうれつ》な違和感《いわかん》が舞《ま》いもどってきたのだ。無視したいのに、どうしても無視できない違和感《いわかん》が。「なんで**残ってた**わけ？」わたしの声は、ボロ雑巾《ぞうきん》みたいにかすれていた。「自治領はあの競馬場を虚空《こくう》に押《お》しだして消したんだよね。だけど、**残ってた**。なんで？　なんで消えてないの？」

ヤンシーはほほえんで肩《かた》をすくめた。嘘《うそ》をつくことさえしない。大事な秘密を教える気はハナからないのだ。「あたしにわかるもんか。競馬場はあそこに残ってて、あたしにはそれで十分なんだ」

「わたしはちがう」低い声で言って、ヤンシーに一歩近づいた。その瞬間《しゅんかん》、防空壕《ごう》のなかは水中にいるみたいな緑色の光に満ち、温度が急に下がった。冷たい空気が、文字どおり張り詰《つ》めていく。

なにをしようと考えていたわけでもない。ただ、感じていた。〈目玉さらい〉のどろどろの体がまとわりついてきて、わたしの体をこじ開けようとしてくる恐怖《きょうふ》を。あの怪物《かいぶつ》のべとつく飢餓《きが》感を。決して満たされない飢餓《きが》感。満たされようのない飢餓《きが》感。〈目玉さらい〉は、獲物《えもの》を生きたへどろにし、終わることのない苦痛を永遠に貪《むさぼ》る。だけど、その獲物《えもの》とは、わたしじゃなくてオリオンだ。もし、スコロマンスが**消えていない**なら、スコロマンスがまだあそこに**残っている**

なら、わたしはもどらなきゃいけない。オリオンを救うためじゃない。そのチャンスは永遠になくなった。わたしは〝忍耐《にんたい》〟を探しにもどる。そして、おぞましい内臓の海を漂《ただよ》うオリオンの目を見つめ返す。オリオンの口が叫《さけ》ぶ『**エル、お願いだ。ここから出してくれ**』という声を聞く。そして、『あんたはもう死んでるんだよ』と伝える。その言葉を現実にするために。〈目玉さらい〉にのみこまれた犠牲者《ぎせいしゃ》にできるのは、唯一《ゆいいつ》死を与《あた》えることだけだから。

ヤンシーは一歩後ずさった。ふっと笑顔が消える。子どもに向けるみたいな、からかうような笑顔。ヤンシーが覚えているのは、コミューンで暮らしていた四歳《さい》の子どもなのだ。ティーンエイジャーに成長したその子どもが自治領のお友だちと一緒《いっしょ》に帰り道を聞きにきたって、ヤンシーはもちろん警戒《けいかい》なんてしなかった。以前なら、そんなことにイラついたりしなかったと思う。ヤンシーは、ロンドン自治領のど真ん中で堂々と総督《そうとく》をおちょくるような人だ。〈目玉さらい〉でもなければ、どんな相手でも小バカにしてみせる。

だけど、わたしは〈目玉さらい〉**よりも強い**。暗闇《くらやみ》でわたしに出くわせば〈目玉さらい〉だって逃《に》げ出すし、自治領をぶち壊《こわ》してまわっている黒魔術師《くろまじゅつし》がだれであれ、そいつがわたしから隠《かく》れている可能性もゼロじゃない。それとも、犯人の悪党は、わたしとの決戦にそなえてできるだけマナを盗《ぬす》んでおこうという算段なんだろうか。もし、わたしがスコロマンスを卒業する気配を感じ取り、はるか前から動きはじめていたのだとしたら？

ヤンシーは、リチャード卿《きょう》の鼻をつねるくらいのことはしかねないようなふざけた人だ。だけど、勘《かん》は鋭《するど》い。ふいに真顔になり、両手をあげて防衛魔法《まほう》の体勢を取った。といっても、どんな魔法《まほう》を使おうが、身を守るのは不可能だったと思う。足元の地面は現実世界のものではあったけれど、ここはロンドン自治領の管轄《かんかつ》だ。だから、マナ・シェアのメダルをすでに返却《へんきゃく》したとはいえ、メダルそのものは必要なかった。あのメダルは、ロンドン自治領のマナをわたしに贈《おく》ったという印にすぎない。いっこうに落ち着く気配のないマナの荒海《あらうみ》に手をのばせば、いまも好きなだけ盗《ぬす》みとることができる。いまだ不安定な自治領を文字どおりひっくり返し、この防空壕《ごう》を自分もろとも破壊《はかい》することだってできる。

自制心を発揮してそんな暴挙には出なかった、と言いたいところだけど、暴挙に出ることは出た。といっても、ヤンシーの両肩《りょうかた》をつかんで、教えろ教えろ教えろ！　と絶叫《ぜっきょう》しただけだ。ヤンシーに言わせたかった。たしかに秘密はある、と。はるかむかし、あの競馬場が虚空《こくう》に落ちるのを食い止めた者がいた。だから、あそこには過去の一部が残っているのだ、と。そんな返答を本気で期待していたわけじゃないけれど。

すぐにリーゼルが効果抜群《ばつぐん》の命令口調で叫《さけ》んだ。「落ち着いて！」ヤンシーを見て言う。「わたしたち、スコロマンスを虚空《こくう》に落としたんだよ。聞いてるよね？」

ヤンシーはわたしから目をそらさない。両頬《りょうほほ》が、紫《むらさき》がかったピンク色に光っている。皮ふのむこうに光が透《す》けているような感じだ。体の奥《おく》からなにかが浮《う》かびあがってくる。「先週は妙《みょう》に騒《さわ》がしくてね。なにを信じていいのやらという感じだったよ」

「怪物《かいぶつ》の数が半分になったのに、気付かなかったって?」リーゼルは挑《いど》むように言った。

ヤンシーは肩《かた》をすくめた。「ダーリン、自治領の地下じゃ怪物《かいぶつ》なんか見もしないんだ。まあね、全体的に少なくなったとは思ってた。だからって、スコロマンスが世界の外に蹴《け》り出されたなんて、すぐに信じたわけじゃない。うさんくさい噂《うわさ》ならいくらでもあるし、あっちこっちの内緒《ないしょ》話も聞こえてくる。自治領の公式発表は、ちょっとマシな嘘《うそ》でしかないしね。ニューヨークだからロンドンだかわからないけど、自治領がなんでそんなことをしたんだろうと不思議だった。だけど、やったのは自治領じゃなかったんだ。そうだろう?」ヤンシーは、わたしから一瞬《いっしゅん》たりとも目を離《はな》さない。「**あんたが**やったんだ」

リーゼルがムッとしたように顔をしかめた。たしかにあれは、わたしひとりじゃ絶対にやり遂《と》げられなかったことだ。だけど、長ったらしい講釈を垂れる気にはなれないし、リーゼルの顔を立てるためだけにヤンシーの言ったことを訂正《ていせい》しようとも思わなかった。無言で続きを待っていると、ヤンシーは鼻を鳴らした。「あんたのお母さんは、さぞかし誇《ほこ》らしいだろうね」思わず平手打ちを食らわせそうになる。だけど、できない。衝動《しょうどう》に身を任せれば、平手打ちどころか火をつけてしまいそうだ。わたしの表情に気付いたのか、ヤンシーは呆《あき》れ顔で天井をあおいだ。防衛魔法《まほう》の姿勢を取りつつ声をあげる。「本気で言ってるんだよ！　なにが悪いんだい」

ヤンシーの言葉に嘘《うそ》はないんだろう。それでも、母さんがいまのわたしを見たらどう思うだろう。ロンドン自治領の防空壕《ごう》で緑色に光る悪意を波打たせ、自分を助けてくれたばかりのヤンシーを脅《おど》している。生きのびるために必要だった彼女《かのじょ》たちの秘密を、力ずくで打ち明けさせるために。だから、わたしは目を閉じて、ヤンシーに火をつけたいという衝動《しょうどう》を抑《おさ》えこんだ。リーゼルが横から割って入った。「そう、やったのはわ、わ、わたしたち」なにがなんでも、卒業式で助けたことをわたしに感謝させたいらしい。「だけど、まだ男子がひとりあそこに残ってる。どうすればスコロマンスにもどれる？」

ヤンシーはしばらく黙《だま》っていた。わたしは目を開けた。不穏《ふおん》な緑色の光は薄れ、いかにも非魔《ま》法族《ほうぞく》っぽい蛍光灯《けいこうとう》が防空壕《ごう》のなかをこうこうと照らしている。ヤンシーは、知らない外国語で書かれた本の解読を試みるような顔でわたしを見た。「扉《とびら》はまだあるのかい？」一拍《ぱく》置いてつづける。「外界側の扉《とびら》ってことだよ——スコロマンスにつづく扉《とびら》だ」

「わからない」わたしはすこし落ち着きを取りもどした。だんまりを通されるとばかり思っていたのだ。「もどってきたあと、ゲートを壊《こわ》そうと思って魔法《まほう》をかけたから。あの魔法《まほう》が効いたとしたら——」

「スコロマンスのこっち側の扉《とびら》へ行って粉々に破壊《はかい》して、開いた穴をレンガでふさいで上から壁《かべ》を作って、その場所につづく道もレンガでふさいで、忘却魔法《ぼうきゃくまほう》を四種類重ねてかけたのかって聞いてるんだよ」ヤンシーは淡々《たんたん》と言った。

「ああ、ええと、ううん」

ヤンシーはうなずいた。「じゃ、面倒《めんどう》なことはそんなにない。扉《とびら》が残ってるなら、ふつうの扉《とびら》と同じように開けて入っていけばいい。あんたがあっちの様子をよく覚えてて、それでもってあっちのマナも十分に残ってるなら、あとはふたつにひとつだね。運がよけりゃ、中にいるあいだくらいは、念じれば存在を保っておける。運が悪けりゃ、失敗する。だけど、スコロマンスの場合はどうかな——あたしにもわからないよ。どっちだってあり得る。でかすぎるから、残ってたマナを一瞬《いっしゅん》のうちで使いきってしまったかもね。それとも、でかすぎるからこそ、何世紀もかけてすこしずつ消えていくのかも。あたしの予想だと、あっちこっちの部分が断片的にしばらく残ってるって感じじゃないかな。スコロマンスが脳裏に焼き付いてるって魔法使《まほうつか》いは、もちろん大勢いる。だけど、細部までってなるとどうかね——」ヤンシーは肩《かた》をすくめた。「まあ、やってみるしかないね」

ヤンシーはすこし口ごもり、最後にこう付け加えた。「本当にそんなことをやりたいのか、自分の胸に聞いてみたほうがいいよ。卒業式からどれくらいたった？　一週間以上はたったんじゃないかい？　ああいう場所からは、二、三日おきに出るようにするもんだ。それ以上になると、だんだん自分ってものがなくなっていく。まあ、危ないときはこいつの出番ってわけだけど」そう言ってコートの前を開け、内ポケットに入ったスキットルを見せた。巻きついたトカゲがこっちをのぞいている。ヤンシーがぱっと手を離《はな》し、コートが元にもどった。「時どき、そういう連中に出くわすんだよ――長くいすぎた連中に。出くわす前に虚空《こくう》に消えてったやつらもいるしね。とんだ末路だよ」

「それならだいじょうぶ」わたしは言った。オリオンの末路ならもう知っている。「ありがとう、ヤンシー。それから、さっきのはごめん」

ヤンシーはじっとわたしを見て、首を横に振《ふ》った。「あたしは謝らないよ。あんたを怒《おこ》らせたのはわざとだからね。それがあたしたちのやり方なんだ。ほかのやり方で生きてけるなら、そもそもあんなところで暮らしてないさ。反撃《はんげき》されるのも想定内。ひとつだけいいかい。この扉《とびら》は二度と使わないでおくれ。あんたたちが来ていい場所じゃない」

「出口は？」わたしは最高に無愛想な声で言った。それからヤンシーに背をむけて防空壕《ごう》の中を歩いていき、**出口**を指す矢印の前を通りすぎた。

第6章 ヒーロー

トンネルをいくつも抜《ぬ》け、らせん階段を何周も何周も何周も上り下りしてたっぷり十分は歩きつづけたころ、ようやくわたしとリーゼルはベルサイズ・パーク駅のそばに出た。卒業式に向けた走りこみのおかげでキツくもなんともなかったけれど、楽しい遠足という感じでもなかった。わたしたちは、七月の夜の空気を吸いながらしばらく立っていた。もう遅《おそ》い時間で、しゃれたカフェやらレストランは軒並《のきな》み閉まっている。夜空を見上げると、まばらな恒星《こうせい》と衛星がかすかに光っていた。

　わたしは、角に立ったままぼんやりと街並みをながめた。迷っているわけじゃない。心は完ぺきに決まっている。するべきことも、これ以上ないくらいはっきりわかっている。スコロマンスの扉《とびら》へ行き、中へ入り、〝忍耐《にんたい》〟を殺す。にもかかわらず、どうすればそんな計画を実行に移せるのか、これっぽっちもわからない。この四年間、わたしは同じ建物の中で暮らしてきた。めちゃくちゃでかいとはいえ、歩いて行けない場所はひとつもなかった。食事だって、最低最悪ではあったけれど、自分で用意する必要はなかった。そしてわたしはといえば、超巨大火山《ちょうきょだい》を爆破《ばくは》させる方法も、キャスティゲーターを倒《たお》す方法も、一万人を一瞬《いっしゅん》で虐殺《ぎゃくさつ》する方法も知っているのに、パスポートも携帯《けいたい》電話も十ポンド紙幣《しへい》も持っていないのだ。というより、どこに行けばいいのかさえわからない。わたしは、リーゼルをじろっとにらんで言った。「スコロマンスの扉《とびら》がどこにあるか、アルフィーに聞いてくれない？」

「ムリに決まってるでしょ。自治領にいるアルフィーに連絡《れんらく》なんかしたら、リチャード卿《きょう》の敵にこっちの居場所がバレるんだから。そんなことになったら、これが全部……」リーゼルは、さも嫌《いや》そうな顔で、出てきたばかりのずんぐりした小塔《しょうとう》を指さした。「むだになる。ていうか、スコロマンスの扉《とびら》を見つけてどうするわけ？　スコロマンスにもどるにはマナがいるってヤンシーも言ってたよね。ロンドンがこんな計画のためにマナをくれるわけがない。ニューヨークに行くよ」

言ってやりたいことは無数にあったけれど、呑《の》みこむのに一番苦労したのは、あんたはいつからこの計画に加わることになったわけ？　というひと言だった。だけど、具合の悪いことに、わたしの脳みその戦略担当の部分は、リーゼルが百パーセント正しいという結論を導きだしてしまった。ニューヨークには、わたしがスコロマンスにもどり、そして〝忍耐《にんたい》〟を殺すのに必要なだけのマナを与《あた》えられる人たちがいる。いや、**絶対に与《あた》えようとする**人たちがいる。スコロマンスが完全に消滅《しょうめつ》するのを待つことなく、絶叫《ぜっきょう》するほどの苦痛からオリオンを救うために。そう、オリオンの両親なら、そのためのマナをくれるだろう。

だけど、わたしひとりでニューヨークに行くのは不可能だ。ロンドン自治領とニューヨーク自治領のあいだには、最強に便利な〈大西洋横断ゲートウェイ〉が通っている。だけど、ロンドンのマナはまだゆるすぎるゼリーみたいに不安定だから、ゲートウェイを使うのはむずかしい。だいたい、苦労して脱出《だっしゅつ》したばかりのロンドン自治領にもどるつもりはない。ということで、残った選択肢は、飛行機に乗るという平凡《へいぼん》だけど確実な方法だった。だから、なんで計画に首を突《つ》っこんでくるんだとリーゼルに詰《つ》め寄るわけにはいかないのだ。リーゼルの助けがなかったら、パスポートの偽造《ぎぞう》にしろ航空券の不正取得にしろ、わたしは絶対に失敗する。そうなれば留置所送りになるのは確実だし、最悪の場合、どこかの地下深くにある刑務所《けいむしょ》にぶちこまれるだろう。

当然、母さんもパスポートや携帯《けいたい》電話は持っていない。ここに母さんがいたら、ただ世界を信頼《しんらい》して出発すればいいのよ、と絶対に言う。そうすれば行くべき場所に行けるんだから、と。母さんならそれでうまくいくだろうけど、基本的に世界がわたしにあつらえようとするのは、辺鄙《へんぴ》な場所にある要塞《ようさい》みたいな場所だけ。たぶんだけど、そこは年中嵐《あらし》が吹《ふ》き荒《あ》れていて、わたしはひらめく稲光《いなびかり》に照らされながら高笑いをしている。だから、母さんのやり方はいまいち気が進まない。

とはいえ、リーゼルの助けを素直に受け入れる気にもなれなかった。世界征服《せいふく》の計画なら気のないことはすでに伝えてある。だから、なにを企《たくら》んでいるのか見当もつかない。あのリーゼルが、見返りもなしに、意思を持ったハリケーンよろしくわたしをニューヨークへ引っ張っていくわけがない。リーゼルに隠《かく》れた目的があるのは**確実**だし、だからこそわたしは落ち着かなかった。もし、それがわたしの意に反するものだったら？　オリオンの母親に取り入るとか、その程度のことならいい。なんといっても、相手は次期総督《そうとく》候補だ。だけど、たったそれだけのために大西洋を横断するなんて、かなり効率が悪いような気もする。

とはいえ、わたしの人生は見切り発車の連続だったし、今回だってそのうちのひとつだ。リーゼルはさっさとタクシーを呼び、わたしたちは空港に向かった。そのあともリーゼルは、文具店で買ったメモ帳をパスポートに変えようとして助けを求めたわたしに不機嫌《ふきげん》をまき散らしつつ手を貸し、それから、チケット発券機を叱《しか》りつけてファーストクラスのチケットを脅《おど》し取った。保安検査場を通ってコンコースに入ると、リーゼルはわたしを急き立てて香水売り場を通り過ぎた。そのあたりは、爆発《ばくはつ》の予感が漂《ただよ》う実験室の一角とそっくりなにおいがした。しばらく行くと、リーゼルは携帯電話《けいたい》売り場の前で足を止めた。となりには五百ポンドくらいするハンドバッグを売る店があり、反対側のとなりには、iPadを売る店がある。この高価なガジェットを衝動買《しょうどう》いしたくなる連中がいるんだろう。リーゼルはさっさとわたし用の携帯《けいたい》電話を契約《けいやく》した。

電話を持つことに抵抗《ていこう》はない。リーゼルに携帯《けいたい》電話を渡《わた》されると、わたしはすぐさまアアディヤの番号にかけた。番号ならすぐに思いだせる。リューがちょっとイラつくくらい陽気な歌を作ってくれたのだ。リューとアアディヤの番号が組みこんであって、最後は**こうしてエルは電話を手に入れましたとさ**、という歌詞で終わる。電話がつながると、わたしは言った。「もしもし、わたしだけど」

その瞬間《しゅんかん》、アアディヤの金切り声が聞こえた。「エル⁉ ねえ、今度会ったらぶん殴《なぐ》るよ！ 一週間もなにしてたわけ？ わたしたち、イギリス中のコミューンに電話してたんだけど！ リューなんて**リーゼル**にまで電話したんだよ！」アアディヤの声を——わたしを気遣《きづか》う声を——聞いた瞬間《しゅんかん》、わたしはたまらなくなって、逃《に》げるようにして通路を横切った。行き来する人々にぶつかりそうになりながら、壁際《かべぎわ》に行く。壁《かべ》をにらんでいないと、わっと泣きだしてしまいそうだった。

わたしが気持ちを静めているあいだ、なにをどうしたのかはわからないけれど、アアディヤはリューを会話に招待した。ふたりの話し声を聞いていると、わたしはますます泣きたくなった。

目を閉じると寮《りょう》の部屋にいるような気がする。一緒《いっしょ》にすわって、空港一マズいファストフードより最悪な夜食をつまんでいたときのこと。スコロマンス時代にもどりたいとは思わない。だけど、できることならまた三人で過ごしたい。わたしを抱《だ》きしめてくれたふたりの腕《うで》を感じたい。心の底からそう思った。

起こったことをありのままに話すことはできなかった。怪物《かいぶつ》だの自治領だの〈目玉さらい〉だの、そんな話を非魔法族《まほうぞく》で混みあう通路ではじめるわけにはいかない。オリオンのことを話すのもためらわれた。なんといっても、人混みを突《つ》っ切るという挙動不審《ふしん》な行動に出たせいか、さっきからふたり組の巡査《じゅんさ》がうさんくさそうにこっちを見ているのだ。わたしは、ニューヨークへ行くつもりだとだけ話した。「それから、わたし――スコロマンスにもどらなきゃいけないんだ」

「**もどれる**の？」アアディャは言った。「だって――消えたんでしょ？」

「それでも、もどる方法があるらしい。ただ……」

「マナがいるんだね」リューが言った。不可能を可能にするには、どんなときでもマナがいる。

「うん」

アアディャはふーっと息を吐《は》き、そして言った。「なるほどね。クロエに電話して、オリオンの親に会わせてって頼《たの》んでみる」説明するまでもない。アアディャはすべてわかっている。「フライトの情報を送っといて。空港に迎《むか》えに行く」

「ありがと」わたしはお礼を言ったあと、つけくわえた。「ちなみに、リーゼルも一緒《いっしょ》」

「は？　なんで？　なにが目的？」アアディャは、あからさまに不信感をにじませてまくしたてた。同じ感想を抱《いだ》いた同志がいるだけで、なんだか気持ちが楽になる。

「わからないいんだよね」わたしは苦い顔で言った。「でも、おかげで航空券とかいろいろ助かったから」

アアディャは納得がいかないようだったけれど、とにかく迎《むか》えに行くからと言い、それまでバカなまねは――〝これ以上〟という枕詞《まくらことば》は呑《の》みこんだらしい――しないでよ、とつづけた。

「リュー、どれくらいでニューヨークに来れそう？」

リューは一瞬《いっしゅん》口ごもり、悲しそうな声で静かに言った。「まだ聞いてないいんだね」

「なにを？」嫌《いや》な予感がした。

「北京《ペキン》自治領がやられたの。こっちの時間だと今朝。つい数時間前に」

「最悪」アアディャが口走った。

リーゼルがいつのまにかそばにいて、電話をしているわたしを無言で見つめていた。「また自治領が攻撃《こうげき》されたの？」わたしの表情で察したのか、厳しい口調でたずねる。うなずくと、つづけて言った。「現場の状況《じょうきょう》は？」

「ギリギリ持ちこたえてるけど、陥落《かんらく》は時間の問題だと思う」リーゼルの質問を伝えると、リューは言った。「あたしの家族にも支援《しえん》の要請《ようせい》があったの。ママに聞いたんだけど、北京《ペキン》自治領を守って、同時にうちの自治領を建設する方法があるかもしれないんだって。叔父《おじ》さんと評議会の人たちは、もう北京《ペキン》自治領に入ってるの。あたしたちも行くことになるかもしれない。エル、ごめんね」リューは沈《しず》んだ声で言った。「あたしはニューヨークには行けない」

「ううん、だいじょうぶだよ」わたしは声を絞《しぼ》りだした。なにもだいじょうぶじゃない。リューがニューヨークに来られないのは、移動中に戦争がはじまる危険性があるからだ。いざ開戦となれば、リューの一族とニューヨーク魔法《まほう》自治領は対立関係になる。ニューヨーク自治領と上海《シャンハイ》自治領が冷戦状態でなんとか踏《ふ》みとどまっているのは、ロンドンが攻撃《こうげき》されるという異常事態が起こったからだ。ニューヨークが最強の同盟国をみずから攻撃《こうげき》するわけがない。もちろん、サルタ自治領を攻撃《こうげき》するメリットもない。あの自治領は、わたしたちの代がスコロマンスに入る前の年に建設され、完全中立の立場を慎重《しんちょう》に守っていた。

とはいえ、黒魔術師《くろまじゅつし》が単独で世界中の自治領を攻撃《こうげき》して回るという説も理屈《りくつ》が通らない。自治領のマナを奪《うば》いたいなら、互《たが》いをけしかけて戦争状態に持ちこむほうが得策なのだ。わざわざ矛先《ほこさき》を自分に向けて、なんの得があるんだろう。だけど、いまのところ狙《ねら》われる自治領は地理的にもバラバラだ。犯人は世界中を飛びまわっているように見える。

「だれだかわからないけど、なんであんなやり方するのかな」ファーストクラスのラウンジで紅茶とクッキーの軽食をとりながら、わたしはリーゼルに言った。お茶を飲んでも、ヤンシーのドラッグのトランペットをなめたみたいな妙な後味は、口の中にしつこく残って消えなかった。

「大陸から大陸に飛びまわるって、おかしくない？」念のため、言葉は慎重《しんちょう》に選ぶ。といっても、ラウンジは閑散《かんさん》としていて、わたしたちのほかには四、五人の旅行客が、どことなくスター・トレックを思わせるデザインの椅子《いす》やソファにすわっているだけだ。もちろん、リーゼルはわたしの言おうとしていることにすぐに気付いた。

「さあね。だれだかわからないけど、効率を無視してるってことだけは確か」リーゼルは肩《かた》をすくめて言った。

朝一番のフライトまで、あと五時間はあった。わたしとリーゼルは、ラウンジに用意されたビュッフェに突撃《とつげき》し、餓《う》え死に寸前のわんぱく小僧《こぞう》よろしく食べ物を詰《つ》めこんだ。ふたりして皿に食べ物を山盛りにしていると、スタッフたちは、がめつい連中が来たと思ったのかあからさまに嫌《いや》そうな顔をした。だけど、それも一度目までのことで、二回目のおかわりを取りに行くと感心してさえいるような顔になった。ラウンジにはベッドとシャワーを完備した個室まで用意されていた。

最初のシャワーをリーゼルにゆずったのは、時間を気にしたくなかったからだ。結局、わたしはほぼ一時間近くシャワー室にこもっていた。ヤンシーのドラッグが残したかすかな耳鳴りも、忘れてしまいたい記憶《きおく》も、きれいさっぱり流してしまいたかった。全身に浴びた〈目玉さらい〉の内臓の感触《かんしょく》も、へどろの中から悲しげにこっちを見ていた目玉の残像も、犠牲者《ぎせいしゃ》たちの生きたいという悲鳴も。卒業ゲートから押《お》しだされる直前、視界のはしに映ったオリオンの顔も。オリオンをのみこもうと迫《せま》っていた〝忍耐《にんたい》〟の姿も。リーゼルの清めの魔法《まほう》は、そういったものをすこしも消してくれなかった。一時間のシャワーも、結局は同じことだった。わたしは、皮ふがふやけ、くたくたになるまで体を洗いつづけた。それでも、忘れたい記憶《きおく》は、ループ再生にでもなっているみたいに、何度でもくりかえしよみがえった。

ようやくあきらめてシャワー室を出てみると、部屋の明かりは消えていて、スイートハニーもリーゼルも眠《ねむ》っていた。スイートハニーはティッシュでこしらえた巣の中で丸くなり、リーゼルはベッドで横になっている。頭のそばには目覚まし魔法《まほう》の小さな光の玉が浮《う》いていた。入り口の扉《とびら》は、石鹸《せっけん》の泡《あわ》に似た光のあぶくに囲まれている。頑丈《がんじょう》な盾魔法《たてまほう》をかけてあるのだ。もちろん、わたしの天才的な計画が成功したいまでは、盾魔法《たてまほう》なんて本当は必要ない。わたしの計画は、世界中の怪物《かいぶつ》を激減させたんだから。引き換《か》えにオリオンを〝忍耐《にんたい》〟に差しだして。必要ないとはわかっていても、盾魔法《たてまほう》を見ると無意識にほっとする癖《くせ》は抜《ぬ》けていなかった。

わたしは眠《ねむ》りたくなかった。ドラッグの効果も完全には消えていないし、おぞましい記憶《きおく》は薄《うす》れる気配もない。眠《ねむ》れば、絶対に悲鳴をあげて飛び起きる。いまいる現実を反射的に捻《ね》じ曲げようとするかもしれない。わたしはベッドのはしに腰《こし》かけて、くだらない雑誌を開いた。だけど、そんな抵抗《ていこう》もむなしく、ここは安全なんだという気の緩《ゆる》みは体の緊張《きんちょう》を解いてしまい、自分でも気付かないうちにわたしはベッドに横になった。

不安は的中した。かろうじて悲鳴をあげずにすんだのは、リーゼルがすんでのところでわたしを起こしたからだ。消音ドームでわたしたちふたりを覆《おお》い、空いた手でわたしの肩《かた》を揺《ゆ》さぶっている。内臓の海に浮《う》かぶ、半分溶《と》けた顔が見える。かつてオリオンの顔だったもの。片方だけ残った目玉がわたしを見上げ、唇《くちびる》が動いて言う。「エル、ほんとに愛してる」それは、卒業ゲートから**押《お》しだされる**前に聞いた、オリオンの最後の言葉だ。悪夢から身を振《ふ》りほどくみたいにして起き上がると、そこにはオリオンじゃなくてリーゼルがいた。せまい部屋の薄暗《うすくら》がりのなか、眉間《みけん》にしわを寄せてわたしを見ている。消音ドームのかすかな圧を感じる。わたしはあえぎながら両手で顔を覆《おお》った。苦痛と怒《いか》りはあまりにも激しくて、かえって感覚が麻痺《まひ》したような感じがする。

「ごめん」息がつけるようになると、わたしはかすれた声で言った。自分が情けなかった。「熟《じゅく》睡《すい》しないようにするから」

「ムリでしょ」リーゼルは、単純な事実を告げる口調で言った。「あんたに必要なのは怒《いか》りを鎮《しず》めること。寝《ね》ないことじゃない」

「じゃ、忘失水《ぼうしっすい》かなにかちょうだいよ。忘却液《ぼうきゃくえき》でもいい」皮肉を言ってお茶を濁《にご》したかった。リーゼルが本当にそのどちらかを持っていたら、迷うことなく目にさして自分が見たものの記憶《きおく》を消し去ってしまいたい。そんなことをしたと知ったときの母さんの小言は一言一句想像できるけれど。だいたい、ヤンシーの怪《あや》しげな薬を飲んだあとなんだから、追加で魔法薬《まほうやく》を使うなんて軽率もいいところだ。

「アレを飲んだあとで、また魔法薬《まほうやく》を使うつもり？」リーゼルはそう言って、片手でわたしの頬《ほお》を包みこんだ。わたしたちはベッドにいた。虚空《こくう》を漂《ただよ》っているみたいな小さな部屋で、わたしたちはふたりきりだった。「その気はないってば」わたしは消え入りそうな声で言った。そう、世界征服《せいふく》計画に興味はない。あの計画に乗ればいろんなことが簡単に叶《かな》うし、かなり魅力《みりょく》的ではあるけれど。リーゼルは焦《じ》れったそうに言った。「わかってるってば。で？」わたしが同盟への勧《かん》誘《ゆう》を断ったことは承知の上で、もうひとつの誘《さそ》いのほうはどうなのかと言っている。なんの条件も付けずに。

もちろん、リーゼルに裏の意図がないわけがない。アアディヤとリューだって、このことを知れば、そんなわけないでしょと数日はうるさく言い立てる。スコロマンスで最初に学ぶのは、ただほど高いものはないという教訓だ。だれかがなにかをくれるとき、そこにはかならず魂胆《こんたん》がある。なのに、わたしにはリーゼルの魂胆《こんたん》がわからなかった。だけど、なにを企んでいるにせよ、リーゼルはわたしのそばにいた。わたしはただ、頬《ほお》に置かれたリーゼルの手のことと、サンダルウッドみたいな安物の石鹸《せっけん》のにおいのことだけを考えていればよかった。脳内で無限ループするオリオンの記憶《きおく》から逃《のが》れることができた。たぶん、わたしはオリオンを脳内から**押《お》しだす**方法を探し求めていたんだと思う。心のゲートから押《お》しだす方法を。あの記憶《きおく》から、ほんの数分でいいから逃《のが》れたかった。だから、リーゼルが顔を寄せてキスをしてくると、わたしもキスを返した。

はじまると、もう止められなかった。胸に巣食った恐怖《きょうふ》が、ひとつひとつ溶《と》けていく。ヤンシーのドラッグのしつこい副作用は、現実の体と体がぶつかり合ううちにすこしずつ消えていった。だれかをこんなにも近く感じるというのは奇跡《きせき》みたいなことだった。ドラッグをキメていないと行くことのできない競馬場よりも、ずっと不思議なことだった。わたしはその驚《おどろ》きで頭を満たした。肌《はだ》が触《ふ》れ合う感触《かんしょく》。わたしの長ったらしいシャワーのせいで湿《しめ》った温かい空気。スコロマンスの寒くてじめついたシャワー室をはるか遠くに感じた。ふたり分の荒《あら》い息の音がする。あえいでいるのは、恐《おそ》ろしいなにかから逃《に》げているせいじゃない。リーゼルの手が、わたしの心に張った厚いクモの巣を取り去っていく。また温もりを感じられるように。リーゼルの口は熱くて、ミントの味がした。

なにもかもが簡単だった。頭を使う必要もなかった。ただリーゼルを抱《だ》きしめてその体に触《ふ》れ、キスをし、触《ふ》れられていればよかった。ただ一心に喜びを受けとって、喜びを返す。それだってバカみたいに簡単だった。なにをすれば喜ぶのか、考える必要もないのだ。リーゼルは、そこ、だとか、もう一度、とか、そのまま、だとか、いちいち明確な指示を出した。自分がなにをされれば喜ぶのか悩《なや》む必要もなかった。リーゼルはいろいろな方法を系統立てて試してはどっちが好きかとたずね、結局、わたしはそのすべてが好きだった。わたしたちは、障害物コースを走っていたときみたいに息を合わせて動いた。手入れの行き届いたひとつの機械みたいになめらかに動き、主導権を握《にぎ》っては譲《ゆず》りを繰《く》りかえした。見返りになにを請求《せいきゅう》されたってかまわなかった。こんなにすばらしいことには、絶対に対価が発生する。だとしても、かまわない。

終わったあと、わたしはせまいベッドの上でリーゼルとならんで横たわり、なにを請求《せいきゅう》されるんだろうかと身構えた。ふたりとも息があがっていて、汗《あせ》だくで、もう一度シャワーが必要だった。だけど、リーゼルはだまっている。わたしは、抵抗《ていこう》もむなしくふたたびオリオンのことを考えはじめた。体育館で一緒《いっしょ》に障害物コースを走ったときのことを。百万年もむかしのことのような気がするのに、実際はあれからせいぜい一週間しかたっていない。塔《とう》の外ではアンフィスバエナが降っていて、オリオンはわたしを抱《だ》きしめていた。わたしの名前をささやくオリオンの声。宇宙でたったひとつの奇跡《きせき》にささやきかけるみたいな声。

会いたいという気持ちと、それが叶《かな》わないことへの怒《いか》りで、息が苦しかった。あのときオリオンは、わたしに会いに行ってもいいかとたずねた。約束してほしいと頼《たの》んだ。その約束が、あのすばらしい時間に対してオリオンが要求した対価だった。幸せで健やかで単純な喜びと引き換《か》えに、約束をしてくれと言ったのだ。そして、わたしはその対価を支払《しはら》った。オリオンに約束をし、だけど、その約束をやぶったのはオリオンのほうだ。約束とは真逆のことをして、ずっと遠くに行ってしまった。永遠に叫《さけ》びつづけるという運命を選んでしまった。〈目玉さらい〉の体内で。わたしの頭の中で。リーゼルは苛立《いらだ》たしげにため息をつき、寝返《ねがえ》りを打ってわたしの上になると、またキスをはじめた。わたしは感謝をこめて夢中でキスを返し、リーゼルに身をまかせた。記憶《きおく》の牢獄《ろうごく》から抜《ぬ》けだして、現実の体にもどれるように。

結局わたしたちは、あんなに長い待ち時間があったことが嘘《うそ》みたいに、搭乗《とうじょう》ゲートまで猛《もう》ダッシュすることになった。スコロマンスとはちがって、ヒースロー空港の通路はこっちがどれだけ急いでいても頑《がん》として距離《きょり》を変えない。二倍の長さにならないだけマシなんだろうけど。飛行機が離陸《りりく》すると、わたしは子どもみたいに夢中で窓の外をのぞき、遠ざかっていく地面を一心に見つめた。空を飛ぶというのは、魔法《まほう》で叶《かな》えられないことのひとつだ。少なくとも、自治領の外部では絶対にあり得ない。仮に地面から三十メートルの高さまで舞《ま》い上がったところで非魔法族《まほうぞく》に見つかったとしよう。魔法《まほう》を使わない彼《かれ》らはもちろん人が飛ぶなんてことは信じないし、その瞬《しゅん》間《かん》に魔法《まほう》は解けてしまう。

わたしは十分かそこら窓の外の景色に釘付《くぎづ》けになり、それから深々と息を吸ってリーゼルを振《ふ》りかえった。今度こそ、請求《せいきゅう》の内容を知らされるはずだ。ところが、リーゼルはとっくのむかしに熟睡《じゅくすい》していて、なんなら軽くいびきまでかいていた。といっても、いびきの音は飛行機のエンジン音にかき消されてほとんど聞こえない。わたしはしばらくリーゼルを見つめ、自分もリクライニングシートの背を倒《たお》して目をつぶった。居心地の悪さがかえってなつかしい。せまくて硬くて冷たいベッドによく似たシート。大勢の乗客の肺を通ってきた、湿《しめ》った空気。かすかに震《ふる》える壁《かべ》。飛行機だってスコロマンスだって、見えないところで動きつづける複雑な仕《し》掛《か》けが、宙に浮《う》いたわたしたちを守っている。

わたしはニューヨークまで眠《ねむ》りつづけた。乗務員たちが電気をつけて昼食を配りはじめると、スイートハニーが——保安検査場をひとりですり抜《ぬ》け、そのあとわたしのポケットにもどってきた——這《は》いだしてきて、わたしを起こそうと耳たぶを噛《か》んだ。本当はそのまま寝《ね》た振《ふ》りをつづけていたかったし、実際、そのほうがよかったんだと思う。機内食はスコロマンスの食事といい勝負だったのだ。それくらいしか言える感想がない。といっても、給仕の仕方だけはおおげさで、食の芸術を提供しているんだと言わんばかりだった。ぶ厚い純白のナプキンまでついていたし、重いだけのナイフやフォークはシートのすき間に何度も落としそうになった。万が一落としていたら、フラミンゴの脚《あし》みたいな腕《うで》を持つ人にしか拾えなかったと思う。

ともかく、ふたりとも出されたものはすべて食べた。リーゼルは相変わらず要求の内容について話そうとはしなかったし、わたしの気分はといえば、元気とは言えないけれど、自分には肉体があることはわかっていたし、それがまともな世界に存在している実感もあった。昨日は世界がまともに機能しているかも怪《あや》しい瞬間《しゅんかん》がたびたびあったんだから、改善と言えば改善だ。長い列に何度か並んで煩雑《はんざつ》な手続きを終え、舗道《ほどう》が照り返すべつの大陸の陽射しに顔をしかめるころには、わたしは物質的な現実というべきものを完全に取りもどしていた。ニューヨークは――いや、飛行機はとなりの州に着陸したから、正確にはニュージャージーだ――オーヴンのなかみたいに暑くて、空気は耐《た》えがたいほどじめついていた。タールマック舗装《ほそう》の黒い道路は陽の光を浴びてぎらぎら光り、乗用車やタクシーはやたらとクラクションを鳴らし、車道のわきの長い車列に強引に入ってはまた強引に出ていく。寄せては返す車の波は、どれも同じように見えて同じものはひとつとしてない。

アアディヤが縁石《えんせき》に寄せて停めた車は、キャンピングカーかと見紛《みまが》うほどにでかい白い車だった。わたしとリーゼルは、エアコンで心地よく冷やされた車内に乗りこんだ。アアディヤが腕《うで》を伸《の》ばしてきて、ぎゅっとわたしを抱《だ》きしめる。アアディヤは生きのびた。ここにいる。ぎらつく太陽の光が射しこむこの車の中に。アアディヤはスコロマンスを脱出《だっしゅつ》したのだ。それは確かな事実で、こうしてアアディヤと共にいるということは、わたしも脱出《だっしゅつ》したのだ。いまさらながら、それはやっぱり祝福すべきことだった。そう思わずにはいられなかった。祝福できないたくさんのことがあったとしても。

うしろの車のクラクションが**いい加減にしろよ**という脅迫《きょうはく》めいた響《ひび》きを帯びてくると、アアディヤはようやくハンドルをにぎり、ちょっと不穏《ふおん》なほど大胆《だいたん》に車を走らせはじめた。アルフィーのレーシングカーほど気合の入ったものじゃないけれど、アアディヤも間違《まちが》いなくこの車に魔法《まほう》をかけて、わたしは運転の達人なんだから、いついかなる時でも主《あるじ》同様の正しい判断をするようにと言い聞かせておいたらしい。そして、アアディヤの考える正しい判断というやつには、タクシーの運転手にクラクションを鳴らしまくり、ハンドルを右へ左へ切ってほかの車をばんばん抜《ぬ》かすという無法行為《こうい》も含《ふく》まれていた。わたしは助手席にすわり、自動車で埋《う》めつくされた道路をながめた。なにもかもが大きい。だれかが良かれと思ってポンプ片手にやってきて、ハイウェイや車なんかを一・三倍くらいにふくらませたみたいだ。

「だいじょうぶ?」アアディヤはちらっとわたしを見た。「クロエは空港から直接来ていいよって言ってたけど、電話して待ってもらおうか。ちょっと横になったほうがいいんじゃない?」

だいじょうぶではなかった。だけど、是《ぜ》が非でも必要だった睡眠《すいみん》はとれたし、だいたい、ちょっと横になったくらいじゃわたしはだいじょうぶにならない。だいじょうぶになるにはニューヨークに行くしかないし、ニューヨークへ行ったあとに長い長い道のりが待っていることも知っている。「ううん」わたしは言った。「ニューヨークに行って」

第7章 ニューヨーク、ニューヨーク

今回は、自治領内部に入ることはできなかった。ニューヨークは厳戒態勢《げんかいたいせい》を敷《し》いていたし、そもそも、自治領というのは基本的に部外者を排除《はいじょ》する。もちろん、〈目玉さらい〉の襲撃《しゅうげき》にあい、その〃部外者〃に救ってもらわなきゃいけないときは例外だ。クロエはマンハッタンにあるオープンカフェを指定していた。詳《くわ》しい場所は省くけれど、まわりにはタウンハウスが立ち並んでいて、遠くの要塞《ようさい》みたいな高層ビル群は家並みに隠《かく》れてほとんど見えなかった。だけど、このブロックを四分の一くらいぶち壊《こわ》してビルを再建しようと思った連中がいたのか、通りのはしには、二十階建てくらいの、スチールと灰色のガラスで出来た凝《こ》った造りのタワーがあった。場所を間《ま》違《ちが》えて作ってしまったみたいに、その建物だけが悪目立ちしている。

クロエは、ジーンズにTシャツという非魔法族《まほうぞく》に寄せた服装をしていた。リーゼルの不自然に真っ白なワンピースにくらべればよっぽど賢《かしこ》い。クロエのテーブルには、もうひとり年配の男性がいた。ちょっと見ただけなら、男性の装いも非魔法族《まほうぞく》と変わらないように思える。だけど、そのベストを一秒でもよく見れば、物理的にはあり得ない数のポケットがついていることに気付くはずだ。各ポケットについた小さな金のボタンには、ルーン文字が薄く彫《ほ》りこまれている。賭《か》けてもいいけど、ボタンに触《ふ》れればポケットの中に必要なものが現れる仕組みになっているはずだ。

オリオンの父親が魔工家《まこうか》だということは知っていた。クロエがわたしたちに紹介《しょうかい》しようと連れてきたということは、たぶん、この男性がそうなんだろう。それでも、どうしても、目の前の男性がオリオンの父親だとは信じられなかった。そのとき、クロエが言った。「レイクさん、こちらがエルです。お話していたガラドリエル・ヒギンズです」席についてしまうと、あとは納得するしかなかった。この人がバルタザール・レイクなのだ。オリオンに似ていないというわけじゃない。鼻はよく似ていたし、骨っぽい手首も同じだし、ほかにもいくつかちょっとした共通点がある。それでも、なにをどうすればミスター・レイクの遺伝子からオリオンができるのかわからない。迷路を見ているような気分だった。スタート地点とゴール地点ははっきりわかっているのに、なにをどうしたってその二点をつなぐことができないのだ。

わたしと母さんを見た人たちも、だいたい似たような感想を持つ。だけど、そんなふうに感じるのは釣《つ》り合いの原則を理解できない連中だ。コミューンを訪ねてくる人たちは、わたしが母さんの娘《むすめ》だと知るとかならずちょっと意外そうな顔になり、養女なのかとたずね、短時間でもわたしと一緒《いっしょ》に過ごすと、こんなやつがグウェン・ヒギンズの娘《むすめ》なわけがないと呆然《ぼうぜん》とする。だけど、釣《つ》り合いの原則を**理解している**魔法使《まほうつか》いなら、わたしたちと一日中一緒《いっしょ》に過ごしたあとには、さもありなんとうなずくだろう。

もちろん、わたしはどっちの反応でも死にそうなくらい腹が立ったし、だからこそ、スコロマンスでもグウェン・ヒギンズが母親だということを絶対に話さなかった。だから自分が矛盾《むじゅん》していることはわかっているけれど、やっぱり、オリオンとミスター・レイクはあまりにもちがった。バルタザール・レイクがニューヨーク自治領で指折りの魔工家《まこうか》で、つまりは世界トップクラスの魔工家《まこうか》だということは苦もなく信じられる。わたしたちがカフェに向かって歩いていたとき、バルタザールは眉《まゆ》をひそめて角のでかいタワーをながめていた。自分だったらこんなふうに手直しするんだが、と頭の中で考えていたんだろう。ミスター・レイクの手による魔工品《まこうひん》ですと言われてジェット機サイズの傑作《けっさく》を見せられれば、わたしは一瞬《いっしゅん》たりとも疑わないと思う。目の前のこの男性には、たしかに豊かな力がある。だけど、あくまでも、それは基準値内の力だ。あり得るだろうと納得できる範囲《はんい》内の力だ。だけど、オリオンの力は想定の範囲《はんい》を軽く超《こ》えていた。釣《つ》り合いの原則のことは**ちゃんと**理解している。それなのに、この人がオリオンの父親だということは理解できない。

　しかも、バカなわたしはオリオンの父親にかける言葉をまったく考えていなかった。自分はあんなにほしがっていたというのに、かけるべき空疎《くうそ》なお悔《く》やみの言葉がなにひとつ思い浮かばない。唯一《ゆういつ》頭に浮《う》かぶのは、**スコロマンスにもどってあなたの息子さんを殺したいので、マナをすこしわけてもらえますか？**というひと言だけ。そして、泣きだしてしまわなかった唯一《ゆいいつ》の理由は、わたしにはその権利がなかったから。父親の前でオリオンの死を悼《いた》む権利なんて、わたしにはない。オリオンはわたしの友だちだった。それ以上のなにかだった。ちがう、オリオンはわたしのものだった。だけど、それはたった一年足らずのことだ。オリオンはほぼ全生涯《しょうがい》を通じて両親と共にいた。彼《かれ》らは、絶対に帰ってくるという確信を持って、息子をスコロマンスに送りだしたはずだ。その確信は、ほかのどの親よりも揺《ゆ》るぎないものだっただろう。

　スコロマンスにいたころ、わたしは、オリオンの家族やニューヨークの連中に関するストーリーを頭の中で勝手に作りあげた。あいつらは、オリオンが英雄《えいゆう》になりたがるように**仕向けた、**英雄《えいゆう》に**ならなくてはいけない**と思うように仕向けたのだ、と。英雄《えいゆう》になるかモンスターになるかの二択《たく》を迫《せま》ったことに怒《いか》りをたぎらせた。だけど、どこからどう見てもひとりの人間でしかないミスター・レイクを前にしたいま、わたしは激しい罪悪感に襲《おそ》われていた。あのストーリーは、**わたしにこそ**都合のいいものだったのだ。そう思いこめば、家族や故郷を捨てろとオリオンに言うことができるのだから。オリオンを育み、息子にたくさんの希望を託《たく》した家族を。

両親の希望がどれだけ偽善《ぎぜん》的なものだったとしても、オリオンはそれによって殺されたりしなかった。全校生徒と未来の後輩《こうはい》を救うというあり得ない計画を思いついたのも、そんなことをして代償《だいしょう》を払《はら》わずにすむと思いこんだのも、このわたしだ。オリオンはひとりでその代償《だいしょう》を背負ったのだ。たくさんのものを犠牲《ぎせい》にして。両親があいつに与えたものも、自治領が与えたものも、オリオンみたいな少年を守り育てるための努力も、また彼《かれ》に会いたいというみんなの願いも。

だからわたしは、声が震《ふる》えそうになるのを必死でこらえながら、短いひと言を絞《しぼ》りだした。

「ごめんなさい」なんてとんちんかんでバカみたいな言葉だろう。

ミスター・レイクは、よそよそしいほど落ち着き払《はら》ってこう言った。「クロエに聞いているよ。息子は、きみと一緒《いっしょ》に怪物《かいぶつ》たちをスコロマンスにおびき寄せたらしいね」耐《た》えがたいほど礼儀《れいぎ》正しい、そして当たり障りのない返事だ。いっそのことどなりつけてほしかった。なにを考えていたんだ、世界をより良いものにできると信じるなんてどれだけ傲慢《ごうまん》なんだ、なぜ息子が残されなければならなかったんだ、と。ミスター・レイクは怒《おこ》るべきなのだ。怒《おこ》って**ほしかった**。

「わたしの思いつきなんです」わたしは言った。実際はちがう。わたしが思いついたのは**なんでもいいから手を打つ**ということだけで、具体的な方法を考えたのはリューだし、上海《シャンハイ》自治領のユヤンだし、アアディヤとリーゼルとズーシュエンだし、その他大勢の生徒たちだ。だけど、そう言えば、もうすこしまともな反応が返ってくるんじゃないかと思った。「最後にゲートに残ったのはわたしとオリオンのふたりでした。ゲートをくぐろうとしたときに、〝忍耐《にんたい》〟が襲《おそ》ってきたんです。それで、オリオンが――わたしをゲートのむこうに押《お》しやって」

複雑にからみあった感情がこみあげてきて、わたしはそこで言葉を切った。続きを話す間もなく、ミスター・レイクは言った。「きみが最善を尽《つ》くしたことはわかっている。息子はどんなときでもとても勇敢《ゆうかん》だった。ほかのだれかが苦しむのに耐《た》えられない。それくらいなら、自分が苦しむほうを選ぶような子だった」

この種の話には聞き覚えがある。人はこんなふうに話すことでこの世の醜悪《しゅうあく》で卑《いや》しい部分を取り繕《つくろ》おうとする。親として最悪の出来事を経験した人たちは、そんなふうに話すことで、なにか意味を見出そうとする。母さんを訪ねてくる人たちも、これと似たりよったりの話をした。幼いわたしに、母さんは何度も注意しなきゃいけなかった。いくら本当のことでも、人にバカみたいな話をするなって言っちゃダメなのよ、と。だけど、ミスター・レイクはあの連中とちがう。自分の話を信じたがっているような感じがしない。ひとつの会話からつぎの会話へ移動するために、上っ面の言葉を便利なはしごみたいに使っている。これじゃ、ロンドン自治領の忘れられた競馬場でヤンシーたちと交わした、あの芝居《しばい》じみた会話と大差ない。

「それで、わたしになにか用かな」ミスター・レイクは言った。「クロエによると、きみは保証付き招待をすでに断ったらしいね。あらためて招待がほしいということなら、残念だが——」

ミスター・レイクはふと口をつぐんだ。たぶん、アアディヤとクロエとリーゼルが、無言で警告したんだろう。だけど、間に合わなかった。「くたばれ」わたしは低い声で言った。怒《いか》りはあとからあとから湧《わ》いてきた。テーブルにのったカップや食器が、怯《おび》えているみたいにカタカタ震《ふる》えだす。「オリオンは〝忍耐《にんたい》〟にやられた。あいつはいま、**〈目玉さらい〉に捕《と》らわれてる**。なのに、あんたは、わたしが自治領に入れてもらいにきたと思ったわけ？　クソみたいな自治領に招待されたからって、それがなんになる？　ニューヨーク自治領の唯一《ゆいいつ》の美点はもう**なくなった**のに？」罵詈雑言《ばりぞうごん》をそこでやめたのは、水のグラスが舗道《ほどう》に落ちて粉々に割れたからだ。

自分なんかより両親のほうが悲しいんだと一度は殊勝《しゅしょう》に考えてみたものの、結局わたしは自分に嘘《うそ》をついていたらしい。できることなら、あごの蝶番《ちょうつがい》を外して大口を開け、ミスター・レイクの頭を丸ごと食いちぎってやりたい。母さんのオリオンに関する言い草だって腹立たしかったけど、ミスター・レイクの反応はあれの数倍最悪だ。母さんはオリオンのことをろくに知らないんだし、そもそもあいつの**父親**じゃない。わたしは席を立ってテーブルを離《はな》れた。ウェイターたちがタオルとゴミ箱を持って近づいてきたからだ。いまの姿を非魔法族《まほうぞく》に見られるわけにはいかなかった。

クロエがおずおずと追ってくる。「エル、ごめんね。時間がなかったから、ちゃんと説明できなくて――」

わたしは無言でクロエを追いはらった。怒《いか》りはあまりにも激しくて、まともに口を利けるとは思えなかったのだ。非魔法族《まほうぞく》たちがいなくなると、わたしはテーブルにもどった。「たしかに、わたしたちはスコロマンスを虚空《こくう》に落とした」わたしはありったけの敵意をこめて言った。「だけど、たぶん、まだ完全には消えてない。スコロマンスにつながる扉《とびら》の場所が知りたい。もどるために必要なマナもいる。わたしがもどって〝忍耐《にんたい》〟を殺す。それが、あんたを訪ねてきた理由だよ。オリオンは、スコロマンスを覚えてる人間が死に絶えるまで苦しみつづける。それでもかまわないっていうなら、そう言って。べつの方法を考えるから」

もちろん、わたしの言い草はまるっきりフェアじゃなかった。知らない女が突然《とつぜん》現れて息子の死を悼《いた》んでみせれば、父親として怪《あや》しむのは当然だ。自治領の子どもが死んだときには、その手のことがめずらしくないんだろう。死んだ子どもの同級生だと名乗る魔法使《まほうつか》いが自治領のゲートを叩《たた》き、スコロマンス時代の恋愛《れんあい》だとか約束だとかを熱心に語りだすのだ。だけど、フェアかどうかはどうでもよかった。ミスター・レイクは、わたしに二つ目の頭が生えてきたみたいに、目を見開いて微動《びどう》だにしない。ふいに、おろおろしていまにも逃《に》げだしそうなクロエを振《ふ》りかえった。それから、またわたしに目をもどした。「本当にそれが理由で――」

わたしは、またカッとなった。「それしか、できないんだよ！　悪いけど、あんたたちの最終兵器を生きたまま連れ帰るとでも思った？　オリオンはもういない。スコロマンスも消えた。それはもう変えられない。それに、もしそんなことが可能だったとしても、あんたのとこなんかにオリオンを連れ帰ったりしない。よく、そんなふうに泣き言こぼして、息子は**勇敢**《ゆうかん》だなんて言えるね。〈目玉さらい〉に食われても勇敢《ゆうかん》でいられるやつなんかいる？　オリオンはバカだったんだよ。人間じゃなくて英雄《えいゆう》にならなきゃいけないって思いこんだ。でも、それも**あんたたち**のせいだ。最低なあんたたちのせい。ニューヨーク自治領のせいで、オリオンは死んだんだ」

ここまで言ってしまえば、もう援助《えんじょ》は見こめない。というより、それに関してはとっくにあきらめていた。わたしは席を立って踵《きびす》を返し、アアディヤの車にもどろうと歩きはじめた。ところが、ミスター・レイクは立ちあがり、わたしを引きとめようと両肩《りょうかた》をつかんだ。振《ふ》りむくと、その顔にははじめて本物の感情らしきものが浮《う》かんでいた。悲しみじゃない。怒《いか》りでもない。純粋《じゅんすい》な驚《おどろ》きだ。わたしの罵詈雑言《ばりぞうごん》がひと言も理解できなかったみたいに、呆然《ぼうぜん》とした表情だった。

「じゃあ、きみは本当に」そう言いかけて口をつぐむ。つづく言葉はむしろ重要じゃないとでも言うみたいに。だれかが、息子と**なんであれ**つながりを持ったことが信じられないとでも言うみたいに。また、クロエのほうを見て言う。「**オリオンが**本当に――？」うわずった声だった。クロエがあわてて大きくうなずく。ミスター・レイクはわたしの肩《かた》から手を離《はな》し、顔をそむけて、握《にぎ》りしめたこぶしを口元に押《お》し当てた。顔はくしゃくしゃになり、口は道化師みたいにへの字にゆがんでいる。オリオンの**死**は取るに足りないことで、むしろこっちのほうが何倍も重要だとでも思ってるみたいだ。

手近な椅子《いす》でミスター・レイクの頭をぶん殴《なぐ》りたいという気持ちは一ミリも変わらなかった。こんなに驚《おどろ》くなんて、なんのつもりだろう？　それでも、ミスター・レイクはようやくまっとうな感情らしきものを見せていた。ただのグロテスクな利己心とはちがうものを。こっちを向いたミスター・レイクの顔は、涙《なみだ》でぬれていた。「失礼なことをした。エル――エルでいいかな？いや、すまない。どうか掛《か》けてくれ。お願いだ」片手を振《ふ》りつつ、申し訳なさそうな笑みを作る。「いや、本当にすまなかった。わたしとしたことが、とんだ勘違《かんちが》いを――」

気のすむまで罵詈雑言《ばりぞうごん》を浴びせ終えたせいか、いまさらながら、ミスター・レイクがわたしを警戒《けいかい》したのは当然だったのかもしれないという気分になってきた。それに、結局は支援《しえん》も得られそうだ。わたしはしぶしぶながらテーブルにもどった。とはいえ、どうやってスコロマンスにもどるのかという話し合いはいっこうにはじまらなかった。ミスター・レイクは、ひたすらオリオンの話を聞きたがった。どうやって友だちになったのか、どんな言葉を――口にするのもはばかられるものばかりだったけれど――交わしたのか。とにかくオリオンにすこしでも関係することならなんでも知りたがった。

母さんなら、ミスター・レイクの望みに心から喜んで応じたと思う。わたしにしてみれば、こんなやり取りはおんぼろの器具を使った麻酔《ますい》なしの虫歯の治療《ちりょう》みたいなもので、苦痛でしかない。だけど、オリオンの父親がようやく本物の感情を見せたとなれば、やっぱりそれを尊重しないわけにはいかなかった。とはいえ、ミスター・レイクはいまいち悲しんでいるようには見えなかった。むしろわたしが話すことすべてに大きな喜びを感じているように見えた。わたしがオリオン本人をぶじ**連れ帰った**ような喜びようだった。ごくささいなやり取りの描写《びょうしゃ》でさえ夢中で聞き入った。わたしは、オリオンが熱をこめて語っていた父親の話を思いだした。父親が仕事をやめてみずからオリオンに勉強を教えていたという話だ。オリオンが家を抜《ぬ》けだして怪物狩《かいぶつが》りに行ってしまわないように。それほどまでして、レイク夫妻は息子がべつのなにかに興味を持つことを願っていた。なんでもいいから、怪物《かいぶつ》以外のなにかに関心を向けることを。

わたしは死ぬほどうんざりして、やぶれかぶれでオリオンを**連れ去る**計画のことまで話した。オリオンは卒業したあとウェールズに来て、わたしと一緒《いっしょ》に世界を回るつもりだったんだけど、と。さすがにムッとして話を聞く気も失せるだろうと踏《ふ》んだのだ。ところが、その見込《みこ》みは完全に外れた。ミスター・レイクは、息子が将来の計画を立てていたことを知ると、ムッとするどころか感極まったような顔になった。明らかに逆効果だった。

とうとう、わたしは我慢《がまん》の限界を超《こ》えた。「それで、スコロマンスにもどるための援助《えんじょ》はしてくれるわけ？」ご所望のエピソードを追加するのはやめて、単刀直入に切りだした。ミスター・

レイクは一瞬《いっしゅん》ぽかんとした。わたしがニューヨークに来たそもそもの理由を、その瞬間《しゅんかん》まで忘れていたらしい。クロエから説明を受けたときも、バカげた話だとろくに聞いていなかったんだろう。

というより、いまもミスター・レイクはいまいち真剣《しんけん》みに欠けているように見えた。こっちは大真面目だというのに。「いや、エル」ミスター・レイクは、悪い知らせを伝えるときみたいな、優しさと思いやりにあふれた声で言った。「本当に、すまない。息子を救いたいと望んでくれたことは、言葉にできないほど深く感謝している。息子のことをそんなにも大切に思ってくれて、わたしがどんなに嬉《うれ》しいか。しかし、オリオンはきみがそうすることを望まないだろう」そのとおりだろうけど、オリオンが望むか望まないかは正直どうでもいい。わたしに言わせれば、あいつにはもう選ぶ権利なんかない。あっちこそ、**こっちの望み**を聞きもせずにわたしをゲートから押《お》しだしたんだから。「なんというか――状況《じょうきょう》が複雑でね。きみの推測しているとおりのことが起こっているのだとしても……」ミスター・レイクは、これから言おうとしていることを熟考しているみたいに、しばらく口をつぐんだ。

「わたしの推測がまちがっていたとしても」わたしは割って入った。「マナをむだにするだけ。だけど、もし推測が当たってたら？　オリオンは〝忍耐《にんたい》〟に食われたまま」口にするのもキツいひと言だった。「もどってきた直後にもわたしはあいつを助け出そうとした。そのとき、〝忍耐《にんたい》〟

がオリオンを捕《と》らえたのをはっきり感じたんだよ」

ミスター・レイクは、軽く首を横に振《ふ》った。「推測が当たっていたとしても、きみにできることはなにもない。不可能だ……〈目玉さらい〉を殺すというのは不可能なんだ。どんな〈目玉さらい〉だろうとあり得ない。〝忍耐《にんたい》〟となれば言わずもがなだ。ほかの怪物《かいぶつ》とはわけがちがう。どれほど手強い怪物《かいぶつ》だろうと、〈目玉さらい〉とは比べるべくもない。オフィーリアは――オリオンの母親だが――〈目玉さらい〉の研究を長年――」

「殺したよ、三回」わたしはミスター・レイクをさえぎった。「信じないならロンドン自治領に問い合わせて。昨日、評議会室に侵入《しんにゅう》しかけてた〈目玉さらい〉を殺したから」

この件についても、ミスター・レイクはクロエから聞いているはずだ。たぶん、わたしが息子のことを本当に好きだという話はあまりにも信じがたく、だから、〝忍耐《にんたい》〟を殺しにいくという荒唐無稽《こうとうむけい》な話も信じる価値なしとして片付けたんだろう。ましてや、その計画が実現する可能性があるとは考えもしなかった。いまだって、わたしの言葉を真に受けたとは思えない。実際、こんな突拍子《とっぴょうし》もない話を信じろというほうがムリだ。それでも、リーゼルがわたしの言葉を裏付ける説明をするうちに、ミスター・レイクはすこしずつ信じる気になってきたらしい。椅子《いす》の背にどさっともたれ、まじまじとわたしを見つめる。無言のうちに表情が変わっていく。ただの息子の元同級生だと決めこんでいたときは、わたしに関する情報はきっと断片のまま放っておいたのだ。いま、ミスター・レイクは、その断片をようやくひとつひとつ拾い集めている。やがて完成したのは、わたしという魔法使《まほうつか》いの警戒《けいかい》すべき全体像だった。

あるいは、利用価値のある相手だと判断したんだろうか。わたしだって、利己的なゾウムシだというミスター・レイクに対する評価をいまは改めた。とはいえ、連中にとって一番大事なのはわが子だという事実は新発見でもなんでもない。子どもを愛していようが、自治領の人間はやっぱり自治領の人間だ。だからこそ、連中は自治領の人間でいられるのだとも言える。連中の親も、そのまた親も、そのまた親も。そしてオリオンは、そんなやつらにとって、勢力争いの鍵を握る子ども《ゲームチェンジャー》だった。ミスター・レイク自身は——あり得ないだろうけど——息子が短くも幸福な時期を過ごしたことだけを尊び、利用価値のあるコマを失ったというふうには微塵《みじん》も思っていないのかもしれない。だけど、ニューヨーク自治領はちがう。オリオンを失ったいま、オフィーリア・リース＝レイクが次期総督《そうとく》になるという可能性は揺《ゆ》らぎはじめた。オリオンに代わるゲームチェンジャーが必要なのだ。

それとも、わたしの見方はひねくれているだろうか。ミスター・レイクは、単にわたしの計画が成功するかどうか検討しているだけなのかもしれない。わたしをスコロマンスに送りこむべきか。息子を本当に苦痛から救ってくれるのか。だけど、ミスター・レイクの無表情の奥《おく》には、たしかに**なんらかの**計算が見え隠《かく》れしている。とはいえわたしは、たっぷり一時間もかけてミスター・レイクにオリオンのことを話した。わたし自身の心を、ほんのすこしではあっても打ち明けた。苦痛すぎる時間だったことにちがいはないけれど、ミスター・レイクのほうもオリオンに対する**感情**を見せた。この人にとって、やっぱりオリオンは本当に大切な息子だったのだ。オリオンに対する気持ちを共有したことは、結局はわたしにとって意味のあることだった。オリオンを愛しただれかと、共にあいつの死を悼《いた》むということは。だからこそ、そんな相手にいまさら軽《けい》蔑《べつ》したくなることを言ってほしくなかった。

「〝忍耐《にんたい》〟を殺す。わたしはそのためだけにここに来た」わたしは、ミスター・レイクが口を開く前に言った。「スコロマンスがまだ完全には消えていないなら——まだもどることができるなら、〝忍耐《にんたい》〟もまだそこにいる。あの化け物に食われた人たちは、いまも叫《さけ》びつづけてる。わたしが、みんなの苦しみを終わらせる。オリオンの苦しみも。だからわたしはあなたに会いに来た。ほかの魔《ま》法《ほう》使《つか》いの協力はいらない。わたしひとりでいい。マナと地図。わたしに必要なのはそれだけ」

ミスター・レイクは、それ以上わたしを説得しようとはしなかったし、ありがたいことに、自治領への招待をほのめかそうともしなかった。かわりに、一瞬《いっしゅん》の間を置き、静かな声でこう言った。「オフィーリアと話してもらったほうがよさそうだ」

ニューヨークの主要ゲートがグラマシーパークにあることは知っていた。鍵《かぎ》のかかった私設公園で、謎《なぞ》に包まれた理由から――そう、完全に謎《なぞ》だ。ニューヨーク自治領が関係しているとは思えない――いまだにマンハッタンの中心部で運営されている。一度、オリオンにグラマシーパークの場所を教えられたことがある。迷ってはいけないとでも思ったんだろうか。ニューヨーク自治領は、市内各地のタウンハウスやフラットを所有していて、住宅市場の変動に合わせて売買を繰《く》りかえしている。自治領基準からしてもバカ高い不動産を所有するには、そういう非魔法族《まほうぞく》的な手段に訴《うった》えるしかないんだろう。ついでに、通りの角にある桁違《けたちが》いに高級なホテルにも多額の出資をしていて、たびたび客室を借りているという。

ところが、緊急《きんきゅう》事態のせいか、グラマシーパークの主要ゲートは閉鎖《へいさ》されていたらしい。ミスター・レイクはわたしたちを連れて地下鉄に乗り、ペンシルベニア駅で――天井の低いやたらとでかい駅で、さわがしく、どこもかしこも煤《すす》だらけで、安いファストフードの店がいくつもあった――降りると、ちっぽけなニューススタンドの裏手に回った。店番の女性が軽くうなずいたのを確認して、ミスター・レイクは〝従業員専用〟と書かれた小さな扉《とびら》を開けた。扉《とびら》のむこうには、薄暗《うすぐら》く短い通路が続いていた。

怒《いか》りの名残で体に力が入っていたせいか、はじめは気付かなかった。だけど、暗い通路を歩いていくうちにあの感覚はだんだん強くなり、やがて、胃がムカつく感じがもどってきた。ロンドン自治領で経験した、どことなく船酔《ふなよ》いに似た気持ち悪さだ。ただし、あのときほどキツくはない。ようやくわたしは気付いた。この不快感は、貯蔵庫のマナが荒《あ》れているせいで起きたものじゃない。むこうで揺《ゆ》れをより強く感じたのは、ロンドン自治領自体が攻撃《こうげき》を受けて不安定になっていたせいだ。**これが**、母さんの話していた違和感《いわかん》だったのだ。自治領がその存続のために利用しているマリアの不快感。どうして、自治領の連中はこれを感じずにいられるんだろう。なぜ、これほど強い違和感《いわかん》に耐《た》えられるんだろう。「ねえ、そっちも感じる?」アアディヤに耳打ちしても、なんのことかわからないという顔だ。わたしが違和感《いわかん》のことを説明すると、足を止めて目を閉じ、しばらく眉間《みけん》にしわを寄せてじっとしていた。しばらくすると、アアディヤは目を開けて言った。「ううん、たぶん? でも、船酔《ふなよ》いって感じじゃないかな。車に乗ってる感じ? エンジンが震《ふる》えてる感じっていうか」

クロエは、突《つ》き当たりのアーチの下で立ちどまり、心配そうにこっちを振《ふ》りかえっている。わたしたちはゆっくり歩いてクロエに追いつき、アーチをくぐり抜《ぬ》けた。その先には、息をのむほど広々としたエントランスホールがあった。大きさだけ見ればキングス・クロス駅並みだ。石の円柱に支えられた円天井は巨大《きょだい》で、ランプだのアーチだのが無数に配置されている。ロンドン自治領の可愛らしい庭園とはまさに正反対の空間だ。あの庭園では、あちこちの空間を移動できるように、すべての角度に人の目を欺《あざむ》く技巧《ぎこう》が凝《こ》らされていた。ホールの壁《かべ》には、二十六のアーチがぽっかりと口を開けている。プラットフォームの入り口みたいにも見えるけれど、アーチの中では曇《くも》り空を思わせる青白い雲が渦巻《うずま》いている。これがニューヨークが誇《ほこ》るゲートウェイだ。ロンドン行きのゲートウェイだけは閉鎖《へいさ》されて真っ暗だった。

たしかにこのエントランスホールは見事だけど、なぜこんなものを自治領内部に作ったんだろう。空間のとんでもないむだ遣《づか》いなのに。ニューヨーク自治領だって、空間を無限に持ってるわけじゃない。わたしたちは、果てしなくつづくホールを歩いていった。ヒースロー空港の通路と同じように、この床《ゆか》も頑《がん》として長さを変えようとしない。そのときわたしは気付いた。ニューヨークは空間のむだ遣《づか》いなんかしていない。このエントランスホールは現実の空間なのだ。この巨大《きょだい》なエントランスホールを**外部で**造り、それを内部に移動させたのだ。技術もすごいけど、計画そのものが大胆不敵《だいたんふてき》だ。なぜ非魔法族《まほうぞく》に気付かれなかったんだろう？

スコロマンスも実際の建築過程を経て造られた建物だ。だけど、あっちの場合、鉄の骨組みはマンチェスター自治領内の特別な工場で組まれていた。ひとつの箇所《かしょ》が完成すると、夜陰《やいん》にまぎれてスコロマンスの扉《とびら》——わたしにもうすぐその場所がわかるはずだ——から運びこまれ、内部で増殖《ぞうしょく》をつづけているほかの部分に接合された。建築物の自己増殖《ぞうしょく》を促《うなが》す複雑な魔法《まほう》はいくつもある。スコロマンスの中でも特に大きい教室や食堂なんかはそういう魔法《まほう》を使ってゼロから生み出されたものだし、外壁《がいへき》もおよそ半分は実体のない虚構《きょこう》だった。

だけど、大理石の広大なエントランスホールを分割して造るなんて不可能だし、見たところ自己増殖魔法《ぞうしょくまほう》も使われていない。空間すべてが現実の素材で造られ、この上なく安定している。これなら、たぶん非魔法族《まほうぞく》を連れて来ることだってできる。「この場所、なに?」オリオンの父親を小走りに追いながら、アアディヤが小声でクロエに言った。

「え?」クロエは驚《おどろ》いたようにホールをちらっと見回した。わたしたちにとってはあり得ない光景でも、クロエにとってはこれが日常なのだ。「むかしのペンシルベニア駅よ。取り壊《こわ》しのときに買い取ったの。非魔法族《まほうぞく》向けに解体工事を偽装《ぎそう》しながら、自治領内部に移動させたんだって」

「野蛮《やばん》すぎ。こんな駅を取り壊《こわ》してさっき通ってきたネズミの巣を建てるなんて」皮肉でもなんでもなく、そんなことをするなんて本当に信じられなかったのだ。クロエは黙《だま》って肩《かた》をすくめたけれど、わたしはすでにひとつの可能性に気付いていた。旧ペンシルベニア駅舎は、そもそもニューヨーク自治領が建造したものだ。そして、自治領の私的な目的のために、のちに外界のニューヨーク市から奪《うば》い返した。駅舎というのは、移動のために作られる。あの二十六ものアーチはたぶん元は本当に駅のプラットフォームで、当時はたくさんの列車や非魔法族《まほうぞく》が行き来していたんだろう。それぞれの目的を持ってそれぞれの場所へ、移動するのだという強い意志で出発する。その意志こそが、すべての魔法《まほう》の基礎《きそ》になる。自治領のセレブだろうと、意志だけは魔法《まほう》で作りだしたり買ったりするわけにはいかない。おびただしい数の意志がこもった駅舎を使ったのなら、ゲートウェイを造るのもぐっと簡単になったはずだ。

エントランスホールには大勢の魔法使《まほうつか》いがいて、外界の非魔法族《まほうぞく》と同じように、険しい顔でせわしなく行き交っていた。アーチの両側には小さな詰所《つめしょ》があって、中に番兵が控《ひか》えている。詰所《つめしょ》と言っても真鍮《しんちゅう》と鉄のこじゃれたブースで、中には椅子《いす》がひとつだけ置いてあった。どう見ても、当番の魔法使《まほうつか》いが暇《ひま》を持てあましつつぼんやりすわっているためだけの場所だ。だけど、いまはどの詰所《つめしょ》のまわりにも、重装備に身を固めた十人前後の魔法使《まほうつか》いが、いかめしい顔で見張りについている。トウキョウ行きの——上海《シャンハイ》自治領が攻撃《こうげき》をしかける可能性が一番高い——ゲートウェイの入り口には、三十人くらいの警備がついている。入り口自体も、中世の包囲攻撃《こうげき》を思わせるトゲだらけの鉄の壁《かべ》で封鎖《ふうさ》されていた。鉄壁《てっぺき》のてっぺんには真鍮《しんちゅう》製の眼光鋭《するど》いワシの頭が並び、下側からはでかいかぎ爪《づめ》がいくつものぞいていた。

厳戒態勢《げんかいたいせい》が敷《し》かれているというのに、よそ者を連れたバルタザールを呼び止めようとする魔法《まほう》使《つか》いはいない。番兵たちは見ればすぐにわかった。太い房《ふさ》のたくさんついた鎧兜《よろいかぶと》に身を包んでいるからだ。房《ふさ》には魔法《まほう》による攻撃《こうげき》を吸収するという実用的な目的があるけれど、それのせいで、番兵たちはどことなくソファのお化けみたいに見える。どの番兵も同じ武器を持っていた。長い金属の柄《え》の端《はし》に、薄《うす》い斧《おの》の刃《は》と水晶《すいしょう》の照準器がついている。鎧《よろい》の房《ふさ》と同様、こっちも高度に実用的な武器だ。物理的な攻撃《こうげき》によって相手の防御《ぼうぎょ》を破れば、魔法《まほう》による攻撃《こうげき》も成功の確率が上がる。だけど、あの番兵たちはただの捨て駒《ごま》だ。雇《やと》われの独立系魔法使《まほうつか》いばかりだ。本物の権力者たちは鎧《よろい》なんか着ていない。ふつうに歩いているだけでも、指揮官レベルの魔法使《まほうつか》いたちが五、六人は目に留まった。ひょっとすると、わたしには上層部の人間を脅威《きょうい》として検知する能力でもあるんだろうか。そのうちのひとりは、やたらと美形で危険な感じのする男性で、赤い革のパンツに、虹色《にじいろ》の光沢《こうたく》がある黒いヘビ革の長袖《ながそで》タートルネックを合わせていた。〈ヘビ革と実際の皮ふは、境目がわからないくらい溶《と》け合って見える。片手に握《にぎ》ったナイフは、わたしの腕《うで》の半分くらいの長さがあった。男性は立ったまま、静かな声で白髪《はくはつ》の太った女性と話をしていた。女性は、刺繍《ししゅう》のほどこされた絹のカフタンドレスを着ていた。疲《つか》れ切ったように肩《かた》を落としてベンチにすわっている。大変な労力を払《はら》ってそこにいるように見えた。なのに、女性が口を開いてなにか話すたびに、わたしはその声を文字どおり地響《じひび》きみたいに感じ取った。話の内容まではわからないけれど、その女の人がエントランスホール全体を支配下に治めているような、そんな感じがした。ちょうど、わたしが荒廃魔法《こうはいまほう》でスコロマンスを虚空《こくう》に落としたときみたいに。

べつの背の高い男性は、円柱のひとつにもたれて〈ニューヨーク・タイムズ〉紙を読んでいた。上品で古風なスーツを着て帽子《ぼうし》をかぶり、革靴《かわぐつ》をはいている。手首には重そうなアンティークの金の腕《うで》時計を巻き、オオカミの頭の持ち手がついた杖《つえ》をこわきに抱《かか》えている。むかしの駅舎と一緒《いっしょ》にここに迷いこんできたみたいな出で立ちだ。もちろん、意図的にそんな恰好《かっこう》をしているのだ。たぶん時間移動をするためだろう。戦略としては冴《さ》えているけど、ふつうの魔法使《まほうつか》いは、虚空《こくう》に存在することがムリなのと同じで長期の時間移動には耐《た》えられない。わたしも完全に理解しているわけじゃないけれど、とにかく、時間をさかのぼってなにかを変えることは不可能らしい。唯《ゆい》一可能《いっ》なのは、自分自身を過去に向かって力まかせにぶん投げ、**ここ**での存在を消すことだけ。そうすれば、移動の手間だとか障害物だとかの問題に煩《わずら》わされることなく、べつの場所で現在にもどることができる。

すこし離《はな》れたホールの隅《すみ》では、女の子が目をつぶって床《ゆか》にすわっていた。白い髪《かみ》にはピンクと緑のメッシュが入っていて、ふさふさの眉《まゆ》をしている。紙みたいに薄《うす》い綿の黒いワンピースしか着ていないし、見たところ武器もない。どことなく見覚えがある気がするなと思って見つめていると、すぐに思いだした。わたしが一年生のときの四年生で、成績上位の常連だった子だ。総代ではなかったのに、ニューヨーク魔法《まほう》自治領の招待を勝ち取った。たったひとりで障害物コースを完走してみせ、自治領の同級生たちに実力を披露《ひろう》したのだ。もちろん、実演に参加できたわけじゃないから、どんなふうにやってのけたのかはわからない。だけど、あの子の専攻《せんこう》が錬金術《れんきんじゅつ》だったのは知ってるし、現にそばの床《ゆか》には魔法薬《まほうやく》の小瓶《こびん》がひとつ置いてある。膝《ひざ》の上に置いた両手を、なにかに耐《た》えているみたいに固く握《にぎ》りしめている。障害物コースでなにをしたにせよ、繰《く》りかえしたいような体験じゃなかったんだろう。

だけど、それが裏技を使って自治領に入った代償《だいしょう》だ。自治領の目当てはその裏技のほうなんだから、望まれれば何度でも使わなきゃいけない。わたしだってそんな計画を立てていたひとりだった。少なくとも、最初の三年間はそれが自分の計画なんだと思いこんでいた。自分の能力と引き換《か》えに、主要自治領にもぐりこむためのチケットを手に入れる算段だった。自治領が独立系の魔法使《まほうつか》いを入領させるのは、まさかの事態が起こったときに利用価値があるからだ。たとえば、自治領間の戦争とか。そして、言うまでもなく、この魔法《まほう》世界はいままさに戦争の瀬戸際《せとぎわ》にいる。

わたしたちはだれにも止められることなく歩きつづけた。ベンチにすわっていた白髪《はくはつ》の女性は、床《ゆか》を震《ふる》わすあの声で「バルタザール、こんにちは」と声をかけて軽く手を振《ふ》った。うしろを歩くわたしたちのことは気にも留めていない。

「ルース、グローバー、どうも」バルタザールは歩みをゆるめることなく、ふたりに会釈《えしゃく》を返した。やがてバルタザールは、地下へ向かって延びる真鍮《しんちゅう》と鉄の細い階段を下りていった。まぶしいほどに明るかったエントランスホールとはちがって階段は薄暗《うすぐら》い。まばたきしながらおぼつかない足取りで下りていくと、暗闇《くらやみ》に目が慣れる前に階段は終わった。着いた先は、ビロードの絨《じゅう》毯《たん》が敷《し》き詰《つ》められた狭《せま》い廊下《ろうか》だった。成金の豪邸《ごうてい》といった感じの雰囲気《ふんいき》で、廊下《ろうか》には木製の美しい扉《とびら》がぽつぽつと並び、真鍮《しんちゅう》の台で壁《かべ》に取り付けられた緑の笠《かさ》のランプがぼんやりとあたりを照らしている。扉《とびら》もランプも不規則な間隔《かんかく》を置いて並んでいた。

エントランスホールとはちがって、この場所にはこれっぽっちも現実味がなかった。いくらも行かないうちに、バルタザールは、**33**と書いてある扉《とびら》の前で止まった。扉《とびら》を大きく開け、わたしたちを部屋へ通す。何気なく中へ入ったそのとき、わたしははっとなって立ちつくした。そこは、しゃれた造りの居間だった。バルタザールはわたしたちを自宅へ連れてきたのだ。てっきり、評議会の会議室か庭園、図書室なんかに案内されるとばかり思っていた。

いまさら回れ右をして、**わたしは帰る、**と言うわけにもいかない。できることならそうしたかった。ここはオリオンが暮らしていた場所なのだ。ここはオリオンの家だった。わたしはここにいる。あいつはいない。いますぐ飛びだしたい。同時に、この家のすべてを見て回りたい。オリオンのかけらや切れ端《はし》みたいなものを拾い集めて、わたしの中に隠《かく》しておきたい。そうして、オリオンを自分の中に留めておく。失われた場所を記憶《きおく》で留めておくみたいに。

非魔法族《まほうぞく》の基準で言えば、レイク邸《てい》はこぢんまりとした居心地のいい家だった。不動産会社なら、紹介文《しょうかいぶん》に〝可愛らしい〟と書いて、手狭《てぜま》なことを遠回しに伝えようとするだろう。ただし、自治領の基準で言えばこの家はめちゃくちゃ広い。それどころか、常識では考えられないような贅沢品《ぜいたくひん》まである。**窓**だ。居間の奥《おく》の壁《かべ》が、鉄枠《てつわく》にはまった一枚窓になっている。窓ガラスはマジックミラーで、そのむこうには庭があった。**外界の**庭だ。タウンハウスの庭といった感じで、広さはせいぜい三メートル四方。レンガの壁《かべ》はツタやつるバラに覆《おお》われ、大きな鉢《はち》植《う》えの植物がずらりと並べてある。窓はもちろんはめ殺しになっていて開けることはできない。自治領内部の家で暮らしていても、そこに外界へつづく出入り口があったら台無しだから。すぐに何十という怪物《かいぶつ》が押《お》しよせてくる。だけど、陽の光も植物も、魔工品《まこうひん》ではない本物だ。

居間の片方の壁《かべ》には、天井までつづく本棚《ほんだな》と暖炉《だんろ》があった。暖炉《だんろ》の前には、子どもが寝転《ねころ》がれそうな大きさのラグが敷《し》いてある。ラグを囲むように、小さなソファがひとつと、すわりごこちのよさそうな大きな椅子《いす》が二脚《きゃく》置いてあった。本棚《ほんだな》には、あちこちに写真立てが飾《かざ》ってある。間近で見たわけではないけれど、その中には灰色がかった銀色の髪《かみ》も写っていた。

「好きにくつろいでくれ」バルタザールは言った。好きにしろと言うなら、いますぐナイフで自分の胸を突《つ》いて死んでしまいたい。「わたしはオフィーリアを呼んでくる。クロエ、パントリーの使い方をみんなに教えてくれるかい？　ほしいものがあったら遠慮《えんりょ》なく」

わたしのほしいものはパントリーなんかにはない。クロエはアアディヤとリーゼルに向かって説明をはじめ、壁《かべ》に造りつけられた年代物の食器棚《たな》の引き出しをひとつひとつ開けてみせた。引き出しは照明付きの保温容器になっていて、スコロマンスの運動会で使われていたビュッフェ用のカートにすこし似ている。だけど、こっちの保温容器には、目にもきれいな食べ物がたっぷり用意されていたし、容器そのものもよく磨《みが》きこまれている。一世紀ぶんの煤《すす》と傷で黒ずんだ、体育館のおんぼろカートとは大ちがいだ。わたしは三人を居間に残して、そっと廊下《ろうか》へ出た。そのまま廊下《ろうか》をゆっくり歩いていく。突《つ》き当たりには、閉じた扉《とびら》があった。途中《とちゅう》、半開きの引き戸の前を通った。なかをのぞくと、ガレージのような部屋があった。ここがオリオンの話していた作業場なんだろう。バルタザールは、怪物狩《かいぶつが》りからすこしでも息子の気を逸《そ》らそうと、よくオリオンをこの作業場へ連れてきたという。右側にも、すこし開いたべつの扉《とびら》があった。壁《かべ》にかかった鏡が、天蓋《てんがい》付きの大きなベッドを映している。天蓋《てんがい》の灰色のビロードとレースが、部屋の明かりに照らされてかすかに光っている。ふと足を止めてその様子を眺《なが》めていると、ふいに鏡が不穏《ふおん》な感じで曇《くも》りはじめた。なにかが鏡の奥《おく》からこっちをのぞいているような感じがする。ふいに、スイートハニーが警告するように鋭《するど》く鳴いた。わたしは鏡のなかのなにかが現れる前に急いで先へ進んだ。

閉じられた扉《とびら》の前に来ると、わたしはしばらくそこに立ちつくした。扉《とびら》を開けたくなかった。卒業ホールの手前の立て坑《あな》にすわりこんでいたときも、こんな気分だった。壁《かべ》のむこうにいる〝忍耐《にんたい》〟と〝不屈《ふくつ》〟を見てしまう瞬間《しゅんかん》を、できる限り引きのばしたかった。この扉《とびら》はムリに開けなくたっていい。スコロマンスに強制されたわけでもない。それでも、結局わたしは扉《とびら》を開けた。踵《きびす》を返してもどることなんかできなかった。選択肢《せんたくし》はあってないようなものだった。

扉《とびら》のむこうにオリオンはいなかった。気配さえなかった。というより、そこは機内誌から抜《ぬ》けだしてきたみたいな部屋だった。男の子向けのおもちゃの広告を再現したらきっとこんな感じの部屋になる。入ってすぐの床《ゆか》には、野球のバットやボール、サッカーボール、バスケットボールにゴール用のリングが小山になっている。壁《かべ》に造りつけられた棚《たな》には、アメフトのボールにテニスのラケット、ビニール袋《ぶくろ》に入ったままのテニスボール、ゴムボール、釣《つ》り竿《ざお》、機種のちがうカメラが二台、ラジコンカー、レゴのセットが三つに科学キットが五つ、それにテレビが一台並べてあった。棚《たな》の下には少なくとも五種類のゲーム機が詰《つ》めこんであったし、机の上にはでかいモニターのパソコンと、きれいに整理された本棚《ほんだな》と、ぬいぐるみがいくつか置いてあった。

部屋にあるおもちゃはすべて新品のままだった。ほこりさえかぶっていなければ、まさに広告から抜《ぬ》けだしてきたみたいに見える。どこかの幸運な男の子のもとへ送られるのを待っているみたいに。科学キットはラッピングのセロファンも開けていない。

使った形跡《けいせき》があるのは、ベッドのそばにある大きなダンボール箱だけだった。人目を避《さ》けるみたいに部屋の隅《すみ》に置かれているけれど、箱は使いこまれてボロボロだ。中には武器が詰《つ》めこまれている。おもちゃの武器のように見えないこともない。子ども用サイズの剣《けん》は何本もあったし、ぐるぐる巻いてまとめてあるムチもあった。鎚矛《メイス》と殻竿《からざお》状の武器は何種類もそろえてあった。おもちゃみたいに見えるけど、武器はどれも本物だ。いくつかには、鮮《あざ》やかな紫色《むらさきいろ》の体液の染みが点々と残っている。幻覚《げんかく》系の怪物《かいぶつ》を倒《たお》したあとは、所定の方法で武器をきれいにしておかないといけない。掃除《そうじ》をサボると、こんなふうに武器に染みが残るのだ。オリオンの寮《りょう》の部屋がひどいありさまだったことは確認済みだから、意外でもなんでもなかった。

　オリオンに聞かされていたすべてを――クロエに聞かされていたすべてを――こうして実際に突《つ》き付けられるというのは、キツい体験だった。信じたくなかった現実を、わたしはいま、こうして目の当たりにしている。**怪物狩《かいぶつが》り以外にしたいことなんかなかった。**オリオンはそう繰《く》りかえしていた。だからこそ、クロエもマグナスも、わたしをニューヨーク自治領に引きこもうと必死だった。たったひとつの招待枠《わく》は、卒業式に必要な人員と資源を集めるための切り札だったのに。オリオンが二週間という短期間でわたしと友だちになったのは、それほど衝撃《しょうげき》的なことだったのだ。マグナスたちは、ある勘違《かんちが》い――まあ、言ってみれば――から、わたしを殺そうとさえした。わたしが黒魔術《くろまじゅつ》を使ってオリオンをたぶらかしていると思いこんで。だけど、そんな過去はもうどうでもいい。クロエたちが不安になるのも当然だったといまは思うけど、いまとなってはどうでもいい。

　この部屋はオリオンの人生そのものだ。空気のこもった、生気のない部屋。プラスチックと絶望でいっぱいの寂《さび》しい部屋。両親が息子を**ふつうの子ども**にするために、山のような捧《ささ》げものをした部屋。だけど、ふたりのむなしい努力は、自分がふつうじゃないことをオリオンに自覚させただけだった。彼《かれ》らは失敗したのだ。だから、わたしは心安らかにオリオンの両親を憎《にく》むことができるはずだ。だけど、その失敗を理由にふたりを憎《にく》むのなら、十歳《さい》の子どもに怪物《かいぶつ》狩《が》りをさせたことを憎《にく》むわけにはいかない。二つを同時に憎《にく》むわけにはいかなかったし、かといって片方だけを憎《にく》むこともできず、わたしは沈《しず》みつづける気持ちをひとりで持てあましていた。

　両親に罪を着せることができないなら、ひとつ、どうしても整理のつかないことがあった。この部屋で暮らしていたオリオンとわたしが実際に知っているオリオンのあいだには、埋《う》められない空白がある。オリオンは、ご機嫌《きげん》取りをしてこないからこそ、わたしを好きになった。課題をしろと食堂で説教すると、子どもみたいに言い返してきた。わたしの命を救うたびに、全部でいくつ貸しがあるのか澄《す》まし顔で数えあげた。わたしの知っているオリオンは、わたしの話を真剣《しんけん》に聞き、わたしを心配し、わたしを**愛した。ほしいって望んで後悔《こうかい》しなかったのはエルだけだ。**あのときそう言ったオリオンの言葉が本当だとは思いたくない。せめて、自治領の連中にそう**思いこまされた**のだと思いたい。だけど、もしもあの言葉が**本当**だったのだとしたら、オリオンのまったく異なるふたつの顔を、どうつなぎあわせればいいのだろう。オリオンの両親や幼なじみたちが知っている顔と、わたし自身が知っている顔。それは、でかいピースの欠けたパズルみたいだった。わたしは部屋の中から目を離《はな》せなかった。欠けたピースを見つければオリオンを救えるとでも思ってるみたいに。もう手《て》遅《おく》れだというのに。

「エル？」バルタザールの声がして、わたしは振《ふ》りかえった。オリオンの父親が廊下《ろうか》のむこうに立っている。わたしは急いでオリオンの部屋の扉《とびら》を閉め――その瞬間《しゅんかん》まで、ドアノブから手を離《はな》すことさえできなかった――、居間に向かって歩きはじめた。異様なくらい足が進まなかった。進むほどに足取りは重くなり、居間が遠ざかっていくような気さえした。上れば上るほど長くなるスコロマンスの階段みたいだ。広くはない家の短い廊下《ろうか》なんだから、仮に引き伸ばそうとしたって限度がある。だけど、わたしは可能な限り時間をかけて廊下《ろうか》を歩いた。居間に着いてしまいたくなかった。自分でもなぜなのかわからなかった。だけど、それも居間に入るまでのことだった。オリオンの母親がアアディヤたちと話している。わたしに気付いてこっちを振《ふ》りかえる。その瞬間《しゅんかん》、オリオンがどんな半生を送ったのか、わたしははっきりと悟《さと》った。

オフィーリア・リース＝レイクは黒魔術師《くろまじゅつし》だ。

第8章　黒《くろ》魔《ま》術《じゅつ》師《し》の住《す》処《みか》

黒魔術師《くろまじゅつし》を見分けることにかけては、わたしはかなり鼻が利く。ジャックの野郎《やろう》が凶悪《きょうあく》な黒魔術師《くろまじゅつし》だということも、よく見れば爪《つめ》のあいだに犠牲者《ぎせいしゃ》の血がこびりついていることも、早い段階から気付いていた。同級生はひとり残らずジャックのことを気のいいやつだと信じていたし、スコロマンス基準に照らせば情に厚くて心の広いやつだとさえ思っていた。リューが――ジャックに比べれば可愛いものだったけど――黒魔術《くろまじゅつ》に手を出していたことにも気付いていた。あのときだって、ほかのみんなは、リューのことをちょっとよそよそしくて不器用な子だとしか思っていなかった。

マリアはドラッグとはちがう。マリアをはじめた瞬間《しゅんかん》から、いろんなところに副作用が表れる。

爪《つめ》は黒くなり、黒目は白くにごり、オーラは嫌《いや》な感じにべとつきはじめる。母さんは、そういう症状《しょうじょう》のことを〝アニマの損傷〟と呼んでいた。アニマというのは魂《たましい》という意味のラテン語だけど、魔法使《まほうつか》いたちは、マナを作ったりためたりできる能力のことをそんな冴《さ》えない通称で呼んでいる。アニマが、非魔法族《まほうぞく》と魔法族《まほうぞく》を分かつものだ。こんな言葉には、光の波動説だとか人間の気質を決める四体液説だとか、そういうエセ科学と同じくらいの信憑《しんぴょう》性しかない。大勢の魔法使《まほうつか》いたちが、医学だとか神経科学だとかを勉強してアニマの存在を実証しようとしてきたけれど、いまのところ成功した人はいない。だけど、とにかくマナを作る能力には名前が必要だということで、さしあたってアニマと呼ばれているというわけだ。ひとつ確実なのは、マリアに手を染めれば染めるほどその能力はダメージを負いつづけるし、自分自身のマナを作ったりためたりすることが次第に難しくなっていく。うちのコミューンにも、その種の症状《しょうじょう》に苦しむ魔法使《まほうつか》いが時どき母さんを訪ねてやってくる。だけど、母さんは、そういう魔法使《まほうつか》いを手っ取り早く助けることはしない。魂浄化《たましいじょうか》みたいな一時しのぎの処置をしてやったって、連中はどうせまた黒魔術《くろまじゅつ》に手を染める。母さんが与《あた》えるのは、何ヶ月、いや何年かかろうと時間をかけて回復するためのチャンスだけ。黒魔術《くろまじゅつ》から足を洗いたいなら、母さんと一緒《いっしょ》に森で過ごし、世界に対する負債《ふさい》を返しつづけるしかない。ほとんどの黒魔術師《くろまじゅつし》は途中《とちゅう》で逃《に》げ出すけれど、時どき、最後までやり遂《と》げる魔法使《まほうつか》いがいる。

黒魔術師《くろまじゅつし》として生きる覚悟《かくご》を決め、マナを作る努力を完全に放棄《ほうき》してマリアだけを使うようになると、人生のすべてが一気に楽になる。腹のすわった黒魔術師《くろまじゅつし》は人の目なんて気にしないし、ましてや身体的な症状《しょうじょう》も気にしない。だけど、そんな気楽な人生にもやがて終わりが来る。そうなると、限界まで脆《もろ》くなっていた人間らしい容姿は崩《くず》れはじめ、何年もかけて蓄積《ちくせき》された精神の汚《よご》れが噴《ふ》きだして、黒魔術師《くろまじゅつし》たちは最終形態へ向かって一気に堕《お》ちていく。その姿は、典型的な痩《や》せぎすの魔法使《まほうつか》いだとか、おとぎ話に出てくるような人骨をすりつぶしている醜《みにく》い老婆《ろうば》だとか、まさにああいった感じだ。この偶然《ぐうぜん》の一致《いっち》はむかしからの謎《なぞ》だ。**邪悪《じゃあく》な魔法使《まほうつか》い**といえば、だれが想像してもそんな姿になるんだろうか。それとも、非魔法族《まほうぞく》のおとぎ話にどんぴしゃな姿の魔《ま》法使《ほうつか》いが登場するのは、追いつめられた黒魔術師《くろまじゅつし》たちが非魔法族《まほうぞく》を餌食《えじき》にするせいなんだろうか。最終形態に行き着いた黒魔術師《くろまじゅつし》は、毎日毎日休みなく犠牲者《ぎせいしゃ》を殺してマリアをしないと、体がぼろぼろに腐《くさ》っていくから。

オフィーリアは、そういうヤバい状態とはほど遠かった。不思議なことに、容姿は十人並みだ。一般的《いっぱん》に、黒魔術師《くろまじゅつし》になると目をみはるほど美しい姿を手に入れる。もちろん、肉体が崩壊《ほうかい》していくまでのことではあるけれど。だけど、オフィーリアはどこにでもいそうな、品のある中年女性だった。体は引き締《し》まっているけれど、それだって運動をして食事に気を遣《つか》っている人の健康体といった感じだ。つやのある茶色い髪《かみ》をショートカットにしている。澄《す》んだ灰色の瞳《ひとみ》はこわいほどオリオンと似ていた。非魔法族《まほうぞく》のブランドの高そうな服を着て、薄化粧《うすげしょう》ではあるけれど、高価な化粧品《けしょうひん》を使っていることはひと目でわかる。あるいは、オフィーリアは、そういうタイプの女性を装っていた。この種の女性たちがコミューンに週末のヨガをしにくると、常連の客たちは小バカにして笑う。そういうときは、ひねくれ者は自分だけじゃない気がしてなんとなく気分が晴れた。母さんは、やり方はどうであれ自分を大事にするのはいいことよ、と口癖《くちぐせ》のように言うけれど。

だけど、オフィーリアはああいう女の人たちとはちがう。よくいる中年女性の皮をかぶって真の姿をカモフラージュしているだけ。めちゃくちゃ完成度の高いカモフラージュだった。アアディヤもクロエも、そしてリーゼルまでもが、オフィーリアの歓迎《かんげい》の言葉を真に受けて楽しそうに笑っている。だけど、それもわたしの表情に気付くまでのことだった。アアディヤは反射的にポケットに手を入れた。そこに防衛系の魔工品《まこうひん》を忍《しの》ばせているんだろう。リーゼルはすばやく一歩下がり、盾魔法《たてまほう》をかけながら攻撃《こうげき》をしかける体勢を取った。クロエはといえば、マンガみたいにわかりやすくうろたえている。

にこやかに話していたオフィーリアも、振《ふ》りかえってわたしの顔を見た瞬間《しゅんかん》、ぴたりと話をやめた。「話が早いわね」冷ややかな声で言う。急に雨があがっていらなくなったレインコートよろしく、作り笑いを手早くたたんでしまいこむ。「でも、ずいぶん怯《おび》えているみたいね。もっと人の多いところへ行きましょうか？」

それよりもなによりも、わたしはいますぐオフィーリア・レイクから全力で離《はな》れたかった。この人はジャックとはちがう。ジャックは、寿命《じゅみょう》を縮めてまで生きのびようとした、ただのみじめな寄生虫だった。だけど、この人は晴れた空に突然立ち上った真っ黒な煙《けむり》だ。核爆発《かくばくはつ》の予兆だ。しかも、その背後にはニューヨーク自治領の権力とマナがある。オフィーリアは、物心ついたときからわたしがなるまいと抗《あらが》ってきたような黒魔術師《くろまじゅつし》だった。どう戦えばいいのかさえわからない。戦うなら海のように豊かなマナがいる。いま、アルフィーにロンドン自治領のマナをやると言われたら、あっちの命が尽《つ》きるまでつきまとわれることになったとしても、わたしは一秒でうなずく。ちょうだい。いますぐ。ちょうだい、いいから、早く。

「何度か深呼吸をしてみなさい」押《お》し黙《だま》ったわたしに、オフィーリアがアドバイスした。「自宅の居間で戦闘《せんとう》をはじめるなんて、わたしも気が進まないのよ。最悪の場合、あなたはこの自治領を壊滅《かいめつ》させるでしょうし。それを阻止《そし》すれば、そっちが死ぬことになるでしょう。あなたに死なれたら困るの。ほら、かけてちょうだい。お茶はいかが？」

生徒に手を焼く小学校の先生みたいな話し方だった。ニューヨークを壊滅《かいめつ》させるだとかわたしを殺すだとか物騒《ぶっそう》な話をしているのに、その声は完ぺきに落ち着いている。お茶のすすめ方なんて、黒魔術師《くろまじゅつし》というよりまさにアメリカ人という感じだ。お茶なんか飲みたがるなんて**どうかし**

てるという困惑《こんわく》をにじませ、社交辞令ですすめていることを隠《かく》しもしない。変な話だけど、その面倒《めんどう》くさそうな言い方にはこっちを安心させるなにかがあった。だからって、すわってお茶を飲む気にはなれなかったし、〈目玉さらい〉より恐《おそ》ろしい敵がいたことに気付いていない振《ふ》りもできなかった。

「自治領を破壊《はかい》して回ってるのは**あんた**なの？」パニックがかすかに落ち着いた瞬間《しゅんかん》、わたしは思わず口走った。

オフィーリアは首をかしげた。「本気でそう思うの？」わたしは無言でオフィーリアをにらんだ。「いいえ、わたしじゃありませんよ」わたしが信じようが信じまいがどうでもいいらしい。憤慨《ふんがい》している振《ふ》りもしないいし、なんなら深刻そうな表情さえ作らない。聞かれたことにあっさり答え、わたしが自分のバカさ加減に気付いていたたまれない気持ちになっているのを、ただ眺《なが》めている。そんなことを聞いてわたしはなにがしたかったんだろう。仮にオフィーリアが犯人だとしても、打ち明けるつもりがなければ苦もなく嘘《うそ》をつくだろう。やったのは自分だと白状したとしても、それだってなにか魂胆《こんたん》があって嘘《うそ》をついているだけかもしれない。どっちにしろ、真実を聞き出すことはできないのだ。オフィーリアは、礼儀《れいぎ》として返事をしたに過ぎない。

だけど、もしオフィーリアが自治領を攻撃《こうげき》している張本人だとしたら？　百パーセントあり得る話だ。この女性なら、まばたきひとつせずにロンドン自治領を攻撃《こうげき》する。北京《ペキン》自治領に対する攻撃《こうげき》がニューヨークの仕業だということを隠《かく》すために。仮にそうだとして、だから？　あんたの計画を食い止めてみせると、ここで高らかに宣言する？　もしもその言葉が本気だとわかれば、オフィーリアはためらうことなくわたしに向かってくるだろう。ここはニューヨーク自治領のど真ん中で、わたしは敵の自宅にいる。しかも、オフィーリアの射程圏内《しゃていけんない》には、わたしが大切に思っている人たちがほぼ全員——ムカつくけど、そこにはなぜかリーゼルも入っていた。今度から、寝《ね》るのは好きになりたくない相手とだけにする——そろっている。かといって、オフィーリアの妨害《ぼうがい》を振《ふ》りきってここから逃《に》げる方法も思いつかない。逃《に》げるならオフィーリアを攻撃《こうげき》するしかないし、もっと最悪のシナリオだってあり得るのだ。

オフィーリアは、わたしがひと通りの考察を終え、パニックの波を力ずくで抑《おさ》えこむのを無言で待っていた。そして言った。「バルタザールに聞きました。あなた、スコロマンスにもどりたいそうね」

その気持ちに変わりはないけれど、オフィーリアの援助《えんじょ》を受けるつもりはない。「それなら自分でなんとかするから。もう行くよ」

オフィーリアは、聞き逃《のが》しそうなほど小さなため息をついた。「それは無理ね。時間がないし、ほかの場所でマナの支援《しえん》を得られるとは思えない」

あんたのマナなんかいらないんだよと啖呵《たんか》を切ろうとしたそのとき、リーゼルが割って入った。

「時間がないってどういうこと?」わたしは開きかけた口を閉じた。たしかに、リーゼルの質問は重要だ。

オフィーリアは、わたしたちからふと顔をそむけ、手近なカウチに腰《こし》を下ろした。そばのテーブルの上にすっと手を伸《の》ばす。つぎの瞬間《しゅんかん》には、水のグラスが現れていた。よく冷えて表面に細かい水滴《すいてき》がついている。「いまのスコロマンスを維持《いじ》するには、生徒ひとりにつき一日五十リリムのマナが必要なのよ」

信じがたい数字だった。わたしたちも、個人レベルでマナを数値化することはない。変動が激しすぎるのだ。三十回の腕立《うでた》て伏《ふ》せで盾魔法《たてまほう》一回分のマナを生成できる日もあれば、同じことをしたのにロウソクの火さえつけられない日もある。マナは作れる分しか作れない。魔法《まほう》をかける必要に迫《せま》られたとしても、必要なマナがあるかどうかは場合による。だけど、これが主要自治領レベルになると、日がな一日休みなく働く二千人の魔法使《まほうつか》いたちの労力を平均して、一日に得られるマナの目安がわかるようになる。これをもとに予算を決め、計画を立てるのだ。そして、五十リリム分のマナは、独立系魔法使《まほうつか》いが自治領で稼《かせ》ぐ年収とほぼ同じだ。自治領外部なら、魔法《まほう》使《つか》いひとりが一年かけて得るマナのほぼ二倍に匹敵《ひってき》する。だから、オフィーリアの話が本当なら、毎日あり得ないほど大量のマナがスコロマンスに注ぎこまれていることになる。

「あなたの計画はたしかに成功した」オフィーリアは話をつづけた。「世界各地の怪物《かいぶつ》調査書もそれを裏付けてる。卒業式以降、目撃《もくげき》された怪物《かいぶつ》の数は大幅《おおはば》に減った。目覚ましいのは、今朝届いたトウキョウからの報告書ね。卒業式以前の一週間と以後の一週間を比べると、怪物《かいぶつ》との遭遇《そうぐう》率が九十二パーセントも減っている。それに加えて、このところの自治領を狙《ねら》った攻撃《こうげき》。スコロマンスは完全に廃校《はいこう》にして、緊急《きんきゅう》時のためにマナを備蓄《びちく》しておくべきだという世論が優勢になってきた。今月だけでも十五の小規模自治領が契約《けいやく》に違反《いはん》して、スコロマンスへのマナを提供していない」オフィーリアは、嘆《なげ》かわしいと言いたげに首を振《ふ》った。「でも、主要自治領のほうはそう簡単に撤退《てったい》できない。不幸中の幸いといったところね。生徒割当数を五つ以上保有している自治領は長期契約《けいやく》を結ぶ義務がある。理事会が廃校《はいこう》を決定しない限り、マナの寄付をやめるわけにはいかない。だけど、この調子だと、スコロマンスのマナは来週中に二分の一にまで減るでしょう」

オフィーリアはこう言いたいのだ。スコロマンスを留めておくだけでそれだけのマナがかかるのだから、わたしがひとりで奮闘《ふんとう》したところで内部にもどるのに必要なマナをどうこうできるわけがない、と。とりあえず自力でやってみてうまくいかなかったらもらいにくる、という筋書きも失敗するだろう。ほかの主要自治領がすべて撤退《てったい》してしまえば、さしものニューヨーク自治領でも、わたしを送りこむのに必要なマナをまかなうことは不可能だ。

とはいえ、すべての自治領がマナの供給を停止したとしても、スコロマンスが**完全に**消えるわけじゃない。スコロマンスは、マナ**と**記憶《きおく》によって消滅《しょうめつ》を食い止められているのだ。それなら、マナの供給を得られなくても、あの学校は部分的に残りつづけるだろう。数十年とは言わないまでも、数年間は。〝忍耐《にんたい》〟は、ところどころ残ったスコロマンスの名残にもぐりこみ、それさえ消えてしまうまで、犠牲者《ぎせいしゃ》たちをゆっくりと消化しつづける。

「わたしも、チームを編成してスコロマンスにもどろうとしているところなのよ」オフィーリアはつづけた。「でも、難航中でね。自治領へ招待するという確約を出して、一般《いっぱん》の魔法使《まほうつか》いに応《おう》募《ぼ》対象を広げているところ。そういうわけだから、こっちとしてはあなたと戦ったりしたくないの。あなたがしようとしていることを、こちらとしてもぜひしてほしいのよ」

「なんのために？」わたしは言った。言えるものなら、オリオンのためだと言えばいい。オリオンを愛しているからだと言えばいい。苦痛から救いたいのだと――。

だけど、オフィーリアの返事はちがった。小首をかしげ、獲物《えもの》を品定めする猛禽《もうきん》類みたいな澄《す》んだ瞳《ひとみ》でこう言った。「本当に知りたいの？」要するに、こう言いたいのだ。本当の理由を知る覚悟はあるのか、と。嫌悪《けんお》感で反吐《へど》が出そうだった。たぶんわたしは、息子を救うためだという返答を、心のどこかで期待していたんだと思う。

こう言ってやってもよかった。**別に。必要なものをちょうだい。あとはこっちでやる。**そうして、さっさとオフィーリアに背を向けてもよかった。そうすれば、オリオンの生い立ちから目をそらすことができる。あいつがどれほど有害な環境《かんきょう》で育ったのか知らずにすむ。できることなら、なにも考えず、ただ単純明快な運命に飛びこんでいきたい。そう、怪物《かいぶつ》の大群を蹴《け》散《ち》らして世界最大の〈目玉さらい〉を殺す、みたいな運命に。だけど、そうはできなかった。

「そうだね。知りたい。わたしはあんたの駒《こま》じゃない。スコロマンスを修復して校内の怪物《かいぶつ》を外界にもどす手伝いなんかしないよ。あんたはそうしたいんだろうけど。だって、スコロマンスってニューヨーク自治領の権力の象徴《しょうちょう》だもんね」

オフィーリアは、わたしが冗談《じょうだん》を言ったみたいに鼻で笑った。「権力の象徴《しょうちょう》？　スコロマンスはマナを吸うブラックホールみたいなものよ。ニューヨークは、あの学校の維持《いじ》のために正当な負担分の二倍以上のマナを寄付しているの。不足分のすべてをうちがまかなっているんですから。それでも、スコロマンスが重要なインフラであることに変わりはないし、唯一《ゆいいつ》の長期的なソリューションでもある。あなたの戦略はただの一時しのぎ。六年以内に子どもたちの死亡率は七十五パーセントにまでもどるでしょう。そうなれば、またスコロマンスを建設しなくてはならなくなる。だから、わたしはいま残っているスコロマンスを維持《いじ》しておきたいのよ。少なくとも、つぎに必要になるときに備えて、必要最低限レベルの運営をつづけておきたい。あなたたちがしたようなことを定期的に繰《く》りかえす方法があれば理想だけど。でも、聞いた限りでは」オフィーリアは、クロエにうなずいてみせた。「そう簡単ではなさそうね」

「待って」リーゼルがとがった声を出した。「六年って早すぎない？　わたしたちが計算したときは、死亡率が五十パーセントにもどるまで百年以上はかかったのに。だからこそ、あの作戦は遂行《すいこう》する価値があったんだよ。スコロマンスを犠牲《ぎせい》にする価値が――」

「たぶん、あなたたちは怪物《かいぶつ》の発生率を一定のものとして計算したんでしょう。でも、発生率は変動するの。魔法使《まほうつか》いの数が増えれば増えるほどに――増えるといえば、あなたたちも大勢の生徒を脱出させたばかりだし――怪物《かいぶつ》の数も増えていく」

「魔法使《まほうつか》いが増えれば怪物《かいぶつ》が増える？　なんで？」わたしは言った。「わたしたちは怪物《かいぶつ》を**狩《か》る**のに？」

オフィーリアは、哀《あわ》れむような表情を作ってわたしを見た。いまひとつ不自然なのは、黒魔術《くろまじゅつ》師《し》にはもともと憐憫《れんびん》の情が乏《とぼ》しいからだ。「わたしたちは、怪物《かいぶつ》を狩《か》る以上に生み出すのよ。頭のおかしい錬金術師《れんきんじゅつし》が高笑いしながら怪物《かいぶつ》を作り出すとか、錬金術《れんきんじゅつ》のミスで生まれるとか、そういうわかりやすい例はごく一部。怪物《かいぶつ》は不正行為《こうい》によって生まれるの。忘れたの？　**自分自身が生成したマナのみを使用すること。マリアの使用はいかなる場合でも怪物《かいぶつ》の発生を誘発《ゆうはつ》する。**すべての教科書の一ページ目に、この注意書きが載《の》っている。新入生用の冊子にも書いてあるし、スコロマンスに入る前に署名した契約書《けいやくしょ》にも書いてあるでしょう？」

もちろん覚えていたけれど、それで納得したわけじゃない。あんな注意書き、だれがまじめに読むだろう。スコロマンスでマリアをする者が少ないのは、そのための手段があまりにも限られているせいだ。だけど、スコロマンスの外では、マリアをまったくしないという魔法使《まほうつか》いのほうがむしろ少ない。アリやカナブン、つる植物や草むらの一角から命を盗《ぬす》み、それによって起こる影響《えいきょう》のことなんか考えもしない。母さんはそういうズルを決して許さなかったけれど、ほかの子どもたちの親は小規模なマリアを日常的にやっていた。

オフィーリアはうなずいた。「魔法使《まほうつか》いたちは、手持ちのマナが足りないとどこかから盗《ぬす》んで帳尻《ちょうじり》を合わせる。大したことじゃないと思いこんで。だけど、それによってマナの流れはよどみ、よどみが大きくなると、そこから怪物《かいぶつ》が生まれる。だれでも知っていることよ。それでも、魔法《まほう》使《つか》いたちはマリアをやめようとしない」オフィーリアは呆《あき》れ顔で肩《かた》をすくめた。

「それ、なにかの冗談《じょうだん》のつもり？」わたしはカッとなって言った。よりによって黒魔術師《くろまじゅつし》の彼女《かのじょ》が、**ほかの人たちの**マリアを非難するつもりだろうか？　切羽詰《せっぱつ》まってわずかなマナを盗《ぬす》んだ子どもたちを責める？

オフィーリアは、ふと無表情になって言った。「なぜわたしがやったと思うの？」

「やったって、**なにを？**」わたしは低い声で言った。「**黒魔術**《くろまじゅつ》のこと？　あんたはニューヨーク自治領の総督《そうとく》になりたいんだよね。総督《そうとく》候補さまは負け犬の子どもたちよりえらいって？　だから、大人になるまで生きのびようとしてマリアをした子たちを責めるわけか」クロエが片手で口をおって体をこわばらせたのが見えた。オフィーリアが黒魔術師《くろまじゅつし》だとわかったとき、クロエは大きなショックを受けていた。そしていま、その自治領最強の魔法使《まほうつか》いを、わたしがおおっぴらに黒魔術師《くろまじゅつし》とののしったのだ。アアディヤは険しい顔で静かに立っている。リーゼルはアアディヤとクロエをさりげなく押《お》して、部屋のむこうにいるバルタザールのそばへ連れて行った。戦闘《せんとう》開始となったときに備えて、オフィーリアの攻撃《こうげき》がおよばない範囲《はんい》に避難《ひなん》したんだろう。

バルタザールはといえば、驚《おどろ》いた様子はまったくない。無言でわたしとオフィーリアを見つめている。いや、どちらかというと**わたしを**見つめている。それどころか、どことなくわたしを気《き》遣《づか》うような顔だ——妻の正体に気付いてしまうなんて、なんて運の悪い子だ。そんなに動揺《どうよう》するとは気の毒極まりない——。

「エル、あえて危険を冒《おか》して指摘《してき》させてもらうわ。あなたは世界中の怪物《かいぶつ》の半分をスコロマンスにおびき寄せたけれど、そのときに使ったマナだって公明正大に得られたものじゃないでしょう？」癇癪《かんしゃく》を起こしてわめいている子どもをたしなめるような口調だった。「ある生徒は強制魔《ま》法《ほう》を使ってべつの生徒に課題を押《お》しつける。ある生徒は図書室の席で居眠《いねむ》りをしている親友からマナをすこし拝借する。得たものをあとになってあなたに差しだしたからって、宇宙が受けた影《えい》響《きょう》は変わらない。変わるのは**あなた個人**が受ける印象だけ」

ぐうの音も出ないほどの正論だった。そのとおりだ。わたしにもそれはわかる。どう答えるべきかもわからない。頭に浮《う》かぶのは間違《まちが》った言い訳ばかりだった。過ちを犯しているという確信はなかったんだから。わたし自身がズルをしたわけじゃないんだから。過ちを補って余りあるほどの良いことをしたんだから。あんたのほうがよっぽど——。

オフィーリアは笑顔を作った。目が笑っていない。一瞬《いっしゅん》、氷のように冷たい空気が流れた。

「わたしが黒魔術師《くろまじゅつし》になったのはマナのためじゃない。ここはニューヨーク自治領なのよ。マナならありあまっている。研究所の部下たちは喜んで媒介となって代わりにマナを吸い、わたしがそれをマリアとして受け取る。そして、見返りに二倍の価値のマナを得る」

わたしはぞっとしてオフィーリアを見つめた。おぞましい光景が目に浮《う》かぶようだった。追い詰められた錬金術師《れんきんじゅつし》たちが、みずから進んで黒魔術師《くろまじゅつし》に命を吸い取られる。どうか最後の一線を越えませんように、命を吸いつくされませんようにと願いながら。「じゃあ、意図的に自分のアニマを犠牲《ぎせい》にしたってこと？　良心の呵責《かしゃく》がうっとうしかったから？」

「アニマと良心は関係がないでしょう」オフィーリアは言い放った。暴論すぎると反発しかけたわたしに、オフィーリアは畳《たた》みかけるように言った。「平気で人を殺《あや》める黒魔術師《くろまじゅつし》には、もともと良心なんか備わっていないのよ。でも、世界中にいるそういうサイコパスは問題の本質ではないの。問題は、**だれもが**ズルをするということよ。みんながマリアをするから怪物《かいぶつ》が生まれ、子どもたちが死ぬ。それでも魔法使《まほうつか》いが盗《ぬす》みをやめることはない。なぜなら、因果関係があまりにも見えにくいから。あなたみたいに、生涯《しょうがい》を通じてただの一度もマリアをしない魔法使《まほうつか》いだっているでしょう。でも、マナ原理主義者の子どもだって、怪物《かいぶつ》に襲《おそ》われるときは襲《おそ》われる。一方で、日常的にマリアをしている魔法使《まほうつか》いの子どもが何事もなく生きのびる。そういう矛盾《むじゅん》がごく当然のように起こるのよ。矛盾《むじゅん》を解消する唯一《ゆいいつ》の手段が自治領建設だったというわけね」

「その自治領だって**マリアを使って**作られた」いまこの瞬間《しゅんかん》も、自治領のマリアを感じていた。足の下に感じる、かすかだけど不快《ふかい》な揺《ゆ》れ。

　オフィーリアは否定してみせることさえしなかった。「数当て式《ナンバーズ》の宝くじみたいなものね」かわりにそう言った。「自治領を建設し維持《いじ》していくためのマリアは、一見すると多いように思えるかもしれない。でも、自治領の住民と同数の魔法使《まほうつか》いが生きのびるために各々でマリアをするとしたら？　比べれば、自治領を作ったほうが、使われるマリアの総量は少ないのよ。魔法界《まほうかい》にも規模の経済の原理が働くわけね。そして、自治領の住民は基本的にはマリアをしない。する必要がないもの。でも、自治領というのは……」オフィーリアはわたしを見つめたまま言いよどんだ。唇《くちびる》の一方がかすかにゆがんでいる。「自治領の建設には特殊《とくしゅ》な犠牲《ぎせい》をともなうもの。そして、自治領の魔法使《まほうつか》いたちは、たしかに盗《ぬす》みは働かない。でも、分け合おうともしない。新たに招待枠《わく》を設けようとするたびに、新たに人を雇《やと》おうとするたびに、かならず議論が巻き起こる。自分の取り分をほんのわずかだって分け与《あた》えたくないからよ。これから魔法使《まほうつか》いの数が増えていけば、こういう状況《じょうきょう》は悪化するでしょう。べつのソリューションが必要なの」

「べつのソリューションって、マリアのもっと**効果的な**使い方ってこと？」わたしは嫌悪《けんお》をもよおして吐《は》き捨てた。オフィーリアが、いま話したようなことを本気で問題視しているとは思えない。それでも、いまの話にはぞっとするほど説得力があった。ニューヨーク生まれのオフィーリアは本当はマリアをする必要などなかった。それでも**意図的に**アニマを手放したというのなら、なにか想像もできないほど壮大《そうだい》な計画があるのだ。それに、アニマをみずから放棄《ほうき》すれば、その損傷に煩《わずら》わされることなくマリアに専念することができる。オフィーリアも、リューがかつてそうしていたように、マリアの使用を厳密に制限している。必要な分を超《こ》えて使うことは決してせず、魅力《みりょく》的な副産物にも手を出していない。そう考えれば黒魔術師《くろまじゅつし》らしく見えないのも当然だ。美しさという点でも醜《みにく》さという点でも。

言ってみれば、オフィーリアはスコロマンスと同じ考え方なのだ。スコロマンスは生徒個人にはなんの関心もなかった。あの学校がひたすらにこだわったのは、生存者の数だけだった。だからこそ、情け容赦《ようしゃ》なく生徒同士を対立させ、生存のための選別に駆《か》り立ててた。使命を果たそうと最善を尽《つ》くした。だけど、オフィーリアとスコロマンスはちがう。スコロマンスは、あの大言壮語《たいげんそうご》を──校舎の鋼や真鍮《しんちゅう》にしっかりと刻みこまれた実現不能な使命を──鵜呑《うの》みにした。だからこそ、オリオンとわたしが差しだした残酷《ざんこく》な運命を、スコロマンスはみずから受け入れた。**世**

界中の賢《かしこ》い子どもたちに庇護《ひご》と安寧《あんねい》を与《あた》えるために。だけど、オフィーリアはそんなことはしないだろう。多少の犠牲《ぎせい》は仕方ないと割りきっている。

オフィーリアはため息をついた。冷たい澄《す》んだ水のグラスをわきに置き、すっと立ちあがってわたしのほうへ歩いてきた。反射的に体がこわばる。オフィーリアはすぐそばでぴたりと足を止め、のぞきこむようにわたしの顔を見た。「エル、あなたがとてもいい子だということはわかっています」他人に真顔で褒《ほ》められたのは、たぶん、生まれてはじめてだ。だけど、全然うれしくなかった。はじめて知ったけど、そんなことを言えるのは相手を見下している証拠《しょうこ》なのだ。「オリオンがあなたと出会えてよかった。信じないでしょうけど、わたしは本当に息子を愛しているの。どんなときも息子の幸せを願っていた。あの子を幸せにする術《すべ》があるなら――知りたかった」オフィーリアはそう言いながら目をしばたたいた。悲しむというより、いっそ戸惑《とまど》っているみたいに。自分自身の言葉に首をかしげているみたいに。「もちろん、それも問題のひとつね。人はみな欲深いものだけど、子どもがいるとなおさらよ。得られるものはなんでも子どもに与《あた》えたくなるし、それを当然の権利だと思いこむ。わが子のために他人の取り分を奪《うば》っていることに気付いても、それさえ当たり前のことだと信じてしまう」

オフィーリアは、いつのまにかその手に現れた箱をわたしに差しだした。平たい小箱で、ファンデーションのコンパクトが入っていそうな大きさだ。蓋《ふた》には、星空を背景にした門の絵がきざまれている。ニューヨーク自治領のシンボルだ。「あなたが行きたくないのなら、強いてスコロマンスへ行けとは言いません。でも、マナをあげることはできるし、扉《とびら》の場所を教えることもできる。行きたいという者はほかにだれもいないの。すべてはあなた次第」

取るべき行動はわかっていた。完ぺきにわかっていた。箱を突《つ》き返し、ニューヨークを飛びだして、計画そのものを断念するべきだった。だけど、できなかった。オリオンを〝忍耐《にんたい》〟の体内から助け出すことはできないし、あの母親のもとから助け出すこともできない。あいつの人生を最初から書き直すことは不可能だ。できることなら、赤ん坊《ぼう》のオリオンをゆりかごからさらい、海を渡《わた》って母さんのところへ連れていってやりたい。母さんじゃなくてもいい。とにかく、まっとうな誰《だれ》かのところへ。いまとなっては、オリオンに吐《は》いた暴言や嫌味《いやみ》を取り消すこともできない。取り消せるものなら取り消したかった。頭の中にハチがいるみたいに、あいつに言ったひどい言葉の数々が記憶《きおく》をチクチク刺《さ》してくる。たしかにオリオンは、おべっかを言わないわたしを好きになった。だけど、暴言だって吐《は》く必要はなかったのに。ただふつうに感じよくして、オリオンからはなにも望まない。それだけでよかった。それだけでも、きっとあいつはわたしを好きになった。だけど、もう手遅《ておく》れだ。わたしにはもう、あいつを殺してやることしかできない。

〝忍耐《にんたい》〟に捕《と》らわれた人たちもろとも、オリオンを殺す。そうしなきゃいけない。あいつのためにしてやれる唯一《ゆいいつ》のことを、わたしはしなきゃいけない。

一方で、オリオンが逃《に》げ遅《おく》れたのはよかったのかもしれないと考えそうになる自分もいた。そんなことを考えるのは最低だとわかってる。だけど、脱出《だっしゅつ》できたところで、オリオンがわたしを訪ねてウェールズにくることはなかっただろう。オフィーリアはきっとオリオンをニューヨークに引きとめようとした。そうなれば、あの母親のことだ。愛情深く説き伏《ふ》せるとか、故郷への恩義を説いて聞かせるとか、良心の呵責《かしゃく》に訴《うった》えるとか、そんな手段に出るはずがない。力ずくでオリオンをニューヨークに閉じこめたはずだ。強制魔法《まほう》を使うとか首輪をつけるとか、必要な強硬《きょうこう》手段を取っただろう。オフィーリアにとって、オリオンは効果的なソリューションのひとつに過ぎなかった。まさに理想的な道具。性能のいい怪物《かいぶつ》殺しのマシーン。おまけに、狩《か》れば狩《か》るほど自治領のマナは増えていく。わたしはオフィーリアの言ったことなんか**信じていない**。できるのなら息子を幸せにしたかったただなんて、ただのざれごとだ。百歩譲《ゆず》って、時には片手間に息子の幸せを願うこともあったとしよう。おもちゃや従順な遊び相手やフラッシュカードなんかじゃオリオンは幸せになれなかったし、オフィーリアもそのことを本当に悔《く》やんでいるとしよう。だけど、もしもオリオンの幸福と利用価値を天秤《てんびん》にかける必要に迫《せま》られれば、オフィーリアはまず間違《まちが》いなく、息子の幸福なんか切り捨てたはずだ。

だけど、そういう女性だから、オフィーリアはオリオンみたいな息子を授かったのだ。見かけた人間をだれかれかまわず命がけで救った怪物狩り《かいぶつが》りの天才。ママとパパを喜ばせようと努めたい**い子**。オリオンは、自分を利用しようと近づいてくる相手にさえ、親切で礼儀《れいぎ》正しかった。わたしはずっと、両親や自治領がオリオンをそんな子どもにプログラミングしたのだろうと思いこんできた。だけど、オフィーリアがそんなことに心を砕《くだ》くわけがない。結局、オリオンは生まれつきそういうやつだったのだ。底なしの優しさにあふれたわたしの母さんは、数多くの善行を積んできたというのに、つねにキレてる黒魔術師《くろまじゅつし》候補生みたいな娘《むすめ》を授かった。オフィーリアが授かった子どもが無私の高潔な英雄《えいゆう》だったのも、それと同じ原理だ。生涯《しょうがい》を通じて一度だって打算的に動いたことがないオリオン。子どもたちを見境なく助けまくったオリオン。釣《つ》り合いの原則に反しつづけていることなんか気にもしなかったオリオン。命を救いやがってと食ってかかったわたしにずっと親切だったオリオン。

もし、オリオンがぶじに脱出《だっしゅつ》し、そしてウェールズに来なかったとしたら――わたしは自分のくだらないプライドを守るために、オリオンのことを卑怯者《ひきょうもの》と切り捨てただろう。あんなやつどうだっていいと自分に言い聞かせ、悲しんでいない振《ふ》りをしただろう。オリオンが、あの母親に、あの自治領に利用されているのを知らずにいただろう。オリオンがどれだけ願ったって、わたしがあいつを救いに行くことはなかっただろう。

たぶん、オリオンも、自分がどんな場所へ帰ることになるのか、無意識レベルで気付いていた。オフィーリアはもちろん自分の正体を巧《たく》みに隠《かく》していたはずだし、オリオンは黒魔術師《くろまじゅつし》とドアノブの見分けもつかないくらい鈍《にぶ》い。それでも、生まれてからずっとあの母親と暮らしていたんだから、違和感《いわかん》には気付いていたはずだ。**スコロマンスは――この学校はぼくの理想なんだ。**あのとき、オリオンはわたしにそう言った。いまなら、あの言葉は本心だったのだとわかる。だから、いま、わたしにはひとつの予感があった。そうじゃないかと考えるだけで、激しい痛みに胸を刺《さ》される。オリオンは家に帰らないことを**選んだ**のかもしれない。英雄《えいゆう》らしく自分を犠牲《ぎせい》にすることを選び、無敵と言われてきた怪物《かいぶつ》に挑《いど》んだのかもしれない。戦うことが叶《かな》わない母親のもとに帰らずにすむように。この予感が当たっているのかどうかはわからない。なのに、わたしは吐《は》きそうだった。オリオンならあり得ないことじゃないから。それは、いまだ謎《なぞ》のままだったあの問いに対する――考えることを避《さ》けつづけてきたあの問いに対する――ひとつの答えだった。**オリオンは、なぜ助け出そうとするわたしの手を拒《こば》んだのか。**

これまでその問いに答えを出さずにきたのは、ひとつには意味がないからだ。なぜか、はすでに重要なことじゃない。わたしはオリオンを助けだせなかった。わたしにはもう、あいつを助けだせない。それでも、スコロマンスにもどって、わたしにできるささやかなことをしてやらなきゃいけない。それが済んだら――ニューヨークにもどってオフィーリアを倒《たお》すべきなのか、決断することになるだろう。現時点での感覚ではあるけれど、オフィーリアが自治領を破壊《はかい》している犯人だという推測は、五十パーセント以上の確率で当たっていると思う。オフィーリアは、自治領が利益の共有を拒《こば》むことを問題視していた。それなら、謎《なぞ》の黒魔術師《くろまじゅつし》が自治領を見境なく破《は》壊《かい》してまわっているという状況《じょうきょう》は、既得権益層《きとくけんえきそう》に対する効果的な警告になる。仮にオフィーリアが犯人だとしたら、それは彼女《かのじょ》を殺す正当な理由になるだろうか。あの黒魔術師《くろまじゅつし》が、バンコク自治領やサルタ自治領の人たちを虐殺《ぎゃくさつ》した犯人だとしたら？　ロンドンや北京《ペキン》で死者を出した張本人だとしたら？　オフィーリアが犯人だという確信はまだない。仮に犯人じゃなかったとしても、遅《おそ》かれ早かれ、あの人はきっと恐《おそ》ろしいことをする。

母さんがそっと手を伸《の》ばしてくる姿が目に浮《う》かぶようだった。母さんがここにいたら、わたしの額に触《ふ》れ、オリオンのこともオフィーリアのことも忘れさせようとしただろう。なにかも忘れなさいと言っただろう。だけど、母さんはここにはいないし、わたしも母さんに電話するつもりはない。電話したって、きっと、わかりきったことを言われるに決まっている。オフィーリアからはなにひとつ受けとってはいけません。いま、母さんにそんなことを言われたら耐《た》えられない。なぜなら、まぎれもない正論だから。それでも、わたしは差し出された箱を突《つ》き返さなかった。この小箱は唯一《ゆいいつ》の希望だ。これがなければ、〈目玉さらい〉を殺すというささやかな救いさえ、オリオンに与《あた》えてやれないのだ。

オフィーリアはしばらく無言で立っていた。わたしが小箱を投げ返しはしないか、窓ガラスに投げつけはしないか、様子をうかがっていたんだと思う。わたしがどちらの暴挙にも出ないのを確認すると、交渉《こうしょう》は成立したと考えたようだった。実際、そのとおりだった。オフィーリアはわたしたちに礼儀《れいぎ》正しく会釈《えしゃく》し、ごく普通《ふつう》の愛情深い妻みたいにバルタザールに軽いキスをした。それから、「評議会にもどらないと」と言い残し、部屋を出ていった。別れのあいさつをすることもなければ、振《ふ》りかえることもなかった。

バルタザールは、わざわざ自治領の出口までわたしたちを見送った。ゲートウェイのひとつを使ってはどうかと勧《すす》めることさえした。わたしは素っ気なく断った。箱を開けて行き先を確認することもしなかった。一刻も早く**ここから**出たかったのだ。飛行機に三十時間乗る羽目になったとしてもかまわなかった。

クロエも見送りに加わり、そのあいだ、心配を絵に描《か》いたような表情でわたしの様子をうかがっていた。次期総督《そうとく》のことで聞きたいことが山ほどあったんだと思うけど、わたしに質問するチャンスはなかった。出口に着くと、バルタザールが待ちかねていたように切りだしたのだ。

「ニューヨーク自治領はもうすぐすべての入り口を封鎖《ふうさ》する。エル――ニューヨークを訪ねてくれたことに心から感謝している。会えて本当にうれしかった」口ごもり、またつづけようとした。

「非常に混乱しているとは思うが――」

わたしは無言でバルタザールとクロエに背を向け、さっさと歩きだした。長ったらしい前置きつきの説明なんか聞く気はない。どうせ、妻のすばらしさを語るつもりだろう。オフィーリアがいかに善人なのか。妻の計画がいかに重要かつ壮大《そうだい》で、世のためになるものなのか。きっとバルタザールは、自分の語ることすべてを心から信じている。正真正銘《しょうしんしょうめい》、オフィーリアの信者なのだ。ニューヨーク自治領に生まれついたばかりか、その中で地位と名声も手にした。だから、オフィーリアと結婚《けっこん》したのも、妻の計画に賛同しているのも、すべてはバルタザールの意志だ。ニューヨーク自治領に住むために魂《たましい》を売ったわけじゃない。

リーゼルとアアディィヤはわたしのすぐあとをついてきた。賢明《けんめい》な判断だったと思う。わたしは、どこへ行くべきかもわからないまま、悪臭《あくしゅう》立ちこめる薄汚《うすぎたな》い駅のなかをやみくもに歩いていたから。ニューヨーク自治領に盗《ぬす》まれていなければ、ここはいまも大理石の美しい駅舎だったのだ。目についた〝出口〟の赤い表示に向かって歩いていくと、陽の光が射しこむ階段があった。まぶしさに顔をしかめながら地上に出ると、アアディィヤはわたしたちを適当な店へ連れていった。フローズンヨーグルトのちっぽけな屋台で、そばの舗道《ほどう》にはがたつく金属の椅子《いす》が五、六脚《きゃく》ならべてある。アアディィヤはリーゼルに言った。「この子、**見張っといて**」わたしにはお守《も》りが必要だとでも言わんばかりだ。リーゼルはうんざりした顔で返した。「急いでよ」

アアディィヤは駐車場《ちゅうしゃじょう》に車を取りに行き――駐車場《ちゅうしゃじょう》を見つけるための便利な魔法《まほう》があって、アアディヤも一ブロックと離《はな》れていないところに車を停めていた——、わたしとリーゼルが乗りこむと、無言で車を発進させた。直感というか暗黙《あんもく》の了解《りょうかい》というか、とにかく、わたしたちのあいだには、ハドソン川の水中トンネルを抜《ぬ》けるまでは黙《だま》っておこうという空気が流れていた。あの黒《くろ》魔術師《まじゅつし》とのあいだに川をひとつはさまないことには安心できないような気がした。トンネルを抜《ぬ》けてニュージャージーに着いた瞬間《しゅんかん》、リーゼルが「オフィーリアが**黒魔術師**《くろまじゅつし》**?**」と声をあげ、同時にアアディヤが「エル、あんた**正気?**」と叫《さけ》んだ。

「まあね」わたしは両方に対する返事のつもりでそう言った。

「みんな知ってると……思う」質問のつもりで言いかけた言葉を、アアディヤは途中《とちゅう》で断定に変えた。もちろん、**みんな**も知っている。〝**みんな**〟とは、ニューヨークのお偉方《えらがた》のことだ。評議会の議員たちに、自治領の上級魔法《まほう》使いたち。あの連中にしてみれば、オフィーリアは悪人というより必要悪なんだろう。すばらしく聡明《そうめい》な黒魔術師《くろまじゅつし》。なんだってできるし、なお悪いことには本人にもその覚悟《かくご》がある。どんな自治領も、オフィーリアみたいな人材なら喉《のど》から手が出るほどほしいだろう。わたしだって、有能な兵器として自治領に入る計画だったし、計画としてはめちゃくちゃ冴《さ》えていたと思う。計画が頓挫《とんざ》したのは単にやる気の問題だ。オフィーリアが次期総《そう》督《とく》になることは確定だろう。というより、まだ総督《そうとく》になっていないのは、たぶんオフィーリア自身の希望だ。

わたしは、オフィーリアに渡《わた》された小さな箱を両手で包みこむように持っていた。守るというより、ふいに消えたりしないようにつかんでおきたかった。車が走っているあいだ、わたしは無言で小箱を見つめつづけた。やがて、アアディャがなにかの建物の前で車を停めた。一瞬《いっしゅん》、クラブかレストランに着いたんだろうかと思った。レンガ造りのバカでかい建物で、ロンドン自治領のゲートがあったお化けみたいな屋敷《やしき》といい勝負だ。だけど、こっちの屋敷《やしき》は廃墟《はいきょ》とはほど遠い。庭も目をみはるほど見事で、植物という植物が一気に花を咲《さ》かせているみたいだ。アアディャは私道に車を停め、わたしたちを連れて玄関《げんかん》へ向かった。わたしはおそるおそるたずねた。「ここ、まさかあんたの家じゃないよね？」そんなわけないよと笑い飛ばされるのを半分期待していたのに、アアディャはこう言った。「うちだよ。悪いけど、オオカミの群れが待ってるから」

オオカミすなわちアアディャの一家は、文字どおり群れになってわたしたちに襲《おそ》いかかってきた。アアディャの母親は、つかつかと近づいてきてわたしの顔を両手ではさみ、両頰《りょうほほ》に一回ずつキスをした。顔を離《はな》し、こっちがたじろぐほどの満面の笑みを浮《う》かべる。その目は涙《なみだ》でぬれていた。「アアディャがあなたのことをたくさん話してくれたの」かすれ声で言う。わたしは、泣きそうになってごくっとつばを飲んだ。

父さんの一族を訪ねたときの悲惨《ひさん》な記憶《きおく》は断片的にしか残っていないけれど、アアディャの家族との出会いはそれとなにもかもがちがっていた。アメリカ人らしいでかすぎる屋敷《やしき》はあちこちのデザインが微妙《びみょう》におかしかったし、ありとあらゆる最新設備がそろっていた。要するに、非魔《ま》法族《ほうぞく》らしさ満載《まんさい》の家だった。アアディャの家族は、そんなふうに暮らすことで、たったひとり生き残ったアアディャを守ってきたのだ。魔《ま》法《ほう》の気配がするものは二階の部屋に隠《かく》し、作業場は地下に作って鍵《かぎ》をかけた。その他の部分は、アアディャが地元の学校で仲良くなった非魔《ま》法族《ほうぞく》の子どもたちに気前よく開放した。家そのものを温かくて居心地のいい遊び場にした。非魔《ま》法族《ほうぞく》が集まれば集まるほど、怪物《かいぶつ》は寄りつかなくなる。

アアディャがスコロマンスに入学したあとも、非魔《ま》法族《ほうぞく》との交流は続いていたらしい。裏庭のプールサイドにすわり、フルーツがぎっしり入ったアイスティーを飲んだり、おいしすぎて止まらないスナックミックスをつまんだりしていると、近所の非魔《ま》法族《ほうぞく》が、つやつやの完熟トマトをかごいっぱいに入れてふらりと遊びに来た。その女の人は、トマトが菜園で採れすぎたから持ってきたのよと言い、アアディャを見つけると、驚《おどろ》きと喜びで悲鳴をあげて、すっかり大きくなったじゃない、寄宿学校からもどってきたのねとつづけた。リーゼルにはにこやかにほほえみかけ、わたしを見ると、ほんのかすかに顔をこわばらせた。そこはかとなく不安そうな表情になり、急いでさっきよりも口角をあげて笑顔を作る。それから、勧《すす》められた椅子《いす》もお茶もことわって、どことなく気まずそうに言い訳をしながら帰っていった。

アアディャの家族も、わたしがまとう不穏《ふおん》な空気は感じ取っていたと思う。感じない人はいない。だけど、そんなことはおくびにも出さなかった。この家の人たちは非魔法族《まほうぞく》じゃないし、そしてわたしもただの学校の友だちじゃない。わたしはアアディィヤの卒業チームの一員だ。アアディィヤはわたしのおかげでスコロマンスを脱出《だっしゅつ》し、わたしもアアディィヤのおかげで脱出《だっしゅつ》した。自治領に入ることができなかった負け犬にとって、卒業チームのつながりは、結婚《けっこん》をのぞけば人生で一番大事なつながりになる。いや、時には結婚《けっこん》の絆《きずな》をしのぐことさえある。自分がそんな絆《きずな》を得たことを理解するまで、わたしはスコロマンス最終学年のほぼすべてを費やした。それだけ長い時間をかけないと、だれかがわたしと卒業チームを組みたいと望んでくれたことも、友だちになりたいと望んでくれたことも、信じられなかった。それまで、わたしに近づいてくるのは距離《きょり》を置きつつ利用しようとする連中ばかりだったから。そんな関係が**卒業したあとも**続いたらどんな感じになるのか、当時のわたしには想像もできなかった。これがその答えだ。わたしは**歓迎**《かんげい》されていた。

だから、結局、アアディィヤ一家を訪問したこのときも、ムンバイ郊外《こうがい》の父さんの生家を訪ねたときとよく似ていたのだ。今回ははじめの高揚《こうよう》がいつまでも続いた。父さんの家にだって、温もりや金色の陽射しや**家族**の優しさはたしかにあった。その思い出はわたしの胸の中に残りつづけている。そしてアアディィヤの一家には、あのとき感じたような温もりと優しさだけがあった。わたしも、**もう行かなくちゃ**とは言わなかった。計画を実行すると決めた以上、もう出発しなきゃいけないことはわかっていた。それでも、アアディャの家にいると、焼け付くように痛む傷に冷たい軟膏《なんこう》をぬってもらっているような感じがした。オフィーリアに会い、オリオンがどんな人生を送っていたか知ってしまったいま、わたしの心にはその軟膏《なんこう》が必要だった。

アアディャの祖母たちは、おいしすぎるスナックをつぎからつぎへと運んできた。おやつの時間はそのまま夕食の時間に続き、わたしたちはプールサイドを離《はな》れて庭に置かれた大きなテーブルに移動した。食卓《しょくたく》の上には、金色に輝《かがや》くランプがいくつも吊《つ》り下げられていた。やがて、アアディャの父親が帰ってきた。今週はボストン自治領で働いているらしい。ということは、わたしたちと夕食を一緒《いっしょ》にするためだけに、ボストンからニュージャージーまで車を走らせてきたのだ。父親は、コルカタ自治領のアアディャの従兄弟《いとこ》を連れていた。数式を用いる魔工《まこう》の専門家から訓練を受けるために、しばらくボストンに滞在《たいざい》しているらしい。ハンサムで大柄《おおがら》な二十二歳《さい》で、アアディャの家族は彼《かれ》をわたしの隣《となり》にすわらせながら、この子はまだだれとも婚約《こんやく》していなくてね、という情報をわざわざ強調した。そして、わたしの母さんのことをたずね、そのうちぜひ連れて来てほしいと言った。

アアディャは母親の陰《かげ》でおおげさに呆《あき》れ顔を作ってみせ、声を出さずに〝ごめん〟と口を動かした。だけど、わたしはうっとうしいお節介《せっかい》だなんて思わなかった。アアディャの両親たちも、本気でわたしたちがデートするとは思っていない。ただ――入り口を指し示そうとしている。あなたの気が向くなら、こちらは歓迎《かんげい》すると伝えようとしている。むこうが本気じゃないなら、わたしもイラつくわけにはいかない。ところが、アアディャの従兄弟《いとこ》はにこっとわたしに笑いかけ、色目を使うことさえした。状況《じょうきょう》さえちがえば、わたしは関心を向けられたことに驚《おどろ》いただろうし、喜びさえしたと思う。リーゼルに誘惑《ゆうわく》されたことだって驚《おどろ》きではあったけれど、あの秀才《しゅうさい》には絶対になにかべつの目的がある。見ず知らずの相手が打算抜《ぬ》きでわたしに興味を持つなんて、意外でしかなかった。

こんな状況《じょうきょう》じゃなかったら、これは現実なんだろうかとひとしきり逡巡《しゅんじゅん》し、それから不器用なりに色目を返したかもしれない。手に入れたばかりの電話番号をわたしたかもしれないし、まぶしいほどにふつうの若者みたいに、コーヒーを飲みに行く約束をしたかもしれない。もしもオリオンが生きていて、わたしはまだひとりに絞《しぼ》るつもりはないし、あんたもほかの人と会ったりして、わたしたちの関係が子どもの恋愛《れんあい》じゃないか確かめなよ、と伝えることができたなら。そういうおとなっぽい対応をしてみせたあとだったなら。本当は比較《ひかく》検討なんてする気もないのに、理屈《りくつ》の上では筋の通ったことをオリオンに言ってみせることができたなら。いままで、オリオンと付きあうかひとりでいるか、そのどちらかしか想像したことがなかった。ほかの選択肢《せんたくし》はなかった。もちろん、べつのだれかと付きあうことを考えるのはいいことだし、健康的だと思う。相手はリーゼルでもいいし、アアディャの従兄弟《いとこ》でもいいし、まだ見ぬだれかでもいい。だけど、わたしにはその未来があって、オリオンにはない。なぜなら、あいつは死んで、いまなお叫《さけ》びつづけているから。

だから、ありふれた楽しい会話をつづけるかわりに、わたしはひと言断って洗面所へ行き、鍵《かぎ》をかけて何度か深呼吸をした。顔を洗い、タオルで拭《ふ》き、そこではじめてオフィーリアにもらった小箱をポケットから取りだした。蓋《ふた》を開ける。蓋《ふた》を開けるとまた蓋《ふた》があり、無数の蓋《ふた》を開けつづけるうちに、箱はほぼ六倍のサイズになった。内側は黒いビロード張りで、中にはマナ・シェアのメダルが入っていた。ベルトつきの懐中《かいちゅう》時計のような形で、蓋《ふた》にはニューヨーク自治領のシンボルが刻まれていた。オリオンがつけていたものとそっくりだけど、こっちのメダルは、わたし自身がマナを引き出すことができる。メダルの横には縁《ふち》の毛羽立った厚紙の小片が添《そ》えられていて、そこにGPSの座標が書いてあった。紙切れの下には、**ポルトガル、シントラ**というラベルが貼《は》ってある。

ふいに、もうひとつのポケットから、眠《ねむ》たげな顔のスイートハニーが這《は》いだして来た。スナックミックスからお米のお菓子《かし》を選んでたらふく食べたばかりだ。消化不良を起こすんじゃないかと心配になるくらいの勢いだった。スイートハニーは箱を置いた洗面台に飛びおり、片方の前足をマナ・シェアのメダルの上に置いた。わたしにメダルをつけさせまいとするみたいに。きらきらした緑の目でわたしを見上げ、心配そうにひと声鳴く。行く先の危険を警告しようとしているのだ。

「不安なのはわたしも一緒《いっしょ》だよ」そう答えると、スイートハニーは前足を引っこめ、メダルをつけるわたしを沈《しず》んだ顔で見守った。それから小さく体を震《ふる》わせ、わたしの体をよじ登ってポケットにもどっていった。

わたしは、重さの釣《つ》り合いを取るみたいにして、座標が書かれた紙をもう片方のポケットに入れた。それから、さよならを言いに庭へ向かった。

第9章 シントラ

　出発を告げる間もなく、立てつづけに文句を言われた。「まず第一に、わたしも一緒《いっしょ》に行くから。ふたつ目に、行くなら朝だよ」庭の隅《すみ》に呼んだだけなのに、アアディヤは開口一番にそう言った。「あんた、アイスリンクの整氷車に何回か轢《ひ》かれたみたいなひどい顔なんだから」
「スコロマンスにもどってマナが足りなくなったら、もっとひどい顔になるけどね」勝手に話に加わってきたリーゼルが口をはさんだ。そう言いながら携帯《けいたい》電話をいじっている。「一番よさそうな便は四時間後。ほら、空港に行くよ」
　それから、リーゼルはチャートを描《か》きながら説明をはじめた。スコロマンスにいるあいだにマナの寄付が大きく減ればどんな恐《おそ》ろしいことが起こるのか。説明を聞いたアアディヤはすぐに出発するという案を渋々《しぶしぶ》受け入れた。そのかわり、荷造りをしているあいだ部屋にいてくれという条件をつけた。部屋に着くと、アアディャはでかいトランクに持ち物を放りこみながら切りだした。「で、なんでリーゼル？　まじでわからないんだけど」この家に帰ってきてまだ一週間だというのに、クローゼットは服でぱんぱんだ。ベッドにたどり着くには、地雷原《じらいげん》でも渡《わた》っているみたいに、ブランドのロゴが踊《おど》る紙袋《かみぶくろ》をよけて歩かなくちゃいけなかった。欲望のおもむくままにファッションショーをしたのか、部屋中に包装紙が散らばっている。「なんでリーゼルがあんたについてくるわけ？　そもそも、ここにいるなんておかしくない？　もうロンドン自治領の人間でしょ？」

「その謎《なぞ》が解けたらわたしにも教えて。でもまあ、世界中で起こってるゴタゴタをさっさと片付けたがってるのは確か。片付けて、ロンドンで待ってるアルフィーのもとに帰りたいんだよ。評議会入りするっていう野望もあるしね」

「だから、あんたを追いかけ回してるって？　エル、それじゃなんの説明にもなってないから。リーゼルにはなにかべつの目的があるし、それを秘密にしてるなら、あんたに都合の悪いことなんだよ。あんた、リーゼルに強く出られない事情でもあるわけ？」わたしは心の中で身《み》もだえし、数秒間黙《だま》りこんだ。アアディャは妙《みょう》な間が空いたことに気付き、荷造りの手を止めて振《ふ》りかえった。鋭い目になってじっとわたしを見る。「事情が**ある**わけ？」脅《おど》すような声色だ。

「まあ、ほら」わたしは消え入りそうな声で言った。こうなることはわかっていた気がする。なのに、言い訳ひとつ思い浮《う》かばない。

「ちょっと待って。**ウソ**」アアディャは言った。「**リーゼルと？**」

わたしはうめき、ベッドにあおむけに倒《たお》れこんだ。両手で顔をおおう。「弱ってたっていうか……」くぐもった声でつぶやいた。

「おかしくなってた、の間違《まちが》いでしょ！　ほんと、最悪。エル、アルフィーはリーゼルの**パイプ**なんだよ。ロンドン自治領に入って、つぎは評議会に入るための太いパイプ。それでもアルフィーを裏切って浮気《うわき》するなんて、**めちゃくちゃ**重要な目的があるってことじゃん」

「浮気《うわき》じゃない」わたしは小声で言った。「アルフィーも知ってる」

「へえ、よかったね。じゃ、あんたを取りこむのも計画の一部だったってこと」アアディャは言い放った。

手を組まないかというリーゼルの誘《さそ》いはすでに断ったけれど、たぶん、アアディャの不吉な予測はだいたい当たっている。わたしにもそれはわかっている。だけど、それでもわたしはあのときのことを後悔《こうかい》していない。いまだに、リーゼルには情けないほど感謝している。身体の緊張《きんちょう》がほぐれるくらい圧倒《あっとう》的な安心感を与《あた》えてくれたことも。夢も見ない深い眠《ねむ》りを与《あた》えてくれたことも。そしてもちろん、わたしをここへ**連れてきてくれた**ことも。だけど、その対価としてなにを求めるつもりなのかは、やっぱりはっきりさせておくべきだった。やたらと助けてくれるリーゼルをただ受け入れるなんて、本当はするべきじゃなかった。見返りなしで助けてくれるわけがないんだから。自己犠牲《ぎせい》なんてだれだって嫌《きら》いだし、リーゼルにいたっては、自己犠牲《ぎせい》に耐《た》える振《ふ》りさえできないだろう。リーゼルは戦略が服を着て歩いているような人間だ。わたしが弱っているときを正確に見定めて、自分のでかい目的のために利用することくらいやってのける。わたしがあまりにも無防備すぎたのだ。スコロマンスでは学びそこねたのだとしても、物心ついてからこちら、対価は前もって確認するべしという教訓なら嫌《いや》というほど学んできたのに。

「いまのうちに警告しとくけど、あんたがロンドン自治領に引っ越《こ》して**リーゼルとアルフィーと**三角関係の恋愛《れんあい》をはじめたら、わたし、飛んでいってあんたを鎖《くさり》で縛《しば》りあげるからね」アアディヤは言った。「ていうか、スコロマンスが時限爆弾《ばくだん》みたいになってなかったら、**いまだって**あんたを縛《しば》り上げたい。エル。あんたはなんにも悪くないんだよ」わたしははっと息をのんだ。胸が締《し》めつけられて痛い。痛みをこらえようと、わたしは起き上がって背中を丸めた。

アアディヤが近づいてきてベッドに腰《こし》を下ろし、わたしの肩《かた》に手を回した。「オリオンが死んだのはあんたのせいじゃない。計画は**成功した**。あんたたちはゲートの真ん前にいた。オリオンはただ飛び出せばよかった。どうしてそうしなかったのかはわからない。あんたは自分がオリオンを置き去りにしたって思いこんでるけど、そうじゃない。それくらい、その場にいなくたってわかる。オリオンはバカじゃない。一瞬《いっしゅん》だって、あんたが自分を置き去りにしただなんて思ってない」アアディヤは鼻を鳴らした。「あんたが自分を置いていくだなんて思ってたら、そもそもゲートのむこうに押《お》しだしたりしないでしょ。あんたが**残ろうとする**のがわかってたんだよ」

アアディヤは正しい。もちろん、正しい。わかっている。だけど、もしわたしのせいじゃないのなら――「じゃあ、オリオンは**無意味に**死んだ**バカ**ってことになるよ」わたしは声を絞《しぼ》りだした。

「人って、時どきバカをやるんだよ」アアディヤはためらうことなくそう言った。「あんただってよくバカなことをやるでしょ。取り返しがつかないんだって気付くのは、いつもバカをやってしまったあと。オリオンは、最低最悪の戦いの真っ最中に、ほんの一瞬《いっしゅん》だけ判断をまちがった。〝忍耐《にんたい》〟があんたを襲《おそ》うんじゃないかって思ったから。でも、オリオンがやったことはやっぱり尊い。あんたがオリオンを愛したことも、あいつが死んで悲しんでることも、意味のあることだよ。まじで意味不明なのは、弱りまくってるときに近づいてきたリーゼルを受け入れたこと」アアディヤはトゲをたっぷり含《ふく》んだ声で言い、わたしの肩《かた》を小突《こづ》いて荷造りにもどった。「リーゼルのこと、**好き**でもないくせに」

わたしは顔をしかめた。「リーゼル、あんたにも好意があるっぽいよ。なんとなくだけど」

「好意？　悪意の間違《まちが》いじゃ？」アアディヤは歯牙《しが》にもかけない。

わたしには、いま着ているものしか服がなかった。母さんがくれた、麻《あさ》のゆったりしたワンピースだ。リーゼルに清めの魔法《まほう》をかけてもらったとはいえ、洗濯《せんたく》が必要な時期はとっくに過ぎている。だけど、いま洗濯《せんたく》をしている時間はない。アアディャの部屋には新品の服が山のようにあるけれど、どれもわたしにはサイズが合わなかった。アアディャは袋《ふくろ》に入ったままの下着をひと揃《そろ》いくれて、それから母親と話しに行った。やがて部屋に来たアアディャの母親は、魔工《まこう》を使って織った服を持っていた。サルワール・カミーズというインドのゆったりしたチュニックとズボンのセットで、肌触《はだざわ》りのいい薄《うす》いコットンでできている。襟《えり》ぐりには、防衛呪文《じゅもん》のルーン文字が金糸で刺繍《ししゅう》されていた。こんな服を作るには一年分のマナがかかる。断ろうとしたけれど、アアディャの母親は頑《がん》としてゆずらなかった。

アアディャの父親は、ぜひにと言ってわたしたちを空港まで車で送ってくれたけど、運転中も何度もミラーをのぞき、娘《むすめ》の様子を心配そうにうかがった。アアディャを巻きこんだことが申し訳なかった。それでも、来ないでいいと言う勇気はなかった。どうしても一緒《いっしょ》に来てほしかった。〝忍耐《にんたい》〟と戦うことになるんだから、スコロマンスの内部にまで連れて行くつもりはない。ただ、扉《とびら》のむこうでわたしを待っていてほしい。だれだろうと、そんな危険にさらすつもりはない。ただ、扉《とびら》のむこうで待っていてくれめちゃくちゃ身勝手な頼《たの》みだということはわかっている。だけど、扉《とびら》のむこうで待っていてくれる人がいれば、帰らなきゃいけないときっと思える。

フライトは遅延《ちえん》していて、空港は妙《みょう》な感じに閑散《かんさん》としていた。人はいるけど活気がない。店はほとんど閉まっていて、疲《つか》れた顔の人たちがスーツケースを引きずって行き来している。アアディヤは、一瞬《いっしゅん》たりともわたしとリーゼルをふたりきりにしなかった。そして、ファーストクラスのラウンジに落ち着くと、わたしに命じてコーヒーを取りに行かせた。

リーゼルもアアディヤが警戒《けいかい》していることには気付いていた。「**エルに**なにかするとでも思ってるわけ？」わたしが十分遠ざかるのを待って、リーゼルはトゲトゲしい口調で切りだした。実を言うと、わたしはすぐそばにいた。ラウンジを回りこみ、鉢植《はちう》えの陰《かげ》に隠《かく》れて聞き耳を立てていたのだ。リーゼルの返事次第では、アルフィーの待つロンドンに追い返すつもりだった。

アアディヤは腕《うで》を組んでリーゼルをにらみ返した。「あんたが恥《はじ》知らずだってことはわかった。ねえ、エルはいまふつうの状態じゃないんだよ」

「知ってるよ。わたしが状況《じょうきょう》を悪化させたとでも思ってる？　誓《ちか》って言うけど」リーゼルは、経験したことを話している人の低いトーンでつづけた。「体が喜べば、どんな状況《じょうきょう》でも改善する。どれだけひどい状況《じょうきょう》にいたとしても。実際、エルがいま置かれてる状況《じょうきょう》は最低だしね」

「かもね。じゃ、あんたはあの子がどん底に沈《しず》んでるうちにフック魔法《まほう》でも仕込《しこ》んでおいて、必要なときに引き寄せて利用するつもりなんだ」

リーゼルは、アアディヤを追い払《はら》おうとするみたいに片手を振《ふ》った。「そのとおり。あんただって、やろうと思えばエルを利用できるよね。でも、利用するってなにに？　命を守ってもらうとか？　エルは見ず知らずの相手でもただで助ける。ほかにはなにがある？　あんたたち、元チームメイトだよね。で、これまでエルになにか頼《たの》んだことがある？　自治領に入れるように口を利いてもらうとか、魔工家《まこうか》として就職できるように仲介《ちゅうかい》してもらうとか、そういうことを頼んだわけ？　なんで頼まないの？　あんたもご立派な無私の精神の持ち主で、自分のことなんてどうでもいいって？」リーゼルが鼻で笑い、アアディヤは眉間《みけん》にしわを寄せた。「ちがうよね。あんたがそういうことを頼《たの》まないのは、どうせ断られるから。わたしもエルに頼《たの》みごとをした。でも、エルは自分の欲望のために動いたりしないし、他人の欲望のためならなおさら動かない。それが正しいんだよ」リーゼルは、しぶしぶといった調子で言った。嫌々《いやいや》ながら折り合いをつけたような口調だった。「エルは強すぎる。自分や他人の欲望のために動くようになったら、歯止めが利かなくなる。だから、そこでわたしたちの**フック**が役にたつわけ。わたしたちなら、万が一のときでもエルを止めることができる。わたしがフックのひとつを持ってることを感謝しな。あと、そっちのフックは大事に持っときなよ」

わたしはふたりに背を向け、むしゃくしゃしながら大またで歩きはじめた。自分がふつうの状態じゃないことは否定できないし、迷走したときに正しい道に引きもどしてくれる人がいるのは大事なことだと思う。リーゼルは、そういう人たちのひとりになろうとして、悔《くや》しいけれど見事に成功した。ようやく判明したリーゼルの望みは、わたしを助けようとする理由は、**わたしを黒《くろ》魔術師《まじゅつし》にしないこと**だ。わたし自身、そんな未来が現実のものになってしまうことを、五歳《さい》のころから恐《おそ》れてきた。それなら——黒魔術師《くろまじゅつし》にならずにすむのなら——わたしは是《ぜ》が非でもリーゼルの力を借りる。

わたしはコーヒーを取って席にもどり、押《お》し黙《だま》ったままふたりにカップを渡《わた》した。アアディヤはテーブル越《ご》しにリーゼルをにらんでいる。わたしも似たようなふくれっ面で、たぶん似たようなことを考えていた。そう、リーゼルを追い返すわけにはいかない。

わたしたちは、真昼間のリスボンに降り立った。ニューヨークとニュージャージーにいたのはほんの短いあいだで、時差ボケを感じる暇《ひま》もなかった。こうして陽の光を浴びるタイミングも体内時計とぴったりだった。本当なら清々しい気分になるべきところだったと思う。ところが、時差を感じないからこそ、ニューヨークで起こったことが混沌《こんとん》とした悪夢みたいに思えてならなかった。悪夢みたいな現実が、機内でうとうとしながら見た悪夢と混ざり合う。おぼろげにしか覚えていない夢の中では、オフィーリアの影《かげ》がつねに漂《ただよ》っていた。よどんだ湖の水面を流れていく、ゆがんだ人影《ひとかげ》みたいに。携帯《けいたい》電話の電源を入れると、クロエから留守番電話が三件入っていた。メッセージは半ダースも届いていて、そのすべてに、できるときに電話をしてほしいと書かれていた。わたしはずらりと並んだメッセージをみつめながら、一瞬《いっしゅん》、電話をしようかと考えた。だけど、クロエがするだろう質問なら予想がつく。わたしになにが言えるだろう？　荷物をまとめてさっさとニューヨークを出ろと警告する？　オフィーリアはクロエに危害を加えたりしない。クロエがニューヨークを駆《か》け回って、次期総督《そうとく》候補は黒魔術師《くろまじゅつし》だと叫《さけ》んで回らない限り。むしろ、これ以上詳《くわ》しいことを知らせないほうがクロエのためになる。

リーゼルはわたしたちを連れてシントラ行きの電車に乗り、目的の駅に着くと、町の中心にあるしゃれたホテルに向かった。リーゼルとアアディヤが部屋を取っているあいだ——ちなみに、魔法《まほう》ではなく本物のお金を使った——、わたしはアンティークの家具が並ぶ居心地のいいロビーで待っていた。窓の外では、観光客たちが文字どおり群れをなして風光明媚《めいび》な街を行き来していた。駅から流れだしてきた一団が、急な坂道の左右にわかれて歩きはじめる。道の真ん中にはタクシーやゴルフカートが走っていて、この〝丘《おか》の町〟を息切れに耐《た》えて歩く勇気のない人たちを運んでいた。

はじめは、目の前に窓があったからという理由だけで、ただぼんやりと表の通りをながめていた。だけど、しばらくすると、スコロマンスの扉《とびら》が観光地のど真ん中にあることが不自然に思えてきた。ニューヨークやロンドンみたいな大都市に自治領のゲートがあるのは、もともと住んでいた場所に自治領を建てたからだ。そして、魔法使《まほうつか》いの多くは都市に暮らしている。とはいえ、都市部にゲートを作ればなにかと不便だしマナも大量に使う。非魔法族《まほうぞく》に見つかるという危険が常にあるからだ。

それはそれとして、スコロマンスはどの自治領からも離《はな》れた場所に建てたほうがよかったはずだ。怪物《かいぶつ》たちに見つからないように。どうして、もっとわかりにくい、辺鄙《へんぴ》な場所を選ばなかったんだろう？　ＧＰＳの座標が博物館のど真ん中を指していることがわかると、わたしはますます混乱した。歴史ある建物ではあるけれど、**そこまでの**歴史はない。博物館が作られたのは一九〇〇年代のことだ。スコロマンスはその数十年以上前にできている。なにか意図があったことは確かだけど、それがなにかは見当もつかない。

ＧＰＳの座標は小数点第四位で四捨五入されていたから、博物館のなかをさまよって探すしかなかった。敷地《しきち》内のどこかにあることだけは間違《まちが》いない。こっそり壁《かべ》を通り抜《ぬ》けることもできなかったから、チケットを買うために長い行列に並ぶことになった。写真映えする通りには観光客がたくさんいて、博物館の壁《かべ》を背景にしてセルフィーを撮《と》っていたからだ。人のいないタイミングが一瞬《いっしゅん》できたとしても油断は禁物だった。数分おきに、車が猛《もう》スピードで角を曲がりこんでくる。

そんなわけで、わたしたちは非魔法族《まほうぞく》と一緒《いっしょ》に列に並んでチケットを買い、この文化財をめぐる長ったらしいツアーに参加して、屋敷《やしき》の元所有者や建築家のこと、そいつらがタロットや成人の通過儀礼《ぎれい》や反文明主義にハマっていたことなんかの説明を聞かされることになった。話を聞く限り、連中の言う反文明主義というのは、自然破壊《はかい》をべつのだれかのせいにすることらしい。アディヤはわたしに向かって呆《あき》れ顔を作ってみせ、声を出さずに**アホらしくない?** と口を動かした。ガイドは話をつづけ、元所有者たちが庭園で開いていたという豪華《ごうか》なパーティーを描写《びょうしゃ》してみせた。そのあいだも、わたしたちはそれらしい扉《とびら》を探しつづけた。この世界の外へ出られそうな扉《とびら》はどこにあるんだろう。だけど、同じグループには扉《とびら》に夢中な九歳《さい》くらいの悪ガキがいて、わたしたちより先に扉《とびら》という扉《とびら》に飛びつき、古い真鍮《しんちゅう》のドアノブを引っ張ったり、アンティークの戸棚《とだな》を開けたりしてしまう。困り果てた顔の母親は、お願いだから館内の物に触《さわ》らないでちょうだいと繰《く》りかえしていた。

ようやくツアーが終わって庭園に出るころには、オフィーリアは、足止めを食らわせるためにわたしたちをこんな場所に追いやったんだろうかという疑いで頭がいっぱいになっていた。わたしがその疑いを口にするとリーゼルは首を横に振《ふ》った。「そのつもりなら、もっと辺鄙《へんぴ》な場所を選ぶに決まってるでしょ」言われてみればそのとおりだ。だから、わたしたちはむっつり押《お》し黙《だま》ったまま庭園の探索《たんさく》に乗りだした。だけど、自分たちが秘められた場所にある謎《なぞ》めいた魔法《まほう》学校を目指しているとは思えない。すぐ前にはツアーバスで遊びに来た観光客の集団がいて、先頭のガイドなんてハローキティのイラストがついた旗まで振《ふ》っている。

こういう場所では、庭園は美しく草木が青々と茂《しげ》っていた、みたいな感想を言うべきなんだろう。だけど、なにより死ぬほど暑かったし、どうやらこの博物館における原始主義というのは、悪意を感じるほど複雑に曲りくねる小道と、岩を削《けず》ってそれっぽく見せかけた上りにくい階段のことを言うらしい。わたしたちは人混みを避《さ》けて進み、結果として同じ道を立てつづけに三周することになった。四周目の途中《とちゅう》で、似たりよったりのコケむした階段のひとつを何度も通り過ぎていることに気付いたのだ。わたしは汗《あせ》だくで睡眠《すいみん》不足で身も心もぼろぼろだった。四度目にさっきと同じ階段が現れると、クスクス笑いがこみあげてきて止まらなくなった。アアディヤとリーゼルは、わたしを強制的に庭園のカフェに連れていき、冷たい水と濃《こ》いコーヒーをあてがった。

そのころにはリーゼルも完全に頭にきていて――この秀才《しゅうさい》には原始主義なんかどうだっていいのだ――、大までチケット売り場にもどっていくと、館内地図をもらって帰ってきた。しばらくしてわたしが正気を取りもどすと、リーゼルはわたしとアアディヤを連れて庭園をくまなく見てまわり、それから、〈通過儀礼《ぎれい》の井戸〉というものに下りていく長い行列に並ぼうと言いだした。パンフレットによると、その通過儀礼《ぎれい》というのはフリーメイソンの怪《あや》しげな儀式《ぎしき》のひとつで、博物館の元所有者が仲間たちとおこなっていたものだという。たぶん、その連中は、大学で新入生しごきを十分に受ける機会がなかったのだ。だから、自分たちはちゃんと大人になったんだということを証明するために、わざわざこんな立派なお屋敷《やしき》を建て、本人たちはべつに信じてもいない深刻ぶった儀式《ぎしき》をはじめるようになったんだろう。自分たちの理想を盛りこんだ異教の世界を再現しながら。

とにかくわたしは、こんな場所を作った連中にイラついていた。スコロマンスの扉《とびら》を見つけることも半分あきらめていた。意思とは無関係に小学生にもどり、最低の修学旅行に参加している気分だった。こんな大人向けディズニーランドみたいなところにスコロマンスがあるはずがない。だから、**なぜ**スコロマンスがこんなところにあるんだろうと疑問に思うことも、なんのためにこんな場所が選ばれたんだろうと首をかしげることもなかった。わたしは汗《あせ》だくでイライラしながら列を進んでいき、本物の井戸のなかへと下りていった。正確にはふつうの井戸じゃない。細長い塔《とう》を、地上に作るのではなく地面をくり抜《ぬ》いて作ったような感じだ。長いらせん階段が通っていて、観光客たちが壁《かべ》にもたれ、携帯《けいたい》電話を上下左右に向けて写真を撮《と》っていた。

地下三階分も下りるころには、もう汗《あせ》はかいていなかった。もう疑ってもいなかった。スコロマンスはここにある。どこかこの近くにある。この博物館を建てたのがだれだったにせよ、その人たちにははっきりとした目的があったのだ。

観光客たちの声が井戸の中でこだまし、意味をなくした騒音《そうおん》へとぼやけていく。いくつもの外国語によるいくつもの会話。こだまをいつまでも繰《く》りかえし、いつまでも消えない。知らない外国語のコーラス。歌詞の意味はわからないけれど、なにか重要なことを伝えようとしている。言葉の意味は、たぶん重要じゃない。笑っているのか、身を乗りだして写真を撮《と》りながらはしゃいでいるのか。声という声が反響《はんきょう》し、混ざり合い、井戸の中には、ひとつのメッセージが絶え間なく低く響《ひび》いた。

頭上の世界は、井戸の暗闇《くらやみ》にのみこまれるみたいにしてすこしずつ見えなくなっていき、最後には白っぽい円のような空だけが残った。まぶしすぎて見上げることもできない。わたしは、これ以上前に進みたくなかった。だけど、らせん階段はせまく、ほんの一瞬《いっしゅん》足を止めることもできない。うしろにも前にも観光客がごった返していて、下へ下へと進みつづける流れができている。なんにしても、わたしは進みつづけなくちゃいけない。わたしたちは、進みつづけなくちゃいけない。**むこうへ**行かなくちゃいけない。

都市部の自治領なら、人目を引かずに出入りできるように、ゲートは可能な限り奥《おく》まったところに隠《かく》したほうがいい。魔法使《まほうつか》いがゲートに入るところなんて壁《かべ》にもぐりこんでいるみたいにしか見えないんだから、非魔法族《まほうぞく》にそんな瞬間《しゅんかん》を目撃《もくげき》されたら大量のマナを使うことになる。それだけならまだしも、ゲート自体が崩壊《ほうかい》する危険だってあるのだ。

だけど、スコロマンスの扉《とびら》は毎日出入りするようなものじゃない。新入生たちは、膨大《ぼうだい》なマナが費やされた入学呪文《じゅもん》をかけられ、一時的に実体を失った姿でゲートや結界を通り抜《ぬ》け、学生寮《りょう》のそれぞれの部屋に放りこまれる。入学式は、卒業式の直後という貴重な時期を狙《ねら》っておこなわれる。そのころなら、怪物《かいぶつ》たちは卒業式でたらふく食べたか駆除《くじょ》されたかのどっちかだ。そして、卒業していく生徒たちは、歩いてゲートを通り抜《ぬ》ける。もちろん、直接ポルトガルに飛びだすわけじゃなくて、ポータル魔法《まほう》によって自分の国に送り返されるのだ。

じゃあ、スコロマンスの扉《とびら》はだれが使うのかというと、基本的には**怪物《かいぶつ》たち**だ。だけど、いま井戸でぎゅう詰《づ》めになっている非魔法族《まほうぞく》のおかげで、怪物《かいぶつ》たちは容易には扉《とびら》にたどり着けない。ここではパーティーや式典がよく開かれたというけれど、まず間違《まちが》いなく元所有者も魔法使《まほうつか》いだ。ひょっとすると、建築家も魔法使《まほうつか》いだったのかもしれない。この建物を作った当初から、彼らは非魔法族《まほうぞく》たちを意図的に**集めようと**していたんだろう。偽《にせ》の儀式《ぎしき》の厳粛《げんしゅく》さを犠牲《ぎせい》にして、大量の観光客を引き寄せた。

自治領は、四十年に一度くらいのペースで、扉《とびら》からスコロマンス内部になにかしら運びこんできた。たとえば第二次世界大戦後には、ゴーレムを使って食堂に新しい設備を導入した。そんなときは、たぶんこの博物館全体を貸し切ったんだと思う。映画の撮影《さつえい》があるとかなんとか言い訳をし、実際にドキュメンタリー映画を一本撮《と》るくらいの手間はかけたのかもしれない。映画が公開されればここを訪れる客はさらに増え、偽《にせ》の儀式《ぎしき》は何度も何度も繰《く》りかえされることになる。

非魔法族《まほうぞく》は、セルフィーを撮《と》るあいまにほんのわずかなマナを落とす。喜びと驚《おどろ》き。ちょっとしたきまり悪さ。目を閉じ、ここにいるのが自分ひとりだったらどうだろうと考えて身震《みぶる》いする瞬《しゅん》間《かん》。そのすべてがマナになる。ガイドブックやパンフレットが謳《うた》う神秘的なストーリーをみずから進んでたどり、暗闇《くらやみ》に沈《しず》むスコロマンスの扉《とびら》へとつづく道すじを何度も行き来する。そうして、ここにかけられた魔法《まほう》を補強しつづける。

　井戸の底は、ゆがんだ形のトンネルに続いていた。トンネルはあちこちで枝分かれしているけれど、そのすべてが行き止まりだ。妙《みょう》にやわらかい石灰石でできているから、なにか生き物が壁《かべ》をかじって穴を開けたみたいに見える。トンネルは圧迫感《あっぱくかん》があって、壁《かべ》の下のほうには、観光客たちが転ばないように安っぽいＬＥＤのテープライトが張ってあった。ライトがあっても居心地の悪さはまるっきり和らいでいない。たぶん、この場所と安っぽい工業製品は相性が悪いのだ。弱々しい光が暗闇《くらやみ》をすこしでも照らそうとむなしい努力をしている。人混みの気配はするのに、顔はひとつも見えなかった。話し声、つぶやく声、どこか上のほうから聞こえる悲鳴みたいな笑い声。なぜか目に涙《なみだ》がにじみ、オレンジ色の光がぼやけた。自分の息の音がうるさい。行く手の人混みのあいだにライトがちらちらと見え、わたしはただ、その明かりに向かってひたすら歩きつづけた。川の流れみたいな観光客の群れと一緒《いっしょ》に。進みつづけ、ここから**出たい**。流れに乗ってこの場所から出ていきたい。元所有者たちがこんなにも凝《こ》った通路を作ったのは、きっとこのためでもあったんだろう。なにも知らない非魔法族《まほうぞく》たちに、彼《かれ》らがわが子にもたどってほしいと願ったのと同じ道すじをたどらせる。このトンネルは、真っ暗な闇《やみ》を抜《ぬ》け、ふたたび日常へもどる旅路を表現しているのだ。

トンネルを進みながら、わたしは絶えず冷たいすき間風を感じていた。弱い風はどことなく懐《なつ》かしいにおいがした。生臭《なまぐさ》いオゾンのにおいに、鉄と機械油のにおいやかすかな生ゴミのにおいが混じり合う。これはスコロマンスのにおいだ。わたしはそのにおいを吸いこんだ。直感でわかる。あの場所はすぐそこだ。わたしたちはスコロマンスのすぐそこにまで迫《せま》っている。わたしは人波の中でぴたりと足を止めた。この人たちは、わたしがここにいることを知らない。姿さえ見ることができない。わたしは闇《やみ》のなかを流れていく影《かげ》のひとつだ。わたしに目を留める人はだれもいない。だから、だれひとりわたしのしていることには気付かない。わたしは枝分かれした真っ暗な通路のひとつに入り、現実世界の外へ出た。

足を下ろすと、ぎざぎざした岩のかけらを踏《ふ》んだような感触《かんしょく》がした。顔から倒《たお》れこみそうになり、腹筋に力をこめて持ちこたえる。こんなときは両手を空けておいたほうがいい。体勢をもどすと同時に、両手を軽くあげて発現魔法《まほう》の文句を唱える。だけど、ドームで身を守る必要はなかった。怪物《かいぶつ》たちは気配さえない。

真っ暗でなにも見えないけれど、広々とした空間の中にいることだけはなんとなくわかる。一《いっ》瞬遅《しゅんおく》れてリーゼルとアアディャが両わきに現れた。ふたりが反射的に魔法《まほう》をかける構えを取ったせいで体がぶつかり合い、三人そろって転びそうになる。足元の床《ゆか》はやたらとでこぼこしていて、わたしたちは互《たが》いに支え合うようにして立っていた。ふいに、小さな光がぽうっと灯った。アアディャが光輝球《こうききゅう》を出したのだ。レースのような真鍮《しんちゅう》の覆《おお》いの中で、水晶《すいしょう》の球がぼんやり光っている。まわりには惑星《わくせい》みたいに真鍮《しんちゅう》の輪っかがめぐらせてあり、ドローンみたいにそこに小さなプロペラがいくつもついていた。アアディャが光輝球《こうききゅう》を下手投げすると、球はぶうんと小さくうなりながらだんだん明るくなっていき、がらんどうの洞窟《どうくつ》みたいな場所を照らしだした。頭上の庭園とほぼ同じ広さがある。さっきまでこんな空洞《くうどう》の真上にいたなんて、いまさらながら足がすくむような感じがした。

かつてこの場所には広場があったらしい。円柱が並び、壁《かべ》のあちこちには噴水《ふんすい》の跡《あと》がある。噴《ふん》水《すい》に見えるものは、たぶん結界系の魔工品《まこうひん》だ。円柱は崩《くず》れて女性像らしき残骸《ざんがい》が見えるだけだし、噴水《ふんすい》のライオン像の頭部は土やコケに厚くおおわれている。いたるところで緑色の水が滴《したた》り落ちていた。カビと腐《くさ》った水、サビのにおいが立ちこめている。焦《こ》げた甲殻《こうかく》や建設資材の破片みたいなものが散らばっているのは、死んだ怪物《かいぶつ》たちの残骸《ざんがい》だ。

床《ゆか》の真ん中の敷石《しきいし》には、スコロマンスの心臓とも言えるあの言葉が彫《ほ》りこまれていた。『この**学び舎の目的は、世界中の賢《かしこ》い子どもたちに庇護《ひご》と安寧《あんねい》を与《あた》えることである**』そのまわりには、スコロマンスのゲートに刻まれていたのと同じ呪文《じゅもん》が、さまざまな言語で繰《く》りかえし刻まれていた。英語版の呪文《じゅもん》に目が留まる。『悪しきものよ、去れ。賢者の隠れ家はこの門に守られる《Malice, keep far, this gate wisdom's shelter guards》』くっきりとした金文字は、うっすらとコケむしたいまでさえ輝《かがや》いていた。

だけど、呪文《じゅもん》はちょうど〝賢者《けんじゃ》〟のところでふたつに分かれている。床《ゆか》に彫《ほ》りこまれた言葉や呪文《じゅもん》を横切るように、太く黒々としたひびが入っているのだ。床《ゆか》にはいたるところに亀裂《きれつ》が走り、そのまわりでは敷石《しきいし》が危険なほど押《お》し上げられている。崩《くず》れた敷石《しきいし》の破片があちこちで小山を作っていた。広場全体が衝撃波《しょうげきは》を受けて廃墟《はいきょ》と化している。衝撃《しょうげき》の波は、スコロマンスの重たげな青銅の扉《とびら》から放射状に広がってきたらしい。扉《とびら》は石壁《いしかべ》のなかの枠《わく》から外れかけている。まるで――そう、まるで――つい最近、荒廃魔法《こうはいまほう》に内側から押《お》し開けられたみたいに。

広場に生き物の気配はない。動いているものといえば、どこかからもれてくる水滴《すいてき》だけ。数秒おきに、ポタッポタッと音がする。扉《とびら》と枠《わく》のあいだには大きなすき間ができていて、いまいるところからでもむこうの様子がのぞけそうだ。なのに、光輝球《こうききゅう》に照らされているとは思えないほど、すき間からは漆黒《しっこく》の闇《やみ》しか見えない。そこにあるのは石壁《いしかべ》のくぼみかもしれないし、明かりの消えた卒業ホールかもしれないし、虚空《こくう》かもしれない。それとも、巨大《きょだい》な〈目玉さらい〉がむこう側でゲートに体を押《お》しつけ、こっちに出てこようとしているんだろうか。

「じゃ、行ってくる」わたしは言った。石壁《いしかべ》のあいだで声がこだまする。自分の声じゃないみたいだ。「ここで待ってて」

「で、あんたから逃《に》げまどう〝忍耐《にんたい》〟が飛びだしてくるのを待てってて？」リーゼルが冗談《じょうだん》きつい

と言いたげに吐《は》き捨てた。「ムリ。あんたといたほうが安全」

アアディヤも言った。「行こう」

わたしは反論しなかった。ふたりが一緒《いっしょ》に来てくれることは、たぶんはじめからわかっていた。

アアディヤとリーゼルには外で待っていてもらおうと思ったのは、こんなことに引きずりこむなんて自分勝手にもほどがあるから。だから、自分はふたりをスコロマンスの中にまで連れて行ったりしないという振《ふ》りをした。だれかにひどい仕打ちをするときは、自分にはそんなつもりはないという振《ふ》りをするほうが楽なのだ。実行に移すその瞬間《しゅんかん》まで。

第10章 スコロマンス

わたしたちはスコロマンスに向かった。

このときの気分を説明するのはむずかしい。なにが待っているのかわかっていながら、扉《とびら》を開けてあの場所へ帰っていく。待っているといっても〝忍耐《にんたい》〟のことじゃない。〝忍耐《にんたい》〟のことだけじゃない。扉《とびら》のむこうには**スコロマンス**があるのだ。その事実は、なんなら〈目玉さらい〉と戦うことよりも恐《おそ》ろしかった。去年、全員卒業という無謀《むぼう》な計画を成功させようと奮闘《ふんとう》するなか、下級生を一時的に外界へ避難《ひなん》させ、そのあとスコロマンスにもどすという案が出た。結局、わたしたちはその種のアイデアをすべて却下《きゃっか》した。スコロマンスには一度しか入れない。実際に目で見る前しか、あの場所には入れない。見てしまう前なら、きっとまた出られるというやぶれかぶれの希望を胸に飛びこんでいける。それはほかの生徒たちから買い取らなくちゃいけない希望だし、反対に自分がほかの生徒たちに売ることにもなる希望だ。最後には〝不屈《ふくつ》〟と〝忍耐《にんたい》〟という最凶《さいきょう》の怪物《かいぶつ》が待ちかまえているから、死によってスコロマンスを出るという望みさえ叶《かな》わないこともある。スコロマンスはそういう地獄なのだと理解してしまったら、そこへもどるなんてことは考えられない。それでも、わたしたちはもどっていかなくちゃいけなかった。

わたしたちは、瓦礫《がれき》につまずいたり足をすべらせたりしながら扉《とびら》に近づいていった。右側の扉《とびら》に両手を置く。外れかけて上の蝶番《ちょうつがい》からぶら下がっているけれど、完全に壊《こわ》れているわけじゃない。すぐには押《お》さなかった。目を閉じ、心の中で繰《く》りかえす。学校はそこにある。扉《とびら》のすぐむこうにある。スコロマンスは、はるかむかしからそこにある。百年以上むかしからそこにある。何万人もの魔法使《まほうつか》いの命を犠牲《ぎせい》にして、そこに存在しつづけている。もちろん、スコロマンスはいまもまだそこに残っているし、それなら〝忍耐《にんたい》〟も生き残っている。だから、わたしはもどりたくない。それでももどらなくちゃいけない。だから、スコロマンスはそこにある。

リーゼルがわたしの肩《かた》に手を置いた。「扉《とびら》があったんだから、中には絶対にもどれる」いつものように、鋼鉄みたいに揺《ゆ》るぎない自信だ。「ただ大量のマナがいるってだけ。あんたがわたしたちを中に連れてくんだからね。反撃魔法《はんげきまほう》の準備をしとく。なにかが襲《おそ》ってきても、あんたが発現魔法《まほう》をかけてるあいだは時間稼《かせ》ぎするから」

アアディヤにとってははじめて聞く戦略だけど、発現魔法《まほう》で自衛しながら〈目玉さらい〉と戦うという流れをすぐにのみこんだ。光輝球《こうききゅう》を呼びもどし、片方の手の中に握《にぎ》りこむ。一時的に暗《くら》闇《やみ》の状態を作り、扉《とびら》のむこうになにがあってなにがないのか、見てしまわないようにするためだ。

アアディヤも、わたしの肩《かた》に手を置いた。「光、中に入ったらまたもどすから」

ふたりともなんの迷いもないように見えるけれど、スコロマンスにもどれると心の底から信じているんだろうか。だけど、重要なのはそこじゃない。ふたりがいてくれるから、**わたしは**スコロマンスにもどれると信じられる。わたしは深呼吸をひとつして扉《とびら》を押《お》した。

きしむ音くらいするかと思ったのに、扉《とびら》はうんともすんとも言わなかった。むこう側に怪物《かいぶつ》の大群がいて、扉《とびら》を押《お》さえこんでいるんだろうか。地面をにらんでかかとに力をこめ、さらに押《お》した。肩甲骨《けんこうこつ》のあたりがカッと熱くなる。ニューヨークのマナを引き出そうと意識したわけでもないのに、手首のメダルが白く光りはじめている。感じることさえできないほどの高速でマナが体内を巡《めぐ》っているんだろうか。「お願い。中に入れて」わたしはつぶやいた。こんな呪文《じゅもん》は存在しない。ということは無意識のうちにスコロマンスに話しかけていたんだと思う。まだ生徒だったとき、スコロマンスは時どきわたしの呼びかけに反応した。たぶん、いまも学校にはわたしの声が聞こえている。そのとき、扉《とびら》がぎいときしみ、ゆっくりと動いた。扉《とびら》と扉《とびら》のあいだの濃《こ》い暗闇《くらやみ》が次第に広がっていき、人ひとりがぎりぎり通れるくらいのすき間が生まれた。

すき間に足を踏《ふ》みいれる。アアディヤとリーゼルが、わたしの肩《かた》をつかんだまますぐうしろをついてくる。リーゼルは、魔法《まほう》の体勢を取ることさえしないで、空いているほうの手をすばやく動かした。つぎの瞬間《しゅんかん》、反撃魔法《はんげきまほう》がわたしたちの前でぱっと閃《ひらめ》いた。怪物《かいぶつ》を仕留めたのだとしても、それらしい音は聞こえない。いつ襲《おそ》われてもいいように戦闘魔法《せんとうまほう》の準備をする。怪物《かいぶつ》が向かってくる気配はない。それどころか、生き物の気配さえしない。

アアディヤがふたたび光輝球《こうききゅう》を頭上に放《ほう》った。わたしたちが立っているのは卒業ホールの壇《だん》の上だ――ゲートの前の部分だけが、かろうじて崩《くず》れずに残っている。まさにこの場所に立って、わたしは超巨大火山爆破魔法《ちょうきょだいかざんばくはまほう》をかけた。なぜわかったかというと、壇《だん》の上でわたしの足跡《あしあと》だけがぽっかりと空白になって残っていたのだ。足跡《あしあと》を中心にして、細かいヒビが放射状にホール全体に広がっている。

壇《だん》のまわりの床《ゆか》では、汚《きたな》らしい分泌液《ぶんぴつえき》が乾《かわ》いて層になっていた。まだ乾《かわ》ききっていないのか、ところどころ光っている部分もある。あの臭《にお》いが漂《ただよ》ってきて、わたしは吐《は》きそうになった。〝忍《にん》耐《たい》〟か〝不屈《ふくつ》〟の犠牲者《ぎせいしゃ》たちの一部が、あのときの荒廃魔法《こうはいまほう》で苦痛に終止符《ふ》を打たれ、内臓の海と共に床《ゆか》に流れだした。〈目玉さらい〉の体液の層を透《す》かして、壇《だん》のすぐ下にぐるりと残った焦《こ》げ跡《あと》が見える。怪物《かいぶつ》の大群を食い止めるためにかけた発現魔法《まほう》の跡《あと》だ。

あのとき、オリオンはわたしのすぐとなりにいた。〝忍耐《にんたい》〟は怪物《かいぶつ》たちの大波のなかをすさまじい勢いで転がってきて、発現魔法《まほう》のドームに体当りした。わたしたちを食らうために。それとも、わたしたちと同じようにスコロマンスを出るために。〝忍耐《にんたい》〟のうしろでは、おびただしい数の怪物《かいぶつ》たちが卒業ホールいっぱいにひしめいていた。校舎内を一周してきた怪物《かいぶつ》たちが、立て坑《あな》からもう一度ホールに流れこみ、すき間というすき間にもぐりこんでいた。

いま、その卒業ホールは空っぽだ。隅《すみ》っこを這《は》いまわるアグロさえいない。

「どこに——」アアディヤが言いかけ、はっとした顔で口をつぐんだ。大理石の壁《かべ》のあいだで、声が不自然なほど大きくこだましたのだ。こだまが消えると、不自然なほど深い静寂《せいじゃく》がもどってきた。どっちにしても、言いたいことはよくわかった。わたしもリーゼルも同じことを考えていた。

「逃《に》げたはずはないし」リーゼルは怒《おこ》っているみたいな口調で言った。「あの大群が逃《に》げだしたら、ポルトガルが怪物《かいぶつ》だらけになってる」

わたしは、ボコボコにへこんだゲートをうっかり振《ふ》りかえるというミスを犯した。いま通ってきた石の広場が完全に見えなくなっている。外れかけた扉《とびら》のまわりにはあちこちにすき間があるけれど、のぞいているのは暗闇《くらやみ》ばかりで、むこうには虚空《こくう》が広がっているんじゃないかという気さえする。わたしも、怪物《かいぶつ》たちがゲートの外に逃《に》げたとは思えなかった。外のことを考えるのはやめようと、卒業ホールに目をもどす。ホールはごくふつうに存在しているような感じがした。

ヤンシーに案内された、いまにも消えそうな競馬場とはちがう。だけど、怪物《かいぶつ》たちは一匹《ぴき》残らず消えているし、外界に出たのではないとすると——。

「たぶん——虚空《こくう》に落ちたんじゃない？」アアディヤが言った。「スコロマンス自体は外部からのマナで維持《いじ》されてるけど、怪物《かいぶつ》たちがエサにできるマナはなくなったわけだし、だから……」

話しているうちに自信がなくなったのか、だんだん声が小さくなっていく。その考えはあまりにも都合がよすぎた。リーゼルが無言で首を横に振《ふ》る。かといってべつの可能性を提案するわけでもないし、腹立たしげに顔をしかめて黙《だま》っている。それらしい仮説を立てることさえできないのだ。

わたしも同じだった。というより、怪物《かいぶつ》が消えた理由なんてどうでもよかった。どこだろうと好きなところへ行けばいい。大切なのは、わたしがここに来た理由だけ。だけど、それについて考えようとは思わない。考えれば悲鳴をあげてしまうだろうから。わたしは無言で歩きはじめ、アアディヤとリーゼルもあとに続いた。ホールの両側には、バカでかい立て坑《あな》がある。怪物《かいぶつ》たちを校内へ誘導《ゆうどう》するのに使った立て坑《あな》だ。内側の壁《かべ》には細いはしごが取り付けられている。ぽっかりと開いたほら穴みたいな立て坑《あな》の中で、はしごは妙《みょう》に頼《たよ》りなく見えた。わたしははしごに足をかけ、登りはじめた。

光輝球《こうききゅう》は、頭上を軽やかに飛びながら、わたしたち三人を丸い光で包みこんだ。球形の光が届く範囲《はんい》の外は、上も下もインクを流したみたいな漆黒《しっこく》の闇《やみ》に埋《う》めつくされている。しばらくは、心を無にしてひたすら登りつづけた。だけど、足元の床《ゆか》が完全に闇《やみ》の中に消えたころ、下からアアディヤの声が聞こえてきた。「この立て坑《あな》は高さが十八メートルあって、はしごは十二段で三メートルだよ。だから、登り切るまでそんなにかからない」リーゼルは、立て坑《あな》の存在を安定させるために、声に出して段の数をかぞえはじめた。はしごの終わりに近づくと、わたしは片手を上に伸《の》ばして床《ゆか》の端《はし》に触《ふ》れた。最後の数段は省略して、両手で床《ゆか》をつかんで体を引き上げる。そこは作業場の中だった。光輝球《こうききゅう》は、上下に揺《ゆ》れながら広々とした部屋のなかを飛びまわっている。

怪物《かいぶつ》たちが通った跡《あと》はたしかに残っていた。立て坑《あな》の縁《ふち》にはかぎ爪《づめ》でえぐられた跡《あと》が無数についているし、作業台は破壊《はかい》されているかひっくり返されているかのどちらかで、どっちにしても焦《こ》げ跡《あと》だらけだ。床《ゆか》一面に乾《かわ》いた粘液《ねんえき》がヘビみたいな跡《あと》を残していて、四肢《しし》や殻《から》の一部が散乱していた。残骸《ざんがい》のほとんどに、かじられたり割られたりした痕跡《こんせき》がある。怪物《かいぶつ》たちは、おいしい魔《ま》法使《ほうつか》いの子どもたちが手に入らなくなると、共食いをはじめるのだ。だけど、怪物《かいぶつ》自体は一匹《ぴき》もいない。リーゼルは火かき棒を手に取って天井をつついた。以前ならフリンガーやダイジェスターの子どもが落ちてきたのに、いまはアグロ一匹《ぴき》落ちてこない。

アアディヤはポケットからピンキーを出した。「どう？　〈目玉さらい〉を見つけられそう？」

使い魔《ま》に〈目玉さらい〉を探させるのは虐待《ぎゃくたい》なんかじゃない。ネズミなんて――使い魔《ま》のネズミだとしても――〈目玉さらい〉は眼中にもないのだ。ふつうなら、あの怪物は魔法使《まほうつか》いをひとり見つけたとしても興味を示さない。あいつらにとってのおやつとは、最低でも一ダースの魔法《まほう》使《つか》いのことだから。ところがピンキーは抗議《こうぎ》の意を示して鋭《するど》く鳴き、アアディャの手から飛び下りて、またポケットにもぐりこんだ。スイートハニーは、わたしのポケットからピンク色の鼻をほんのちょっとのぞかせ、耳をつんざくような鋭《するど》い鳴き声でピンキーに力強く同意した。

「**あんたは**どう思うの？」わたしはなにもない空間に向かって言った。学校に問いかけたのだ。「あんただって、わたしが〝忍耐《にんたい》〟を片付けるのを望んでるんでしょ？　世界中の賢《かしこ》い子どもたちを守ることになるんだから」

口をつぐんだ瞬間《しゅんかん》、やめておくんだったと後悔《こうかい》した。返ってきたのは、答えとはかけ離《はな》れたものだったのだ。張り上げた声は、ふつうではあり得ない速さで空気の中に溶《と》けこんでいった。違《い》和感《わかん》を覚えた瞬間《しゅんかん》、空気が妙《みょう》に薄《うす》いことに気付いた。寒いし、吐《は》く息も白い。この寒さは、かんかん照りの庭園からトンネルに入ったときに感じた寒さともちがう。作業場は本当なら音であふれているはずだ。さまざまな装置が動く音、休みなく回りつづける換気扇《かんきせん》の音、配管を水が流れるゴボゴボという音、炉《ろ》の中で火が燃えるゴォッという音。なのに、作業場は静まり返っている。

スコロマンスは死にかけているのだ。

たしかに、マナと記憶《きおく》の供給は続いている。それでも存在がすこしずつ消えつつあることがはっきり感じられる。生き物の最後の息吹《いぶき》みたいなものが。腐《くさ》りかけた老木が倒《たお》れる瞬間《しゅんかん》を、森の中で息を詰《つ》めて待ちかまえているような感じがした。

わたしたちの場合、倒《たお》れようとしている老木の真下にいるようなものだけど。「歩いて探したほうがいいんじゃない？」アアディヤがもっともなことを言った。

「怪物《かいぶつ》たちと同じ道すじをたどろう」リーゼルが言って、天井に連なるスピーカーを指さした。卒業式では、あのスピーカーからハニーポット呪文《じゅもん》が流れだし、怪物《かいぶつ》たちを前へ前へと誘《いざな》った。こうしてみると、連結部のワイヤーがだらりと垂れ下がっていて、カイコが吐《は》きだした糸みたいだ。各連結部の替《か》えを五つずつ作っておいたのは、やっぱり正解だったらしい。

わたしたちは、スピーカーをたどってゼミ室の〝迷宮〟を歩いていき、階段を上って二階へ行った。階段の左側の壁《かべ》は消え失せて、ぽっかりと虚空《こくう》が口を開けている。本当なら、そこには三年生の寮《りょう》があったはずだ。外側の学生寮《りょう》が虚空《こくう》へと崩《くず》れ落ち、ついでに校舎の外壁《がいへき》も持っていかれたんだろう。わたしたちは、内側の壁《かべ》に体をくっつけるようにして、そろそろと階段を上りつづけた。二階の錬金術《れんきんじゅつ》の実験室にも怪物《かいぶつ》一匹《ぴき》いないことを確かめたあとは、スピーカーの列を伝って三階へ向かうのではなく、あえて回り道をしてもうひとつの階段へ向かった。危なっかしさは下の階と似たりよったりだった。階段と廊下《ろうか》はスコロマンスの中でも一番脆《もろ》い部分で、だからこそ形も長さも簡単に変わる。廊下《ろうか》を歩いて階段を上り、果てしなく遠い語学ホールをめざす。

歩きすぎで足が燃えるように熱い。漆黒《しっこく》の闇《やみ》を照らすのはアアディヤの光輝球《こうききゅう》ひとつしかない。明かりという明かりが消えていた。頭の先から尾てい骨《び こつ》まで、鍛《きた》え抜《ぬ》かれた警戒心《けいかいしん》でピリピリする。襲《おそ》われるのはこんなときだ。わざわざ危険な道を選んだとき。絶対になにかが待ちかまえている。絶対に飛びかかってくる。というより、**とっくに**襲《おそ》われているはずだった。

だけど、何事もなかった。不自然なほどの静寂《せいじゃく》に、時どき、なにかがきしむようなギイという不気味な音やミシミシという音が響《ひび》く。回転装置が動いている音のようにも聞こえたけれど、どちらかというと、なにかが崩《くず》れて落ちてくる前触《まえぶ》れのような感じがした。ようやく語学ホールに到着《とうちゃく》すると、わたしたちは外の廊下《ろうか》にすわりこんで息を整え、不平たらたらの足をしばらく休めることにした。**階段で**休憩《きゅうけい》するなんてことはしない。たぶん、いまなら危険はない。だけど、スコロマンスで六ヶ月でも過ごした経験があれば、試しに階段にすわってみようなんて気にはなれないのだ。

「こんなのおかしいよ」アアディヤが荒《あら》い息のあいまに言った。「〝忍耐《にんたい》〟が**あの**大群を全部食べたわけないし。だって、百万匹《びき》はいたよ？」たぶんそれは言い過ぎだけど、体感としてはそれくらいだった。「逃《に》げたり隠《かく》れたりしてる怪物《かいぶつ》もいるんじゃない？」

「怪物《かいぶつ》が消えたのは〝忍耐《にんたい》〟だけの仕業じゃない」リーゼルが言った。「怪物《かいぶつ》たちがここに誘《さそ》いこまれたのは、飢《う》えてたから。生徒が全員いなくなれば当然共食いをはじめるし、学校は学校で、結界にかかった怪物《かいぶつ》をマナのために貪《むさぼ》ったんだろうね」一応筋は通っているけれど、言った本人もそんな仮説をいまいち信じていないみたいだった。正解の糸口がつかめない小論の試験を問いているときみたいに、とりあえず適当な案を出してみたんだろう。

「なんでもいいよ」わたしはぶっきらぼうに言った。「わたしの目的は〝忍耐《にんたい》〟だし」立ちあがってふたりに声をかける。「行こう」アアディヤとリーゼルも億劫《おっくう》そうに立ちあがった。わたしはふたりのすこし先を歩きながら、語学ホールの扉《とびら》を乱暴に開けてはなかをのぞき、また叩《たた》きつけるように閉めた。廊下《ろうか》に並んだ扉《とびら》を、次々に開けてはばたんと閉める。音が不自然に小さいのは変わらないけれど、こうして音を立てていれば、息が詰《つ》まりそうなほどの静寂《せいじゃく》をとりあえず埋《う》めることはできる。

そのとき、ふたりがわたしに追いついた。リーゼルが、つぎの扉《とびら》を開けようとしているわたしを押《お》しとどめ、するどい声で言った。「ちょっと静かに!」

耳を澄《す》ますと、廊下《ろうか》のむこうから低いつぶやき声みたいな音が漂《ただよ》ってきた。壁《かべ》のむこうでだれかが話しているみたいな感じだ。一瞬《いっしゅん》、体が動かなくなった。たぶん、わたしは心のどこかで願っていたんだと思う。〝忍耐《にんたい》〟が轟音《ごうおん》と共に猛《もう》スピードで迫《せま》ってくることを。すべてがあっという間に起こり、反射的にあの怪物《かいぶつ》を倒《たお》してしまうことを。無数の口から流れだしてくる声を聞くより早く、一瞬《いっしゅん》のうちに殺してしまうことを。

わたしはこわばる足を踏《ふ》みだし、ふたりと一緒《いっしょ》に廊下《ろうか》を歩きはじめた。くぐもった声にすこしずつ近づいていく。はっきりとは聞こえないけれど、声がひとつなのは間違《まちが》いない。話し声は絶え間なく続いた。なにを言っているかはわからない。声が流れてくる部屋につくと、千年にも思えるほど長い間を置いてから、扉《とびら》を押《お》し開けてなかへ入った。

そこは優等生特別クラスの教室だった。小さめの部屋に個別閲覧《えつらん》席がいくつか並び、それぞれにパッド付きのヘッドフォンが備えつけてある。一年生のころから語学を専攻《せんこう》していたのに、優等生特別クラスに入れられたことは一度もない。四年生になれば最低でも週に一度はこの教室に通うんだろうと思っていた。ところが、ふたを開けてみれば科目もばらばらなゼミを四つも押《お》しつけられ、ふつうの語学の授業はたったのひとつも割り当てられなかった。あのときのことはいまでも恨《うら》んでいる。ちがう、あのときの恨《うら》みを思いだしたい。ささやかな恨《うら》みと怒《いか》りにしがみついていないと、自分を保っていられそうにない。

教室は、スコロマンス基準ではせまいほうだ。わたしが覚えている〝忍耐《にんたい》〟なら、この教室を隅《すみ》から隅《すみ》まで埋《う》めつくすはずだ。教室のうしろのほうは闇《やみ》に沈《しず》んでいて、つぶやき声はそこから聞こえていた。アアディヤが光輝球《こうききゅう》をうしろへ放り、わたしは攻撃《こうげき》に備えて身構えた——ところが、光に照らし出された教室にはなにもいない。戦いが繰《く》り広げられた痕跡《こんせき》は残っている。閲覧《えつらん》席《せき》のいくつかはぐしゃぐしゃにつぶれているし、天井のランプのあいだにも奥《おく》の壁《かべ》にも、でかいかぎ爪《づめ》でえぐった跡《あと》が走っている。ドラゴンが思い切り暴れまわったような感じだ。だけど、どんな激しい争いがあったにしても、当の怪物《かいぶつ》たちはいなくなっている。低い声は、閲覧《えつらん》席のテーブルからぶら下がったヘッドフォンから聞こえていた。わたしの知らない言語のレッスンが、リピート再生されている。

アアディヤが止めていたらしい息をぶはっと吐《は》きだし、わたしも知らぬ間に止めていた息を思い切り吐《は》いた。わたしたちは、小さく震《ふる》えながらしばらくその場に立ちつくしていた。リーゼルがヘッドフォンに手を伸《の》ばし、コードをぶちっと引き抜《ぬ》いた。永遠に続いていた話し声はようやく止んだ。

重い足を引きずって食堂へ行くと、テーブルの上には最後の朝食の残骸《ざんがい》が残っていた。わざわざトレイを返却《へんきゃく》する生徒はいなかったのだ。それから、スピーカーをたどって図書室をひと巡《めぐ》りした。図書室は明らかにせまくなっていた。ほとんどの開架《かいか》コーナーが丸ごとなくなっていたし、残った棚《たな》にはぼろぼろの入門書ばかりが並んでいた。たぶん、本たちは図書室から次々に逃《に》げだして、棚《たな》にいたくない本をかくまう魔法《まほう》の場所に隠《かく》れているんだろう。突然《とつぜん》、ユルトに残してきた『黄金石の経典』のことが心配になった。もっとかまってやらなくちゃいけないのに。表紙をきれいに拭《ふ》いてやるとか、褒《ほ》め言葉を浴びせかけるとか、ちゃんと世話をしてから来るべきだった。あの本を手に入れて以来、その習慣を休んだことはなかったのに。

経典が恋《こい》しくて胸がぎゅっと痛む。**母さんが**恋《こい》しい。**家が**恋《こい》しい。体中の原子という原子が、うちに帰りたいと叫《さけ》んでいる。スコロマンスにもどってきたことで、母さんに召喚魔法《しょうかんまほう》のことを打ち明けられたときに感じた混乱や苦痛が帳消しになった感じがした。あとには、それを何倍も上回る苦痛が残った。わたしはオリオンの残骸《ざんがい》を探しに来た。あいつの息の根を止めるために。

スピーカーをたどって書架《しょか》の迷路を抜《ぬ》け、校舎の反対側へ出た。しばらくして通りすぎた怪物《かいぶつ》学《がく》ホールは、廃墟《はいきょ》と化していた。スピーカーの材料を調達するために、全校生徒で徹底《てってい》的にぶち壊《こわ》したからだ。外側の壁《かべ》は完全になくなって、あのときより輪をかけてひどいありさまになっている。消えた壁《かべ》のむこうには一年生の学生寮《りょう》があるはずだけど、寮《りょう》は痕跡《こんせき》さえ残っていない。かろうじて残った骸骨《がいこつ》みたいな骨組みの先には、漆黒《しっこく》の虚空《こくう》だけが見えた。前方の壁《かべ》の中から、二、三匹《びき》の怪物《かいぶつ》が目だけ動かしてこっちを見ている。だけど、教材用の壁画《へきが》も残っている部分のほうが少ないくらいで、怪物《かいぶつ》たちも授業のときみたいに飛びだしてきたりしない。いまはもう、壁画《へきが》に閉じこめられた、ただの絵だ。

怪物《かいぶつ》らしきものを見つけたのも、それを言うなら動いているものを見たのも、それがはじめてだった。「ロンドンの〈目玉さらい〉はあんたから逃《に》げようとしたよね。**あんた**より先に、あんたに殺されるってわかってた」作業場に向かって階段を下りていく途中《とちゅう》、リーゼルが言った。

「〝忍耐《にんたい》〟も隠《かく》れてるんじゃない？」

「納屋サイズの〈目玉さらい〉がどこに**隠れる**《かく》わけ？」アアディャが言った。

「あの怪物《かいぶつ》の体は液状だから。平たくなれば、床《ゆか》と床《ゆか》のあいだにだって隠《かく》れられる」

そう言ったリーゼルを含《ふく》む全員が、反射的に足元に目を落とした。「でも、この学校は、わたしたちの卒業計画のせいでもうズタボロでしょ」一拍《ぱく》置いて、アアディャが言った。そう信じたいという思いが透《す》けて見えている。「床《ゆか》と天井が全部そろってる教室なんて半分くらいだし。自分たちの目で見てきたでしょ？」

わたしはアアディャの言うことが信じられなかった。卒業式の前だって、〃忍耐《にんたい》〃を目撃《もくげき》した生徒はひとりもいなかったのだ。いちかばちかに賭《か》けてみようと、わたしたちは教室のひとつに入った。アアディャが魔工《まこう》を使って金属製のおんぼろの椅子《いす》を分解し、脚《あし》を三本のバールに作り変えた。わたしたちはバールを使って床板《ゆかいた》をはがし、光輝球《こうききゅう》を送りこんで床下《ゆかした》を照らした。効率はかなり悪い。だいたい、スコロマンスを徹底《てってい》的に捜索《そうさく》したいなら図書室から探しはじめるべきなのだ。だけど、わたしたちはそのことに気付いていない振《ふ》りをしていた。朝起きるのがつらくなることはわかっていながら本を読みつづけてしまうことがあるけれど、それと同じで、わたしたちは事実から目をそらしたまま黙々《もくもく》と床板《ゆかいた》をはがしつづけた。どのみち、〃スコロマンスを徹《てっ》底《てい》的に捜索《そうさく》〃するなんてあり得ないのだ。この学校は、五千人の魔法使《まほうつか》いを収容するために建てられた。仮に大量の怪物《かいぶつ》がわたしたちから隠《かく》れていたって気付かない。たった一匹《ぴき》の怪物《かいぶつ》となれば見つけるのは至難の業だ。

　と言いつつ、スコロマンスではそんな理屈《りくつ》も通用しない。わたしたちは見つけたくないものを見つけようとしていて、ここでは見つけたくないものこそあっという間に見つかる。本当なら、適当な角を曲がった瞬間《しゅんかん》、〝忍耐《にんたい》〟と鉢合《はちあ》わせするはずなのだ。そしてわたしは、へどろの中に浮《う》いたオリオンの目玉と口と対面する。なにがつらいかって、探しているものは絶対に見つかるという確信があることだ。〝忍耐《にんたい》〟が全身全霊《ぜんれい》をかけてわたしたちから逃《に》げようと、**こっちは**その数十分の一の努力でむこうを見つけてしまう。そのはずなのに、わたしたちはいつまでも〝忍耐《にんたい》〟を探しつづけ、そして〝忍耐《にんたい》〟はいつまでも見つからなかった。

「召喚《しょうかん》しようかな」とうとう、わたしは言った。最後の階段を下りて、作業場がある階にもどったところだった。

「へえ、最高」アアディヤが言った。「〈目玉さらい〉を**召喚**《しょうかん》する？　ふつうは、〈目玉さらい〉と戦うのと引き換《か》えに、めちゃくちゃいいものを手に入れるんだよ。宇宙よ、どうかわたしに不老不死の薬《ソーマ》をお与《あた》えください。かわりにわたしは世界一でかい〈目玉さらい〉を倒《たお》します！　ふつうはこういう手順じゃないわけ？」

「**どっちも**うまくいくわけない」リーゼルが吐《は》き捨てるように言って、バールをカランと床《ゆか》に落とした。わたしたちは口をつぐんでリーゼルを見た。「〝忍耐《にんたい》〟はここにはいないよ。いるならとっくに出くわしてる。あの怪物《かいぶつ》はここにはいない」

「ふうん、なるほど。じゃ、あんたは〝忍耐《にんたい》〟が**ほんとに**外に逃《に》げだしたって思ってるんだ」アディヤは自分もバールを投げ捨て、腰《こし》に両手を当ててリーゼルをにらんだ。

「そうじゃない！」リーゼルは言った。「〝忍耐《にんたい》〟が逃《に》げだせたとしたら、ほかの怪物《かいぶつ》だって逃《に》げだせたことになる。でも、逃《に》げた怪物《かいぶつ》は一匹《ぴき》もいない。スコロマンスはまだ存在が残っていて、なのに怪物《かいぶつ》たちはいなくなった。ということは、怪物《かいぶつ》たちは共食いを繰《く》りかえして、最後に残ったやつらも、だんだん存在が消えて虚空《こくう》にまぎれていったんだと思う。消えたんだよ。〝忍耐《にんたい》〟もそんなふうにして消えた」

リーゼルの口調は、やたらと攻撃《こうげき》的で自信満々だった。自分がでっちあげた理屈《りくつ》を宇宙に押《お》しつけようとする人は、よくこんな話し方になる。ただし、リーゼルが無理やり納得させようとしているのは宇宙じゃない。**わたし**だ。あの大群と〝忍耐《にんたい》〟が虚空《こくう》に消えていったなんて、リーゼルだって本気で信じているわけじゃない。リーゼルは、怪物《かいぶつ》と〝忍耐《にんたい》〟には、卒業生総代の自分にさえ理解できないことが起こったと――キレながら――結論付けたのだ。だから、これ以上探したって見つかるわけがないと決めつけた。わたしが〝忍耐《にんたい》〟を召喚《しょうかん》するのも気に食わないんだろう。オリオンを自由にするためなら、わたしはどんなものだって差しだしかねないから。リーゼルの心配はもっともだ。怪物《かいぶつ》たちを消滅《しょうめつ》させた原因がどれだけ忌《い》まわしいものでも、わたしはそれを帳消しにできるだけの犠牲《ぎせい》を払《はら》う。そして、あれだけの怪物《かいぶつ》を一掃《いっそう》できたのなら、その原因は〝忍耐《にんたい》〟より忌《い》まわしいものにちがいなかった。

「ううん、召喚《しょうかん》する」わたしは、リーゼルの裏の意図に答えて言った。「まずはゲートにもどろう。ふたりは外で待ってて」

「バカ言わないで」リーゼルが言った。「いいから話を――」

「ごめん」わたしは**黙《だま》れ**の意味でそう言った。ふたりに背を向け、体育館へとつづく廊下《ろうか》を歩きはじめる。体育館には、卒業ホールへつづくもうひとつの立て坑《あな》がある。体育館にも〝忍耐《にんたい》〟がいないことはわかっていた。それでも、歩きながらバールで床《ゆか》のタイルをはがしていき、体育館のどっしりした扉《とびら》にたどり着くと、バールを使ってこじ開けた。思ったとおりだった。ここにも〝忍耐《にんたい》〟はいない。学校の半分が崩壊《ほうかい》し、残った部分もあとに続こうとしているのに、体育館の魔工《まこう》だけは完ぺきに以前のままだった。木々には夏の終わりの果物がたわわに実り、息を吸うたび、熟れた桃《もも》のおぞましいほど芳《かんば》しい香りがした。岩のあいだを小川がサラサラと音を立てて流れていき、そこに小さな可愛らしい橋がかかっている。額縁《がくぶち》にはまった絵みたいに、からみあう枝のむこうにあの仏塔《ぶっとう》が見えた。

仏塔《ぶっとう》の前の階段には、オリオンがすわっていた。遠くをながめながら。

わたしは体育館の入り口に立ちつくした。オリオンは生きていたんだ、本当の意味で助け出すことができるんだという幻想《げんそう》を、わたしがかけらでも抱いていたと思うだろうか。だとしたら、それはまちがい。スコロマンスで暮らすうちに、奇跡《きせき》を期待することはなくなった。唯一《ゆいいつ》信じることができるのは、自分の手で勝ち取った奇跡《きせき》だけ。前払《まえばら》いで代償《だいしょう》を払《はら》ったときにだけ、奇跡《きせき》は自分のものになる。だから、オリオンが生きているかもしれないなんて、一瞬《いっしゅん》だって期待したことはなかった。

声を限りに叫《さけ》んでオリオンに駆《か》けよろうとしたその瞬間《しゅんかん》、リーゼルが両手でわたしの片腕《かたうで》をつかみ、重心をうしろにかけつつ全力で引っ張った。そうでもしないと、わたしを押《お》しとどめることはできなかった。振《ふ》りほどこうと暴れるわたしにアアディヤが駆《か》けより、もう片方の腕《うで》をつかみ、絶叫《ぜっきょう》するわたしの口をふさいだ。リーゼルが耳元で鋭《するど》い声を出した。「あれはオリオンじゃない！　罠《わな》だよ！」

だとしたら最高の罠《わな》だったし、すぐにでもみずから飛びこんでいきたかった。だけど、ふたりの手を振《ふ》りほどくより先に、オリオンが振《ふ》りむいてこっちを見た。立ちあがり、桃《もも》の木々のあいだを歩いてわたしたちのほうへ近づいてくる。

リーゼルとアアディヤは凍《こお》りついたように動かなくなった。狩人《かりゅうど》に見つかったことに気付いた獲物《えもの》みたいに。わたしの腕《うで》をつかんだふたりの手から、恐怖《きょうふ》が伝わってくる。怯《おび》えているのはわたしも同じだった。腹の底から、じわじわと恐怖《きょうふ》が湧いてくる。オリオンは視線をぴたりとわたしに据えたまま近づいてきた。罠《わな》だったらよかったのにと思った。一瞬《いっしゅん》でもいいから、これはオリオンじゃないと思いたかった。だけど、そうは思えない。これはオリオンだ。ちがいがあるとするなら、わたしのほうだ。オリオンの目に映っているのは、わたしじゃない。いま、オリオンの頭のなかは戦略と計算に占《し》められている。怪物《かいぶつ》を倒《たお》すときと同じ目をしている。最初に仕掛《しか》けるべき攻撃《こうげき》のことだけを考えている。

吐《は》きそうだったし、叫《さけ》びそうだった。だけど、いまはその余裕《よゆう》さえない。なぜなら、オリオンが迫《せま》ってくるのだ。わたしたちを殺そうとして。リーゼルはわたしの背後にアアディヤを引っ張りこみ、つかんでいたわたしの腕《うで》を離《はな》した。わたしをオリオンと戦わせようとするみたいに。最悪だった。わたしでさえ、そうするしかないような気がしたのだ。「オリオン」わたしは言った。「オリオン、わたしだよ。エルだよ！」悲鳴に近い声が出た。なのに、オリオンは歩みをゆるめることさえしない。その顔は、世界中の怪物《かいぶつ》たちと──群を抜《ぬ》いておぞましい怪物《かいぶつ》ばかりと──共にこの学校に閉じこめられ、殺して殺して殺しまくって、殺すこと以外考えられなくなった人間のそれだった。そこにいるのは、怪物《かいぶつ》を狩《か》ること以外を望む気力も、それ以外をする気力も、とっくのむかしに失ったただだれかだった。オリオンはいま、みんなが望みつづけたとおりの姿をしていた。

オリオンと戦うなんて想像もできなかったけれど、ただ突《つ》っ立ってオリオンに殺されるなんてことも想像できない。だから、わたしは唯一《ゆいいつ》できることをした。オリオンの真ん前でアルフィーの発現魔法《まほう》をかけたのだ。そして、凶悪《きょうあく》な殺人マシーンに成り果てたオリオンに、心の底からの嫌悪《けんお》をこめてきっぱりと言った。「近づくな。**絶対に**」

オリオンは発現魔法《まほう》のドームめがけてだっと走ってくると、直前でぴたりと足を止めた。わたしたちから阻《はば》まれたことを知って、一瞬《いっしゅん》動きが止まる。両手をドームの表面に押《お》し当てる。その瞬間《しゅんかん》、わたしは吐《は》きそうになった。〝忍耐《にんたい》〟に触《ふ》れられたような感じがしたのだ。そこにいるのはたしかにオリオンだ。ドームに触《ふ》れているのは、あいつの手のひらだ。それなのに、〈目玉さらい〉の液状の体がドームを覆《おお》っているような感じがしてならない。世界最凶《さいきょう》の怪物《かいぶつ》がわたしを捕《と》らえようとしている。ドームの表面をまさぐり、守りが弱いところを丹念に探している。

弱いところなんかない。わたしはドームの中に完全に収まっている。実体を与《あた》えられた、強い拒絶《きょぜつ》の意思に守られている。ニューヨークの豊かなマナが、発現魔法《まほう》を支えている。だけど、たった一ヶ所、このドームには小さなほころびがあった。なぜなら、金色の霧《きり》みたいにきらめくドームのむこうに、オリオンが見えるのだ。わたしはオリオンが恋《こい》しかった。わたしのもとに来てほしかった。とてつもないバカをやらかしたオリオンを思う存分ののしり、そのあとで抱《だ》きしめられたかった。オリオンの胸の中で、一ヶ月でも二ヶ月でも泣きつづけたかった。そのとき、ドームの弱点を探っていた殺人マシーンが――見るのも耐えがたい殺しのマシーンが――ふと手を止め、探るような目つきになった。と思ったたつぎの瞬間《しゅんかん》、オリオンは渾身《こんしん》の力をこめてドームを押《お》しはじめた。恋《こい》しいというわたしの思いが作ったほころびを見つけ、その一点からドームを破壊《はかい》しようとしているのだ。すさまじい圧力が迫《せま》ってくる。自分と愛する友人の命でもかかっていなければ、とても耐《た》えきれないような力だった。

そしてわたしは、まさに自分と愛する友人の命がかかった状況《じょうきょう》にいた。「エル！」リーゼルの低い声がした。わざわざ教えてもらわなくても、ヤバい状況《じょうきょう》なのはわかっている。ドームのほころびを力ずくで閉じるべきだということもわかっていた。でも、それは自分の肋骨《あばらぼね》を外して心臓をちょっと切りとるようなもので、やりたくてもできないのだ。ニューヨークのマナがメダルを通じてわたしの体内に流れこみ、ドームへと流れだしていく。飢餓《きが》を具現化したみたいなおぞましい存在を、ぎりぎりのところで食い止める。この飢餓《きが》の正体はオリオンじゃない。オリオンは〝忍耐《にんたい》〟を殺し、その結果自分自身が〝忍耐《にんたい》〟みたいな存在になってしまったんだろうか。

ウェールズで召喚魔法《しょうかんまほう》を使ったときのことを思いだした。いやな予感がする。卒業式のあの日、わたしは水たまりのむこうにいるオリオンに手を伸《の》ばし――かわりに、〈目玉さらい〉のどろりとした体をつかんだ。オリオンは、あの日まで〈目玉さらい〉と戦ったことはない。スコロマンスの最上階まで上ってきた〈目玉さらい〉はわたしが倒《たお》した。もし、倒《たお》した怪物《かいぶつ》からマナを得るというあいつの能力が、〝忍耐《にんたい》〟から吸いだした膨大《ぼうだい》なマリアによって変質してしまったのだとしたら？　なにしろ、一世紀分の苦痛と悪意が、激流となってオリオンの体内に流れこむのだ。

そう考えながら、わたしは思わずオリオンのほうへ手を伸《の》ばした――。

その瞬間《しゅんかん》、オリオンは激しく体を震《ふる》わせ、ドームに全体重をかけた。冷たいはちみつみたいなドームの壁《かべ》を、泳ぐようにしてじわじわと通り抜《ぬ》けてくる。指が一本また一本と壁《かべ》を突《つ》きやぶり、ついに両手がドームの中に入り、顔がゆっくりと金色の光のなかを通り抜《ぬ》け、左の肩《かた》が、右の肩《かた》が壁《かべ》を突《つ》きぬける。オリオンは体の残りの部分を力まかせにドームの壁《かべ》から引き抜《ぬ》き、勢いあまって床《ゆか》に倒《たお》れこんだ。わたしはオリオンとは戦えない。無理だ。オリオンは、体勢を立て直すと同時にわたしに向かってつかつか歩いてきた。わたしは、怒《いか》りと悲しみで混乱しながら、とっさに叫《さけ》んだ。「このマヌケ、それ以上近づいたら**頭蓋骨《ずがいこつ》を**叩《たた》きつぶすよ」脅《おど》すように、椅子《いす》の脚《あし》でできたバールを振《ふ》り上げる。**これなら**想像できたのだ。こいつを千匹《びき》ものウジ虫に変えるとか、存在をやめろと命令するとか、生きたまま肉を溶《と》かすとか、そういうことは想像できなかった。だけど、棒で殴《なぐ》ってやるくらいならできる。オリオンに会ったあの日から、いつかこいつを殴《なぐ》ってやると思ってきた。わたしの言葉を鵜呑《うの》みにしたみたいに、オリオンが歩みをゆるめた。ゆっくり近づいてくると、バールが届かないぎりぎりのところで足を止めた。

その瞬間《しゅんかん》まで、オリオンは不気味なほど落ち着き払《はら》っていた。ロボットみたいな無表情だった。だけど、そのときはじめて、眉間《みけん》にほんのわずかにしわが寄った。しばらくわたしたちは、その場に棒立ちになって見つめ合っていた。わたしは怒《いか》りや恐怖《きょうふ》を無理やりのみくだそうと、荒《あら》い息をついていた。そのとき、オリオンが口を開いた。「ガラドリエル」口を不自然に動かして、わたしの名前を発音する。音節をひとつひとつ区切り、話し方を思い出そうとしているみたいに見えた。「ガラドリエル」二度目は一度目より自然に聞こえた。「ガラドリエル」三度目の発音も**正しく**はない。卒業式を翌日に控《ひか》えたあの日、わたしの名を呼んだオリオンの言い方とはちがう。自分の名前を好きになりそうになったあのときとはちがう。それでも、三度目の〝ガラドリエル〟は、ちゃんと人間が話しているみたいに聞こえた。

オリオンは、正しく発音できて満足したみたいにそれきり口をつぐんだ。べつの言葉を話そうとはしなかった。わたしたちに襲《おそ》いかかってくることもなかった。わたしを見つめたまま、ただ立っていた。

第11章 円形住居《ラウンドハウス》

わたしたちは、しばらくそのままじっとしていた。あとから考えるとバカらしく思えるほど長いあいだ、無言で立ちつくしていた。そのあいだもオリオンがわたしたちを殺そうとする素振《そぶ》りを見せることはなく、とうとうわたしたちはこいつが戦闘《せんとう》モードになることはなさそうだと確信した。いざ確信できると、今度は、オリオンをどうすればいいのかという難問を解決しようと、また長い時間をかけて小声で話し合った。リーゼルはいちいち根拠《こんきょ》をあげながら、オリオンはここへ置いていって、外部から助けを呼んでくるべきだと主張した。それを聞くとアアディヤはおおげさに呆《あき》れ顔を作ってみせ、わたしは無反応を貫《つらぬ》くことで反対の意思を示した。理にかなっていそうな選択肢《せんたくし》としては、もうひとつ、ニューヨークにいる両親のところへ連れて行くというものもあった。どう考えても、置き去りにするという案より最悪だったけど。

「どこへ連れて行こうが、どうせニューヨークが追ってくるんだよ」リーゼルが言った。「ニューヨークじゃなくても、**だれかは**追ってくる。オリオン・レイクがひっそり隠《かく》れられる場所なんかどこにもない」

「でも、とにかくやってみる」わたしはきっぱりと言った。「こいつは母さんのところに連れて行く」

母さんがオリオンをどうするかなんてわたしにもわからない。これまでの言動を踏《ふ》まえると、徹底的《てってい》に拒絶《きょぜつ》してわたしに近づけまいとするかもしれない。認めたくはないけれど、そうなってしまう気持ちはわたしにもわかる。いまのところ、オリオンはわたしたちを殺そうとする素振《そぶ》りは見せていない。だけど、あくまでも、**いまのところは**だ。オリオンはすこし離《はな》れたところに立っているのに、〈目玉さらい〉にまとわりつかれているような気味の悪さは続いている。そう感じているのはわたしだけじゃなかった。リーゼルはオリオンから目を離《はな》さず、いつでも攻撃《こうげき》の体勢を取れるように、両手を腰《こし》のあたりで軽くかまえている。アアディヤは、わたしがオリオンのほうを見るたびに片手で制するような仕草をした。断崖絶壁《だんがいぜっぺき》のそばでふらふらしている子どもや酔《よ》っぱらいを止めるみたいに、わたしが一線を越《こ》えてしまうんじゃないかと心配しているんだろう。

アアディャの不安は当たっていた。どれだけ愚《おろ》かで危険なことでも、元のオリオンに会うためならなんだってやったと思う。同時に、心の奥底《おくそこ》ではわかっていた。なにをしても、もう手遅《ておく》れなのだ。オリオンになにがあったにせよ、〝忍耐《にんたい》〟になにをされたにせよ、わたしがそれを帳消しにすることはできない。いまも、オリオンに使うことができる魔法《まほう》はひとつしかない。そもそもわたしは、その魔法《まほう》を使うためにここへもどってきた。オリオンの目を見て、あんたはもう死んでるんだよと言ってやればいい。オリオンはわたしの言葉を信じただろう。〝忍耐《にんたい》〟が生きていれば、やっぱり同じ言葉を信じるしかなかったように。もちろん、オリオンはもう死んでいる。世界中の怪物《かいぶつ》のおよそ半分と一緒《いっしょ》にスコロマンスに閉じこめられたのだ。その中には世界最凶《さいきょう》のあの怪物《かいぶつ》もいた。オリオンが死んだことをわかった上で、わたしはここへ来た。いまだってわかっている。きっと、オリオンも自分が死んだことに気付いている。

だからこそ、オリオンは**まだ生きている**んだと、わたしたちふたりを説得してくれる人に会わなくちゃいけない。オリオンはいまもどこかで生きている。大量のマリアに溺《おぼ》れかけながら。わたしの知る限り、そんなことができるのは母さんしかいない。

「どうやってオリオンをあんたのうちまで連れて行くわけ?」リーゼルがトゲトゲしい口調で言った。現実を直視しようとしないわたしにムカついているんだろう。「お手々を引いて連れてってあげる? それとも飛行機に乗せる? あんな観光客でごった返したなかをどうやって連

郵便はがき

料金受取人払郵便

麹町局承認

1109

差出有効期間
2025年5月
31日まで

（切手をはらずに
ご投函ください）

102-8790

206

（受取人）
東京都千代田区九段北
一―十五―十五
瑞鳥ビル五階

静山社 行

住 所	〒 都道府県		
フリガナ		年齢	歳
氏 名		性別	男 女
TEL	（ ）		
E-Mail			

静山社ウェブサイト www.sayzansha.com

愛読者カード

ご購読ありがとうございました。今後の参考とさせていただきますので、ご協力をお願いいたします。また、新刊案内等をお送りさせていただくことがあります。

【1】本のタイトルをお書きください。

【2】この本を何でお知りになりましたか。

1.新聞広告（　　　　　　　　新聞）　2.書店で実物を見て

3.図書館・図書室で　4.人にすすめられて　5.インターネット

6.その他（　　　　　　　　）

【3】お買い求めになった理由をお聞かせください。

1.タイトルにひかれて　2.テーマやジャンルに興味があるので

3.作家・画家のファン　4.カバーデザインが良かったから

5.その他（　　　　　　　　）

【4】毎号読んでいる新聞・雑誌を教えてください。

【5】最近読んで面白かった本や、これから読んでみたい作家、テーマをお書きください。

【6】本書についてのご意見、ご感想をお聞かせください。

●ご記入のご感想を、広告等、本のPRに使わせていただいてもよろしいですか。
下の□に✓をご記入ください。　□ 実名で可　□ 匿名で可　□ 不可

ご協力ありがとうございました。

れ出すの？」

適切すぎる質問ばかりだったし、わたしはそのすべてに答えられなかった。ちらっとオリオンを見る。明るく澄《す》んだ目がわたしを静かに見つめている。わたしは体育館の扉《とびら》へ向かって一歩踏み出した。オリオンが首を横に向け、わたしを目で追う。わたしはごくっとつばを飲み、もう二、三歩進んだ。全身の神経が張り詰《つ》めているのがわかる。そのとき、思わずもれそうになった泣き声を必死でこらえた。オリオンがわたしを追って歩きはじめたのだ。攻撃《こうげき》されると思ったのか、リーゼルとアアディヤが急いでわたしの前に回りこむ。オリオンはもう何歩か歩いてぴたりと足を止め、またわたしたちと距離《きょり》を置いた。わたしは何度も深呼吸をして胸の鼓動《こどう》をしずめた。そのあいだも涙《なみだ》は勝手に流れつづけた。オリオンを**怖《こわ》がる**なんて、こんなの間違《まちが》ってる。**間違《まちが》ってる、間違《まちが》ってる、間違《まちが》ってる。**オリオンを怖《こわ》がるなんて、そんなバカなやつはこれまでひとりもいなかった。

「全部、どうでもいい」口がきけるようになると、わたしはリーゼルに言った。「歩いていかなきゃいけないとしても、わたしはこいつをウェールズに連れて行く」

運よく、わたしがウェールズまで歩いていくことも、非魔法族《まほうぞく》がオリオンを見て恐怖《きょうふ》に打たれることもなかった。あのご立派な宣言を聞くと、リーゼルはわたしを説得するのをあきらめ、わたしのせいで持ち上がったむだなだけの諸問題を解決しようと脳みそを使いはじめたのだ。リーゼルは作業場に行き、アアディヤに魔法《まほう》ホルダーを作るように言った。アアディヤは、そのへんに散らばった残骸《ざんがい》を寄せ集めて、指示されたとおりのものを作った。作業場に転がった怪物《かいぶつ》たちの死骸《しがい》は、ホルダーの材料にうってつけだった。しかも、アアディヤは異素材を組み合わせる魔《ま》工《こう》に親和性がある。アアディヤは、〝チッター〟の死骸《しがい》から涙《なみだ》形の目のまわりの骨を取りだし、それをペンダントに加工した。半ダース分の〝モーンレット〟から殻《から》を外してペンダントのまわりを囲み、首にかけられるように〈鐘《かね》つき蜘蛛《ぐも》〉の糸もつけた。魔法《まほう》ホルダーのペンダントが完成すると、リーゼルはホルダーに姿が見えにくくなる錯覚魔法《さっかくまほう》をかけてわたしに渡《わた》した。「オリオンにつけて」

　体育館からここにいたるまで、オリオンはきっちり同じ距離《きょり》を置いてわたしについてきた。腕《うで》一本分の距離《きょり》があったから、なんとか耐《た》えられた。いまのオリオンに近づくのはその先に〈目玉さらい〉が待っているとわかっていながら一本道を歩いていくようなものだった。覚悟《かくご》を決めて深呼吸をし、一歩近づく。すると、オリオンは**後ずさった**。わたしはためらい、もう一度近づいた。また、後ずさる。オリオンのほうもわたしに怯《おび》えているみたいに見えた。わたしは泣きだしそうな気分でしばらく立ちつくし、声を荒《あら》げて言った。「じゃ、自分でつけてよ」手近な作業台に——正確には、ぼろぼろに壊《こわ》されて、いまにも倒《たお》れそうな作業台だ——ペンダントを置き、一歩下がる。オリオンは近づいてきてゆっくりと顔を下に向け、作業台の上の魔法《まほう》ホルダーを見た。何秒かそのままじっとして、ふいにペンダントを拾い、首にかけた。

錯覚魔法《さっかくまほう》で姿がぼやけると、わたしはようやくオリオンを真正面から見ることができた。首にかけたペンダントが、『トランスフォーマー』のロゴがついたおんぼろのTシャツの上でやけに輝《かがや》いて見える。Tシャツは首元と肩《かた》まわりがかろうじて残っているだけで、そこにずたぼろになった生地がぶらさがっている。生地のはしは乾《かわ》いた血で茶色くなっていた。ズボンも同じくひどいありさまで、つなぎ目からつなぎ目までぱっくり穴が開いたところがいくつもあるし、うしろのポケットはふたつとも破れていて、ぼろぼろの布や糸が垂れ下がっている。運動靴《ぐつ》は剣闘士《グラディエーター》のサンダルみたいになっていて、足首をぐるりと囲む硬い生地とつま先の金属部分だけでなんとか足に引っかかっている。体育館の仏塔《ぶっとう》にぼんやりすわっていたんだから、やろうと思えば魔法《まほう》で身なりを整えることもできたはずだ。いまのオリオンは、見た目に関心を払《はら》うこともできないのだ。「レイク、あんたひどい恰好《かっこう》だよ」わたしは言った。言わずにはいられなかった。どんな状況《じょうきょう》でオリオンに会ったとしても、きっとわたしは同じ台詞《せりふ》を言っただろうから。だけど、そう言った瞬間《しゅんかん》、とうとう涙《なみだ》があふれた。両手で顔をおおうことさえできない。視界がさえぎられるのがこわいのだ。オリオンが**近づいてきたら**と思うとこわかった。

「あんたにも錯覚魔法《さっかくまほう》をかけようか？」リーゼルがうんざりした声で言った。

「ひどくない？」アアディヤがリーゼルをにらむ。だけど、いまは皮肉のほうがありがたかった。目が隠《かく》れないように、袖《そで》を顔の下から上へすべらせて涙《なみだ》をぬぐう。アアディヤが差しだしたぼろきれで洟《はな》をかみ、ぐしょぐしょになった顔を急いでふく。

それから、わたしたちはスコロマンスを出てホテルへもどった。

詳細《しょうさい》は省くことにする。というより、覚えていない。一分を生きのびるのがせいいっぱいだった。どうにかやり過ごした一分のことはすぐに忘れた。息をつく間もなく、すぐにつぎの一分を生きのびないといけなかったから。そもそも、どの一分もよく似ていた。全身全霊《ぜんれい》で、背後にいるオリオンの気配を感じていた。ほんの数歩うしろにいるオリオンを。それは経験したこともないほど恐《おそ》ろしい感覚だった。わたしは立ちどまることもできずに、ただひたすら人混みのなかを進みつづけた。休暇中《きゅうかちゅう》の非魔法族《まほうぞく》の群れのなかを。汗《あせ》をかいて、大声で笑って、退屈《たいくつ》している人たちのなかを。なにか飲みたいとわめく子どもたちの声がした。オリオンを振《ふ》りかえってはいけないと、そればかりを考えていた。汗《あせ》まみれでうるさくて、いかにも生きているという人間たちに囲まれたオリオン。そんなオリオンを見てしまえば、あいつが死んでいるという事実をはっきりと突《つ》き付けられるだろう。だから、わたしは振《ふ》りかえらなかった。ただ前に進みつづけた。オリオンは、大きく距離《きょり》を取ったままわたしのあとを歩きつづけた。

ホテルについたころには、なにかを考える気力も残っていなかった。ぼうっとした頭で、ひとつだけ思った。オリオンを飛行機に乗せようだなんて、ヒステリックな笑い声を上げたくなるくらいバカげている。どうしても乗せたいなら、箱に詰《つ》めて荷物として持ちこむしかない。よくは覚えていないけれど、ホテルの部屋でリーゼルとアアディヤがオリオンの移動手段について話し合っていたような気がする。思いだせないのは、ふたりがしていることにまで意識が行かなかったから。自分自身の人生の脇役《わきやく》になったような気分だった。わたしは背景のエキストラになり、ただオリオンを見つめている。唯一《ゆいいつ》の救いは、こじゃれたホテルの部屋が、オリオンと同じくらい不自然だったことだ。博物館の人混みのなかとはちがって、不自然なオリオンは不自然な部屋に溶《と》けこんでいた。そうして、わたしを見つめ返していた。

リーゼルとアアディヤに連れられるがままホテルを出て、ふたりが借りてきたバンに乗った。ふたりはオリオンを後部座席に押《お》しこみ、ウェールズへ向かって出発した。移動の大半はフェリーに乗っていたような気がする。足の下で海が揺《ゆ》れる感じを覚えている。オリオンがいるという恐怖《きょうふ》で吐《は》きそうで、波が立つたびにやっぱり吐《は》きそうで、わたしは二倍になった吐《は》き気《け》と戦っていた。たぶん、時どきはトイレにも行ったんだと思うし、眠《ねむ》ることもあったんだと思う。意識が飛んだというほうが近いだろうけれど。なんにしても、そのすべてをほとんど覚えていない。覚えているのは、助手席の上で膝《ひざ》を抱《かか》えてすわっていたことだけ。フロントガラス越《ご》しにフェリーの壁《かべ》をながめていた。オリオンの顔がガラスにぼんやり映ることもあった。一度、スイートハニーがポケットから出てきて肩《かた》によじ登り、わたしの耳を鼻でつついて慰《なぐさ》めようとした。なにをしてもむだだとわかると、スイートハニーはまたポケットにもどっていった。やがて、車はフェリーを降りてふたたび道路を走りはじめた。アアディヤとリーゼルは交代で運転をした。突《とつ》然《ぜん》、車窓によく知っている風景が流れはじめた。馴染《なじ》みがありすぎて、帰ってきたことにも気付かないくらいだった。車がコミューンの駐車場《ちゅうしゃじょう》に入る。母さんは暗闇《くらやみ》の中にひとりで立っていた。ヘッドライトが青ざめた顔を照らした。

車が完全に停まるより早く、母さんは助手席の扉《とびら》を開けてわたしを子どもみたいに抱《だ》き下ろした。両手でわたしの頬《ほお》をはさむ。母さんは全身を震《ふる》わせていた。それから、欠けているところがないか調べるみたいに、両腕《りょううで》や体のいろんなところをつかんで無事を確かめた。わたしがここにいることが信じられないみたいだった。わたしだって、自分がここにいることが信じられないのだ。アアディヤとリーゼルが車を降りてきて、これまでのことを母さんに説明しようとした。いまのわたしにその気力はない。だけど、説明がはじまるより早く、オリオンが車から出てきた。

車が走っているあいだ、オリオンは後部座席にすわったまま微動《びどう》だにしなかった。何度勧《すす》めても水を飲まなかったし、食べ物はもちろん口にしなかった。オリオンは、なにもハルクかなにかみたいに車から派手に飛びだしたわけじゃない。文字どおり、出ていきたのだ。側面の金属板を継《つ》ぎ目に沿って押《お》し破り、ひとり分のすき間ができるとそこから窮屈《きゅうくつ》そうに這《は》いだしてきた。母さんは蒼白《そうはく》になって喉《のど》の奥《おく》で小さくうめき、反射的に後ずさった。わたしは思わず母さんの服をつかんだ。母さんがなにを言うかこわかったのだ。なにを言われても、いまのわたしにはたぶん耐《た》えられない。「オリオンのせいじゃない！」わたしは言った。「オリオンは悪くない。こいつのせいじゃない」オリオンは怪物《かいぶつ》の大群と一緒《いっしょ》にスコロマンスに閉じこめられていたんだと、夢中で説明しようとした。オリオンを助けてと母さんに伝えたかった。

だけど、母さんはわたしをさえぎって言った。「だれがこの子に**こんなことを**したの？」消え入りそうな声だった。〝忍耐《にんたい》〟のせいなのだと言うつもりだった。〝忍耐《にんたい》〟とスコロマンスに閉じこめられたせいだ、と。だけど、わたしの口から出たのはべつの答えだった。「オリオンのお母さん。オフィーリア・レイク」するはずだった長い説明は、声になる前に消えていった。オフィーリアの名前を口にした瞬間《しゅんかん》、それが真実だとわかったからだ。オフィーリア・レイクがなにをしたのか、どんなふうにオリオンを傷つけたのか、わたしにはなにひとつわからなかったけれど。

アアディヤとリーゼルは、ユルトで待機するという役割を喜んで引き受けた。長い運転のせいで見るからに疲《つか》れている。わたしも一週間くらい眠《ねむ》りたい気分だったけれど、母さんは明らかに切羽詰《せっぱつ》まった様子だったし、急いだほうがいいということはわたしもわかっていた。母さんは、わたしとオリオンを連れて夜の闇《やみ》のなかを森へと向かった。行く手がよく見えるのは、母さんが月光を呼ぶ魔法《まほう》をかけたからだ。非魔法族《まほうぞく》にも気付かれないくらいさりげない魔法《まほう》だ。コミューンのだれかが居合わせたとしても、今日はやけに明るい月夜だなとか、暗闇《くらやみ》に目が慣れてきたんだなとか、枝のあいだから月の光が射しているんだなとか、そんなふうに思うだけだろう。

母さんが瞑想《めいそう》をする場所はその時どきでちがう。場所の声を聞き、今日はそんな気分じゃないと言われるとべつの場所へ行く。木や草がいまの気分を伝えてくるなんて信じがたいけれど、母さんにはわかるのだ。だけど、母さんが定期的に使う特定の場所もひとつある。特別な治療《ちりょう》をするための場所だ。深刻な状態の魔法使《まほうつか》いが訪ねてくると、母さんはその人をコミューンから離《はな》れたある場所へ連れて行く。円形の草地で、そこに立っていたオークの大木は十年くらい前に強風で倒《たお》れた。倒《たお》れたあとも根元に近い幹は残っていて、なかが空洞《くうどう》になっている。母さんは患者《かんじゃ》をその空洞《くうどう》の中に立たせ、周囲に魔法陣《まほうじん》を張るのだ。

わたしは、今回も母さんはあの場所へ行くのだとばかり思っていた。最初のうちはそこへ向かう道を進んでいたけれど、母さんは曲がるべき小道を素通りして森のなかを歩きつづけた。一キロくらい歩いたころ、わたしたちはキイチゴの茂《しげ》みに行く手をふさがれた。厚い茂《しげ》みは壁《かべ》みたいだ。母さんは緑の壁《かべ》の前で足を止め、その上に手のひらをかざした。静かな声で言う。「通してちょうだい」一瞬《いっしゅん》置いて、茂《しげ》みはギイとかすかな音を立てながらふたつに分かれた。人がひとり通れるくらいのすき間が空く。

それからわたしたちは一時間ほど歩きつづけた。通り道もないのに、母さんは迷いのない足取りでわたしたちを導いていく。そのあたりは十年かそこらだれも通ったことがないように見えた。たぶん、鹿でさえもここには来ない。わたしもここに連れて来られるのははじめてだ。鬱蒼《うっそう》と茂《しげ》ったキイチゴの茂《しげ》みは、わたしたちが近づくとゆっくりと道を開け、最後部にいるオリオンのうしろでふたたび道をふさいだ。母さんの持ったランタンの青白い光が、わたしたちの周りで円を描《えが》いていた。

だけど、ここは虚空《こくう》に漂《ただよ》う忘れられた場所とはちがった。むしろその逆で、**現実**の奥《おく》へ奥《おく》へともぐっていくような感じがした。ここは魔法《まほう》の介入《かいにゅう》を拒《こば》む現実の場所だ。足音を忍《しの》ばせて通り抜《ぬ》けるわたしたちに、嫌々《いやいや》ながらも気付かない振《ふ》りをしてくれている。

茂《しげ》みを抜《ぬ》けると、小さな空き地に出た。空き地の真ん中には、大むかしの円形住居《ラウンドハウス》の跡《あと》があった。とんがり帽子《ぼうし》みたいな屋根は朽《く》ちてなくなっているけれど、円形にめぐらされた石の壁《かべ》はまだ崩《くず》れずに残っている。入り口の構造も残っていて、長方形の厚い石を縦に並べた上に、三枚目の石板がまぐさ石として置かれてある。屋根は跡形《あとかた》もないけれど、かわりに、大きなイチイの老木が壁《かべ》にもたれるようにして生えていた。二本の大枝が屋根のように広がって内部を風雨から守り、三本目の低い枝が入り口を塞《ふさ》ぐようにして延びている。暗くて中は見えない。

だれかがここに住んでいて、その人はずっとむかしに死んだのだ。母さんみたいなだれかが。強い力を持ったそのだれかは、生まれて死ぬまでずっとここで暮らしていた。訪れる人たちに力を分け与《あた》え、だけど、死がやってきたときにその力を自分のために使おうとはしなかった。きっと、その人も自治領の構造には反対だったのだ。この世に自治領が生まれる前から、あんな仕組みには反対だった。そう思った。なぜなら、この円形住居はわたしたちのユルトによく似ていたから。

「お邪魔《じゃま》してごめんなさい」母さんが言った。語りかけた相手がイチイの老木なのか、円形住居なのか、はるかむかしここに住んでいた治療師《ちりょうし》の魂《たましい》なのか、わたしにはわからなかった。たぶん、その全部なんだろう。ここは力と寛容《かんよう》と命の場所だ。ひとつひとつを分けて考えることはできない。すべてがあって、この場所がある。治療師《ちりょうし》はこの円形住居を建て、イチイの木を植えた。自分を守り、助けを求めて訪れる人々を守るために。治療師《ちりょうし》が世界からも人々の記憶《きおく》からも消え失せたいまも、石壁《いしかべ》と老木は彼女《かのじょ》のことを覚えている。「でも、ひとりではできないの。どうか力を貸して」

母さんがこっちを振《ふ》り向いてオリオンを指さした。その瞬間《しゅんかん》、木や草や石壁《いしかべ》がいっせいに身をすくめたような気がした。オリオンに会った母さんが思わず後ずさったみたいに。木々や草葉がオリオンから離《はな》れようとねじれたり丸まったりするなか、イチイの木だけは風が吹《ふ》いても微動《びどう》だにしなかった。つぎの瞬間《しゅんかん》、あらゆるものが動きを止めた。母さんの頼《たの》みは拒否《きょひ》されたのだ。大声で叫《さけ》びたくても、どなりつけるべき相手は自分自身をおいてほかにいない。母さんがここを特別だと感じたわけも、どんなふうにこの場所と心を通わせたのかもよくわかる。だけど、この場所と話すことはできない。イチイの木に向かっていくらどなろうが、むこうには森のざわめきくらいにしか聞こえないだろう。わたしの怒《いか》りは伝わらないし、そもそも声さえ届かない。この場所に宿る力は、どなって服従させるようなものじゃない。無理やりどうこうできる存在じゃないのだ。どこかの欲深いバカがここへ来てマナを吸い尽くしてしまうことはあり得るだろう。そうなれば、イチイは枯《か》れ、石壁《いしかべ》は崩《くず》れる。だけど、そんなことをしたって癒《い》やしの力は得られない。

母さんは両腕《りょううで》を広げてイチイの木を見上げ、なおも語りかけた。「ええ、そうね。わたしもこわい。でも、この子は悪くない。この子にもどうしようもなかったの」

またしても耐《た》えがたいほど長い静寂《せいじゃく》が続いたあと、とうとう、入り口をふさいでいた枝がゆっくりと上がった。母さんがオリオンを振《ふ》りかえる。車をこじ開けて降りてきたあのとき以来、母さんがオリオンをまともに見るのはこれが初めてだ。あのときと同じように顔をこわばらせる。

母さんは、消え入りそうな声でオリオンに語りかけた。「中へ入りなさい。力ずくで連れて行くことはできないの。中へ入ることをあなたが選択《せんたく》しなくては」

オリオンは母さんの声が聞こえていないみたいに、ただそこで棒立ちになっていた。相変わらず、わたしから目を離《はな》さない。「そこから入るんだよ！」わたしは両手で入り口を指さした。オリオンはわたしが指した先を目で追い、不思議な円形の建物をぼんやりとながめた。建物があることにも気付いていなかったんだろうか。わたしは円形住居のそばまで歩いていき、さっきよりも激しい身振《みぶ》り手振《てぶ》りで**『中へ入るんだよ』**と伝えようとした。入り口を何度も指さす。すると、ようやくオリオンは、一、二歩前へ出た。わたしは目を大きく見開き、激しくうなずいた。よちよち歩きの子どもや子犬をはげますみたいに。オリオンはそのまま歩きつづけ、入り口の手前でぴたりと止まった。

オリオンをそこまで導いたことに安心していたわたしは、自分たちの距離《きょり》が縮まっていることに気付いていなかった。はっとしたときにはもう、オリオンはすぐそばにいた。こっちを見ているそいつはオリオンじゃない。人の形をした〝飢《う》え〟だ。満たされることのない飢《う》えは、どこまでもわたしについてくる。なぜなら、わたしをのみこんでしまいたいから。その機会をうかがいつづけているから――いくならいまか？　と。

わたしは反射的にとびすさった。オリオンから。ちがう、オリオンの姿をしたなにかから。殺しておくべきだったのだ。いますぐ**殺してしまいたかった。**こいつが、わたしや母さんや、とにかくこの世のあらゆる生き物に近づく前に。取るべき行動はひとつ。この存在を抹消《まっしょう》すること。リーゼルのした提案だって、どれも結局はそのためのものだった。オリオンをスコロマンスに置いていくべきだと言ったときも、ニューヨークに送り返すべきだと言ったときも、関わるのはやめろと言ったときも。リーゼルは、オリオンを殺せと繰《く》りかえしていたのだ。存在すべきではないこのなにかを、誕生させてはいけなかったこの存在を、本当の居場所である虚空《こくう》へ送り返せ、と。そのためには、わたしがあの言葉を口にするだけでいい。**あんたはもう死んでるんだよ。**

「オリオン」だけど、わたしは祈《いの》るような思いでそう言った。べつの名で呼びたい気持ちは必死でこらえた。オリオンは微動《びどう》だにしない。許されるなら、オリオンを入り口から押《お》しこんでやりたい。むこうだってわたしをスコロマンスのゲートに押《お》しこんだんだから、これでおあいこだ。できることなら、わたしが先に立って建物のなかへ誘《さそ》いこんでしまいたい。だけど、それじゃうまくいかないことくらい、母さんに聞かなくてもわかる。この建物になにか神秘的な力が閉じこめられているわけじゃないし、だから、オリオンを引きずりこみさえすればどうにかなるというわけでもない。力は円形住居の中にも外にもあふれている。重要なのはオリオンの意志だけだ。中に入り、治癒《ちゆ》の力に自分から手を伸《の》ばさなくちゃいけない。受け身で得られる力じゃないのだ。たとえ手を伸《の》ばすことさえできないほどに毒されていようと、力のほうから働きかけてくることはない。オリオン自身が回復を望もうとしないなら、オリオンの存在が手のほどこしようがないほど消えてしまっているのなら、あとにはわたしがすべき選択《せんたく》だけが残る。絶望的な選択《せんたく》だけが。オリオンを生かしておき、犠牲者《ぎせいしゃ》が出るのをただ待つべきか。それとも、この世から抹消《まっしょう》すべきか。

「ウェールズまで会いに来るって言ったよね」わたしはオリオンに語りかけた。「でも、来なかった。ここにいるのはあんたじゃない。だから、中に入って**会いに来て**。レイク、聞こえてる？　あんたが約束したんだよ。ほんと最低。せっかく約束して**やった**のに。ほら、さっさと入りなって！」

最後のほうは悲鳴まじりになった。わたしは無我夢中でそのへんに落ちていた木の枝を拾い、叫《さけ》びながらオリオンのおしりを引っぱたいた。オリオンがびくっと小さく飛びあがる。わたしを見つめつづけるその顔に、人間らしい表情がひらめいたような気がした。ほんの一瞬《いっしゅん》、オリオンが現れたのだ。わたしが口を開くより早く、オリオンが円形住居の入り口に目をもどした——おびえたような顔で。

オリオンがこわがるところは一度も見たことがない。まともな人間なら震《ふる》えあがっておびえるようなものでも、オリオンはどこ吹《ふ》く風だった。怪物《かいぶつ》だろうと、高いところだろうと、締《し》め切《き》りを過ぎた課題だろうと。なのにいま、オリオンは崩《くず》れかけたちっぽけな建物から警戒したように目を離《はな》さない。それは**オリオン**だった。わたしの知っているあいつだった。そのオリオンが、入り口のむこうにあるなにかをこわがっている。わたしはもう一度オリオンのおしりを引っぱたいた。わたしだって、足がすくみそうなほどこわい。かすかな希望が垣間見《かいまみ》えたからこそ、さっきより何倍もこわかった。「こんなの、ただの石のかたまりだよ！　怪物《かいぶつ》がぎゅう詰《づ》めの学校じゃない。震《ふる》えてないで、**さっさと入りなって！**」わたしは声を限りにどなった。わたしのどなり声はたしかに届いたらしい。オリオンがぎゅっと目をつぶったのだ。まともに目を閉じるのはそれが初めてだった。つぎの瞬間《しゅんかん》、オリオンはひと息に入り口をくぐった。

空き地は静まり返り、あらゆるものが完全に動きを止めていた。母さんが、震《ふる》えながら短く深呼吸をする。わたしに歩み寄り、両手で頬《ほお》をはさんでおでこにキスをした。「愛しい子。母さんはあなたを愛してる。なにがあってもそれだけは変わらない」

オリオンを助けてもらいたいとただそれだけで頭がいっぱいで、わたしは重要なことに気付いていなかった。母さんは治癒魔法《ちゆまほう》のためにオリオンとふたりきりにならなくちゃいけない。なのにわたしは、母さんを説得することしか考えていなかった。自分がなにを母さんに強いることになるのか、一度も考えてみようとはしなかった。だけど、母さんはわたしに**待って**と言う暇《ひま》さえ与《あた》えなかった。そう言うべきか迷うよりは、そっちのほうがずっとマシだったと思う。母さんはためらうことなく建物の中へ入り、そのうしろでイチイの枝が入り口をふさいだ。

わたしは一睡《いっすい》もしなかった。と言うべきところだけど、ふたりを待とうと入り口のそばの地面にすわり、二分後に横になった瞬間《しゅんかん》には深い眠《ねむ》りに落ちていた。目を覚ましたのは、スイートハニーに耳を噛《か》まれたからだ。半分眠《ねむ》ったまま立ちあがり、なにがあったのかもわからないまま、本能的に両手を上げて盾魔法《たてまほう》の体勢になる。頭上のイチイの木の枝が大きくきしんでいた。建物から光があふれている。屋根代わりの枝や葉のあいだから、石壁《いしかべ》のすき間というすき間から、光がこぼれている。石を覆《おお》うコケは緑色の熾火《おきび》みたいに輝《かがや》いていた。その光を見ていると勝手に涙《なみだ》が流れ、口の中に冷たい清涼《せいりょう》な感覚が広がった。一度だけ、同じ光を見たことがある。母さんが、わたしを予言から守ろうと決意したあのときだ。母さんは愛で包みこむようにしてわたしを抱《だ》き、そのままムンバイの屋敷《やしき》を飛びだした。あの日以来、母さんはわたしを最低最悪の運命から命がけで守りつづけてくれた。

襲《おそ》ってくるものはなにもなかった。わたしはなすすべもなく立ちつくした。「母さん！」夢中で叫《さけ》ぶ。答えはない。母さんの姿もオリオンの姿も見えない。入り口から見えるのは光だけだ。突然《とつぜん》、その光がふっと消えた。あたりが暗闇《くらやみ》に包まれたあとも、まばゆい光の中で見た光景が残像となっていつまでも消えなかった。

暗闇《くらやみ》に目が慣れてみると、かすかに射してくる光が見えた。夜が明けようとしているのだ。イチイの木から葉が舞《ま》い落ちてくる。しおれて丸まった葉が、際限もなくぱらぱらと散っている。枝は枯《か》れ、内側から乾燥《かんそう》しているみたいに、しなびて細くなっている。突然《とつぜん》、入り口の上に渡《わた》された厚い石が銃声《じゅうせい》みたいな音を立ててまっぷたつに割れ、がらがらと崩《くず》れ落ちた。瓦礫《がれき》は扉《とびら》の役目を果たしていたイチイの枝を巻きこんで折り、入り口の石の床《ゆか》に大きなひびを作った。わたしはだっと駆《か》けだした。瓦礫《がれき》の小山を越《こ》えて中に入る。母さんは床《ゆか》の真ん中で小さくうずくまっていた。

「母さん！　母さん！」わたしは金切り声で叫《さけ》びながら母さんを抱《だ》き起こした。母さんの体はわたしの両腕《りょううで》の中にすっぽり収まるほど小さい。ぞっとするほど弱々しく見えた。息をしているのを確認すると、わたしは母さんをぎゅっと抱《だ》きしめた。母さんが目を開け、わたしを見る。消耗《しょうもう》しきったうつろな目だ。いつもみたいにわたしの頰《ほお》に触《ふ》れようとしたのか、ぴくっと腕《うで》が動いた。それから、母さんはわたしの胸に頭をもたせかけ、すっと目を閉じた。眠《ねむ》ったのかもしれないし、気を失ったのかもしれなかった。顔を上げ、枯《か》れていく枝が落とす格子状の影《かげ》に目をこらす。オリオンは、その影《かげ》の中で壁《かべ》にもたれて立っていた。

　そう、オリオンがいた。**本物の**オリオンだった。母さんが呼びもどしたのだ。叫《さけ》びたかったし、声をあげて泣きたかった。かわりに、わたしはそっとオリオンに手を伸《の》ばした。喜びと愛情が胸に押《お》しよせる。はじめて、奇跡《きせき》は起こるんだと思った。本当にオリオンを助けだしたんだと思った。つぎの瞬間《しゅんかん》、オリオンがかすれた声で言った。「ぼくを助けたりしちゃいけなかったのに」

第12章 森の中

正直言うと、オリオンに飛びかかってずたずたに引き裂《さ》いてやりたいところだった。そうするかわりにわたしは母さんを抱《だ》きかかえ、嚙《か》みつかんばかりの勢いでオリオンにどなった。「じゃ、ここに残って飢《う》え死にでもすれば？」返事も待たずに大またで円形住居の外に出た。

さっさと帰りたいところだったけど、わたしはオオカミに育てられた野生児じゃない。ほっとすると同時に湧いてきた怒《いか》りでカッカしながら、それでも、このまま帰るわけにはいかないことくらいはわかっていた。外に出ると、崩《くず》れた入り口と無残に折れたイチイの木に向き直り、お礼を言った。「あいつは恩知らずのくそったれだけど、わたしはちがう。力を貸してくれてありがとう」

お礼を言う以外にはなにをすればいいのだろう。**なにか**すべきなのは間違《まちが》いない。かわいそうに枯《か》れてしまったイチイの木は、いまもしおれた葉っぱを灰色の雨みたいに降らせている。母さんが気絶していなかったら、なにをすればいいのか教えてくれたはずだ。だけど、わたしにはアイデアひとつ浮《う》かばなかったし、たとえ浮《う》かんだとしても、余計なまねをしそうで実行に移す勇気はなかっただろう。わたしはポケットのなかのスイートハニーに声をかけた。「なにか知ってる？」

スイートハニーはポケットから這《は》いだしてくると、ちょこちょことイチイの木の根元へ走っていった。しばらくピンク色の鼻でにおいをかぎ回るうちに、幹の下のほうにお目当ての場所を見つけたらしい。老木の中でも一番大きな木のまたの部分だ。スイートハニーは木のまたに片方の前足を置き、わたしを見上げた。疑いをたっぷりこめた目で見返しても、スイートハニーは自信満々で鳴いた。「あんたがそう言うなら」わたしはそう言って、まずはコケが厚くむした場所を探し、そこに母さんを寝《ね》かせた。枯《か》れ葉を集めて枕《まくら》にする。それから、枯《か》れ枝と石を拾って下手な魔法《まほう》をかけ、どうにか小さい手斧《ておの》に変えた。

それからの一時間、わたしはひたすらイチイの木に手斧《ておの》をふるいつづけた。日がすこしずつ高くなっていく。とうとう、二本の太い幹がギイという音を立て、ふたまたに分かれた部分の下のところからゆっくりと倒《たお》れはじめた。地面に触《ふ》れた瞬間《しゅんかん》、幹はどちらも木っ端《ぱ》みじんに砕《くだ》けた。

十年の時間をかけて徹底的《てってい》に乾燥《かんそう》させた木材みたいに。それでも、残った切り株に目をやると、みずみずしい樹液がじわりとにじみ出していた。

オリオンはまだ円形住居の中にいた。わたしがイチイの木の大部分を伐採《ばっさい》してしまったいま、屋根代わりになっていた枝のほとんどがなくなっている。オリオンは、腰《こし》くらいの高さの石壁《いしかべ》のむこうにひとりで立っていた。英雄《えいゆう》と呼ばれていたころが嘘《うそ》みたいに、隠《かく》れる場所をなくして心細そうに立ちつくしている。Tシャツもズボンもボロボロだから、ふとしたはずみに体を隠《かく》す布まで消えてしまいそうに見える。

「手伝うつもりはあるわけ？　それとも、役立たずのままそこで立ってる？」わたしは冷たく言い放った。まぐさ石の残骸《ざんがい》をわきへよけ、建物に出入りできるように片付ける。裏手にまわって散乱した枝を拾い、壁《かべ》から落ちた石があれば穴を見つけてはめ直した。かわりのまぐさ石を探す余裕《よゆう》はないけれど、せめて石壁《いしかべ》を修復するくらいのことはしたい。すこしすると、オリオンも片付けの手伝いをはじめた。壁《かべ》の内側から出てくることはしない。わたしに近づくことを恐《おそ》れているように見えた。

できる限りの後片付けを終えると、母さんのもとへもどった。顔色がすこしもどっているのを見てほっとする。オリオンはようやく壁《かべ》の外に出てきたけれど、母さんを運ぶ手はずを整えようと試行錯誤《さくご》しているわたしを遠くからながめていた。時どき、思い切ったように何歩か前に出る。

手伝いたいけどできないんだとでも言いたげだ。ぼくは骨の髄《ずい》までマリアに毒されているんだ、だから**助けたりしちゃいけなかったのに**と責められているような気がする。オリオンが前に出ようとしては失敗するたびに、わたしの怒《いか》りは膨《ふく》れ上がった。アアディャは正しかった。オリオンがスコロマンスに置き去りになったのは、やっぱりわたしのせいじゃない。わたしのせいだったことなんかひとつもない。全部、**こいつ**のせいだ。**こいつが**わたしをゲートのむこうに押《お》しやった。こいつがわたしをあんなに苦しめた。しかも、**まだ**苦しめようとしてくる。わたしは立ちあがり、オリオンに向かってどなった。「**あんたが**母さんを運んでよ。落としたら許さないから」

一瞬《いっしゅん》ためらったあと、オリオンはぎくしゃくした歩き方で近づいてきた。わたしは腕《うで》を組み、オリオンが母さんを抱《だ》きかかえるまでにらみつけていた。

案内役のいないユルトまでの帰り道は行きよりもずっと大変だった。スイートハニーは肩《かた》の上に陣取《じんど》って、わたしがおかしな方向へさまよい出しそうになるたびに耳を噛《か》んで引きとめてくれた。だけど、スイートハニーにもどうしようもないくらい、わたしは何度も何度も道をまちがえた。オリオンは一度も母さんを落とさなかった。休みたいと弱音をこぼすこともなかった。二時間後、わたしたちはようやく森を抜《ぬ》けた。とっくに日は高くなっていた。

アアディャとリーゼルはユルトの前にすわり、これからするべきことについて言い争っている最中だった。リーゼルは、母さんを抱《かか》えてわたしのうしろをゆっくりと歩いてくるオリオンに気付いて、絵に描《か》いたように驚《おどろ》いた顔をした。心の内が透《す》けてなければ笑ってしまうところだったと思う。だけど、残念ながらリーゼルが考えていることは手に取るようにわかった。どうせ、わたしとオリオンという大バカふたりが生きてもどったことが意外なのだ。そのことを喜んでいいのかもいまいちわからないんだろう。

オリオンは母さんをユルトの中に運び、わたしが指さしたベッドに寝《ね》かせた。それから、足早に外へ出て行った。わたしは母さんに水差しの水をすこしのませ、体を毛布でくるんだ。オリオンは、焚《た》き火のむこう側で丸太にすわっている。リーゼルとアアディャには声をかけることさえしない。しばらくすると、アアディャがオリオンに話しかけるのが聞こえた。「オリオン、変なこと言うけどごめんね。わたしさ、オリオンが戦闘《せんとう》モードから目覚めたのはほんとにうれしいんだよ。でも、まだ調子が悪そうじゃない？　だいじょうぶ？」わたしはユルトの入り口から外を見ながら耳を澄《す》ました。オリオンの答えにはもちろん興味がある。だけど、オリオンは無言でアアディャを見つめ返した。そばに人がいたことにも初めて気付いたような顔だった。「だいじょうぶ？　だいじょうぶじゃない？　それともべつの答えがある？」アアディャは重ねて言った。「模範《もはん》解答がいるなら、こういうのは？　ほら、**破滅《はめつ》から救ってくれてありがとう**、とか」

「ぼくを助けたりしちゃいけなかったのに」オリオンは静かな声で言った。

その瞬間《しゅんかん》、わたしは猛然《もうぜん》とユルトを飛びだした。母さんの身の安全は確保できた。むこうがその気ならケンカを買ってやる。こてんぱんに言い負かしてやろうと口を開いたそのとき、リーゼルがどすの利いた声で言った。「わたしたちが行かなくても、どうせ助け出されてたよ。あんたの母親が捜索隊《そうさくたい》を編成してただろうし」

「は？」わたしは思わず問い返した。

リーゼルは焦《じ》れったそうにオリオンを指さした。「エルも言ってたくせに！　すべての原因はオフィーリアなんだよ。あの女がオリオンに能力を与《あた》えたに決まってる。怪物《かいぶつ》ごときに息子が殺されるわけないってわかってたんだよ。息子は生きてるってわかってた。だから、躍起《やっき》になってスコロマンスにマナを送りつづけてたわけ。オリオンを助け出すために。ねえ、母親が黒魔術師《くろまじゅつし》だって知ってたの？」突然《とつぜん》、リーゼルはオリオンに向かってたずねた。

可能なら、わたしだって同じ質問をしてたと思う。ただ、どんな言葉で聞けばいいのかわからなかったのだ。スコロマンスにいたときもオリオンはめったに両親の話をしなかったけれど、**絶対に**しなかったわけじゃない。母親が黒魔術師《くろまじゅつし》なんじゃないかと疑っていたら、親の話にははじめから触《ふ》れようとしなかったはずだ。わたしも、ニューヨークであんな事実を知ることになるとは予想もしていなかった。

「知らなかった」オリオンは言った。妙《みょう》な答え方だった。こんなときは、**知ってたよ**と肯定するか、憤慨《ふんがい》まじりに**母さんは黒魔術師《くろまじゅつし》なんかじゃない**と否定するかどちらかのはずだ。

「いまはもうわかってるよね?」リーゼルも不自然な返事に戸惑《とまど》っているみたいだった。「具体的にはなにをされたの?」

オリオンは答えなかった。だまって立ちあがり、わたしたちに背を向けて歩きはじめた。といっても、遠くへ行くことはしない。何メートルか離《はな》れた大木まで歩いていき、幹を回りこんで地面にすわった。

「さすがリーゼル。気遣《きづか》いたっぷり。オリオンも全然傷ついてないと思うよ」アアディヤが言った。

「気を遣《つか》ってる余裕《よゆう》はないから」リーゼルは言い返した。

「気遣《きづか》いできない人ってそう言うよね」

リーゼルは眉《まゆ》を寄せて言った。「オフィーリアは息子が生きてるのを**知ってる**んだよ。どういうことかわからない? わたしたちはオリオンが生きてて驚《おどろ》いた。でも、あの母親はちがう。はじめから、わたしたちがオリオンを助け出すってわかってた。息子を引き取りにこっちに人を向かわせてもおかしくない。どうせ、そのメダルに追跡魔法《ついせきまほう》がかけてある」

わたしは言った。「ニューヨークの魔法使《まほうつか》いを半分送りこんできたってかまわないけど? オリオンは渡《わた》さない」

リーゼルはうんざりしたように両手を振《ふ》りあげた。「マナを止められたらどうするわけ?」

「はいはい、ケンカはそこまで。ひとつ指摘《してき》させてもらうけど、どこに行くかは**オリオンが**決めるんだよ」アアディャが言った。「黒魔術師《くろまじゅつし》の計画のことはちょっとわきに置いといて、一秒くらいオリオンのことを心配したら？　母親のせいか、怪物《かいぶつ》の大群を殺しつづけたせいか、虚空《こくう》の真ん中で過ごしてたせいか、わたしにも原因はわからないよ。でも、いまのオリオンは**だいじょうぶじゃない**。エルのお母さんにも治せなかったなにかがあるんだよ」

リーゼルは顔をしかめた。わたしも顔をしかめたい気分だった。アアディャの言い分は公平すぎるし優しすぎる。こっちとしては、オリオンをめちゃくちゃにののしって、顔を思いっきり引っかいてやりたいくらいなのだ。わたしにあんな思いをさせて、それどころか、図々しくも——まだ〝だいじょうぶじゃない〟なんて。そして、オリオンはどこからどう見てもだいじょうぶじゃない。

わたしはむっつり押《お》し黙《だま》ってユルトの中にもどり、食料棚《しょくりょうだな》をあさって食べ物を探した。母さんお得意の野菜スープをボウルに盛り、でかいパンのかたまりを半分に切って、野菜の酢漬《すづ》けをお皿に山盛りにする。全部をお盆《ぼん》にのせると、ゆるい傾斜《けいしゃ》になった地面にすわっているオリオンのところへ持っていった。「食べれば」

「お腹、空いてないんだ」オリオンは言った。ありふれた返事なのに、逃《のが》れられない運命を宣言したみたいに聞こえた。スコロマンスで二週間近くなにも食べていなかったというのに、体重が落ちたようにはまったく見えない。食べ物以外のなにかから栄養を補給していたみたいに。

そう考えた瞬間《しゅんかん》にこみ上げてきた吐き気《はけ》を、わたしは無理やりのみくだした。「いいから、食べなって。気が変わるかもしれないし」わたしはそう言ってお盆《ぼん》を押《お》しやり、手近な切り株にすわった。しばらくためらったあと、オリオンはスープのボウルを取り上げてひと口すすった。もう一度すすり、そのまま一気に飲みほした。パンの大きなかたまりを貪《むさぼ》るように食べ、野菜の酢《す》漬《づ》けを猛《もう》スピードで平らげる。わたしがおかわりを持ってもどってきたときには、パンくずしか残っていなかった。

棚《たな》の食料はだんだん乏《とぼ》しくなっていった。オリオンは、しけったクラッカーの最後のひと袋《ふくろ》を半分食べたところでようやく食べるのをやめ、わたしはほっと胸をなで下ろした。コミューンの昼食まであと一時間はあったし、厨房《ちゅうぼう》の食事当番に頼《たの》んでなにか出してもらうなんて、できればごめんこうむりたかったのだ。母さんならなんだって分けてもらえるだろうけど、わたしはなにを頼《たの》んでもいつだって断られる。それに、オリオンに出すための食事を断られたら、自分がなにをしでかすか怖《こわ》かった。

ふと、オリオンがうつむき、両手に額をあずけて絞《しぼ》り出すような声で言った。「エル、ごめん。ほんとにごめん」

なにを謝っているのかはわからなかった。謝ってほしいことならいくらでもあった。それをひとつひとつ数えあげたい気持ちをぐっとこらえ、わたしは言った。「寝《ね》れば?」だれであれスコロマンスから生還《せいかん》した人には、そう言ってあげるべきだから。たっぷりの食事を出し、清潔なシーツを敷《し》いたベッドに寝《ね》かせ、シャワーを浴びさせてきれいな服を着せる。母さんはその通りのことをしてくれたし、どの魔法使《まほうつか》いの親たちも、スコロマンスから帰ってきた子どもたちには同じことをする。ほかにマシな案があるわけでもなかったし、わたしもオリオンにみんなと同じことをするのだ。

オリオンはもう、自分を助けるべきじゃなかったのにとは言わなかった。わたしの提案に反論することもしなかった。おとなしく立ちあがってユルトにもどり、わたしのベッドに横になって眠《ねむ》った。すこし離《はな》れたとなりのベッドでは、母さんが寝《ね》ていた。わたしはポケットからスイートハニーを出し、ふたりの見張りを頼《たの》んだ。

それからの三日間、わたしはやるべきことを淡々とこなした。オリオンに常識的な量の食事をさせ、眠《ねむ》らせ、シャワーを浴びさせ、また食事をさせた。奇跡《きせき》的に──わたしにしては──、あいつの頭を食いちぎったりすることもなかった。アアディヤは──オリオンがこじ開けたところを修復して──車を運転して町まで行くという苦行に耐《た》え、あいつのためにファストファッションの店で必要なものをひとそろい買ってきた。無地の白いTシャツにジーンズ、靴下《くつした》に運動靴《うんどうぐつ》だ。

リーゼルはといえば、三日間のあいだ、謎《なぞ》の籠城《ろうじょう》計画やら防衛戦略やらについてひたすら考えつづけていた。アルフィーに電話をかけ、ひそひそ声で話をしていることもあった。いざニューヨークが攻《せ》めこんできて、一ダースはあるだろう戦略が通用しなかったときは、アルフィーを通じてひそかに支援《しえん》を頼《たの》むつもりなんだろう。なにかというと計画の進行状況《じょうきょう》を報告してこようとするので、とうとうわたしは、焚《た》き火を囲んですわっているときに、いい加減にしてとどなった。

人の世話をするのはもともとへたくそだし、母さんとオリオンふたりの看病がのしかかってきたいま、経験したこともないほどの忙《いそが》しさに追われていた。「リーゼル。ニューヨークからここまで三日もかからない。オフィーリアが攻《せ》めこんでくるつもりなら、とっくにそうしてる」そう言い放った瞬間《しゅんかん》、わたしもリーゼルもまさにその通りなのだと気付いた。リーゼルは、怒《おこ》っているとも戸惑《とまど》っているともつかない複雑な表情になった——オフィーリアのやつ、なんで**攻《せ》めこんでこない**わけ?

だけど、まさにその日、オフィーリアは爆弾《ばくだん》を投下してきた。

その日の朝、母さんはベッドを出て、息切れせずに短い距離《きょり》を歩くことに成功した。と言っても、もちろん料理をする気力はない。初日の夜はわたしとアアディヤが夕食作りに挑戦《ちょうせん》したけれど、うっかり焚《た》き火に水をかけて消してしまうという失敗によって、全員が生煮《なまに》えの豆を無理やり飲みこむことになった。「おばあちゃんが料理するのを見てると、すごく簡単そうなのに」アディヤは渋《しぶ》い顔でつぶやき、あきらめて豆の入った深皿を置いた。

そういうわけで、結局わたしはコミューンの共同厨房《ちゅうぼう》へ行くはめになった。そこへ行く者はいつでも歓迎《かんげい》されてかならず満腹になることができ、自分のできることでお返しをすればいい。共同厨房《ちゅうぼう》は、そんなすてきで空疎《くうそ》な理想のもとに運営されている。だけど、わたしにとって一番の苦行は、母さん抜《ぬ》きで共同厨房《ちゅうぼう》に行くことだった。行けば決まって、なにか用かと冷ややかに聞かれ、どのくらいほしいのかと詰問《きつもん》され、かわりになにができるんだと問いただされる。

だけど、いまのわたしにはほかに悩むべきことが山のようにあった。たぶん、それが顔にも出ていたんだろう。生煮《なまに》えの豆事件のあと、わたしはつかつかと厨房《ちゅうぼう》へ入っていって皿洗いをやると申し出た。皿洗いの人手はつねに足りていない。それがすむと、母さんが持っている中でも特別でかい鍋《なべ》ふたつに、ライスと豆と野菜カレーをたっぷりよそった。文句をつけるやつはひとりもいなかった。翌朝厨房《ちゅうぼう》へ行ったときには母さんの具合をたずねてくる人までいたし、それ以降、お母さんは元気になったかとちょくちょく聞かれるようになった。

そして、三日目の午後。厨房《ちゅうぼう》にいると、ルース・マースターズが近づいてきて声をかけてきた。わたしのことを別人だと勘違《かんちが》いしているみたいに、おきまりの敵意はほとんど感じなかった。

「あんたに手紙だよ」そう言って、封筒《ふうとう》を渡《わた》してきた。クリーム色のなめらかな手触《てざわ》りの封筒《ふうとう》で、ニューヨークの封蠟《ふうろう》がしてある。**ガラドリエル・ヒギンズ**と宛名《あてな》があった。
わたしは封筒《ふうとう》を二本の指先でつまんでユルトに持って帰り、みんなから離《はな》れた木立の中で封《ふう》を開けた。スイートハニーは離《はな》れたところから心配そうに見守っている。開けたら爆発《ばくはつ》するとか中から毒が飛んでくるとか思っているんだろう。だけど、危険なことはなにも起こらなかった。中には、小さなメモ用紙が一枚と、もう一通べつの封筒《ふうとう》が入っていた。

親愛なるエルへ
オリオンを助け出してくれて、心から感謝しています。息子が元気で過ごしていますように。あの子の気力が回復したと思ったら、同封《どうふう》の手紙を渡《わた》してあげてください。

かしこ
オフィーリア・リース＝レイク

オフィーリアの流れるような文字はきれいで読みやすく、署名は控《ひか》えめで上品な飾《かざ》り文字になっていた。わたしは無言で手紙をにらんだ。あの女は本当に性根が悪い。手紙をオリオンに渡《わた》せとだけ書かれてあれば、わたしは心置きなく手の中の封筒《ふうとう》を燃やしてしまえただろう。脅《おど》し文句とともになにか要求が書かれてあれば、くたばれと叫《さけ》んでからやっぱり封筒《ふうとう》を燃やしただろう。

だけどオフィーリアは、適切な時が来るまでこの手紙を持っておいてほしい、と頼《たの》んできた。わたしたちが仲間で、自分ではなにも決められないかわいそうなオリオンを一緒《いっしょ》に守っているのだとでも言いたげだ。オリオンになにひとつ決めさせようとしなかったのはオフィーリア本人だというのに。駆《か》け引きとしてはささやかなものだ。そこまではっきりわかっているのに、わたしには反撃《はんげき》の仕方がわからなかった。

手紙を読んだリーゼルはうなずいて言った。「あんたが手紙を渡《わた》さなかったらオフィーリアはべつの方法で息子に手紙を届けるだろうし、あんたが一通目を隠《かく》してたこともバラすだろうね」そして、オリオンに渡《わた》す前に手紙の封《ふう》を切って読むべきだと言った。そんなことはできないと反論すると、つづけて言った。それなら、いますぐオリオンに手紙を渡《わた》して、内容を一緒《いっしょ》に確認すればいい。そうすればオフィーリアがなにを企《たくら》んでるかわかるんだから、と。だけど、わたしはそれも気が進まなかった。

オリオンは身体的な面では母さんほど消耗《しょうもう》していないけれど、**だいじょうぶ**とはほど遠い状態にある。わたしが許せば、ユルトのはしっこにある薪《たきぎ》の小山のそばで日がな一日体育座りをして、自分は**まだスコロマンスにいる**んだという振《ふ》りをつづけていたと思う。わたしはそんなまねを許すつもりはなかったので、わざと乱暴に薪《たきぎ》の小山を積み直し、隠《かく》れていた虫やら木の皮やらをあいつの頭の上にまき散らしてやった。手伝いをさせようと丸太をいくつか持たせ、冬が来るからもっと薪《たきぎ》がいるよね、とあてつけがましくつぶやく。すると、オリオンは三日ぶりに口を開き、こう言った。「もっと木を持ってこいってこと?」

「そうしてくれたらすごく助かる」わたしはわざと甘《あま》ったるい声を出し、手斧《ておの》を渡《わた》した。

もどってきたオリオンは、叩《たた》き切ったらしい緑の若木の束と、完全に腐《くさ》った倒木《とうぼく》の残骸《ざんがい》をひと抱《かか》え持っていた。倒木《とうぼく》のほうは虫食いだらけで、いまにもシロアリがこぼれ落ちてきそうだ。戦利品を薪《たきぎ》の小山に加えようとしているオリオンを、わたしはすんでのところで押《お》しとどめた。だけど、それからというもの、オリオンは朝になると薪《たきぎ》を集めに森へ出かけていくようになった。これも回復の兆候なんだろう。とはいえ、あれ以降オリオンはまた貝のように口をつぐんでいる。食事時になると判で押《お》したように焚《た》き火から一番離《はな》れた丸太にすわり、食べ終わるとベッドにもどって眠《ねむ》った。アアディャは細長い枝を調達してきて、リーゼルがオリオンを尋問《じんもん》したい衝動《しょうどう》に駆《か》られるたびに突《つ》っついて牽制《けんせい》した。枝が使われる機会はそこまで多くなかった。一晩にたったの五回くらいだ。もちろん、枝の先はちょくちょくわたしにも向いた。

母さんがトイレに行くとき以外にも起きていられたら、このところのわたしの過ごし方を褒《ほ》めてくれたと思う。目の前のことだけに意識を向け、食事をし、眠《ねむ》り、先のことは悩《なや》まない。そう、最悪の過ごし方だ。最初の夜、わたしとアアディャとリーゼルはユルトの床《ゆか》にヨガマットを敷《し》いて眠《ねむ》った。翌日、アアディャとリーゼルはコミューンの事務所に直行し、休暇《きゅうか》を過ごしに来る人たちのための居心地のいいコテージを借りた。実際、わたしたちは休暇中《きゅうかちゅう》だ。実現不可能な冒険《ぼうけん》を成功させて、心身を休めている最中だ。だけど、永遠にこうしているわけにはいかない。遅《おそ》かれ早かれ――早かれ――アアディャは、常識的で愛情深い家族のもとにもどり、これからも常識的で健やかな人生を送る。リーゼルはロンドン自治領とアルフィーと三十年計画にもどる。わたしと過ごした時間は、ちょっとした回り道でしかない。そしてわたしは――？　この質問の答えは、でかい空白のままだった。わたしにはもどるべき計画がなにもない。

計画は、あるにはある。母さんの作業台に置かれた箱を開け、『黄金石の経典』を手に取ることもできた。もうすぐ始動するよ、壮大《そうだい》な計画をはじめるんだよと語りかけることもできた。戦略を練り、メダルからマナを抜《ぬ》き取って備蓄《びちく》し、ニューヨークにもどってオフィーリアと直接対決することもできた。少なくとも、そんな計画を立てることはできた。実際にオフィーリアと戦う準備をはじめたら母さんが反対しないわけがないけれど、とにかくやってみることはできる。

それとも、やっぱりロンドン自治領にもどるとリーゼルに宣言してもよかった。そうすれば、リーゼルは間違《まちが》いなく喜ぶ。オフィーリアからの手紙が届いたあと、リーゼルはわたしを隅《すみ》に呼んで、これからどうするつもりなのかとたずねた。おとなしく隅《すみ》に呼ばれていったのは、そうしないと母さんが失望するだろうと思ったからだ。いま、わたしとリーゼルは複雑な状況《じょうきょう》にある。母さんなら、ちゃんとお互《たが》いの気持ちを話し合いなさいと言うはずだ。このところ喜怒哀楽《きどあいらく》の波が激しすぎるから、個人的には気持ちの一部に蓋《ふた》をしてしまいたいくらいだったけれど。なにしろ、オリオンの死をきちんと悼《いた》む前に、あいつが実は死んでいなかったことが判明したのだ。ほかの相手にも目を向けたほうがいいと頭ではわかっていた。だけど、いまは**オリオンに**目を向けることしかしたくない。と言っても、それは恋愛《れんあい》感情からというより、むしろ文字どおりの意味だ。定期的にオリオンに目を向けていないと落ち着かない。頭の一部はいまだに混乱していたし、あいつが**本当に**生きていることもいまいち信じ切れなかった。オリオンを見るたびに、一瞬《いっしゅん》自分の目をうたがった。こいつの頭をこん棒でぶん殴《なぐ》ってやりたいという思いは一グラムも減っていなかったけれど、その凶暴《きょうぼう》な気持ちこそがきっと真実の愛の印なんだろう。

それならリーゼルとの関係はどうなるのかというと、わたしにもさっぱりわからなかった。だけど、運よく相手はリーゼルだ。どういう気持ちでいるのかとたずねると、あからさまに呆《あき》れ顔になり、そっけない調子で言った。「こんなときに**気持ち**の話？　自治領戦争がはじまろうとしてるんだよ。そっちの**プラン**は？」そうたずねるが早いか、もったいぶらずにさっさと答えを教えてくれた。「あんたはわたしと一緒《いっしょ》にロンドン自治領にもどって、アルフィーの父親が評議会で実権を握《にぎ》る手伝いをして、自治領が受けたダメージを完全に修復するんだよ。そうすれば、ニューヨークに並ぶ大規模魔法《まほう》自治領から援助《えんじょ》を受けられる」

「わたしはそんなプランに乗らないって、あんたもわかってるよね。わたしが無茶やるのがイラつくからって、あてつけがましく妥当《だとう》な提案をしてくるのはやめてくれる?」図星だったのか、リーゼルはわたしをにらんだ。「あのさ、リーゼル。あんたならロンドン自治領の総督《そうとく》にだってなれるし、最低の父親とその最低の妻にもきっと目に物見せてやれる。クリストファー・マーテルとかリチャード卿《きょう》なんかより、マシな総督《そうとく》になれると思うよ」ムッとしたのか、リーゼルは頰《ほお》を赤くした。口を一文字に結んでいる。「でも、わたしはそっちのプランには乗れない。わかってるくせに」

「じゃ、なにが**できる**わけ?」リーゼルはけんか腰《ごし》で言った。もちろん、その答えはわたしにもわからない。オリオンがこれからどうするつもりなのかわからないし、その情報なくして自分のこれからを決めるわけにはいかないような気がした。なにが**したい**のかさえわからなかった。そのことが二重にも三重にも腹立たしい。いっそあの手紙をオリオンに渡《わた》してしまえば、なにか変化があるだろうか。だけど、こういう衝動《しょうどう》は信用すべきじゃない。

翌朝母さんは、森の空き地まで連れて行ってちょうだいとわたしに頼《たの》むほど回復した。空き地につくと、目をつぶったまま何時間もすわり、深呼吸を繰《く》りかえした。瞑想《めいそう》がすむと、わたしの介助《かいじょ》なしでゆっくり歩いてユルトにもどり、ベッドにもどるのではなく、深いため息をつきつつ焚《た》き火のそばにすわった。だけど、わたしに助言をするほどの気力はなかった。「さあ、どうかしら」母さんは小さな声で言いながら、自分を抱《だ》きしめるようにして両腕《りょううで》を上下に何度もさすった。七月も下旬《げじゅん》になるとウェールズの空気は冷たい。わたしは母さんに、オリオンはどんな問題を抱《かか》えているのか聞いたのだ。オフィーリアはなにをしてわが子を怪物《かいぶつ》殺しのマシーンにしたのか。「わからないの。なんにせよ、わたしはなにもしてあげられなかった」

わたしはまじまじと母さんを見つめた。「そんなことない！　オリオンは元にもどってる！」

母さんはまっすぐにわたしの目を見た。疲労《ひろう》で顔がまだすこしむくんでいて、青い目はどこかうつろでいつもより小さく見えた。母さんはわたしの頬《ほお》に触《ふ》れ、申し訳なさそうにそっと首を横に振《ふ》った。「いいえ、治してあげられなかった。わたしは希望をあげただけ。そんなことをしてよかったのかもわからない」母さんは目を閉じて深々と息を吸った。それから立ちあがり、ユルトにもどってベッドに横たわった。

翌日、昼食を調達して共同厨房《ちゅうぼう》からもどると、母さんはオリオンを連れて森へ行ったあとだった。わたしはすぐにふたりを探しに出かけた。聞き耳を立てようと足音を忍《しの》ばせたつもりだったけれど、実際は、気が急くあまりゾウなみに騒々《そうぞう》しい音を立てていたと思う。オリオンは森の地面にひざまずいていて、母さんはあいつの前に立って両手を頭にかざしていた。母さんの頬《ほお》をあとからあとから涙《なみだ》が伝っている。やがて両手を引き、母さんは言った。「ダーリン、むりよ。ごめんなさい。わたしに取り除けるようなものじゃない」

オリオンは死刑《しけい》宣告でも受けたみたいにうつむいた。「ぼくは存在自体が問題なんですね」

母さんはつらそうな顔でオリオンを見下ろした。とても、とてもつらそうな顔だった。いつだったか、助けを求めてやってきた魔法使《まほうつか》いの家族に、あなたたちの子どもはもう助からないと告げたときも、母さんはこんな顔をしていた。「存在すべてじゃない。狩《か》りをしたいと欲する部分でもない。問題なのはエルを愛するのと同じ部分なの」

オリオンは立ちあがった。「でも、そこは大事な部分なんです」オリオンは振《ふ》りかえり、わたしがいたことに気付いた。

「**どの部分？**」そう聞いたわたしをオリオンはじっと見つめ、無言で首を横に振《ふ》った。そのまま行こうとする。「ねえ、そこのマヌケ、いいから**教えなって！**」オリオンの背中にどなったけれど返事はなかった。

「エル」母さんがなだめるように言った。**わたしの患者《かんじゃ》をそのへんの枝で引っぱたいちゃだめよ、**と牽制《けんせい》しているのだ。それのなにがいけないんだろう？　いまはそれくらいしかできそうにないというのに。

わたしは大またでオリオンを追いかけた。逃《に》げようがないと観念したのか、オリオンは無人のユルトのそばで足を止めた。丘《おか》の上にあって不便だから、しばらく前からだれも住んでいない。このあたりにはコミューンの人もめったに来ない。入り口前の炉《ろ》には雑草がしげり、細い若木が何本か、ユルトのたわんだ屋根を突《つ》き破って育っていた。オリオンはわたしを拒絶《きょぜつ》したいわけでもないらしい。拒《こば》まれているとしても知ったこっちゃないけれど。オリオンは丸太のひとつにすわり、わたしがとなりの丸太にすわっても逃《に》げる素振《そぶ》りは見せなかった。

手紙を渡《わた》すタイミングではなかったと思う。だけど、ほかにするべきことも思いつかなかった。それに、実の母親にナイフで心をひと突《つ》きされるのにぴったりなタイミングなんていつ来るんだろう。少なくとも、この手紙の内容がわかれば、自分がこの先直面するだろうこともわかる。だから、もう何秒か迷ったあと、わたしはポケットから手紙を出してオリオンに渡《わた》した。

オリオンは封筒《ふうとう》の裏と表を確認し、母親の字をしばらくながめてから封《ふう》を切った。オリオンの目が手紙の文字を追って動く。クリーム色の便箋《びんせん》が、瞳《ひとみ》に小さく映っている。やがて、オリオンは便箋《びんせん》を元どおりたたみ、さらに何度か小さく折りたたんだ。沈黙《ちんもく》が続いた。わたしが手を突《つ》き出すと、オリオンは抵抗《ていこう》もせずに手紙を差しだした。なぜかは手紙を読みはじめるとすぐにわかった。重要なことはなにひとつ書かれていなかったのだ。

わたしの宝物へ

この呼び方をこれからも許してくれるのかわからないけれど、今回だけはこう呼ばせてちょうだい。

わたしの真実を知って、きっと怒《おこ》っているでしょうね。あなたには怒《おこ》る権利がある。でも、あなたをそんな気持ちにさせたことを後悔《こうかい》することはできない。べつの選択《せんたく》をしていたら、あなたを授かることはできなかったから。だから、わたしは後悔《こうかい》していません。あなたも後悔《こうかい》なんてしないで。いまなにを感じていても、なにを恐《おそ》れていても、どうか自分自身を信じてちょうだい。わたしとお父さんのことを信じてちょうだい。わたしたちはあなたを愛し、信頼《しんらい》しています。自分のことを信じられなくなったら、いつでもわたしたちのところにもどってきなさい。わたしたちが、どんな手を使ってでもあなたを助けてあげる。

わたしたちもエルに会いました。すばらしい子ね。もっと早く出会っていたらと思わずにはいられません。でも、あなたは自力でエルを見つけだした。あの子がわたしを怖《こわ》がっていることはわかっています。でも、あなたのことは怖《こわ》がっていない。それはとても貴重なことです。わざわざ言う必要もないでしょうけれど、エルとの関係は大切にして、壊《こわ》さないように気をつけなさい。あなたがあんな子と出会えたことを本当にうれしく思っています。

恐《おそ》れるべきことはなにもありません。その気になったら帰ってきなさい。わたしもお父さんもあなたを愛しています。

お母さんとお父さんより

最初の猛烈《もうれつ》な怒《いか》りが収まると、手紙を破り捨てたい衝動《しょうどう》に襲《おそ》われた。手紙のいたるところにフック魔法《まほう》が忍《しの》ばせてある。なのに、どこに隠《かく》れているかはわからない。わからないのも当然だった。オフィーリアは何年も前から、まさかの時に備えてオリオンを取りもどす手はずを整えてきたのだから。それはちょうど、オフィーリアが敷石《しきいし》と地雷《じらい》を手押《てお》し車に山盛りにしてどこかの庭に入って行くのをなすすべもなく見送り、せっせと土を掘《ほ》る音を生け垣《がき》の外で聞かされているような感じだった。やがてオフィーリアは意気揚々《ようよう》ともどってきて、できたばかりの小道を披露《ひろう》する。わたしはこれから、どこを踏《ふ》んだら体が木っ端《ぱ》みじんになるのかもわからないまま、その小道を歩いて行かなくちゃいけない。

「これ、なに?」わたしは返事がないのをわかっていながら詰問《きつもん》した。予想どおり、オリオンは黙《だま》りこくっている。「ニューヨークなんかに帰っちゃだめだよ」わたしはなじるようにつづけた。オリオンは顔を上げることさえしない。オリオンの両肩《りょうかた》をつかみ、無理やりわたしのほうを向かせた。「ふたりで『黄金石の経典』を持ってカーディフに行くの。あんたは残ってる怪物《かいぶつ》を片付けて、わたしはカーディフの独立系の魔法使《まほうつか》いたちのために〈黄金石の自治領〉を作る。それがすんだら**つぎの**場所で同じことをする。計画、立ててたでしょ」

オリオンの顔がかすかにゆがんだ。「エル……」

「**マシな**アイデアがないなら黙《だま》ってて」つかんだ両肩《りょうかた》をゆさぶった。「あんたは**生きてる**。スコロマンスから脱出《だっしゅつ》した。それって、あたりまえのことじゃないんだよ。百年ちょっと前からずっと、生きてスコロマンスを脱出《だっしゅつ》できるのはあたりまえのことじゃなかったんだよ。だから、あんたがなにを考えてるか知らないけど、それはまちがってる。頭の中でどんな妄想《もうそう》をこねくり回してるのか知らないけど、生き残ったことを悔《く》やむ理由なんかない。死んだ振《ふ》りをするのはもうやめな。あんたは生きてる。だから、**生きてる**ってことに慣れなきゃいけないんだよ！」ムカつきすぎて、最後のほうはどなり声になっていた。その瞬間《しゅんかん》、オリオンがわたしを抱《だ》きしめてぐっと引き寄せ、肩《かた》に顔をうずめた。汗《あせ》と煙《けむり》と森のにおいがした。抱《だ》きしめ返すと、オリオンが激しく身震《みぶる》いした。震《ふる》えながら、おずおずと顔を上げる。希望が湧《わ》いてきて、息が上がった。オリオンの頬《ほお》や口が肌《はだ》に触《ふ》れて温かい。とうとう、オリオンはわたしの唇《くちびる》に触《ふ》れ、キスをした。

はじめは触《ふ》れるか触《ふ》れないか程度の軽いキスだったけれど、わたしはそこでやめるつもりはなかった。オリオンの後頭部に手を回し、押《お》しつけるようにして強くキスをする。息をする間も惜《お》しくて、苦しくなるとあえぐように息継《いきつ》ぎをした。オリオンはわたしの出したサインに気付き、両腕《りょううで》をわたしの体に回して夢中でキスをはじめた。あごにも首にもいたるところに唇《くちびる》を押《お》し当てる。まるで、そうしたいのをずっと我慢《がまん》していて、とうとう自分を解き放ったみたいに。オリオンがワンピースの首ひもを引いてゆるめ、わたしは袖《そで》から両腕《りょううで》を引き抜《ぬ》いて腰《こし》のあたりまでワンピースを滑《すべ》らせた。オリオンは首すじからわたしの胸のあいだへと唇《くちびる》をはわせ、わたしはむこうのTシャツをつかんでジーンズのウェストから引き抜《ぬ》いた。オリオンは一瞬《いっしゅん》キスをやめ、シャツを脱《ぬ》いだ。
立ちあがると、ワンピースがするりと足元に落ちた。オリオンも立ちあがり、またキスがはじまった。わたしはオリオンのジーンズのボタンを外して乱暴に押《お》し下げた。ふたりしてまたキスをやめ、わたしのワンピースを草に厚くおおわれた陽だまりに敷《し》いてその上に一緒《いっしょ》に横になった。肌《はだ》に触《ふ》れるオリオンの体が、信じられないほど温かくて心地いい。わたしは荒《あら》い息をつきながら言った。「あんたってほんとに最低。殺してやりたいくらい」本当なら、いままでだってこんな時間を何度でも持てたのだ。ずっと一緒《いっしょ》に過ごせたのだ。陽だまりの中で。草の上で。この世界で。オリオンがわたしたちふたりを放りこんだ恐怖《きょうふ》の中ではなく。オリオンは苦しそうにひと声あえいだ。泣いているようにも笑っているようにも聞こえた。「エル、愛してる」オリオンは、まぎれもなく生きていた。**ここに**いた。わたしたちは生きのびた。スコロマンスから生きてもどったのだ。

ふたりでユルトにもどると、母さんは心配そうな悲しそうな顔でわたしを見つめた。名探偵《めいたんてい》じゃなくても、わたしたちがなにをしていたかはひと目でわかったと思う。ワンピースはごしごし洗わないといけないくらい汚《よご》れていたし、それを言うなら、ほてった顔で汗《あせ》をかいているわたしたちもシャワーが必要だった。だけど、否定的な表情の母さんを見ても腹は立たなかった。母さんは**わたしとオリオンの両方を**心配しているのだ。それに、具合をたずねると久しぶりに笑顔を見せた。「よくなってきたわよ、ダーリン」わたしは〈黄金石の自治領〉の計画のことを話した。悲しげな顔は変わらなかったけれど、母さんはうなずいたし、そんなことはやめなさいとも言わなかった。

わたしは経典の箱を焚《た》き火のそばに持っていき、蓋《ふた》を開けた。経典はちゃんとそこに収まっていた。金箔《きんぱく》と革がつややかに輝《かがや》いている。わたしは泣きそうな気持ちで表紙に手のひらを置いた。母さんの作業棚《さぎょうだな》にある保革オイルとはぎれを取ってくると、経典の表面を拭《ふ》き、すみずみまで磨《みが》いた。大切にお手入れをするからと経典に約束したのが、もうはるかむかしのことみたいだ。わたしは小さな声で経典に語りかけた。「こんなに長いあいだ放っておいてごめん。こんなこと二度としない。もうすぐカーディフに行くんだよ――明後日にでも出発しよう」そのときアアディヤが言った。「エル、ちょっと来て」焚《た》き火のむこうでだれかと電話をしている。こわばった顔だ。

「家族になにかあった?」わたしは嫌《いや》な予感に打たれて言った――オフィーリアがなにかしたのだろうか。どうしてその危険性に気付かなかったのだろう。どうして――。

「ちがう、リュー。ヤバいかもしれない」アアディィヤの返事に、わたしは経典を持ったまま急いで焚《た》き火を回りこんだ。アアディャが通話をスピーカーに切り替《か》える。

スピーカーになっても状況《じょうきょう》はわからなかった。聞こえるのは静かな泣き声だけだ。リューは小さくしゃくりあげるばかりで、いっこうに話さない。「なにがあったの？」わたしはパニックになって言った。オフィーリアの顔がちらつく。「ニューヨーク自治領が攻《せ》めこんできたの？　戦争がはじまった？」

「たぶんちがう」アアディャが言った。「ポルトガルからここへ来る途中《とちゅう》、車の中でリューと電話したんだ。北京《ペキン》自治領にいるって言ってた。一族が取引をまとめて、足りてなかった自治領建設の魔法《まほう》を北京《ペキン》からもらえることになったんだ、って。一族の新しい自治領を、攻撃《こうげき》されて不安定になった北京《ペキン》自治領と合併させる予定らしい。そうすれば、北京《ペキン》自治領も補強されるから」

「じゃあ、なにが問題なの？」わたしは言った。いま聞いた限りでは、リュー一族にはメリットしかない。これまでは西安《シーアン》で暮らしていたわけだから、一族全員で住み慣れた場所を離《はな》れることにはなる。それでも、自力で自治領を建てようとするなら、あと三十年は働きつづけてマナをため、ついでにかなりの幸運も手に入れなくちゃいけない。

「わからないよ！」アアディャが言った。「ひと言も話してくれないんだよ。一昨日も昨日も電話したけど一度も出なくて、今日は出るには出たけどずっと泣いてるし」

リューは相変わらず黙《だま》っていた。口もきけないほど泣きじゃくってるわけでもない。呼吸もほとんど乱れていない。控《ひか》えめにしゃくりあげる音が妙《みょう》に遠く聞こえた。ふいに、スイートハニーがポケットから飛びだし、鋭《するど》く鳴いてピンキーを呼んだ。飛びだしてきたピンキーはアアディャの腕《うで》を駆《か》け上り、携帯《けいたい》電話の画面を前足で叩《たた》いてビデオ通話に切り替《か》えた。つぎの瞬間《しゅんかん》、画面いっぱいにシャオ・シンのピンクの鼻が映った。シャオ・シンが画面から顔を離《はな》すと、そのうしろにリューが見えた。涙《なみだ》でぬれた赤い顔でわたしたちを見ている。携帯《けいたい》電話は、机の上かどこかでなにかに立てかけられているらしい。リューはむかいの木のベッドの上で両膝《りょうひざ》を抱《かか》えてすわっている。部屋はがらんとして寒々しいけれど、牢屋《ろうや》には見えないし、リューはケガもしていなければあざもなく、鎖《くさり》でつながれているわけでもない。だけど、ひと言も声を発さない。なにかを伝えようとする仕草さえしない。なのに、わたしたちと電話をしていることには気付いている。涙《なみだ》を流しながら、じっとわたしたちを見つめている。

「ねえ、まじで**なにが**起こってるわけ?」アアディャは画面をにらんで言った。

「どう見ても強制魔法《まほう》でしょ」いつのまにかそばにいたリーゼルが、わたしたちの肩《かた》ごしに携帯《けいたい》電話をのぞいて言った。「話すことも助けを求めることも禁じられてるんだよ」

「だれもいないのに?」アアディャが言った。「シャオ・シン、ほかにはだれもいないんでしょ?」シャオ・シンは話せるようだった。少なくとも、だれもいないと鳴いて伝えることはできた。スイートハニーとピンキーも、アアディャの言うとおりだとキイキイ鳴いている。「聞いたこともないんだけど。べつの部屋からかけた強制魔法《まほう》で、**助けて**も言えないくらい相手を支配するなんて、そんなのあり得る？」

偶然《ぐうぜん》だけど、そういう魔法《まほう》をわたしは七つ知っていた。ただし、わたしの魔法《まほう》はどれもかけられた相手を感情のないゾンビにするから、リューにかかっているやつとはちがう。とはいえ、アディヤの指摘《してき》はおおむね正しい。だれかを完全に支配下に置き、それでいて感情だけは残しておくなんて、相当高度な魔法《まほう》じゃないとできない。涙《なみだ》を流すだけの自由を与《あた》えられていれば、ふつう、ささやき声を出すことくらいはできる。通話ボタンを押《お》して電話に出るとか、そういうちょっとした動きは可能なはずだ。だけど、この魔法《まほう》はちがう。リューはだれかに頭のなかを支配されている。人をこんなふうに意のままに動かす手段は、たったひとつ。

「同意したんだ」わたしは言った。「なにが起こってもだれにも言わないって、リューが同意したんだよ」口にした瞬間《しゅんかん》、残りの事実が明らかになっていく。**自治領はマリアでできている。**母さんはそう言っていた。「建設魔法《まほう》だよ。北京《ペキン》自治領は、リューたちに秘密を口外しないための強制魔法《まほう》をかけて、自治領の建設魔法《まほう》を渡《わた》したんだ。自治領の建設魔法《まほう》にはなにか恐《おそ》ろしい秘密がある。でも、リューはそのことを話せない」

リューの泣き方には抑《おさ》えこまれたような感じがあった。強制魔法《まほう》はそんなところまで念入りに抑制《よくせい》していて、大声で泣きたくても泣けないのだ。リューは涙《なみだ》と鼻水を拭《ふ》きもせずに、ただひたすらわたしたちを見つめつづけた。だけど、リューの説明はもう必要ない。わたしの推測は絶対に正しい。問題は、手の打ちようがないことだった。やろうと思えば飛行機で北京《ペキン》へ行き、合同自治領設立の祝賀会に乗りこんでいってひと暴れすることはできる。わたしにはニューヨーク自治領のマナがある。だけど、それでどうなる？　北京《ペキン》自治領が崩壊《ほうかい》すれば間違《まちが》いなく戦争になるし、これからも新しい自治領は作られつづけるのだ。それを止めることはできない。

わたしは手に持った経典に目を落とし、ゆっくりと言った。「リュー、わたしたちとは話ができないんだよね。でも、家族とは話せるよね？　わたし、自治領を建てるべつの方法を知ってるんだ。それを使って北京《ペキン》自治領を救えるかもしれない。むこうが同意したら、そっちへ行ってやってみる。うまくいったらリューたち一族の自治領も作るよ。豪華《ごうか》な自治領なんかじゃないけど、マリアを使わずにすむ。家族にそう話してくれる？」

「だから、聞いたってむだでしょ！」リーゼルが言った。「返事ができないってことは、あんたの読みどおりってことだよ。リューが返事をできるなら、北京《ペキン》自治領の秘密だって話せるんだから」リーゼルは眉間《みけん》にしわを寄せてつづけた。「北京《ペキン》に行こう。市内のホテルを取って、そこからリューに連絡《れんらく》する。北京《ペキン》自治領があんたの案に同意すれば、リューも話ができるようになるんだから」

泣いているリューに見つめられながら電話を切るのはつらかった。だけど、携帯の電池が切れるまで見つめ合っていても仕方がない。最後にわたしは「もうすこしだけがんばって。すぐに行くから」と言い、アアディヤが終了《しゅうりょう》ボタンを押《お》した。

なにかの時のために、旅の荷物はすでにまとめてあった。振《ふ》りかえると、オリオンがわたしの旅行かばんを持って立っていた。わたしたちの会話を聞いていたのだ。それでも、わたしはあえて言った。「わたしたち、これからリューを助けに行く」

ふたりともそれが質問だということはわかっていたし、オリオンはごくっとつばを飲んでうなずいた。「ぼくも行くよ」そう言ったオリオンは、一瞬《いっしゅん》おびえたような顔になった。円形住居の入り口で見せたのと同じ顔だった。

第13章 北京《ペキン》

ポルトガル行きの旅では使い物にならなかったわたしも今回は断然元気だったし、ついでに時差ボケもちゃんとあった。だから、またしても豪華《ごうか》なホテルに泊《と》まろうとする案が出ると全力で不平を言った。そんなわたしにリーゼルはイラつき、アアディヤも口にこそ出さなかったけれど不満そうな顔をした。「こっちの財布が痛まないなら、だれかに借りができるってことなんだよ」どの自治領だろうと、いまは連中に助けられるなんてまっぴらだ。自治領がマリアで作られているという事実も、自治領内部で揺《ゆ》れるマリアを足元で感じることも、どちらもまあ耐《た》えられる。だけど、自治領がリューをあんな目にあわせるほどおぞましい秘密の上に成り立っているのなら、そっちの事実は到底《とうてい》受け入れられない。

とはいえ、ニューヨークから借りたマナ・シェアのメダルはまだ手首につけていた。柔軟性《じゅうなんせい》こそ広い心の象徴《しょうちょう》、とラルフ・ウォルドー・エマソンとかいう有名な思想家も言ってるわけだし。

とにかく、わたしはリーゼルたちをユースホステルに引きずっていった。旅行に出たときに母さんが選ぶ宿といえばユースホステルばかりだった。といっても、一日と滞在《たいざい》することなく、すぐにだれかの家に招かれて泊《と》めてもらうことになった。まあ、招待されたのは母さんだけど、理論上は一緒《いっしょ》にいたわたしも招かれたということだ。かなりムリがある考え方ではあるけれど。

部屋に着くと、わたしたちはリューの携帯《けいたい》電話にメッセージを送り、疲《つか》れた体で庭に出て、椅《い》子《す》にすわってレモネードを飲んだ。だれも迎《むか》えに来なかったらどうしようという心躍《おど》る問題点については話し合わなかった。北京《ペキン》自治領のゲートの場所はだれも知らなかったし、一年しか学んでいないわたしの中国語では街中を探し回ることもできない。死の危険が迫《せま》った人がいれば、三十ヶ国語で「気をつけろ!」と叫《さけ》ぶことはできる。だから、だれかが大型トラックに轢《ひ》かれそうになっている場に出くわせば結構役にたつはずだ。だけど、このホステルにぶじたどり着けたのは、ただ単に観光地だからだ。だれに話しかけても、英語で答えが返ってきた。

たぶん、運がよかったと言うべきなんだろう。これからどうするべきかという問題は勝手に解決した。ふいにひとりの女の人が庭に入ってきて、板に弦《げん》を張ったような楽器を隅《すみ》のアーチの下に設置すると、耳に心地いい音楽を演奏しはじめた。蒸し暑かったし、十一時間のフライトを――今回はエコノミークラスで――終えたばかりだったから、わたしたちは気付かないうちにうとうとと眠《ねむ》りこんでいた。突然《とつぜん》スイートハニーに耳を噛《か》まれ、わたしははっと目を覚まして戦《せん》闘《とう》態勢を取った。十八人の魔《ま》法使《ほうつか》いがわたしたちを取り囲んでいた。配管パイプみたいな、長いチューブ状の武器を構えている。

わたしの動きが戦闘《せんとう》開始の合図になった。敵は互《たが》いのあいだにわずかなすき間を空けて円陣《えんじん》を組むと、チューブから放たれた光で巨大《きょだい》なネットを編み、わたしたちの頭上に広げていった。わたしは意識を朦朧《もうろう》とさせてくる曲魔法《まほう》に抗《あらが》いながら、十八人を皆殺《みなごろ》しにせずにすむ方法を必死で考えようとしていた。そのとき、オリオンが顔を上げた。魔《ま》法《ほう》を振《ふ》り払《はら》ったような感じでもない。どこかでもらってきた観光用の小冊子を読んでいて、なにか騒《さわ》がしいなと顔を上げたのだ。曲魔《ま》法《ほう》がオリオンにはまったく効いていないように見えた。すわったまま手を伸《の》ばして光のネットをつかみ、軽く引く。とたんに無数の光の線はチューブを離《はな》れ、オリオンの**体内に**吸いこまれていった。ストローかなにかで吸いこんだみたいに。

わたしも招かれざる十八人の客も、ぽかんと口を開けてオリオンを見つめた。敵のひとりがチューブを放りだし、べつの武器をつかもうとした。オリオンは立ちあがり――**動き**はじめた。その動き方は明らかにふつうじゃなかった。歩いているようには見えるけれど、なにかがおかしい。周囲の空気がゆがんでいる。**実際には**歩いていなくて、現実空間のなかを泳いでいるかのようだ。歩いているように見えるのは、わたしの脳みそがつじつまを合わせるために生みだした幻《げん》想《そう》のような気がした。

そう感じたのはわたしだけじゃなかった。反撃《はんげき》を試みた魔法使《まほうつか》いはいまにも吐《は》きそうなくらい青ざめ、敵の半分くらいがいっせいに後ずさって円陣《えんじん》が崩《くず》れた。残りの半分は逃げ腰《にごし》の仲間たちに必死の形相でどなっている。それくらいの中国語ならわたしにも理解できた。**陣形《じんけい》を崩《くず》すな、逃《に》げられるぞ、盾魔法《たてまほう》を準備しろ**、とかそういうことだ。だけど、賢《かしこ》いのは逃《に》げようとしている半数のほうだった。あがけばあがくほどマズいことになるのは間違《まちが》いない。十八人にとっても、**オリオンにとっても**。わたしには確信があった。オリオンがこの連中にすこしでも触《ふ》れれば、なにか耐《た》えがたいほど恐《おそ》ろしいことが起こる。

わたしは前に出した片足に重心をかけ、悪意に満ちた古い魔法《まほう》をかけた。そのむかし、だれかが漁村をまるごと沈没《ちんぼつ》させるために作った魔法《まほう》だ。そいつは村を引きずりこもうと海に大渦《おおうず》を起こしたらしい。わたしはそれと同じ魔法《まほう》を空中に放ち、魔法《まほう》を保持したほうの手を上に向けてぐるぐる回しはじめた。海ではない場所に作られたことに怒《いか》った渦《うず》が、わたしの周りを旋回《せんかい》しながら金切り声を上げている。旋風《せんぷう》は十八人の魔法使《まほうつか》いを巻きこんでいき、服を強風のなかの旗みたいにはためかせ、チューブを手の中からさらった。なおも手を回すと、魔法使《まほうつか》いたちは風の大渦《おおうず》に足元を取られて浮《う》きあがった。土ぼこりや落ち葉を舞《ま》いあげて、旋風《せんぷう》が茶色く染まっていく。

ついでに空いた椅子《いす》も二脚《きゃく》巻きこんだ。最後にもう一度手を回すと、竜巻《たつまき》がごおっという音を立てて一気に激しさを増し、十八人の足が完全に地面を離《はな》れた。その瞬間《しゅんかん》、わたしは魔法《まほう》をかけているほうの手をぐっと上げ、連中を一気にまとめて屋根の上に放りあげた。

敵は、わたしたちに接近する前に、施設《しせつ》のスタッフやほかの泊《と》まり客たちを庭から遠ざけておいたらしい。だけど、竜巻《たつまき》が起こって十八人の大人が屋根にどさどさ落ちてきたとなれば、人目を引かないわけがない。非魔法族《まほうぞく》が、なんの騒《さわ》ぎだと部屋の窓や扉《とびら》から次々に顔をのぞかせた。非魔法族《まほうぞく》に見られていては、傾斜《けいしゃ》した屋根の上に着地してしまったとはいえ魔法《まほう》を使うわけにはいかない。そのままなす術《すべ》もなく屋根を転がり、二階の高さからどさどさと地面に落ちてきた。だけど、あのままオリオンと戦っていれば起こっただろうことに比べれば、屋根から落ちるくらいどうってことなかった。コンクリートに落下するはめになったとしても。わたしとしてはこの結末に満足だった。

「行くよ！」アアディャが、朦朧《もうろう》としたリーゼルを抱《かか》え上げて叫《さけ》んだ。ひと噛《か》みして気合を入れてくれる使い魔《ま》がいないから、まだ曲魔法《まほう》の影響《えいきょう》から覚めていないのだ。わたしは、ぼんやり立ちつくしているオリオンに走り寄り、部屋に向かって力まかせに押《お》した。やがてオリオンは、ふつうの人間がするみたいに足を使って走りはじめた。わたしたちは、無傷で残った魔法使《まほうつか》い――曲魔法《まほう》をかけていた女だ。目まぐるしく変わった状況《じょうきょう》を消化中という感じで、パニックさえ起こしていない――の前を走り過ぎ、ホステルのなかを突《つ》っ切っておもての通りへ出た。経典の箱を突《つ》っこんだ旅行かばんが体の前で激しく弾《はず》んだ。

どこへ行けばいいのかもわからなかったし、一番近い地下鉄の駅さえわからなかった。だけど、迷う必要はなかった。わたしとオリオンがみんなに遅《おく》れて外に飛びだすと、アアディヤとリーゼルが夢中で手招きをしていた。ふたりは路上に停まったミニバンのタクシーに乗りこんでいる。わたしたちが飛び乗ると、中にはリューの従兄弟《いとこ》のジャンがいた。シートの隅《すみ》で膝《ひざ》を抱《かか》え、外から見えないように体を縮めている。見るからに怯《おび》えていた。

運転手はすでに行き先を伝えられていた。ただならぬ空気を感じ取ったのか、わたしがうしろのドアを叩《たた》きつけるように閉めるなり車は動きだし、そのまま法定速度の許す限り――いや、すこしばかり違反《いはん》しつつ――猛《もう》スピードで走りはじめた。「リューはどこ?」わたしはジャンに詰《つ》め寄った。「なにがあったの?」

「わからないんだ」ジャンは言い、泣きだした。わたしたちに会うまでずっと泣きつづけていたような泣き方だった。顔をふいて、また口を開く。「最後に会ったのは五日前だし」

「あんたも強制魔法《まほう》をかけられてるの?」リーゼルが責めるような口調で言った。「自治領の魔《ま》法《ほう》で――」

ジャンは首を横に振《ふ》った。「ぼくとミンはまだ子どもだし、ニーニーもおばあちゃんだから対象じゃないんだって。魔法《まほう》の交換《こうかん》式にも行ってない。式に行った家族はだれもどこってこなかった。従兄弟《いとこ》のひとりがホテルの部屋まで来て、いまは我慢《がまん》の時なんだ、なにも心配しなくていいって言った。でも、そんなの嘘《うそ》だ。従兄弟《いとこ》だってめちゃくちゃ不安そうだった」ジャンの声が震《ふる》えた。「だって、リューの九官鳥が部屋のバルコニーに来たんだ。リューを助けてくれって」

「待って。どういうこと？　家族がだれももどってきてない？」アアディヤが口をはさんだ。

「いなくなったのはリューだけじゃないの？」

「リューと叔父《おじ》さんと叔母《おば》さん。ぼくのママとパパ。みんな帰ってこない。でも、ほかの人たちはホテルにもどってきた。西安《シーアン》から一緒《いっしょ》に引っ越《こ》してきた一族のみんな。でも、リューたちはいなくなった。なにがあったのかだれも教えてくれない」

双子《ふたご》の兄弟のミンとリューのおばあさんは、一族が泊《と》まっているというホテルから数ブロック離《はな》れた小さな公園で待っていた。三人の頭上の枝に九官鳥がとまっている。わたしたちが近づくと、九官鳥は梢《こずえ》近くの枝に飛びうつり、首をかしげた。きらきらした黒い瞳《ひとみ》でわたしたちの陰《かげ》に隠《かく》れたオリオンを見つめ、目を離《はな》そうとしない。

リューのおばあさんは人形のように小柄《こがら》で華奢《きゃしゃ》で、髪《かみ》は真っ白だった。六人の子どもをスコマンスに送りこみ、もどってきたのはふたりだったという。平均よりは多いけれど、最初の四人の子どもは全員帰ってこなかった。ひとり目の子ができたのは高齢《こうれい》になってからだったらしい。

一族のために身を粉にして働いていたからだ。いざ子どもを作ろうとするとひとりっ子政策がはじまってしまい、ふたり以上産むことができなくなった。いまいる子どもをスコロマンスに入れ、心配したとおりにこの世からいなくなってしまうとつぎの子を作った。当局からにらまれないようにそうするしかなかったのだ。だから、ジャンとミンの父親を授かったのは五十代だったし、リューの父親を授かったときにはもう六十代になっていた。魔法使《まほうつか》いだからこそできたことだし、こんなにもやせて弱々しい姿になったのは明らかにそのせいだった。これも代償《だいしょう》の一部だ。それでも、おばあさんの目には意志の炎《ほのお》が力強く燃えていた。節くれだった両手を差しのべてわたしとアアディヤの手を握《にぎ》り、そして言った。「同志们《どうしたち》」おばあさんは英語を話さない。話す必要もなかった。スコロマンスの生徒なら、〝同志〟という言葉をありとあらゆる言語で知っている。

「リューを助けに行くんです」アアディヤが言った。ジャンが中国語に訳すと、おばあさんがうなずいた。

「リューの居場所を知らないか聞いてくれない?」わたしは焦《あせ》りを覚えつつ頼《たの》んだ。ジャンの通訳を聞いたおばあさんはゆっくり首を横に振《ふ》り、ほかの一族は数時間前に北京《ペキン》自治領に召喚《しょうかん》されたのだと言った。マズい知らせだ。リューを監禁《かんきん》しているのがだれにせよ、わたしたちに仕掛《しか》けた奇襲《きしゅう》が失敗したことはすでに把握しているだろう。最悪、なんであれ残忍《ざんにん》な計画を予定より早く実行に移そうとするかもしれない。計画に抵抗《ていこう》したのがリューだけじゃないのなら、相当ヤバい計画にちがいなかった。リューの両親は、黒魔術《くろまじゅつ》に片足を突《つ》っこませるつもりで、娘《むすめ》をケージいっぱいのネズミと共にスコロマンスに送りこんだ。北京《ペキン》自治領の企《たくら》んでいる悪事がマリアをほんのすこし使う程度のものなら、リューの両親は抵抗《ていこう》していない。

わたしがそう言うとリーゼルは顔をしかめた。アアディヤとわたしが怪訝《けげん》に思って見つめると、リーゼルは不機嫌《ふきげん》そうに説明した。痛いところを突《つ》かれたような話しぶりだ。「自治領建設に**犠牲**《ぎせい》がともなうのは当然でしょ。北京《ペキン》自治領はリューに**なにか**するつもりだよ。犠牲《ぎせい》になるのは一族のべつのだれかかもしれないけど。だから家族も抵抗《ていこう》して、まとめて強制魔法《まほう》をかけられたんだよ」

吐《は》きそうだった。リーゼルは正しい。それこそ、わたしが感じつづけてきたものの正体だ。足元で絶え間なく波立つ、おぞましいマリア。ロンドンの美しい庭園でも、ニューヨークの輝《かがや》ける広場でも、わたしが感じたのは**犠牲**《ぎせい》だったのだ。もちろん、連中ならこう考えるだろう。自治領を作るのだから、たったひとりの命を犠牲《ぎせい》にしてなにがいけない？　それで大勢の命が救えるのだ。オフィーリアならまばたきひとつしないだろう。**自治領の建設には特殊《とくしゅ》な犠牲《ぎせい》をともなうもの。**

「でも、どうして一族はリューたちを選んだの？」アアディヤが言った。「だって、おかしいよ。リューの両親は一族の中でも特に優秀《ゆうしゅう》だし、叔父《おじ》さんは評議会選挙に立候補中でしょ？　リューだって——ユヤンと付きあってることは秘密にしてるかもしれないけど、同じ一族なんだから、リューが上海《シャンハイ》自治領に何人も友だちがいることは絶対知ってるはず。あんたっていう知り合いもいるし。仮に人身御供《ひとみごくう》みたいなことがされてるのだとしても、どうして一族はリューたちを選んだわけ？」

リーゼルがちらっとこっちを見た。アアディヤの問いへの答えを知っている目つきだ。だけど、リーゼルは答えるリスクを避《さ》けて肩《かた》をすくめた。「理由はどうでもいいでしょ。それとも、悪いことなんか起きないって思いたがってる？」

悪いことが起きないとは思えなかった。「リューのところに案内してくれる？」わたしは中国語で九官鳥に話しかけた。だけど、九官鳥は首をかしげてわたしを見つめ返し、くちばしを開いた。「リュー！　リュー！　リュー！」別々の三人の声をまねして繰《く》りかえす。恐怖に打たれてあげた悲鳴みたいな声だった。

「案内なんかいらないでしょ」リーゼルが言った。「北京《ペキン》自治領が悪事を企《たくら》んでることはわかってるんだし、それができる場所はひとつだけ」ちらっとジャンを見る。「おばあさんに、北京《ペキン》自治領の入り口はどこか聞いて」

潭柘寺《タンジョアスー》までは、車で長い時間がかかった。一分一秒がいつもの倍も長く感じられた。いつまでたっても目的地には着かず、荒涼《こうりょう》とした景色がどこまでも続いた。これからなにをするのかもわかっていなかった。リーゼルの立てた計画は簡潔明瞭《めいりょう》だったけれど。北京《ペキン》自治領のゲートをくぐり、リューと家族をただちに引き渡《わた》せと通告し、相手が渋《しぶ》れば、ガラドリエルが自治領にキツい一発をお見舞《みま》いして残りの部分も虚空《こくう》に落とすぞと脅《おど》す、というものだ。

リーゼルの計画を聞いて、**そんなのやらないよ**とは言えなかった。もちろん、言えない。リューがどこかに監禁《かんきん》されて喉元《のどもと》にナイフを突《つ》きつけられている以上、脅《おど》しをかける以外に友だちを救う方法はないのだ。それでも、あの予言が実体を持ってわたしを包みこんでくるような感じがしてならない。じっとりと湿《しめ》った薄《うす》いなにかが肌《はだ》にからみついてくる。**この子は世界中の魔《ま》法《ほう》自治領に死と崩壊《ほうかい》をもたらすだろう。**もし、予言がこの北京《ペキン》で現実のものになるのだとしたら？　そのための条件も理由も、これ以上ないほどそろっている。予言が実現しはじめたが最後、わたしを止めることは不可能なのだとしたら？

タクシーは、凝《こ》った造りの門の前で停まった。わたしたちはまばらな観光客のあいだを縫《ぬ》って敷地《しきち》の奥《おく》へ進んだ。街の中心部から遠く離《はな》れているせいか、人はそこまで多くなかった。寺は美しく改修されていて――鮮《あざ》やかな色に塗《ぬ》り直され、金色の仏像が並び、あちこちに金箔《きんぱく》がほどこされている――シントラの嘘《うそ》くさい儀式《ぎしき》の場とは正反対だった。このお寺では、本当の礼拝がおこなわれているのだ。まねっこなんかじゃない本物の信仰心《しんこうしん》を持つ人たちが集っている。ここに来る人たちは、現実のむこう側にあるものに手を伸《の》ばそうとしている。建物はどれも風格のある老木に囲まれていた。大きくて新しい建物の一群を通り過ぎると庭があり、木々や花の咲《さ》く低木のあいだで、石の仏塔《ぶっとう》がところ狭《せま》しと立ち並んでいた。

スコロマンスの扉《とびら》を探していたときとはすべてがちがった。あのときは自治領の権力者にGPSの座標と共に送りこまれたわけだし、言ってみれば、あの扉《とびら》は**わたしたちの**場所でもあったわけだ。わたしたちはスコロマンスの卒業生なんだから。だけど、北京《ペキン》自治領にとって、わたしたちは敵だ。扉《とびら》にかけられている結界は、まさにわたしたちのような侵入者《しんにゅうしゃ》を退けるためのものだ。ジャンもせいいっぱい努力してはいるけれど、結界を破ることはやっぱり簡単じゃないだろう。ジャンはまだ北京《ペキン》自治領の人間じゃない。自治領は、遠方から攻《せ》めこんできた敵と同様、地元の独立系魔法使《まほう》いのことも同じだけ警戒《けいかい》する。

リューのおばあさんによれば、潭柘寺《タンジョアスー》のゲートはあまり使われていないらしい。それでも攻撃《こうげき》を耐え抜《たぬ》いたのは、北京《ペキン》自治領の中でも一番古い場所へつづくゲートだからだ。このゲートは千年前からここにある。自治領の中心地は北京《ペキン》という街の中心地が移り変わるにつれて変わっていき、一番の歴史を誇《ほこ》るこのゲート付近のエリアも、いまやロンドン自治領の最上層階と同じくらい価値が落ちていた。たぶん、古くてみすぼらしいそのあたりには、序列の低い魔法使《まほうつか》いだけが住んでいるんだろう。だとすれば、北京《ペキン》自治領の魔法使《まほうつか》いたちも、この寺のゲートではなく正面ゲートを使って出入りしているはずだ。

入り口が**どこかに**あるということはわかるのに、どうしてもそれを見つけられない。下手すれば、同じところをぐるぐる回りつづけて何週間も過ぎてしまいそうだ。張り巡《めぐ》らされた結界が、足の下でかすかに震《ふる》えている。結界を力ずくで破壊《はかい》することもできたけれど、そんなことをすれば、ただでさえ不安定な北京《ペキン》自治領は虚空《こくう》に消えてしまうかもしれない。リューと家族を内部に残したまま。

とはいえ、ほかに打てる手はほとんどない。とうとう、リーゼルがしびれを切らしたようにオリオンを振《ふ》りかえった。オリオンはうしろをついてきてはいたけれど、終始うつむき、押《お》し黙《だま》っていた。ユースホステルを飛びだしてきてからは、文字どおりひと言も発していない。リューのことと予言のことで手一杯《ていっぱい》じゃなかったら、手近な枝を拾ってきて引っぱたいてやったと思う。ちょっと気合を入れてやったほうがいいような顔をしている。「怪物《かいぶつ》が結界を破って中に入ろうとしてるかもしれない。自治領の守りが不安定になってるから。そういう怪物《かいぶつ》がいたら捕《つか》まえてくれない？」リーゼルがオリオンに言った。

オリオンは、はっとして顔をあげた。どうせ、そこにリーゼルがいたことも忘れかけていたんだろう。面食らった顔で聞き返す。「え？」

「わたしたち、北京《ペキン》自治領の入り口を探してるんだ」リーゼルは当てつけがましく言った。「怪《かい》物《ぶつ》を何匹《びき》か追ってみてくれない？　入り口がわかるかもしれないから」

オリオンは、かすかに眉《まゆ》を寄せてリーゼルを見返し、そして言った。「入り口って、あれのこと？」わたしたちはまじまじとオリオンを見つめた。オリオンはわたしたちを押《お》しのけ、小道を曲がった先にある仏塔《ぶっとう》のうしろへ歩いていった。少なくとも二回は探した場所だ。あとを追って仏塔《ぶっとう》を回りこんでみると、オリオンは草に覆《おお》い隠《かく》された小道の先にいた。となりには古びた石の仏塔《ぶっとう》が立っている。さっき見たときには絶対にこんな塔《とう》はなかった。オリオンは、きみたちの判断力と能力を疑うよ、とでも言いたげな顔でわたしたちを見ている。

「これのことだよ」わたしは歯ぎしりしたい気分で言った。「この入り口を、わたしたちはもう三十分は探しつづけてたわけ。レイク、招かれざる客として自治領に乗りこんでいこうってみんなでがんばってるんだから、こんなこと言うのは気が引けるけど、もうすこし協力してくれない？」

オリオンはムッとした顔で言い返した。「だから、はじめからここにあっただろ！」

「**ウソつき！**」わたしは成熟したレディらしく応戦した。

「こんなこと言うのは気が引けるけど、そろそろ**入らない？**」リーゼルが嫌味《いやみ》たっぷりに言った。

問題がひとつあった。発見したばかりの仏塔《ぶっとう》は石でできていて、入り口らしきものはひとつもないのだ。窓のように四角く切り取られた部分がひとつだけあるけれど、地面から三メートルは離《はな》れている。「あそこからもぐりこめるかな？」わたしはアアディヤにたずねた。

「ムリだね。本物の窓じゃなくて、そう見えるように彫《ほ》ってあるだけだから。スコロマンスでそういう文献を読んだことある。中国の自治領の古い建造物だと、物理的な入り口じゃなくて精神的な入り口が使われるらしい。体じゃなくて、心で出入りするわけ。たぶん、通り抜《ぬ》けるには瞑《めい》想《そう》をしなくちゃいけないんだと思う」

瞑想《めいそう》なんて気分じゃまったくなかったけれど、幸いそんな気分になったことは一度もないから、気力を振《ふ》り絞《しぼ》って無理やり瞑想《めいそう》をするのには慣れっこだ。わたしたちは相当ヤバい連中に見えていたと思う。若者のグループが古ぼけた仏塔《ぶっとう》を囲んで——そうなると、仏塔《ぶっとう》はだれにでもごく普《ふ》通《つう》に見えるようになった——地面にあぐらをかいているのだ。だから、小道をふらっと歩いてきた非魔法族《まほうぞく》は驚《おどろ》いてまじまじとわたしたちを見つめることになり、入り口を通り抜《ぬ》けるにはその人たちがいなくなるのを待つしかなかった。現代的な自治領なんてこれまで特に魅力《みりょく》を感じてこなかったけれど、物理的な入り口に関しては絶対に必須《ひっす》の設備だと思う。

わたしたちは、深く考えることなく瞑想《めいそう》をはじめた。円を描《えが》いてすわり、同時に目を閉じる。入り口はもうすぐそこにあって、全員が疲《つか》れていて、時差ボケもひどくて、とにかく一刻も早く北京《ペキン》自治領に入りたかった。結果としてどうなったかというと、最初に入り口を通り抜《ぬ》けたのは**ジャン**だった。ジャンが深いため息をついたのが聞こえ、立ちあがる気配がした。そう思ったときには、すでにわたしのとなりから消えていた。一瞬《いっしゅん》、わたしは本気でほっとした。ぶじ中に入れてよかったと思った。だけど、つぎの瞬間《しゅんかん》には恐《おそ》ろしい事実に気付いた。十二歳《さい》の子どもを、たったひとりで自治領に送りこんでしまったのだ。命を狙《ねら》われているかもしれない北京《ペキン》自治領に。

「ジャン!」わたしは目を開けて大声を上げた。「待って! ジャン、もどって!」

叫《さけ》んだってジャンはもどってこなかった。近くにいた数人の非魔法族《まほうぞく》が、なにごとかと驚《おどろ》いて近づいてくる。オリオンの声がした。「ぼくが追いかけるよ」そんなに簡単ならさっさと行ってよとどなるつもりで振《ふ》りかえったときには、すでにオリオンの姿も消えていた。わたしは、アアディヤとリーゼル、そして拝観に来ていた非魔法族《まほうぞく》四人と共に、あとに残された。非魔法族《まほうぞく》たちは、厳粛《げんしゅく》な空気を乱したわたしをにらんでいる。四人はなかなか立ち去ろうとせず、非難がましい顔でしばらくなにかひそひそ言い交わしていた。わたしたちが気まずくなっていなくなるのを待っていたんだと思うけど、こっちが徹底抗戦《てっていこうせん》のかまえで知らんぷりをつづけていると、四人はやがてあきらめていなくなった。非魔法族《まほうぞく》がいなくなると、わたしはふたたび目を閉じ、逃《に》げ足の早すぎる禅《ぜん》の境地とやらを捕《つか》まえにかかった。

わたしとアアディヤとリーゼルは、すわったままひたすら深呼吸を繰《く》りかえした。わたしの深呼吸だけは妙《みょう》に鼻息が荒《あら》かったと思う。ふと、アアディヤがわたしの手を取り、静かな声で言った。「リューを助けに行こう」励《はげ》ますようにきゅっと握《にぎ》る。わたしは深々と息を吸いこみ、胸のなかの怒《いか》りとともに吐《は》きだした。そうだ。大切なのはリューを助けること。その他のことにかかずらっている暇《ひま》はない。わたしは目を閉じたまま反対の手でリーゼルの手を握《にぎ》った。わたしたちは同時に立ちあがり、自治領のなかへと入っていった。

目を開けると、横に長く奥に短い廊《ろう》下《か》に立っていた。しっくいの壁《かべ》は古びている。廊《ろう》下《か》の先の出口は石壁《いしかべ》に面していて、そこに奇妙《きみょう》な竜《りゅう》の彫刻《ちょうこく》のようなものがほどこされていた。背景面を彫《ほ》りこんで竜《りゅう》が立体的に浮《う》かび上がっているのではなく、反対に竜《りゅう》の模様を石に彫《ほ》りこんである。まるで、生きた竜《りゅう》が湿《しめ》ったコンクリートに体を押《お》しつけ、そのあとで這《は》いだしてどこかに行ってしまったみたいに。

ジャンの姿が目に入った。竜の模様がある石壁《いしかべ》に背中を押《お》しつけて立っている。息が荒《あら》いし、顔はショックを受けたみたいに青ざめていた。わたしははっとした。**本当に**、竜《りゅう》のような生き物が石壁《いしかべ》から這《は》いだしたあとなのだ。ジャンのTシャツの前身頃《まえみごろ》に、かぎ爪《づめ》で引っかかれた跡《あと》が四本平行に走っている。その内の一本のまわりには血がにじんでいた。だけど、ショックを受けているのは襲《おそ》われたからじゃない。ジャンはオリオンを見つめている。オリオンは通路の出口でわたしたちに背を向けて立っていた。石壁《いしかべ》とむかい合ったまま、戦闘《せんとう》体勢を完全には解いていない。

わたしは歯ぎしりしつつオリオンに近づいた。よく見ると、床《ゆか》にもかぎ爪《づめ》で引っかかれた跡《あと》がくっきりと残っている。竜《りゅう》に似たなにかが、逃《に》げようとする抵抗《ていこう》もむなしく力ずくで引きずられていったみたいに。「あんた、だいじょうぶ?」わたしはためらいがちに声をかけた。もちろん、そんなことを聞くなんて気は進まなかった。本当は、腕《うで》を殴《なぐ》ってバカはやめろとどなりつけたい。そうできなかったのは、オリオンがどう見ても**だいじょうぶじゃなかった**からだ。なのに、言ってやれることもしてやれることも、わたしには思いつけなかった。

「いいから行こう」オリオンはそう言っただけだった。

まわりに警戒《けいかい》しながら石壁《いしかべ》を回りこむと、そこには中庭があった。左手の隅《すみ》には石の水盤《すいばん》があって、そこから右手の壁《かべ》まで水路が作ってある。水路には小さな橋もかかっていた。しゃれた趣向《しゅこう》だけど、水は完全に枯《か》れている。骸骨《がいこつ》みたいに枯《か》れ果てた木も二、三本残っていた。見上げると虚空《こくう》がぽっかりと口を開けているのはもう慣れっこの光景だ。と言っても、虚空《こくう》に面した寮《りょう》の部屋で四年間過ごしたというだけのことで、つまり、本当はちっとも慣れっこなんかじゃない。そして、中庭の上に虚空《こくう》があるということこそ、この場所の不自然な点だった。なぜなら、家屋部分には灰色の瓦葺《かわらぶ》きの屋根があり、おまけに庭の壁《かべ》は可動式になっている。時どき壁《かべ》を取り外して、偽物《にせもの》の日光や空気を取り入れようとでもいうんだろうか。この小さな家は、自治領の外の現実世界に建てられたもののように見えた。

実際そうだったらしいと気付いたのは、おそるおそる中庭を歩きはじめたときだった。足の下が不気味に揺《ゆ》れる感じがしないのだ。この場所にはマリアが一滴《てき》も使われていない。虚空《こくう》に作られた場所じゃない。魔法使《まほうつか》いたちはこの家を潭柘寺《タンジョアスー》の敷地《しきち》内に建て、その中で暮らし、魔法《まほう》を使いつづけたのだ。現実世界に囲まれた家の中で。そんな暮らしが何世代も受け継《つ》がれていくうちに、家は静かに世界の外側へと滑《すべ》りだしていった。世界でもほとんど例のない、偶然《ぐうぜん》から生まれた自治領だ。

だけど、北京《ペキン》自治領はそれだけでは満足しなかった。たぶんいまでは、身分の低い新入りでさえこの家には住もうとしないだろう。地面には新しい足跡《あしあと》がいくつも残っていた。隅《すみ》に積み上げられていた箱がなだれを起こしたのか、家の壁《かべ》の一部が外れ、地面の上にまで箱が散乱している。これも最近起こったことのように見えた。自治領の崩壊《ほうかい》を危ぶんで、なにかを守ろうとしたのかもしれない。わたしたちは足跡《あしあと》をたどって中庭を抜《ぬ》け、家の大広間に上がった。足跡《あしあと》は見るからに頑丈《がんじょう》そうな奥《おく》の壁《かべ》までまっすぐに続いている。壁《かべ》を通り抜《ぬ》けて歩きつづけたみたいに、半分だけの足跡《あしあと》もひとつ残っていた。

この壁《かべ》が北京《ペキン》自治領の残りの部分につづくなら、破壊《はかい》してでも通り抜《ぬ》けてみせる。そう思ったとき、スイートハニーが鋭《するど》く鳴き、わたしははっと横を向いた。広間は二本の太い柱で三つの空間に区切られていて、その一番左に、豊かな頬《ほお》ひげをたくわえた老人がいた。床《ゆか》にすわって低い机に向かっている。歴史映画の衣装みたいな、複雑なデザインのローブをまとっていた。毛筆でなにか書いていて、その手元を宙に浮《う》いた光の宝珠《オーブ》が照らしている。

立ちあがる気配も攻撃《こうげき》をしかけてくる気配もないけれど、その筆で史上最強の呪《のろ》いを書いている可能性だってあった。「卧槽《ヤバい》」背後でジャンがつぶやいたのが聞こえた。

「だれか知ってるの？」わたしは小声で聞いた。

「ええと、その、北京《ペキン》の第七賢人《けんじん》だと思う」ジャンは目を丸くして老人を見つめたまま、消え入りそうな声で言った。老人は、わたしたちにも時間の流れにも関心がないみたいに、落ち着き払《はら》って筆を動かしつづけている。「北京《ペキン》自治領を作ったって言われてる人なんだ」

「北京《ペキン》自治領が作られたのは千年前でしょ！」アアディヤが言った。

「あの人が七代目の賢人《けんじん》になったときに、この家が世界の外に滑《すべ》りだしていった」ジャンは説明した。「不死身なのはそのせいだって言われてる。訪ねてくる人にはだれにでも知恵《ちえ》を授けてたけど、ある日いきなり姿を消した。自治領に大きな危険が迫《せま》ると第七賢人《けんじん》がもどってくるっていう言い伝えがあるんだ。でも、何百年も第七賢人《けんじん》に会った人はいなかった」

「なるほどね」わたしは低い声でつぶやいた。それほどのことができるなんて、どれだけ強い魔《ま》法使《ほうつか》いなんだろう。とにかく、ただ者じゃない。「賢人《けんじん》は、もどってきたら**なにを**するの？」

ジャンは困った顔で肩《かた》をすくめた。そのとき、老人が書き物を終え、筆をそっとわきに置いた。こっちに向き直り、手招きをする。わたしたちもバカじゃない。呼ばれたからって素直に近づくわけがない。だけど、ただすわって静かに待っている老人を見ていると、なんとなく母さんを思いだした。子どものころ、わたしが癇癪《かんしゃく》を起こしてわめき散らすと、母さんもこんな風にゆったりかまえて黙《だま》っていたものだ。大人のそんな態度が気に食わないのはむかしもいまも変わらない。だけど、そこはかとなく懐《なつ》かしさを覚えたのも本当だ。懐《なつ》かしさなんて覚えている場合じゃないけれど。なにしろ、他人の家に押《お》し入ってみたら、千年前から生きてるうえに現実を自由に出入りできる最強魔法使《まほうつか》いが鎮座《ちんざ》してたんだから。ともかく、この状況《じょうきょう》から逃《に》げ出すことはもうできない。北京《ペキン》自治領への入り口は目の前の壁《かべ》にひそんでいるはずだし、たぶん、そこを通り抜《ぬ》けるにはあの老人と話すしかないのだ。

だから、わたしは近づいていった。老人はあからさまなほど我慢《がまん》強く待ちつづけた。わたしは机をはさんで向かいの床《ゆか》にすわり、それでも老人がひと言も発さないので、ぎこちなくおじぎをした。おじぎをしたのは正解だったらしく、とうとう老人が口を開いた。だけど、なにを言ったのかさっぱりわからない。英語を習いたての生徒がチョーサーを読まされたらこんな気分なんだろう。ジャンのほうを振《ふ》りかえると、わたしと同じくらい困惑《こんわく》しきった顔をしている。「たぶん——『恐《おそ》れるな、黄金石の娘《むすめ》よ』だと思うけど……意味、わかる？」

思わず、胸にかけた袋《ふくろ》のなかの経典を抱《だ》きしめる。『黄金石の経典』。父さんが手に入れようとしていた経典。一族が暮らし、そして失った〈黄金石の自治領〉を取りもどそうとして。それはまさにこんな場所だ。マリアを使わない場所だ。「ええと、うん」わたしは答えた。意味はわかる。だけど、事実とはちがう。そう伝えるべきなんだろうか。老人はちょっと戸惑《とまど》ってしまうくらいの優しい顔でわたしを見ていた。わたしに同情しているみたいに。

老人がまたなにか言い、少なくともリューの名前だけは聞き取れたと思ったそのとき、筆を走らせていた太い巻物をわたしに差しだした。ジャンが息をのみ、声を上げる。「『この巻物がグゥオ・イ・リューのもとに導いてくれるだろう』だって！」

わたしは巻物を受けとった。くずし字が使われていて、なにが書かれているのかはほとんどわからない。リューが口伝えで教えてくれた魔法《まほう》がいくつか紛《まぎ》れこんでいることだけはわかる。なんにせよ、わたしは第七賢人《けんじん》の言葉を信じた。巻物が地図に見える。きっとこれが、わたしをあるべき場所に連れて行ってくれる。老人はわたしにうなずきかけ、短く言った。これなら完全に聞き取れた。「はじめたことを終わらせなさい」

それから、感情のこもらない声でなにかつぶやき、金色のオーブに人差し指で触《ふ》れた。ふっと明かりが消え、暗闇《くらやみ》に目が慣れたときには、もう賢人《けんじん》の姿は消えていた。残った机にはほこりが厚く積もっていて、わたしは開いたままの巻物を両手で持っていた。

「ええと……『魔物《まもの》がいると疲《つか》れる』？」ジャンが自信なさげに言った。

「合ってると思うよ」わたしはつぶやき、急いで立ちあがった。奥《おく》の壁《かべ》に走り、壁《かべ》の上で巻物を掲《かか》げる。その瞬間《しゅんかん》、書かれた文字が金色に輝《かがや》きはじめ、巻物のふちがぱっと光ったかと思うと、まばたきする間もなく燃えつきた。あとには、ぼんやりと光る長方形のせまい入り口が残された。入り口からは、同じくせまい路地が続いている――廊下《ろうか》ではなく、路地だ。上には天井ではなく虚空《こくう》がのぞいている。両側の壁《かべ》には出入り口がいくつもあって、どれも薄暗《うすくら》がりに沈《しず》んでいる。出入り口のわきにかかっているランタンは明かりが消えていた。ただひとつ一番奥の扉《とびら》だけは、そばにかかったランタンの赤い光に煌々《こうこう》と照らされていた。

わたしは、熾火《おきび》のように輝《かがや》きつづける入り口をくぐった。歩きはじめた途端《とたん》、目の前の路地がぼやけた。それとも、わたしの存在自体がぼやけているんだろうか。一番奥の扉《とびら》に近づいたとき、ぎょっとして転びそうになった。両腕《りょううで》を激しく振《ふ》り回してなんとかバランスを取る。路地をはさんだ扉《とびら》の向かいに、暗闇《くらやみ》に沈《しず》んだ急な階段が下へと続いていたのだ。北京《ペキン》の街中で見た地下鉄の入り口みたいだった。

階段の下からは、低いゴロゴロという不穏《ふおん》な音が聞こえていた。足元の床《ゆか》が大きくたわんでいるような、きしんでいるような、どことなく心もとない感じがする。スコロマンスでも、よくこんな感じに襲《おそ》われた。北京《ペキン》自治領はいまにも虚空《こくう》に落ちそうな巨人《きょじん》みたいなものなのだ。揺《ゆ》るぎなく安定しているのは賢人《けんじん》のいた小さな家だけで、巨人《きょじん》はあそこに指先だけでぶら下がっている。だいたいにおいて、この自治領はアンバランスなのだ。北京《ペキン》自治領の地下部分がどれくらいの広さか知らないけれど、自治領の大半を占《し》めているのは間違《まちが》いない。千年前、賢人《けんじん》の住む家はひとりでに世界の外へと滑《すべ》りだし、虚空《こくう》における最初の足がかりとなった。ほかの魔法使《まほうつか》いたちはそこを拠点《きょてん》としてすこしずつ規模を広げていき、この長い路地の両わきに家を建ててコミュニティを築いていった。それから——いまから数十年前、騒《さわ》がしい北京《ペキン》市内の中心地に正面ゲートを作り、大規模な拡張を進めていった。新しく開発された区域とこの場所は、北京《ペキン》自治領独自の地下鉄だけでつながっている。地下鉄の先には、研究室や図書館や共同住宅なんかが立ち並んでいるんだろう。そのすべてがいま、虚空《こくう》へ転がり落ちようとしている。

明かりの灯った扉《とびら》のむこうからは、ドン、ドンという重低音が規則的に響《ひび》いてくる。音がするたびに足元の地面がふるえた。なんらかの大規模魔法《まほう》が進行中なのだ。自治領を守るための魔法《まほう》が。リューを傷つけるだろう魔法《まほう》が。

わたしは賢人《けんじん》の家があるほうを振《ふ》りかえった。ほかのみんなはまだそこにいる。オリオンは、輝《かがや》く長方形の入り口に立ってわたしを見ていた。片方の膝《ひざ》が宙に浮《う》いたまま止まっている。入り口をくぐろうとしたところで動きが停止したのだ。賢人《けんじん》が巻物にどんな魔法《まほう》をかけたにしても、作用したのはわたしひとりらしい。そして、この路地には時間を止める魔法《まほう》のようなものがかけられている。

たぶん、賢人《けんじん》はわたしたちを助けるためだけにもどってきた。助けがなければすべてが手遅《ておく》れになるとわかっていたのだ。なんにせよ、この読みが当たっているか確かめる余裕はない。扉《とびら》には鍵《かぎ》がかかっていたけれど、わたしは両側の枠《わく》に手をかけて呪文《じゅもん》を唱えた。古代ローマの黒魔術《くろまじゅつ》師《し》が作った魔法《まほう》で、そいつは、ガリア戦争のどさくさにまぎれてマナ貯蔵庫を襲うために、これを使ってドルイド教の礼拝所にかけられた結界を破ったらしい。こんな魔法《まほう》、寮《りょう》の部屋の扉《とびら》が開かなくなって朝食を食いっぱぐれそうになっているときには、大がかりすぎてむしろ使えない。ちなみに、まさにその状況《じょうきょう》にあったわたしに、スコロマンスはこの魔法《まほう》をよこした。だけど、いまでは学校に感謝したいくらいだった。呪文《じゅもん》を唱え終わった瞬間《しゅんかん》に扉《とびら》は木っ端微塵《ぱみじん》になり、現れた部屋の中に破片が勢いよく飛び散った。

そこはなんの変哲《へんてつ》もない部屋だった。円形でせまくて、ひとつきりのちっぽけな宝珠《オーブ》が申し訳程度に光っている。扉《とびら》のわきにかかったランタンが薄暗《うすぐら》い部屋に長方形の赤い光を落とし、そこにいた人影《ひとかげ》をぼんやりと照らしだした。よく見ると、リューの母親と父親、叔父《おじ》と叔母《おば》だ。スコロマンスでリューに小さな家族写真を見せてもらったことはあるけれど、写真を見たことがなくても誰《だれ》かはすぐにわかったと思う。全員が後ろ手に縛《しば》られ、猿《さる》ぐつわを嚙《か》まされて目隠《めかく》しをされている。四人は錆《さ》びた金属の格子の上にすわらせられていた。万が一格子がはずれれば、リューの家族は巨大《きょだい》な排水管《はいすいかん》のなかへ真っ逆さまに落ちていく。

部屋にはほかに八人の魔法使《まほうつか》いがいて——新自治領の評議員候補にちがいなかった——、なにかの魔工品《まこうひん》を総がかりで作っている最中だった。魔工品《まこうひん》は格子からすこし離《はな》れたところに置かれている。筒状《つつじょう》の金属のようなもので、小さなテーブルくらいの大きさがある。薄《うす》く引きのばされた金属が使われていて、なんとなく、手のこんだデザートを作るときに使う流し型のでかいバージョンのようにも見えた。金属は黒っぽく、底に近い部分にはぐるりに細長い穴が開けられている。中には青っぽい金属の円盤《えんばん》がはめこまれていて、いくつもの小さなレンガで重しがされていた。そばにはレンガの小山があり、魔法使《まほうつか》いのひとりがそこからひとつずつ運んできては円盤《えんばん》の上に並べていく。筒《つつ》のなかをすき間なく埋《う》めようとしているのか、慎重《しんちょう》な手つきだ。ほかの魔法《まほう》使《つか》いたちは、壁《かべ》にある郵便受けに似たハッチからレンガを運んでいた。わたしが部屋に飛びこんできた一瞬《いっしゅん》のあいだにも、ハッチいっぱいのレンガがあっという間に空になり、空になるそばから同じレンガが補充されていった。壁《かべ》のむこうにだれかがいて、ここでなにがおこなわれているかも知らずに、せっせとレンガを供給しているみたいに見えた。

未来の評議員たちはけっこう素速くて、部屋に踏《ふ》みこむのとほぼ同時に四方八方から殺戮魔法《さつりくまほう》が飛んでくるのがわかった。と言っても、スポンジ製のボールを投げたほうがまだ威力《いりょく》があったと思う。そいつらの魔法《まほう》を受け止めるのは訳もなかった。そのまま投げ返してやることもできたけど、そうするかわりに肩《かた》ごしに路地へ投げて、新しくべつの魔法《まほう》をかける。相手を石に変えることができる、手軽で便利なあの魔法《まほう》だ。あとで元にもどるとはいえ、石になるというのは楽しい体験じゃないらしい。去年、障害物コースでとある同級生の命を救ったときにわかったことだ。

だけど、状況《じょうきょう》が状況《じょうきょう》なわけだし、ここにいる八人はそれくらいの代償《だいしょう》を払《はら》って当然だ。

とはいえ、連中は自分の意志でわたしと一緒《いっしょ》に走りこみをしているわけでもなければ、スコロマンスの怪物《かいぶつ》たちにおびえているわけでもなかった。石化魔法《まほう》をかけた直後から、石の中で人間が逃《に》げ出そうと暴れまわっているみたいに、八体の石像がぴくぴく震《ふる》えはじめた。表面をちょっと削《けず》れば石化がどの程度まで及《およ》んでいるのかわかるんだろうけど、そんな実験をしたことは一度もない。なんにせよ、魔法《まほう》が切れるまで時間がないのは確かだった。わたしはリューの母親に走りより、目隠《めかく》しと猿《さる》ぐつわをむしり取った。リューの母親がぶるっと頭を振《ふ》り、目がかすむのか激しくまばたきをしながらわたしを見上げる。反射的に身をすくめたのがわかったけれど、いまはその反応にムッとしている余裕《よゆう》もない。どうせ、わたしの目が不吉《ふきつ》な感じに光っているとか、例によって黒魔術師《くろまじゅつし》見習いのオーラが漂《ただよ》っているとか、そういうことにぎょっとしたんだろう。

「リュー！」わたしは手首の縄を解きながら叫《さけ》んだ。「リュー！　在哪里《どこ》？」

「あそこよ」母親は苦しげに大きくあえぎ、つづけた。「あの子はあの中にいる」

わたしは意味がわからずに部屋を見回し——一瞬《いっしゅん》、恐怖《きょうふ》で頭が真っ白になった。夢中で動こうともがいている石像たちを押《お》しのけながら金属の輪に駆《か》けより、円盤《えんばん》にのせられた重しをつかむ。

ところが、レンガはびくともしない。一番上のレンガをつかむと、四十キロの磁石を鉄製の床《ゆか》から引き離《はな》そうとしている感じがした。動かすには、レンガをつかみ、あり得ないほどゆっくりと端《はし》まですべらせるしかなかった。落とさないように気をつけながら側面に沿って引きずりあげ、輪っかのふちからにぶい音と共に床《ゆか》に落とす。評議員候補の魔法使《まほうつか》いたちはいまにも石化魔法《まほう》を解きそうだ。指先や鼻からじわじわと元の姿にもどり、石のあいだからのぞいた口が苦しげに息を吸っている。

わたしは、歯を食いしばりながらふたつ目のレンガをつかんだ。リューの母親も駆《か》けよってきて手伝おうとしたけれど、どれだけ力をこめても一ミリも動かすことができなかった。妻に縄を解かれていたリューの父親も加勢し、叔父《おじ》と叔母《おば》も急いで走ってきた。だけど、四人が力を合わせても、レンガはびくともしない。

「こっちはいいから、あいつらをできるだけ長く阻止《そし》して！」わたしは叫《さけ》んだ。レンガをふちまですべらせようと力をこめると、顔から汗《あせ》がぽたぽたと垂れ、腕《うで》や背中を伝い落ちていった。汗《あせ》で手がすべり、レンガを落としそうになる。これは物質的な重さじゃない。ひとつ目のレンガに触《ふ》れた瞬間《しゅんかん》、気付いていた――これは、マナと意志の重さだ。

あの壁《かべ》のむこうにいる魔法使《まほうつか》いたちが、三十年分のマナと努力と憧《あこが》れをこのレンガにこめたのだ。自治領に恋《こ》い焦《こ》がれる気持ちこそがこのレンガの正体だ。むこうの魔法使《まほうつか》いたちは、この部屋でおこなわれていることをはっきりとは知らないのかもしれない。だとしても、関係ない。なぜなら、やっぱり連中は知っているから。この部屋で、邪悪《じゃあく》でおぞましい**なにか**がおこなわれていることを、知らないわけがないから。あいつらがむこうの部屋にいるのは、**見たくない**からだ。できることなら、この部屋には近づきたくもないんだろう。だけど、それは叶《かな》わない。自治領建設魔法《まほう》には、連中の力と**意志**の両方がいる。この場で魔法《まほう》の一部にならなくちゃいけない。

だから、連中はおぞましい真実から目をそらし、鼻をつまんでやり過ごす方法を編みだしたんだろう。あいつらはただ、みずからの手で作ったレンガをここにいる八人に渡《わた》せばいい。一番汚《きたな》い仕事は、評議員の座と権力をなにがなんでもわが物にしようとしているこいつらが片付ける。むこうの部屋にいる連中は、レンガを作るくらいなら我慢《がまん》しようと考えたのだ。ここを後にするときには自治領の一員になっていて、安全と贅沢《ぜいたく》な暮らしが手に入るんだから、と。このレンガには連中のそういう意志がこめられている。だからこそ、動かすことがこんなにも難しいのだ。

気付けば、リューの家族は、敵に背を向ける恰好《かっこう》でわたしの前に並んでいた。リューの叔父《おじ》だけは八人に向き直ってわたしのそばに立ち、そして、ゆっくりと踊《おど》るような仕草で体を動かしはじめた。それに合わせて、ほかの家族も体を動かす。太極拳《たいきょくけん》をしているようにも見えるけれど、四人の動作はぴたりと合っていた。マナを作るための運動魔法《まほう》だ。リューの一族は、この魔法《まほう》をはるかむかしから使いつづけてきたにちがいなかった。一糸乱れずゆっくりと動きつづける。やがて、八人の評議員候補たちはひとりまたひとりと石化魔法《まほう》を解き、そして、運動魔法《まほう》に絡《から》められたように**同じ動き**をはじめた。

わたしは急いで目をそらした。魔法《まほう》に引きずられそうな気配を感じたのだ。うつむき、レンガを動かす動作にだけ集中する。一ミリ、また一ミリ。このままでは、リューを助け出すまでに気が遠くなりそうな時間がかかる。だいたい、この方法で助けだせるのかさえわからない。円盤《えんばん》はレンガで半分近く隠《かく》れている。部屋が暗くてはっきりとはわからないけれど、下のほうにぐるりと開いた穴から、液体のようなものが染みだしているように見えた。ただの空気穴ではないのかもしれない。わたしは泣きそうだった。「リュー、もうすぐだからね。がんばって」息を切らしながら声をかけ、聞こえていますようにと祈《いの》る。「もうすぐだよ。スイートハニー！　スイートハニー、そこの穴からリューが見える？」

スイートハニーは、ポケットから円盤《えんばん》に飛び下りた。輪っかの外に出ることさえせず、わたしを見上げて切羽詰《せっぱつ》まったようにひと声鳴くと、円盤《えんばん》に片方の前足を置いた。白い体が文字どおり光りはじめる。その光の中で、円盤《えんばん》の一面に刻まれた中国語の文字が浮《う》かびあがった。

単一の呪文《じゅもん》じゃないことだけは確かだった。スコロマンスの卒業ゲートに似ている。よく似た魔法《まほう》が集められ、互《たが》いに補強し合っているのだ。スイートハニーの光が消えるまでの短いあいだにさえ、同じ言葉がさまざまに言い換《か》えられて繰《く》りかえされていることがわかった。**永遠の命**、**不死**、**不滅《ふめつ》**。ということは——ほっとするべきなのか激怒《げきど》するべきなのかもわからなかったけれど——リューはこの円盤《えんばん》の下で**生きている**。あいつらは、リューをできるだけ長くここに閉じこめておくつもりだ。**ゆっくりと**殺すつもりだ。体を押《お》しつぶし、レンガの山で腰《こし》も肩《かた》も砕《くだ》きながら。頑《がん》として動こうとしない、この**クソ重い**レンガの山で。わたしは、雄叫《おたけ》びとともにふたつ目のレンガをふちまで引きずりあげ、床《ゆか》に落とした。円盤《えんばん》がほんのわずか浮《う》き上がる。ほんの一ミリ。

だけど、これでようやくふたつ目だ。腕《うで》も背中も脚《あし》もすでに震《ふる》えていたし、時間切れも近い。敵の三人が声をそろえて呪文《じゅもん》を唱えはじめている。運動魔法《まほう》の影響が解けるまでにはいたってないけれど、それでも魔法《まほう》をかけることはできるのだ。そして、聞こえてくる呪文《じゅもん》から判断するに、連中はそこそこマズい魔法《まほう》をかけようとしている。わたしの友だちを殺そうとしているこいつらは、ニューヨークのオフィーリアと、ロンドンのクリストファー・マーテルと、アルフレッド・**ファッキン**・クーパー・ブラウニング卿《きょう》と、いや、世界中の自治領の支配者や創設者と同じ考え方をしている。どれだけおぞましいことでも、**他人には**してかまわないと思っている。**自分に**降りかかる、ありとあらゆるおぞましいことを防ぐためなら。

どうすればいいのかわからなかった。いや、完ぺきにわかっていた。手近な敵に狙《ねら》いをさだめ、片手のひと振《ふ》りでこの世から抹消《まっしょう》すればいい。邪魔《じゃま》くさい虫けらどもをさっさと片付けてしまえばいい。骨髄《こつずい》をどろどろに溶《と》かして体内から吸いだしてしまえばいい。こんなやつらはのたうち回って絶叫《ぜっきょう》しながら死ねばいい。リューが苦しみもだえて死んだって、こいつらは気にも留めない。それとも、脳みそをつかみ出して意思を持たない召使《めしつか》いにするべきだろうか。こいつらだって、むこうの部屋にいる魔法使《まほうつか》いたちを服従させ、リューを儀式《ぎしき》の生贄《いけにえ》にすることに同意させたんだから。

そうするかわりに、わたしはハッチのある壁《かべ》に向き直った。石でできているから、さっきこの部屋の扉《とびら》を破壊《はかい》した魔法《まほう》は使えない。だけど、なんの問題もなかった。ここは自治領の内部だから、壁《かべ》の存在はあやふやなものでしかない。エチケットのための創作物。ふたつの部屋を仕切るための薄《うす》っぺらなカーテン。互《たが》いの姿を、互《たが》いが手を染めている悪事を隠《かく》すためだけのもの。

「破滅《ア・ラ・モール》」わたしはひと言唱え、壁《かべ》の存在を抹消《まっしょう》した。

リューの母親が、やめてと悲鳴をあげた。壁《かべ》が消えると、広々とした講堂のような空間が現れた。怪物学《かいぶつがく》の授業があったホールとほぼ同じ大きさだ。広い部屋いっぱいに魔法使《まほうつか》いがひしめいていた。小さなグループに分かれ、整然と並んですわっている。グループのいくつかは、部屋の一番前に置かれた魔工《まこう》の機械のそばに立っていた。ズン、ズンという規則的な音と共にレンガが作られていく。レンガにこめられているのは、ひとりの魔法使《まほうつか》いの意志じゃない。**十人分**の意志だ。

呪文《じゅもん》を唱えていた評議員候補たちの声はぴたりと止んでいた。意味不明すぎるわたしの行動に面食らったんだろう。大部屋の魔法使《まほうつか》いたちも、驚《おどろ》きと困惑《こんわく》で凍《こお》りついたように動かない。ほれぼれするほどお行儀《ぎょうぎ》よくすわっている。その一瞬《いっしゅん》、わたしが待ち望んでいた隙《すき》が生まれた。いまなら、どんな相手にも望む攻撃《こうげき》を仕掛《しか》けられる。

体の両わきでこぶしを握《にぎ》り、ささやかな強制魔法《まほう》を唱えた。怒《いか》れる子どもだったころに作った魔法《まほう》だけど、そのうち使わなくなった。この魔法《まほう》をかけようとするたびに母さんが目ざとくみつけ、あらかじめ取り消してしまったから。母さんはきまってわたしをすわらせ、人を思い通りに動かしてはいけない理由について長い長い話をした。ここにいるマヌケどもも、一度母さんの話を聞くべきなのだ。

「**わたしの言うことを聞いて、わたしのすることはしないで、わたしの望むとおりに動きなさい。わたしの命令を聞きなさい**」わたしは呪文《じゅもん》を唱えた。洗練された一級品の魔法を、厚い壁《かべ》みたいに揺《ゆ》るぎないニューヨークのマナと共に一気に放つ。つづけざまに中国語でつづけた。「わたしの望みは、あんたたちがこんな計画を止めてこっちの話に耳をかたむけること。あんたたちを**皆《みな》殺《ごろ》しにしたくないんだよ！**」

わたしが本気でそう言っていることは伝わったようだったし、連中だってもちろん皆殺《みなごろ》しにはされたくない。こいつらは自分が一番大事なわけで、だからこそ、わたしの強制魔法《まほう》をかけるのは簡単だった。並みいる魔法使《まほうつか》いがぴたりと動きを止め、あたりは水を打ったように静かになった。服がこすれ合う音やまばらな咳《せき》の音さえ聞こえない。

わたしは深く息を吸い、金属の円筒《えんとう》を指差した。「あんたたちはこれに加担してるんだよ。女の子を生きたままそこに閉じこめた。あんたたちを信頼《しんらい》して助けになろうとした女の子を、ゆっくり押《お》しつぶして殺そうとしてる。ここにいる全員がそれに加担してる。あんたたち全員が。これが、自治領を手に入れるためにあんたたちがしてること。自治領はこんなことの上に成り立ってるんだよ。激しい苦しみ、痛み、裏切り、それに――」

わたしはふと口をつぐんだ。**殺人**。そうつづけようとした瞬間《しゅんかん》、ふいにあることに気付いたのだ。吐《は》きそうなほどはっきりと。殺人は自治領の建設魔法《まほう》にふくまれない。もちろん、それだけはふくまれない。**永遠の命、不死、不滅《ふめつ》**。

「〈目玉さらい〉」わたしは言った。口からこぼれ落ちたささやくような声が、ふたつの部屋を満たす静寂《せいじゃく》に落ちていった。深い井戸に落ちていく小石みたいに。「あんたたちは、〈目玉さらい〉を作ってるんだ」

あらゆることがつながっていく。円筒《えんとう》の底にぐるりと開けられた小さな穴。あれは、液状の体を持つ怪物《かいぶつ》を外に出すためのものだ。リューの家族は、下水管の格子の上で縛《しば》り上げられていた。両手の自由を奪《うば》われ、猿《さる》ぐつわを噛《か》まされていれば、最初の獲物《えもの》を探している生まれたての怪物《かいぶつ》から身を守ることはできない。満腹になれば、怪物《かいぶつ》は格子のすき間からどろりと下へ落ちていく。よくできた計画だ。食事を終えた〈目玉さらい〉が、未来の評議員たちも味見しておこうというる。働き口を探して自治領のまわりをさまよっている魔法使《まほうつか》いたちを。〈目玉さらい〉は、まず間違《まちが》いなく現実世界のどこかにつながっている。北京《ペキン》市内のどこかかもしれない。〈目玉さらい〉は、そこで独立系の魔法使《まほうつか》いを食い漁る。この下水管は、気を起こしたらマズいのだ。

こいつらがやろうとしていることがわかると、その理由も自然とわかった。〈目玉さらい〉は**すべてを**のみこむ。獲物《えもの》が作りうるすべてのマナを貪《むさぼ》りつくす。獲物《えもの》は、**体の内側にまで**入ってくる怪物《かいぶつ》から逃《のが》れようと死にものぐるいで暴れ、〈目玉さらい〉はそこから生まれるマナを搾《しぼ》りとる。あの怪物は、獲物《えもの》を捕《と》らえ、その苦痛を食い物にするわけじゃない。苦痛が生みだしうるマナを、一滴《てき》残さず吸いつくす。究極の苦痛を与《あた》え、それによってこの先生まれるだろうマナまでもを前借りする。自治領を建設するには、そうして得られた大量のマナこそが必要になる。仕上げの建設魔法《まほう》は、ひとりの魔法使《まほうつか》いが、単独で一気にかけなくてはならないのだから。

仕上げの魔法について知ったのは、もうかなり前のことだ。『黄金石の経典』にはこんな文章があった。**ひと息に、ひとつの声で虚空《こくう》へ呼びかけよ。**円陣《えんじん》を組んで魔法《まほう》をかけることはできない。ただひとりの魔法使《まほうつか》いが、虚空《こくう》を説き伏《ふ》せなくちゃいけない。虚空《こくう》のこの場所だけは永遠に現実のものになったんだ、おまえは現実世界の真逆にあり、無であり同時にすべてであろうとするけれど、それでもここだけは現実なんだ、と。そんなふうに虚空《こくう》をかき口説きながら、奔流《ほんりゅう》のようなマナを注ぎこむ。

経典のその部分にあまり注意を払《はら》わなかったのは、わたしにとってはそれくらい大した問題じゃないからだ。それより、二十六種類の呪文《じゅもん》のすべてを正しく解釈《かいしゃく》することのほうが重要だった。だからこそ努力をつづけたし、勉強をつづけたのだ。そこさえクリアすれば、あとはトラック一台分のマナさえ持ってきてくれればいい。どこにだってあっという間に自治領を作ってみせる。

だけど、それだけ大量のマナを操るということは、もちろん、ほかの魔法使《まほうつか》いにとっては大きな問題になる。経典が長らく失われていたのも、結局はそのせいなのだ。はるかむかし、この経典を書いたプロチャナはインドをめぐり、ほかの魔法使《まほうつか》いたちのために世界初となる自治領を建ててまわった。わたしと同じ**第三等級実体**とかいうタイプの魔法使《まほうつか》いで、とにかく、総仕上げの大規模魔法《まほう》をかける力があった。だから、魔法《まほう》を書き残しても意味はなかったのだ。同じことができる魔法使《まほうつか》いはいなかったんだから。

それでも、自治領を建てたいと願う魔法使《まほうつか》いは跡《あと》を絶たなかった。プロチャナが、自治領を建てることは**可能だ**と証明したから。自治領は**建てられる**、と。だから、どうやらそうらしいと知った魔法使《まほうつか》いたちは試行錯誤《さくご》を繰《く》りかえし、最終的には、賢《かしこ》くも邪悪《じゃあく》なクソ野郎《やろう》どもが解決策を編みだした。こうして、ひとりの魔法使《まほうつか》いが必要なだけのマナを手に入れ、その力をある一点に注ぎこむための儀式《ぎしき》が確立されてしまった。たしかに、そのやり方には大きな犠牲《ぎせい》が伴《ともな》う。それでも――。厄介《やっかい》な〈目玉さらい〉は、自治領の外へ追いだしてしまえば勝手に獲物《えもの》を漁る。独立系の魔法使《まほうつか》いの子どもたちが餌食《えじき》になろうと、快適な新しい自治領の中にいれば断末魔《だんまつま》の叫《さけ》びが聞こえることもない。

気付けば涙《なみだ》が頬《ほお》を伝っていた。動揺《どうよう》しているのはわたしだけじゃない。ほかの魔法使《まほうつか》いたちは声を発することこそできないけれど、こっちを見つめるいくつもの顔には、恐怖《きょうふ》と嫌悪《けんお》と反感がありありと浮《う》かんでいる。自分のすすり泣く声が部屋の中で反響《はんきょう》し、ほかの魔法使《まほうつか》いたちの荒《あら》い息の音と混ざり合う。遠くから〈目玉さらい〉が近づいてくるときも、ちょうどこんな音がした。苦しむ人間の声がした。

〈目玉さらい〉は、魔法使《まほうつか》いにとって最大の悪夢だ。真夜中に青ざめて飛び起きるとき、魔法《まほう》使《つか》いは〈目玉さらい〉におびえている。ここに並みいる魔法使《まほうつか》いたちは、ひとりの例外もなくスコロマンスを命がけで脱出《だっしゅつ》してきたはずだ。〝忍耐《にんたい》〟と〝不屈《ふくつ》〟という終わりのない地獄《じごく》から、すれすれのところで逃《に》げてきた。なにかヤバい儀式《ぎしき》をしているらしいということには、全員が確実に気付いていた。リューが生きてもどってくることはないこともわかっていただろう。だけど、**ここまで**悪いことだったとは、たぶんこの連中も知らなかった。きっと、こんな言い訳で自分を納得させていたんだろう――たったひとり死ぬだけなんだ。たったひとりの犠牲《ぎせい》で、それ以外の全員を守れるんだ、と。もしかしたら、抽選《ちゅうせん》のようなものがおこなわれたのかもしれない。公平な結果なんだと思いこむためのなにかが。

同じ部屋にいる八人の評議員候補たちは、絶対にわたしと目を合わせなかった。こいつらは、実際にはなにがおこなわれるのか、はじめから知っていた。この連中は、またべつの言い訳で自分を納得させたんだろう。オフィーリアと同じ、耳ざわりのいい言い訳で。自治領のお偉《えら》方たちは、黄金石ではなく生贄《いけにえ》によって自治領を建てはじめた数千年前から、同じ言い訳を繰《く》りかえしてきたのだ。みんなのために恐《おそ》ろしい悪事に手を染めることこそ、自分たちの**責任**なのだ、自分たちは、臆病《おくびょう》な民衆にかわって責任という名の傷を負うのだ、と。まともな神経があれば耐《た》えられないほどおぞましいことをしているのに、本人たちは気高い行いをしているつもりなんだろう。

ここにいる連中をまとめて地上から抹消《まっしょう》してしまいたかった。同時に、こいつらがふつうの人たちだということもわかっていた。連中はスコロマンスにいた自治領の子たちと変わらないし、もっと言うなら、スコロマンスの負け犬たちとも変わらない。ちがいは、自治領の人間なのか、それ以外なのか。どちらであっても、本人たちが選んだ結果じゃない。少なくとも、ふつうの人が自分の力でどうこうできる結果じゃない。自治領の人間は自治領の人間として生まれ、負け犬は自治領の外で生まれる。そしてわたしは、たぶん、自治領の人間にならないことを**選んだ**、世界で唯一《ゆいいつ》の負け犬だ。

だけど、わたしだって**自分で**そう選択《せんたく》したわけじゃない。むしろ、その選択《せんたく》に抗《あらが》おうとしつづけた。これは母さんの選択《せんたく》だ。心の奥底《おくそこ》では、わたしだってその選択《せんたく》の本当の意味には気付いている。母さんとわたしは、思いやりを持ち、許すことを選んだのだ。世界中にいるクレア・ブラウンズやフィリパ・ワックスみたいな人たちを許す。オフィーリアのことでさえ許す。救いようがないほど底意地の悪い人たちだろうと、わたしたちは許さなくちゃいけない。そんな連中を許せないのなら、許すべき人はひとりもいなくなるのだから。

そして、もしも母さんがその選択《せんたく》を**しなかった**としたら――人を**許さない**という選択《せんたく》をしたのだとしたら。手のほどこしようがないという理由で、癒《い》やしを与《あた》えることを拒《こば》んだのだとしたら。取り返しのつかないほど恐《おそ》ろしいことが起こっていただろう。病んで絶望しただれかが、世界にさまよい出してしまっただろう。だけど、**わたしが**すべき選択《せんたく》は、母さんとはまたちがう。相手を――憎《にく》むべき相手を――許す方法を模索《もさく》するか。それとも、世界を破壊《はかい》しつくすか。なぜなら、自治領は世界中にあるから。数千年もむかしから、数多くの自治領がこれと同じ方法で建てられてきた。**どんな自治領もマリアで成り立っている**という母さんの言葉は、これ以上ないほど正しかった。この自治領を滅《ほろ》ぼすなら、なぜほかの自治領をそのままにしておく？　この部屋にいる魔法使《まほうつか》いたちは、ロンドン自治領の寒々しい吹《ふ》き抜《ぬ》けの広間に集う権力者たちとなにも変わらない。ロンドンの連中は、**自分たちの**自治領に迷いこんできた〈目玉さらい〉をわたしが倒《たお》すと、あんなにも感謝した。自分たちこそが〈目玉さらい〉を作りだして世界に放ったことなんて、おくびにも出さなかった。

それなら、なぜわたしはロンドン自治領にまいもどり、そこに住んでいる老若男女もろとも壊《かい》滅《めつ》させてしまわないんだろう。ロンドンを片付けたらその足でニューヨークを滅亡《めつぼう》させればいい。そのまま、世界中で同じことを繰《く》りかえせばいいのだ。あらかじめ定められていたとおり、世界中の魔法《まほう》自治領に死と荒廃《こうはい》を雨のように降らせればいい。そうしないのは、建設の儀式《ぎしき》をこの目で見たのがこの自治領だけだから？　犠牲《ぎせい》になったのが友だちじゃないから？　だとしたら、わたしは大部屋にひしめく魔法使《まほうつか》いと変わらない。都合のいい壁《かべ》みたいな言い訳で、自分を守っている。

ちがう。わたし**も**この連中と同じなのだ。ちがいは、隠《かく》れる壁《かべ》があるかないかだけ。わたしには壁《かべ》がない。こんな能力を持って生まれたからには、行動にも考えにも責任を持たなくちゃいけない。だれかにマナをつかませて汚《よご》れ仕事をさせるわけにはいかない。みんなが望んだ悪事に手を染めているんだと言い訳し、自分がやらなくてもどうせだれかがやるんだから、と屁理屈《へりくつ》をこねることもできない。何度でも繰《く》りかえし、自分自身の利己心と向き合わなくちゃいけない。わたしだってそんな作業はいやだ。わたしだって、できることなら壁《かべ》の陰《かげ》に隠《かく》れていたい。

似た者同士だからって、チャンスを与《あた》えた連中が正しい道に進むとも限らない。ほかの自治領のやつらだって汚《きたな》いことをしてるじゃないかと自分たちを納得させるかもしれない。わたしは部屋にいならぶ魔法使《まほうつか》いたちの顔を見回した。涙《なみだ》にぬれた顔、恐怖《きょうふ》に打たれた顔。やっぱり、わたしはこいつらの涙《なみだ》を信じる。一度だけチャンスをやる。わたしに考えつけるたったひとつのチャンスを。

「こんなこと、許さない」わたしは口を開いた。「わたしもろとも北京《ペキン》自治領を滅《ほろ》ぼすことになっても阻止《そし》する。スコロマンスで一度やったことがあるんだ。また同じことをすればいいだけ。止めようとしてもむだだから」広々とした部屋の中にわたしの声が響《ひび》きわたり、強制魔法《まほう》によって生まれた静けさの中でこだました。聞こえるのはわたしの声だけだ。わたしは、円筒《えんとう》の中に積まれたレンガを指さした。おぞましい魔工品《まこうひん》を。「それが嫌《いや》なら、あの子を解放して。かわりに、わたしはあんたたちの自治領を守ってみせる。うまくいくかはわからない。でも、この魔工品《まこうひん》に使うマナをわたしにくれたら、やってみる」

強制魔法《まほう》が解けていき、ざわめきが聞こえはじめた。魔法使《まほうつか》いたちは近くにいる者同士で話しはじめ、その声はだんだん高まっていった。**おまえ、知ってたか？　いや、まさか。わたしも知らなかったんだ。**薄々《うすうす》気付いていたことは押《お》し隠《かく》し、だれもかれもがそんなやり取りをしていた。うんざりするけど、連中の嘘《うそ》は希望でもあった。嘘《うそ》をつこうとする気持ちがあるなら、わたしの計画に惹《ひ》かれもするだろう。べつの道を模索《もさく》しようとするだろう。

だしぬけに、評議員候補が声をあげた。「グゥオ・イー・リューは解放する。だから、おまえはさっさと出て――」

「あり得ない」わたしは大声でさえぎった。雄叫《おたけ》びがせまい部屋の中で反響《はんきょう》し、そいつをオオカミの群れみたいに取り囲む。評議員候補ははっと口をつぐんだ。「選択肢《せんたくし》はふたつ。三つ目を探したってむだ。リューをこんな目にあわせるのは許さないし、べつのだれかをレンガの小山で押《お》しつぶすのも許さない。わたしがこの場所を守るのに反対だって言うなら、早くそこの下水管から逃《に》げだせば？　あんたがどうなろうとどうでもいいけど」

「貯蔵庫のマナは**わたしたちのもの**なのよ」またべつの評議員候補が言った。中年の女性で、ほかの候補にくらべるとすこし若い。「わたしたちのマナで北京《ペキン》自治領を救おうと決めたの。自分たちだけの自治領を作るのではなくて。それでも、何世代もかけてためたマナを北京《ペキン》自治領にあげてしまうわけには――」

「ていうか、何世代もかけてためたマナを使って、**〈目玉さらい〉を作ろうとしてた**よね。あんたは黙《だま》ってな」そう言い返したものの、これは沸騰《ふっとう》した大鍋《おおなべ》から怒《いか》りが吹《ふ》きこぼれたことによる脊髄《せきずい》反射の暴言で、ちゃんと答えなきゃいけないことくらいわかっていた。「まあ、北京《ペキン》自治領がゴーサインを出すとして、それであんたたちのマナを使うことになったら、北京《ペキン》はそれに見合うなにかを提供しなきゃいけないよね」

また、部屋のなかが騒《さわ》がしくなった。だけど、今度の話し合いはむだなものじゃない。この一週間というもの、評議員候補の連中は、恐《おそ》ろしい運命を告げられたリューをあの部屋に閉じこめて、自分たちは急いで内々に交渉《こうしょう》をつづけていたんだろう。評議会の席は北京《ペキン》と西安《シーアン》にどう分配するべきなのか。合同自治領の一等地にはだれが住むべきなのか。独立系魔法《まほう》使いは何人雇《やと》い入れるべきなのか。それを判断するのはだれなのか。言ってみればわたしは、連中が気まずい思いをせずに交渉《こうしょう》できるように、そういう微妙《びみょう》な問題をここで俎上《そじょう》に載《の》せてやったのだ。わたしのした提案で、交渉《こうしょう》すべき特権の半分は消えてなくなってしまったけれど。

魔法使《まほうつか》いたちが低い声で急ぎの交渉《こうしょう》をつづけるなか、ふいに、大部屋にすわっていたひとりが立ちあがった。その顔には見覚えがあった。障害物コースを何度も一緒《いっしょ》に走った元同級生だ。ジアンという名で、北京《ペキン》自治領の出身だった。ジアンはなかなか合同練習に加わろうとしなかった。わたしがスコロマンスの生徒を皆殺《みなごろ》しにするんじゃないかと疑っていたのもあるだろうけど、それより、合同練習が**ルールに反する**のが気に食わなかったのだ。ルールを守るということに情熱をかたむけるタイプらしい。ようやく重い腰《こし》を上げて合同練習に加わり、五百人の仲良しグループとともに障害物コースを走り終えると、ジアンはわたしとリューのところにやってきて、この計画は卒業式のしおりが推奨《すいしょう》している戦い方に反するんじゃないかと言った。しおりなんて何ヶ月も前に使い物にならなくなっていたのに。変なやつが出てきたと思ってわたしとリューが黙《だま》っていると、ほかの北京《ペキン》自治領の同級生がやってきて、うんざりしたようにジアンを引きずっていった。だけど、いま、ジアンは淡々《たんたん》とした声で言った。「西安《シーアン》が北京《ペキン》自治領を助けてくれるとして、それでも定員オーバーになるなら、ぼくの居住権はだれかにゆずる」

となりにすわっていたジアンの母親は、青ざめた顔で息子をすわらせようとした。ところが、北京《ペキン》自治領の元同級生たち九人も次々と立ちあがり、ジアンと同じ宣言をした。すると、瓶《びん》のコルクが抜《ぬ》けて泡《あわ》があふれ出すときみたいに、部屋の中に静かな動揺《どうよう》が広がっていった。北京《ペキン》自治領の者たちは席を立って西安《シーアン》の人間を探し、直接話をはじめた。北京《ペキン》の人間のほうが三倍近く多い。西安《シーアン》の魔法使《まほうつか》いが居住権をもらいそこねることはないだろう。

とはいえ、すべてはわたしの魔法《まほう》で北京《ペキン》自治領が壊滅《かいめつ》しないことが大前提だし、チャンスが与《あた》えられた以上、失敗するかもしれないと弱気になっている場合じゃない。ここから出るには自治領建設魔法《まほう》を成功させるしかないのだ。なぜなら、わたしは本気だから。だれかが犠牲《ぎせい》になることをわかっていながらここを出るわけにはいかないし、かといって、北京《ペキン》自治領を皮切りに世界中の自治領を破壊《はかい》して回るわけにもいかない。どっちの選択肢《せんたくし》もあり得ない。もし、北京《ペキン》自治領ひとつを壊滅《かいめつ》させるのなら――おぞましい儀式《ぎしき》がおこなわれないように、あの予言をたった一度だけ実現させるのなら――、この先わたしは、世界中の自治領が人身御供《ひとみごくう》によってできたという事実から目をそらしつづけなくちゃいけない。だけど、それは本当の解決策じゃない。リーゼルがいたら、バカじゃないの？　と言っただろう。自治領が気に入らないなら、こんなふうに窮地《きゅうち》に飛びこんだりしないで、黒魔術師《くろまじゅつし》の破壊行為《はかいこうい》を知らんぷりして見ていればいいだけの話だ。だけど、バカでいい。バカなことをしなくちゃいけない。ほかにできることはないんだから。あの予言を現実のものにしないために、わたしはずっと戦ってきた。黒魔術師《くろまじゅつし》に身を落とさないために。いまさら戦いをやめるわけにはいかない。

評議員候補の八人は話し合うことすらやめて、うろたえたような顔でほかの魔法使《まほうつか》いたちを見つめていた。主導権を失ったのだ。それはつまり、**『委細承知。やってくれ』**と、わたしに通告できる立場の者がいなくなったということでもあった。そのとき、金属の円筒《えんとう》からキイキイというかすかな音が聞こえてきた。円盤《えんばん》がすこし浮《う》き上がったのだ。わたしはレンガをつかみ、持ち上げようとした。まだふつうのレンガのようにはいかないけれど、鉛《なまり》でできたレンガという感じで、ブラックホールでできているみたいな異常な重さじゃない。わたしは気合とともにレンガを持ち上げ、勢いに任せて放り投げた。つぎのレンガをつかむ。ガシャンという音に魔法使《まほうつか》いたちは飛びあがり、わたしのしていることに気付いた。つかんでは放り、つかんでは放りをつづけるうちに、レンガはどんどん軽くなっていった。魔法使《まほうつか》いたちが集まってくる。レンガはもう、リューの母親にも持ち上げられるほど軽い。ジアンたち北京《ペキン》の元同級生たちも手を貸しにやってきた。リューの父親と叔父《おじ》夫婦もいる。とうとうレンガがなくなると、わたしは両手で円盤《えんばん》をつかんで円筒《えんとう》のふちまで持ち上げた。

その動作にためらいはなかった。だけど、頭の中では一瞬《いっしゅん》のためらいがあった。円盤《えんばん》に刻まれた呪文《じゅもん》は暗くてよく見えないけれど、魔法《まほう》の力は手のひらから伝わってくる。もしもこの魔法《まほう》が深いところまで及《およ》んでいたら――取り返しがつかないほどリューを損なってしまっていたら――円盤《えんばん》を外した瞬間《しゅんかん》、リューは死んでしまうだろう。それでも、わたしはここにひしめく魔法使《まほうつか》いたちに約束をした。だから、円盤《えんばん》に押《お》しつぶされたリューが血まみれで死んでいくのをただ見ていなくてはならないのだとしても、友人をそんな目にあわせた連中をわたしは助けなくちゃいけない。どんな結果になったとしても、結局はこの自治領を救わなくちゃいけない。

円盤《えんばん》を持ち上げ、その勢いのまま壁《かべ》に向かって放り投げた。リューの両親が悲鳴をあげて娘《むすめ》に手を伸《の》ばす。リューは円筒《えんとう》の底に横たわっていた。裸《はだか》で胎児《たいじ》のような姿勢を取らされ、ルーン文字を刻んだ革紐《かわひも》できつく縛《しば》られている。吐《は》き気《け》とともに、あのときの記憶《きおく》がよみがえった。新入生の学生寮《りょう》の廊下《ろうか》で〈目玉さらい〉を殺したとき、最後には胎児《たいじ》のような塊《かたまり》が残った。あの怪《かい》物《ぶつ》の核《かく》となる部分には、押《お》しつぶされた死体があった。あのときは、黒魔術師《くろまじゅつし》の残骸《ざんがい》かなにかだろうと深く考えることさえしなかった。邪悪《じゃあく》な黒魔術師《くろまじゅつし》が、わたしを殺しかけたジャックなんかよりはるかにうまく立ち回って魔法使《まほうつか》いたちを次々と餌食《えじき》にし、最後には怪物《かいぶつ》と化したんだろう、と。永遠に人の命を貪《むさぼ》るために。そんな運命をたどることこそを、わたしはずっと恐《おそ》れてきた。

だけど、〈目玉さらい〉の中心にあったあの死体は、リューのような人だったのかもしれない。

優しくておとなしいリュー。年下の従兄弟《いとこ》たちを守るためにマリアに手を染め、やめる機会が訪れた瞬間《しゅんかん》、きっぱりと黒魔術《くろまじゅつ》から足を洗ったリュー。そのリューが、円筒《えんとう》の底で縛《しば》られている。両腕《りょううで》で体を抱《だ》きしめるような恰好《かっこう》で、リュートを爪弾《つまび》いていたほうの手は、革紐《かわひも》で固定された肩《かた》の上で無残につぶれている。わき腹に紫色《むらさきいろ》の筋が何本も走っているのは、皮ふが肋骨《あばらぼね》に押《お》しつけられた跡《あと》だ。擦《す》りむけて皮ふが剝《は》がれかけている部分もある。両親がリューの頭にかぶせられていたフードを取ると、血まみれの口があらわになった。肩《かた》も腰《こし》も関節がずれているように見える。目は固く閉じられたままだ。

それでも、呼吸はある。止まる気配もない。移動させる前に革紐《かわひも》を切ると、リューはかすかにうめいた。大部屋からふたりの治療師《ちりょうし》が駆《か》けよってきて、リューに五種類以上の治癒魔法《ちゆまほう》を立てつづけにかけた。モルヒネを打って酸素マスクをつけるくらいの効果がある。治療師《ちりょうし》たちの指示にしたがって、わたしはまわりにいた複数の魔法使《まほうつか》いたちと一緒《いっしょ》にリューの体を円筒《えんとう》の底から抱《だ》き上げた。いつのまにか、椅子《いす》のひとつが担架《たんか》に変えられてあった。リューが担架《たんか》に寝《ね》かされると、喉元《のどもと》のくぼみで丸まっていたシャオ・シンが、小さな前足をわたしのほうへ伸《の》ばした。わたしはシャオ・シンをすくいあげ、涙《なみだ》でぬれた頰《ほお》に押《お》しつけた。「リューは、あんたを道連れにしたくなかったはずだよ」シャオ・シンは甲高《かんだか》い鳴き声をあげ、身をよじってわたしの手の中から抜《ぬ》けだした。リューの体の上に飛び下り、耳の下で丸くなる。魔法使《まほうつか》いたちが担架《たんか》を持ち上げた。

リューの母親は娘《むすめ》のそばから離《はな》れようとしなかったけれど、父親はわたしに向き直った。目に涙《なみだ》を浮《う》かべ、なにか言いかけては口を閉じる。言うべき言葉は見つからないとあきらめたのか、父親は無言で両手を合わせ、感謝のこもったおじぎをした。わたしも手を合わせ、おじぎを返した。作法としてはまちがっているんだろうけど、そんなことは重要じゃない。いま重要なのはリューだけだ。リューは生きて脱出《だっしゅつ》した。ところが、父親が頭を上げるより早く、わたしたちのいるせまい部屋が小さく揺《ゆ》れた。波立つ海で大きな船にのっているような感じがした。

「はやく、リューを安全な場所へ！」わたしは父親に伝え、床《ゆか》に散乱したレンガに向き直った。

一瞬《いっしゅん》、レンガを見つめる。途方《とほう》に暮れているかといえば、そうでもない。『黄金石の経典』の第一部は、このレンガとほぼ同じものを作るための説明みたいなものだ。経典にのっていたのはレンガではなく小石の作り方だったし、小石をひとつ作るには、ひとりの魔法使《まほうつか》いが一年でためられる程度のマナしか必要なかったけれど。なんにせよ、レンガと小石に大きな差はない。要するに、マナを**なんらかの物質**に変換《へんかん》すればいいのだ。経典の前半部分はこれでスキップできる。だいたい、経典に定められたとおりに進めたくても時間がない。正規のやり方では、小石を一年かけて作るほかにも、すべての小石を集めて圧縮する工程に一週間かかる。

経典の第二部には、現実世界にアリスの白ウサギの穴のようなものを作り、三日かけて虚空《こくう》へ移動させる方法が詳細《しょうさい》につづられている。今回はこの工程も必要ない。わたしたちはすでに虚空《こくう》の中にいる。そして、最後の三ページには、仕上げの大規模魔法《まほう》が記されている。マナの小石のすべてを使って壮大《そうだい》な魔法《まほう》をかけ、二十六の呪文《じゅもん》を組み合わせて唱えながら自治領の礎《いしずえ》を作るのだ。

サンスクリット語の原文では、仕上げの魔法《まほう》をごく当たり前の工程のようにあつかっていた。第一部と第二部を時間をかけて完了《かんりょう》させると、最後の魔法《まほう》は当然するべき作業だと理解できるのかもしれない。古典アラビア語で書かれた注釈《ちゅうしゃく》のほうは、この最終魔法《まほう》は時代遅《おく》れでつまらない工程だと言わんばかりの書きぶりだった。それでも省略しなかったのは、史料としての価値はあると見なしたんだろう。現代建築の解説に泥《どろ》の小屋の作り方が含《ふく》められているような感じだ。それを読んで実際に作ってみようと思う人はいない。たぶん、古典アラビア語の注釈《ちゅうしゃく》が書かれるころには、生贄《いけにえ》に永遠の責め苦を与《あた》える便利な方法が確立されていたんだと思う。

そういうわけで、完全に途方《とほう》に暮れているというわけでもなかった。どちらかというと、地図にのっていない小島に漂着《ひょうちゃく》してしまい、頼《たよ》りにできるのは、壊《こわ》れたコンパスに破れた地図、そして目的地にたどり着くためのそこそこの幸運しかない、という感じだ。だけど、心配そうな顔でこっちを見ている人たちに、そんな胸の内をさらすわけにはいかない。**あっちまで**疑いを抱《いだ》きはじめたら、魔法《まほう》を成功させるのはもっと難しくなる。「建設魔法《まほう》をかける前に、全員外に出たほうがいい」わたしはジアンに言った。「魔法《まほう》が失敗したら、自治領内部にいるのは危険だよ。

リューを連れて行って、そのあと――」

ジアンは最後まで聞かずに首を横に振《ふ》った。「だれも出られないんだ。北京《ペキン》自治領はいま、外部の魔法使《まほうつか》いたちの力でどうにか支えられてる。だから、一度外へ避難《ひなん》したあとも、壊《こわ》れた部分を修復するためにもどってくることができた。だけど、もどる前に警告されたんだ。合同自治領を完成させる前にもう一度外に出ようとしたら、外部から送られてくる力に抵抗《ていこう》することになる。そうなれば、外部の魔法使《まほうつか》いたちは耐《た》えられない。自治領が壊滅《かいめつ》してしまう」最高だ。

「エルならきっと成功する。わかるんだ」ジアンは心からの調子で言った。まったく、すてきなことを言ってくれる。だけど、おまえみたいなバカが成功するわけないだろ、とせせら笑ってくれたほうがマシだった。わたしは怒《おこ》ってるときが一番調子がいいんだから。

「そりゃどうも」わたしは仏頂面で返し、目を閉じて何度か深呼吸をしながら、魔法《まほう》をかける準備に入った。魔法《まほう》の中にもぐりこむ自分をイメージする。なのに、この部屋から飛びだしたいという衝動《しょうどう》はいっこうに鎮《しず》まらない。すこしして、原因はこの場所に対する抵抗《ていこう》だけじゃないらしいと気付いた。ここはこの魔法《まほう》に適した場所じゃないのだ。北京《ペキン》自治領の評議会は、**新しい**自治領を作り、自分たちの半壊《はんかい》状態の自治領を接合して強度を取りもどそうとしていた。わたしがしようとしているのはそういうことじゃない。『黄金石の経典』は、規模の大きい現代的な自治領を建てるためのものじゃない。古い自治領を修復するのがせいぜいだ。わたしは目を開け、ジアンを見た。「北京《ペキン》自治領の礎《いしずえ》はどこ？　壊《こわ》されたところ」

　ジアンが礎《いしずえ》の場所を聞いても、評議員候補たちはなかなか重い口を開こうとしなかった。ジアンとちがって、わたしが成功するとは思えないんだろう。だからといって、べつの選択肢《せんたくし》があるわけでもない。評議会の焦《あせ》りをかき立てるみたいに、まさにそのとき床《ゆか》と壁《かべ》が大きくうねった。波のようなうねりが収まると、評議員候補たちはようやく言い合いをやめ、わたしを連れて部屋の外へ出た。

　路地のむこうでは、いまもオリオンたちが静止したまま立っている。時間が止まっているみたいに。オリオンは、あれからぴくりとも動いていないのか、片膝《かたひざ》を宙に浮《う》かせた姿勢のままだ。

「どんな魔法《まほう》か知らないけど、解いてやってよ」わたしは評議員候補の女性に言った。ところが、女性はオリオンたちの様子に気付くと、驚《おどろ》いたような顔になった。

「あれは魔法《まほう》じゃありませんよ」評議員候補の女性は言った。「大元の自治領とのつながりが切れかけているの。あの少年たちは、原点となった自治領にいるんです」

　路地を来るときに視界がぼやけて見えたのは、魔法《まほう》で時間感覚がゆがんでいたわけじゃなかったのだ。賢人《けんじん》の巻物は、わたしをなかば強引に北京《ペキン》自治領の内部に押《お》しこんだ。あのときわたしは、自治領の内部にできた亀裂《きれつ》を通り抜《ぬ》け、知らぬ間に虚空《こくう》のなかを移動していたらしい。亀裂《きれつ》がこれ以上広がれば――わたしたちは北京《ペキン》自治領もろとも虚空《こくう》に落ちていく。

この事実がわかってみると、評議員候補たちから迷いが消えた。路地をはさんだ向かい側には、地下鉄の入り口と並んで、立派な造りの長屋が二軒《けん》立っていた。長屋のあいだには細いすき間がある。すき間は一階部分の共用壁《へき》の下のほうに空いているから、よほど注意して見ないと気付かない。ふたりの評議員候補が壁《かべ》に近づき、すき間の両側をそれぞれつかんで引き開けるようにすると、すき間がゆっくりと広がっていき、せまくて短い通路が現れた。通路の先には小さな部屋があった。

通路に入った瞬間《しゅんかん》、吐《は》き気《け》がこみあげてきた。かつて、ここで人身御供《ひとみごくう》がおこなわれたのだ。五十年前だか百年前だか知らないけれど、魔法使《まほうつか》いたちがこの部屋に集まり、リューのようなだれかを円筒《えんとう》に閉じこめて押《お》しつぶし、終わりのない地獄《じごく》へ追いやった。そいつらには汚《けが》れた力が必要だったから。すでにある自治領を**もっと大きく**したかったから。重い足で前へと進む。部屋に入れば、あの気配を感じるだろう。壁《かべ》からも、足元の床《ゆか》からも感じるだろう。この部屋で生み出された怪物《かいぶつ》の気配を。ところが、こぶしを握《にぎ》りしめて敷居《しきい》をまたぐと——そこはただの部屋でしかなかった。殺風景でありふれた、ただの小部屋だ。

床《ゆか》には円盤《えんばん》が一枚あった。マンホールの蓋《ふた》のようにも見えるけれど、真ん中が四角くくり抜《ぬ》かれている。よく見ると、ただくり抜《ぬ》かれているだけではなく、四つの漢字が透《す》かし彫《ぼ》りになっている。スコロマンスの課題で覚えた中国語のひとつ。**九死一生**。リューに使われていたものよりもあきらかに単純な造りの魔工品《まこうひん》だった。魔工品《まこうひん》や魔法《まほう》の進歩を目の当たりにするのは悪い気分じゃない。円盤《えんばん》は四字熟語の真ん中で四つに割れている。巨人《きょじん》が真ん中にこぶしを振《ふ》り下ろしたみたいに。自治領の基礎《きそ》となっていた部分には、いま、ぽっかりと穴が開いていた。このままでは、解き放たれた虚空《こくう》が、すべてを形のない混沌《こんとん》の中にのみこんでしまうだろう。自治領がどうにか保たれているのは、内部にいる魔法使《まほうつか》いたちがこの場所の存在を信じているからだ。だけど、これほど大規模な自治領を信念だけで支えることはできない。

そのとき、ふと気付いた。黒魔術師《くろまじゅつし》はそんなふうにして自治領を破壊《はかい》してきたのだ。自治領を作る秘密を探り当て、どの自治領の中心部にもある弱点を見つけた。どうにかして自治領内部にもぐりこみ、弱点を攻撃《こうげき》することで破壊《はかい》したんだろう。自治領がゆっくりと崩壊《ほうかい》していくあいだに、吸い取れる限りのマナを吸い取った。あとは、放っておけばハンプティ・ダンプティよろしく虚空《こくう》へと落ちていく。

そんなこと、わたしは望んでいなかった。北京《ペキン》自治領の礎《いしずえ》を破壊《はかい》して虚空《こくう》へ突《つ》き落とすなんて、そんなことはしたくない。ジアンはいま、みんなをまとめ上げ、バケツリレー方式でわたしの元へレンガを届けようとしている。そのジアンを虚空《こくう》に落としたりしたくない。北京《ペキン》自治領の元同級生たちは、世界をより良い場所にするために、スコロマンスから安全に卒業するという絶好の機会をふいにした。そんな人たちを虚空《こくう》に落としたりしたくない。大部屋にひしめいていたほかの魔法使《まほうつか》いたちだって、最後にはわたしと一緒《いっしょ》にリューを助けだした。あいつらのことだって、虚空《こくう》に落としたりしたくない。仮に虚空《こくう》がお似合いの悪党どもがいたとしても、自治領にそびえるたくさんの高層ビルを破壊《はかい》したり、地下鉄を燃やしたり、図書館や研究室を倒壊《とうかい》させたりすることに一体なんの意味があるだろう。**今回も、**そんなことは止めなきゃいけない。この自治領の崩壊《ほうかい》をぶじ食い止めることができたら、すべてに終止符《ふ》を打つ方法を考える。これ以上新しい自治領を作らせないためにはどうすればいいのか。だけど、この場所が滅《ほろ》んでほしいとは思わない。おとぎ話から抜《ぬ》け出たみたいなロンドンの庭園を守りたいと思ったみたいに。

だから、わたしは体にくくりつけていた布から経典を取り出し、美しい縁取《ふちど》りがあしらわれたページをめくった。縁取《ふちど》りの中に記された呪文《じゅもん》は、一文字一文字が金色の葉っぱの絵で飾《かざ》りたてられている。優雅《ゆうが》なカリグラフィーで、「黄金の道のひとつ目の石」という題字がつづられている。ここから、最終魔法《まほう》がはじまるのだ。わたしは深呼吸をして、魔法《まほう》に飛びこんでいった。

経典の魔法《まほう》は部分的に使ったことがあるけれど、大規模魔法《まほう》をかけるのははじめてだ。だけど、この魔法《まほう》は数え切れないほど何度も読みこんだ。夢にまで出てきたし、この魔法《まほう》でできることを何度だって夢想した。わたしの口から、サンスクリット語の呪文《じゅもん》が流れ出す。冷たい水を飲んでいるような気分だった。陽の光に温められた空気を深々と吸いこんだみたいだった。はちみつとバラの味がした。目に涙《なみだ》がにじむ。これはわたしお得意の荒廃魔法《こうはいまほう》とはまるっきりちがう。母さんが作る魔法《まほう》みたいだ。きれいで、澄《す》んだ光に満ちている。

その瞬間《しゅんかん》、あることに気付いてわたしは安らかな気持ちになった。経典がわたしのもとへたどり着いた理由も、引きかえにわたしが払《はら》った代償《だいしょう》も、いまはもう重要じゃない。この自治領のために払《はら》われた犠牲《ぎせい》を取り消すことはできないように、わたしが払《はら》った代償《だいしょう》も取り消すことはできない。それでも、わたしはこの魔法《まほう》を一生の仕事にしたい。そして、このときはじめて、経典もわたしと共にいることを望んでいるのを感じた。この経典は**わたしのもの**。丁寧《ていねい》にみがき、抱《だ》きしめ、夜になれば布でしっかりくるむ。そんなふうに甲斐甲斐《かいがい》しく世話をしても得られなかった確信を、わたしはこのときはじめて得たのだった。

わたしに同意するみたいにして、経典がやわらかな金色に光りはじめた。薄暗《うすぐら》い部屋の中で経典だけが輝《かがや》いている。経典が軽く身じろぎするのを感じて、わたしはそっと手を開いた。経典がゆっくりと浮《う》かび上がり、目の高さで止まる。わたしの両手を空けるためだ。ページがめくれ、両手を使うつぎの魔法《まほう》がはじまった。呪文《じゅもん》はわたしの口から途切《とぎ》れることなく流れつづけた。歌をうたっているような気分だ。うしろを向き、列の先頭にいるジアンからレンガを受けとる。呪《じゅ》文《もん》を唱えながら床《ゆか》にひざまずいて、割れた円盤《えんばん》の真ん中に押《お》しこむ。透《す》かし彫《ぼ》りになった漢字がレンガの重みで砕《くだ》ける。一瞬《いっしゅん》、抵抗《ていこう》を感じた。つぎの瞬間《しゅんかん》、ぬかるんだ沼《ぬま》に石を沈《しず》めたみたいに、レンガはわたしの手を離《はな》れ、円盤《えんばん》の下の暗闇《くらやみ》にのみこまれていった。

といっても、ただの暗闇《くらやみ》じゃない。円盤《えんばん》の下に広がっているのは虚空《こくう》で、この自治領をいまにものみこもうとしている。円盤《えんばん》がまたすこし砕《くだ》け落ちた。円盤《えんばん》のひび割れをたどるようにして、虚空《こくう》が細い黒い線になって染みだしてくる。わたしは急いで振《ふ》りかえり、つぎのレンガをつかんで円盤《えんばん》の中心から虚空《こくう》へ落とした。またすぐにつぎのレンガ。沈《しず》んでいくひとつ前のレンガを土台として、つぎのレンガをその上に重ねたかった。

はじめのうちは簡単だった。虚空《こくう》にレンガを落としていけばいい。とうとうレンガ同士が虚空《こくう》の中で重なると、瞬時《しゅんじ》にそうとわかった。九個目か十個目のレンガを円盤《えんばん》の真ん中から押《お》しこんだときだった。ドン、という衝撃《しょうげき》が両腕《りょううで》から体へと広がり、自治領それ自体を揺《ゆ》るがした。さざ波のように広がっていく衝撃《しょうげき》は、だけど、なんらかの力が加わったせいじゃない。あえて言葉をあてがうなら、**安定**が生まれたのだ。

魔法《まほう》が順調に進んでいる証拠《しょうこ》ではあった。だけど、新しく安定が生まれれば、**安定していないその他の部分**との対比に嫌《いや》でも気付かされる。この自治領をここに存在させているのは、妖精《ようせい》の粉みたいに頼《たよ》りない、それぞれの魔法使《まほうつか》いたちの信念だ。どっちかというと信念というよりも利己的な欲望に近いけれど、その欲望がどれだけ激しいものでも、物質的な現実の強さにはかなわない。それこそ、わたしたちに迫《せま》りつつあるものだった。現実が辛辣《しんらつ》なメッセージと共に迫《せま》ってくる。この自治領は嘘《うそ》っぱちのかたまりだ。こんな偽《いつわ》りの場所で、おまえたちはなぜ自分が存在していると思いこめる？

だから、レンガとレンガが重なったその瞬間《しゅんかん》、虚空《こくう》はひびのような黒い線となって一気にせまい部屋いっぱいに広がった。地震《じしん》が残した地面のひび割れともちがう。黒い線は、自治領が奥行《おくゆ》きと深みをたたえただまし絵だったことを暴くみたいに、異様な走り方をした。広がっていく黒いひびが、立体ではあり得ない軌跡《きせき》を描《えが》いていく。狭《せま》い通路の床《ゆか》を走っていた線は、むこうにのぞいている路地の壁《かべ》へまっすぐに延びていった。わたしは思わず目を見張った。黒い線が、レンガを手渡《てわた》して運んでいる人たちの輪郭《りんかく》を部分的になぞっている。現実の人間じゃなくてマンガのキャラクターかなにかみたいに。

わたしは奇妙《きみょう》な光景から目をそらし、手元のレンガに集中した。レンガはまたしてもすこしずつ重くなっていた。新しく受けとるたびに重くなる。肩《かた》も腰《こし》もこわばって、すでに疲《つか》れを感じはじめていた。レンガを運びつづけるには、遠心力に頼《たよ》るしかなかった。ジアンからレンガを受けとり、円盤《えんばん》に向き直った勢いを利用して、中心部に積み上がったレンガに重ねる。評議員候補たちはリューの上に整然とレンガを並べていたけれど、あれに比べるとわたしの並べ方はめちゃくちゃだ。それでも、レンガ同士がバラバラにならないように、部分的にでも触《ふ》れ合うように置いてはいる。いまの状況《じょうきょう》は、最終魔法《まほう》を順調に進めているとも言えたし、北京《ペキン》自治領の大部分を長らく支えてきた円盤《えんばん》を粉々に破壊《はかい》しているとも言えた。そもそも、〈黄金石の自治領〉は、一般《いっぱん》的な自治領の建築基準を満たしていないのだ。

ジアンも重すぎるレンガに苦戦していた。それでも、わたしの負担をすこしでも減らそうと、レンガを近くまで運んでくる。歯を食いしばり、力の入れすぎで全身が震《ふる》えている。そのとき、ジアンのうしろで元同級生のひとりが中国語で叫《さけ》んだ。たしか、シャオジャオという名前だ。

「ふたりで持とう！　協力しないとムリだよ！」ジアンがつぎのレンガをわたしに託《たく》すと、つぎのレンガを抱《かか》えたシャオジャオは重いバケツを運ぶときみたいによろよろと進み出て、ジアンに片方の端《はし》を持つように言った。

ふたりはひとつのレンガを抱《かか》え、わたしのすぐそばまで近づいてきた。レンガを運ぶ工程が省略されると、さっきよりも配置に気を配ることができた。離《はな》れて並んでいるレンガを探し、新しいレンガであいだのすき間を埋《う》める。レンガを受け渡《わた》すために並んでいた人たちも、ゆっくりとわたしたちに近づいてきた。重いレンガを順繰《じゅんぐ》りに手渡《てわた》すにつれて列の間隔《かんかく》はせまくなり、それと同時に列に加わる人たちも増えていった。シャオジャオが、切羽詰《せっぱつ》まった顔ですぐうしろの魔《ま》法使《ほうつか》いに手招きする。三人はひとつのレンガを協力して抱《かか》え、わたしに渡《わた》しはじめた。

とうとう、すべての魔法使《まほうつか》いが列に並んだようだった。それまでは波の上をすべるサーフボードみたいにスムーズに列を流れてきていたレンガが、すき間なく並んだ人の手からすぐとなりの人の手へ、慎重《しんちょう》に受け渡《わた》されるようになった。せまい通路に大勢の人が窮屈《きゅうくつ》そうに並んでいる。

小部屋の中には、すでに三十人くらいの人たちがひしめいていた。評議員候補の八人でさえ、レンガのバケツリレーに加わっている。それでも、ここまで重くなったレンガを運ぶには人手が足りていなかった。通路にいた男性が新しいレンガを受けとろうとした瞬間《しゅんかん》に息をのみ、一緒《いっしょ》にレンガを抱《かか》えていたふたりの魔法使《まほうつか》いと共にバランスを崩《くず》して床《ゆか》に膝《ひざ》をついた。三人の手からレンガがすべり落ち、虚空《こくう》のひび割れに落下してそのまま見えなくなった。衝撃《しょうげき》で、その周囲にもクモの巣のように細かいひびが無数に走る。そのうちの一本が、最初に息をのんだ男性の魔法使《まほうつか》いの脚《あし》を横切った。その瞬間《しゅんかん》、男性は悲鳴をあげ、脚《あし》をつかもうとした。体の残りの部分は動いているのに、虚空《こくう》の黒い線に切断された脚《あし》はぴくりともしない。切り離《はな》された脚《あし》はつかの間床《ゆか》の上に立っていたけれど、持ち主が床《ゆか》に倒《たお》れこむのと同時にこつ然と消えた。

魔法《まほう》を中断するわけにはいかないから、それを見てもわたしはなにも言えなかった。呪文《じゅもん》を唱えながらシャオジャオの肩《かた》をつかみ、険しい顔で小部屋の四方の壁《かべ》を指す。シャオジャオはわたしの言おうとしていることに気付き、まわりの魔法使《まほうつか》いたちに大声で呼びかけた。「壁《かべ》を取り払《はら》って！　空間を作るの！」

指示を取り違《ちが》えたか勇み足になったかした魔法使《まほうつか》いが何人かいたらしい。またたく間に、**目に入るすべての**壁《かべ》が消えた。路地に並ぶ建物に駆《か》けこみ、壁《かべ》という壁《かべ》を取り払《はら》ったのだ。大勢の魔《ま》法使《ほうつか》いが、残るレンガを抱《かか》えてわたしのまわりにひしめいている。どの魔《ま》法使《ほうつか》いもすぐそばにいて、自分でレンガを持つ必要がないくらいだった。実際、そのほうがよかった。つぎの三つを並べるうちに、レンガはわたしでさえ耐《た》えきれないほど重くなったのだ。もう、わたしはレンガを**置いて**はいなかった。すき間をまたいで立ち、受けとったレンガを数センチ上からすべり落とすようにしてはめる。ズン、という音とともにすき間にはまったレンガには、わたしの汗《あせ》の手形がついていた。そのとき、つぎのレンガを受けとろうとしていたわたしをシャオジャオが片手で制した。両腕《りょううで》を大きく振《ふ》り、部屋から通路までぎゅう詰《づ》めになった魔法使《まほうつか》いたちをより近くへと招き寄せる。さらにたくさんの魔法使《まほうつか》いたちが、円形に敷《し》き詰《つ》められたレンガのまわりに集まってきた。「あとは一緒《いっしょ》に！　全員で力を合わせよう！」シャオジャオの判断は賢《かしこ》かった。残りのレンガをひとつずつ積んでいけば、動かすことさえできないほど重くなっていたと思う。〈黄金石の自治領〉が小規模なのはこのせいだ。**第三等級実体**のわたしでさえ、今回のように規模の大きな礎《いしずえ》をひとりで築くことはできない。現代的なビルや地下鉄の重みに耐《た》えられるだけの礎《いしずえ》を仕上げるには、ほかの魔法使《まほうつか》いたちの力が必要なのだ。

わたしは、ほかの人たちに場所を空けようと、円形に並ぶレンガの中心に立った。経典もふわふわ宙を浮《う》かびながらついてくる。わたしは呪文《じゅもん》を唱えつづけ、ほかの魔法使《まほうつか》いたちが中国語で三《サン》、二《アー》、一《イー》と声をそろえながら、残るすべてのレンガをすき間にはめこんでいく。ところどころ欠けていた円周が完全に埋《う》められ、それと同時に、古い円盤《えんばん》が最後のひとかけらまで砕《くだ》ける音がした。わたしは呪文《じゅもん》の最終部分を唱えはじめた。

自治領全体がぐらりと揺《ゆ》れ、あたり一面をおおう黒いひびが、ギイという低い音を立てながら広がっていく。これ以上なにをすればいいのかわからない。魔法《まほう》はもうすぐ終わってしまう。金の縁取《ふちど》りに囲まれ、注釈《ちゅうしゃく》が添《そ》えられた呪文《じゅもん》は、いま開かれているページで終わりだ。残るページはただのあとがきで、この写本の筆記者兼翻訳家《ほんやくか》がパトロンたちを大げさに褒《ほ》めそやす言葉が書き連ねられていた。なんでも、筆記者の家族はひとり残らず怪物《かいぶつ》に食われてしまい、パトロンたちの計らいで、彼《かれ》はバグダッド自治領に入領することになったらしい。わたしは最初にあとがきを読んだときにむかっ腹を立て、二度とそのページを開かなかった。

ところが、呪文《じゅもん》を最後まで唱えた瞬間《しゅんかん》、残るページがぱらぱらとめくれていき、あとがきのさらに後ろにあるページが開いた。ありふれた黒いインクで、サンスクリット語の呪文《じゅもん》が一行記されている。筆記者はこの呪文《じゅもん》をとりあえず写しはしたものの、金縁《きんぶち》や葉っぱの絵みたいな装飾《そうしょく》は加えるまでもないと思ったらしい。たぶん、呪文《じゅもん》の一部だとさえ思わなかったのだ。この呪文《じゅもん》を見るのはじめてだったから、もちろん訳したこともない。だけど、簡単な文章だから、辞書がなくても意味はわかる。生贄の円盤《えんばん》に刻まれた呪文《じゅもん》とは似ても似つかない。不死だとか永遠だとか、そういう言葉はひとつも入っていない。なにかを強制するような言葉もない。そこに書かれていたのは願いだった。切ないくらいの憧《あこが》れだった。**どうかここに。どうかここにいてください。**隠《かく》

れ家《が》になって。家になって。わたしたちの愛を受け止めてください。わたしはサンスクリット語でそう唱えると、持てる知識を総動員させて中国語に言い換え、祈《いの》るような気持ちで同じ呪文《じゅもん》を繰《く》りかえした。

魔法使《まほうつか》いたちは疲《つか》れ切った様子で荒《あら》い息をついていた。互《たが》いに支えあい、目を閉じている人もいれば、床《ゆか》を見つめて微動《びどう》だにしない人もいる。そうでもしていないと、じわじわと広がっていく黒い亀裂《きれつ》を見てしまうのだ。だけど、路地をはさんで向かいにある部屋の――生贄《いけにえ》の儀式《ぎしき》がおこなわれようとしていた部屋の――奥《おく》で、リューはたしかにわたしの声を聞いていた。リューの声が聞こえてくる。かすかに、いまにも途絶《とだ》えそうになりながら。リューが、わたしの唱えた呪《じゅ》文《もん》を繰《く》りかえしている。

ひとりまたひとりと、魔法使《まほうつか》いたちが同じ呪文《じゅもん》を唱えはじめた。だれかが唱えた呪文《じゅもん》を、そのとなりにいるだれかがまねて繰《く》りかえす。呪文《じゅもん》の文句は、口伝えに広がっていくうちにすこしずつ変わっていった。子どもの伝言ゲームみたいに。だけど、それでもかまわない。意味は同じだ。同じ願いを一緒《いっしょ》に唱えればいい。とうとう、わたしを取り囲む人たち全員が、声をそろえて呪文《じゅもん》を唱えはじめた。わたしも、みんなと一緒《いっしょ》にふたたびあの言葉を唱える。その瞬間《しゅんかん》、レンガの中心部から金色の光が湧《わ》き出て、ゆっくりと広がりはじめた。光り輝《かがや》くしっくいみたいに、レンガとレンガをしっかりと接合させていく。円周にたどり着いた瞬間《しゅんかん》、光は突然《とつぜん》勢いを増してあふれ出し、虚空《こくう》の亀裂《きれつ》を満たしはじめた。みるみるうちに黒いひび割れが消えていき、それと同時に、路地の赤いランタンがいっせいに灯った。暗闇《くらやみ》に沈《しず》んでいた建物の二階や三階が照らし出され、地下鉄の入り口のネオンサインもぱっと点灯する。違和感《いわかん》さえ覚えるほど、現実的な光だった。地下へとつづく階段にも、次々と明かりが灯っていく。

経典が勢いよく閉じ、わたしは宙から落ちてきた本を慌《あわ》てて受け止めた。そのまま、へなへなとへたりこむ。経典が重いせいじゃない。脚《あし》に力が入らないのだ。まわりでは、だれもかれもが酔《よ》っぱらったみたいに泣いたり笑ったり抱《だ》きしめ合ったりして、生きのびたことを、自治領が崩《ほう》壊《かい》しなかったことを喜びあっている。部屋から路地へとなだれこみ、友人や家族を見つけてはパーティーの真っ最中みたいに踊《おど》ったり歓声《かんせい》をあげたりする。頭上の虚空《こくう》へ花火を打ち上げる人さえいた。

わたしはしっかりとつなぎ合わされたレンガの上にあぐらをかき、体を二つ折りにして経典を抱《だ》きしめた。両腕《りょううで》に力をこめながら、小さな声で言う。「ありがとう」経典にも、筆記者にも、プロチャナにも、宇宙にもお礼が言いたかった。この経典があったから、わたしはこんなことを——そう、**こんなことを**——実現できたのだ。死と荒廃《こうはい》を雨のように降らせるという運命に抗《あらが》って。

突然《とつぜん》、スイートハニーの鋭《するど》い鳴き声がして、ぱっと顔をあげた。評議員候補たちはまだ部屋の中にいた。五人が横一列に並んでわたしの前に立ち、ほかの魔法使《まほうつか》いたちの視線をさえぎっている。残りの三人は手をつなぎ、わたしに殺戮魔法《さつりくまほう》を放とうとしていた。

スイートハニーの警告も、残念ながら役にたたなかった。わたしにはもう、戦う気力が残っていなかった。そいつらを殺すこともできなかった。ただぼんやりと、経典を両腕《りょううで》で抱《だ》きしめたまま、殺戮魔法《さつりくまほう》が放たれる瞬間《しゅんかん》を待った。つぎの瞬間《しゅんかん》、八人が悲鳴をあげた。ぞっとするような絶叫《ぜっきょう》だった。なにが起こっているにせよ、いっそわたしに殺されるほうがマシなんじゃないかとさえ思った。だけど、わたしが動くより早く、八人は**なにかに引きずられているような**動きをし、そして、ひとり残らず——消えうせた。はじめから存在していなかったみたいに。

八人が消えたあとには、オリオンがいた。なんの表情も浮《う》かべず、微動《びどう》だにしなかった。それから、わたしを見た。たぶん、こう言うべきなんだろう。**はいはい、あんたに助けられたのはこれで十四回目。同点だね。**だけど、言えなかった。そんな軽口はなにひとつ。オリオンは無言でわたしに背を向け、歩きはじめた。小部屋の外からすべてを見ていた人たちは、あわててオリオンから距離《きょり》を取り、なにがあったんだと騒《さわ》ぐ人たちを前に押《お》しだして隠れようとした。オリオンが進むにつれ、通路にひしめく人たちは前に出たりあとずさったり、波のようにゆれた。

第14章 ドバイ

空港でオリオンに追いついたのはリーゼルのおかげだ。うんざりした顔でこう言われたのだ。
「オリオンならニューヨークに帰るに決まってる。なんでわからないわけ？」這《は》い出すみたいにして自治領から外界の寺へもどり、ふらつく足でオリオンを探しまわっているわたしを見かねたんだろう。はじめのうちはリーゼルも、すこし横になって休んだほうがいい、オリオンのことは心配しなくていいと繰《く》りかえした。だけど、いくら言ってもむだらしいと最後にはあきらめて、空港へ行けと教えてくれたのだ。
「ニューヨークになんか帰さないよ！」わたしは、オリオンと保安検査場のあいだに立ちはだかってどなった。「あんたはテロリストだって叫《さけ》んでやる。そしたらふたりとも捕《つか》まるんだから。

ほんとに叫《さけ》ぶからね。あんな母親のもとになんか帰さない。ニューヨークに帰るなんて、頭おかしいんじゃないの？」

オリオンはだまっていた。空港のコンコースの真ん中に立ち、ムカつくくらい魅力《みりょく》的に見えた。アアディャが買ってきた新品同然の白いTシャツにジーンズを着て、やわらかい銀色の髪《かみ》は芸術的なほどくしゃくしゃだ。対するわたしはというと、ボロを着たわんぱく小僧《こぞう》みたいだった。服は汗《あせ》とほこりで薄汚《うすよご》れていて、いたるところにレンガの赤い粉がついているし、ところどころやぶれている。テロリストだと叫《さけ》んだって、警察はわたしたちふたりを見比べて、わたしひとりをしょっぴいていくだろう。そして、リーゼルとアアディャが助けにくるまで、どこかに何週間も留置される。いや、リーゼルのことだから、そのほうがエルのためになるとかいって、留置所の中に放置するかもしれない。コンコースにいる人たちもうさんくさそうにわたしを見ていた。

オリオンは、ふつうの顔でただわたしを見つめている。わたしは、何度か深呼吸をして、無理やり気持ちを静めた。「レイク、失礼なこと言うみたいだけど、でも、あんたの母親は黒魔術師《くろまじゅつし》なんだよ」なるべく冷静な口調で言った。「だれが悪いって、**あんたの母親が**悪い。あんたは母親に**そんなふうにされた**。そんな人があんたのためになにか手を打とうとするわけない」

「手を打てる人がいるとするなら、母さんしかいない。ほかにいるとしたら――」オリオンはそう言いかけて口をつぐんだ。悲しそうな顔で両手をオリオンの頭の上にかかげていた母さん。母さんもできる限りのことをしたのだ。**わたしはなにもしてあげられなかった。**母さんはそう言っていた。できたのは希望を与《あた》えることだけだった、と。だけど、希望を得たからこそ、オリオンは深い絶望の中でも自分を取りもどすことができた。自分には生きる価値があると信じることができた。どんなにヤバい問題があるとしても――**オリオン自身が**ヤバい問題だとしても。オリオンに直接そう言ったことはない。わたしが言わなくたって、本人がそれを自覚してしまっている。「手を打つ必要なんかない」本気でそう思いたかった。「あんたはずっと**人助け**をしてきたんだよ」

「ちがう。ぼくはずっと**怪物狩り**《かいぶつが》をしてきたんだ。ぼくだって――」オリオンはわたしから目をそらした。苦しそうな顔だった。「ぼくだって、人助けをしてるって思いたかった。英雄になりたかった」

「はいはい、そこまで。バカじゃないの？　あんたは**ほんとに**英雄《えいゆう》でしょ！」わたしは噛《か》みつかんばかりの勢いで言った。「あんたは人助けを**した！**　わたしたち全員を救ったくせに！」

「救ったのは**エル**だよ」

「わたしひとりだったら、怪物《かいぶつ》の大群がもどってきてから十分以内に食われてた。全滅《ぜんめつ》だった。ていうか、そもそもあんな計画立ててない。あんたがいなかったら、わたしはなにもできなかった。怪物駆除装置《かいぶつくじょ》を修理できたのだって、あんたがホールで暇《ひま》つぶしがてら怪物《かいぶつ》を倒《たお》してくれたからなんだよ」わたしは両手を振《ふ》り回しながら叫《さけ》んだ。「あんたは**スコロマンスいっぱいの怪物**《かいぶつ》を駆除《くじょ》したでしょ！　世界中の怪物《かいぶつ》の半分を殺して――」

「**食べたんだ**」突然《とつぜん》、オリオンが言った。

わたしはぴたりと口をつぐみ、聞き返した。「は？」

「ぼくはあの怪物《かいぶつ》たちを食べたんだよ」オリオンは挑《いど》むような口調で繰《く》りかえした。「学校におびき寄せた怪物《かいぶつ》を一匹《ぴき》のこらず。ぼくは――あいつらを吸いこんだ。怪物《かいぶつ》たちは、ぼくを襲《おそ》うことさえできなかった」オリオンはまた目をそらした。なにかをぐっとこらえるみたいに、顔がゆがんでいる。「これまでだって、同じことをしてたんだと思う。ぼくは怪物《かいぶつ》を殺してたわけじゃなかった」

「ちがう、殺してた。何度も見たよ！」

「わざわざ面倒《めんどう》なことをしてただけだと思う。それか、前は怪物《かいぶつ》の皮《ひ》ふをやぶるくらいのことはしなきゃいけなかったのかもしれない。だけど、いまはその必要もない。ただ怪物《かいぶつ》を捕《つか》まえて、それで――」オリオンは、液体をすするような音を立ててみせた。「**すべてが**ぼくのものになる」

「は？　**〈目玉さらい〉**みたいにって言いたいわけ？」わたしは皮肉のつもりでそう叫《さけ》び、叫《さけ》んだ瞬間《しゅんかん》にはっとした。背すじを冷たいものが走る。

「そう」オリオンが、にこっとほほえんで言った。ぞっとするほど乾《かわ》いた微笑《びしょう》だった。「まさに」

オリオンを質問攻《ぜ》めにしてやりたかった。だけど、できない。いまのオリオンを問い詰《つ》めることなんかできなかった。希望という希望を失いかけたオリオン。わたしは、真実からずっと目をそらしてきたんだと思う。真実に気付いてしまいたくなかった。だけど、本当は嫌《いや》になるくらいわかっている。これが、オフィーリアがオリオンにしたことなのだ。だれにも殺されることのない怪物《かいぶつ》。すべての怪物《かいぶつ》から恐《おそ》れられる怪物《かいぶつ》。獲物《えもの》の力を最後の一滴《てき》まで吸いつくす怪物《かいぶつ》。命を貪《むさぼ》るおそろしい力を**人間**に植え付ける方法を、オフィーリアは見つけてしまった。そして、力を植え付けた人間に、集めたマリアを自治領に還元《かんげん》するよう教えこんだ。そうすれば、表面的にはマリアはマナになる。無償《むしょう》のおこないによって純化される。それはどこまでもすきのない計画だった。

スコロマンスに――オリオンとふたりで――もどったみたいな気がした。ゲートを前にした、あの最後の瞬間《しゅんかん》に。世界最凶《さいきょう》の脅威《きょうい》が、じわじわとわたしたちに迫《せま》ってくる。あのときわたしは、逃《に》げろとオリオンに叫《さけ》んだ。一緒《いっしょ》に逃《に》げようと説き伏《ふ》せようとした。そのあいだも、オリオンは〝忍耐《にんたい》〟から片時も目を離《はな》そうとしなかった。あのときまで、オリオンは〈目玉さらい〉と戦ったこともなければ、たぶん、見たことさえなかったと思う。少なくとも、あの近さで見たことはなかったはずだ。**手を伸《の》ばせば届く**近さでは。三年生のときには〈目玉さらい〉を探して校内を歩き回っていたけれど、見つけることはなかった。すでにわたしが殺したあとだったから。だけど、あのときオリオンはとうとう〝忍耐《にんたい》〟を間近に見た。そこには――よく知っているなにかがいた。鏡を見ているようだった。

だから、わたしが**逃《に》げよう**と叫《さけ》んだとき――あんな怪物《かいぶつ》は、あんな不死身の脅威《きょうい》は虚空《こくう》に落とすしかなかったから――、**オリオンもエルは逃げるべきだと思った**のだ。だから、わたしをゲートのむこうに押《お》しやり、自分はあとに残った。**わたしを**逃すためにに。

オリオンは、あのときと同じ目をしていた。最後にもう一度わたしをよく見て、ちゃんと覚えておこうとでもしているみたいだった。むこうの世界に押《お》しやる前に。足がすくんで、恐怖《きょうふ》にのみこまれそうだった。だけど、アアディヤは正しかった。やっぱりわたしはオリオンをスコロマンスに置き去りにしたりしなかった。そんなこと、絶対にしない。なにがあってもオリオンをひとりにしたりしない。なにを言えばいいかわからなかった。わからないまま一歩オリオンに近づき、触《ふ》れようと手を伸《の》ばした。

ところが、オリオンはその手を拒《こば》んだ。一歩後ずさり、逃《に》げ出そうとしているみたいに身構える。「やめよう。ムリなんだ。行かなきゃ。行かなきゃいけない」

「聞いて」声がかすれた。泣きそうでうまくしゃべれない。しぼり出すような声でつづけた。

「オリオン、聞いて。物心ついたときから――わたしには、想像できる限りのひどいことをする力があった。わたしの望みはひとつだけ。だれかにこう言ってもらうこと。おまえなら心配ない。

恐《おそ》ろしい力を捨てることはできなくても、それを使うことは絶対にない。でも、そんなことを言ってくれる人はいない。だいじょうぶだって印にバッジかなにかをもらえることもない。だいじょうぶでいるたったひとつの方法は、だいじょうぶでいつづけることだけ。そのために全力を尽《つ》くすしかない」

「ぼくがだいじょうぶになることはないんだよ」オリオンは淡々《たんたん》とした口調で言った。わたしは黙《だま》りこんだ。「エル、そんなふうに、すべては努力次第だなんて正論を言うのはやめてくれ。そんなんじゃないんだ。〈目玉さらい〉がどんな怪物《かいぶつ》か、エルならわかるよな。あの怪物《かいぶつ》がどんなことをするのか。ぼくもそれと同じことをしたんだ。いや、**いまも**してる。北京《ペキン》自治領のやつらに」一瞬《いっしゅん》、疲《つか》れ果ててすわりこんでいた、あのせまい部屋にもどったような気分に襲《おそ》われた。あの絶叫《ぜっきょう》が聞こえてくる。〈目玉さらい〉にのみこまれていく人たちの、耳をふさぎたくなるような絶叫《ぜっきょう》。こっちの〈目玉さらい〉は犠牲者《ぎせいしゃ》の目玉も口も必要ない。なぜなら、目玉も口も手もそろっているから——その手で魔法《まほう》をかけることさえできるから。

「エルのお母さんが助けてくれたとき、ぼくは——ぼくは——この力をコントロールできるかもしれないって思った。怪物狩《かいぶつが》りをつづけるだけなら問題ないんじゃないかって。だけど、ちがうんだ。ぼくはだいじょうぶな人間じゃない。自分が——」オリオンはごくっと喉《のど》を鳴らした。「自分が〝忍耐《にんたい》〟を食べたのかもわからない。もし食べてしまったのだとしても、あの怪物《かいぶつ》を殺したことにはならないんだ。だから、〝忍耐《にんたい》〟に食われた人たちは、いまも――」

オリオンはそこで口をつぐんだ。最後まで聞かなくたってわかる。〈目玉さらい〉がどんな怪《かい》物《ぶつ》なのか、わたしは吐《は》き気《け》がするほどよく知っている。怪物《かいぶつ》の中に捕《と》らわれた人たちは――貪《むさぼ》り食われた犠牲者《ぎせいしゃ》たちは――いまもオリオンの中にいて、絶叫《ぜっきょう》し、極限まで切り刻まれながら、それでもまだ死ぬことが叶《かな》わない。〈目玉さらい〉に食われるというのはそういうことだから。オリオンの予感は当たってる。返す言葉が見つからない。そして、わたしの知っている限り、オリオンの中で叫《さけ》びつづけている人たちの中には、わたしの**父さん**がいる。

わたしは怯《おび》えたような顔をしていたのかもしれない。どうかそうじゃありませんようにと祈《いの》る。オリオンが震《ふる》える声で言った。「エル、もし母さんにもこの力を解くことができなかったら――」

続きは聞きたくなかった。「**解こうとしなかったら**、でしょ」低い声でさえぎる。

「どっちでもいいよ。母さんがこの力を**解かなかったら**――」

「あんたは**悪くない**んだよ」宇宙をどなりつけてやりたい気分だった。だけど、わたしがわめいたってなにも変わらない。オリオンもわたしも、こんな運命を自分で選んだわけじゃない。なのに、わたしたちはここにいて、運命に導かれた先であがいている。〈目玉さらい〉と、〈目玉さらい〉を殺す者。オリオンがわたしになにを頼《たの》もうとしているのか、聞かなくてもわかる。耳をふさいでしまいたい。

オリオンはそれ以上つづけようとはしなかった。目を閉じ、倒《たお》れこむようにしてわたしに一歩近づく。とっさのことに、わたしは棒立ちになっていた。オリオンは両手でわたしの頬《ほお》をはさみ、キスをした。どっちの唇《くちびる》も涙《なみだ》で濡《ぬ》れていた。指先で腕《うで》に触れたと思った瞬間《しゅんかん》、オリオンはわたしから体を離《はな》し、保安検査場のゲートをくぐっていなくなった。

それからしばらく、わたしはコンコースのベンチにすわって、ぼんやりと宙を眺《なが》めていた。突《とつ》然《ぜん》、アアディヤが現れて、わたしを自治領に連れて帰った。といっても、連れて行かれたのは新しい合同自治領の中じゃなかった。リューの一族は、賢人《けんじん》の家で暮らすことになったのだ。暗黙《あんもく》の了解《りょうかい》で、北京《ペキン》自治領の起源となったこの空間はリュー一族のものになったらしい。一方、合同自治領のほうは、全員分の空間を確保するのもギリギリという状態だった。元北京《ペキン》自治領の住人たちは、苦労の末に手に入れた住まいやその他の空間を分割し、新しい入居者たちが暮らすスペースを作る作業に追われていた。合同自治領建設にかかったマナは西安《シーアン》から来た彼《かれ》らが負担したんだから、それくらいの苦労は当然だ。

リューは自治領の内部にいる必要があった。特別に腕《うで》のいい三人の治療師《ちりょうし》が二十四時間体制で治療《ちりょう》にあたり、複雑な治癒魔法《ちゆまほう》をかけていた。治療《ちりょう》のためには、患者《かんじゃ》を空中に浮《う》かせておかなくてはいけないらしい。そうと知らずにアアディヤについて中庭に入ったわたしは、思わず息をのんだ。その瞬間《しゅんかん》まで屋敷《やしき》の様子にはろくに注意を払《はら》っていなかったけれど、よく見ると全体がみちがえるようにきれいになっていた。水盤《すいばん》には水が満ち、水路の石の上を流れる水が快い音を立てている。木々は青々と葉を茂《しげ》らせ、花を咲《さ》かせているつる植物もあった。リューは中庭の真ん中に浮《う》かんでいた。地面から一メートルくらいの高さのところで、輝《かがや》く繭《まゆ》のようなものに包まれている。その繭《まゆ》を、治療師《ちりょうし》のひとりが自分のまわりで絶え間なく旋回《せんかい》させていた。

「だいじょうぶだってば！」アアディヤは、ぎょっとして立ちつくしたわたしに言った。「再生魔法《まほう》だよ」

繭《まゆ》は水路から引かれた水の糸でできていた。水が繊維《せんい》のように細かくなり、中庭に並ぶ二ダースくらいの壺《つぼ》から糸状に流れだしてくる細かい粉と混ざり合う。腰《こし》の高さまである、中にもぐりこめそうなくらい大きな壺《つぼ》もあった。壺《つぼ》というより純金製の宝石箱のようなものもあって、箱の上部の小さな穴からは、赤く光る小さな粒《つぶ》が十分おきにひとつだけ浮《う》かび上がった。見たこともない光景だった。おそるおそる透明《とうめい》な繭《まゆ》に近づいてなかをのぞきこむと、リューは明らかに回復に向かっていた。肩《かた》と腰《こし》の骨は正常な位置にもどり、全身の肌《はだ》がほのかに輝《かがや》き、あの痛々しい紫色《むらさきいろ》の跡《あと》も完全に消えている。

わたしは、治療師見習《ちりょうし》いのひとりに、治療《ちりょう》はあとどれくらいかかるのかたずねた。そんなミスを犯すなんてうっかりしていたのだ。たちまち、わたしにはまるで理解できない、やたらと詳《くわ》しい説明がはじまった。英語なのにちんぷんかんぷんだ。北京《ペキン》の治療師《ちりょうし》と母さんはちがう。ここで働く治療師《ちりょうし》たちは、スコロマンスを卒業するとすぐに非魔法族《まほうぞく》の医学部に進み、さらにそのあと上級治療師《ちりょうし》のもとで十年間見習いをする。そんなふうに猛《もう》勉強をつづけてきた魔法使《まほうつか》いというのは、小難しい専門用語を連発するのだ。治療師《ちりょうし》以外でこんな説明が理解できる人なんかいるんだろうか。このタイプの治療師《ちりょうし》が母さんの仕事を見学しに訪ねてくることがあるけれど、何日かすると、理解できないといった顔で憤然《ふんぜん》と帰っていく。

とはいえ、この治療師《ちりょうし》たちにも、一点だけ母さんと似ているところがあった。治療《ちりょう》について理解するのをあきらめたわたしは、具体的には、あと何時間、何日、何週間、何年たてばリューはこの繭《まゆ》の中から出てくるのかとたずねた。すると、治療師《ちりょうし》たちはこう答えたのだ。**彼女の準備ができたときです。**

リーゼルとアアディヤは、ふたりしてわたしに同じ質問を――気遣《きづか》いの程度は全然ちがったけれど――した。スコロマンスでオリオンになにがあったのか。オリオンにはなにか問題があるのか。わたしは答えられなかった。アアディヤにでさえ、オリオンに起こったことを言葉にして説明する気にはなれない。わたしが黙《だま》っていれば――わたしがそれについて考えなければ――、卒業式のずっと前に作った筋書きがただ現実になったのだと思いこむことができる。わたしは単にフラれただけ。卒業と同時に終わった学園ロマンス。どこにでもある話。オリオンはニューヨークで暮らすのだ。そうすることを自分の意志で選んだ。だから、わたしはわたしで自分の人生を歩めばいい。

そう思いこもうとしてもムリだということは、わたしも心のどこかでわかっている。だとしても、なにをすべきなのかわからないし、**自分に**なにができるのかにいたってはさっぱりわからない。オフィーリアのことは、脳みそを引きずりだしてキャベツみたいに刻んでやりたいぐらいだ。それでも、オリオンが言ったことは正しい。オフィーリアにもオリオンの能力を消すことができないのなら、だれにもできない。母さんはすでに全力を尽くしたし、母さん以上のことができる治療師《ちりょうし》がこの世界にいるとは思えない。わたしがオリオンのためにしてやれることは〈目玉さらい〉にできることと同じだし、あいつにあんなことをするつもりはない。オリオンは生きている。**生きている**。ほかの人と同じく生きる権利がある。オリオンの目を見て、あんたはもう死んでるんだよと宣言するなんて、わたしにそんなことができるわけない。

だけど、じゃあ、なにをすればいい？　わからないまま、わたしはジャンとミンとリューの祖母と一緒《いっしょ》に中庭にすわり、繭《まゆ》に包まれたリューをぼんやりとながめた。繭《まゆ》はゆっくりと回転しながら、赤くふくらんでいく。地下深くで圧力が高まり、いまにも大噴火《ふんか》を起こしそうな火山みたいだ。アアディャとリーゼルは、リューの叔父《おじ》と父親に頼《たの》まれて、住民たちの条件交渉《こうしょう》の場に駆《か》り出されていた。たぶん、わたしの代理として。だれにとってもそっちのほうがいい。怒《いか》りをたぎらせた交渉人《こうしょう》なんか、問題をややこしくするだけなんだから。

大広間の奥《おく》の壁《かべ》にはぽっかりと出口が開いていて、路地に並んだ家の鎧戸《よろいど》からオレンジ色の光がかすかにもれているのが見える。赤いランタンは消えているけれど、それはいまが夜だからだ。住民たちはそれぞれに寝床《ねどこ》を見つけて、夜を過ごす準備を整えているらしい。新しい合同自治領は、すこしずつ安定してきているようだ。静かで、虚空《こくう》に根を下ろしつつあるのがわかる。コオロギの歌うような鳴き声まで聞こえる。外界からまぎれこんだか、だれかが持ちこんだかしたんだろうか。この自治領が崩壊《ほうかい》を迎《むか》えようとしていたなんて、はた目にはすでにわからない。リューだけが、目を閉じて空中に浮《う》かんでいる。自治領の連中にされた仕打ちから、リューだけが回復していない。

「くじ引きがあったんだ」合同自治領がぶじに完成したあと、ジアンがわたしたちにそう説明した。心からそう信じこんでいるみたいな、きまじめな顔だった。わたしがロバの鳴き声みたいな声をあげて笑うと、戸惑《とまど》ったような顔になった。生贄《いけにえ》がくじ引きなんかで決まるわけがない。抽選《ちゅうせん》が本当にあったのだとしても、だれがハズレを引くかは最初から決まっていた。どうせおごそかな儀式《ぎしき》みたいなものを執《と》り行ったんだろうけど、くじ自体は公平なものなんかじゃなかった。なぜそう断言できるかというと、『黄金石の経典』の最終魔法《まほう》をかけたあのとき、リューが選ばれた理由がはっきりとわかったのだ。自治領に暮らす人たちを代表して虚空《こくう》に触《ふ》れ、すべてを背負って**隠《かく》れ家《が》になってくれ**と呼びかける者は、マナ原理主義でなくてはいけない。ほんのわずかなズルも許されない。アニマにほんの小さな傷でもあってはいけない。マナは一切滞《とどこお》ることなくなめらかに流れなくてはならない。

リューは、必要に迫《せま》られて三年間**だけ**黒魔術《くろまじゅつ》に手を染めた。従兄弟《いとこ》たちを守るために。だけど、わたしのそばにいたことでひょんなことから一級品の魂浄化魔法《たましいじょうかまほう》を浴び、それ以来、リューはマナ原理主義をつらぬいてきた。スコロマンスで過ごした最後の一年間、毎日の恐怖《きょうふ》にも、卒業式が迫《せま》ってくるというプレッシャーにも負けず、マナだけを使って耐《た》え抜《ぬ》いた。あれは、傷ついたアニマを理学療法《りょうほう》で治療《ちりょう》したに等しかったんじゃないかと思う。

評議会の面々にしてみれば、とんだ儲《もう》け物が転がりこんできたように思えただろう。マナ原理主義の魔法使《まほうつか》いを見つけるのは簡単なことじゃない。だれもが、あっちでこっちでちょっとしたズルをする。通常なら、生贄《いけにえ》に選ばれるのは、確固たる意思があってマリアを使わない魔法使《まほうつか》いよりも、偶然《ぐうぜん》からマナ原理主義者になったような魔法使《まほうつか》いのほうが多いはずだ。たとえば、たまたまスコロマンスを卒業できた負け犬みたいな。スコロマンスにはマリアができるような生き物もいないし、能力のとぼしい魔法使《まほうつか》いは同級生を餌食《えじき》にすることもできない。そういう負け組連中は、力のある生徒たちにくっついて学校生活を送り、空き時間には必死でマナをためる。運がよければためたマナを使わずにすむから、それと引き換《か》えに卒業チームに入れてもらう。だけど、この自治領の評議会は負け犬を探さずにすんだ。リューという優秀《ゆうしゅう》な魔法使《まほうつか》いがいたから。リューは、汗水《あせみず》垂らして得た以外のマナは——つまり、ほかの生き物から盗《ぬす》んだマリアは——決して使わない。評議会の連中は、裏工作をしてリューにハズレくじを引かせ、虚空《こくう》と自治領をつなぐパイプの役割をになわせた。マナ原理主義者を使えば、魔法《まほう》はより効果的にかかる。リューは真摯《しんし》な魔法使《まほうつか》いだから。そして、あいつらはそんなリューを利用しようとした。不正を止める者はいなかった。

わたしひとりをのぞいて。わたしはあいつらを止めた。止めたけれど、殺さなかった。自治領を破壊《はかい》することもしなかった。ただ、平凡《へいぼん》で、基本的には善良な人たちに——人身御供《ひとみごくう》の現場に居合わせることが耐《た》えられなかった人たちに——**別の選択肢《せんたくし》**を与《あた》えたのだ。わたしは北京《ペキン》自治領を滅《ほろ》ぼさなかった。**守った。**ロンドン自治領も守った。重要な選択肢《せんたくし》を前にしたとき、わたしはいつも、母さんが選ぶほうを選んできた。今回もそうだし、スコロマンスでジャックにナイフで刺《さ》されたときもそうだった。図書室の通路で、大勢の無力な新入生を救うために〈目玉さらい〉を追いかけたときも。何度も何度も、わたしは母さんが選んだだろう道を選んだ。四年生の一年間、卒業式が一日また一日と近づいてくるあいだも。これからだって、曾祖母《そうそぼ》が予言したみたいな、世界滅亡《めつぼう》をもくろむ邪悪《じゃあく》な黒魔術師《くろまじゅつし》の道は絶対に選ばない。なぜなら、わたしが黒魔術師《くろまじゅつし》として生まれついたのなら、**とっくに**そうなっているから。

だから、やりきれないし、めちゃくちゃ腹も立つけれど、わたしにはニューヨークへ行ってオフィーリアを倒《たお》すことができない。この世に倒《たお》すべきやつがいるとするなら、それはオフィーリアだ。それは叶《かな》わないのだとわかってしまうと、もうひとつのやるべきことに意識が向いた。自分がこれからやるべきなのは、ディープティ・シャルマーの屋敷《やしき》へ行って扉《とびら》を蹴破《けやぶ》り、面と向かってこう言わせること。**わたしが間違《まちが》っていた**、と。

わたしは携帯《けいたい》電話を取りだして、北京《ペキン》からムンバイへの行き方を調べはじめた。携帯《けいたい》なんて一週間前まで触《さわ》ったこともなかったんだから、首尾《しゅび》はご想像のとおりだ。とうとう、となりにすわっていたジャンが、永遠にもたもたしているわたしを見かねて手を伸《の》ばし、フライトが表示された画面を出してわたしに見せた。お金もクレジットカードもないんだから、実際には予約なんてムリなのだ。それでもとにかく空港へもどってどうにか飛行機に乗ろうと決意したとき、リーゼルとアアディィヤが路地のむこうから歩いてきた。わたしがどこへ向かおうとしているか知ると、アアディィヤがぴしゃりと言った。「落ち着いて」

なんで落ち着いてられるわけ？　と言い返すより先に、リーゼルがすかさずつづけた。「ムンバイ自治領は無関係だってば！」

「そう、ムンバイは問題ない」アアディィヤが言いながら、自分の携帯《けいたい》電話の画面をわたしのほうに向けた。「イブラヒムがドバイからメールしてきた。ジャマールに、エルに連絡《れんらく》してくれって頼《たの》まれたんだって。頼《たの》むからドバイに来てくれって言ってる。つぎの標的はドバイ自治領らしいよ」

「**つぎの標的はドバイ自治領らしいよ**って、どういうこと?」わたしは言った。「それと、いつからわたしはメール一本で世界中の自治領に駆《か》けつけることになったわけ?」

「ちょっとちょっと。メールを受けとったのはあんたじゃなくて**わたし**」アアディヤがわざとらしく指摘《してき》した。

「あと、いつからって言うなら七時間前からだよ。あんたが二度目に自治領を救ったのが七時間くらい前だから」リーゼルも、アアディヤと同じく淡々《たんたん》と言った。

「あのさ、行かないよ。自分たちが標的になるって**わかってる**なら、さっさと自治領を出て、独立系魔法《まほう》使いとして生きていけば?」

「でも、そうはならない」リーゼルは言った。「連中はマナ貯蔵庫を空にして、貴重な魔工品《まこうひん》だとか書物だとかお金だとかを持って逃《に》げだして、自治領が破壊《はかい》されたら、すでに現実世界に所有してる空間を全部集めて、同じくすでに所有してる自治領建設魔法《まほう》を使って、**新しい自治領を建てる**だけ」ぐうの音も出ないほどの正論だった。仮に、自治領建設の黒い秘密を世界中に暴露《ばくろ》し、虚空《こくう》に小ぎれいな住処《すみか》を作るためにどんな犠牲《ぎせい》が払《はら》われているか、すべての魔法使《まほうつか》いに知らしめたとする。だとしても、自治領建設を完全に終わらせることはできないだろう。たぶん、魔法使《まほうつか》いたちは動揺《どうよう》して、自治領を建てることをためらうようにはなる。だけど、時がたてば、おぞましい事実にもすこしずつ慣れてしまう。ほかの魔法使《まほうつか》いたちは居心地のいい自治領で暮らしているから。そのすべてが忌《い》まわしい方法で建てられたもの。だから、みんなはこう思う。**なんで自分だけ我慢《がまん》しなきゃいけないんだ？**　そう思うのも無理はない。**どうして、みんなはよくて自分はだめなんだ？**

わたしはぱっと立ちあがると、無言で出口へ走り、自治領から寺の敷地《しきち》に飛びだした。あたりは真っ暗で、人っ子ひとりいない。涼《すず》しい自治領にいたせいでやけに蒸し暑く感じるけれど、そよ風が吹いて草木がゆれている。わたしはベンチを見つけてすわり、やり場のない怒《いか》りをひとりたぎらせた。十五分くらいしたころ、アアディャがやってきてとなりにすわった。

「ドバイに行って」アアディャはそっけなく言った。

「**行かない**」わたしは噛《か》みつかんばかりの勢いで返した。「なんでわたしが――」アアディャが無言で携帯《けいたい》電話を差しだした。電話を受けとり、画面に表示されたメールを読む。

お願いだ。ドバイに来てくれってエルに頼《たの》んでほしい。イブラヒムからのメールだった。**くわしいことはわからないけど、つぎの標的がここだってことは間違《まちが》いない。ムンバイの予言者からの警告なんだ。**

わたしは最後の一行をまじまじと見つめた。胸の中で怒《いか》りが膨《ふく》れ上がっていく。イブラヒムたちがうろたえるのも当然だ。ムンバイの予言者ことディープティは、四歳《さい》の頃《ころ》から数え切れないほどたくさんのことを予言してきた。わたしの知っている限り、まだ実現していないのは**わたしの未来に関する予言だけ**。そう、**まだ**。ディープティに授けられた影《かげ》のような予言の中で、わたしはずっと生きてきた。この子は世界中に死と崩壊《ほうかい》をもたらすだろう。そう予言されたあの日から。わたしが自分の屋敷《やしき》に殴《なぐ》りこみに来る足音でも**聞こえた**んだろうか。だから、ひ孫《まご》の足首をつかんで引きとめる方法を編みだしたんだろうか。

わたしはアアディャの手に携帯《けいたい》電話を押《お》しつけた。「行かないよ。行きたくないんだってば！」アアディャはなにも言わなかった。無言でわたしの肩《かた》に腕《うで》を回す。わたしは親友にもたれ、抱《だ》きしめた。アアディャも回した腕《うで》にきゅっと力をこめ、わたしが落ち着くまでじっとしていた。

「わたしは、リューのそばに残るよ」アアディャは、わたしと手をつないでリューを見つめながら言った。リューは繭《まゆ》に包まれて浮《う》いている。まだ、出てくる**準備**ができていないのだ。「回復したらすぐに知らせるから」

「毎日連絡《れんらく》して」わたしは言った。

空港へ向かうタクシーに乗ってもなお、ドバイ行きではなくムンバイ行きの飛行機に乗るべきなんじゃないかと本気で迷っていた。ところが、イブラヒムは、アアディャをどう説得したのか、いつのまにかわたしの電話番号を手に入れていたらしい。空港へ着く前に直接電話をかけてきたのだ。電話がかかってくるなんてはじめての体験だった。そうでもなければ、イブラヒムからの電話になんか出ていない。突然《とつぜん》、ポケットのなかの携帯《けいたい》電話が最大音量でけたたましく鳴りはじめ、わたしは急いで携帯《けいたい》をつかみ出すと、音を止めようと画面を突《つつ》いたりスワイプしたりした。やがて着信音は止み、かわりにイブラヒムのか細い声が聞こえてきた。「エル？」いまにも泣きだしそうな声だった。

わたしは電話を耳に当て、しぶしぶ答えた。「そうだけど」

イブラヒムは断りもせずに泣きはじめた。イブラヒムはドバイ自治領の人間でさえない。これが、イブラヒムのチャンスなのだ。ドバイ自治領に入るための、最初で最後の大チャンス。千六百人くらいにアンケートを取っても、全員一致《いっち》で、ガラドリエルよりイブラヒムのほうが何倍も好感が持てるし仲良くなりたいと答えるだろう。だとしても、イブラヒムが一世一代のチャンスをつかめたのは、わたしがこうして電話に出たからだ。

「エル、ありがとう。本当に」イブラヒムは言った。わたしがドバイに行くのは確定済みだと思っているみたいに。「自治領がきらいなのは知ってる。ジャマールにも、エルは断ると思うよって言ったんだ。けど、頼《たの》むから連絡《れんらく》してくれって聞かなくてさ。姉ちゃんに子どもが産まれるらしい。アパートごと自治領の外に避難《ひなん》したんだけど、そこだと治療師《ちりょうし》に助けてもらえないから非魔法族《まほうぞく》の病院に行かなきゃいけない。みんな、もう、めちゃくちゃビビってるんだ」

ビビって当然だ。でも、あんたが助けようとしてるそいつらはこんな後ろ暗い秘密を抱《かか》えてるんだよ。そう言ってやりたかった。そして、自治領を手に入れるためならあんたも人身御供《ひとみごくう》に加担するわけ？　と問いただしてやりたい。だけど、イブラヒムに罪悪感を植え付けてどうなるだろう。それに、わざわざ聞かなくてもイブラヒムが首を横に振《ふ》るだろうことはわかっている。無

私の精神からではなく、この先千年生きようと、現実にそんな判断を強いられることはまずないから。スコロマンスの在校生は将来の計画のことを決して話さない。具体的な未来の話は縁起《えんぎ》が悪いと思われているから、絶対に避《さ》ける。それでも、回りくどい前置きをして、自分の夢や理想を語ることはあった。**ちょっと思いついたんだけど――。どっちかを選ばなきゃいけないとしたら――。人生最高の日って――。**そんなときにイブラヒムが語るのは、雑にまとめると、景色のいい場所にのんびりすわり、三人か四人の友だちとチョコレートアイスを食べる、みたいな人生だった。イブラヒムが評議会入りすることはあり得ない。なんらかの権力を手に入れることもない。イブラヒムはただ、**生きたい**のだ。

「助けてくれって言うなら、助けるよ」すべての言葉を呑《の》みこんでわたしはそう言い、感謝の言

葉をまくしたてようとしたイブラヒムをさえぎってつづけた。「**助けてくれって言うなら**、って言ったよね」それから、わたしは説明した。評議員全員をクビにしなければならないこと、十分な数の魔法使《まほうつか》いを募《つの》ってわたしにマナを送る必要があること、そのうえで、わたしは自治領の礎石《そせき》を入れ替《か》えなくてはならないこと。ドバイ自治領は北京《ペキン》自治領以上に混み合うことになるだろう。何世代もかけてためたマナを提供してくれそうな一族がいないから。

「あと、これも伝えといて。マナ原理主義者を探す必要はないから、って」わたしは語気を強めて言った。わたしの口調に気付いたのか、不自然な間が空いた。それでも、絶対に伝えろという強い意志は感じ取ったらしい。それ以上問い返すこともなく、いま聞いたことはすべてドバイの人間に伝えると言い、また折り返すと断ってからイブラヒムは電話を切った。

正直、電話がかかってくることはないんじゃないかと予想していた。実際、イブラヒムがドバイ評議会の直接の代理人だったら、それっきり連絡《れんらく》は途絶《とだ》えたと思う。だけど、イブラヒムに仲立ちを頼《たの》んだのは、ジャマールの祖父と三人の妻たちだ。彼《かれ》らはもともとチームで自治領のゲートを作る仕事をしていたけれど、四十年くらい前、入札を経てドバイ自治領の創設メンバーに加わった。評議会にこそ入ってはいないけれど、大きな影響力《えいきょうりょく》があって、ちょっとやそっとのことでは自分たちの意見を引っこめない。そして、ジャマールの祖父たちもほかの魔法使《まほうつか》いたちも、評議員をクビにするくらいの代償《だいしょう》はやむなしと判断したらしい。

ともかく、わたしたちが発券機にたどり着くよりも先に、イブラヒムはふたり分のチケットを送ってきた。取り出し口から出てくるチケットをにらむわたしに、リーゼルが焦《じ》れったそうに言う。「で？」わたしは歯を食いしばり、**またしても**母さんが選ぶだろう道を選んだ。「わかったよ。行くよ」

予約されていたのは、もちろんファーストクラスだった。リーゼルはこれみよがしにツンケンした態度を取っていたし、それはわたしも同じだった。いざ搭乗《とうじょう》して乗務員にシートへ案内され、その途中《とちゅう》で豪華《ごうか》なシャワー室を見せられたときも、離陸《りりく》するあいだも、わたしたちは言葉ひとつ交わさず、目を合わせることさえしなかった。だけど、やがてリーゼルが立ちあがってシャワー室へ行った。頭の中で自分との押《お》し問答をしばらく繰《く》り広げたあと、わたしはポケットからスイートハニーを出して——スイートハニーはわたしを上から下までじろじろ見回し、勝手にすればと言いたげにブランケットの中にもぐりこんだ——リーゼルの後を追った。

だれかが恥《は》ずかしそうにこんな体験を語ったら、わたしは、なんてバカなんだろうと呆《あき》れ顔になったと思う。地上にもどるまで待てばいいものを、飛行機のせまいシャワー室にふたりしてぎゅう詰《づ》めになるなんて。だけど、飛行機の中だからこそ、なのだ。世界から一時的に切り離《はな》された不思議な空間の中だから、いつもはむずかしいこともできてしまう。リーゼルが前に言ったことは正しかった。体が喜べば、どんな状況《じょうきょう》でも改善する。肌《はだ》に触《ふ》れるリーゼルの手と体を流れていくお湯が、自分は損なわれてなんかいないということを思い出させてくれた。バラバラになったような気分だとしても、少なくとも、この体だけは元のままなのだということを。

そのあと、リーゼルはもちろんわたしから情報を聞き出そうとした。タオルで体をふいていると、突然《とつぜん》こう切りだしたのだ。「で、なにがあったわけ？　オリオンはなんでニューヨークに？」

わたしだって、たぶん、このためにリーゼルを追ってシャワー室に来たのだ。ここなら洗いざらい打ち明けるのもずっと簡単になる。そして、わたしはすべてをリーゼルに話さなきゃいけない。わたしにはオリオンのためになにができるのかわからないし、ということは、だれかに助けを求めなくちゃいけないから。スコロマンスの最終学年で叩《たた》きこまれた教訓を活かすのだ。

だから、わたしは閉めたトイレの蓋《ふた》にすわり、轟音《ごうおん》のようなエンジン音の中、すべての事情をリーゼルに話した。胸の内から引きずりだすようにして口にする言葉を、自分ではなるべく聞いてしまわないようにしながら。どうか、話を聞いたリーゼルが鼻で笑いますように。明らかな解決策を見落としていたことを、容赦《ようしゃ》なく指摘《してき》してくれますように。わたしがすべてを話しおえると、リーゼルはシャワー室のなかの細いベンチに腰《こし》を下ろした。壁《かべ》を見つめたまま、戦略を練っているような顔で黙《だま》っていた。やがて首を横に振《ふ》り、ぽつりとつぶやいた。「オフィーリアってやり手だね」敬意さえ感じるような口調だ。それから立ちあがり、わたしの肩《かた》を軽く叩《たた》いた。

『打つ手なし。ま、がんばって』とでも言いたげに。それから言った。「ほら、寝《ね》るよ」

　イブラヒムとジャマールは空港でわたしたちを待っていた。ふたりとも憔悴《しょうすい》しきったような顔だ。わたしの登場は、ふたりを励《はげ》ますどころか――だいたい、そんなことはめったにない――、より複雑な気分にさせただけのように見えた。移動中も、わたしたちはほとんど話さなかった。わたしがヤーコヴの様子をたずねると、イブラヒムはうつむき、泣くのをこらえているみたいな声で答えた。「元気だって聞いてるよ」わたしは火かき棒で突《つ》き刺《さ》すよりも配慮《はいりょ》に欠けた質問をしてしまったらしい。もしかすると、だからこそイブラヒムは、ドバイ自治領に入ろうと奔走《ほんそう》しているのかもしれない。個人的には、故郷や家族のもとを離《はな》れて自分についてきてほしいと頼《たの》むのは、めちゃくちゃ覚悟《かくご》がいることだと思う。わたしなんて、ウェールズに行きたいと望むオリオンを拒《こば》もうとさえした。ついてきてくれと相手に頼《たの》むなら、頼《たの》んだほうは生涯《しょうがい》かけて借りを返していかなくちゃいけない。それに加えて、イブラヒムとヤーコブには、もうひとつ越《こ》えなきゃいけないハードルがある。どっちの故郷からも離《はな》れて暮らさなきゃいけない。どちらかの国を選べば、異邦人《いほうじん》となったほうはつねに不審《ふしん》な目で見られ、憎《にく》まれることさえあるかもしれない。親族が味方についてくれたとしても、きっと非魔法族《まほうぞく》は容赦《ようしゃ》しない。

　だけど、イブラヒムがぶじドバイ自治領に入領し、そのあとでヤーコブを招待することができれば、すべてがうまくいく。ドバイは、広くて現代的で、多様な社会を目指して邁進《まいしん》している自治領だ。宗教がなんであれ、国籍《こくせき》がなんであれ、寝《ね》たい相手がだれであれ、どんな魔法使《まほうつか》いも歓《かん》迎《げい》される。文字どおり、生きたいように生きることができる。もちろん、なんらかの能力で格段に秀《ひい》でている必要があるし、凡人《ぼんじん》なら二十年分のマナを支払《しはら》う必要があるけれど。

ドバイ自治領のゲートは、中くらいの高さのオフィスビルの中にあった。窓のむこうにはブルジュ・ハリファも見えるし、景色は最高だ。廊下《ろうか》を歩いていくうちに、ブルジュ・ハリファが見えないほうのオフィスの扉《とびら》には、社名なんかを表示したプレートがないことに気付いた。これが船なら、反対側にばかり集まった乗客の重みで転覆《てんぷく》していたと思う。

ただし、いまこのときは、プレートの出ていないオフィスのすべてに、ドバイ自治領の人々がぎゅう詰《づ》めになっていた。暗闇《くらやみ》のなか、汗《あせ》だくでおびえている。所有する空間を可能な限り現実世界へもどし、避難《ひなん》してきたのだ。もちろん、オフィスは空間を利用するためだけのものだから、電気代も水道代も払《はら》っていない。さらに、通路をはさんで反対側で働いている非魔法族《まほうぞく》たちに不《ふ》審《しん》に思われないように、声を出して話すことさえできなかった。

ジャマールに連れられて突《つ》き当たりの広い会議室に入ると、そこには旧評議員をのぞく上級魔《ま》法《ほう》使いが勢ぞろいしていた。部屋のなかはうだるように暑い。椰子《やし》の葉でできた大きな扇《おうぎ》が二枚、それぞれ木製の台座に据《す》えられて、ゆったりと弱い風を送っている。

ドバイ自治領のお偉《えら》方たちは、こんな粗食《そしょく》で申し訳ないと言いたげな空気を漂《ただよ》わせつつ、ありえない量のごちそうでわたしを歓迎《かんげい》した。でかいテーブルが、上にのせられた料理の重みで文字どおりかすかにきしんでいる。大勢の招待客が一週間かけても食べ切れない量の食べ物だ。実際に食事をしている魔法使《まほうつか》いはひとりもいない。**自治領が崩壊《ほうかい》するかもしれない**というプレッシャーで、食事をする気になれないんだろう。上級魔法《まほう》使いたちは、わたしとリーゼルにしきりに料理をすすめ、美しいアンティークのティーポットからお茶を注いだ。お茶からは、好意を得たいときにかけるおまじないの香りがかすかにした。わたしはお茶を押《お》しやり、礼儀《れいぎ》もなにも無視して言った。「むだな時間を過ごすために来たわけじゃないから」

予想していたとおり、魔法使《まほうつか》いたちは、イブラヒムを通じて聞いた説明に間違《まちが》いはないのかとたずね、細かい部分の交渉《こうしょう》をさせてくれないか、と言いはじめた。だけど、相手を失望させることならわたしは慣れっこだ。「そうだ。マナを提供してもらう魔法使《まほうつか》いだけど、**雇《やと》う**んじゃないよ。新しい自治領は、建設に加わった魔法使《まほうつか》い**みんなのもの**だから」

「お嬢《じょう》さん」ジャマールの祖父の一番年長の妻が——ちなみに一番年下の妻がジャマールの祖母だ——口を開いた。「あなたが提案してくれた方法を使って、いまある礎《いしずえ》を強化すればいいんじゃないかしら。それならマナも少なくてすむでしょうし」

「じゃ、わたし抜《ぬ》きで勝手にすれば?」わたしの返事をリーゼルがでかいため息でさえぎり、**いまある礎《いしずえ》**がどんなふうに作られたのか、説明をはじめた。わたしはリーゼルに説明をまかせ、席を立ってトイレに行った。人身御供《ひとみごくう》の話も、それに対する魔法使《まほうつか》いたちの反応も聞きたくなかった。どうせ、驚《おどろ》いただとか恐《おそ》ろしいだとか、そういうふつうのことを言って、ガラドリエルはその点に関してどうしても譲歩《じょうほ》できないんだろうか、と気まずそうにたずねるんだろう。

　わたしがいないうちに、リーゼルとイブラヒムとジャマールは、『黄金石の経典』を使うということで、どうにか話をまとめたらしい。ともかく、わたしが会議室にもどっても、賢い代案を出してくる魔法使《まほうつか》いはいなかった。そもそも、わたしの提案をのむしかないほど、ドバイの魔法《まほう》使《つか》いたちは追いつめられていた。ディープティの警告は**いつ**自治領が攻撃《こうげき》されるのかを明確にしていなかったし、なにより、ドバイ自治領は建設からすでに四十年がたっていて、耐用《たいよう》年数という点で考えれば、ロンドンや北京《ペキン》よりバンコクやサルタと状況《じょうきょう》が近いのだ。一度の攻撃《こうげき》で自治領がまるごと吹《ふ》っ飛ぶ可能性は十分にある。

　魔法使《まほうつか》いを募《つの》ってマナを集めるという点に関しては、なんの問題もなかった。**二年分のマナをご提供いただければ、可能性は限りなく低いのですが、もしかするとドバイ自治領に入領していただけるかもしれません**、みたいに曖昧《あいまい》な募集《ぼしゅう》でも、またたく間に千人もの魔法使《まほうつか》いが鼻息も荒《あら》くゲートに詰《つ》めかける。ロンドン自治領の総督《そうとく》が流したデマにつられた魔法使《まほうつか》いたちみたいに。だから、魔法使《まほうつか》いを集めたければ、さっさと募集《ぼしゅう》をはじめればいいだけなのだ。なのに、ただ決断するというだけのことに、ドバイのお偉《えら》方たちはやけに時間をかけた。むこうにしてみれば、それでもせいいっぱい急いでいるつもりらしい。切羽《せっぱ》詰《つ》まった感じの話し合いが十五分くらい続いたころ、わたしは完全にうんざりしてこう宣告した。「あのさ、ここで何時間も待つつもりはないんだけど。ご立派な自治領に平民を迎《むか》え入れるほうがいいのか、自治領が虚空《こくう》に転がり落ちるほうがいいのか、いつまで迷ってるわけ？　用がないならもう帰る」

それを聞くと、ジャマールの祖母が——三人の中で一番年下の妻だ——声をあげた。「議論をしている場合ではないでしょう！　わたしたちの自治領はいつ攻撃《こうげき》されてもおかしくないんですよ。それに、建設魔法《まほう》をかけるには、また**中にもどらなくては**いけないんですから」まさにそのとおりだ。危機を脱《だっ》するにはわたしを頼《たよ》るしかないんだから。べつの選択肢《せんたくし》があるなら、ドバイの魔法使《まほうつか》いたちはどんな条件でも飛びついただろうけど。

こうして、ドバイの上級魔法使《まほうつか》いたちは、ようやくわたしをゲートへ案内した。連れて行かれたのは死ぬほど暑いサーバールームで、でかい金属の棚《たな》に平べったいコンピューターが無数に並んでいた。何台も置かれた扇風機《せんぷうき》が、ぬるい風を送っている。魔法使《まほうつか》いたちは部屋の奥《おく》へ進み、英語とアラビア語で〈電気〉と書かれた小さな扉《とびら》を開けた。中には何色もの細いワイヤーに覆《おお》われた金属パネルがあり、さらに**パネルを**開けると、壁《かべ》の中に小さな出入り口が現れた。わたしの肩《かた》くらいの高さしかない。腰《こし》をかがめて入り口をくぐり、体をまっすぐに起こしたときにはすでに百年前の世界にいた。少なくとも、そんな感じがした。

ジャマールの祖父が先頭に立ち、わたしたちは細い道を歩きはじめた。両側は立ち並んだ家々の金色がかった茶色いなめらかな壁に囲まれている。道の上には帆布《はんぷ》のようなものがすき間なく張ってあって、どんな魔工品《まこうひん》で自治領に光を取りこんでいるのかわからなかった。家のなかの様子もわからない。濃《こ》い色の木の扉《とびら》は固く閉じられ、窓には鎧戸《よろいど》が下りている。途中《とちゅう》、民家の庭を突っ切ることもあったけれど、家の中につづく部分には半透明《はんとうめい》の厚い布をかけて目隠《めかく》しがしてあった。

北京《ペキン》自治領とはちがって、ここには虚空《こくう》に落ちかけているという不安定な感じがない。だけど、北京《ペキン》で受けたあの違和感《いわかん》のほうがずっとマシだ。いま薄《うす》いサンダルを通して感じるのは、不気味なやわらかさだった。生き物を踏《ふ》んでいるような弾力《だんりょく》。**自治領はマリアでできているの。自治領に行けばきっとあなたも感じる。**いまのわたしには、自分がこの足でなにを踏《ふ》んでいるのか知っている。ニューヨークでもロンドンでも感じてきたものの正体を知っている。小さいころ母さんにわめき散らしたことを、吐《は》き気《け》がするくらい後悔した。なにも知らなかったわたしは、はやく安全な場所に連れて行ってくれと繰《く》りかえした。母さんが望みさえすればどんな自治領でもすぐに受け入れると知っていたから。グウェン・ヒギンズの治療《ちりょう》を受けられるなら、断る自治領はない。とうとう母さんは根負けして、歴史ある自治領のひとつに出かけて行った。専任の治療師《ちりょうし》たちがいることで有名なところだった。だけど、母さんはその日のうちに帰ってきて、やっぱり自治領で暮らすことはできないのだと言った。あなたの望みを叶《かな》えてあげることはできないの、と。

それからの数週間、わたしは荒《あ》れ狂《くる》い、母さんを責めつづけた。わたしはあのとき、母さんが犠《ぎ》牲者《せいしゃ》たちの死骸《しがい》の上で暮らそうとしないことを責めたのだ。

ドバイ自治領の町には、かすかに湿《しめ》った涼《すず》しいそよ風が吹《ふ》いていた。この町の光や風には、ロンドンの太陽灯みたいに不自然な感じがない。外界の太陽や風と同じ色とにおいがする。道のしまで来たとき、その理由がわかった。本物の陽の光や新鮮《しんせん》な空気は、〝風の塔《とう》〟から流れていた。風の塔《とう》というのは、上部の壁《かべ》と屋根が格子になった四角い塔《とう》で、一世紀以上前に外界のドバイで使われていたものだ。格子に集まった風が、下の通りへ吹《ふ》き下ろす。伝統的なこの塔《とう》を自治領に取りこんだとき、ドバイの魔法使《まほうつか》いたちは、風を集める格子状の部分は外界に残してきたらしい。たぶん、どこかの高層ビルのてっぺんに置かれているはずだ。そこへ魔《ま》法《ほう》をかけた小さな鏡をいくつか取り付けておけば、風と一緒《いっしょ》に陽の光も自治領のなかへ送られてくる。

ジャマールの祖父は、真ん中の塔《とう》へ行き、扉《とびら》を守っているごつい鉄の錠《じょう》を開けた。そこに、ドバイ自治領の礎《いしずえ》があった。忌《い》まわしい儀式《ぎしき》が行われた証を収めた塔《とう》に、心地よいそよ風やきらめく陽の光が流れこんでくる。こんな皮肉があるだろうか。もちろん、ここに礎《いしずえ》がすえられたのは単なる皮肉じゃない。現実世界から移動された風の塔《とう》は、北京《ペキン》自治領の賢人《けんじん》の家とはちがう。魔法使《まほうつか》いたちがおよそ十世代にわたって魔法《まほう》を染みこませた場所じゃない。それでも、非魔法族《まほうぞく》のだれかが、砂漠《さばく》の中に涼《すず》しくてみんながほっとできる場所を作ろうと、情熱と思いやりと愛情をこめてこの塔《とう》を建てた。自治領の創設者たちは、占《うらな》いのようなことをして、この塔《とう》こそ土台にふさわしい場所だと考えたのだ。石の下に埋《う》めるマナ原理主義者の生贄《いけにえ》を決めるときみたいに。

塔《とう》に入るつもりはなかった。「壁《かべ》を壊《こわ》して」わたしは言った。

はじめのうち、壁《かべ》の取り壊《こわ》しはなかなか進まなかった。自治領を守りたくないわけじゃなくて、ここが本当に襲撃《しゅうげき》されるのか、いまいち信じられないんだろう。自治領は、いままでと変わらずここにある。しっかりとした町並みが広がっている。たぶん、雲ひとつない青空の下でハリケーンが来るぞと言われたような感じなんだろう。わたしの提案をのむと断言した上級魔法《まほう》使いたちでさえ、破壊魔法《はかいまほう》をかける手つきにどことなく迷いがある。

それとも、塔《とう》を壊《こわ》すということ自体に及《およ》び腰《ごし》になっているんだろうか。塔《とう》があれば、自分たちの犯した忌《い》まわしい罪と向き合わずにすむ。実際、しばらくして入り口まわりの壁《かべ》が大きく取り壊《こわ》され、床《ゆか》にはめこまれたなめらかな鉄の円盤《えんばん》に借り物の陽の光がさんさんと降り注ぐと、ようやく踏《ふ》ん切りがついたのか、取り壊《こわ》しのペースは段違《だんちが》いに速くなった。作業も終盤《しゅうばん》に差しかかるころには、魔法使《まほうつか》いたちはためらうことなく壁《かべ》を豪快《ごうかい》に壊《こわ》し、あたりには瓦礫《がれき》の大きな山がいくつもできていった。土ぼこりがもうもうと舞《ま》っているのに、円盤《えんばん》にだけは石も土も一切かかっていない。陽の光に温められた石の床《ゆか》の上で、重い円盤《えんばん》だけが異質な雰囲気《ふんいき》を漂《ただよ》わせている。だれも円盤《えんばん》に近付こうとしない。

手が空いた者たちは、石の製作をはじめていた。経典の魔法《まほう》は必要なかった。ドバイ自治領にも、そのための魔工品《まこうひん》があったのだ。北京《ペキン》自治領にあったようなでかいレンガ製造機――あれはかなり高価なはずだ――とはちがって、こっちの魔工品《まこうひん》は小さなオーヴンに似ていた。ただし、それが一ダースほど用意されている。魔法使《まほうつか》いはひとりずつオーヴンに近づくと、両手ですくうように持った塔《とう》の瓦礫《がれき》を中に入れ、広げた両手をオーヴンの上に当ててマナをこめる。マナの光が消えたのを確認すると、ふたたびオーヴンの中に手を入れて平たい石を取りだした。どの石もちがう色で、小さいものもあれば大きいものもあったし、なめらかなものもあればごつごつしたものもあった。

そこからの数時間は慌《あわ》ただしかった。新しい入領者がひっきりなしに小道をやってきて、オーヴンを使って石を作り、円盤《えんばん》をはさんで向かいにある二本の小道で列になって待機する。イブラヒムが作ったのは一ポンド硬貨《こうか》よりも小ぶりな緑色のなめらかな小石だった。スコロマンスを卒業したばかりで、十分なマナをためる時間がなかったのだ。それでもここの居住権を得たのはわたしを連れてきたからだし、そう思うとわたしも悪い気はしなかった。やってきた魔法使《まほうつか》いたちの中には、イブラヒムの兄と義理の姉もいた。ふたりとも、ドバイ自治領で何年も働いていたらしい。実入りの少ない不公平な仕事を細々とつづけてきたことが、突然《とつぜん》、入領という形で報われたのだ。ほかの兄弟はとっくのむかしに怪物《かいぶつ》の餌食《えじき》になっていたけれど、イブラヒムの叔父《おじ》と叔《お》母《ば》が十歳《さい》の娘《むすめ》と六歳《さい》の息子と一緒《いっしょ》に入領を許可されて来ている。あの子たちは、生きて帰れるかどうかもわからないスコロマンスへ行く必要はない。叔父《おじ》と叔母《おば》夫婦は、かき集められるだけのマナをかき集め、代々受け継《つ》がれてきた家宝を売り、この先数年分の労働と引き換《か》えにマナを借りて、子どもたちが払《はら》わなくてはならない二年分のマナを工面したのだった。

二年分のマナというのは、自治領に入るための対価としてはあり得ないくらい安い。それくらいなら、どんな魔法使《まほうつか》いでもやりくりできる。もちろん、ドバイ新自治領に入るには、大きなリスクを冒《おか》さなくちゃいけない。なんといっても爆破《ばくは》予告がされている領内に入るのだ。ディープティの警告のことは全員が知っていた。緊張感《きんちょうかん》が高まっていくなか、新しい入領者たちがひとりまたひとりとこわばった顔で小道をやってきて、石を作り、むかいの小道で列に加わり、崩壊《ほうかい》の予兆がありはしないかとまわりの壁《かべ》をこわごわ見回した。破壊《はかい》の嵐《あらし》がいまにも直撃《ちょくげき》するんじゃないかと気が気じゃないのだ。姿の見えない敵と競争をしているような気分だった。

それでも、こんなチャンスをふいにする魔法使《まほうつか》いはいない。これくらいの代償《だいしょう》なら**払《はら》える**からだ。この危機を切り抜《ぬ》けさえすれば、ずっとほしかったものがかならず手に入る。かすかな希望にすがって一生重労働をつづけるとか、絶えず怪物《かいぶつ》を恐《おそ》れつづけるとか、そんな暮らしとはおさらばできる。ドバイ自治領を褒《ほ》めるわけじゃないけど、連中だって、やろうと思えば争奪《そうだつ》戦を引き起こすことだってできたのだ。世界中から入領希望者を募《つの》って、対価を吊《つ》り上げることもできた。だけど、そうするかわりに、ここのお偉《えら》方たちは、信頼《しんらい》に足るとわかっている魔法使《まほうつか》いたちに声をかけた。以前からドバイ自治領で働いていた魔法使《まほうつか》いや、スコロマンスの卒業生たちの同級生。二年分のマナがあって、すぐに駆《か》けつけることさえできればよかった。

列を眺《なが》めていると、イブラヒムとジャマールのチームメイトのナディアがいた。石の製作が終わる前に、コーラも到着《とうちゃく》した。空港から直行したらしい。かばんも持っていない。コーラはナディアとイブラヒムとジャマールに駆《か》けよって固く抱《だ》きしめ、あふれる涙《なみだ》をぬぐいながら列の最《さい》後尾《こうび》についた。そのとき、ふとわたしの姿に気付いた。すぐに列を離《はな》れて近づいてくる。わたしはその場に突《つ》っ立ったまま、なんの用だろうと考えていた。その答えを思いつく前に、コーラはわたしの体に両腕《りょううで》を回して抱《だ》きしめた。わたしはぎこちなく両腕《りょううで》を動かし、ふつうの人間らしくハグを返した。喉《のど》の奥《おく》が苦しかった。

小道を歩いてくる人たちがまばらになるまで、イブラヒムはさりげない風を装いながら、ヤーコヴの姿を探しつづけていた。手のなかの緑の石をそわそわといじっている。やがて、イブラヒムは石をポケットにしまい、小道に背を向けた。新しくやってくる人たちの数はゼロになり、最後まで外界に避難《ひなん》していた自治領の魔法使《まほうつか》いたちがもどってきたのだ。高齢《こうれい》の人たちや、小さい子どもを連れた母親たちが、それぞれ瓦礫《がれき》をすくってオーヴンに入れる。よちよち歩きの子どもたちでさえ、母親に両手を添《そ》えられながら、豆粒《まめつぶ》サイズの小石を作った。会議室やオフィスに移されていた空間が自治領内部へもどされていき、まわりに立ち並ぶ家は見るからに現実味と安定感を増していった。

イブラヒムは、塔《とう》の取り壊《こわ》しがはじまったときから、ずっとわたしのとなりにいた。わたしはイブラヒムを見て言った。「待つから」

イブラヒムはうつむいている。「おれのメール、ほんとに届いたのかな」弱々しい、かすれた声だった。ふいに、ナディアの声がした。「イブ！　見て！」イブラヒムは振《ふ》りかえり、つぎの瞬間《しゅんかん》には走りはじめた。右へ左へ人をよけながら小道を駆《か》けていく。小道を歩いてくる最後の三人の中に、ヤーコヴの姿があった。体がふたつ折りになるくらい腰《こし》の曲がった老人が、ヤーコヴの腕《うで》にすがりながらよろよろと歩いている。もう片方の手に握《にぎ》ったひょろ長い杖《つえ》には呪文《じゅもん》がいくつも刻まれているけれど、それでもふつうに歩くことができないくらい年を取っているのだ。ヤーコヴの反対側には疲《つか》れた顔の中年の女性がいて、ぐっすり眠《ねむ》った子どもを肩《かた》の上でかつぐようにして抱《だ》いている。イブラヒムは三人の手前で止まった。ヤーコブが空いた腕《うで》をイブラヒムの肩《かた》に回す。ふたりは抱《だ》き合い、互《たが》いの首元に顔を埋《うず》めた。

すべてはほんの一瞬《いっしゅん》の出来事だったけれど、いつ攻撃《こうげき》されるかわからないことへの恐怖《きょうふ》と最後に来た三人への苛立《いらだ》ちから、あたりには険悪な空気が漂《ただよ》いつつあった。正直、わたしも焦《あせ》りを感じはじめていた。ヤーコヴの高齢《こうれい》の祖父の歩みは耐《た》えがたいほど遅《おそ》い。イブラヒムが反対側の肩《かた》を支えても大して変化はない。足の下には大地そのものが腐《くさ》っているような不気味なやわらかさを感じ、肩《かた》の上には千人もの罪なき人たちの命の重みを感じていた。ドバイ自治領に入領しようとやってきたこの人たちは、**わたしが**自治領にそう指示を出したから、いまここにいる。ジャマールの祖父がこっちを見ていた。早く魔法《まほう》の仕上げに取りかかってほしいのだ。本当に魔法《まほう》を終わらせる気があるのか不安なんだろう。直接そう言われる前に、わたしはほとんどなくなりかけている瓦礫《がれき》をひとつ拾い、立ち位置に印をつけているみたいに、鉄の円盤《えんばん》のまわりに同心円を描《えが》きはじめた。魔法《まほう》をかける準備に入ったように見せかけたかっただけで、本当はこんな作業は必要ない。そのあいだに、ヤーコヴとその家族は自分たちの石を作り終えた。

リーゼルは、わたしが無意味な作業をしていることに気付くと、チャンスだとばかりにしゃしゃり出てきて作業工程の改善に取りかかった。自治領の人間を何人かつかまえて立ち位置を指示し、交通整理の役目を与《あた》える。魔法使《まほうつか》いたちが小道を出て円盤《えんばん》のまわりで円を作り、それからまたべつの小道へもどっていけるように流れを作っているのだ。「北京《ペキン》のときは」魔法使《まほうつか》いたちが説明を理解して動きはじめると、リーゼルがふいに言った。「礎《いしずえ》を入れ替《か》える作業の最後に、みんなでレンガを持つことになったよね」

わたしはうなずいた。「ひとりじゃ持てなくなりそうだったから」

「じゃ、**最初から**そうすれば？」

そういうわけで、わたしは石に触《ふ》れることさえなかった。リーゼルと助手を買って出た者たちは、厳密な計算にもとづいてはじき出された数だけ魔法使《まほうつか》いを集め、石を持たせて円盤《えんばん》のまわりで円形に並ばせた。並び終えると、それぞれの石に、だれにでもできる簡単な浮遊魔法《ふゆうまほう》をかけるよう指示を出した。小さな子どもたちの石には、かわりに親たちが魔法《まほう》をかけた。魔法《まほう》をかけられた石は、どれも地面から数センチ上のところで浮《う》いている。それがすむと、魔法使《まほうつか》いたちはべつの小道へ流れていき、つぎのグループに場所を空けた。

たしかに、これなら石が耐《た》えがたいほど重くなることはない。すべての石が円盤《えんばん》のまわりに並ぶと、北京《ペキン》自治領のときと同じように、五人の男たちがよく通る声でカウントダウンをはじめた。浮遊魔法《ふゆうまほう》がいっせいに解かれた瞬間、逆向きの爆発《ばくはつ》が起こったみたいに、浮《う》いていた石が勢いよく地面に沈《しず》みこんだ。同心円の外側から内側へ向かって、勢いを増しながら、次々と地面に埋《う》まっていく。とうとう、中心部にある石が円盤《えんばん》を打ち砕《くだ》き、破片はどこか地中深くへ消えていった。わたしたちは声をそろえて最終呪文《じゅもん》を唱えはじめた。今回は、ドバイの語学の専門家たちに――呪文の翻訳はそもそもめちゃくちゃむずかしいから、取り扱《あつか》い注意と警告しつつ――訳を頼《たの》んだから、北京《ペキン》のときより呪文《じゅもん》が洗練されている。石のあいだから魔法《まほう》が光となってあふれ出し、夢中で唱えられる呪文《じゅもん》のコーラスと溶《と》け合っていく。**どうかここに。どうかここにいてください。わたしたちの隠《かく》れ家《が》になって。家になって。わたしたちの愛を受け止めてください。**

結局、あのごちそうはむだにはならなかった。扉《とびら》という扉《とびら》が、庭園という庭園が開放されて祝《しゅく》宴《えん》が開かれた。新しい入領者たちも、元々の住民たちと一緒《いっしょ》になって祝っている。小道は音楽に合わせて踊《おど》る人たちでいっぱいだ。伝統的な音楽も聞こえれば、十七ヶ国くらいの国のポップスも聞こえた。お酒や魔法《まほう》のかかった怪《あや》しげなパイプ、そして生きのびたことへの安堵《あんど》で、だれもがあっという間に酔《よ》っぱらっていく。

今回ばかりは、わたしもこの場に**歓迎**《かんげい》されていた。イブラヒムとその仲間はわたしとリーゼルの肩《かた》に腕《うで》を回し、ジャマールの家の屋敷《やしき》に連れて行こうとした。小道の奥《おく》にある庭つきの立派な家だ。できることなら、みんなと一緒《いっしょ》にこの浮《う》かれ騒《さわ》ぎに加わって、ひとときのあいだでも肩《かた》の荷を下ろしたい。リーゼルが、ほら行こう、とわたしの手を取る。わたしだって、この場に残りたい。だけど、できない。

なぜなら、**ここにはまだアレがある**から。たしかに、ドバイ自治領には新しい礎《いしずえ》ができた。この色とりどりの石が敷《し》き詰《つ》められた円形の広場が、新しい自治領を支える礎《いしずえ》だ。だけど、古い自治領が完全に消え去ったわけじゃない。あの気色の悪いやわらかな感触《かんしょく》を、いまもわたしは足の下に感じている。ほかのみんなはだれひとり気付いていないのに。『エンドウ豆の上に寝《ね》た

『お姫《ひめ》様』のホラー版みたいな感じだ。

「わたしはムリ」なんの説明もせずに素っ気なくそう言うと、わたしはリーゼルの手を振《ふ》りほどいて小道を引きかえしはじめた。ひしめく魔法使《まほうつか》いたちが、あっちからもこっちからもわたしに声をかけてくる。視界に入っては消えていく大勢の人たちが、わたしにほほえみかけ、こっちへおいでと手招きをしている。だけど、わたしがその手を取ることは叶《かな》わない。わたしはうつむき、小道の出口までひたすら進みつづけた。引きとめようとする人たちのなかを頑《がん》として突《つ》き進み、無理やり道をあけさせる。壁《かべ》の低いところにあったハッチを力まかせに叩《たた》くと、勢いよく扉《とびら》が開いた。腰《こし》をかがめてハッチをくぐり、よろめきながら上体を起こしてみると、そこは無機質なロビーの奥《おく》にある守衛室のなかだった。すわっていた警備員は、いきなり現れたわたしが足早にそばを走り過ぎていくと、ぎょっとして二度振《ふ》りかえり、怪訝《けげん》な顔で腰《こし》を浮《う》かせた。だけど、わたしがなにも盗《ぬす》んでいないのは見ればわかるし、追いかけて追いつける相手じゃないとも思ったんだろう。結局はあきらめて、椅子《いす》にすわり直した。

わたしは出口の扉《とびら》を乱暴に開けて、ドバイの午後の熱い陽射しのなかへ飛びだした。あまりの暑さに早々と音を上げ、小さめの町くらいはあるでかいモールを見つけてふらふらと入る。噴水《ふんすい》のそばにすわって上がった息を整えた。あまりにもいろんなことが起こりすぎた。黄金石の建設魔法《まほう》からあふれだす強烈《きょうれつ》な喜びや、ドバイ自治領の再建を願う人たちの激しい憧《あこが》れが、いまもわたしの全身を駆《か》けめぐっていた。それから、古い自治領に対するわたし自身の恐怖《きょうふ》心。それらすべてが、オリオンを恋《こい》しく思う気持ちと複雑にからみ合っていた。オリオンは、これと同じ恐怖《きょうふ》を体の奥深《おくふか》くに抱《かか》えたまま、この世界で生きている。逃《のが》れようとしても逃《のが》れられないまま。疲労《ひろう》と暑さとアドレナリンで体が震《ふる》えていた。ポケットの中で鳴りつづけている携帯《けいたい》の電源を切る。それから十五分、わたしはただそこにすわっていた。呼吸が整い、からまりあった感情がひとつひとつ落ち着いていくと、最後にはただひとつの感情だけが残った。それがなにかわからないなら、あなたはたぶん、この話をまさにこの段落から読みはじめたところなんだろう。

攻撃《こうげき》は——予言された攻撃《こうげき》は——実現しなかった。わたしが到着《とうちゃく》する前にも、魔法《まほう》をかけているあいだにも、実現しなかった。新しい礎《いしずえ》が完成したいま、ドバイ自治領が攻撃《こうげき》されることはない。いまのドバイを狙《ねら》うバカはいない。脆弱《ぜいじゃく》になっていた古い礎《いしずえ》は、広場の形をした新しい礎《いしずえ》の下に埋《う》まっている。マナの小石を敷《し》き詰《つ》め、希望や夢や愛でつなぎ合わせた頑丈《がんじょう》な基礎《きそ》のはるか下に。礎《いしずえ》の入れ替《か》わったドバイ自治領に、マナを盗《ぬす》む隙《すき》はない。どこの黒魔術師《くろまじゅつし》が、盤《ばん》石《じゃく》の守りの自治領をわざわざ標的に選ぶだろう。つまり、実現しなかった予言はこれで**ふたつ**になった。曾祖母《そうそぼ》は、**わたし**とわたしの選択《せんたく》のこととなると、急に予知能力が衰《おとろ》えるんだろうか。ディープティには、わたしの一番悪い部分だけが見えているみたいだ。世界中の人たちと同じように。

わたしは立ちあがり、タクシー乗り場へ行った。空港から自治領のゲートへ向かうときも思ったけれど、ドバイのタクシー運転手はインド系の人が多いらしい。自治領に働きに来る独立系魔《ま》法《ほう》使いみたいに、インドからドバイまで働きに来ているんだろうか。タクシーのそばで、三人の運転手がタバコを吸っていた。わたしは彼《かれ》らに声をかけた。「ムンバイに帰りたいんだけど」「おれもだよ」そのうちのひとりが寂《さび》しそうな顔で言った。「お嬢《じょう》さん、あんたもムンバイから？」

「父さんがムンバイの出身なんだ」わたしはマラーティー語で答えた。

三人は、空港へ向かう客が捕《つか》まるまで待ってなと言い、空港行きの乗客が現れると、わたしを助手席にすわらせてくれた。イクバルは空港で乗客を降ろしたあと、安めの短距離路線のターミナルまでわたしを送ってくれた。わたしはロビーの隅《すみ》っこのベンチに横になって仮眠《かみん》を取り、遅《おそ》い時間になって人気《ひとけ》がなくなるのを待った。保安検査場に並ぶ列がなくなると、セキュリティゲートに一番近いトイレに入った。トイレにも人っ子ひとりいない。掃除《そうじ》道具を積んだカートから青い洗剤《せんざい》のスプレーを取り、奥《おく》の壁《かべ》に向かってアーチを描《か》いた。描《か》いたはしから、洗剤《せんざい》の液が滴《したた》り落ちてくる。両手をかたく握《にぎ》り、アーチの内側にこぶしを置く。目を閉じ、現代アメリカの便利な魔《ま》法《ほう》を唱えた。「準備完了《かんりょう》、位置について進め、進め、進め」言葉を切るリズムに合わせて壁《かべ》をたたき、最後の「進め」を言い終わるのと同時に、両のこぶしを壁《かべ》から離《はな》して体のわきに垂らす。そのまま前へ進み、壁《かべ》のむこう側に出た。そこはべつのトイレのなかだ。ただし、こっちのトイレは保安検査場を通過した先にある。

ムンバイ行きの飛行機は一便しかなかった。わたしは搭乗口《とうじょう》へ行ってほかの乗客たちが飛行機に乗りこむまで待ち、カウンターのむこうにいるスタッフたちに声をかけた。まだ空席はある？あるなら乗りたいんだけど、と。女性のスタッフが、キャンセル待ちリストに登録する方法を事務的な口調で説明しはじめたので、わたしはさえぎった。「リストには登録できないんだよね。チケットもないし、お金もないから。空席があるなら乗せてもらえるとすごく助かるんだけどって話」

カウンターにいた三人のスタッフは、面食らった顔でまじまじとわたしを見た。「からかってるの？」

「ムンバイに行かないといけないんだ。だから、飛行機に乗るしかないよね？」

「警備を呼ぶわよ」

「なんのために？　ムリならムリって教えてよ。力ずくで強行突破《とっぱ》したりしないってば」

女性はかまわず警備を呼ぼうとしたけれど、三人の中には客室乗務員の男性がひとりいた。男性はちょっと笑い、「まあまあ、ちょっと待って」と言って女性を制すると、機長と相談するために機内へもどっていった。もどってきた男性は、乗務員のひとりが病気で休んでいて人手が足りていないんだと話し、ムンバイに到着《とうちゃく》するまで調理室を手伝うなら内緒《ないしょ》で乗せてあげてもいい、と言った。意外な展開ではあったけど、わたしはそれほど驚《おどろ》いていなかった。どこかへ行きたいとき、母さんはいつもこんな手段に訴《うった》える。これまでのわたしはそれをうらやむばかりで、母さんが得たものの代償《だいしょう》を払《はら》っていたことに気付いていなかった。だけど、母さんは頼《たの》まれればどんな相手にも救いの手を差し伸《の》べる。どんなときでも。そして、母さんみたいにわたしも人助けをした。ロンドンで、北京《ペキン》で、ドバイで。助けたくない相手だって助けてきた。

母さんみたいにプライベートジェット機に乗せてもらうことはできなかったけれど、わたしにはこれで十分だ。調理室で乗務員たちと働いているほうがプライベートジェットの持ち主に愛想よくするより気楽だし、ついでに言えば、ファーストクラスのシートにすわって悶々《もんもん》と悩《なや》みつづけるよりも断然いい。それに、スコロマンスで修理当番をこなしていたときとはちがって、仕事を片付けながら身の危険を感じることもない。

飛行機がムンバイ空港に着陸すると、わたしを搭乗《とうじょう》させる段取りをつけた乗務員がやってきて、すまなそうな顔で言った。「さて、そろそろきみを警備の者に引き渡《わた》して、身元を確認させてもらうことになりそうだ」

それはできない注文だ。わたしは真顔で乗務員を見つめた。「かもね。でも、わたしがいたことは忘れたほうが身のためだよ」厳密には魔法《まほう》じゃないけれど、そう言いながらマナをすこしこめる。わたしの言葉は真実以外のなにものでもなかったから、男性の脳はただちにそれに反応した。男性が怪訝《けげん》な顔になり、ふいっとわたしに背を向ける。わたしは飛行機を降りていく人の波にまぎれた。これで、あの乗務員は二度とわたしのことを思い出さない。

ドバイ空港での待ち時間をふくめると、屋敷《やしき》につくまで合計九時間かかった。それだけ時間があれば怒《いか》りも冷めたと思うだろう。間違《まちが》いだ。万策尽《つ》きて最後の五キロを徒歩で移動するあいだも、歩けば歩くほど怒《いか》りが増した。激しい怒《いか》りが頭のなかを休む間もなく巡《めぐ》りつづける。ディープティに――一族のだれだろうと――なにを言うべきなのかもわからないけど、とりあえず、嘘《うそ》つきとだけは絶対に言ってやる。偽《にせ》の予言でわたしにとてつもない重荷を背負わせた、最低の嘘《うそ》つき。そして、そんな重荷は捨ててやると宣言するのだ。

屋敷《やしき》の場所を知っているのは、母さんが父さんの一族からの手紙をいまも持っているからだ。何年もむかしに送られてきた、親子でムンバイにいらっしゃいという招待状。手紙は、蜜蠟《みつろう》で防水加工がしてある小さな箱に入っていた。母さんはその箱に、自分とわたしの出生証明書やスコロマンス時代に父さんにもらった手紙なんかをしまっている。外界にもどった直後に描《えが》いた父さんの似顔絵も入っていた。紙がぼろぼろなのは、消しては描《か》き、消しては描《か》きを何度も繰《く》りかえし、そうするあいだも泣きつづけていたからだ。それでも、母さんは、生まれてくるわたしに父さんの思い出を手渡《てわた》したかった。母さんの大事な箱なんだから、わたしは絶対にのぞいたりしない。ということは、もちろん何度も箱を引っ張りだして中をのぞいた。シャルマー家からの手紙だって絶対に勝手に読んだりしなかった――封筒《ふうとう》から手紙を抜《ぬ》き、偽《いつわ》りの約束を繰《く》りかえし読んだことをカウントしないなら。**あなたのこともガラドリエルのことも、アージュンを愛したように愛します。**手紙なんか読まなかったし、別の人間になりたいと本気で願ったりもしなかった。父さんの一族がこの約束を守れるような、別の人間に。

そしていま、わたしは別の人間になった。いまのわたしなら、母さんが正しかったことを証明できる。わたしを守り、愛し、シャルマー家とは真逆の道を選んだ母さんは正しかった。ディープティの予言が間違《まちが》っていたことを、わたしはすでに証明してみせた。たくさんの人を救い、世界中の自治領をひとつずつ救って回っている。だから、その事実をあいつらに突《つ》きつけてやる。曾祖母《そうそぼ》だか曾曾祖母《そうそうそぼ》だかに、自分が間違《まちが》っていたと認めさせてやる。何度でも、何度でも。

一歩進むごとに、その意志は強くなった。わたしは荒《あら》い息をつきながら長い私道を歩いていった。道の両側には青々と緑が茂《しげ》り、たくさんの生き物の鳴き声が聞こえてくる。セミや鳥が鳴く声。あちこちで小競り合いをしている小さい猿《さる》があげる鳴き声。屋敷《やしき》のまわりにジャングルを巡《めぐ》らせることで、物見高い非魔法族《まほうぞく》の視線をさえぎっているのだ。怒《いか》りでこめかみがずきずき痛む。門に着いたら粉々に爆破《ばくは》し、屋敷《やしき》をたたき壊《こわ》し、連中にこの怒《いか》りをぶちまけるのだ。ゆるやかな上り坂になった私道のてっぺんに着いた瞬間《しゅんかん》、わたしはぴたりと足を止めた。先客がいる。

門の前に、〈目玉さらい〉がいた。

まだ結界を破ってはいない。門の表面も左右の壁《かべ》も、結界魔法《まほう》のかすかな光におおわれている。金色の光が、〈目玉さらい〉が伸《の》ばした触手《しょくしゅ》の一本一本を包んでいる。いま、屋敷《やしき》の中ではシャルマー一族が総掛《そうが》かりでこの結界魔法《まほう》をかけているはずだ。だけど、魔法《まほう》が解けるのも時間の問題だった。〈目玉さらい〉を囲む金色の光は、頼《たよ》りなげに揺《ゆ》らいでいまにも消えそうだ。屋敷《やしき》のなかの魔法使《まほうつか》いたちは、明らかに限界に近い。あの怪物《かいぶつ》はしばらく前からそこにいて、執念《しゅうねん》深く結界をいじくり回していたんだろう。急ぐ様子もない。待っていれば、いつかは獲物《えもの》にありつけるんだから。

偉大《いだい》な予言者のくせに、と思うだろうか。逃《に》げなきゃ〈目玉さらい〉に食われてしまうことを家族に警告していなかったんだろうか、と。シャルマー一族が避難《ひなん》しなかったのは、もちろん、わたしが連中を救いに来ることを予知していたからだ。偽《にせ》の予言を与《あた》えて見捨てた子どもがここに来ると知っていた。**この子は世界中の魔法《まほう》自治領に死と崩壊《ほうかい》をもたらすだろう。**そしていま、シャルマー家の屋敷《やしき》の入り口には、魔法《まほう》自治領のひとつが世界に解き放った〈目玉さらい〉がいる。わたしがいまここにいなければ、あの怪物《かいぶつ》が死ぬことはなく――。

そこまで考えて、頭が真っ白になった。その場に立ちつくし、屋敷《やしき》に押《お》し入ろうと門をまさぐる〈目玉さらい〉を見つめる。〝忍耐《にんたい》〟とは比べものにならないくらい小さいし、ロンドンで殺した一匹《ぴき》もこいつよりずっと大きかった。だけど、図書室で出くわした一匹《ぴき》よりは大きいし、卒業式で倒《たお》した〈目玉さらい〉に比べると何倍も大きい。バンコク自治領とサルタ自治領は、建設から消滅《しょうめつ》まで間もなかった。サルタ自治領には、せいぜい二百人くらいの魔法使《まほうつか》いしかいなかったはずだ。その全員が、自治領の滅亡《めつぼう》とともに消えてしまった。

ポケットの携帯《けいたい》電話をつかみ、電源を入れる。画面に大量の通知が表示されたけど、全部無視してイブラヒムに電話をかけた。「エル！」イブラヒムはすぐに出た。にぎやかな話し声と騒音《そうおん》が聞こえる。「エル、いまどこにいる？　みんなで心配してたんだ。だいじょうぶか？　みんながありがとうって――」

「ドバイ自治領は破壊《はかい》される」わたしは言った。「新しい礎《いしずえ》がどれくらい持ちこたえられるかわからない。破壊《はかい》まで三十分。逃《に》げて」

「破壊《はかい》？」イブラヒムは声をあげた。「エル、なんでそんなことがわかるんだ？　エル！」

「ごめん」わたしはそう言って携帯《けいたい》の電源を切り、手近な岩にすわった。三十分待ったら、〈目玉さらい〉を殺す。四十年前、ドバイの暗闇《くらやみ》の中で作られたあの怪物《かいぶつ》を。

第15章 マハラシュトラ

〈目玉さらい〉がへどろとなって私道を流れていくのを尻目《しりめ》に、わたしは屋敷《やしき》の門を押《お》し開けた。門は簡単に開いた。結界に弾《はじ》かれることもなく、物理的な錠《じょう》がついているわけでもない。門のむこうにある回廊《かいろう》を巡《めぐ》らせた庭のことは、なんとなく覚えていた。前に来たときは、噴水《ふんすい》がコポコポと音を立て、塀《へい》やアーチにからみついたつる植物の花が満開だったはずだ。門が開いてみると、草花はしおれ、噴水《ふんすい》の水はよどんでいた。だけど、わたしが庭に足を踏《ふ》みいれるのとほぼ同時に、噴水《ふんすい》がゴポゴポという音とともに飛沫《しぶき》を上げ、何度か少量の水が噴《ふ》きだしたかと思うと、陽の光に輝《かがや》く水が豊かに流れだしてきた。いたるところを覆《おお》っている茶色いつるからは若葉が芽《め》吹《ぶ》き、花までもがぽつぽつと咲《さ》きはじめた。

庭に人気はない。だけど、庭の奥《おく》に広げられた日よけの下に、ものすごく年を取った女の人がぽつんとひとりすわっていた。わたしを待っている。わたしは庭を突《つ》っ切り、その人の前に立った。年老いた女の人がわたしを見上げる。目にもしわの寄った顔にも、悲しみだけが浮《う》かんでいる。恐怖《きょうふ》の影《かげ》はない。女の人は、しわだらけの震《ふる》える両手を差し伸《の》べて、わたしの片方の手を包みこむように握《にぎ》った。乾《かわ》いてやわらかい、頼《たよ》りなげな手だった。骨の感触《かんしょく》がした。わたしはされるがままになっていた。手を振《ふ》り払《はら》うことも、怒《いか》りをぶちまけることも、わめき散らすこともしなかった。嘘《うそ》つきと叫《さけ》ぶことはできなかった。曾祖母《そうそぼ》が予言したことはまぎれもない真実だったから。**わたしは**、世界中の魔法《まほう》自治領に死と崩壊《ほうかい》をもたらしてきた。〈目玉さらい〉を一匹《ぴき》殺すたびに。なぜなら、すべての魔法《まほう》自治領の礎《いしずえ》は、あの最凶《さいきょう》の怪物《かいぶつ》だから。

「どうして?」わたしは消え入りそうな声で言った。そうたずねるのがせいいっぱいだった。声を出すのもやっとだった。

「自分でもわかってるだろうに」ディープティは言った。わたしの手をそっとなで、頬《ほお》には涙《なみだ》が伝っている。曾祖母《そうそぼ》の着ているサリーに、涙《なみだ》がいくつも濃《こ》い染みを作った。「未来について語るのは、未来を形作ること」

「**これが**、ひいおばあちゃんが作りたかった未来ってこと?」声がかすれた。いまにも消えそうな怒《いか》りを必死で捕《つか》まえる。曾祖母《そうそぼ》にはこの未来が見えていた。わたしが黒魔術師《くろまじゅつし》になることはないと、はじめから知っていた。はっきりとわかっていた。それならやっぱり、ディープティはわざと誤解を招くような予言をしたのだ。

「おまえが自分自身でいつづけるには、この未来でなくてはならなかったんだ」ディープティは言った。「あの女からおまえを隠《かく》すには、この未来でなくてはならなかった。おまえが自分の身を自分で守れるようになるまでは」

「あの女？」そうたずねながら、ディープティは正しかったのだと思った。曾祖母《そうそぼ》は正しかった。はじめからずっと正しかった。ディープティは決して間違《まちが》えない。返事を聞く前から、答えはわかっていた。**わたしたちもエルに会いました。すばらしい子ね。もっと早く出会っていたらと思わずにはいられません。**オフィーリアはオリオンに宛《あ》ててそう書いていた。実の子どもを〈目玉さらい〉に変えたオフィーリア。わたしだけが殺すことのできる怪物《かいぶつ》に。「いくらわたしでも、五歳《さい》じゃ〈目玉さらい〉を殺せないよ！」

「あのときから、あの女はおまえを探していた」ディープティは言った。「世界にはおまえのような魔法使《まほうつか》いがいるだろうと考えてね。魔法使《まほうつか》いなのかはともかく、そういう存在がいるだろうと推測していたんだ」そう言って、わたしの手の甲《こう》を自分の頬《ほお》に押《お》しつけ、目を閉じてしばらくだまっていた。ふいに背すじを伸《の》ばすと、となりに置かれた足台みたいな低い椅子《いす》を軽くたたいた。わたしはそこにすわった。膝《ひざ》が震《ふる》えている。「あの女は大がかりな黒魔術《くろまじゅつ》に手をつけてね。

そのために大勢の子どもたちの命を奪《うば》った。むかし、スコロマンスから生徒がひとりも卒業しなかった年があっただろう」

その事件のことなら知っている。歴史の教科書では、事件というよりも、身近な黒魔術師《くろまじゅつし》に注意するよう促《うなが》すための、おどろおどろしい教訓という扱《あつか》われ方だった。教科書に書いてあるのは、黒魔術師《くろまじゅつし》になった十二人の四年生が結託《けったく》して卒業ホールで凶行《きょうこう》におよび、同級生全員からマリアを吸い取って脱出《だっしゅつ》した、というようなことだ。その後すぐ、復讐《ふくしゅう》に燃える世界中の魔法《まほう》自治領が十二人全員を捕《つか》まえた。だから、これは黒魔術師《くろまじゅつし》見習いたちにとっての教訓にもなったわけだ。自治領の子どもは狙うな、という。そして、わたしたちが読まされた歴史の教科書には——当時の理事会会長はオフィーリア・リース＝レイクだったと書いてあった。オフィーリア本人が十二人の追跡《ついせき》と捕獲《ほかく》を監督《かんとく》していたということだ。

事件があった翌年のニューヨーク魔法《まほう》自治領で、オフィーリアはオリオンを身ごもっている。母さんと父さんが恋人《こいびと》同士になったのはこの年だから、母さんがわたしを授かったのも同じ年だ。

「おまえは調和そのものなんだよ」ディープティが静かな声で言った。「アージュンとおまえのお母さんが世界に託《たく》した贈《おく》り物なんだ。おまえなら、暗闇《くらやみ》の中に光を見出だすことができる」

涙《なみだ》が頬《ほお》を伝った。ディープティがこっちにそっと手を伸《の》ばし、耳のうしろの髪《かみ》を手で梳《す》きながら、わたしの顔をのぞきこんだ。失ったなにかを探そうとしているような目つきだった。

「アージュンがぶじに帰ってくる未来は幾《いく》通りも見えた。言ってやれるアドバイスも、してやれる警告もたくさんあった。おまえのお父さんを家に帰すための方策はいくつもあった。だけど、それもつかの間のこと。どんな未来でも、アージュンはやっぱりおまえのお母さんを愛していた。べつの未来を選べば、愛した女性が〈目玉さらい〉に食われるのを目の当たりにすることになっただろう。そして……結局はスコロマンスにもどっていくんだ。扉《とびら》をあけて、自分から〈目玉さらい〉の体内に飛びこんでいくために」

「ちょっと待って」わたしはぞっとして言った。「どうして?」

「わたしの力を正確に理解していたからだよ」ディープティは、空恐《そらおそ》ろしくなるような低い声で言った。「警告を聞いて生きのびたとしても、アージュンは、自分がわたしの選択《せんたく》によって生かされたことに気付いてしまっただろう。わたしが**ひとりしか**救えず——だから、自分ではなく、愛した女性とわが子が犠牲《ぎせい》になったことに。アージュンにはそれが耐《た》えられなかった。どんな未来でも、わたしにはあの子を救えなかった。だから、警告はしないことにしたんだ。わたしはあの子に祝福だけを与《あた》えて見送った」

ディープティは、悲しみを押《お》し隠《かく》して父さんをスコロマンスに行かせた。恐怖《きょうふ》に煩《わずら》わされずに短い愛の時間を過ごし、最後には、ためらうことなく母さんとわたしに命の贈《おく》り物をするために。ディープティが見た何通りもの未来で、父さんはいつも同じ選択《せんたく》をしたのだ。ディープティも父さんも母さんも、愛と勇気と自己犠牲《ぎせい》から生まれるマナを、順番に宇宙に捧《ささ》げてきたみたいだ。

父さんと母さんは『黄金石の経典』を見つけられなかったわけじゃない。経典ではなくわたしを授かったのだ。経典をくださいと宇宙に願ったあのとき、ふたりが――スコロマンスの図書室の薄暗《うすくら》がりの中で身を寄せ合い、地獄《じごく》みたいなあの場所に代わりばんこで小さな明かりを灯しながら――本当に手に入れたかったのは、**べつの道**だった。〈目玉さらい〉を基盤《きばん》として自治領を建てるというおぞましい慣習を止めたかった。願いが叶《かな》うなら自分たち自身でさえ差しだそうとした。結果的に、ふたりは経典以上のものを手に入れたのだ。本当にほしかったもの。〈目玉さらい〉を滅《ほろ》ぼし、忌《い》まわしい礎《いしずえ》を黄金石の礎《いしずえ》に換《か》えることのできる子どもを。

ふたりの願いが叶《かな》ったのは、ひとつには、まさに同じころオフィーリアが世界に大きな傷を残していたからだった。数百人もの卒業生からマリアを吸い取り、このうえなく理想的な道具を手に入れた。改良を加えた新型の〈目玉さらい〉。この〈目玉さらい〉は世界中の怪物《かいぶつ》を苦もなく殺し、怪物《かいぶつ》たちが貪《むさぼ》った子どもたちのマナを吸い取ってはオフィーリアに渡《わた》す。人助けによって得たマナは清潔だ。こうして集められたマナは、ニューヨークをどの自治領よりも豊かにした。自分の思い通りに育て、訓練できる〈目玉さらい〉。だれが重要なのか、だれを襲《おそ》ってはいけないのか、フラッシュカードを使って教えこむこともできる。

「オリオン」わたしは泣きそうになりながらつぶやいた。「どうすればオリオンを救える？」

ディープティは、背中を丸めたまま小さく震《ふる》えた。あのときの母さんみたいに、こっちまで怖《こわ》くなるような青ざめた顔をしている。「わたしには、その子どもが見えないんだよ」ディープティは言った。「オフィーリアがなにをしたのかもわからない。見ようとしても、暗闇《くらやみ》しか見えないんだ」

「とにかく……」わたしは両手で顔をおおい、乱暴に涙《なみだ》をぬぐった。続きの言葉が見つからない。とにかく、行動しなくちゃいけない。「ニューヨークに行って――」

「いけない」ディープティは、はっとするほどの勢いでわたしに向き直った。力こそ衰《おとろ》えているけれど、両手でわたしの両手をしっかりとつかむ。そうしていればわたしを守ることができると信じているみたいに。「あの女が生きているうちは、決してあそこに行ってはいけない。**絶対にいけないよ**。あの場所はオフィーリアに掌握《しょうあく》されている。むこうにはもう、おまえの正体がわかっているんだ。おまえが向かえば、なにを企《たくら》むか」

「でも、オリオンをあんなところに置いとけない！」

ディープティはきっぱりと首を横に振《ふ》り、わたしのほうへ屈《かが》みこんだ。顔がゆがみ、深いしわに囲まれた口の両端《りょうたん》が大きく下がっている。「いいかい、ガラドリエル。わたしはおまえに苦痛しか与《あた》えてこなかった。それでも、聞きなさい。お願いだから聞いてちょうだい。わたしはアージュンを愛していた。あの子はおまえのためならなんだってしただろう。今生《こんじょう》のことだけじゃない。あの子が選んだかもしれないどの未来でも、アージュンはきっとおまえにたくさんの贈《おく》り物をした。わたしは、あの子のぶんまで、おまえとおまえのお母さんを愛している。シャルマーの一族みんなが同じ気持ちだ。それなのに、わたしはこの口でおまえを呪《のろ》った。あまりに恐《おそ》ろしい呪《のろ》いだったから、一族の者はだれもおまえたちを助けようとしなかった。あの夜、わたしたちはおまえたちふたりを暗闇《くらやみ》の中に放りだした。他人の中で暮らすおまえたちに、救いの手ひとつ差し伸《の》べなかった」

いまだに治らない傷口に塩を塗《ぬ》られた気分で、思わず顔がこわばる。ディープティがそれに気付き、顔をくしゃくしゃにゆがめた。涙《なみだ》があとからあとからこぼれ落ちる。「わかっているよ。おまえが恐怖《きょうふ》の中で生きてきたことは。おまえは幾度《いくど》となくむごたらしい死を迎《むか》えそうになったし、そのひとつひとつをわたしもここで見てきた。わたしの恐《おそ》ろしい予言を聞いて、孫のラジヴは――アージュンの父親だよ――あの日の夜、おまえを力ずくでさらう覚悟《かくご》を決めていた。そのまま崖《がけ》の上に行き、おまえを抱《だ》いたまま飛び下りるつもりだった。その未来が**見えた**んだ。どの未来でもラジヴの決意は変わらなかった。それでも、わたしはあの予言を口にした。結局は、そうすることが**最善**だったから」

ディープティの声には、鉄のように揺《ゆ》るぎない確信がこもっていた。これは現実なのだと、鉄の杭《くい》でしるしをつけたみたいに。わたしの両手は相変わらずしっかりと握《にぎ》られていた。「もし、オフィーリアがおまえをあそこへおびき寄せようとしても、そのためにどんな策を弄《ろう》しても、どんなに卑怯《ひきょう》な脅《おど》しをかけてきても、**決して行ってはいけない**。わたしがおまえに与《あた》えた苦しみをしっかりと覚えていなさい。わたしたちが与《あた》えようとして結局は与《あた》えられなかった愛と癒《い》やしのことを、しっかりと覚えていなさい。そうすれば、わたしの言葉が真実なのだときっとわかる――こうすることが**最善**なのだと。決してオフィーリアの力に屈《くっ》してはいけないよ」

どんな未来が見えたのか、教えてもらう必要はなかった。予言が口にされたあの日から、わたしはその未来とともに生きてきた。ディープティは、わたしがそうなる可能性があった黒魔術師《くろまじゅつし》の姿を見たんだろう。絶対になるまいと抗《あらが》いつづけてきた闇《やみ》の女王。オフィーリアは、そんな存在を手に入れようと、わたしを探しつづけてきた。ちがう、いまもあの女は同じことを目論んでいる。チャンスさえあれば。

ディープティの車椅子《いす》を押《お》しながら、わたしは列柱の間を抜《ぬ》けて屋敷《やしき》の一番大きな棟《むね》に入っていった。お香の匂いがして、呪文《じゅもん》を唱える声が聞こえてくる。やがてわたしたちは大広間に入った。中央の壇《だん》を囲んで大勢の人たちが同心円状に集まり、歌うような節をつけながら、声をそろえて呪文《じゅもん》を唱えている。〈目玉さらい〉が死んだことに気付かないまま、怪物《かいぶつ》の侵入《しんにゅう》を防ごうと結界魔法《まほう》をかけているのだ。壇《だん》のそばには幼い子どもたちがすわっていた。事態が理解できるくらい大きい子どもたちは母親のそばにいる。最初にわたしたちに気付いたのは、年長の子どもたちだった。ひとりが声をあげる。「おばあちゃま！」

広間にひしめく人たちは、呪文《じゅもん》をつづけながら、輪を乱さないようにわたしたちを振《ふ》りかえった。そのとき、見覚えのある顔がこっちを見た。祖母のシタバイだ。ディープティがあの予言をしたあとも、祖母だけは一族に内緒《ないしょ》で何年も母さんにメールを送ってきて、しょっちゅうわたしたちふたりの写真をせがんだ。かわりにむこうからも写真が送られてきたけれど、見たいと思ったことは一度もない。それでも、何度か目に入った写真で祖母の顔は覚えている。わたしに気付いた瞬間《しゅんかん》、祖母は悲鳴をあげた。整然と組まれた円陣《えんじん》が、混乱の中で崩《くず》れていく。

〈目玉さらい〉を倒《たお》していなかったら大惨事《だいさんじ》になっていたところだ。

しばらく広間中で怒号《どごう》や悲鳴が飛び交ったあと、ようやくシャルマーの人たちはディープティの話に耳をかたむけ、〈目玉さらい〉がすでに死んでいることと、アージュンの娘《むすめ》を歓迎《かんげい》すべき時が来たことを知った。たとえば、カンボジアの極悪独裁者ポル・ポトにお茶を出してほしい、とだれかに頼《たの》んだとしよう。その人が見せるだろう驚愕《きょうがく》の表情を、広間にひしめく人たちも浮《う》かべていた。だけど、それも一瞬《いっしゅん》のことだった。シャルマーの人々は、父さんと同じように、ディープティの力がどんなものなのか理解している。**未来について語るのは、未来を形作ること。**

予言が思いもよらない形で実現することも、この人たちには意外なことじゃない。

祖父だけは、険しい顔のまま微動《びどう》だにしなかった。ひどい顔色だ。周囲の人たちが抑《おさ》えた声で話しはじめるなか、祖父はディープティに近づいた。はっとするほど険しい声が大広間に響《ひび》き渡《わた》る。「われわれは今日を限りに永久にこの屋敷《やしき》を去ります」祖母を振《ふ》りかえって荷物をまとめなさいと言い、それからわたしに向き直った。「どうか、わたしを許してほしい。どうか、どうか、どうか」そう言ったきり、祖父は両手で顔をおおい、生きたまま腸を抜《ぬ》かれた人みたいに激しく泣きはじめた。

何年もこねくり回してきた何十もの妄想《もうそう》の中には、これとそっくりな場面があった。妄想《もうそう》の中で、わたしは高潔な魔法使《まほうつか》いとして名声を博していて、悠然《ゆうぜん》とかまえている。なにしろ、シャルマー家を恐《おそ》ろしい運命から救い、予言が間違《まちが》っていたことを証明した直後なのだ。シャルマーの人たちはがっくりと地面に膝《ひざ》を突《つ》き、嘘《うそ》っぱちの予言を信じてしまってすまなかったと謝り、どういうつもりだとディープティを責め立てる。だけど、いざ妄想《もうそう》が現実になってみると、ひどい気分だった。わたしは、顔をおおって泣いている祖父の両手をそっとつかんで離《はな》した。祖父が顔をあげ、両腕《りょううで》をわたしの体に回す。祖母が駆《か》けよってきて、わたしたちふたりを抱《だ》きしめた。

翌朝、わたしは四時に目を覚ました。泣いたせいか、まぶたが目やにでうまく開かない。携帯《けいたい》電話の電源を入れると、留守番電話が十三件と不在着信が二十七件、それからイブラヒムからのメールが四十件あった。はじめのほうには**なんでドバイが攻撃《こうげき》されるってわかったんだ**と混乱しているメールがあって、**見て回ったけど侵入《しんにゅう》された形跡《けいせき》はないぞ**というメールと、**念のため、礎《いしずえ》を見張ることにした**という報告が続いていた。過去のイブラヒムを思わずどなりつけたくなる。そのあとは、**ヤバい！**　だとか**自治領が揺《ゆ》れてる！**　だとか**まだ中にいるんだ！**　とか恐慌《きょうこう》をきたした内容が続き、助けてくれ、どこにいる?、頼《たの》むからもどってくれ、どれくらいで来られる?　と大量のメールが来たあと、**揺《ゆ》れが収まってきた、終わった！　終わった！、もうだいじょうぶだ。自治領もぶじだ！　ただ、何人か——**と続いていた。わたしはそこで読むのをやめ、イブラヒムからのメールを未読のものと一緒《いっしょ》にすべて消去した。続きのメールには、わたしが何人の犠牲者《ぎせいしゃ》を出したか、どれだけのものを破壊《はかい》したかが書かれているんだろう。自治領を支える〈目玉さらい〉を殺したんだから、こうなることはわかっていた。

　アアディヤからも二通メールが届いていた。一通目は、リューが目を覚まし、快方に向かっているという報告。二通目には、このところ毎日繰《く》りかえされている質問。『なにがあったのか教えて。だいたい、なんでインドにいるわけ?』どうしてこっちの居場所がバレているのか不審《ふしん》に思っていたけれど、携帯《けいたい》電話の設定を確認すると謎《なぞ》が解けた。アアディヤは勝手に位置情報の共有をオンにしていたのだ。

　設定は変えずにおいたものの、アアディヤに電話をすることもしなかった。電話なんかですべてを伝えられるとは思えない。電話でする話じゃない。まあ、メールを打つくらいはできたのかもしれない。『**心配しないで。父さんの一族と仲直りした。ついでにわかったんだけど、自治領を破壊《はかい》しまくってる黒魔術師《くろまじゅつし》ってわたしのことだった。昨日はドバイ自治領を攻撃《こうげき》したところ。またね**』メールでこんな説明をするのが本当に一番いい方法なんだろうか。結局わたしは、『**話すと長い。もうすぐそっちに行くから**』とだけ打って返信した。送信ボタンを押《お》しながら、本当にそうできたらいいのにと思う。飛行機に乗ってアアディヤとリューのもとへ行き、すべてを打ち明けられたらいいのに。抱《かか》えていること全部を友だちふたりとわかちあい、すこしのあいだけでも、この入り組んだ感情から解放されたかった。

　あとの十通くらいのメールはすべてリーゼルからで、そのほとんどに似たようなことが書いてあった。子どもっぽいまねはやめて、だとか、心臓発作を起こして病院にいるんじゃないならすぐに電話して、だとか、そういうことだ。最後の一通だけは、ほかのメールの数時間後に届いていて、たった一行こう書いてあった。『**あんたも気付いたんだ**』わたしはその一文をまじまじと見つめ、リーゼルに電話をかけた。

「もしもし」リーゼルはすぐに電話に出た。わたしから連絡《れんらく》があることを知ってたみたいな早さだ。実際、そうなんだろう。

「**あんたは**いつから気付いてた?」わたしは開口一番とがった声でそう言った。「みんなに教えようとは思わなかったんだ？」

「教えたっていいことないからね」リーゼルはきっぱり言い切った。たしかに正論ではある。正直わたしだって、自治領を破壊《はかい》していた張本人が自分だということは知られたくない。わざとだったかどうかなんて、むこうにしてみればどうでもいいだろう。「ていうか、昨日までわたしも確信なかったし。で、これからどうするつもり？」

「寝《ね》る」わたしは言った。「起きたら……オリオンをどうにかして助ける」

「ニューヨークには絶対に行かないで」リーゼルは即座《そくざ》に言った。

「それ、別の人にも言われたばっかりだよ。なにかいい案ある？」

リーゼルもすぐには思いつかなかったから、電話はそこで終わった。わたしはもう一度眠《ねむ》ろうとした。あいかわらずの暑さだけど、わたしは祖母の部屋のバルコニーにいた。ベッドは屋根から吊《つ》り下げられていて、花をつけたつる植物とほのかに輝《かがや》くレースの天蓋《てんがい》がゆったりとまわりを囲んでいる。天蓋《てんがい》には、蚊《か》を追い払《はら》い、蛍《ほたる》を引き寄せるための弱い魔法《まほう》がかけてあった。きらめく蛍《ほたる》がふわふわと舞《ま》い、庭のむこうからは、噴水《ふんすい》が立てるコポコポという音が聞こえてくる。ウェールズとは似ても似つかない場所なのに、やっぱりここはウェールズみたいだ。ユルトの中で寝転《ねころ》んでいるような気分がする。床《ゆか》に足をつけても、〈目玉さらい〉の気配は感じない。

すこし眠《ねむ》ったとはいえ、体はくたくたに疲《つか》れていて、まだ肌《はだ》が熱を持っているような感じがする。だけど、頭のなかが騒《さわ》がしくて仕方がない。蛍《ほたる》が頭蓋《ずがい》骨の中にまで入ってきたみたいだ。リーゼルに今後のことを聞かれたときはあんな答え方をしたけれど、本当は、これからなにをすればいいのかさっぱりわからない。自分の置かれた状況《じょうきょう》だって、ぎりぎり理解できているレベルだ。要するに、わたしが〈目玉さらい〉を殺すと、殺されるのは〈目玉さらい〉だけじゃない、ということだ。〈目玉さらい〉を作りだしたのは〝永遠の命〟というグロい嘘《うそ》なわけだから、あの怪物《かいぶつ》を殺すことで、わたしは自治領の嘘《うそ》を無効化する。だけど、自治領の礎《いしずえ》は、その嘘《うそ》によってこそ虚空《こくう》につなぎとめられている。だから、〈目玉さらい〉を殺せば、自治領は内部にいる住民もろとも破壊《はかい》されることになる。罪深い評議員の連中も、なにも知らない無邪気《むじゃき》な子どもたちも。去年、体育館で会ったとき、スダラーはバンコク自治領が破壊《はかい》されたときのことを話してくれた。**わたしはおばあちゃんの犬を散歩させるために自治領の外にいて、もどってきたら、みんないなくなってた。**祖母も、母親も父親も、弟も、家も、なにもかも消えていた。全部わたしのせいだ。スダラーは、小さな犬だけを連れて、ひとり路上に立ちつくすことになった。怪物《かいぶつ》のうろつく世界で、なにもかも失って。

だからって、わたしにはそれを**後悔**《こうかい》することもできない。あのときわたしが傍観《ぼうかん》を決めこめば、バンコク自治領を支えていたあの〈目玉さらい〉は、スダラーのような頼《たよ》りない新入生を何十人とのみこみ、ほかの犠牲者たちと一緒にその腹の中で永遠に貪《むさぼ》ることになった。〈目玉さらい〉

は決して満足しない。決して狩《か》りをやめない。あの怪物《かいぶつ》はだれにも殺せない。殺せるのはわたしだけ。

だけど、いま、だれかから電話があって〈目玉さらい〉を倒《たお》してくれと頼《たの》まれたら、わたしはべつの問題とも向きあわなくちゃいけない。怪物《かいぶつ》を殺せば自治領も破壊《はかい》しかねないこと。内部にいる人たちも殺してしまうかもしれないこと。スコロマンス時代は自治領の生徒たちのことがムカついて仕方なかったけれど、あの連中だってふつうの人間だ。それに、自治領の成り立ちにマリアが関わっているとしても、すでに作られた建物や庭を破壊《はかい》することになんの意味があるだろう。建造物に罪はない。それを言うなら、住民の大半にも罪はない。ロンドンのおとぎ話から抜《ぬ》けだしてきたみたいな庭園は、どうしようもなく魅力《みりょく》的だった。だけど、いまではわかっている。ロンドン自治領の結界を破った張本人はわたしだ。卒業式の直後、オリオンを救い出そうと〝不屈《ふくつ》〟に〈死神の手《ラ・マン・デ・ラ・モール》〉をかけまくり、捕《と》らわれた人たちを無我夢中で殺したあの時に。ロンドン自治領は、〝不屈《ふくつ》〟を意図的にスコロマンスに放ったんだろう。あの怪物《かいぶつ》に餌《えさ》を与《あた》えるために。

それでも、ロンドン自治領の庭園を救ったことは後悔《こうかい》していない。北京《ペキン》自治領とドバイ自治領が危機を乗り越《こ》え、以前よりたくさんの人たちが安全な暮らしを手に入れたことも後悔《こうかい》していない。サルタ自治領とバンコク自治領のことは後悔《こうかい》してい**る**。それでも、やっぱり、あの〈目玉さらい〉を殺したことは後悔《こうかい》していない。サルタとバンコクで死んでしまった人たちは、**死ぬこと**

ができた。自分の墓の上で豊かな暮らしを送る人たちのために、永遠になぶり殺しにされる苦しみを味わうこともない。〈目玉さらい〉にのまれたが最後、死だけが唯一《ゆいいつ》の**望み**になる。あの怪物《かいぶつ》から逃《のが》れるには死ぬしかない。

で、結局どうすればいい？　母さんならきっとこう答える。**何より大事なのはだれも傷つけないこと。**だけど、今回の場合はそれじゃどうにもならないのだ。〈目玉さらい〉に狙《ねら》われただれかが恐慌《きょうこう》をきたして電話をかけてくれば、やっぱり助けに行くしかないだろう。だけど、〈目玉さらい〉を殺せば――どこかの魔法《まほう》自治領が虚空《こくう》に転がり落ちることになり、自治領内部にいる人たちもかなりの確率で道連れになる。このトロッコ問題は、わたしが自力で解くしかない。

わたしは眠《ねむ》りにもどるのをあきらめ、庭へ出て噴水《ふんすい》のそばにすわった。しばらく、水の音をぼんやりと聞く。経典を取りだして開き、読むというより絵を見るみたいにしてながめた。流れるような優雅《ゆうが》な文字。金箔《きんぱく》のきらめき。宝石みたいに鮮《あざ》やかな色とりどりのインク。人を殺人にまで駆《か》り立てる、安全な暮らしという輝《かがや》ける夢。これからも、だれかの苦痛と引き換《か》えに、新しい自治領は作られつづけていく。なぜなら、それ以外に自治領を建てる方法はないから。わたしひとりの力では、すべての自治領を建てることはできない。いまある自治領の礎《いしずえ》を入れ替《か》えることだってむずかしい。というより、〈黄金石の自治領〉は、そもそも望まれない。そろそろロンドンでも北京《ペキン》でもドバイでも、むかしの豊かな自治領を失ったことを悔《く》やんで不満の声を上げる人たちが出てくるころだろう。せっかく手に入れた権利を**分け合わなくては**いけないんだから。そして、その魔法使《まほうつか》いたちは、もっと大きな自治領を建てる秘密を知っている。呪文《じゅもん》も知っているし、もう一度かけることだってできる。新しく自治領を建て直そうとする人たちを、どうやって止めればいいんだろう。

空が白みはじめ、鳥のさえずりが聞こえてきた。ディープティが、前庭と続いている中庭からゆっくりと歩いてきて、わたしのとなりにすわった。自分がディープティと話をしたいのか、いまいちわからない。わたしの人生はあの予言によって決定的に変わってしまった。だからこそ救われたのだとしても、そのことを心から感謝するのはむずかしい。あんなことは二度としてほしくない。

ディープティも黙《だま》っていた。母さんがするみたいに、ただわたしのそばにいた。ゆっくりと、ひとつの確信が湧《わ》いてくる。ディープティはこんなことを幾度《いくど》となく経験してきたのだ。子どものころから、ディープティは愛する人のために選択《せんたく》を迫《せま》られてきた。どちらかを選べば恨《うら》まれることを知りながら。ゆうべ、祖父は屋敷《やしき》を出て行くことこそ思いとどまったけれど、ディープティを許すこともしなかった。祖母の予言が意外な形で実現することは祖父だって知っていた。それでも、息子のひとり娘《むすめ》におまえは黒魔術師《くろまじゅつし》だと宣告するようなまねをするのなら、きっと真実にちがいないと思った。**そのまま崖《がけ》の上に行き、おまえを抱《だ》いたまま飛び下りるつもりだった。**

それだけが、祖父に見つけられた答えだった。そこまでして、祖父は世界をわたしから守ろうとした。

わたしも、ディープティを許せるのかわからなかった。同じように、スダラーも真実を知ればわたしを許さないだろう。サルタ自治領の生徒たちもわたしを許さないだろう。スコロマンスから脱出《だっしゅつ》した直後、家も家族もすべて失ったことを知ったのだ。

「どうして耐《た》えられるの？」わたしはいきなりディープティにたずねた。

「耐《た》えられないこともある。相手に選択《せんたく》をゆだねたこともあるよ。結局は相手から選択肢《せんたくし》を奪《うば》うことになるとわかっていても。だけど、選択《せんたく》することを放棄《ほうき》したとしても……予知したことが現実になれば、それを忘れることはできない。それに耐《た》えられないなら、やっぱりわたしが選ぶしかないんだ。そして、自分の選択《せんたく》が最善でありますようにと願う」

ディープティの答えを聞いても、やっぱり、自分がどうすべきなのかわからなかった。ディープティは予知したことをただ人に話す。予言を授けられた人たちには、それでもまだ選択《せんたく》の自由がある。だけど、わたしはといえば、〈目玉さらい〉を殺すたびにこの手で自治領を破壊《はかい》することになる。新しい自治領を建てることは破壊《はかい》の償《つぐな》いになるんだろうか。

経典を差しだすと、ディープティは膝《ひざ》の上で開いた。ページをめくりながら、声を出さずにサンスクリット語を読む。「アージュンはこの経典を手に入れたいと願っていたよ。ほんの子どものころから。一族が住んでいた〈黄金石の自治領〉の話を聞いてから、経典のことが頭から離《はな》れなかった。**おばあちゃん、いつか〈黄金石の自治領〉で一緒《いっしょ》に暮らそう。**そう言ってね。わたしがあの子を寝《ね》かしつけていると、しょっちゅう、〈黄金石の自治領〉を見たことはあるのかと聞いてきた。ないと答えると、アージュンは決まってこう言った。**でも、いつか見られるね**」

「わたし、ひいおばあちゃんたちのために〈黄金石の自治領〉を建てる」わたしは泣きそうになりながら言った。

ディープティは経典を閉じ、わたしと同じようにうやうやしい手つきで表紙をなでた。目に涙《なみだ》がにじんでいる。それから、両手を差し伸《の》べ、わたしの片方の手を包みこむように握《にぎ》った。「だけど、これを使ってはいけないよ」静かな声だった。

わたしは下を向いた。ディープティが握《にぎ》っているのは、わたしの左手だ。手首にはニューヨーク魔法《まほう》自治領のメダルが巻かれている。ごくっとつばを飲む。ニューヨークのシェア・マナはほとんど使っていない。北京《ペキン》自治領とドバイ自治領の再建には現地の魔法使《まほうつか》いたちのマナを使った。ムンバイにも自力でたどり着いたし、この屋敷《やしき》に侵入《しんにゅう》しようとしていた〈目玉さらい〉も自分のマナだけで倒《たお》した。新しい魔法《まほう》を使えば、〈目玉さらい〉を殺すのはべつにむずかしくない。ただ、まぎれもない事実を指摘《してき》してやればいい。あんたたちはもう死んでいる——腐《くさ》ったへどろになっている、と。虚空《こくう》に立つ建物が、信じることをやめた瞬間《しゅんかん》に倒壊《とうかい》してしまうのと同じことだ。

見え透いた嘘。〈目玉さらい〉も、虚空《こくう》に作られた自治領も、結局はひとつの同じ嘘《うそ》なのだ。**永遠の命**なんて存在しない。

それでも……わたしは、ニューヨーク自治領のメダルを手首から外さずにいた。必要になるかもしれないと思ったのだ。オフィーリアがニューヨークのマナ貯蔵庫を満たすためになにをしてきたか、その真実を知ったあとでさえ、メダルを外すことができなかった。わたしはゆっくりとベルトの留め金を外した。右手でメダルを包みこむように持ち、一瞬《いっしゅん》で存在を消す。簡単な魔法《まほう》だ。片手のひと振《ふ》りと、ため息みたいにかすかなマナ。それだけで、マナ・シェアのメダルは消え去った。

ディープティはほっとしたように小さく息を吐《は》いた。挑戦《ちょうせん》できるかどうかも定かではなかった難問を、わたしがぶじ解き明かしたことを確認したみたいに。「シャルマーはずっとむかしからマナをためてきた」ディープティは言った。「これからもためつづける。十分な量がたまって、宇宙もそれを望んだら、もどってきてわたしたちに自治領を建ててちょうだい」

わたしはうなずき、たずねた。「わたし、どこに行けばいいの？」ここへもどってくるには、どこかへ行かなくちゃいけない。ディープティが答える前にわたしの携帯《けいたい》電話が鳴った。リーゼルだ。ディープティが小さくうなずいたのを確認して、通話ボタンを押《お》す。「名案、もう思いついたんだ？」わたしはゆっくり言った。

「戦争がはじまった」リーゼルは前置きもなしでそう言った。「アルフィーからいま連絡《れんらく》があったの。スコロマンスが攻撃《こうげき》されてる」

「わたし、なにもやってないよ！」

「あたりまえでしょ！　あんたが犯人なら、なんでわたしが電話するわけ？」リーゼルの怒《おこ》った顔が目に見えるようだった。「シンガポール自治領とマラッカ自治領が魔法使《まほうつか》いの一団を派遣《はけん》して、スコロマンスの扉《とびら》を完全に破壊《はかい》しようとしてる。そうすれば、マナ提供の契約《けいやく》から解放されるから。ニューヨーク自治領も魔法《まほう》使いたちを派遣《はけん》して阻止《そし》しようとしてるけど、シンガポールとマラッカは防御《ぼうぎょ》体勢を強化して、ほかの自治領にも連帯を呼びかけてる。上海《シャンハイ》も参戦を宣言した」

　そこまで聞けば十分だった。いま、世界でなにが起こっているのか。自治領の人たちは怯《おび》えているのだ。だれが自治領を破壊《はかい》しているのかわからず、つぎの標的はうちかもしれないと不安になり、自治領同士で疑心暗鬼《あんき》に陥《おち》っている。そもそも、わたしたちの代がスコロマンスに入学するよりはるかむかしから、世界各地の自治領の関係はでかい爆弾《ばくだん》みたいなものだった。バンコク自治領を破壊《はかい》したあのとき、わたしは爆弾《ばくだん》の導火線に火を点けたのだ。そしていま、爆発《ばくはつ》が起こった。予言は実現しようとしている——二匹《ひき》目の〈目玉さらい〉を殺さなかったとしても、わたしはとっくに世界中の魔法《まほう》自治領に死と崩壊《ほうかい》をもたらしていた。

第16章　井戸の底で

魔法《まほう》自治領間の戦争にはたくさんの公式ルールがあって、すべては細かく体系化された条約にまとめられている。事実上すべての魔法《まほう》自治領がその条約に調印してはいるけれど、掟破《おきてやぶ》りの戦い方が勝利につながるとなれば、そんな公式ルールはあっさり無視される。といっても、中にはいくつか合理的なルールもある。

まず、自治領戦争は領土争いじゃない。敵の自治領を攻撃《こうげき》して住民の魔法使《まほうつか》い全員を虐殺《ぎゃくさつ》したとしても、そこを自分たちの領土にすることはできない。どの自治領にも、あらかじめいたるところに報復魔法《まほう》が仕掛《しか》けられているからだ。だから、現実的な話、敵の自治領を攻撃《こうげき》するのは、ただ敵地を焦土《しょうど》にして虚空《こくう》に突《つ》き落とすためでしかない。

もうすこし良心があって実際的な自治領なら、相手の領土を虚空《こくう》に突《つ》き落とせる形勢まで持っていき、窮地《きゅうち》に追いこまれた敵に交換条件として大量のマナを要求する。それだけのマナを払《はら》えば、どのみち相手はそれ以上戦闘《せんとう》をつづけられなくなる。十七人くらいの魔工家《まこうか》を敵地に送りこんで独自に考案した陣形《じんけい》を組ませてもいいし、ことのほか優秀《ゆうしゅう》な魔法使《まほうつか》いをひとりだけ派遣《はけん》し、敵の総督《そうとく》をマインドコントロールして自滅《じめつ》に追いこんでもいい。対策不能の特殊《とくしゅ》な硫酸《りゅうさん》を敵地に大量にまくとか、手近なものを片っぱしからかじって回る自動人形をひと揃《そろ》い送りこむとかでもいい。どれも実際にあった攻撃《こうげき》の事例だ。

基本的に、自治領戦争になれば、少数精鋭《せいえい》の魔法使《まほうつか》いたちが各自治領の内部や周辺で慎重《しんちょう》に戦うことになる。自治領のまわりにはもちろん非魔法族《まほうぞく》がいるから、派手に動くわけにはいかない。攻《せ》める側はどうにかして敵地に侵入《しんにゅう》して戦略を実行しようとし、攻《せ》められる側はどうにかしてそれを食い止めようとする。

だけど、**真っ向勝負**とでも言ったほうがいいような、もっとごちゃついた自治領戦争というのもある。それぞれの戦闘員《せんとういん》はせいぜい二、三百人だから、敵の自治領を手際よく弱体化することができる。両陣営《りょうじんえい》の戦闘員《せんとういん》をどこか一ヶ所に集め、敵を殺しまくればいいのだ。もちろん、敵のほうだって、こっちの戦闘員《せんとういん》を殺しまくろうと最善をつくすわけだけど。

そして、今回はごちゃついたほうの自治領戦争になりそうだった。

ニューヨーク自治領は、やろうと思えば戦争の規模を抑《おさ》えられたはずだ。スコロマンスの扉《とびら》がある博物館の内部に観光客を大量に誘《さそ》いこめば、魔法使《まほうつか》いたちは自由に動けなくなる。非魔法族《まほうぞく》がそのへんをうろうろしていれば自治領戦争どころじゃない。魔法使《まほうつか》いが高度な放火魔法《まほう》を使ったって、きれいな花火だな、としか思わないんだから。ところが、リーゼルに聞いたところによると、ニューヨークはリスボン自治領に命じて博物館の敷地《しきち》全体を封鎖《ふうさ》し、さらに、ガス漏《も》れがあったという嘘《うそ》の警告を出して、周辺の道路から非魔法族《まほうぞく》を閉めだした。博物館のまわりには消防車が何台も停まり、警告灯を点滅《てんめつ》させながら、時どきけたたましいサイレンの音を響《ひび》かせているらしい。不穏《ふおん》な戦闘音《せんとうおん》はそれで完ぺきにごまかせる。

つまり、なんでもありの戦いがはじまろうとしていた。とっておきの武器を抱《かか》え、戦闘員《せんとういん》を総動員して集まってこい、というニューヨークからの合図だ。もちろん、ニューヨークもとっておきの武器で戦いに臨むだろう。野心のある自治領なら、乗り遅《おく》れるまいと大急ぎで集まってくるはずだ。

飛行機でリスボン空港に到着《とうちゃく》し、手荷物受取所を通って出口へ向かう。十七くらいの自治領から集まってきた魔法使《まほうつか》いたちが気まずそうに荷物を待っていた。これからタクシーかなにかで戦場に行き、殺し合いをはじめるのだ。戦争ではだれも転移魔法《まほう》を使わない。少なくとも、戦闘員《せんとういん》の一団を一気に移動させるようなことはしない。ルールではなく、常識だ。転移魔法《まほう》を使って戦場に早く着いたとしても、敵がやってくるまで戦いははじまらない。さて、いざ戦闘《せんとう》開始となったとき、マナを多く持っているのはどっちだろう？

手荷物受取所にいるのは知らない魔法使《まほうつか》いばかりだったし、むこうもわたしのことは知らないはずだった。そこで待っている一団とはちがって、わたしには魔工《まこう》の凶器《きょうき》を詰《つ》めこんだでこぼこの荷物もない。だから、集まった魔法使《まほうつか》いたちのそばを通り過ぎ、バスに乗った。リーゼルも戦場に向かっているけれど、途中《とちゅう》でアルフィーたちロンドン自治領の面々と合流するらしい。ドバイ自治領と北京《ペキン》自治領は最近の危機的状況による動揺《どうよう》を理由に中立を宣言した。ロンドンも同じ政策を取るべきところだけど、クリストファー・マーテルにはあと何日か総督《そうとく》の座にしがみついている権利があるらしく、この機に乗じてその期間を引き延ばそうとしているらしい。評議会を招集することさえしないで、ロンドン自治領はニューヨークの援軍《えんぐん》として駆《か》けつけると勝手に宣言した。戦闘《せんとう》のどさくさにまぎれてリチャード卿《きょう》を殺してしまうか、それがムリなら卿《きょう》の支持者を間引くつもりらしい。

アアディヤとリューもすでに飛行機に乗っていたけれど、リスボンに到着《とうちゃく》するまでわたしより五時間くらい余計にかかる。来なくていいと説得しようともした。神秘的な治療《ちりょう》の効果がどれほどのものか知らないけど、リューは絶対にまだ安静にしていなくちゃいけない。それに、アアディヤにいたっては自治領の人間でさえないのだ。

「戦争に加わるために行くんじゃないから」電話口で、アアディャはムッとしたように言った。「戦争をわたしが電話をかけたとき、ふたりはすでに北京《ペキン》の空港へ向かうタクシーの中にいた。**食い止める**あんたの手伝いをしに行くの」

「食い止めるって、なにか計画があるわけ？」つい、問い詰《つ》めるような口調になった。

「**そっちの**計画を教えてくれたら、すぐにこっちの計画も教えるよ」アアディャはやり返し、そのまま電話を切った。だからわたしは、ふたりより絶対に先に到着《とうちゃく》しようと、大急ぎでムンバイ空港に向かった。

正直、計画らしい計画はなかった。戦争を阻止《そし》するべく、わたしこそが自治領を虚空《こくう》に落としていた犯人なのだと告白しても、だれひとり信じないだろう。もちろん、力ずくでみんなを説得する方法もあるにはある。圧倒《あっとう》的な闇《やみ》の力を召喚《しょうかん》し、空中に浮遊《ふゆう》しながら、世界を破滅《はめつ》させるほどでかい嵐《あらし》を操ってみせればいい。だけど、そうすると今度は世界中の自治領が結託《けったく》して**わたしを**倒《たお》そうとするだろうから、いまいち乗り気になれない。

と言いつつ、自分の正体を明かし、標的をすり替《か》えたところでそのまま逃《に》げてしまうという案も真剣《しんけん》に考えた。だけど、うまくいったとしても、それは一時的な解決にしかならないだろう。この戦争の火種は、わたしが自治領を破壊《はかい》しはじめるよりはるかむかしにまかれたものだ。わたしはただ、きっかけを作ったにすぎない。戦争なんか望んでもいなかったのに。ニューヨークが勝つに決まっているんだから。

わたしもバカじゃないから、リスボンへ向かう前にディープティにアドバイスを求めた。ディープティは両手をわたしの頭に置き、歌うような口調で祝福の言葉をささやいた。だけど、首を横に振《ふ》ってこう続けた。「戦地にはオフィーリアが来る。あの女が影《かげ》になっておまえの未来が見えないんだ」そういうわけで、わたしは雑な計画を立てるしかなかった。オフィーリアがなにを企《たくら》んでいるのか突《つ》き止め、なにがあろうとにかく阻止《そし》する。ひどい計画だけど、少なくともわかりやすくはある。

厄介《やっかい》なのは、この計画をどう遂行《すいこう》すべきかという点だった。出発するとき、ディープティと祖母と叔母《おば》は、わたしに金の腕輪《うでわ》を何本もくれた。手首につけた重い腕輪《うでわ》が、動くたびにカチャカチャと鳴る。その一本一本に、瞑想《めいそう》と集中によって生まれたマナが染みこませてあった。この腕《う》輪《わ》には、わたしの家族の――**わたしの家族**と胸の中でつぶやくと、なんだか泣きたい気分になった――愛情と強さがこもっている。それでも、よくも悪くもこれは大規模自治領のマナ・シェアのメダルとはちがう。凪《な》いだ海みたいに豊かなマナを際限もなく引き出すことはできない。一方、オフィーリアについた自治領の魔法使《まほうつか》いたちは、ひとり残らず大量のマナを使うことができる。

とはいえ、ほかに計画があるわけでもなかったから、わたしは電車に乗ってシントラへ向かった。車内にほかの魔法使《まほうつか》いの姿はない。どうせ、ヘリコプターだの豪華《ごうか》な自家用車だので移動しているんだろう。電車を降りると徒歩で博物館へむかい、入り口を見張っている暇《ひま》そうな非魔法《まほう》族《ぞく》の警備員から見えない壁《かべ》に近づいた。警備員のほかに非魔法族《まほうぞく》はいないから、今回は簡単に塀《へい》を通り抜《ぬ》けることができた。それに、ほかの魔法使《まほうつか》いたちとはちがって、どこへ行けばいいのかもわかっている。

塀《へい》を通り抜《ぬ》けて地面に下り立とうとしたその瞬間《しゅんかん》、四つの魔法《まほう》がわたしめがけてまっすぐに飛んできた。といっても、わたし個人に恨《うら》みがあるわけでもないらしい。魔法《まほう》をかけてきた四人は、それぞれの自治領から、塀《へい》のあたりを見張って味方が入ってくれば手を貸し、敵なら威嚇《いかく》しろ、と指示を受けてきたんだと思う。だけど、ひとりで乗りこんできたわたしは敵か味方かわからなかった。だから、四人ともが同じ判断を下したらしい。まず倒《たお》す。質問はそのあとだ、と。殺戮《さつりく》魔法《まほう》はひとつもなかった。ひとつはかなり気の利いた魔法《まほう》で、これをかけられた標的は現状に心から満足して、なにひとつ変えたくないと思いこむ。だから、その場でぴたりと動きを止めてしまうのだ。だけど、幸福魔法《まほう》と一緒《いっしょ》に飛んできたのは強度が同じくらいの鬱《うつ》魔法《まほう》だったから、仮にわたしに直撃《ちょくげき》していても相殺されて無効化されただろう。戦闘中《せんとうちゅう》にやみくもに魔法《まほう》をかけると、こういうミスを犯す。

ほかのふたつは身体を攻撃《こうげき》するタイプの魔法《まほう》だった。ひとつは標的の首を締《し》めて気絶させ、意識を取りもどしたところでまた締《し》め上げる。もうひとつは、直撃《ちょくげき》すると一定の間隔《かんかく》を置いて脳への血流が繰《く》りかえし止まってしまう。わたしは四つの魔法《まほう》をすべて受け止め、元の持ち主に投げ返そうとして――ディープティに言われたことを思いだした。**おまえなら、暗闇《くらやみ》の中に光を見出だすことができる。**投げ返すのは思いとどまり、魔法《まほう》を**抱《かか》えこむ。**敵の攻撃《こうげき》からマナを抽出《ちゅうしゅつ》して、自分の攻撃《こうげき》に転換できないかと思ったのだ。前にも一度、似たようなことをやった。スコロマンスの体育館で、ズーシュエンのリバイザーから放たれた魔力《まりょく》をべつの目的に使ったときだ。

だけど、目論見どおりにはいかなかった。力加減を間違《まちが》えたのか、四つの魔力《まりょく》が手の中で砕《くだ》け散り、魔法《まほう》の失敗作みたいなものができあがってしまった。魔法《まほう》の破片が宙に舞《ま》い散り、それをまともに浴びた四人の魔法使《まほうつか》いたちが、なんとも言えない不愉快《ふゆかい》そうな表情になる。だけど、その過程で、すこしではあってもわたしの手元にはマナが**残った。**魔法《まほう》をひとつだけかけるならギリギリ足りる量だ。わたしはあたふたしている四人のそばをすり抜《ぬ》け、闇《やみ》におおわれた迷路みたいな庭園の奥《おく》へ進んだ。

　庭園を歩きはじめるのとほぼ同時に、早くも自分が迷っているのがわかった。ふつうの状況《じょうきょう》なら、魔法《まほう》が非魔法族《まほうぞく》に勝つことはまずあり得ない。魔法《まほう》なんかあるわけないと信じこんでいる人がいると、魔法《まほう》をかけるのはめちゃくちゃむずかしい。だから、非魔法族《まほうぞく》がいたら基本的に魔法《まほう》は使わないけど、それでも絶対に不可能というわけじゃない。大量のマナをこめて念じつづけるか、魔法使《まほうつか》いをたくさん集めて、魔法《まほう》は本当にあるんだという信念で非魔法族《まほうぞく》を制圧すればいい。

そして、庭園が大勢の魔法使《まほうつか》いで埋《う》めつくされたいま、世界はすこしずつ現実から乖離《かいり》しはじめていた。

庭園の曲がりくねった小道は、ここを歩く人たちを荒野《こうや》でさまよっているような気分にさせるための仕掛《しか》けだ。魔法《まほう》が介入《かいにゅう》しはじめたいま、小道という小道がもとの意図に従ってじわじわと延びつづけていた。自治領の**内部**みたいにひとりでに空間が増えていき、そこへなだれこんできたさらに多くの魔法使《まほうつか》いが、さらに多くのマナを魔法《まほう》にこめて右へ左へ放ちつづける。木々はかぎ爪《づめ》みたいな枝を伸《の》ばし、魔法使《まほうつか》いたちを誘惑《ゆうわく》しようとするみたいに、やけにおいしそうな果物をたわわに実らせている。あちこちに配置された石像は台座から離《はな》れて動きはじめ、壁《かべ》のくぼみから出てきて戦闘《せんとう》に加わった。地面のいたるところから、奇妙《きみょう》な形の魔工品《まこうひん》がキノコみたいに生えてくる。どれも物理の法則に反したあり得ない構造をしているから、ふつうなら自治領の外に出した瞬間《しゅんかん》に崩壊《ほうかい》するはずだ。もしもいま非魔法族《まほうぞく》がここに迷いこんできたら――それとも、ホームレスの人が運悪く茂《しげ》みのかげに隠《かく》れていたら、いびつなこの世界を見て、自分は気がちがったんだろうかと不安になるだろう。

儀式《ぎしき》の井戸を探すあいだも、頭上では大量の殺戮魔法《さつりくまほう》が猛《もう》スピードで音もなく飛び交っていた。これじゃ味方を撃《う》ってしまってもしょうがない。おかげで、殺意からマナを抽出《ちゅうしゅつ》する練習がたっぷりできる。だれかと直接対戦する必要さえなかった。わたしは宙を舞《ま》う悪意や暴力や苦痛からマナを抜《ぬ》き取り、見えないリュックにせっせと詰《つ》めこむみたいに体の中にためこんでいった。やがて、腕輪《うでわ》にはめこまれた宝石は真っ赤に輝《かがや》きはじめ、首から下げた水晶《すいしょう》にもマナが満タンにたまった。熟れたプラムみたいに、体がマナではちきれてしまいそうだ。

このころにはわたしも気付いていた。戦場にいる魔法使《まほうつか》い全員が、あるひとつの魔法《まほう》にからめ取られている。この庭園には、**永久に**わたしたちをこの場所で迷わせる魔法《まほう》が仕掛《しか》けてある。ここへは初めてやってきた魔法使《まほうつか》いたちがほとんどのはずだ。まともな神経をしていれば、スコロマンスの入り口なんて危険な場所には近づかない。だから、魔法使《まほうつか》いたちはなにを探せばいいのかもわからないまま手近な敵と戦っているわけで、そして、この迷路みたいな庭園には戦うべき敵がわんさか集まっている。はちきれんばかりのマナを手に入れたわたしでさえ、この迷路からは出られない。

いや、正確には出ようと思えば**出られる**。だけど、あの井戸に**入る**ことだけがどうしてもできないのだ。便利な案内魔法《まほう》なら知っている。ロンドン自治領で迷子になった反省を活かして、あらかじめ調べて頭に叩《たた》きこんでおいた。殺戮《さつりく》魔法《まほう》でも虐殺《ぎゃくさつ》魔法《まほう》でもないから、覚えるのにはけっこう苦労した。なのに、何度案内魔法《まほう》を使っても、そのたびに博物館の入り口にもどってしまう。入り口のゲートは開きっぱなしになっていて、むこうには消防車の警告灯がはっきりと見えた。そして、背後には薄暗《うすぐら》い庭園が広がっている——庭園のどんちゃん騒《さわ》ぎに加わりたくないならどうぞご勝手にお帰りください、というわけだ。わたしは歯ぎしりして踵《きびす》を返し、混戦を極めていく戦場に飛びこんでいった。

わたしに注意を払《はら》う魔法使《まほうつか》いはほぼゼロだった。十代の魔法使《まほうつか》いが戦場の隅《すみ》っこをこそこそ歩き回っていれば、スコロマンスを卒業したての子どもが仲間とはぐれたようにしか見えない。標的にさえならないのも当然だ。いっぽう、魔法使《まほうつか》いたちは、自分たちの放つ凶暴《きょうぼう》な魔法《まほう》がのきなみ無効化されてしまうことを不審《ふしん》に思いはじめていた。なんなら、敵が放ってくる魔法《まほう》も途中《とちゅう》で消えてしまう。近くにいる魔法使《まほうつか》いたちの話し声が聞こえてきた。ニューヨークか上海《シャンハイ》が、あらゆる攻撃《こうげき》を打ち消す魔法《まほう》を敷地《しきち》に仕掛《しか》けたんじゃないかと怪しんでいる。

戦闘《せんとう》自体は鎮《しず》まるどころかますます激しくなっていった。魔法使《まほうつか》いの数は増えつづけ、だれもかれもが、たんまりためてきたマナを使って殺戮《さつりく》魔法《まほう》をかけまくる。わたしもこれ以上マナをためておくのは不可能だったから、かわりに片っぱしから魔法使《まほうつか》いたちを石に変えていった。だれかが魔法《まほう》を放つたびに空中でつかみ、そのマナを使って石化魔法《まほう》をかける。たちまち、わたしが歩いた小道は本物そっくりの石像でいっぱいになった。

小道に並んだ傑作《けっさく》を、わたしは何度も何度も鑑賞《かんしょう》するはめになった。あの井戸がどうしても見つからないのだ。前に来たときも、観光客でごった返す庭園を暑さにあえぎながら何周もしたけれど、あっちのほうがまだマシだ。あのときはだれかに**操られて**迷っていたわけじゃないんだから。だいたい、この敷地《しきち》全体にかけられている魔法《まほう》はなんなんだろう。なにが目的なんだろう。カリカリしながら庭園を歩いているうちに、わたしは不穏《ふおん》な考えに取りつかれはじめた。いっそ、敷地《しきち》全体を見渡《みわた》せる入り口にもどり、庭園を丸ごと引きはがして地下の様子を確認してやろうか。ひどいアイデアだけど、同じ場所を何周も何周も何周もさ迷いつづけるよりよっぽどマシなんじゃないだろうか。そう思ったとき、暗がりからだれかの声がした。「エル！　ガラドリエル！」

この男子の声には聞き覚えがある。

バカげたアイデアを大真面目に検討していたことからもわかるとおり、わたしは完全に頭に血が上っていた。ろくに考えもしないで呼ばれたほうを振《ふ》り向き、小道の先にある小さな空間につかつかと歩いていった。地面にはタイルが敷《し》き詰《つ》められていて、石壁《いしかべ》にも装飾《そうしょく》的な彫刻《ちょうこく》がほどこされている。どの自治領の魔法使《まほうつか》いたちもこういう奥《おく》まった空間に引っこんで、防御魔法《ぼうぎょまほう》や盾魔法《たてまほう》を固定する魔工品《まこうひん》なんかで守りを固めていた。

わたしもそういう即席《そくせき》の要塞《ようさい》にちょっかいをかけることはしなかった。そんなことをしなくても宙に飛んでくる魔法《まほう》は十分に封《ふう》じこめられる。だけど、今回はご招待があったので話がべつだ。呼ばれた隠《かく》れ家《が》に向かってみると、そこにはカミス・ムウィニが立っていた。三人の魔法使《まほうつか》いと一緒《いっしょ》にいる。正確には魔法使《まほうつか》いがふたりと、すてきな石像が一体。石像の表面にはゆっくりと、しかし確実にひびが広がりつつあって、開いたすき間からスワヒリ語らしいくぐもった罵声《ばせい》が聞こえてくる。スワヒリ語はわからないけれど、怒《おこ》っているらしいことだけはよくわかった。

「おい、なにしてんだよ。気でもちがったか？」カミスが詰《つ》め寄ってくる。あいかわらず感じがいい。「なんでみんなを石にして回ってんだよ」

「殺し合いをさせとくよりマシだからだよ」わたしはどなり返した。「なんで**あんたが**いるわけ？ザンジバルの生徒割当数って五人分もないんだから、提供しなきゃいけないマナの量もたかが知れてるよね。スコロマンスが残ろうが消えようがあんたたちに関係ある？　しかも、ザンジバルってニューヨークとも上海《シャンハイ》とも同盟関係じゃないよね？」

カミスは呆《あき》れ返ったと言いたげに大げさに両手を振《ふ》り上げた。年代物のでかい槍《やり》を持ってるから、やたらと迫力《はくりょく》がある。着ている高そうな赤いスーツには似合わない武器だ。槍《やり》は動くたびにきらきら光るかすかな軌跡《きせき》を残す。まるで光でできた二本目の槍《やり》があって、本体の動きをすこし遅《おく》れてまねしているみたいだ。ちらっと見ただけだと実際にそれで敵を攻撃《こうげき》するみたいに思えるけど、鉄製の槍《やり》はいまにも崩《くず》れそうなくらいぼろぼろだ。カミスは錬金術師《れんきんじゅつし》だから、たぶんこれは、敵の保護魔法《まほう》を破るための魔工品《まこうひん》で、槍《やり》の形をしているのはその方がそれっぽいからだ。防《ぼう》御《ぎょ》を崩《くず》した上で、遠くから魔法薬《まほうやく》で攻撃《こうげき》するんだろう。「**だから**来たんだよ！　みんなそうだろ！」

「は？　でかい自治領に取り入ろうってわけ？」皮肉のつもりで言った瞬間《しゅんかん》、まさにそのとおりなのだと気付いた。ザンジバル自治領は、オフィーリアが話していた小規模自治領のひとつだ。シンガポールみたいな大規模自治領とはちがって、スコロマンスを維持《いじ》するための長期契約《けいやく》を結ぶ義務がない。オフィーリアの話では、小規模自治領はこれまで任意でおこなってきたマナの寄付をあの卒業式から取りやめている。つまり、一時的にではあっても、中規模以上の自治領に対して相当有利な立場にあるわけだ。そんなおいしい状況《じょうきょう》を、ザンジバルをはじめとした小規模自治領は、この戦争を利用して引き延ばそうとしているらしい。ニューヨークや上海《シャンハイ》がいざ本格的に戦闘《せんとう》を開始したら援護《えんご》射撃《しゃげき》しようと、いまのうちに有利な態勢を築こうとしているのだ。「**そのためには**人も殺すって?」

「じゃ、**どうすれば**いいんだよ!」カミスは鋭《するど》く言った。「おまえ、スコロマンスを消して世界を変えようとしてるんだよな? お望み通り、世界はもうすぐひっくり返る。で、おれたちは? 戦争にも加わらないで、勝者に今後の運命を決められるのをおとなしく待っとけって? おれたちにだって意見のひとつやふたつあるんだよ」

カミスの言い分は正しい。あいかわらずシロアリの詰《つ》まった袋《ふくろ》なみに嫌《いや》なやつだけど、言ってることはまちがってない。これまで、スコロマンスは全自治領が反目し合う最大の原因だった。同時に、全自治領をつなげる最大の絆《きずな》でもあった。一世紀あまりのあいだ、争いと小競り合いを生みつづけてきた。たしかに、世界は**もうすぐ**ひっくり返るだろう。スコロマンスはもう、世界中の自治領が総力をあげて権利を拡大しようとする要所じゃない。生徒割当数を一席でも増やそうと、不平等な条件を呑《の》みこむ必要もない。この変化が吉《きち》と出る自治領もあれば、凶《きょう》と出る自治領もある。ザンジバル自治領は目ざとく気付いたのだ。この戦争は有利な立場を得るための最大のチャンスだ、と。

そう考えたのは、もちろんザンジバルだけじゃなかった——だからこそ、だれもかれもがやみくもな戦い方をしている。ここに集まってきた魔法使《まほうつか》いたちは、ひとりのこらず自分たちのためだけに戦っている。そして、小規模自治領が実際の戦場で戦っているあいだ、規模の大きい自治領は高みの見物を決めこんでいる。戦いがあらかた終わったころに出てきて、生き残った自治領を戦力として取りこむつもりだろう。わたしたちは庭園に閉じこめられているわけじゃない。嫌《いや》なら出て行き、タクシーを拾って帰ればいい。だけど、**むこう側**に入ることはできない。能力を示し、なんでもやるという気概《きがい》を見せない限り、VIPだけに開かれた特別な場所へ行くことはできない。スコロマンスの構造とそっくりだ。勝ち組が負け組を品定めして、使えそうなやつだけ自分たちのチームに加えていく。

「なるほどね」状況《じょうきょう》を把握《はあく》すると、わたしは歯噛《はが》みしたい気分で言った。「テーブルの上の残り物を取り合ってるってわけか。でも、むこう側でなにが起こってるかは知らないんだ。ていうか、むこう側があることさえ知らないいか」

カミスはムッとした顔をして――たしかに、わたしの言い方はほんのちょっとだけ意地悪だった――しぶしぶと言った感じで答えた。「ニューヨーク自治領がスコロマンスの扉《とびら》を守ってるんだろ？　上海《シャンハイ》とジャイプールも攻撃《こうげき》態勢を整えてるらしいし」

「ニューヨークとかの連中が攻撃《こうげき》をはじめるのはまだずっと先。大規模自治領はここでの殺し合いがだいたい終わるのを待って、ＶＩＰルームに入れてもいい自治領を選ぼうとしてるわけ。でも、そんな茶番はわたしが終わらせる。それでどうなるかはわからないけど、まあ、ヤバいことにはなるだろうね。だから、お仲間の石像を持ってさっさと帰れば？」

となりにいた年かさの男が――顔にはわざと残した傷跡《きずあと》がいくつもある。自分は歴戦の勇士なのだと世間に知らしめたいんだろう――うさんくさそうな顔でカミスになにか言い、わたしと石像をあごで指したかと思うと、返事も待たず、鞭《むち》みたいにしなる赤い光線で襲《おそ》いかかってきた。まともに食らえばかなりのダメージだったと思う。この光の鞭《むち》の原理は、わたしが一年生のときに手に入れたすてきな魔法《まほう》とよく似ている。わたしが持っているほうは、百人の敵の首を一気にはねるためのものだけど。わたしは光の鞭《むち》をつかんで手に二回巻きつけ、べつの魔法《まほう》に変えてすばやく投げ返した。青白い炎《ほのお》が、鞭《むち》に沿ってごおっとばかりに男に向かっていく。あっちもバカじゃないから、男は炎《ほのお》に焼かれる前に鞭《むち》を切断した。わたしは鞭《むち》をぐっと引き、勢いよく手に巻きつけて小さくまとめ、わきへ放った。間髪《かんはつ》をいれず、石像化したひとりにもう一度石化魔法《まほう》をかける。もうすこしで片腕《かたうで》が出そうになっていたのだ。たちまち罵声《ばせい》が聞こえなくなった。

「このまま薄暗《うすぐら》い戦場で殺し合いをつづけたいなら勝手にすれば？」わたしは吐《は》き捨てるように言った。「でも、もう一度わたしを襲《おそ》ってみな。そいつみたいに石像の中に閉じこめられて、朝まで一ミリずつ石を崩《くず》すことになるよ」

カミスはあとのふたりにスワヒリ語でなにか言い、わたしを指してあきらかに悪意のこもったジェスチャーをした。だけど、わたしの脅《おど》しはちゃんと効いたらしい。特に三人目の老婆《ろうば》には効果てきめんだったみたいだ。老婆《ろうば》は傷のある男を語気荒《あら》く言い負かすと、ウールの上着のふところを探って小さな黒い布袋《ぬのぶくろ》を引っ張りだし、石像の上に投げた。ちっぽけな袋《ふくろ》の中に、石像が一瞬《いっしゅん》にして収まる。老婆《ろうば》は袋《ふくろ》の持ち手の片方を男に握《にぎ》らせた。

老婆《ろうば》はもう片方の持ち手をカミスに持たせようとしたけれど、カミスがふてくされたような顔でなにか言うとだまってうなずいた。ふたりが石像の入った袋《ふくろ》を持っていなくなると、カミスはわたしに向き直り、挑《いど》むような声で言った。「おれはおまえに付いていくから」

「いや、ムリ」わたしはぎょっとして言った。「なんであんたが？」

「おまえがこれっぽっちも信用できない危険人物だからだよ」当然だろと言いたげにカミスがどなる。たしかに、信用できない危険人物には付いていくに限る。当然だ。カミスはそれから、しぶしぶ付け加えた。「ンコヨに頼《たの》まれたんだよ！」

「は？」

「ここに来るって言ったら、ンコヨがエルをよろしくって。おまえはあいつの友だちだろ。まじで不釣《つ》り合いだけどな。だから、おまえを見つけたら力になるって約束したんだ」要するにこういうことだ。残念ながらカミスの彼女《かのじょ》には頭のおかしい友だちがいて、だれかに手綱《たづな》を引いていてもらわないとなにをするかわからない。そしてカミスは史上最高の彼氏《かれし》だから、甘《あま》んじてその任務を引き受けたというわけだ。

　できることなら**喜んで**カミスにわかりやすい訓戒《くんかい》を垂れてやった。あんたはンコヨと全然釣《つ》り合っていないんだから口をきいてもらえるだけで感謝しなきゃいけないんだよ、と。それから、わたしのお目付け役としてついてきたってなんの役にもたたないから、と切り捨ててやりたかった。大乱戦の真っ最中じゃなかったら、短い説教くらいは本気でしてやったと思う。だけど、わたしたちはまさに大乱戦のただ中にいたから、短い返事で勘弁《かんべん》してやるしかなかった。「**心からありがとう**ってンコヨに言っといて。わたしに付いてくるなら、自分の身くらい自分で守りなよ」それだけ言うと、わたしはふたたびザンジバルの砦《とりで》の外へ飛びだしていった。

　このころには、一部の魔法使《まほうつか》いたちが、攻撃《こうげき》が無効化される原因とわたしの正体に気付きはじめていた。たぶん、わたしのことは以前から知ってはいたんだろう。スコロマンスからいっせいに帰っていった生徒たちが、入学式は取りやめになった、学校は無期限の休校になった、世界中のおよそ半分の怪物《かいぶつ》がいなくなったんだ、と口々に報告したはずだ。話を聞けば聞くほど、おとなたちは仰天《ぎょうてん》して詳細《しょうさい》を知りたがっただろうし、その中でわたしの名前も出たはずだ。

もちろん、学校の有名人が卒業後も有名人のままでいるとは限らない。ガラドリエル・ヒギンズという名前は**要注意人物**リストに載《の》っただけで、たぶん、はえある**自治領戦争に影響《えいきょう》のある人物**リストには載《の》っていない。ロンドンと北京《ペキン》とドバイの三つの自治領を救ったんだから名を揚《あ》げてもいいはずだけど、すべてはあっという間に起こったことで、わたしの偉業《いぎょう》もほとんどの自治領にとっては真偽不明《しんぎふめい》のうわさ話でしかなかった。それに、どの自治領も差し迫《せま》って考えるべき問題をそれぞれに抱《かか》えている。

だけど、戦場にいる同級生はカミスだけじゃなかった。十八歳《さい》の子どもなんて実戦でなんの役にたつんだろうと思うかもしれないけど、スコロマンスの卒業ホールという地獄《じごく》から生還《せいかん》した十八歳《さい》は、人生で一番戦闘力《せんとうりょく》が高いこともまれじゃない。同級生たちも、わたしが来ていることに気付いて同じ自治領の年長者に報告していたらしい。そうじゃなくても、わたしはもうそれぞれの簡易要塞《ようさい》の前を四回は通り過ぎていたし、やけに大胆《だいたん》な動きの子どもがいるという印象はそのたびに強まっていったと思う。

それに、ザンジバルの隠《かく》れ家《が》から鼻息荒《あら》く飛びだしたときには、文字どおり地響《じひび》きを起こしていたかもしれない。ついでに、緑がかったオーラに輝《かがや》きながら、煙《けむり》も少々漂《ただよ》わせていたんじゃないだろうか。

なんにせよ、隠《かく》れ家《が》から小道に出た瞬間《しゅんかん》、十一の魔法《まほう》がわたし目がけて飛んできた。今度はわたしだとわかったうえでの攻撃《こうげき》だ。悪意と殺意が波紋《はもん》のように襲《おそ》ってくる。ガラドリエルを燃やしてやろう、骨を粉々に砕《くだ》いてやろう、精神を固い結び目みたいにもつれさせて狂気《きょうき》へ追いこんでやろう、足元の地面に深い亀裂《きれつ》を開けてやろう。それにしても、十一の魔法《まほう》全部がそろいもそろってわたしの魔法《まほう》の下手な模造品みたいに弱々しい。魔法《まほう》が放たれるのを感じた瞬間《しゅんかん》、すべてを受け止めて破壊《はかい》し、新鮮《しんせん》なマナにもどす体勢を取った。ところが、実際に飛んできたのは九つの魔法《まほう》だけだった。残りふたつはどうなったんだろうと見回すと、ひとりの女子がわたしの背後で盾魔法《たてまほう》をかけている。小道のむこうでは、グアダラハラ自治領のアントニオが、顔の模様を彫《ほ》った石の円盤《えんばん》を両手で掲《かか》げていた。四角く開いた口の部分が、火の玉みたいな魔法《まほう》を吸いこんでいく。ふたりとも元同級生だ。

それとほぼ同時に、べつの三人がわたしを呼ぶ声がした。「エル！」小道に立ってわたしに手招きしている。その三人にも見覚えがあった。わたしは奇襲攻撃《きしゅうこうげき》から取りこんだばかりのマナを使って、簡単な点灯魔法《てんとうまほう》をかけた。明かりをつける系の魔法《まほう》の中では一番単純で、ラテン語を学んだことがない人でもふつうに使う。ただし、わたしがこの魔法《まほう》をかけようとすると、込《こ》み入った手順を踏《ふ》んでマナも多めに使わなくちゃいけない。ふつうのやり方でかけようとすると、合わせた手のあいだからガイ・フォークスの焚《た》き火なみに勢いのいい火の玉が放たれ、それと同時に派手な蛍光《けいこう》色の光のリボンが周囲を縦横無尽《じゅうおうむじん》に走りまわり、あたりにオゾンの悪臭《あくしゅう》を漂《ただよ》わせる。火の王はミニサイズの太陽みたいにまぶしく照り輝《かがや》きながらわたしの頭上に浮《う》かびあがり、不穏《ふおん》な感じの紫《むらさき》と緑の炎《ほのお》を揺《ゆ》らめかせるのだ。

わたしは自分の声に増幅魔法《ぞうふくまほう》をかけて話しはじめた。「わたしはあんたたちと戦いに来たんじゃない。もう家に帰って。ここに残っても、わたしがいなくなるまでは殺し合いなんかさせないからね」言葉を切るたび、句読点のかわりみたいに雷鳴《らいめい》がとどろいた。

攻撃《こうげき》はぴたりと止んだ。とりあえず、いまのところは。盾魔法《たてまほう》を使っていた女子が急ぎ足で近づいてくる。実を言うと、その子がだれか気付いたのは至近距離《きょり》で顔を見たついさっきのことだ。オースティン自治領のミランダというトランスの子で、卒業を待って性転換魔法《せいてんかんまほう》を使ったらしい。ミランダは不安そうな顔で、肩《かた》ごしにちらっとうしろを見た。ガラドリエルには関わるなと自治領の者たちに警告されているのかもしれない。一瞬遅《いっしゅんおく》れて、手招きしていたほかの同級生たちもカミスとわたしがいる場所へ近づいてきた。「エル、人手がいるならおれたちが力になる」アントニオがスペイン語で言った。「なにか考えがあるのか?」

わたしは自分を囲む同級生たちを見回した。いつものあまのじゃくが顔をのぞかせる。**別にだいじょうぶ。あんたたちの助けなんかいらない。**そう言ってしまいたい。なぜなら、ここにいるのは自治領の連中ばっかりだから。しかも、自治領根性が強めなタイプで、自分たちの地位をもっと高めようとわざわざ戦場にやってきたようなやつらだ。わたしは助けなんかいらない。差しだされた手をつかんだら、ここにいるみんなを、勝てるかどうかもわからない戦いに引きずりこむことになる。それでも、やっぱりこんなふうに差し出された助けを拒《こば》むことはできなかった。アントニオたちはたしかに戦争に加わった。だけど、暗闇《くらやみ》の中から進み出て、みずからの意思でわたしの力になろうとしている。

「どこかに井戸があるはず。このへんだと思うんだけど」だから、わたしはそう言った。「探すのを手伝って」

それからの三十分、わたしたちは地下へ下りるための井戸を探しつづけた。魔法《まほう》が飛んでくることも五、六回くらいあったけど、その程度なら難なくかわせる。そして、魔法《まほう》をかわせたということだけが唯一《ゆいいつ》の収穫《しゅうかく》だった。新たに結成されたこの同級生チームのメンバーは、戦闘魔法《せんとうまほう》を得意とする魔法使《まほうつか》いばかりだったのだ。もちろん、だからこそ選ばれて**ここに**いるわけだ。これが卒業チームなら——わたしをのぞいて——精鋭《せいえい》ぞろいということになっただろうけど、魔工《まこう》が得意な魔法使《まほうつか》いはひとりもいない。いま必要なのは、井戸を隠《かく》している複雑な仕掛《しか》けを辛抱《しんぼう》強く解きほぐすことのできる、腕利《うでき》きの魔工家《まこうか》なのだ。

しかも、わたしたちはそろいもそろって気が短かった。三十分が過ぎようとするころには、やっぱり力わざに頼《たよ》るのが一番だという結論に落ち着き、庭園をどこから引きはがすべきかという話し合いがはじまった。陰喩《いんゆ》的てこの原理で井戸を見つけるべく、ゴミ箱をいくつかみつくろってでかいバールに変えようとしていたまさにそのとき、スイートハニーがわたしのポケットから飛びだして走りはじめた。

もどってきたスイートハニーは、リューの肩《かた》の上にのっていた。となりにはアアディヤがいる。わたしはバールを放りだし、リューに駆《か》けよって力の限り抱《だ》きしめた。その倍くらいの強さでリューがわたしを抱《だ》き返す。「だいじょうぶ?」ささやき声でたずねると、リューはわたしを抱《だ》きしめる腕《うで》にさらに力をこめ、小さな声で言った。「ううん」わたしから体を離《はな》しながら、涙《なみだ》でぬれた目をぬぐう。だけど、その顔はほほえんでいた。リューは回復しているように**見えた**。全身をくまなく見回し、**〝今回はムリだって、あんたは休んでて〟**と言えそうな兆候を探す。だけど、健康体そのものでアザや傷さえ見つからない。ひとつ言えるとするなら、回復し**すぎて**いるように見えた。〈鐘《かね》つき蜘蛛《ぐも》〉のリュートを肩《かた》にかけ、ゆったりと優雅《ゆうが》な服を着ている。まっすぐな髪《かみ》はあごのあたりでぱつんと切りそろえられている。以前のリューは、たしか、片方の肩《かた》と頬骨《ほおぼね》がもう片方よりわずかに高かったはずだ。だけど、あの左右差は完全に消えている。雑誌の表紙に載《の》った、コンピューターで補正された人の顔みたいだ。体が健康なのも痛みから解放されるのもいいことだけど、なんだか、だれかが**自分たち自身のために**リューの苦痛を覆《おお》い隠《かく》したようにも見えた。リューがいまも苦しんでいるという事実から目をそらすために。

「こんなことしてだいじょうぶ？」いろんな気持ちをのみこんで、わたしは短くたずねた。

「傍観《ぼうかん》してるほうがつらいの」リューも短く答えた。よくわかる。わたしも同じ理由でここに来た。

「さてと。みんな、これがまじで無意味ってことはわかってるよね？　どうせ手っ取り早いからってだけでこんなこと考えたんでしょ？」アアディャが急ごしらえのバールをじろじろ見ながら言った。「あのさ、あっちは井戸に土をかぶせて隠《かく》してるわけじゃないんだよ。庭を丸ごと引きはがしたって見つからないから。魔工品《まこうひん》の仕掛《しか》けを破って入るしかないんだって」

「魔工品《まこうひん》って？」わたしはムッとして言った。

「ここのパンフレット、読んだでしょ？　この庭園には正しい道順で歩かないと迷いつづける魔《ま》法《ほう》がかかってる。何年も何年も非魔法族《まほうぞく》が同じ道を歩きつづけてきたんだから、魔法《まほう》はめちゃくちゃ強力になってるわけ。ニューヨーク魔法《まほう》自治領は、仕上げの魔法《まほう》を追加するだけでよかった。正しい順序を踏《ふ》まないと井戸には絶対たどりつけない。力ずくで強行突破《とっぱ》なんてムリ。実際の通過儀礼《ぎれい》をしなきゃ」

と言われても、その通過儀礼《ぎれい》の内容がわたしたちにはさっぱりわからなかった。庭園のあちこちにある案内板を読んでもまるで要領を得ない。茂《しげ》みの下に半分焦《こ》げたパンフレットを見つけて読んではみたけれど、こっちも同じくらい役立たずだった。こういう順序であっちの場所やこっちの場所へ行けだとか、寝《ね》ずの番をしなきゃいけないだとか、そういうことは書いてあるけれど、肝心《かんじん》の誓《ちか》いの言葉や呪文《じゅもん》についてはヒントもない。わたしたちは仕方なく館内の玄関《げんかん》近くにある土産物屋へ行き、おのおの床《ゆか》にすわりこんで、フリーメイソンに関する分厚い専門書を血まなこで調べはじめた。スコロマンスのグループ学習を思い出す。といっても、べつに楽しい思い出じゃない。なにしろ、これに命がかかってるんだと思いながら、歴史書のわかりにくい脚注《きゃくちゅう》を読解するのだ。しかも、命がけだとわかってるのに、退屈《たいくつ》すぎて十分も読んでいるとまぶたが重くなってくる。

いまこそリーゼルが必要だったし、そして必要なときにいないのがリーゼルだ。追いつめられてメールまでしたのに返信はなかった。ロンドン自治領のご立派なエリート集団が、平民どもと庭園で小競り合いをするはずがない。井戸のなかへ通されて、いまごろ、ニューヨークをはじめとするアメリカの自治領や、パリ自治領やミュンヘン自治領の連中と歓談中《かんだんちゅう》にちがいない。たぶんリスボン自治領も交じっている。パーティー会場になった自治領をのけものにするなんて失礼はしないだろう。いまのリスボンはかつての勢いを失ってしまったけれど。

リューは何冊かの本から情報を選《よ》り抜《ぬ》いて組み合わせ、できあがった文章をわたしがラテン語に翻訳《ほんやく》した。儀式《ぎしき》の魔法《まほう》は死語で訳すと使い勝手がよくなるのだ。いまいち理解できていない言葉を使うことで、魔法《まほう》に解釈《かいしゃく》の余地を残せるからだと思う。ところが、作業の途中《とちゅう》でリューがふと手を止め、自分の文章を見つめながらためらいがちに言った。「エル、この儀式《ぎしき》には犠牲《ぎせい》を覚《かく》悟《ご》で挑《いど》まなきゃ。**儀式《ぎしき》は最後までやり通すこと**――一度はじめたらやめないって、最初に誓《ちか》わなくちゃいけないの。井戸は罠《わな》かもしれないのに。出口を塞《ふさ》がれたら――もう外には出られない」

「そうなったら、全員閉じこめられるんじゃないのか?」カミスが偉《えら》そうに指摘《してき》する。

「そうなるね」リューは言った。「出口を塞《ふさ》いだ人もふくめて、全員出られない。それでも、あたしたちを**閉じこめたい**人がいるのかも――強力な武器をもっているだれかが」

リューが儀式《ぎしき》というものを警戒《けいかい》するのは当然だ。内容もわからないのに全面同意を求められる儀《ぎ》式《しき》ならなおさら不安だろう。リューに限らず、だれにとっても危険なことには変わりない。

「やるのはわたしひとりでいい」わたしは言った。

「そんなのだめ」リューが言った。

「そうだよ、許さない」アアディヤがわたしの腕《うで》をこづいた。「わたしも行く」

「わたしも」ミランダが声をあげたのをきっかけに、わたしも、おれも、と小さな声がつづく。

突然《とつぜん》、アントニオが怒《おこ》っているみたいな口調で言った。「このあいだは、エルがぼくたちを助けだしてくれただろ。エルとオリオンが」アントニオがそう言うのを聞いて、わたしは鼻の奥《おく》がツンとした。「ふたりのおかげであの学校におさらばできたのに、自治領の大人たちはスコロマンスの残骸《ざんがい》をめぐって戦争なんかはじめた。もっといい方法があるはずなのに。もっといい方法があるって、ぼくらにはわかってる。エルはそれを探そうとしてるんだよな。だから、ぼくらも一緒《いっしょ》に行く」

こうしてわたしたちは敷地《しきち》内にある教会へ行き、決められた位置についた。全員に役割がある。グランドマスター、それぞれの階級の会員、そして新しい入会者。入会者にはわたしがなった。即席《そくせき》の儀式《ぎしき》が途中《とちゅう》までしか成功しなかったとしても、入会者だけは最後までやり通すことができる。もし儀式《ぎしき》が完全なる失敗に終わったら、すべての責任はグランドマスターが負うことになっていた。だから、カミスがグランドマスターに立候補しても、わたしは反論ひとつしなかった。失敗すればケガをするのはほぼ確実なのに、自分の前にわたしをひざまずかせるという喜びに抗《あらが》えなかったんだろう。儀式《ぎしき》が大失敗に終わればいいなんて本気で願ってるわけじゃないけど、カミスが痛い目にあったらいい気味だ。

わたしし以外の全員が輪になって立つと、カミスがもったいぶって儀式《ぎしき》の文句を唱え、わたしは壇《だん》の上でひざまずき、良き騎士《きし》になりますと誓《ちか》った。バカバカしいという気持ちをどうにか抑《おさ》えこむ。魔法使《まほうつか》いなら、ふざけた魔法《まほう》だってかけようと思えばかけられる。だけど、こんなのバカみたいだと思ってしまったが最後、魔法《まほう》はなかなか成功しない。教会のなかが暗かったのがまだ救いだった。誓《ちか》いの言葉が終わると、わたしたちは一列になって外へ行き、両手の中で小さな明かりを灯しながら人工の岩屋へ向かった。リューがリュートを弾《ひ》きながら先頭に立ち、わたしたちを導いていく。庭園にはおとぎ話に出てくるような小さな塔《とう》がいくつも立っていたけれど、岩屋のむこうにもそんな塔《とう》がひとつあった。暗い石の塔《とう》の中に入り、細い階段を上っていく。階段を上り切ると、幅《はば》の広い道に出た。その道を一列になったまま歩きはじめた瞬間《しゅんかん》、非現実的な空間に出た感じがした。**手ごたえ**があった。

庭園の奥《おく》へもどってきたはずなのに、戦闘《せんとう》の音はさっぱり聞こえない。自治領の連中が荷物をまとめて帰ったわけじゃない。わたしたちが、あの井戸へつづく道に入ったのだ。そうだという確信があった。庭園はさっきとなにも変わっていないように**見える**けれど、わたしたちはまったくべつの空間に移行していた。同じ建物の上の階に移動したときみたいに。わたしたちはゆったりと広い道を歩きつづけた。上り坂になったり折れ曲がったりする道を進むうち、庭園を見晴らせる塔《とう》や石像を収めたくぼみのそばを通りすぎる。井戸を探して庭を何周もしていたときは、こんな場所は一度も通らなかった。つぎの坂道を上っていると、暗がりから滝《たき》が流れる音が聞こえてきた。前回ここへ来たときも、地下のトンネルでこれと同じ音を聞いたはずだ。わたしたちは上り坂を進みつづけた。見た目よりも急な坂を上っているみたいに、ふくらはぎが早くも痛くなる。つぎの角を曲がるころには、全員がぜえぜえ荒《あら》い息をついていた。空気が湿《しめ》っていて、肌《はだ》がべたべたする。歩くたびに足が重くなる。上へ、**中へ**、わたしたちは四苦八苦しながら進みつづけた。やがて、道は岩壁《いわかべ》にさえぎられて行き止まりになり、引きかえそうと振《ふ》りむいたその瞬間《しゅんかん》、わたしたちは井戸のなかの階段にいた。足の下には暗闇《くらやみ》が広がっている。

わたしは階段の上でもう一度ひざまずいた。カミスがわたしに目隠《めかく》しをし、片方の手を取って助け起こす。少なくとも、儀式用《ぎしきよう》の剣《けん》を持っているのはアアディヤだ。わたしたちが作ったでかいバールをアアディヤが魔工《まこう》で作り変えた。もちろん、カミスに剣《けん》なんか持たせるわけにはいかない。エルの胸に突《つ》き立てたいという誘惑《ゆうわく》に駆《か》られるかもしれないから。そろそろと立ちあがると、肩《かた》や背中に同級生たちの手が置かれるのを感じた。せまいらせん階段を下りるあいだも、リューは静かにリュートを奏でつづけた。足音がなぜかくぐもって聞こえる。

下りていくのは上るよりもずっと楽だったけど、嫌《いや》な予感しかしない。スコロマンスにいたときも、やけに早く進めるなと思うときは、かならずといっていいほど望まない場所へ行き着いた。これはもう、儀式《ぎしき》のまねっこなんかじゃない。わたしたちは一段ごとに深い闇《やみ》の底へもぐっていく。もぐった先に光があるのかもわからないまま。

しばらくすると、足音のいくつかが遠ざかっていくのが聞こえた。同級生の何人かがべつの道へ行ってしまったみたいに。底に着いたときにはみんないなくなっているんだろうか。とうとう階段を下り切ると、カミスがわたしの目隠《めかく》しを取った。カミスはこわばった顔だ。リューとアアディヤもちゃんといる。ミランダとアントニオ、そしてラプラプ自治領から来たエマンという名の男子もいたし、すこし遅《おく》れて、バルセロナ自治領のカテリーナも危なっかしい足取りで震《ふる》えながら階段を下りてきた。

トンネルの入り口は漆黒《しっこく》の闇《やみ》に沈《しず》んでいた。今回はＬＥＤのテープライトもない。だれに言われなくたってわかる。ここからは単なる儀式《ぎしき》的な移動じゃない。わたしたちは一列に並んで手をつなぎ、わたしを先頭にしてトンネルの入り口へ向かった。

その瞬間《しゅんかん》、魔法《まほう》で灯していた光がふっと消えた。あたりが暗闇《くらやみ》に沈《しず》むのとほぼ同時に、どこか上のほうから話し声が聞こえはじめた。ゴツゴツした岩壁《いわかべ》を片手で探りながら歩く。いざトンネルにもぐると、声はよりはっきりと聞こえるようになった。なかを吹《ふ》き抜《ぬ》ける冷たい風が、姿の見えない人たちの声を運んでくる。足を止めて耳を澄《す》ましても、話の内容までは聞き取れない。自分たちの息の音にかき消されて、どこの言葉なのかさえわからない。その場に立ちどまったまま、枝分かれしている通路のどれかに入るべきなんだろうかと考える。決めるのはわたしだ。しばらく悩《なや》んだあと、そのまままっすぐ行くことにした。まだ早い。曲がるのはもっと先のはずだ。

歩いていくうちに、右手に一本、左手に一本、べつのトンネルが現れた。風が音を立てて吹《ふ》き抜《ぬ》け、両腕《りょううで》に鳥肌《とりはだ》が立つ。分岐点に来るたびに、曲がってしまいたいという焦《あせ》りは強くなった。同時に、まだ早すぎるという確信もますます強くなった。次第に天井は低くなり、トンネルの横幅《はば》はせまくなり、一歩ごとに息苦しさが増していく。頭上のどこかにあるスコロマンスが、ゆっくりと沈《しず》んできているみたいだ。

やがて、また分岐点に来た。左手に、人ひとりがようやく通り抜《ぬ》けられるくらいの細い通路が延びている。今度は、曲がらなきゃという妙《みょう》な焦燥《しょうそう》感も覚えない。行く手からはやけに心地いい風が吹《ふ》いてきて、まっすぐ行けば出口があるぞと誘《さそ》いかけてくるみたいだ。天井に手を伸《の》ばしてみると、さっきよりもかすかに高くなっている。わたしは心を決めて左をむき、窮屈《きゅうくつ》なすき間に体を押《お》しこむと、せまいトンネルを歩きはじめた。

とたんに、話し声がますます大きくなった。あっちへこっちへ曲りくねるトンネルを歩いていくうちに、突然《とつぜん》、わたしたちはふたつ目の井戸の中に出た。さっきの井戸と大きさはほぼ同じだけど、荒削《あらけず》りの岩板を雑に組み合わせて作ったように見える。ごつごつした岩が積み重なり、互《たが》いに支え合っている。

井戸の真ん中にはらせん階段が上へと続いていた。ここを上れば、ぽっかりと開いた出口へたどり着けるのだ。出口からは星空がのぞいていて、新鮮《しんせん》な空気も流れこんでくる。だけど、わたしたちが行くべきなのはそっちじゃない。前回の最悪な経験から、この場所のことは覚えている。道がわからなくてむだな時間を過ごしたあのとき、井戸の深さはこれくらいだったはずだ。これ以上は深くなかった。だけど、らせん階段は上だけではなく下へも続いている。声は下から聞こえてくる。はるか下の暗がりから、いくつもの声が反響《はんきょう》しながら漂《ただよ》ってくる。わたしたちはらせん階段を下りはじめた。下へ、下へ、下へ。そこからさらにらせんを三周したとき、ふいに階段が途切《とぎ》れた。そこは巨大《きょだい》な広場のなかだった。むこうにスコロマンスの扉《とびら》が見える。アアディヤとリーゼルと一緒《いっしょ》に見つけたあの場所だ。

今回は、広場中に大勢の魔法使《まほうつか》いがひしめいていた。何十人もの魔法使《まほうつか》いが扉《とびら》の前で陣形《じんけい》を組み、防御《ぼうぎょ》にあたっていた。こうして見ているあいだにも陣形《じんけい》はますます複雑になり、外れかけていた扉《とびら》は修復され、枠《わく》の中にしっかりはまっている。そのうちのひとりには見覚えがあった。ニューヨーク自治領の駅で見かけた、ルースという名の女性だ。ルースは扉《とびら》の真ん前に置かれた折りたたみ椅子《いす》にすわって、放射状に広がるひび割れや亀裂《きれつ》の中心に陣取《じんど》っている。あのときと同じように、ルースはくたくたに疲《つか》れきっているように見えた。それなのに、ルースが億劫《おっくう》でたまらないといった感じで片手を上げ、怒《おこ》った猫《ねこ》をなでるときみたいにそっと動かすと、大きく隆起《りゅうき》していた床《ゆか》が一平方メートルくらいずつ平らにならされていく。それと同時に、床《ゆか》に彫《ほ》りこまれていた呪文《じゅもん》も修復されていった。呪文《じゅもん》のひとつはちょうどすべての文句がそろったところで、新しいマナを得て金色に輝《かがや》いていた。本当ならこんなことはあり得ない。こんなに複雑な魔工品《まこうひん》を**修復**するなんて、ふつうは不可能なのだ。だけど、ルースにはなぜかそれが可能らしい。この広場全体を原子レベルで掌握《しょうあく》しているとしか思えない。

ゲートまわりにはニューヨークの一団が集まり、損傷のひどくない反対側の壁《かべ》ぎわには対立するべつの一団がいて、魔工品《まこうひん》を左右対称《たいしょう》に配置していた。包囲攻撃《こうげき》のための兵器みたいなものだ。軽量の金属の枠《わく》に魔法《まほう》をかけた細長い槍《やり》が何本もはめこまれている。カミスが持っていた槍《やり》と同じで、敵の盾魔法《たてまほう》を破るためのものだ。魔工品《まこうひん》は縦二列に並べられていて、真ん中には自治領の軍旗が立ててあった。**上海**《シャンハイ》という金文字が踊《おど》る大きな赤い旗が二枚に、**ジャイプール**という赤い文字が踊《おど》る金色の旗が二枚。

はじめのうち、こっちに注意を払《はら》う魔法使《まほうつか》いはひとりもいなかった。わたしたちはたったの八人しかいない。これだけ大規模の戦争なんだから、八人にできることなんてたかが知れている。こうしているあいだにも、どちらの陣営《じんえい》も数十人単位で人が増えていった。わたしたちとはちがって、長い回り道をする必要もない。金色の**ジャイプール**の軍旗のそばには平たい滑車《かっしゃ》がすえられていて、そこから勢いよく繰《く》り出されるロープの先は、手品で使われるみたいなカーテン付きのでかい箱のなかへ消えていく。「〈ガンダーラ〉だね」アアディヤが低い声で言った。「長距《ちょうきょ》離《り》移動用の魔工品《まこうひん》。あれを使えば、十五キロ以上はなれたものでも手繰《たぐ》り寄せられる」四人の魔《ま》法使《ほうつか》いが滑車《かっしゃ》のレバーを握《にぎ》り、猛烈《もうれつ》な勢いで回している。四回か五回まわすたびに、箱の中から、目隠《めかく》しをされてロープのはしを握《にぎ》った魔法使《まほうつか》いがひとりずつ現れた。すると、ほかの魔法使《まほうつか》いたちが駆《か》けよって急いで目隠《めかく》しを外し、戦闘《せんとう》準備でてんてこまいしている一団のなかへ連れていく。

ニューヨーク側の陣営《じんえい》がどんな魔法《まほう》を使っているのかは見えないけれど、むこうも数分おきに人員が増えている。パーティーに呼ばれたサーカス団の車から、あり得ない数のピエロたちが飛びだしてくるみたいだ。スコロマンスの扉《とびら》の片側には司令部が設置されていた。一段高くなった金属の床《ゆか》の上には仕切り壁《かべ》や必要な設備がそろっている。どれも折りたたみ式になっているということは、いざ敵の攻撃《こうげき》がはじまったら、どこかに用意された装甲箱《そうこう》に瞬時《しゅんじ》にしまわれるんだろう。司令部には上級魔法《まほう》使いが何人もいて指示を出していた。クリストファー・マーテルもいて、日本人の女性と話をしている。たぶん、トウキョウ魔法《まほう》自治領総督《そうとく》のチサト・ササキだ。カテリーナによると、黒髪《くろかみ》の背の高い男性は、パリ自治領のバスティアン・ヴォクレイン総督《そうとく》らしい。たぶん、そのそばにいるのがリーゼルの宿敵だ。ミュンヘン自治領のヘルタ・フックス。となりにいるのはフックスの娘《むすめ》とその夫かもしれない。やけに押《お》しだしのいいアメリカ人の魔法使《まほうつか》いもちらほら交ざっているけれど、たぶんそいつらもどこかの総督《そうとく》なんだろう。総督《そうとく》たちの真ん中には、老いた女性がひとりすわっている。きっちり整えた銀髪《ぎんぱつ》に黒いワンピース。サファイアやダイアの豪華《ごうか》なネックレス。オードリー・ヘップバーンの有名な写真をまねしたみたいなスタイルだ。オーレリーナ・ヴァンス。ニューヨーク自治領の現総督《そうとく》だ。

上海《シャンハイ》側の司令部はどこにあるのかわかりにくい。陣地《じんち》の奥《おく》には、美しい大型のテントが十いくつも並んでいる。ひだになった赤や青や緑の布地には、金糸や銀糸で刺繍《ししゅう》がほどこされていた。

なかの様子はさっぱり見えないけれど、あっちにも地位と権力を持つお歴々が集まっているんだろう。

わたしの計画はすでに頓挫《とんざ》していた。オフィーリアの姿だけがどうしても見つからないのだ。なにか問題があったんだと、思えるなら思いたい。なにか問題があって、オフィーリアは権力を失ったんだ、と。だけど、そうは思えない。あの女がここにいないということは、わたしには想像もつかないくらいひどい計画を進めているということだ。それがなにかも、どう食い止めればいいのかも、わたしにはわからない。どっちの陣営《じんえい》につけばいいのかさえわからない。オフィーリアの裏をかくつもりだと話せば、きっと上海《シャンハイ》側は食いつくだろう。だけど、アメリカ側と話をすれば、オフィーリアの策略がなにか探れるかもしれない。

どっちへ行くべきか決めかねて、わたしはでくのぼうみたいに立ちつくしていた。決めるチャンスは一度きりだ。ウランやプルトニウムが核分裂《かくぶんれつ》を起こす寸前みたいに、この場所はたぶんあとすこしでマナが臨界点に達してしまう。魔法使《まほうつか》いが——マナが——これ以上増えるのはマズい。これが幻覚《げんかく》じゃないなら、いまこの瞬間《しゅんかん》にも、広場の天井がこの世のものではない闇《やみ》の中にまぎれていこうとしている。大勢の魔法使《まほうつか》いが魔法《まほう》をかけまくっているせいで、広場が**非現実的な**空間になりつつあるのだ。

やっぱりニューヨーク側の陣営《じんえい》に行ってリーゼルを探そうと決めた瞬間《しゅんかん》、上海《シャンハイ》のテントのひとつから、いきなり魔法《まほう》が飛んできた。明らかにわたしを狙《ねら》っている。これまで同様手を伸《の》ばし、熟した果物でももぐみたいにつかもうとして——盛大に失敗した。油まみれの水風船をつかもうとしたみたいに、魔法《まほう》がつるりと手の中からすり抜《ぬ》ける。魔法《まほう》が当たった衝撃《しょうげき》にびくっと身をすくめ、一瞬遅《いっしゅんおく》れてなんの攻撃《こうげき》も受けていないことに気付いた。この魔法《まほう》には悪意が一滴《てき》もこもっていない。むしろ敬意しか感じない。そっと腕《うで》をつかまれ、そっちへ行くと犬の糞《ふん》を踏《ふ》んでしまいますよと教えてもらったような感じだ。魔法《まほう》をかけただれかは、わたしを安全な方へ招こうとしている。**どうかいらしてください。**

正直、めちゃくちゃ驚《おどろ》いた。そのだれかは、たぶん、庭園の魔法使《まほうつか》いたちのうわさやそこでのわたしの戦い方なんかから判断して、わたしには悪意のこもった魔法《まほう》が効かないことを割りだしたんだろう。**中間**魔法《まほう》ならふつうに効くことも。そして、その法則を逆手に取る方法を難なく編みだした。とはいえ、敬意をむけられたからって、うれしくもなんともない。むしろ、その逆だ。この非常事態に礼儀《れいぎ》正しくしなきゃいけないと思われたのなら、わたしは完全に危険人物あつかいされている。

なのに——むこうはまさにその危険人物と話したいと望んでいるらしい。どのみちニューヨーク側の陣営《じんえい》にリーゼルらしき姿は見つからない。それを言うならアルフィーもリチャード卿《きょう》もまだ来ていないみたいだ。**知り合い**といえばクリストファー・マーテルしかいないけど、マーテルのわたしに対する好意はゼロだ。それでいて、私欲のためにわたしを利用しようとする気概《きがい》だけはめちゃくちゃある。総督《そうとく》の地位にしがみつくためだけに、自分の自治領を戦争に引きずりこむような男なんだから。

「わかったってば」わたしはしかめっ面で言った。「そっちに行くから――」という言葉は途中《とちゅう》からけたたましい悲鳴に変わった。〝わかったってば〟と口にした瞬間《しゅんかん》、体が招待魔法《まほう》にからめとられてふわりと浮《う》かび、フック魔法《まほう》をかけられたときみたいに、そのまま宙をまっすぐ引っ張られてテントのひとつに飛びこんだのだ。魔法《まほう》はこのテントからかけられていたらしい。体勢を整える必要さえなかった。魔法《まほう》に前後左右からがっちりつかまれたまま、体はみごとにぴたりと着地した。こっちは一ミリも動かないまま、地球のほうが足の下で必要なだけ動いて所定の位置まで移動したような感じだ。

すぐうしろには椅子《いす》が置かれていた。コウノトリの彫刻《ちょうこく》をあしらった木製の美しい椅子《いす》だ。わたしの前にも、もう一脚椅子《きゃくいす》がある。すわる人がいることを見越《みこ》して置かれたにちがいないのに、だれもすわっていない。テントの中には戦闘員《せんとういん》の魔法使《まほうつか》いがふたりいるきりだ。中綿入りのシルクの服を着て、マシンガンそっくりの魔工品《まこうひん》を持っている。わたしが飛びこんできても直立不動の姿勢を崩《くず》さなかったのは、すでに限界まで神経を張り詰《つ》めていたからだと思う。テントの中央に配置された椅子《いす》のあいだには、火鉢《ひばち》に似た魔工品《まこうひん》が置かれていた。すこし考えて、魔法《まほう》ホルダーなのだと気付いた。ふつうの魔法《まほう》ホルダーはペンダントくらいのサイズだけど、これは大きめの火鉢《ひばち》そっくりだ。真ん中には真っ赤に燃えるこぶし大の炭が小山になっていて、ひとつひとつに**ちがう**魔法《まほう》がこめられている。魔法《まほう》が必要な時が来たら、ここから自動的に放たれるのだ。炭のひとつは——わたしをここへ連れてきた招待魔法《まほう》だ——火が消え、灰になって崩《くず》れかけている。だれかが、前もってこの魔法《まほう》を**準備**していたということだ。それなら、中間魔法《まほう》を選んだのは、わたしが庭園で片っぱしから魔法《まほう》を無効化しているのを見たからじゃない。魔法《まほう》の使い手がだれであれ、わたしには悪意のこもった魔法《まほう》が効かないことを**以前から**知っていたのだ。わたし自身がそれに気付くより前に。

仕掛《しか》けられた魔法《まほう》の小山を目の前にするなんて、楽しいわけがなかった。このなかのひとつがそのうちわたしの顔目がけて飛んでくるんだろうか。そのとき、テントの奥《おく》のカーテンが開いて、人民服を着た小柄《こがら》な中国人の男性が現れた。服はデニムによく似た生地で、金属のボタンが並んでいる。番兵たちがちらっとわたしを見た。なにを考えているか手に取るようにわかる。本当は銃によく似たその武器でわたしを蜂《はち》の巣にしたくてたまらないのだ。だけど、そんな暴挙に出ればどれだけ恐《おそ》ろしいことになるのか、このふたりはきっちり理解している。目の前の椅子《いす》の背から、木彫《きぼ》りのフェニックスがこっちをのぞいていた。番兵たちと同じ不安そうな顔だ。

「ミズ・ヒギンズ」男性はそう言い、わたしの**勘弁《かんべん》してよ**という表情に気付くと、ちょっとほほえんで言い直した。「では、エルとお呼びしても？　わたしはリー・フェンだ」

上海《シャンハイ》魔法《まほう》自治領の総督《そうとく》だ。

「エルでいいよ」わたしは短く答えた。

番兵たちが臨戦態勢なのも当然だった。総督《そうとく》の地位に就くような魔法使《まほうつか》いは、例外なく強大な力がある。言ってみれば自治領の総代みたいな存在だし、スコロマンスの卒業生総代とはちがって、数十年にたったひとりしか選ばれない。大規模自治領の総督《そうとく》ともなると、強さのレベルが別次元だ。その中でもリー・フェンは異色の存在だった。

スコロマンスではかならずリー・フェンのことを学ぶ。ひとりの魔法使《まほうつか》いの話として強烈《きょうれつ》なだけでなく、近代魔法《まほう》史においてもリー総督《そうとく》のしてきたことはかなり重要なのだ。子どものころ、リーは上海《シャンハイ》自治領に侵入《しんにゅう》してきた〈目玉さらい〉から逃《のが》れ、ほかの住民たちと一緒《いっしょ》に故郷を怪物《かいぶつ》に明け渡《わた》すという経験をした。スコロマンスを卒業するころには後にも先にも並ぶ者がいないほどの天才魔工家《まこうか》に成長していて、世界中の大規模自治領が、リーを獲得《かくとく》しようとこぞって保証付き招待を出した。ところが、リーは上海《シャンハイ》自治領に帰り、だれもが不可能だと思ったことをやりとげた。大勢の魔法使《まほうつか》いに援護《えんご》されながら〈目玉さらい〉の体内に潜《もぐ》りこみ、内側からあの怪物《かいぶつ》を殺したのだ。こうして、上海《シャンハイ》自治領の人々は故郷を取りもどすことができた。

リーはほぼ廃墟《はいきょ》と化していた上海《シャンハイ》自治領を、世界でも屈指《くっし》の豊かさを誇《ほこ》る大規模自治領に成長させた。リーが開発した画期的な建設技術によって、世界中の自治領が規模においても細部においてもどんどん改良されていった。北京《ペキン》自治領にあったマナのレンガ製造機も、たしかリーの発明のはずだ。それに、礎《いしずえ》となるあの円盤《えんばん》も。欧米《おうべい》の大規模自治領はリーの発明品を手に入れようと、大量のマナや財宝を惜《お》しみなく差しだした。リーは手にした富を上海《シャンハイ》魔法《まほう》自治領の再建だけに使うのではなく、中国の主だった自治領の支援《しえん》に回し、その他小規模自治領にもマナを援助《えんじょ》して、ついにはスコロマンスの生徒割当数の見直しまで実現させた。結果的に、自治領周辺に暮らす独立系魔法《まほう》使いたちまでもが、リーによって命を救われたのだ。

　リー・フェンはあり得ないほどの成功を収めただけじゃない。あり得ないほど寛容《かんよう》なのだ。大規模自治領が規模の小さい自治領を援助《えんじょ》するとき、ふつうはいろんな形での見返りを要求する。だけど、リーは得た富以上のものを惜《お》しみなく与《あた》え、ほかの自治領の支援《しえん》をつづけた。上海《シャンハイ》自治領と同じ規模を誇《ほこ》るようになった自治領も少なくない。ふつう、自治領の魔法使《まほうつか》いというのは、そういうふうにできていない。どんな魔法使《まほうつか》いも、そういうふうにはできていない。

　だけど、もちろん――いまのわたしは、リーが本当はなにをしていたのか知っている。リーは自分の自治領を〈目玉さらい〉から救い、そのあとで、**あの怪物《かいぶつ》を増やしはじめた**のだ。新しい自治領の建設を手伝うたびに新たな〈目玉さらい〉を世界に放ち、身を隠《かく》す自治領のない無力な魔《ま》法使《ほうつか》いたちを危険にさらした。そのことを、リーはわかっていた。**ずっと**自分がなにをしているかわかっていた。どんなにあくどい評議員よりもはっきりと。なぜなら、リーは〈目玉さらい〉の体内にもぐったことがあるから。自分をのみこもうとする底なしの飢餓《きが》を感じたことがあるから。

考えていることが顔に出ていたんだと思う。護衛たちがかすかに動いた——銃《じゅう》をかまえることこそしなかったけれど、**そうしたい**と思っているのは間違《まちが》いない。リー総督《そうとく》を守りたいのだ。自分たちの**英雄**《えいゆう》を。わたしは番兵ふたりを見たまま、敵意をたっぷりこめてリーに言った。「あのこと、このふたりは知らないんだよね」

リーが番兵たちに中国語でなにか言う。ふたりはあからさまに不満そうな顔をしたけれど、すぐにテントから出て行った。「ああ、知らないね」リーは言った。「事情を知らない者にあのことを説明するのは非常にむずかしい。あの秘密は実に強力な強制魔法《まほう》で守られている。自治領の建設魔法《まほう》自体に強制魔法《まほう》がかかっているんだ——おそらくは建設魔法《まほう》が作られた当初から」

そうじゃないかとは思っていた。魔法《まほう》を使わずに守り通せるような秘密じゃない。あのすてきな建設方法をはるかむかしに思いついた魔法使《まほうつか》いたちは、建設魔法《まほう》を高値で売ろうともくろんだに決まっている。同時に、自分たちの冴《さ》えたアイデアが受け入れられるのかちょっと不安だったんだろう。そこで連中は秘密を守るための方法を編みだし、強制魔法《まほう》にみずからかかった者たちだけが建設魔法《まほう》を共有するようになった。「汚《きたな》い部分は知られたくないってわけか」

リーは他人事みたいにうなずいた。「強制魔法《まほう》は、秘密を共有する相手から市場価格に基づく対価を徴収《ちょうしゅう》することも義務づけている。この決まりは、あの魔法《まほう》を改良したり修正したりする場合も有効でね。規制ありきの仕様なんだ。それとはちがう」リーはそう言って、わたしがいつもどおり本箱に入れて胸の前にかけている『黄金石の経典』を指さした。「さて、すわろうか」

リーはそう言って椅子《いす》にかけた。わたしはすわらなかった。「で、**あの魔法**《まほう》の改良案はなにか思いついた？」わたしは怒《いか》りをこめて言った。「生贄《いけにえ》の数を増やせばいろいろ便利になるんじゃない？」

「ずいぶん怒《おこ》っているようだね」リーは枯《か》れ枝なみの洞察《どうさつ》力を披露《ひろう》して言った。「それも無理はない。だが、いまは時間がない。わたしがここにいると知れば、オフィーリアは行動に出るだろう。そうなれば……きみはどちらにつくか選ばなくては」

「選択《せんたく》の余地はそんなにないよね。〈目玉さらい〉百匹《ぴき》ぶんの自治領を作ってきたのはオフィーリアじゃないし」百パーセントの本心じゃない。頭ではリーのほうがマシだとわかっている。第一、リー・フェンは黒魔術師《くろまじゅつし》じゃない。建設魔法《まほう》を実際に使ったのは**ほかの**魔法使《まほうつか》いだろうし、リーはそんな連中に手を貸しただけ。なのに、自分でも意味がわからないけれど、だからこそリーに腹が立った。わたしは、自分の手を汚《よご》したオフィーリアのほうが立派だとでも思ってるんだろうか。

「わたしとオフィーリアは、同じ戦争を戦っている。何年も前から」リーは言った。「結果的に、わたしたちには共通点が増えた――妥協点《だきょう》も。後悔《こうかい》していることならいくつもある。中でも悔《く》やんでいるのは、無知がゆえに何度も誤った判断をしたことでね。だからこそ、わたしはきみに情報を渡《わた》そうと思ってここへ来た。きみが聞いてくれるかはわからないが」

「要するに、オフィーリアは極悪人で、それにくらべれば自分はずっとマシだって言いたいわけか」ここへ来た目的は、まさにその情報とやらを得てオフィーリアの計略をつぶすことだ。なのに、情報なんかいいから床《ゆか》の亀裂《きれつ》にでも飛びこんで消え失せろ、とどなりたくてたまらない。わたしはその衝動《しょうどう》をどうにか抑《おさ》えこんだ。ほかになにができただろう？　ニューヨークの陣営《じんえい》に歩いていってオフィーリアとすこし話し、またむかっ腹を立てる？　そのあとこっちへもどってきてリーと話し、やっぱりむかっ腹を立て、そうしてあっちとこっちをピンポンみたいに行ったり来たりして、最後には怒《いか》りの大渦《おおうず》を起こして全員爆死《ばくし》する？「はいはい。こっちの知らないことがあるなら話せば？」

生意気な返事にイラついたのだとしても、リーは表情ひとつ変えなかった。一瞬《いっしゅん》間を置き、冷静そのものの声で話しはじめる。「〈目玉さらい〉の体内に入ったとき、わたしは自作の鎧《よろい》で身を固めていたし、愛する人たちに援護のため円陣《えんじん》も組んでもらっていた。家族や友人や、とにかく手を貸すと言ってくれた魔法使《まほうつか》いたち全員に頼《たの》んで、〈目玉さらい〉が移動しないよう一ヶ所に押《お》さえつけてもらった。二日が過ぎたころ、怪物《かいぶつ》の核《かく》がかすかに見えた。もちろん、わたしは一歩たりとも移動していなかった。〈目玉さらい〉が小さくなったんだ。捕《と》らわれた人々を殺しつづければ、怪物《かいぶつ》はすこしずつ縮んでいく。そのあいだも、すでに食われた犠牲者《ぎせいしゃ》たちがわたしを永遠の苦痛に引きずりこもうとしていた」

リーは一定の速度を保って話しつづけた。言葉のひとつひとつを厳重に制御《せいぎょ》しようとするみたいに。五十年以上もむかしのことなのに、緊張《きんちょう》から首の腱《けん》が浮《う》き出ている。気持ちがわかりすぎて、内臓という内臓が痙攣《けいれん》しているみたいな吐《は》き気《け》がした。わたしとリーは、ふたりともあの恐《きょう》怖《ふ》を知っている。絶叫《ぜっきょう》しそうだ。ちがう、吐《は》きそうだ。

「しかし、わたしは〈目玉さらい〉を倒《たお》すことができなかった」

わたしは目を見開いた。「いま、なんて?」

「かなり大きい〈目玉さらい〉でね。上海《シャンハイ》魔法《まほう》自治領に侵入《しんにゅう》したとき、相当な数の魔法使《まほうつか》いをのみこんでいた。犠牲者《ぎせいしゃ》の数があまりに多すぎて、その全員を殺すことは不可能だった。援護《えんご》の魔《ま》法使《ほうつか》いたちのマナも尽《つ》きようとしていた。しかし、きみはまさにそんなふうにしてあの怪物《かいぶつ》を殺してきたんだろう? 捕《と》らわれた人々を殺すことで」

「前はそうしてたけど」わたしは戸惑《とまど》いながら答えた。すぐには頭が追いつかない。大規模な円《えん》陣《じん》を組んでさえ、ほかの魔《ま》法使《ほうつか》いたちにはわたしと同じ戦い方ができないなんて。「いまは——

あんたたちはもう死んでるんだよって伝えるだけ」

リーは訳知り顔でうなずいた。「きみならそれでうまくいくだろうな。だが、それも正攻法《せいこうほう》で〈目玉さらい〉を倒《たお》した経験があってのこと。きみなら、掛《か》け値《ね》なしの実感をこめて、犠牲者《ぎせいしゃ》たちに死を告げることができる。わたしにはできなかった。しかし、自治領の建設についてはすでにひと通り学んでいてね。虚空《こくう》に礎《いしずえ》を築くにあたってなにが課題となるのかも理解していた。だから、〈目玉さらい〉の核《かく》に迫《せま》ったときも、その正体がなにかはわかっていた。あの怪物はほかの自治領の礎《いしずえ》。魔法使《まほうつか》いたちの、住処《すみか》を得たいという激しい憧《あこが》れ。自分と子どもたちを守り、力を蓄《たくわ》えることができる住処《すみか》を。〈目玉さらい〉の核《かく》にあるのは、ほかの魔法使《まほうつか》いを搾取《さくしゅ》し、骨までしゃぶろうとする底なしの飢餓《きが》感だ」

そのとおりだとは思った。だけど、その時点でリーは〈目玉さらい〉の体内で丸二日戦いつづけ、マナまで切れようとしていたのだ。そんなことに気付いてなんになるんだろう。「で、**なにを**したの？」

「その強い願いを打ち砕《くだ》く方法がひとつだけあった」リーは疲《つか》れた声で言った。ひとつのことを考えつづけ、疲《つか》れ果ててしまったみたいに見えた。「わたしたちの憧《あこが》れで圧倒《あっとう》すればいい。ちょうど、ある魔工品《まこうひん》の改良を進めていたころでね。魔法使《まほうつか》いの意思を明確にし、増幅《ぞうふく》することができるもので――」

「修繕の杖《リバイザー》?」わたしは思わず声をあげた。体育館で上海《シャンハイ》の生徒たちに襲《おそ》われたとき、ズーシュエンが使っていた武器だ。

「ああ、そうだ。そのときもわたしはリバイザーを持っていた。あの魔工品《まこうひん》は殺意には使えない。殺意というのは、それ自体がすでに明確な意思だからね。だが、怪物《かいぶつ》の核《かく》に近づくと、リバイザーを使って**わたしたちの**憧《あこが》れを増幅《ぞうふく》することができるようになった。わたしたち全員の強い気持ちを。故郷を取りもどしたい、安らぎと力を得られる場所がほしいという思いを。援護《えんご》についた魔法使《まほうつか》いは相当な数だったから、リバイザーに増幅《ぞうふく》されたわたしたちの意思は極めて強力だった。こうして、核《かく》にこめられた憧《あこが》れをわたしたちの憧《あこが》れと**入れ替《か》える**ことができたわけだ。古い礎《いしずえ》の上に、上海《シャンハイ》自治領の新しい礎《いしずえ》がすえられることになった。しかし——」

「〈目玉さらい〉は**死ななかった**」わたしは言った。事の次第を把握《はあく》するうちに吐《は》き気《け》がこみあげてくる。

「ああ、死ななかった。かなり小さくはなっていた。自治領の建設過程では大量のマナが必要になるが、そのマナは〈目玉さらい〉から直接抽出《ちゅうしゅつ》される。怪物《かいぶつ》の体が縮んだ結果、わたしは外に脱出することができた。仲間が犠牲《ぎせい》になる前に〈目玉さらい〉をはるか遠くへ移動させ、ふたたび自治領に侵入《しんにゅう》してこないように結界を張った。こうして、わたしたちは故郷を取りもどした。二重の礎《いしずえ》を持ったことで、自治領は以前より強力になっていた。だが、その日の夜、ひとりで泣きながら横になっていると、友人のひとりがやってきて、声をひそめてこう言ったんだ。べつの自治領が滅んだ、と。サンディエゴの自治領だということだった――地球の裏側の自治領だよ」

それまで〈目玉さらい〉が出没《しゅつぼつ》する場所を不自然に感じたことは一度もなかった。バンコク魔《ま》法《ほう》自治領の〈目玉さらい〉がポルトガルにあるスコロマンスの扉《とびら》から侵入《しんにゅう》したときも。北京《ペキン》自治領の〈目玉さらい〉がロンドン自治領に侵入したときも。だけど、リーが意味深な間を置いてそう言った瞬間《しゅんかん》、わたしはすべてを理解した。

わたしの表情に気付いてリーがうなずく。「スコロマンスが建設されると、魔法使《まほうつか》いの子どもたちの生存率は右肩上《みぎかた》がりに上昇《じょうしょう》した。建設される自治領の数も増えつづけた。第二次世界大戦が終息すると、アメリカでは五年おきに新しい自治領が生まれた。三年とたたずにつぎの自治領ができることもあった。建設を手伝いたいという独立系魔法《まほう》使いはいくらでもいたからな――もちろん、見返りを求めて。だが、当然アメリカの魔法使《まほうつか》いたちも、続々と生まれる〈目玉さらい〉たちに周囲をうろつかれたら困るわけだ。そこで大規模な出口《ポータル》をいくつも作り、怪物《かいぶつ》たちを遠くへ追いやることにした。自治領がまだすこししかなく、あったとしても廃墟《はいきょ》同然か弱体化した自治領しかない国へ。そういう国の魔法使《まほうつか》いなら、踏《ふ》みつけられても声をあげる力がない。当時の中国のことだが」

証拠《しょうこ》は？　と聞く気にもならない。リーの話は疑う余地のない事実だ。「で、あんたたちは仕返しのために自治領を作って、〈目玉さらい〉を欧米《おうべい》の自治領に送ったってことか」

「大規模自治領と交渉《こうしょう》をしようともした。建設の速度を抑《おさ》えてほしいと申し入れをしてね。だが、むこうは聞く耳を持たなかった。たとえばダブリンの魔法使《まほうつか》いたちには、こっちの要求を呑《の》む義理などない。必要なマナもたまっているのに、建設を待ってそっちの命を危険にさらしてくれと言われるわけだからな。広州《こうしゅう》の見知らぬ魔法使《まほうつか》いたちが自治領を建てて命を守れるように。ロンドン自治領にはダブリンの魔法使《まほうつか》いたちを受け入れる余裕《よゆう》があったが、結局ロンドンはダブリンに建設魔法《まほう》を売り、新しい自治領を建設させた。そうして、数年分のマナを手に入れたわけだ。当時のロンドン自治領は、防衛のためにゲートを五つも建てたあとで負債《ふさい》を抱《かか》えていたからな。ちなみに、そのときに生まれた〈目玉さらい〉は、すべてインドに送られた」

「待って」わたしはぞっとして言った。「ゲート**全部に**——」

「そうだ。虚空《こくう》にゲートを作るのだから、ひとつひとつに礎《いしずえ》が必要になる。そして、そのすべての礎《いしずえ》が〈目玉さらい〉に支えられている」

だから、ヤンシーたちは閉鎖《へいさ》された古いゲートを出入りすることができたのだ。マナと記憶《きおく》だけがゲートを支えていたわけじゃない。〈目玉さらい〉たちが**いまも外界をさまよっている**から、ゲートはいまも残っている。魔法使《まほうつか》いたちを餌食《えじき》にしながら。ロンドンの美しい庭園は、インドの魔法使《まほうつか》いたちを犠牲《ぎせい》にしてナチスの襲撃《しゅうげき》を耐《た》え抜《ぬ》いたのだ。

「中国の魔法使《まほうつか》いたちは、できるだけ早く、できるだけ多くの自治領を建設した。だが、建設に関わった者たちは悟《さと》っていた。自分たちは、この手で自分たち自身を破滅《はめつ》へ追いやっているのだ、と。そして、破滅《はめつ》は思っていたよりもはやく訪れそうだ。きみが大量の怪物《かいぶつ》を駆逐《くちく》したいま、〈目玉さらい〉たちは飢《う》えている。これからは魔法使《まほうつか》いたちを餌食《えじき》にするだろう」

　ロンドンの破損した結界から入りこんだ〈目玉さらい〉も、ムンバイ郊外《こうがい》のシャルマー一族の屋敷《やしき》を襲《おそ》おうとしていた〈目玉さらい〉も、魔法使《まほうつか》いを食らおうとしていた。世界中の自治領がこれまで繰《く》り広げてきた軍拡競争は、結局は破滅《はめつ》へと向かう競争だった。わたしはなにも知らずに首を突《つ》っこみ、最低最悪の競争を加速させたのだ。呆然《ぼうぜん》として天井をあおぎ、両手でつかむようにして髪《かみ》をかきあげた。そうすればすこしは呼吸が楽になるとでもいうように。だけど、息苦しさの原因はわたしの外にあるわけじゃない。わたしの頭の中にある。

「きみは悪くない」リーが言った。「悪いのはわたしたちだ。この悪循環《じゅんかん》を断ち切る術《すべ》を見つけられなかった。話し合いを重ね、言い合いをし、だまし合い、言い訳を繰《く》りかえした——そのうち、各地の自治領が破壊《はかい》されるようになった。とうとう、オフィーリアはこの膠着《こうちゃく》状態を打開しなくてはならないと考えるに至った——**力ずくで**ほかの自治領を制圧しようと決めた」リーは皮肉っぽい笑みを浮《う》かべた。「といっても**すべての**自治領を制圧するわけじゃないが、ともかく、オフィーリアはそういうことをしようとしている」

「オリオンを利用して」リーの考えに気付いて、わたしは言った。**それが**リーの伝えようとしている**情報**だ。こんな情報なら知りたくない。だけど、耳をふさいで逃《に》げるわけにはいかないこともわかっている。「オフィーリアはオリオンになにをしたの?」

「まずは基本原理から話しておこう」リーは言った。「原則として、〈目玉さらい〉を作るのは虚《こ》空《くう》に最初の基底部をすえるためだ——虚空《こくう》に、形ある現実を支えるための基点を置く。ひとつ目の現実は呪文《じゅもん》が刻まれたあの円盤《えんばん》だ。虚空《こくう》に、これを支えてくれと頼《たの》む。そこからは現実をひとつひとつ積み重ねていく。だが、礎《いしずえ》は**大きい**ものである必要はない。原子ほど小さなものでもいい。とはいえ、礎《いしずえ》が小さければ、その上に巨大《きょだい》な自治領を建てることはかなわない。これが原理だが、しかし、オフィーリアは自治領を作るために〈目玉さらい〉を生みだしたわけではない」

「あの女は武器がほしかった」わたしは言った。

「彼女《かのじょ》は子どもがほしかったんだ」リーは穏《おだ》やかな口調のままきっぱりとそう言って、わたしの差しだした結論を否定した。オフィーリアを化け物あつかいするつもりはないという宣告だ。この問題をそんなふうに単純化するつもりはない、と。「後継者《こうけいしゃ》と言うべきか。自分の目的を継《つ》がせるための、論理的思考を持った生き物。そして、その生き物に底なしの強大な力を与《あた》えた」

リーはしばらく黙《だま》りこんだ――わたしに最大の衝撃《しょうげき》を与《あた》えてやろうと、言葉を選んでいるんだろうか。わたしはわめき散らしたい気持ちを必死で抑《おさ》えこんでいた。リーはまた話しはじめた。

「オフィーリアは胎内《たいない》で卵子が受精すると、その一部を生贄《いけにえ》として極小の〈目玉さらい〉を作りだした。通常はこれが自治領の礎《いしずえ》になるわけだが、オフィーリアは、生まれた怪物《かいぶつ》をみずから破壊《はかい》した受精卵にもどした。こうして、ヒトの胚《はい》と〈目玉さらい〉が融合《ゆうごう》し、オフィーリアが思い描《えが》いた通りの子どもが誕生した。虚空《こくう》とつながった少年。〈目玉さらい〉と魔法使《まほうつか》い、ふたつの能力を持つ子どもが」

恐怖《きょうふ》と吐《は》き気《け》で気分が悪かった。「なんでわかるわけ?」どうにかして反論めいた言葉をしぼり出す。現実から目を背けるためのお粗末《そまつ》な反抗《はんこう》だ。「オフィーリアに報告書でももらった?」

「いいや。だが、上海《シャンハイ》自治領は長年ニューヨークを警戒《けいかい》してきた。むこうも上海《シャンハイ》を警戒《けいかい》している。卒業生全員が殺されたあの年、上海《シャンハイ》のわれわれは、だれかが――ニューヨーク自治領の人間か、ニューヨークの後ろ盾《だて》を持つ者が――**なにか**したのだと気付いた。はじめはなにをしたのかわからなかった。だが、しばらくしてあの子どもの存在を知った。オフィーリアの子どもは、三歳《さい》のときにはすでに怪物《かいぶつ》を殺すことができた。そこで、われわれは徹底《てってい》的な調査をはじめた」

リーの話を信じたくない。「意外。あんたたちも対抗《たいこう》して人間〈目玉さらい〉を作りそうなのに」低い声で言った。「わが子を〈目玉さらい〉にしてもいいよって人が見つからなかった?」

「わたしは高潔の士などではないし、そうだという振《ふ》りをするつもりもない」リーは言った。落ち着き払《はら》った口調がかえって不気味だ。「だが、わたしには経験がある。オフィーリアも知らないささやかな情報がある。わたしも、きみと同様〈目玉さらい〉の体内に潜《もぐ》ったことがあるのだから。オフィーリアのしたことが判明した瞬間《しゅんかん》、わたしは彼女《かのじょ》自身も解決策を知らないのだと悟《さと》った。オフィーリアは、ただわれわれの破滅《はめつ》を早めただけなのだ、と。なぜなら、〈目玉さらい〉は決して満たされない。あの怪物《かいぶつ》を制御《せいぎょ》できる者はいない。そのことはきみもよくわかっているだろう」

リーは椅子《いす》から立ちあがり、わたしのそばを通ってテントの外へ出た。できることなら、床《ゆか》の上にうずくまってそのままじっとしていたい。いや、世界の果てまで逃《に》げてしまいたい。リー・フェンは正しい。わたしにはわかっている。わたしはリーのあとを追ってテントを出た。足が鉛《なまり》みたいに重い。

テントの中にいたのはほんの数分だったはずだ。ところが、外に出てみると様子が一変していた。アアディヤとリューはほかの同級生たちと固まって立ち、こっちを心配そうな顔で見ている。みんながいる場所はさっきと同じはずなのに、うしろにあったはずのらせん階段は消え失せていた。広場の壁《かべ》は完全に修復されてなめらかだ。出口はただのひとつも見当たらない。

そして、ふたつの陣営《じんえい》は態勢が完全に逆転している。ニューヨーク側は扉《とびら》の前に組んでいた防《ぼう》御態勢《ぎょたいせい》を崩《くず》し、かわりに攻撃《こうげき》用の魔工品《まこうひん》をこれでもかと並べている。上海《シャンハイ》側の陣営《じんえい》は、包囲攻撃《こうげき》の魔工品《まこうひん》をぞんざいに片側へ押《お》しやり、防御壁《ぼうぎょへき》を巡《めぐ》らせる作業を進めていた。お互《たが》いに敵の裏の裏をかこうとしていたんだろうか。駆《か》け引きのカードが出そろったいま、とうとう手札を見せ合う時が来たのだ。

「これ、罠《わな》だったんだよ」わたしは言った。「全部罠《わな》だったんだ」

「ああ、そうだ。ここにいるわれわれが標的だ」リーは片手で半円を描《えが》き、広場に集まった魔法《まほう》使《つか》い全員を指し示した。「オフィーリアにしてみれば、敵も味方もないわけだ。われわれはみな等しく飢《う》えている。最後にはだれもが敵同士。オフィーリアは、同盟自治領でさえ、敵と同様に圧倒《あっとう》し支配しようとしている。そして、わたしがここにいることを知れば、オフィーリアはいよいよ計画を実行に移すだろう」

「じゃあ、なんで来たわけ？」

「**きみが**来たからだ」淡々《たんたん》とした口調には、ぞっとするような迫力《はくりょく》があった。「エル、オフィーリアが実子にしたことを突き止めたとき──われわれは選択《せんたく》を迫《せま》られた。**なにもしない**ということは、いや、オフィーリアと同様のことを**しない**ということは、彼女《かのじょ》の計略を阻《はば》むことをあきらめるということだった。しかし、オフィーリアの所業がこの世に途方《とほう》もない不均衡《ふきんこう》を生んだことも、やはり事実だった。だから、あれ以来われわれは目を光らせてきた──祈《いの》ってきた。その不《ふ》均衡《きんこう》を埋《う》め合わせる存在がありはしないかと。だが、危機感は募《つの》る一方だった。

「で、わたしが来たってわけ？」わたしは歯噛《はが》みしたい気分で言った。「あんたたちのために**なにをしろって？** 具体的に言いなよ」聞くまでもなかった。リーが言わんとしていることはわかっている。きみはそのためにこそ生まれてきたのだろう、と言いたいのだ。世界中できみにしかできないことをしろ。**オリオンを殺せ**、と。言えるものなら**言えばいい**。わたしの顔を見て、友だちを殺してくれと言えばいい。地獄《じごく》に落ちろと言ってやる。

「いや、わたしがここへ来たのはきみだけが理由ではない」リーは静かに言った。

わたしは意外な返事に面食らってリーを見つめた。その一瞬《いっしゅん》、わたしはバカみたいにこう思った。なにか解決策があるんだろうか。執行猶予《しっこうゆうよ》のチャンスがあるんだろうか。「ほかに方法が――」

だけど、そうじゃなかった。「**きみたちふたりが**ここへ来るからだ」リーは言った。「きみと、オフィーリアが作ったあの子ども。上海《シャンハイ》の子どもたちからも、あの少年のことは何度も聞いていた。この四年間、スコロマンスからもどってきた子どもたちはかならずオリオンの話をした。見返りも求めずに他人を救う少年。どの自治領の子どもなのかも気にせず、等しく命を助ける少年。オフィーリアが得たのは――本人が望んだような英雄《えいゆう》ではなく、自分の悪行の償《つぐな》いをする英雄《えいゆう》だったわけだ」

突然《とつぜん》、ニューヨーク側の陣営《じんえい》でまぶしい光がひらめき、わたしははっと振《ふ》りかえった。大量のマナを消費しそうなポータルが開いている。ポータルのむこうからオフィーリアが現れ、欧米《おうべい》の総督《そうとく》がひしめく司令部に下り立った。冷静そのものという顔だ。総督《そうとく》たちがにこやかにほほえみながらオフィーリアを取り巻く。女王に媚《こ》びを売りたいんだろう。取り巻きたちの先陣《せんじん》を切ったマーテルは、例の慈愛《じあい》に満ちた微笑《びしょう》を顔に張りつけている。オフィーリアがポータルを振《ふ》り向いて片手を差し伸《の》べると、光の中からオリオンが現れた。

オリオンが着ている服は、両親が息子の年齢《ねんれい》に応じて調《ととの》えてきた、あの空疎《くうそ》な子ども部屋にあったものなんだろう。しわひとつない高価そうなズボンに革靴《かわぐつ》。新品のシャツ。こぎれいな恰《かっ》好《こう》の中で、両方の手首に巻かれたマナ・シェアのメダルが悪目立ちしている。オフィーリアが、メダルひとつじゃ心配だと考えたんだろうか。だけど、心配すべきなのは**オリオン**だ。見るからに気が立って両肩《りょうかた》には力がこもっているし、歯を食いしばり、両手をポケットに突《つ》っこんでいる。

総督《そうとく》たちはちらちらとオリオンに視線をやっている。スコロマンスの生徒たちも、そいつらとよく似た小ずるい目つきでオリオンを見ていたものだった。図書室でも食堂でも教室でも、どうすればオリオンをこっちのテーブルに招けるだろうと計略を巡《めぐ》らせて。オリオンの反応もスコロマンスのときと変わらない。つまり、ゼロだ。いや、むしろマイナスだった。総督《そうとく》たちの口が動いているということは、オリオンになにか話しかけているんだろう。オフィーリアも息子を紹介《しょうかい》しようとする素振《そぶ》りを見せている。だけど、オリオンは礼儀《れいぎ》正しくしようとする努力さえ放棄《ほうき》していた。おとなたちに背を向け、ひとりで金属製の床《ゆか》の端《はし》へ行く。

はじめは遠くにいたオリオンの姿が、一秒おきに鮮明《せんめい》さを増していった。ニューヨーク側が文字どおりこっちへ近づいているのだ。オフィーリアの到着《とうちゃく》が号令になったらしい。ルースは折りたたみ椅子《いす》から立って両方の手のひらを地面に向け、魔法《まほう》に全神経を集中させている。ルースは、広場を**縮めて**いた。ふたつの陣営《じんえい》を近づけているのだ。いまにもはじまろうとしている戦闘《せんとう》にそなえて。だけど、この戦いは確実にニューヨーク側の勝利で終わる。むこうには制御《せいぎょ》不能の新兵器があるんだから。

「きみのような魔法使《まほうつか》いが存在していることはわかっていた」となりでリーが言った。「オフィーリアの生んだ不均衡《ふきんこう》を正すことのできる存在。そのような魔法使《まほうつか》いなら――」

「**オリオンを殺せる**って?」わたしはそう吐《は》き捨てながら、リーをにらみつけた。持って回った言い方をするなら、こっちから本題に切りこんでやる。「あんたたちの子どもを大勢救ってきたあいつを殺せって? スコロマンスから卒業した子どもたちは、みんなオリオンが――」

「オリオンはすでに死んでいる」リーは穏《おだ》やかな口調のままそう言った。悪意は一ミリもこもっていなかった。なのに、そのひと言は頬《ほお》をなぐられたみたいに凶暴《きょうぼう》だった。

わたしは凍《こお》りついた。息がしたいのに、窮屈《きゅうくつ》な肋骨《あばらぼね》が邪魔《じゃま》をする。この広場には酸素が足りない。この世界は息がしにくい。

「〈目玉さらい〉が故郷を襲《おそ》ったとき、わたしは六歳《さい》だった」リーは話しつづけた。その頬《ほお》をすっと涙《なみだ》が伝う。とたんに、リーに対する抗《あらが》いがたいほど激しい同情が湧《わ》いてくる。リーは、〈目玉さらい〉の話がわたしに対する武器になることに気付いている。「わたしは父に抱《だ》かれていた。母は姉ふたりの手をつないで先を走っていた。突然《とつぜん》、わきの廊下《ろうか》から〈目玉さらい〉が転がりだしてきて、母たちの姿が見えなくなった。父は踵《きびす》を返し、怪物《かいぶつ》に背を向けて走りだした。わたしは〈目玉さらい〉が母たちを食らうのを父の肩《かた》ごしに見ていた。エル。もし、得たものすべてを手放せば、いや、上海《シャンハイ》自治領を虚空《こくう》に落とせば母と姉たちを救いだせるなら、わたしは迷わずそうする。だが、それは叶《かな》わぬ話だ。食われた犠牲者《ぎせいしゃ》たちに、たったひとつきみがしてやれることがある。きみだけがオリオンにしてやれることがあるだろう」

リーの顔をグーでなぐってやりたかった。正論だったから。オリオンはオフィーリアが望んだ英雄《えいゆう》じゃない。いつしか母親にされたことを理解し――そして、言いなりになることを拒《こば》んだ英《えい》雄《ゆう》だ。内なる怪物《かいぶつ》を生かしておくために人を食らおうとは、決してしなかった。**ぼくがだいじょうぶになることはないんだよ。**オリオンはそう言った。オフィーリアがわが子にしたことを無効化しない限り、オリオンが〝だいじょうぶ〟になることはない。

だけど、オフィーリアにさえそれは不可能なのだ。わたしを愛し、望んでみんなの英雄《えいゆう》になり、助けを求めたオリオンは、怪物《かいぶつ》の部分とあまりにも深く結びついている。母親の胎内でほんの小さな胚《はい》だったころに、オリオンは生贄《いけにえ》として〈目玉さらい〉に与《あた》えられたのだから。オリオンを虚空《こくう》に押《お》しとどめているのは、まさにその〈目玉さらい〉なのだから。解きようのない〝卵が先かニワトリが先か〟問題。だけど、答えを考えたって意味はない。すべては虚空《こくう》の闇《やみ》のなか。

オフィーリアが、話しかけようと息子に近づいていく。なにかを懸念《けねん》しているみたいに、かすかに眉間《みけん》にしわを寄せている。帰ってきたオリオンとオフィーリアがなにを話したのか、だいたいの想像はつく。結局、オフィーリアのあの手紙には本心がつづられていたのだ。オフィーリアは息子のことを信じている。オリオンを信頼《しんらい》している。息子ならその能力を**正しいことに**使うだろう、と。自分が血を吐《は》くような苦労の末に与《あた》えた能力を。**わたしに**言ったことだって、やっぱりオフィーリアの本心だったのだ。オフィーリアは、あのとき語ったとおりのことを望んでいる。魔法使《まほうつか》いたちの不正を取り締《し》まり、自治領が新たに――**特殊《とくしゅ》な犠牲《ぎせい》**によって――建てられるのを防ぎ、そして、すでに建てられた自治領を**分け合う**ことを。

ありとあらゆるご立派な目標を、だけど、オフィーリアは最低な手段を正当化するために利用している。帰ってきた息子が自分にしたことを取り消してくれと頼《たの》みこんだとき、オフィーリアは優しい口調で、だけどきっぱりと答えたのだろう。わたしにもそれはできないの、と。そんなふうに思い悩《なや》むのはやめなさい、とでも言ってオリオンを諭《さと》したんだろうか。自分のことより、世のためになる大義のことを考えなさい、と。あの大バカ野郎《やろう》は、言われなくてもかたっぱしからちっぽけな善行を積みつづけてきたのに。子どもたちを危機から救いつづけ、怪物《かいぶつ》どもを駆逐《くちく》しつづけてきたのに。

たぶん、オリオンはずっと前から母親とまともに口を利いていない。話してなんになる？　オフィーリアは重要なことを知らないのだ。〈目玉さらい〉の体内に立ったことも、あの怪物《かいぶつ》にのみこまれそうな——**すべてを奪《うば》われそうな**——恐怖《きょうふ》を味わったこともない。〈目玉さらい〉を**利用する**ことはできない。あの怪物《かいぶつ》の飢《う》えを満たすことはできない。〈目玉さらい〉が満足することは決してない。獲物《えもの》を与《あた》えれば与《あた》えるほど、〈目玉さらい〉はますます飢《う》える。オフィーリアはそのことを知らないのだ。だけど、わたしは知っている。リー・フェンも知っている。**オリオンも**知っている。だからこそ、一緒《いっしょ》に自治領の半数を滅《ほろ》ぼしてほしい、残った自治領のすべてを服従させる壮大《そうだい》な計画を手伝ってほしいと母親に頼《たの》まれると、オリオンは言われたとおりここへ来た。だけど、それは母親に手を貸すためじゃない。オフィーリアがなにか話しているいまも、オリオンは広場を見回している。人を探している。

わたしを探している。

そのとき、オリオンが人群れのなかのわたしに気付いた。縮みつづける広場のむこうにいるわたしに。最悪だった。目が合ったその瞬間《しゅんかん》、オリオンのこわばった肩《かた》からふっと力が抜《ぬ》けたのだ。

きらめくように澄《す》み切ったその一瞬《いっしゅん》、オリオンの顔に浮《う》かんだのは恋《こい》しさでも愛情でもなかった。そういうものを感じるには、希望を抱《いだ》いていなくちゃいけないから。わたしだけを見つめているオリオンの顔に浮《う》かんだのは、安堵《あんど》だった。安堵《あんど》と**信頼**《しんらい》。あの掛《か》け値なしのまぬけは、わたしを**信じている**。わたしを——わたしを——。だから、ほっとした。長い深呼吸と共に、ずっと抱《かか》えてきた耐《た》えがたいほどの重荷を手放したみたいに。だけど、その重荷は——**オリオン自身**だ。あの深い森の奥《おく》の小さな小屋の中で、母さんがあいつに与《あた》えたかすかな希望だ。オリオンに自分を取りもどさせることだけが、母さんにできるすべてだった。安堵《あんど》がオリオンの顔からすべり落ちていき、それと共に、ブラインドが下ろされたみたいにすべての感情が消えていく。残ったのは——怪物《かいぶつ》だった。獲物《えもの》を狩《か》りつくし、スコロマンスの体育館で静かにぽつんとすわっていた〈目玉さらい〉。

だけど、ここには獲物《えもの》がたっぷりいる。

オフィーリアが眉《まゆ》をひそめ、オリオンに触《ふ》れようと手を伸《の》ばした。息子の異変に気付いたみたいに。触《ふ》れる寸前でぴたりと手を止める。オリオンの顔をしたなにかが、表情のない澄《す》んだ目でオフィーリアを見つめ返す。オフィーリアは後ずさった。〝なにか〟は獲物《えもの》を前にしてただ立っている。結局、オフィーリアはひとりの魔法使《まほうつか》いでしかない。マリア原理主義の黒魔術師《くろまじゅつし》だから、マナは一滴《てき》も持っていないし、マリアの量にも制限をかけている。〈目玉さらい〉からすれば、獲物《えもの》としては襲《おそ》う価値がない。

そのとき、オリオンは**ルース**のほうをむき、獲物《えもの》のにおいをかぎつけた猟犬《りょうけん》みたいに背すじを伸《の》ばした。ルースは目を閉じて広げた両手を床《ゆか》に向け、歯を食いしばりながら魔法《まほう》に全力をかたむけている。顔を赤く染まった汗《あせ》が伝い落ちている。〈目玉さらい〉にはおいしそうなキャンディにしか見えないだろう。そのとき、不穏《ふおん》な視線を感じ取ったみたいにルースがぱっと振《ふ》り向き、目を開けてオリオンを見た。即座《そくざ》に魔法《まほう》を中断する。紅潮していた顔が青ざめ、まだら模様になっていく。ルースは一歩下がった。ニューヨーク側の司令部に集まっている魔法使《まほうつか》いたちも、じりじりとオリオンから距離《きょり》を取りはじめた。えらそうに澄《す》ましていた顔が、いまでは恐怖《きょうふ》にこわばっている。突然《とつぜん》気付いたのだ。すぐそこにいる少年が**〈目玉さらい〉**で、いままさに食事をはじめようとしていることに。

その場に踏《ふ》みとどまったのはオフィーリアひとりだった。わが子だからだろうか。それとも、自分の犯した過ちから頑固《がんこ》に目をそらしているんだろうか。オフィーリアはオリオンに話しかけ、上海《シャンハイ》側に集まったわたしたちのほうを指し示した。息子のちょっとした勘違《かんちが》いを正してやり、だれが敵なのか思い出させてやろうとするみたいに。とにかく、オリオンの姿をした〈目玉さらい〉は上海《シャンハイ》側の魔法使《まほうつか》いたちをちらっと見て、オフィーリアの提案も悪くないと考えたらしい。

オリオンは一段高くなった金属の床《ゆか》を下り、わたしたちのほうへ歩きはじめた。寒気がするほ

どなめらかな動きだ。オフィーリアが、満足げな顔で――少なくとも、わたしにはそう見えた――ルースに向き直り、魔法《まほう》を再開しろと合図する。ルースにはオフィーリアとちがって良心があった。困惑顔《こんわく》でオフィーリアを見返し、小さく首を横に振《ふ》る。だけど、この状況《じょうきょう》で身を守るにはオリオンにべつの餌《えさ》を与《あた》えておくしかない。すこし迷ったあと、ルースはふたたび魔法《まほう》に取りかかった。

わたしはリーとならんで上海陣営《シャンハイじんえい》の一番奥《おく》に立っていた。オリオンが同じ歩幅《ほはば》を保ったまま近づいてくる。そのあいだも床《ゆか》は動きつづけていた。空港にある動く歩道みたいだ。いや、スコロマンスの食堂の、〈死の業火〉へと流れていくベルトコンベヤみたいだ。前列にいる魔法使《まほうつか》いたちはすでに防御壁《ぼうぎょへき》の陰《かげ》から攻撃《こうげき》をはじめているけれど、庭園でわたしに無意味な攻撃《こうげき》を繰《く》りかえしていた魔法使《まほうつか》いたちと変わらない。引き裂《さ》き、殺し、傷つけようとして放たれる魔法《まほう》を、オリオンはつかむことも砕《くだ》くこともしなかった。それさえ必要ないのだ。歩みをゆるめることさえしないで、すべてを吸収していく。

オリオンがいよいよ近づいてくると、魔法使《まほうつか》いたちは後ずさり、押《お》し合いながら必死になって自分の身を守ろうとした。防御《ぼうぎょ》用の魔工品《まこうひん》の陰《かげ》に隠《かく》れ、盾魔法《たてまほう》をかける。前線にたどり着くと、オリオンはぴたりと立ちどまり、そして――**なにかを**差し伸《の》べた。なにが起こったのか、言葉で表現するのはむずかしい。目に見えたわけじゃない。感じたのだ。魔法《まほう》や愛や怒《いか》りを感じるとの同じように。目には見えなくても、それはたしかに存在していた。触手《しょくしゅ》みたいにうねる飢《う》えがゆっくり伸《の》びていき、触《ふ》れるものすべてを——オリオンの体内に取りこんでいく。魔法使《まほうつか》いたちの張った結界が、人の悲鳴そっくりの音を立てながらほどけていった。つぎの瞬間《しゅんかん》、今度は**人の悲鳴が**響《ひび》きわたった。オリオンが、結界に開けた穴からもぐりこみ、最前列にいる魔法使《まほうつか》いたちに手を伸《の》ばしたのだ。その場に踏《ふ》みとどまった勇敢《ゆうかん》で愚《おろ》かな魔法使《まほうつか》いたちが、ひとりまたひとりと捕《と》らえられていく。

恐怖《きょうふ》で顔がゆがんだ。何種類もの恐怖《きょうふ》が襲《おそ》ってくる。広場にひしめく魔法使《まほうつか》いは、ひとり残らず恐怖《きょうふ》に打たれていた。ニューヨーク側の魔法使《まほうつか》いまでもが壁際《かべぎわ》まで後ずさっている。司令部のまわりの空気がかすかにゆがんで見えるのは、総督《そうとく》たちがポータルを開こうとしているせいだ。

こんな光景は見たくないのだ。だけど、ポータルは開かない。リーの言ったとおり、これはリーひとりを捕《と》らえるための罠《わな》じゃない。わたしたち全員に仕掛《しか》けられた罠《わな》だ。オフィーリアがリー・フェンを狙《ねら》っているのは間違《まちが》いない。最大の脅威《きょうい》だから。オフィーリアと同じことをしようと思えば、リーはさらに強力な武器を生み出すことが**できる**のだ。そしてオフィーリアは、敵も味方も一切合切ふくめて、世界中の魔法《まほう》自治領に自分の力を知らしめようとしている。自分には悪夢のような無敵の武器があるのだから、さからえば標的にする、と。ここにいる魔法使《まほうつか》いたちがようやく解放されて家にもどるころには、ひとり残らずオフィーリアの操り人形になっているだろう。

わたしは追いつめられてリーに向き直った。なんでもいい。自分とオリオンとほかの魔法使《まほうつか》いたちをこの罠《わな》から逃《のが》す手段がほしい。リーはある物をわたしに差しだしていた。両手で捧《ささ》げ持つようにしている。鎖《くさり》のついた、受け皿くらいの大きさのつややかな円盤《えんばん》だ。表面には黒色と銀色が渦《うず》をえがいて混ざり合い、つや消しのされた黒い鉄枠《てつわく》にはまっている。マナ・シェアのメダルだ。といっても、ニューヨークのメダルより十倍くらい大きい。まだ触《ふ》れてもいないのに、メダルからにじみ出る圧倒《あっとう》的な力を感じる。「われわれを救えときみに強いることはできないが」リーは言った。「そのために必要な力は渡《わた》しておこう。ふたつ目のスコロマンスを建てるためにためてきたマナだ。対価は必要ない」

メダルをリーの顔に投げつけてやってもよかった。わめきちらしてやってもよかった。だけど、魔法使《まほうつか》いたちの絶叫《ぜっきょう》や必死で逃《に》げようともがく騒音《そうおん》で、わたしにさえ自分の声は聞こえなかっただろう。オリオンに捕《と》らえられた魔法使《まほうつか》いたちの盾魔法《たてまほう》が、激しい火花を散らしながら次々と弾《はじ》けていく。どれだけ抵抗《ていこう》しても、着実にオリオンのほうへと引きずられていく。

「オフィーリアはわが子に手をかけ、〈目玉さらい〉に与《あた》える生贄《いけにえ》にした。怪物《かいぶつ》にわが子の皮をかぶせ、自分のしたことをひた隠《かく》しにしてきた」リーはつづけた。「あそこにいるのはそういう怪物《かいぶつ》だよ。きみが愛した少年でもなければ、自分をかえりみず多くの子どもたちを救った英雄《えいゆう》でもない。きみの知っているオリオンは、こんな選択《せんたく》をしなかったはずだ」

「黙《だま》れ！」わたしは叫《さけ》んだ。あまりの怒《いか》りで、何人もの人間がいっせいにどなったみたいな声が口から流れだす。リーが反射的に**わたしから**後ずさった。「オリオンがなにを選択《せんたく》しようが、あんたはどうだっていいくせに。あんたも**オフィーリアも**オリオンのことなんかどうでもいいんだよ」

わたしはメダルをつかみ、オリオンがいるほうを振《ふ》りかえった。その勢いのまま発現魔法《まほう》をかけ、数センチもの厚みがある輝《かがや》くドームで上海陣営《シャンハイじんえい》を囲いこむ。表面に浮《う》かんだ虹色《にじいろ》の光が流れるように動いている。絶叫《ぜっきょう》がすこしずつ静かになっていき、しゃくりあげるような泣き声がちらほら聞こえはじめた。オリオンはドームに押《お》しもどされ、獲物《えもの》をつかもうと伸《の》ばしていた腕《うで》を不承不承といった感じで下ろした。

オリオンに捕《と》らえられていた魔法使《まほうつか》いたちは、どさっと地面に倒《たお》れこみ、震《ふる》えながら両手と両膝《ひざ》をついて陣営《じんえい》の奥《おく》へ逃《に》げていった。わたしは、魔法使《まほうつか》いたちを押《お》しのけながらドームの膜《まく》に走りよった。走ったといってもたったの三歩だ。魔法《まほう》で床《ゆか》が引き寄せられていく方向へ走ったせいもあるけれど、ルースとわたしの意思が混じり合い、ほぼ瞬間《しゅんかん》的にわたしを虹色《にじいろ》の膜《まく》まで移動させた。発現魔法《まほう》のドームは、広場のちょうど半分を覆《おお》っていた。湾曲《わんきょく》した膜《まく》の一部が、中央に刻まれた金色の呪文《じゅもん》とぴたりと重なっている。**悪しきものよ、去れ**。呪文《じゅもん》のむこう側にいるオリオンを拒《こば》むみたいに。

オリオンは、飢《う》えだけが浮《う》かぶ澄《す》んだ目で、興味深そうにわたしを見つめている。片方の手を伸《の》ばし、膜《まく》の上に置く。ドームの表面が渦《うず》を描《えが》きながらへこみはじめた。破られるのも時間の問題だ。どうすればドームを通り抜《ぬ》けられるのか、オリオンは一度経験して知っている。〈目玉さらい〉は意思を持たない怪物《かいぶつ》じゃない。餌食《えじき》となった魔法使《まほうつか》いたちの念が集積したものだ。生きたいという憧《あこが》れ。生きるための努力、企《たくら》み、絶望。

オフィーリアはこの〈目玉さらい〉を、無我夢中でゲートから脱出《だっしゅつ》しようとする卒業生全員から作りだした。負け組の生徒も勝ち組の生徒も、ひとつの怪物《かいぶつ》の中に閉じこめた。むしろ自治領の生徒たちのほうが、外に出たいという思いは激しかっただろう。目の前のゲートを出さえすれば、魔法《まほう》に守られた豊かな暮らしが待っているのだ。オフィーリアは、生贄《いけにえ》たちから生きたいという切実な気持ちを抜《ぬ》き取り、完全無垢《むく》なオリオンを媒介《ばいかい》として虚空《こくう》へ注ぎこんだ。わが子を一度破壊《はかい》し、生みだしたばかりの〈目玉さらい〉を核《かく》としたうえで、別の新たな生き物として作り直した。

オリオンが自分を完全に失ってしまっても、オフィーリアは自分の作った兵器を使いつづけるだろう。広場にいる魔法使《まほうつか》いの半分を獲物《えもの》として与《あた》え、それがすんだらこの怪物《かいぶつ》をどこかに閉じこめておく方法を編み出すだろう。そして、ふたたび兵器が必要になる局面がくれば、ポータルを開けてオリオンを目的地へ連れて行く。何度でもそれが繰《く》りかえされる。オリオンの顔をしたあの怪物《かいぶつ》は、きっと従順にオフィーリアについていく。行けばごちそうにありつけるのだ。オフィーリアは難なく怪物《かいぶつ》を手なずける。食われた人たちはオリオンの体内で永遠に絶叫《ぜっきょう》しつづける。最初の生贄《いけにえ》と一緒《いっしょ》に。オフィーリアが虚空《こくう》に沈《しず》めた純粋無垢《じゅんすいむく》な魂《たましい》と一緒《いっしょ》に。オリオンと一緒《いっしょ》に。すべてに終止符《ふ》を打てるのはわたししかいない。

わたしは動かなかった。微動《びどう》だにしなかった。ドームの内側に立ちつくし、膜《まく》を押《お》しつづけるオリオンを見つめていた。涙《なみだ》が頬《ほお》を伝う。莫大《ばくだい》な量のマナを指先に感じる。だけど、これだけのマナがあってもまだ足りない。これっぽっちじゃ世界を変えられない。

オリオンの指先がゆっくりと膜《まく》に沈《しず》みはじめた。目を閉じ、両手のあいだで膜《まく》に顔を押《お》しつけ、じわじわと力をこめる。最初に鼻が、それから口、目が膜《まく》を通り抜《ぬ》けてきた。顔が虹色《にじいろ》の膜《まく》を完全にやぶると、オリオンは目を開けてわたしを見た。**オリオン**がわたしを見ていた。そして言った。「エル。頼《たの》むから」中に入れてくれと頼《たの》んでいるんじゃない。わたしだけができるたったひとつのことをしてくれと頼《たの》んでいる。拒《こば》めば怪物《かいぶつ》はこのドームを破り、わたしを食らうだろう。わたしのうしろにいる人たちをのみこむだろう。そのままいつまでもいつまでも獲物《えもの》を貪《むさぼ》り、不死という名の拷問《ごうもん》を人々に与《あた》えつづけるだろう。そしてある日、この世には一滴《てき》もマナが残っていないことに気付き、すべてのものが死に絶えた地上で、みずからをゆっくりと食いはじめる。

「エル」背後でアアディヤの小さな声がした。怯《おび》えきって震《ふる》えた涙声《なみだごえ》。だけど、アアディヤはそこにいる。肩《かた》に置かれた手を感じる。リューはアアディヤと手をつなぎ、もう片方の手でリュートを持っている。涙《なみだ》が頬《ほお》をぬらしている。ふたりはわたしのそばに来てくれた。わたしに寄り添《そ》おうとしてくれた。ほかの魔法使《まほうつか》いたちは、蒼白《そうはく》になってわたしたちを遠巻きにしている。

カミスもそばにいた。いつだったかスコロマンスの図書室でわたしに歯向かったときみたいに、恐怖《きょうふ》に顔をゆがめつつも意を決したように近づいてくる。カミスは大声でわめいた。「はやくやれよ！　さっさとケリをつけろ！　なにグズグズしてんだ？　だって、ほかにどうすんだよ。そいつをこのまま放っとくのか？　こんなことなら、おまえが自分の手で〝忍耐《にんたい》〟に食わせちまえばよかったんだ！」

顔面をグーで殴《なぐ》ってやりたかったし、感謝のしるしにキスしてやりたかった。カミスのおかげで、胸の中に怒《いか》りの火花がひらめいたから。絶望が熱い炎《ほのお》へ変わっていく。「するわけない」わたしは噛《か》みつかんばかりの勢いで言った。カミスに。オリオンに。オフィーリアに。リー・フェンに。「**するわけない**。オリオンをこのまま放っておくなんて、そんなことするわけない」足元で金色に輝《かがや》く呪文《じゅもん》みたいに、はっきりとした確信をこめてそう言った。スコロマンスのゲートにも、これと同じ文句が刻まれている。**悪しきものよ、去れ**。

だけど、〝悪しきもの〟は、はじめからスコロマンスの中にいたのだ。スコロマンスもまた、〈目玉さらい〉の上に建てられたものだ。だけど、礎《いしずえ》となったその怪物《かいぶつ》は外に出されるのを拒《こば》んだ。世界中どこを探してもスコロマンス以上の狩場《かりば》はないから。そう、〝忍耐《にんたい》〟だ。あの怪物《かいぶつ》はいまもここにいる。オリオンは〝忍耐《にんたい》〟を殺してはいない。だからこそ、学校はいまも崩壊《ほうかい》せずに立っている。オリオンは〝忍耐《にんたい》〟を**のみこんだ**。〝忍耐《にんたい》〟の中には〝不屈《ふくつ》〟が捕《と》らわれているし、あの二匹《ひき》の中には一世紀ものあいだ食われてきた子どもたちが捕《と》らわれている。子どもたちはいまもオリオンの中にいる。絶叫《ぜっきょう》し、苦痛にもだえている。その子たちを放っておくわけにはいかない。だれひとり、そのままにしておくわけにはいかない。

だから、わたしはオリオン・レイクを殺さなくちゃいけない。

リーから受けとったずしりと重いメダルを首にかけ、斜《なな》めがけした袋《ふくろ》を前に回して経典を取りだした。開いて宙にかかげると、わたしの手からふわりと浮《う》く。呪文《じゅもん》の金文字が輝《かがや》きはじめた。両腕《りょううで》を伸《の》ばし、リューとアアディャと手をつなぐ。握《にぎ》り返された手から、ふたりの愛と強さが伝わってくる。

「手をつないでいて」わたしは言った。「離《はな》れないで。お願い」オリオンはいまにもドームの膜《まく》をくぐり抜《ぬ》けそうだ。手のひらからアアディャとリューの恐怖《きょうふ》が伝わってくる。激しい鼓動《こどう》も。こんなことを頼《たの》んじゃいけないのはわかっている。それでも、わたしは繰《く》りかえした。「お願い」「あたしたち、ここにいるよ」リューが小さな声で言った。アアディャも震《ふる》える声で言う。「離《はな》れたりしない」ふたりは、らせん階段を下りてきたときみたいに、わたしの肩《かた》に手を置いた。一《いっ》瞬遅《しゅんおく》れて、カミスがふたりの肩《かた》に両手を置く。連帯のエネルギーが、電流みたいにわたしの中に流れこんでくる。

その瞬間《しゅんかん》、オリオンが膜《まく》を完全に破った。薄《うす》い氷が砕《くだ》けたみたいにドームが粉々に割れて崩《くず》れ落ち、床《ゆか》に触《ふ》れるより先に跡形《あとかた》もなく消え去る。オリオンが近づいてくる。わたしは一歩も引かなかった。両手を伸《の》ばしてオリオンの体に触《ふ》れ、しっかりとつかむ。オリオンのすべてを——煮《に》えたぎるように激しい飢《う》えも、〈目玉さらい〉が支えるすべてのものも。怪物《かいぶつ》の尽《つ》きせぬエネルギーを必要とするあらゆるものを、この手につかんだ。アルフレッド・クーパー・ブラウニング卿《きょう》が自治領の子どもたちを救うために建てた学校。ロンドン自治領が独立系の子どもたちを入学させるために増築した学生寮《りょう》。スコロマンスに侵入《しんにゅう》した〈目玉さらい〉たちを基盤《きばん》とする何十という数の自治領。獲物《えもの》を求めて学校に潜《もぐ》りこんだ〈目玉さらい〉たちは、反対に〝忍耐《にんたい》〟や〝不《ふ》屈《くつ》〟にのみこまれ、いまも二匹の中で生きている。そして、オリオン。世界中にはびこる怪物《かいぶつ》を駆逐《くちく》するため、母親に生贄《いけにえ》にされた子ども。わたしはオリオンを見つめ、心をこめて静かにささやきかけた。「あんたはもう死んでるんだよ」

マナを使う必要さえなかった。明らかな事実を伝えるだけでよかった。犠牲《ぎせい》になった子どもたちに。オリオンに。スコロマンスに入学し、とうとうもどってこなかった子どもたちに。〈目玉さらい〉にのみこまれ、さらには〝忍耐《にんたい》〟にのみこまれた犠牲者《ぎせいしゃ》たち。その子たちはもう死んでいる。おぞましくて不公平で最低な真実。だけど、この真実はその子たちを自由にする。オリオンを捕《と》らえ、そして支えてきた〈目玉さらい〉がわたしの言葉を聞き、そして悟《さと》った。そうだ。自分はすでに死んでいる。

腐《くさ》った肉塊《にくかい》やへどろがあたりに広がることはなかった。オフィーリアの高性能な〈目玉さらい〉には、借り物の肉体なんかじゃなくてちゃんとした体がある。それでも、わたしは捕《と》らわれた獲物《えもの》たちが**流れだしていく**のを感じた。深々と吸った息が一気に吐《は》かれたみたいに。同時にマナも流れだしていく。食われた子どもたちから吸い取られた膨大《ぼうだい》な量のマナ。それこそが、この瞬間《しゅんかん》まで何十もの自治領の基盤《きばん》となり、スコロマンスを支え、ひとりの少年の命を維持《いじ》してきた。マナが枯《か》れていくにつれ、わたしがつかんでいるオリオンの体が震《ふる》えはじめた。大波にもてあそばれる船みたいに。いや、むしろ船をゆらす大波みたいに激しい震《ふる》え方だった。足元の地面もうねるように揺《ゆ》れはじめ、スコロマンスの青銅の扉《とびら》がきしんでギイと不穏《ふおん》な音を立てた。ニューヨーク陣営《じんえい》の司令部から怒声《どせい》や悲鳴があがり、見るとルースが修復した亀裂《きれつ》がふたたび広がりはじめていた。広場全体が大きく揺《ゆ》れている。天井が崩《くず》れ、大きな破片が落ちてくる。スコロマンスとつながったこの場所も、あの卒業式のときからじわじわと虚空《こくう》にすべり落ちていたのだ。学校が消滅《しょうめつ》すれば、この広場も道連れになる。

両手でつかんだオリオンの体がすこしずつ軽くなっていく。存在しないものをつかんでいるみたいに心もとない。虚空《こくう》に作られた幻想《げんそう》でしかないみたいに。それでも、わたしはオリオンを放さなかった。絶対に放さない。オリオンも。スコロマンスも。崩壊《ほうかい》の危機にある数多くの自治領も。ただひとつの細胞《さいぼう》に支えられて虚空《こくう》に浮《う》かぶたくさんの魔法《まほう》を、わたしは放さなかった。〈目玉さらい〉が消滅《しょうめつ》したとしても、放すつもりはない。「あんたはもう死んでる」わたしは口を開いた。「だけど、**どうかここにいて**。わたしたちと共にいて。**世界中の賢《かしこ》い子どもたちに庇護《ひご》と安寧《あんねい》を与《あた》えるために**」三つの呪文《じゅもん》をひとつにする。〈目玉さらい〉に告げた残忍《ざんにん》な真実。『黄金石の経典』に記された、輝《かがや》ける隠《かく》れ家《が》を求める切なる願い。そして、スコロマンスにこめられた美しい嘘《うそ》。唱えながら、リーに渡《わた》されたすべてのマナを注ぎこむ。新しい学校を建てるためにためられたマナ。子どもたちの命を救うためのマナ。オリオンも、それと同じことをずっと自分の使命にしてきた。

　わたしは経典の呪文《じゅもん》をサンスクリット語で繰《く》りかえした。「ここにいて」と。北京《ペキン》自治領で最終魔法《まほう》をかけたときみたいに、リューがわたしのあとに続いて中国語で同じ文句を唱える。アアディヤはわたしと声をそろえ、英語で呪文《じゅもん》を唱えた。「どうかここにいて。隠れ家になって」唱えるあいだも、連帯が広がっていくときの火花みたいなエネルギーを、何度も全身に感じた。ミランダとアントニオ、エマンとカテリーナが、カミスのうしろで呪文《じゅもん》の列に加わっていく。つぎの瞬間《しゅんかん》、列全体が稲光《いなびかり》に打たれたような衝撃《しょうげき》を感じた。リー・フェンが列の一番うしろに加わったのだ。

あまりの衝撃《しょうげき》に息をのみ、わたしは急いで呪文《じゅもん》を繰《く》りかえした。**ここにいて。**だけど、自分の声はすでに聞こえない。列は次第に長くなり、呪文《じゅもん》を唱える声もますます増えていく。上海陣営《シャンハイじんえい》の魔法使《まほうつか》いがひとりまたひとりと列に加わり、連帯の力がパチパチと音を立てながらわたしの中に流れこんでくる。ふいに、広場中に響《ひび》きわたるリーゼルの声がした。「一列じゃだめ！　ふたりに近づいて！　囲むように！」そう指示を出しながら無理やりわたしのとなりに体を割りこませ、新しい列を作るためにわたしの背中に直接手を置いた。アルフィーもリーゼルのとなりにならんでわたしの背中に触《ふ》れた。セアラがアルフィーのもう片方の手をにぎる。一瞬遅《いっしゅんおく》れて、リチャード・クーパー・ブラウニング卿《きょう》が現れ、息子のうしろについた。上海陣営《シャンハイじんえい》の魔法使《まほうつか》いもニューヨーク陣営《じんえい》の魔法使《まほうつか》いも列にならんでいく。わたしたちは声をそろえて繰《く》りかえした。「**ここにいて**」スコロマンスとオリオンが激しく揺《ゆ》れ、震《ふる》えるなか、魔法使《まほうつか》いたちの声はますます大きくなっていった。

手のなかで、オリオンの体がすこしずつ重くなっていく。まるでオリオンの両肩《りょうかた》にスコロマンスやいくつもの自治領がのっていて、わたしがそのすべてをここに引きとめているみたいだ。引き波のように流れだしていくマリアにさらわれてしまわないように。だけど、うしろにいる人たちは、わたしの力になろうとしている。すべてが流れ去ってしまわないように、懸命《けんめい》になっている。やがて、オフィーリアとバルタザールの姿が見えた。列には加わらず、ひしめく魔法使《まほうつか》いたちのあいだをぬって近づいてくると、わたしとならんでオリオンの体に直接手のひらを当てた。

そのとき、アアディヤが――だれより先にわたしの危険な賭《か》けに乗った親友が――歯を食いしばりながらオリオンの体に触《ふ》れた。そばにいる魔法使《まほうつか》いたちが、アアディヤやオフィーリアやバルタザールの体をつかみはじめる。もっと多くのマナをオリオンに注ぎこむために。広場にいるすべての魔法使《まほうつか》いがオリオンを支え、ありとあらゆる言語で同じ文句を繰《く》りかえし唱えつづけた。**ここにいて**。そのとき、足元に刻まれた呪文《じゅもん》のあいだに走る無数の亀裂《きれつ》から、金色の光があふれ出した。無残に割れた床《ゆか》がなめらかに修復されていく。わたしたちは光の中にいた。温かい、希望にあふれた光だった。ふいに、オリオンの体が、がくんと前に揺《ゆ》れた。かたい地面に下ろされ、バランスを取ろうとしているみたいに。大きくあえぎ、わたしのほうへ手を伸《の》ばす。オリオンは両手でわたしの顔をそっとはさみ、かすれた声で、ひとつひとつ言葉を選ぶように言った。「ここにいるよ。エル、ぼくはここにいる」そしてキスをした。涙《なみだ》にぬれた唇《くちびる》で。

第17章　スコロマンス

　タクシーが私道の門の前で停まると、母さんとわたしは車を降りた。木々のあいだから、緑色の小さな小鳥たちが雲みたいな群れをなしてぱっと飛び立つ。タクシーが見えなくなったのを確認してから、わたしたちは門を開け、屋敷《やしき》へ向かって歩きはじめた。両側には高い塀《へい》がそびえ、鬱蒼《うっそう》と茂《しげ》ったジャングルからは鳥や動物の鳴き声が聞こえてくる。小雨が降っていたけれど、わたしも母さんも傘《かさ》はささなかった。雨まじりの弱い風が、ほてった肌《はだ》に気持ちいい。わたしたちはゆっくりと歩いた。母さんはムンバイが近づくにつれて言葉数が少なくなり、ここへ来るタクシーの中では何度か目を閉じて瞑想《めいそう》をしていた。足を止めることはしない。だけど、歩きながらふとわたしの手を取り、力をこめてにぎった。

私道を半分くらい行ったとき、祖母が行く手から現れて駆《か》けよってきた。見張っていたみたいなタイミングだ。たぶん、わたしたちが到着《とうちゃく》したら知らせるように、緑色の小鳥たちに魔法《まほう》をかけていたんだろう。数歩むこうでためらいがちに足を止め、うるんだ目で不安そうにわたしたちを見つめる。おずおずと両手を差し伸《の》べた。母さんが大きく深呼吸をした。恐《おそ》れと痛みを手放そうとするみたいに、ゆっくりと息を吐《は》く。わたしとつないでいた手を離《はな》し、自分も両手を広げながら前に進み出る。シタバイは飛びあがるみたいにして母さんに走りより、差しだされた両手をしっかりとにぎった。

一日目の夜、わたしと母さんはシタバイと祖父のラジヴの居間に招かれて、静かな夕食を共にした。二日目の夜にはもうすこし人数が増えて、又《また》いとことその又《また》いとこも加わった。いとこたちはわたしと数個しか年が変わらなかった。夕食の人数はすこしずつ増えていき、最後の夜には一族全員が中庭に集まった。

最後の日、母さんは朝から昼までディープティと話をし、それから、ジャングルの中の小さな滝《たき》が流れる崖《がけ》へ出かけていった。祖父が、アージュンはここが好きだったんだとわたしたちを案内してくれたのだ。母さんは日暮れまで滝《たき》のそばで過ごし、もどってきたときには安らかな顔になっていた。完ぺきな平穏《へいおん》を得たわけじゃない。それでも、きっと前よりは穏《おだ》やかな心になれたんだと思う。母さんはわたしを抱《だ》きしめ、耳元で言った。「来てよかった」

わたしはというと、まだ母さんみたいには思えない。だからこそ、いつかそう思えるように、何度でももどってこなくちゃいけないんだろう。

だけど、今回もどってきたのは、はっきりとした目的があったからだ。実を言うと、わたしはここへ来るのをずっと先延ばしにしていた。そのあいだも、スコロマンスにいたときみたいに、夜はかならず経典をまくらの下に入れて眠った。そして、最終日のこの夜、ごちそうの大皿が片付けられ、子どもたちもお風呂《ふろ》と寝《ね》かしつけのために連れて行かれると、わたしはとうとう木箱から経典を取りだし、ディープティのいるところへ歩いていった。ディープティは中庭の一角に作られたあずまやにすわっていた。ぐるりに巡《めぐ》らされた板壁《いたかべ》のあいだから、弱い風が吹《ふ》きこんでいる。

わたしはディープティとならんですわった。ディープティは膝《ひざ》の上に経典をのせてぱらぱらとめくり、最後のページを開いた。そこには追加のページがはさみこまれている。リーゼルが書き起こした十ページにもおよぶ補完資料で、魔法《まほう》を説明する図表や新しい呪文《じゅもん》が記録されている。このひと月、わたしはリーゼルとリューとアアディヤと一緒《いっしょ》に、この資料の作成にかかりきりになっていた。作業の大半はロンドン自治領の中で進められたから、あの船酔《ふなよ》いみたいな吐《は》き気《け》に毎分毎秒悩《なや》まされることになった。ロンドン自治領を支える〈目玉さらい〉たちが**外の世界**をさまよっているせいだ。世界のどこかで、犠牲者《ぎせいしゃ》たちを永遠に貪《むさぼ》りながら。

「かわりにミュンヘンの件を手伝うっていうのはムリだからね」作業を手伝ってほしいと頼《たの》んだあと、わたしは先手を打ってそう言った。するとリーゼルは、わたしを追いはらうみたいにシッシッと片手を振《ふ》った。長年温めてきた報復計画を横取りさせるつもりはないとでも言いたげだ。

「はいはい、うるさいよ。わたしたちにはほかにやるべきことがいろいろあるでしょ」実際、**わたしたち**には、やるべきことがいろいろとあった。

リチャード・クーパー・ブラウニング卿《きょう》は息子に説きふせられ、わたしたちをロンドン自治領に呼ぶことをしぶしぶ承諾《しょうだく》した。わたしたちはロンドンへ行くと、礎《いしずえ》を見てまわり、すべてを入れ替《か》える計画を練りはじめた。ひとつめの礎石《そせき》は評議会室の中にあった。評議会室は、自治領最下部の、古代ローマの神殿《しんでん》みたいな建物の中心にある。石灰石が使われたその礎石《そせき》は、何世紀も過ぎるうちに危険なほどすり減り、はしにきざまれたラテン語の魔法《まほう》は読むこともできないくらい薄《うす》れていた。ノルマン・コンクエストの時代とチューダー朝時代の堆積《たいせき》岩を使った礎石《そせき》は、巨大《きょだい》な図書館の地下にすえられていた。図書館の上には死んだ子どもたちを悼《いた》むための緑地がある。自治領のやつらは、スコロマンスで死んだ子どもたち**だけを**偲《しの》んできたのだ。自治領建設のために犠牲《ぎせい》にした他の子どもたちの存在はひた隠《かく》しにしながら。

一番大きい礎《いしずえ》は石ではなく鋼鉄のかたまりだった。中心部分が大きくへこみ、完全に変形している。一九〇八年に〝不屈《ふくつ》〟を支えとして作られたもので、これを基盤《きばん》として、おとぎ話から抜《ぬ》けだしてきたみたいなあの庭園が生まれた。この礎《いしずえ》に近づいても吐《は》き気《け》は感じない。表面に刻まれた呪文《じゅもん》は、炉《ろ》の中で溶《と》かされたみたいに、ぼやけたり混ざり合ったりして完全に読めなくなっている。だけど、ちょっとちがう角度から目をこらしてみると、短い文章がひとつだけ浮《う》かびあがってくる。**どうかここに。**まるで、スコロマンスの扉《とびら》の前で大勢の魔法使《まほうつか》いとかけた〈黄金石の建設魔法《まほう》〉が、忌《い》まわしい死の連鎖《れんさ》──オリオンがのみこんだ〝忍耐《にんたい》〟、〝忍耐《にんたい》〟がのみこんだ〝不屈《ふくつ》〟──を伝ってここまでたどり着いたみたいだ。そうして、この礎《いしずえ》をあらためて虚《こ》空《くう》の中にすえ直した。

礎石《そせき》はさらにあと五つあった。どれも第二次世界大戦中に急ごしらえで作られたものだ。マナが乏《とぼ》しかったころのものだから、基盤《きばん》としては廊下《ろうか》をひとつかふたつ支えるのがやっとというお粗末《そまつ》さだけど、それでもこのとき、五匹《ひき》の〈目玉さらい〉が外界に放たれた。五匹《ひき》は**いまも**世界のどこかをさまよっている。体内の犠牲者《ぎせいしゃ》たちを永遠に貪《むさぼ》りつづけ、さらなる獲物《えもの》を探しながら。

アアディヤとリーゼルに手伝ってもらいながら、わたしは『黄金石の経典』を読みこみ、呪文《じゅもん》の中に秘められた力を探した。新しい礎《いしずえ》にここにいてくれと頼《たの》み、虚空《こくう》にそっと語りかけると き、たしかに手の中に感じるあの金色の力を。リューは魔法《まほう》をかける新しい方法を考案してくれた。そのやり方なら、魔法使《まほうつか》い**たち**が中心部で声をそろえて呪文《じゅもん》を唱えることができる。ひとりが単独で魔法《まほう》をかけるよりずっといい。ただし、**全員が**マナ原理主義でなくちゃいけないけれど。

「サンジェイとパラヴィのふたりは、もう経典の魔法《まほう》を使いこなせるって」わたしは言った。大勢いるいとこの中に、ベーダ・サンスクリット語の呪文《じゅもん》を集中的に習得しているふたりがいたのだ。「ふたりが一族のほかのみんなにも教えてくれると思う」

ディープティはうなずいた。悲しそうな顔だ。片手でわたしの顔を包みこむように引き寄せ、頬《ほお》を押《お》しあてる。「おまえはそれで納得してるのかい?」静かな声だった。

すぐには答えられなかった。自分でもわからないのだ。もう一度経典に手を伸《の》ばし、表紙の模様に指先をはわせる。目をつぶって絵に描《か》けるくらい、記憶《きおく》にすりこまれた模様。〈黄金石の自治領〉を建てたいという思いはいまも変わらない。そうできたらどんなにいいだろう。だけど、その仕事は**ほかの人にも**できる。わたしはそのことを喜ばなくちゃいけない。自分以外の魔法使《まほうつか》いも経典が使えたほうが絶対にいいんだから。千年のあいだ、〈黄金石の自治領〉を建てることができたのはプロチャナひとりだった。だけど、プロチャナと同じようにわたしが経典を扱《あつか》える唯一《ゆいいつ》の魔法使《まほうつか》いになってしまったら、わたしがいなくなったあと――世界は元通りになってしまう。魔法使《まほうつか》いたちは、また〈目玉さらい〉を生み出すようになる。なぜこんなにも確信があるかというと、わたしが生きているいまでさえ、魔法使《まほうつか》いたちはあの忌《い》まわしい方法で自治領を作ろうとしているから。

スコロマンスの扉《とびら》の前では、たしかに大勢の魔法使《まほうつか》いたちが一丸となって危機を乗り越《こ》えようとした。性根の腐《くさ》りきった利己的な評議員でさえ、すすんで協力した。だけど、あれは崩壊《ほうかい》寸前の広場に閉じこめられていたからだ。ヤバい状況《じょうきょう》で自衛本能が働いたんだと思う。だけど――。あの広場には、四十の大規模自治領の上層部が集まっていた。上級魔法《まほう》使いともなれば、自治領の貯蔵庫から際限なくマナを引き出すことができる。スコロマンスと何十もの自治領を支えてきた汚《けが》れた力を入れ替《か》えるには、膨大《ぼうだい》な量のマナが必要だったはずだ。たぶん、広場の戦いに加わった自治領の貯蔵庫は空っぽに近い。いまごろ補充《ほじゅう》しようと必死になっているだろう。

すべてが終わったのはもう明け方で、わたしは庭園を見下ろせる場所に上がり、ひとりですわっていた。顔も手足も崩《くず》れかけた広場の土ぼこりで汚《よご》れていた。しばらくすると、アントニオとカテリーナが目を輝《かがや》かせながらやってきて、これから建てる新しい自治領の評議員になってくれないかと熱心な口調で言った。なんでも、小規模な自治領を作り、そこを魔法使《まほうつか》い専用の保育所にしたいらしい。頼《たよ》れる家族のいない独立系魔法《まほう》使いの子どもをあずかるのだという。親たちは、週末とか休暇《きゅうか》とか、子どもの世話をする時間ができたら迎《むか》えにくればいい。ふたりは、最初の保育所がうまくいったら、世界中に同じような場所を作るつもりだと言った。保育所専用自治領のフランチャイズ展開というわけだ。

だいじょうぶ、本当に実現できそうなんだから、とふたりはわたしに請《う》け合った。うちの自治領の評議員たちが、自治領建設魔法《まほう》を**破格の安さ**で売ってくれるんだって。

ふたりはそんな調子で壮大《そうだい》な計画と理想について何分か話しつづけていたけれど、やがて、わたしの表情と、頭上に文字どおり黒雲が垂れこめつつあることに気付いて口をつぐんだ。相手がちがえば、怒《いか》りをぶちまけるついでに地上から消し去っていたかもしれない。かわりにわたしは、アアディヤとリーゼルにあんたたちの計画がなんで最悪か教えてもらって、とだけ言った。ふたりはうなずき、そそくさと立ち去った。残されたわたしはひとりで腹を立てながら、長いあいだ温めてきた夢が破れたことを悟《さと》ったのだった。

放っておけば、大規模自治領の連中はあの建設魔法《まほう》を売りつづける。それこそ、マナを効率よく稼《かせ》ぐ手段だから。そして、魔法使《まほうつか》いたちもあの魔法《まほう》を買いつづける。大きくて新しい自治領は魅力的《みりょく》だし、なにより、自分たちが厳密にはなにを買うことになるのかわかっていないから。**わかりたくも**ないだろう。何十年もかけてためたマナの半分を支払《しはら》ってしまったあとでは、真実を知ってももうあと戻りはできない。そして、リー・フェンと同じ選択《せんたく》を迫《せま》られる。よその自治領が世に放った〈目玉さらい〉に自分の子どもが食われるのを待つのか。それとも、自分たちも新しい自治領を建てるのか。

わたしたちも、そんな事態を防ごうと努力しなかったわけじゃない。真実を話そうともした。だけど、自治領の秘密を暴露《ばくろ》するのはほぼ不可能だった。強制魔法《まほう》は思っていたより厄介《やっかい》だったのだ。『怪物学《かいぶつがく》ジャーナル』だとか秘密のＦａｃｅｂｏｏｋグループだとか、そういうものを管理しているのが評議員だ。連中は強制魔法《まほう》をかけられることに同意し、同意したからこそ特権階級の仲間入りをした。この魔法《まほう》にかかると、秘密を話せなくなるだけじゃなくて、秘密を積極的に隠《かく》す工作をするようになる。ネット上で自治領の秘密を暴露《ばくろ》しようとするたび、投稿《とうこう》自体が消されたし、そうでなければ内容が変えられた。アカウントはしょっちゅう凍結《とうけつ》されたし、いつのまにか消えていることも多かった。

必死になればなるほど状況《じょうきょう》は悪化した。いま持っている携帯《けいたい》は三台目だ。前の二台は何人かの魔法使《まほうつか》いにグループメッセージを送った直後にいきなり故障した。唯一《ゆいいつ》確実だったのは、口頭でほかの魔法使《まほうつか》いに秘密を話すことだった。そういうわけで、早くもわたしたちは嘘《うそ》つきだとか妄《もう》想《そう》がヤバすぎるとかいううわさを立てられている。臭《くさ》いものに蓋《ふた》をするというのはけっこう簡単なことなんだろう。そうすれば、自分もみんなも不都合な真実から目をそらしていられるから。

べつの角度から攻《せ》めてみることもした。スコロマンスの扉《とびら》の前に評議会の面々を集め、必要なマナさえ集めればあんたたちの自治領の礎《いしずえ》も交換《こうかん》してあげるけど、と持ちかけたのだ。そのあと、できるだけたくさんの独立系の魔法使《まほうつか》いたちにも同じ提案を伝えた。数年分のマナを持ってくれば、新品ピカピカの〈黄金石の自治領〉を建ててあげる、と。

いまのところ希望者はゼロだ。礎《いしずえ》を入れ替《か》えるだけのマナを集めるには、ほぼすべての自治領が現在の人口の三倍の魔法使《まほうつか》いに門戸を開かなくちゃいけない。中には、夜のあいだ子どもたちを寝《ね》かせる空間しか残らない自治領も出てくるだろう。一応、スコロマンスの元同級生たちを中心に、協力してマナを**ためはじめた**魔法使《まほうつか》いたちもいるにはいる。だけど、すでに必要なマナがたまっている魔法使《まほうつか》いたちは――それを〈黄金石の自治領〉に使おうとはなかなか思えないらしい。それも当然だ。数ある大規模自治領が、現代的なでかい自治領を建てるための魔法《まほう》を割引価格で売ろうとしているんだから。

この流れは止められない。止めようがない。もし、連中を**このまま放っておく**のなら。だから、わたしがずっとやりたかったことは、ほかの人たちに託《たく》さなくちゃいけない。〈黄金石の自治領〉を建てるという、心が震《ふる》えるような仕事は。かわりに、わたしはやりたくもない仕事を引き受ける。わたしにしかできない汚《よご》れ仕事を。

なぜなら、自治領が世界中の独立系魔法《まほう》使いたちを迎《むか》え入れ、礎《いしずえ》を入れ替《か》え、大勢の魔法使《まほうつか》いたちの安全を守るようにするには、ひとつだけ奥の手がある。**恐怖**《きょうふ》を与《あた》えることだ。謎《なぞ》に包まれた黒魔術師《くろまじゅつし》が――すべての自治領にとっての厄災《やくさい》の種が――いまも外界をうろついているのかもしれない、つぎの標的は自分たちかもしれないと恐《おそ》れさせておけばいい。その恐怖があったからこそ、北京《ペキン》自治領は礎《いしずえ》を入れ替《か》え、ドバイ自治領もわたしの計画を受け入れた。ほかに選択《せんたく》肢《し》はなかったから。分け合うことを拒《こば》んだが最後、自治領は虚空《こくう》へすべり落ちていっただろうから。そこまで追いつめられてみると、分かち合うのもそう悪くないと思えるようになるらしい。

アルフィーも、こんな話をしてリチャード卿《きょう》とロンドン評議会の面々を説得したのだ。八つの礎《いしずえ》を早急に入れ替《か》えないと**二度目の**攻撃《こうげき》を受ける危険性はかなり高いと思います、と揺《ゆ》さぶりをかけた。

そういうわけで、やりたかった仕事の遂行自体はほかの人たちに託《たく》すことになった。だけど、そのための機会を作ることならできる――ディープティが予言したとおり、わたしは世界中の自治領に死と崩壊《ほうかい》をもたらす。自治領を支える〈目玉さらい〉を次々に駆逐《くちく》する。

どういうことかというと、わたしが〈目玉さらい〉に**近づき**、標的を視界にとらえた瞬間《しゅんかん》――ディープティと同じ予知能力を持つ一族の四人が、怪物《かいぶつ》が死ねばどの自治領が打撃《だげき》を受けるか**見るのだ**。ディープティがドバイ自治領に警告したときみたいに、五人は危険の迫《せま》った自治領にそのことを伝える。それと同時にこう提案する。自分たちが現地へおもむくから、攻撃《こうげき》を耐《た》えぬけるように古い礎《いしずえ》を新しく頑丈《がんじょう》な礎《いしずえ》と交換《こうかん》してはどうか、と。まさに、わたしがドバイ自治領を救ったときみたいに。

だから、わたしが〈目玉さらい〉を一匹狩《ぴきか》るたびに、どこかの自治領が外部に門戸を開くことになる。そんな自治領の数が増えていけば、新しく自治領を建てようとする魔法使《まほうつか》いの数は減っていく。〈黄金石の自治領〉が増えれば、マナ原理主義に転向する魔法使《まほうつか》いもきっと増えるだろう。シャルマー一族は経典の呪文《じゅもん》を無料で配るだろうし、あの魔法《まほう》を使いこなせる人材を自治領のほうもほしがるだろう。わたしが〈目玉さらい〉を殺せば殺すほど、世界は加速度的に変わっていく。

ディープティは、まだ質問の答えを待っていた——おまえはそれで納得してるのかい？　わたしは経典の表紙から手を離《はな》した。この本はもう、ディープティたちのものだ。「納得できる道をみつけるよ」わたしはきっぱりと言った。本心だったから。オリオンにも似たようなことを言った。わたしは、生きてスコロマンスを脱出《だっしゅつ》した。大好きな人たちもみんな生きのびた。その半分だって望みが叶《かな》えば十分すぎるくらいだったのに。

というわけで、つぎにわたしがしたのは、もちろんスコロマンスにもどることだった。

母さんとはムンバイ空港でハグをして別れた。母さんはウェールズにもどる。「わたしの娘《むすめ》には家がふたつできたってことなのかもね」母さんは泣きながらほほ笑んでそう言い、わたしにキスをした。「またすぐに帰ってきてちょうだい」母さんを見送ったあと、わたしはポルトガル行きの飛行機に乗った。

博物館の塀《へい》には、〝**改築工事のため閉館**〟と書かれた大きい紙が何枚も貼《は》ってあった。入り口には礼儀《れいぎ》正しいけど無表情な魔法使《まほうつか》いが何人か立っていて、非魔法族《まほうぞく》が立ち入らないように番をしていた。ひどいありさまだった庭園はあらかた片付いていて、石像はあるべき場所にもどっている。といっても、修復して所定の位置に立て直すべきか、石化魔法《まほう》を解いて人間にもどすべきか、判別しなくちゃいけなかったらしい。一度だれかが誤ってディアーナの像を人間にしてしまい、鋼の意志を持った狩猟《しゅりょう》の女神がまた石像にもどされるまで、運の悪い数人が矢に追いまわされることになった。

学校の扉《とびら》は一時的に開放されていた。言いかえると、幻惑魔法《げんわくまほう》をたった三つ打ち破り、湿《しめ》ったトンネルを十分くらいとぼとぼ歩いていくだけであの広場にたどり着くことができた。あの日蝶番《ちょうつがい》から外れた扉《とびら》は修理されていたし、卒業ホールの修復工事もあとすこしで終わりそうだった。ホールの両わきにある修繕《しゅうぜん》用のでかい立て坑《あな》から、上階で進められている工事の音が聞こえてくる。上の階には魔工家《まこうか》たちが何チームも送りこまれていて、以前のほぼ倍の大きさの学生寮《りょう》を建設中だ。部屋自体もちょっとは広くなるけれど、贅沢《ぜいたく》のためじゃない。これからは、生徒ふたりが相部屋で暮らすようになる。

立て坑《あな》を上がって二階に行くと、リーとバルタザールが作業場にいるのが見えた。なにか重い物を運ぶ必要があるか聞いてみようと、わたしは作業場に入った。これまでも、大きめの設備を搬入《はんにゅう》するのを手伝うだけで、工期を何週間も短縮することができたのだ。「いや、きみの助けが必要な作業はもうなさそうだ」リーは何枚もの図表を確認して言った。「建設作業は予定どおり進んでいる。九月には間に合うだろう」

「新しい入学式の魔法《まほう》も、昨日の試験でぶじ成功してね」バルタザールが言った。そこで言いよどみ、ためらいがちにつづける。「ヴァンス総督《そうとく》は引退した。つぎの総督《そうとく》にはオフィーリアが当選したよ」

おめでとうございます、なんて言えるわけがない。わたしはむかっ腹を立てながらふたりに背を向け、足音も荒《あら》く作業場を出た。オフィーリアは、ある年のスコロマンスの卒業生を皆殺《みなごろ》しにし、実の子を人身御供《ひとみごくう》にするという残虐《ざんぎゃく》非道な罪を犯し、広場に集まった魔法使《まほうつか》いをあと一歩で殲滅《せんめつ》させるところだった。だけど、もちろんオフィーリア・リース＝レイクみたいなやつだからこそ、ニューヨーク魔法《まほう》自治領の総督《そうとく》になれるんだろう。

これまで認めてしまわないようにがんばってきたけれど、やっぱり完全に否定するのはむずかしい。わたしがしようとしていることは、結局オフィーリアが長いあいだ追い求めてきた夢と変わらない。魔法《まほう》自治領の増加を抑制《よくせい》し、特権階級の者たちが持てる富を**分かち合う**よう仕向けること。母さんは、あなたとオフィーリアはちっとも似ていないわよ、と優しく諭《さと》そうとしてくれた。手段だって目的と同じくらい大事なんだから、と。でも、母さんの慰《なぐさ》めはあんまり役にたたなかった。わたしはもう、気付いてしまったから。自分はただ気に食わないだけなのだ。オフィーリアに**報い**を受けさせたい。なのに、あの女は望んだとおりのものを手に入れようとしている。万が一犯した過ちを悔《く》いているとしたらびっくりだけど、オフィーリアの胸の内はこれからも謎《なぞ》のまま。なぜなら、ディープティに険しい顔で警告されたから。決してニューヨークへ行ってはいけない、オフィーリアの顔をゴミ箱に突《つ》っこんでやりたくてもこらえなさい、と。

ゼミ室の〝迷宮〟は前と同じ場所にあった。言いかえると、在校時代にゼミ室を探してうろついていたわたしは、まるで見当違《けんとうちが》いの場所を歩かせられていたことが判明した。そして、場所は同じだとしても、迷宮は前と全然ちがっていた。年に二度の大掃除《おおそうじ》で使われる怪物駆除《かいぶつくじょ》装置は改良され、試運転のたびに、〈死の業火〉は校内を幾度《いくど》となく往復した。おかげで、年季の入った染みでさえ、きれいさっぱり焼きつくされて消えている。なにもかもが清潔で、新しい照明の光を受けて輝《かがや》いていた。迷宮の天井から吊《つ》り下げられている照明は、LEDとマナを組み合わせた小ぶりな魔工品《まこうひん》だ。むかしの古くさい明かりにくらべると、マナを大幅《おおはば》に節約できる。そして、スコロマンスには、目に見える染みよりはるかに大きな変化があった。

わたしはずっとこの学校が大嫌《だいきら》いだった。足を踏《ふ》みいれた瞬間《しゅんかん》から嫌《きら》いだった。いま思えば、学校の核《かく》となるおぞましい嘘《うそ》を肌《はだ》で感じ取っていたのかもしれない。足の下で腐ちていく犠牲者《ぎせいしゃ》たちの気配を。だけど、その嘘《うそ》はもう消え去った。あとには、わたしたちの祈《いの》りだけが残った――**ここにいて、わたしたちの隠《かく》れ家《が》になってください**。いまは、この学校を憎《にく》むほうがむずかしい。最低な記憶《きおく》をひとつずつ掘《ほ》り返さないとムリだ。あっちの角でもこっちの角でも怪物《かいぶつ》に襲《おそ》われた、とか。あそこでもここでも同級生に冷たくされた、とか。

わたしはふてくされた気分のまま体育館へ向かった。せめて**体育館だけは**最後まで憎《にく》んでやると意気ごんでいたせいか、手のひらサイズのダイジェスターが壁《かべ》からはがれて後頭部に飛んできたことには気付いていなかった。ダイジェスターもバカだった。獲物《えもの》に近づくことさえできずに、パチっと音を立てて弾《はじ》けてしまったんだから。しまったと思って振《ふ》りむくと、得意げに笑うオリオンが立っていた。「はい、ぼくの勝ち」

わたしはオリオンをにらんだ。「バカじゃないの？　あんたがわたしに勝つことはもう一生ないから。同点くらいには持ちこめるように死ぬまでがんばれば？」わたしの嫌味《いやみ》もどこ吹《ふ》く風で、オリオンはにこにこ笑っている。

なぜオリオンがいまも怪物《かいぶつ》のマナを吸い取れるのか、わたしたちにもいまいちわかっていない。オリオンの内なる〈目玉さらい〉は死んだのだ。説明らしい説明がまったくされなかったわけじゃない。オリオン本人が肩《かた》をすくめつつこう言った。「まあ、ずっとできたから」なんでいまさら驚《おどろ》くんだよ、と言いたげな顔だった。こんなマインドがあったらなんだってできるだろう。オリオンはもう、〈目玉さらい〉に支えられて生きているわけじゃない。だけど、**いまも**虚空《こくう》と直接つながっている。わたしたちがかけた〈黄金石の建設魔法《まほう》〉によって新しく生まれ変わったからだ。

つまり、スコロマンスと十いくつの自治領は、さながら空を支えるアトラス神みたいに、オリオンが支えている。だけど、本人はその重みをまったく感じていない。オリオンに言わせれば、すべて問題なし、ということらしい。この大バカは**オフィーリア**のことさえ恨《うら》もうとしない。あの件について話し合うことさえできなかった。戦いが終わったあの朝、オリオンが勢いこんでわたしに報告したのだ。母さんはたしかに過ちを犯したけど、謝ってくれたし、どうか許してほしいって言われた。だから、**許したんだ**、と。それを聞いたわたしは、あまりの怒《いか》りに危うくオリオンの頭を噛《か》みちぎるところだった。オフィーリアを許すという選択肢《せんたくし》なら、わたしも一応考えてはみた。あの女が虐殺《ぎゃくさつ》した子どもたちの家で死ぬまでトイレ掃除《そうじ》をつづけるなら、ひょっとすると許せるかもしれない。いや、やっぱりムリだ。

そのあと、わたしはオリオンを連れてウェールズへもどり、オリオンが心の傷を癒《い》やせるまでコミューンで過ごそうと決めた。オリオンは母さんと話し、みんなと瞑想《めいそう》をし、森の中で長い散歩をした。そんなふうにして三日が過ぎたころ、母さんはわたしを椅子《いす》にすわらせ、オリオンが苦しんでいたのは明確な理由があってのことで、あなたがそれを**解決**したいま、あの子はもうだいじょうぶなのよ、と言った。だから、あなたもオリオンは苦しんでいるんだと決めつけるのはやめなさい。それから、**あなたこそ**魂《たましい》の傷を癒《い》やしたほうがいいみたいね。そういうわけで、それからの数週間、わたしは母さんに連れられて瞑想《めいそう》や散歩をするはめになり、とうとう限界に達すると、頼《たの》むからなにか仕事を回して、とリーゼルにメールしたのだった。「ていうか、ここでなにしてるわけ?」わたしはつづけた。「あんたがお守りをしてあげる生徒はまだ来てないけど。ゴブリンみたいにうろつかないでよ」

オリオンは穏《おだ》やかな声で言った。「ここが好きなんだ。それに、外は暑いしね」全然答えになっていない。たしかに外はめちゃくちゃ暑いけど、八月中旬《ちゅうじゅん》のポルトガルの晴れた日なんだから当然だ。実際、リーゼルたちとここへ来たときは、井戸が見つからなくて熱中症《しょう》になりかけた。だけど、外が暑いからって、ふつうの人は**この体育館に**来たりしない。たしかにいまの体育館はいかにも涼《すず》しそうだけど。大木がそよ風に吹《ふ》かれて葉を揺《ゆ》らし、体育館のはしからはしまで流れる小川は、丘《おか》の上を蛇行《だこう》しながら灰色の岩のあいだでコポコポと音を立てている。川にかかった小さな赤い橋のむこうには、あの塔《とう》があった。

わたしたちは橋をわたり、塔《とう》の階段に並んですわった。塔《とう》の中に置かれたテーブルには、冷たい水の入ったジャグがひとつに、果物とエダマメをそれぞれ盛ったボウルがひとつずつ置かれている。

「この世界には〈目玉さらい〉が何匹《びき》いるんだろう」オリオンが言った。

わたしは片方の肩《かた》をすくめた。正直、考えたくない。〈目玉さらい〉が死ねば自治領は破壊《はかい》されるけれど、逆のことは起こらない。自治領は攻撃《こうげき》を受けなくても滅《ほろ》ぶものだ。世界から失われ、忘れられ、ゲートは閉鎖《へいさ》され、そうなれば内部にいる魔法使《まほうつか》いたちも死ぬか虚空《こくう》に落ちるかする。だけど、それで基盤《きばん》となる〈目玉さらい〉が死ぬことはない。そのあとも世界をさまよい、永遠に獲物《えもの》を追いかける。この五千年のあいだに、いったいいくつの自治領が作られたんだろう。どれだけ大勢の生贄《いけにえ》が虚空《こくう》に沈《しず》められてきたんだろう。きっと数百はくだらない。それに、いざ狩りをはじめたって、〈目玉さらい〉たちは必死になってわたしから逃《に》げようとするだろう。

だけど、少なくともわたしはひとりじゃない。アアディヤはリューを連れてニュージャージーの家に帰った。計画を本格始動する前にリューに休養を取らせ、ついでにごちそう攻《ぜ》めにするためだ。新しいスコロマンスがぶじ開校したらケープタウンで落ち合うことになっている。南アフリカで、先月だけでも十七回〈目玉さらい〉が目撃《もくげき》されているのだ。ジョワニがそこで待っている。

リーゼルがロンドンから采配《さいはい》を振《ふ》るい、わたしたちが立ち上げたチームに指示を出すことになっている。厳密には、ふたつのチームだ。ひとつ目は、世間にも公表している〈目玉さらい〉の調査チームで、魔法使《まほうつか》いたちが怪物《かいぶつ》と鉢合《はちあ》わせしないように情報を集めるためのものだ。このところ、〈目玉さらい〉に狙《ねら》われたという魔法使《まほうつか》いは増えるいっぽうだった。怪物《かいぶつ》を目撃《もくげき》した魔《ま》法使《ほうつか》いはリーゼルに連絡《れんらく》することになっている。ふたつ目は、各地の自治領から慎重《しんちょう》に選出された元同級生だけの小規模チームだ。実際の仕事に携《たずさ》わるのはこっちのチームで、〈目玉さらい〉

を狩《か》りにきたわたしたちをひそかに自治領に出入りさせる。願わくば、だれにも見られずに。そして、ぶじ怪物《かいぶつ》を駆除《くじょ》したあとには、万が一わたしたちが見られていた場合にそなえて、偽《にせ》の〈目玉さらい〉目撃《もくげき》情報を世間に広めることになっている。ほかにも、わたしがしていることを世間から隠《かく》すために、いろいろと作戦が立ててあるらしい。

賢《かしこ》い計画だとは思うけど、世間の魔法使《まほうつか》いたちは遅《おそ》かれ早かれ真実に気付くだろう。といっても、それは明日明後日のことじゃないけれど。この二週間で十年分くらいの大事件が立てつづけに起こって、魔法使《まほうつか》いたちはまだ混乱の真っただ中にいる。スコロマンスの扉《とびら》の前で〈黄金石の建設魔法《まほう》〉に加わった人たちでさえ、わたしたちがなにをしたのか完全には理解していなかった。魔法《まほう》に協力したのは、あのリー・フェンやオフィーリアがわたしたちに手を貸したからだし、天井が落っこちてくるんじゃないかとおびえていたからだ。すべてが終わったあとも、あの場にいた魔法使《まほうつか》いの大半は、上海《シャンハイ》自治領とニューヨーク自治領が和解して、その一環《いっかん》として崩壊《ほうかい》寸前だったスコロマンスを立て直したらしい、というくらいにしか考えていなかった。

だけど、いまではもう、ほんのすこしではあるけれど、わたしが〈目玉さらい〉を殺すところを目撃《もくげき》した人たちがいる。少なくとも、殺せると知っている人たちがいる。そして、自治領の評議員たちは、自分たちの住まいがなにに支えられているのか知っている。いずれは、ふたつの事実をつなげて考え、わたしに敵意を向けてくるだれかが現れるだろう。そのときに自分がどんな行動に出るのか、いまのわたしには想像もできない。リーとオフィーリアはわたしの改革運動に賛成すると思う。だけど、そんな余裕《よゆう》を見せられるのも、世界最強の自治領のトップに君臨しているからだ。ほかの自治領の魔法使《まほうつか》いなら警戒《けいかい》するのがふつうだと思う。

アアディィヤとリューには、あんたたちは家に帰ったほうがいいよ、あんまり深入りするのはやめときなよ、と伝えるには伝えた。だけど、リューはきっぱりとこう言った。「ううん、いや」リューの**家**が例の忌《い》まわしい合同自治領にあるならそう言うのも当然だけど、実のところそうじゃない。知らないうちに、リー・フェンが合同自治領の新しい評議会と交渉《こうしょう》をまとめていて、結果的に、合同自治領は上海《シャンハイ》自治領に長く務めてきた独立系魔法《まほう》使いを七人引きとることになった。入領するにはもう何年かマナをためる必要があったけれど、本人たちが小さめの家で十分だと納得したらしい。かわりに、リューとその家族は上海《シャンハイ》自治領で暮らすことになった。

「ユヤンのことはどうするの？」わたしは思いきってたずねた。リューが〈目玉さらい〉狩りの第二チームにユヤンを入れたことは知っている。リューはちょっと涙目《なみだめ》になってほほ笑み、そして言った。「上海《シャンハイ》自治領が礎《いしずえ》を入れ替《か》えるまで待ちたいの」わたしはそれ以上なにも言えなかった。なにを言えただろう。

あいかわらず実際家のアアディィヤは、肩《かた》をすくめて言った。「エル、わたしもバカじゃないから、これに一生を賭《か》けようだなんて思ってないよ。でも、一生の**一時期**くらいは賭《か》けてもいいかなって。やる価値あるし、いまはあんたもいろいろ模索《もさく》中で、一番助けが必要なときだし。どっちみち、わたしとかリューを攻撃《こうげき》してあんたを揺《ゆ》さぶろうとするやつは、わたしたちが一緒《いっしょ》にいようがいまいがそうするでしょ。卒業チームとして壁《かべ》に名前を書いたときから、そのへんのことは覚悟《かくご》してる。それはさておき」アアディヤは声をとがらせてつづけた。「先に言っとくけど、ユースホステルだけはごめんだから。あそこ、スコロマンスの男子トイレと同じにおいがしたんだけど。禁欲っぷりをアピールしたいなら、わたしの部屋の床《ゆか》で寝《ね》て」

リーゼルにも、アアディヤたちに伝えたのと似たようなことを伝えはした。するとリーゼルは鼻を鳴らして言った。「計画をひとりで実行すれば三ヶ月でバレるだろうし、そうなったらわたしたち全員が標的になるわけ。あんたとの縁《えん》を完全に断ち切る覚悟《かくご》がないなら、あんたを助けつつそれぞれの地盤《じばん》を固めていくほうが得策なの」ということは、合理的に考えて最善の選択《せんたく》だとしても、わたしと縁《えん》を切るつもりはないらしい。

「言葉には気をつけなよ、ミュラー。わたしのことが好きなんじゃないかって思っちゃうじゃん」

「わたしがあんたを好きなのは気付いてるでしょ」リーゼルはそっけなく言った。わたしは弱り果てたという振《ふ》りをして深いため息をつき、卒業生総代を抱《だ》きしめた。「ありがと。わたしもあんたが好きだよ」

「ちょっと、湿《しめ》っぽいのはやめてくれない？」リーゼルはそう言いつつも、わたしの体に腕《うで》を回してぎゅっとハグを返した。

納得できる道をみつける、とわたしはディープティに言った。実際、そのつもりだ。〈目玉さらい〉を狩《か》る仕事を**したい**だなんて、たぶん一度も思ったことはない。それでも、この仕事には間違《まちが》いなくやる価値がある。一生を賭《か》ける価値がある。あと何日かしたら、わたしはいよいよ計画を始動する。卒業チームのふたりと友人たちに助けられながら。

そしてオリオンも、一生を賭《か》ける価値のある仕事をはじめる。スコロマンスを守るのだ。ゲートを見張り、怪物駆除《かいぶつくじょ》装置に巣食うアグロを追いだし、子どもたちを襲《おそ》いに来る怪物《かいぶつ》たちを苦もなく皆殺《みなごろ》しにする。怪物《かいぶつ》から吸い取ったマナは学校の維持《いじ》と稼働《かどう》に使われる。スコロマンスは、本当の意味で世界中の**すべての**賢《かしこ》い子どもたちに庇護《ひご》と安寧《あんねい》を与《あた》えるようになる。

オリオンは最後のエダマメをつまみ、階段の上で大の字になってひょろ長い手足を伸ばした。広場ではオーダーメイドのぱりっとした清潔な服を着ていたのに、いまではスコロマンス時代を彷彿《ほうふつ》とさせるみすぼらしい恰好《かっこう》をしている。だぼっとした短パンにクイーンのTシャツ。三日前は新品だったからまだよかったけど、いまではちょっと汗《あせ》くさいし、裾《すそ》のほうには、運の悪い怪《かい》物《ぶつ》がむなしい抵抗《ていこう》を試みた跡《あと》が三つの穴になって残っている。

「夏休みになって生徒たちが家に帰ったら、ぼくも狩《か》りを手伝いに行くよ。きっと楽しい」

さすがは筋金入りの大バカ野郎《やろう》。かつて、スコロマンスはぼくの理想なんだと言ってのけただけのことはある。こいつは**なにひとつ**学んでいないらしい。「**楽しいわけないい**よね」わたしはうんざりして言った。「〈目玉さらい〉を退治するのが**楽しい**わけない」

「じゃ、最高?」オリオンは首だけ起こしてこっちを見ながら、ニヤッと笑った。折れる気はないらしい。「世界中を旅して――」

「――最凶《さいきょう》の怪物《かいぶつ》を探して殺すんだよ」わたしは噛《か》みついた。「そう、愉快《ゆかい》な夏休みってわけ。ビーチでのんびり寝《ね》そべったりパリに旅行したりするより、そっちのほうがずっと――」

わたしがまくし立てればまくし立てるほど、オリオンは笑顔になった。わたしを見つめるオリオンの瞳《ひとみ》は、あの金色の光みたいに輝《かがや》いていた。本当に腹立たしい。わたしはなおもつづけようとして、結局降参した。かがみこんで両手でオリオンの頬《ほお》をはさみ、キスをする。何度も、何度も。わたしたちはスコロマンスの体育館にいる。鳥たちは枝や地面に軽やかに舞《ま》い降り、小さな蝶《ちょう》が野の花のあいだをひらひら飛びまわっている。いいにおいのする涼《すず》しいそよ風が、わたしたちの顔をなでていく。わたしたちは花や桃《もも》のかぐわしい香りを吸いこんだ。

正直言うと、まあまあ最高な気分だった。

訳者あとがき

〈死のエデュケーション〉シリーズがとうとう最終巻に至るまでには、わたしたち読者を惑わす大きな謎がいくつもちりばめられていた。

まず、ガラドリエルの祖母の不吉な予言——「この子は世界中の魔法自治領に死と崩壊をもたらすだろう」——は現実になるのかという最大の謎。そして、オリオン・レイクという少年は一体何者なのかという謎。ニューヨークやスコロマンスの魔法使いたちはオリオンを〝英雄〟と持ち上げてきたが、その異様な強さと能力については「オリオンが興味を持つのは怪物退治だけ」(『闇の魔法学校』第9章より)と片付けるだけで、これまでその理由についてまともに考えようとする者はいなかった。違和感に気付かない振りをし続けたのは、もちろんそのほうが都合がいいからだ。

それから、エルの母親が娘に送った「オリオン・レイクに近づいてはだめ」という不穏なメッセージの謎。なぜオリオンは崩壊していくスコロマンスに留まり、最凶の怪物〈忍耐〉から逃げようとしなかったのかという謎。そして、なぜ世界各地の魔法自治領が突如消滅しはじめたのかという謎。

これほど多くの謎がこの最終巻できれいに回収され、のみならず、それらすべてが複雑に絡み合うひとつの大きな謎であったことが明らかにされていく過程には、ナオミ・ノヴィクという作家の凄みさえ感じる。筋運びの巧みさと精緻さに、この長編をはじめから読み返したい衝動に駆られた読者も多いのではないだろうか。

一巻と二巻のキーワードが「パワーゲーム」だったとするなら、最終巻の鍵となるのはやはり邦題にも使われた「礎」だろう。怪物が跋扈するこの魔法世界では、二十人にひとりの子どもが食われてしまい、成人することさえ叶わない。これほど危険な世界が崩壊せずに維持されているのは、魔法自治領とスコロマンスという重要な拠点があるからだ。ということは、この魔法世界それ自体を支えているのが「礎」だということになる。

二巻ではバンコク魔法自治領が突然消滅するという大事件が起こり、スコロマンスから出ることのできないエルたち生徒は、バンコクの礎を破壊したのはマナ目当ての黒魔術師だろうと推測するしかなかった。最終巻に入っても、礎への攻撃は止むどころか加速していく。皮肉なことに、自治領建設を悲願としてきたリューたち西安《シーアン》の一族は、北京《ペキン》自治領の礎が攻撃されたことで、北京と合同自治領を作るという形で自治領入りを叶えるチャンスに恵まれた。ところが、リューは突然囚われの身となり、駆けつけたエルはこの魔法世界を支える礎におぞましい秘密が隠されていたことを知る。自治領の礎を作るには、マナ原理主義の魔法使いを生贄にしなければいけなかった。

生贄によって理想郷を築くという描写は、明らかに、一九七三年に発表されたアーシュラ・K・ル＝グウィンの有名な短編「オメラスから歩み去る人々」（邦訳は『風の十二方位』早川書房所収）が下敷きになっている。オメラスとは、まさに魔法自治領のように豊かで平和な架空の理想郷の名だ。しかし、都の地下牢にはひとりの子どもが汚物にまみれて監禁されており、その子どもの犠牲なくしてオメラスを維持することはできない。倫理的命題を扱ったこの寓話的SFは、功利主義におけるジレンマの例としてもたびたび引用される。

この〝多数の幸福のためにひとりを犠牲にするべきか〟という複雑な問いに、エルはもちろん迷うことなくノーを突きつける。そして、北京自治領の礎を入れ替えたことをきっかけに、エルは〈黄金石の自治領〉を建設するという大きな夢にむかって少しずつ動き出していく。

だが、そのエルのとなりに、おなじ夢を一緒に追いかけるはずだったオリオンの姿はない。この最終巻では、これまでの二巻に比べてオリオンの登場が格段に少なくなった。なぜなら『闇の礎』は、エルが世界の礎を守る物語であると同時に、いやそれ以上に、オリオンを取り戻そうとする物語だからだ。エルが必死で追い求めるオリオンは、スコロマンスで当たり前のように英雄として活躍していた一、二巻以上に存在感を増しているようにさえ感じられる。

オリオンが持つ強大な力の源には、やはりキーワードである〝礎〟が大きく関係しているが、この秘密を予測できた読者はいないのではないだろうか。あまりに意外な最後の答えがそろったとき、すべての秘密がつながり、この魔法世界全体が根本から生まれ変わる気配が物語に色濃く漂いはじめる。

作者のナオミ・ノヴィクは、もともと二次創作を書くほど〈ハリー・ポッター〉シリーズのファンだったという。だが、同時にノヴィクは、ハリー・ポッターの世界をプロの作家らしい視点から分析してもいた。魔法にお金はかからないのに、なぜ子だくさんのウィーズリー家は貧しいのか。どうしてロンは兄たちのおさがりを使わなくてはいけないのか。なぜ魔法使いたちは、ディメンターに殺される危険のある学校にわが子を送りこむのか。こうした疑問にひとつひとつ解答を与える形で、スコロマンスの世界は作られていった。ちなみに、耳慣れない〝スコロマンス〟という名は、ルーマニアに民間伝承として残っている黒魔術学校Şolomanţă（ショロマンツァ）から取られている。悪魔が管理するこの学校には、毎年厳選された少数の生徒が入学し、卒業まで地下で魔法を学んだと伝えられている。

こうして最終巻の結末を迎えたいま、シリーズ誕生の経緯をあらためて振り返ってみると、着想となったアイデアからのすばらしく大きな飛躍に改めて感じ入ってしまう。

〈死のエデュケーション〉シリーズは厳密には一般向けに書かれた作品だが、二巻目の『闇の覚醒』（原題：*The Last Graduate*）がヤングアダルトのSFとファンタジーを対象としたロードスター賞を受賞しているように、本国でもヤングアダルトの範疇に入る作品として語られることが多いようだ。実際、この作品は、最初から最後まで徹底して子どもたちの物語だった。ショロマンツァ黒魔術学校と同様スコロマンスにも教師はいないが、卒業したあとの最終巻でも、エルやオリオンたちを管理する大人を登場させないという原則は慎重に守られている。スウェーデンの児童文学研究者マリア・ニコラエヴァは、子どもを描いた物語に大人がデウス・エクス・マキナとして登場することの矛盾を批判しているが、子どもの物語における大人の役割は世界観を大きく左右する。大人の存在という観点からスコロマンスの世界を振り返ってみると、エルは祖母のディープティから、オリオンは母親のオフィーリアから、自己が崩壊してもおかしくないほどの重荷を人生のスタート地点から背負わされてきた。デウス・エクス・マキナ的登場人物によって救済が与えられるどころか、ふたりは圧倒的な力を持つ大人たちの支配や影響から抜け出そうと、長い長い戦いを続けてきた。

そう考えると、エルとオリオンは、自分とは何なのかという全年齢共通の永遠の謎を、壮大な規模で追求し続けてきたと言える。周囲からレッテル――エルは黒魔術師の、オリオンは英雄の――を貼られながらも、この長い物語を通して、自分自身を傷つきながら見つめ続け、同時に世界のためになにができるのか真剣に考え続けてきた。「オリオンが二度目にわたしを助けたとき、こいつには死んでもらわなきゃ、と思った」から始まったダークなファンタジーは、蓋を開けてみれば抜群に純粋で爽やかな青春小説であり、ビルドゥングスロマンだったのだ。この二面性と奥行きこそが、〈死のエデュケーション〉シリーズ最大の魅力ではないだろうか。

先に触れたとおり、一巻の『闇の魔法学校』（原題：*A Deadly Education*）はヒューゴー賞のYA部門とでもいうべきロードスター賞候補となり、二巻『闇の覚醒』は同賞を受賞している。ロードスター賞は、ヒューゴー賞と同様に、世界SF大会に参加したSFファンの投票によって選ばれる。二巻での受賞は、シリーズが巻を追うごとにますます多くの読者を魅了してきたことの証だろう。また、ユニバーサル・ピクチャーズがシリーズの映画化権を獲得しており、監督にはドラマシリーズ「ミズ・マーベル」の第二話と第三話を担当したインド系アメリカ人のミーラ・メノンが決定している。

最後になりましたが、翻訳作業を熱いコメントで最後まで支えてくださった編集の足立桃子さん、全三巻を通じて原書と照らし合わせながら鋭いご指摘をくださった校閲の桂由貴さん、訳者の細かい質問に常に親切丁寧に答えてくださった著者のナオミ・ノヴィクに心から感謝を申しあげます。

二〇二三年九月
井上　里

【著者】
ナオミ・ノヴィク
1973年ニューヨーク生まれ。2006年「テメレア戦記」シリーズが刊行開始され、もっとも優秀なSFファンタジーの新人作家に贈られるジョン・W・キャンベル賞や、コンプトン・クルック新人賞を授賞。人気シリーズとして巻を重ね、2016年全9巻で完結した。また、2016年に長編ファンタジー小説『ドラゴンの塔』が、投票によってその年最高のSFファンタジー小説に贈られるネビュラ賞を授賞した。他に『銀をつむぐ者』などの作品がある。Organization for Transformative Works、Archive of Our Ownの創設者。現在は、家族と6台のコンピュータとともにニューヨークに暮らす。

【訳者】
井上　里（いのうえ・さと）
1986年生まれ。早稲田大学第一文学部卒業。翻訳家。主な訳書に『消失の惑星』『トラスト』（共に早川書房）、『ピクニック・アット・ハンギングロック』（東京創元社）、『ピュウ』『わたしはイザベル』（共に岩波書店）、『フォックスクラフト』（静山社）などがある。

死のエデュケーション　Lesson3
闇の礎

著者　ナオミ・ノヴィク
訳者　井上里

2023年11月7日　第1刷発行

発行者　吉川廣通
発行所　株式会社静山社
〒102-0073　東京都千代田区九段北1-15-15
電話・営業　03-5210-7221
https://www.sayzansha.com

ブックデザイン　藤田知子
組版・本文デザイン　アジュール
印刷・製本　中央精版印刷株式会社

Published by Say-zan-sha Publications, Ltd.
ISBN978-4-86389-830-1 Printed in Japan

ナオミ・ノヴィク作品

死のエデュケーション
シリーズ第１部

闇の魔法学校

死のエデュケーション Lesson 1

井上 里＝訳

虚空の闇に浮かぶ巨大な魔法使い養成学校、スコロマンス魔法学院。ここには、教師がいない。その代わり、魔物たちが跋扈し、ときおり襲いかかってくる。カフェテリアに集う生徒たちのあいだに友情はない。あるのは、サバイバルのみ。主人公の少女ガラドリエルは、みずからに秘められた黒い魔法を恐れながらも、日々を生き延びるために知恵をめぐらし、仲間との交流を通して、活路を見出していく。

死のエデュケーション
シリーズ第２部

闇の覚醒

死のエデュケーション Lesson 2

井上 里＝訳

最凶の怪物〈目玉さらい〉を倒して学園生活最大の試練、卒業式を経て、先輩たちを卒業させたガラドリエルとオリオンも、いよいよ最終学年。去年まで孤高のはぐれ者だったエルにも、今や心強い卒業チームの仲間がいる。「自分さえ生き残ればいい」というスコロマンスの常識に疑問を抱くようになったエルは、母の不吉な進言を胸の奥にしまって鍛錬を重ね、仲間たちと想像を絶する計画を打ち立てる。

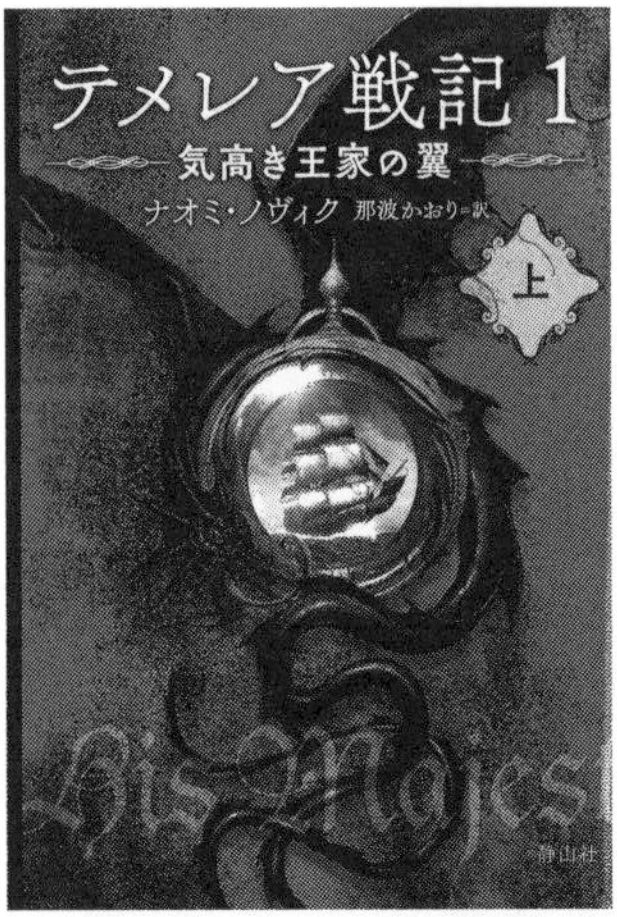

静山社文庫

テメレア戦記シリーズ

那波かおり＝訳

19世紀初頭のヨーロッパ。強大な権力を握ったナポレオンは、英国に侵攻する機会をうかがっていた。英国艦隊の若き艦長ウィル・ローレンスは、フランス艦との戦いの中で、孵化間近のドラゴンの卵を見つける。海上で孵った竜の子テメレアは、ローレンスを自らの担い手として選び取る。この時代、ドラゴンは国家にとって、かけがえのない戦力だった。高い知性を持つテメレアと、海軍から航空隊へ移ったローレンスは、イギリス海峡のドラゴン戦隊に加わるための厳しい訓練を始める。ドラゴンと人間が絆を結ぶ物語に、史実や実在人物を織り込んだ、壮大な歴史ファンタジー・シリーズ、待望の文庫化。

【既刊各上下巻：１　気高き王家の翼／２　翡翠の玉座／３　黒雲の彼方へ／４　象牙の帝国／５　鷲の勝利／６　大海蛇の舌。以下９巻まで順次刊行予定】

銀をつむぐ者　上
氷の王国と魔法の銀

那波かおり＝訳

中世東欧の小さな皇国。金貸しの娘ミリエムは、商才を発揮し「銀を金に変える娘」と評判が広がる。ある日、氷の異界スターリクの王が訪ねてきて、革袋の中の銀貨を「すべて黄金に変えよ」と無理難題を押し付けてきた…。

銀をつむぐ者　下
スターリクの王妃

那波かおり＝訳

公爵令嬢イリーナは、器量好しではなかったが、異界の銀を身につけると、神秘的な美しさを放つ。皇帝のもとに嫁いだが、その皇帝には魔物が取り憑いていた。苦境に立つ娘たちが、手を結び、難局に立ち向かっていく…。

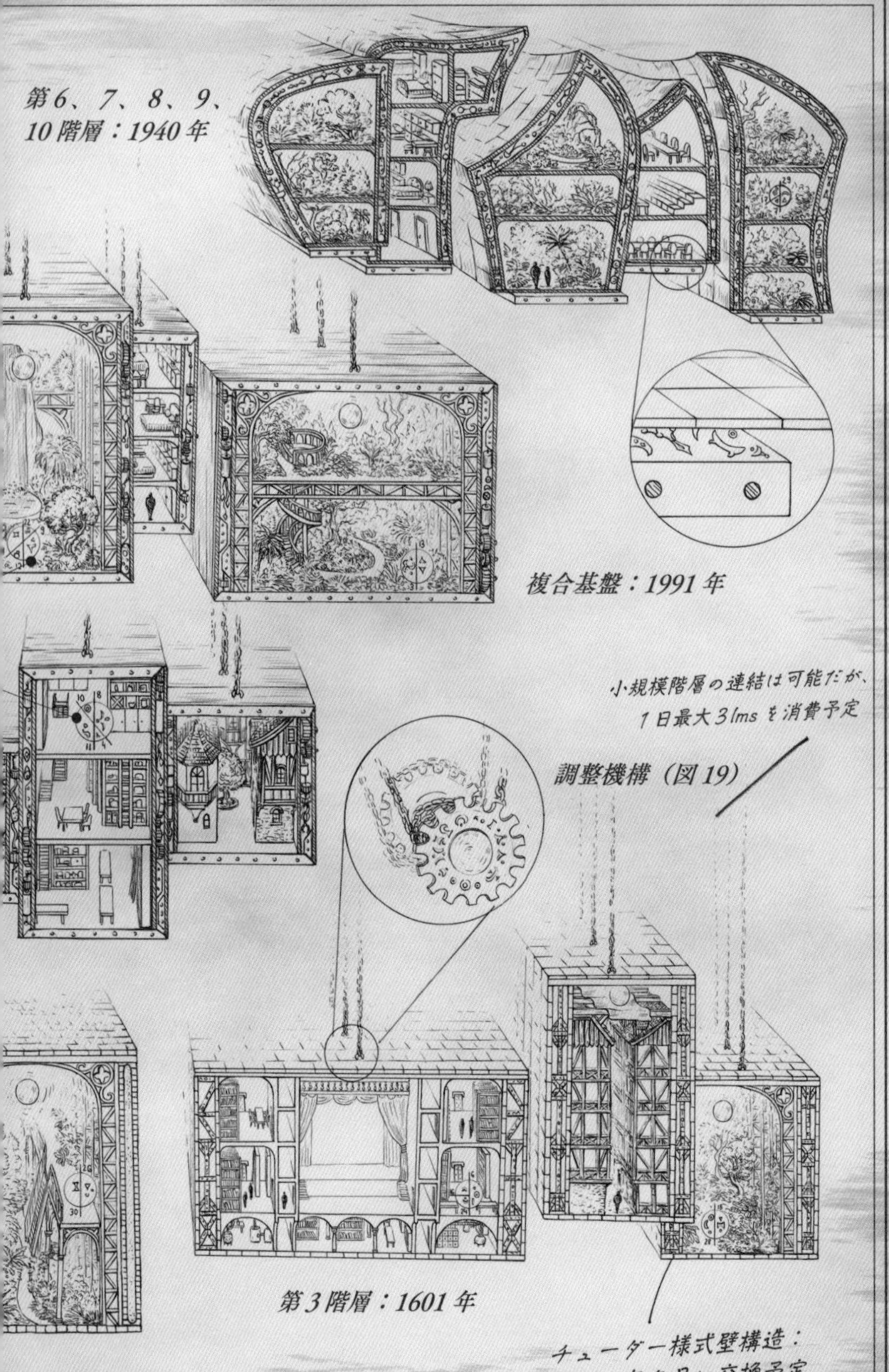
第6、7、8、9、
10階層：1940年
複合基盤：1991年
小規模階層の連結は可能だが、
１日最大3lmsを消費予定
調整機構（図19）
第3階層：1601年
チューダー様式壁構造：
2036年5月に交換予定